国家社科基金一般项目结项成果

（项目名称"世界华文微型小说综合研究"，编号：09BZW064；
结项名称"世界华文微型小说综论"，编号：20160785）

谨以此书献给我的父亲！

世界华文
微型小说综论

上册

龙钢华
主编

中国社会科学出版社

图书在版编目（CIP）数据

世界华文微型小说综论/龙钢华主编. —北京：中国社会科学出版社，2018.11
　ISBN 978 – 7 – 5203 – 2559 – 2

　Ⅰ.①世…　Ⅱ.①龙…　Ⅲ.①华文文学—小小说—小说研究—世界　Ⅳ.①I106.4

　中国版本图书馆 CIP 数据核字（2018）第 108982 号

出 版 人	赵剑英
责任编辑	郭晓鸿
特约编辑	席建海
责任校对	李　莉
责任印制	戴　宽

出　　版	中国社会科学出版社
社　　址	北京鼓楼西大街甲 158 号
邮　　编	100720
网　　址	http://www.csspw.cn
发 行 部	010 – 84083685
门 市 部	010 – 84029450
经　　销	新华书店及其他书店

印　　刷	北京明恒达印务有限公司
装　　订	廊坊市广阳区广增装订厂
版　　次	2018 年 11 月第 1 版
印　　次	2018 年 11 月第 1 次印刷

开　　本	710×1000　1/16
印　　张	93.25
插　　页	2
字　　数	1242 千字
定　　价	388.00 元（全二册）

凡购买中国社会科学出版社图书，如有质量问题请与本社营销中心联系调换
电话：010 – 84083683
版权所有　侵权必究

前　言

　　微型小说，又称小小说、微篇小说、极短篇等，古已有之，与神话传说、笔记小说一脉相承，古今中外很多小说大师都创作过微型小说。近半个世纪以来，微型小说风靡全球，尤其是东南亚华文微型小说来势更旺。我国自20世纪80年代以来，随着生活节奏的加快，微型小说迅猛发展，目前全国已有1000多家报刊为其提供发表园地，有些专门刊发微型小说作品和评论文章的刊物，如《小小说选刊》《微型小说选刊》等，高峰时每期的发行量都在60万册以上。微型小说创作的数量和读者的覆盖面超过了目前任何一种案头阅读的文学作品。据不完全统计，近40多年来，仅中国大陆华文微型小说作品集就出版了上千部，而整个中国古代的长篇小说也不过1000部左右。有人惊呼，中国文学界已出现了"微型小说热"。所以，有的学者指出，新时期以来，中国当代小说家族中真正能够参与世界文学对话的，主要是中篇小说和微型小说，尤其是微型小说，其创作数量之多，读者范围之广，受欢迎程度之高，在当今纯文学日益滑坡的背景下形成了一种独领风骚的景观。

　　世界华文微型小说崛起于20世纪80年代，蔚然成风，"凡有华人的地方就有微型小说"。在东南亚，"微型小说创作成为东南亚一带华文文学的主要潮流"。事实上，"微型小说文体成了整合世界华文文学的恰当而有效的文学样式"。自 1994 年以来，每两年一届的世界华文微型小说研讨会已召开了 10 届，每届与会人员均有 100 多人，来自世界各地的华文微型小说作家和学者定期进行切磋交流，不断地耕耘其间，促进了微型小说的持续发展。华文微型小说已成为展示华文文学魅力乃至中华文明的一种积极有效的话语表达。

但是，国内文学理论界由于认识不足或囿于成见，对微型小说的理论研究相对滞后，明显落后于蓬勃发展的微型小说的创作实绩。因此，2002 年 4 月 20 日中国作家协会在人民大会堂专门召开的当代小小说庆典暨理论研讨会上，与会者呼吁让小小说（微型小说）"真正接受严格而规范的理论关注"。从扶持微型小说的发展，促进文学繁荣，弘扬先进文化，满足社会需要和填补理论界的空白来说，以一种国际的眼光，在世界范围内，对当今蓬勃发展的微型小说进行综合研究，既有现实的指导意义，又有长远的理论价值。

基于这一认识，笔者从 1995 年开始，在试着创作并发表了几篇微型小说之后，出于教学与科研的兴趣，综合权衡，下决心将华文微型小说作为自己的科研重点之一。经过十几年的积累，2009 年笔者成功申报了国家社科基金课题"世界华文微型小说综合研究"。2015 年年底，该课题结题上报，2016 年该课题顺利通过结题验收。本书就是该课题的结题成果。

该项成果主要运用三种研究方法。一是系统研究法。第一次从整体上对世界华文微型小说进行系统的观照、思考和研究，面向世界四大洲近 200 名作家。微型小说的兴盛与时代的发展、科技的进步、生活节奏的加快、时间的碎片化、文学的平民化、审美口味的变化及市场经济带给人们行为方式的个性化等诸多因素有关，因此需要结合时代语境进行系统的综合性考察。二是文献研究法。微型小说作家作品的资料基本上处于原生态，学术界很少给予关注，更没有去系统整理，因此，除了从图书馆、书店寻找资料外，还要与作家保持联系，时刻留意相关信息。多年来，课题组人员经过艰辛的搜索和走访，积累了较为丰富的资料，在此基础上再对文献进行比较整理、归纳鉴别。三是知人论世的个案分析法。做到了宏观梳理与微观研究相结合。世界各国华文微型小说作家均为华人或华裔，其中又有70%左右集中在中国大陆，因此，我们在全面兼顾的基础上，根据可查资料，精选80名有代表性的重点微型小说作家，进行个案研究，突出各自特色。

该项成果的具体内容主要分为两大板块，第一大板块（第一编）是"世界华文微型小说综论"，第二大板块（包括第二编、第三编、第四编）是"世界华文微型小说代表作家作品研究"。

第一大板块（第一编）的"世界华文微型小说概论"，约27万字，共8章。

第一章、第二章分别是"微型小说源流概述"和"微型小说研究范畴论"。主要解决了两大问题：一是对当今世界华文微型小说发展的脉络和版图进行了简要的梳理。在中国大陆，先秦时期的神话传说与寓言故事是微型小说的萌芽。魏晋南北朝时期的志怪志人小说开始独立成篇，向自觉意义上的"小说"迈进。隋唐至清末的笔记小说，其中相当一部分已经是成熟的微型小说。20世纪初，"小说界革命"以后，微型小说在不同时期不同地区以不同的名称顺势而兴，80年代以后，微型小说进入全面兴盛时期。海外的华文微型小说，大致可以分为东南亚和欧美澳两大区域。而东南亚这一大区域的创作最为活跃，成果也更突出。二是对微型小说的研究范畴进行了较为全面的考量，提出要从微型小说的存在方式，包括创作主体（作者）、作品、接受主体（读者）、载体、组织交流与评奖及产业化发展和微型小说文本批评等多个维度去综合把握。

第三章至第七章，主要从以下三个方面来论述华文微型小说。

第一，群体概貌。重点分析了中国当代华文微型小说的发生背景、作家群特点及创作风貌。华文微型小说的兴起，是时代潮流的推动、名家名刊的引领与文学内部规律相互作用的必然结果。华文微型小说的作家群具有极大的广泛性，同时因为他们性格角色、人生经历、文化程度乃至性别民族等方面的差异，其创作动因、创作方式、作品成色和影响效果迥然不同。其创作视野非常宽广，无论是乡土回眸还是城市叙事，几乎是全方位覆盖，而且充分发挥了微型小说篇幅短小"船小好调头"的灵活优势，简便而又真切。

第二，美学价值与文化特质。主要分析了微型小说的大众文化特征、底层文学性、平民化的审美趣味和体现小说社会功能的反拨价值，尤其在论述微型小说的反拨价值时，强调微型小说不仅有消费价值、愉悦价值，更有敢于担当文学使命的属性，能够关注生存，展示社会世相，体察人生，提高文化品格，凝练精神，弘扬崇高品质。

第三，创作发展。主要论述了微型小说的叙事模式、创作发展、产业发展与理论发展。从性格叙事、连贯叙事和全知叙事三个角度抽样分析了微型小说叙事模式的演变，指出微型小说艺术技巧的发展任重而道远。又别出心裁地以书面访谈的形式，选取了三位在华文微型小说领域有代表性的作家、编辑和理论家对华文微型小说的创作态势、产业发展和理论研究进行了深入的探讨，细致地分析了华文微型小说的创作现状、精品问题、出版问题、评论问题、活动问题、创新问题、评奖问题、与其他文体结合的问题、作家队伍的建设与提升问题以及微型小说如何推广进一步做大做强的问题，充满了脚踏实地的思辨色彩和文体自信的乐观情怀。

第八章是"海外华文微型小说论"，分6节，从不同层面对欧美、中国香港地区、泰国、大洋洲、新加坡、日本等海内外不同地域的华文微型小说的发展特点进行了有针对性的分析，包括欧美微型小说对中国微型小说的影响，中国香港地区微型小说的抒情叙事与市民心态，泰国华文微型小说的"中华情结"，大洋洲华文微型小说中的"移民情结"，新加坡华文微型小说与高度商业化的城市生活以及现代中日两国微型小说交流之一页。

第二大板块（包括第二编、第三编、第四编）是"世界华文微型小说代表作家作品研究"，共约 80 万字。

该部分都是个案研究。因为世界华文微型小说作家作品 70% 左右集中在中国大陆，30% 左右集中在海外，所以在已有资料的基础上，我们大致按 7∶3 的比例选择了中国大陆和海外的华文微型小说代表作家作品进行个案分析。同时，兼顾不同时段的老中青三代作家、女作家及各种风格特色的作家。进行文本分析时，以该作家具有代表性的作品集为重点，突出其创作的基本特点。

在第二编"中国大陆微型小说代表作家作品研究（一）"里，按姓氏笔画为序，重点分析了王奎山、尹全生、冯骥才、申平、白旭初、许行、孙方友、刘建超、刘国芳、刘志学、刘黎莹、孙道荣、杨晓敏、陈永林、沈祖连、陈毓、何葆国、林美兰、侯德云、侯发山、奚同发、凌鼎年、袁炳发、秦德龙、聂鑫森、黄建国、符浩勇、蔡楠、戴希等作家的微型小说创作。

在第三编"中国大陆微型小说代表作家作品研究（二）"里，按姓氏笔画为序，重点分析了于德北、邓洪卫、王海椿、王往、白小易、司玉笙、安石榴、红酒、刘殿学、朱雅娟、孙春平、伍中正、芦芙荙、杨崇德、闵凡利、吴万夫、周波、非鱼、宗利华、范子平、相裕亭、徐慧芬、秦俑、喊雷、谢志强、墨白、墨中白、魏永贵等作家的微型小说创作。

在第四编"海外华文微型小说代表作家作品研究"里，重点分析了新加坡的黄孟文、希尼尔、林锦、董农政、艾禺、骆宾路、林子、周粲，马来西亚的朵拉、曾沛，泰国的司马政、曾心、老羊、陈博文、杨玲，中国香港的东瑞，中国澳门的贺鹏、许均铨，澳大利亚的吕顺、李明晏、庞亚卿、心水，新西兰的林宝玉，美国的冰凌、纪洞天，荷兰的池莲子等作家的微型小说创作。

对于以上作家，我们按照知人论世的原则，从文本实际出发，对作品的思想内容、创作艺术的整体风格或某一方面的突出特色进行了程度不一的探讨。

本书分为上下两册，考虑到篇幅均衡，上册包含第一编、第二编，下册包含第三编、第四编。

该成果初步对世界华文微型小说进行了一次综合的检阅，探讨了世界华文微型小说的发生机制、群体概貌、美学价值，尤其是作家作品的个案研究，对华文微型小说进行了初步的把脉定位，有利于促进微型小说文体的健康发展，有利于华文微型小说在世界范围内"使得华人回复对中华文化的认同和自信心，并使微型小说，不但成为推动整个华文文学的一股力量，而且成为超越国境、实现中华文化向心力的世界大团结的力量"。

总 目 录

（上 册）

第一编 世界华文微型小说概论

第一章　微型小说源流概述 …………………………………………… 3

第二章　微型小说研究范畴论 ………………………………………… 14

第三章　微型小说名称论 ……………………………………………… 42

第四章　微型小说概貌论 ……………………………………………… 68

第五章　微型小说文化论 ……………………………………………… 106

第六章　微型小说群体论 ……………………………………………… 144

第七章　微型小说发展论 ……………………………………………… 188

第八章　海外华文微型小说论 ………………………………………… 232

第二编 中国大陆微型小说代表作家作品研究（一）

第九章　中国大陆微型小说代表作家作品研究（1） ……………… 313

（下　册）

第三编　中国大陆微型小说代表作家作品研究（二）

第十章　中国大陆微型小说代表作家作品研究（2） ………… 727

第四编　海外华文微型小说代表作家作品研究

第十一章　新加坡华文微型小说代表作家作品研究 ………… 1131

第十二章　马来西亚华文微型小说代表作家作品研究 ………… 1205

第十三章　泰国华文微型小说代表作家作品研究 ………… 1227

第十四章　中国香港华文微型小说代表作家作品研究 ………… 1270

第十五章　中国澳门华文微型小说代表作家作品研究 ………… 1285

第十六章　澳大利亚华文微型小说代表作家作品研究 ………… 1312

第十七章　新西兰华文微型小说代表作家作品研究 ………… 1343

第十八章　美国华文微型小说代表作家作品研究 ………… 1352

第十九章　荷兰华文微型小说代表作家作品研究 ………… 1366

附录：中国知网·微型小说论文录 ………… 1374

参考文献 ………… 1435

目 录

（上 册）

第一编　世界华文微型小说概论

第一章　微型小说源流概述 …………………………………………… 3

第二章　微型小说研究范畴论 ………………………………………… 14
　第一节　微型小说的存在方式研究 …………………………………… 14
　第二节　微型小说文本批评 …………………………………………… 35

第三章　微型小说名称论 ……………………………………………… 42
　第一节　微型小说名称的生发 ………………………………………… 42
　第二节　"墙头小说"浮沉 …………………………………………… 52
　第三节　微型小说名称多样性 ………………………………………… 62

第四章　微型小说概貌论 ·············· 68

第一节　微型小说的批评思考 ·············· 68

第二节　微型小说的乡土回眸 ·············· 72

第三节　微型小说的城市叙事 ·············· 79

第四节　《人民日报》与微型小说热 ·············· 86

第五节　现代报刊与微型小说 ·············· 98

第五章　微型小说文化论 ·············· 106

第一节　微型小说的文化视域 ·············· 106

第二节　微型小说底层文学性 ·············· 109

第三节　微型小说的审美趣味 ·············· 117

第四节　微型小说的反拨价值 ·············· 126

第五节　微型小说创作市场化 ·············· 137

第六章　微型小说群体论 ·············· 144

第一节　少数民族作家与微型小说 ·············· 144

第二节　女作家群存在价值 ·············· 161

第三节　女作家的视野 ·············· 166

第四节　女作家作品的语言 ·············· 172

第五节　新秀赛作品的亮色 ·············· 177

第七章　微型小说发展论 ·············· 188

第一节　微型小说的叙事模式 ·············· 188

第二节　微型小说的创作发展 ·· 205

第三节　微型小说的产业发展 ·· 215

第四节　微型小说的理论发展 ·· 222

第五节　微型小说的发展思考 ·· 227

第八章　海外华文微型小说论 ·· 232

第一节　欧美微型小说对中国微型小说的影响 ····················· 232

第二节　中国香港微型小说的抒情叙事与市民心态 ·············· 244

第三节　泰国华文微型小说的"中华情结" ························· 255

第四节　大洋洲华文微型小说中的"移民情结"
　　　　——以《大洋洲华文微型小说选》为例 ·················· 270

第五节　新加坡华文微型小说与高度商业化的城市生活 ········ 284

第六节　现代中日两国微型小说交流之一页 ······················· 299

第二编　中国大陆微型小说代表作家作品研究（一）

第九章　中国大陆微型小说代表作家作品研究（1） ··············· 313

一　王奎山微型小说初论
　　——以微型小说集《乡村传奇》为例 ···························· 313

二　尹全生微型小说初探 ··· 327

三　冯骥才微型小说初探
　　——以微型小说集《快手刘》为例 ······························· 340

四　申平微型小说刍议
　　——以微型小说集《猎豹》为例 ·································· 354

五　白旭初微型小说初探 …………………………………… 368

六　许行微型小说初论
　　——以微型小说集《白雪雕像》为重点 ……………… 385

七　怎一个"奇"字了得
　　——孙方友微型小说初论 ………………………………… 401

八　以平凡写伟大
　　——刘建超微型小说初论 ………………………………… 416

九　刘国芳微型小说初探 …………………………………… 432

十　刘志学微型小说初探 …………………………………… 446

十一　刘黎莹微型小说浅议 ………………………………… 460

十二　社会危机的逼视与拷问
　　——浅析孙道荣微型小说中人物的生存困境 ………… 475

十三　论杨晓敏对微型小说发展的贡献 …………………… 490

十四　陈永林微型小说初探 ………………………………… 506

十五　沈祖连"三岔口系列"微型小说简析 ……………… 522

十六　陈毓微型小说初论 …………………………………… 535

十七　何葆国微型小说集《像我的人》人物心理探析 …… 549

十八　林美兰微型小说浅析 ………………………………… 563

十九　那些年我们一起经历的情与爱
　　——侯德云《轻轻地爱你一生》解读 ………………… 575

二十　真善美的赞歌
　　——侯发山微型小说集《爱的礼物》浅析 …………… 589

二十一　生死一把枪
　　——论奚同发公安系列微型小说中的刑警
　　　　"吴一枪"形象 ………………………………………… 602

二十二	凌鼎年微型小说初探	616
二十三	驻足爱情看人间世象	
	——试析袁炳发《爱情与一个城市有关》的爱情婚姻题材微型小说	630
二十四	秦德龙微型小说的冷幽默	644
二十五	聂鑫森微型小说浅论	
	——以微型小说集《鸳鸯锁》为例	656
二十六	黄建国微型小说初探	
	——以微型小说集《一树蝴蝶》为重点	670
二十七	符浩勇微型小说中的"四英岭下人家"解读	686
二十八	蔡楠微型小说初论	
	——以微型小说集《水家乡》为重点	704
二十九	戴希微型小说初探	713

第一编

世界华文微型小说概论

第一章 微型小说源流概述

一 中国微型小说发展脉络

我国古代没有"微型小说"这一名称，但是在丰富多彩的古代典籍中，从神话传说、寓言故事、笔记小说、叙事散文到小品、笑话、奇闻逸事等，我们只要稍加梳理，就会发现其中相当一部分可以称为"微型小说"。

先秦时期的神话传说与寓言故事是微型小说的萌芽。

鲁迅在《中国小说史略》里探析小说的本源时说："探其本根，则亦犹他民族然，在于神话与传说。"[1] 我们今天能见到的神话资料保存最多的是《山海经》《淮南子》等。此外，《楚辞》《尚书》《诗经》《易经》《左传》《国语》《庄子》《墨子》《韩非子》《吕氏春秋》等典籍里，都有零星记载。按照现代意义上的小说观念，小说是指通过虚构叙述故事塑造形象来创造性地反映社会人生的一种散文体的语言艺术。[2] 据此可以界定，神话传说具有的小说萌芽属性主要体现在四个方面：一是虚构性。"任何

---

[1] 鲁迅：《中国小说史略》，上海古籍出版社1998年版，第6页。
[2] 马振方：《小说艺术论》，北京大学出版社1999年版，第8—11页；王秋荣：《巴尔扎克论文学》，中国社会科学出版社1986年版，第68页。

神话都是神化。"① "精卫填海""夸父逐日"这类神话具备的建立在丰富想象基础上的虚构性，一直是小说的重要规定性。二是叙事性。作为叙事文学的小说，区别于抒情文学和戏剧文学的主要特点之一便是叙事性，即通过摹写一定时空中的人生内容，传达人生经验的本质和意义。这种人生内容包括常态的和非常态的。在神话中，古人对于客体自然的迷茫和诠释，对于主体自身的祈盼和张扬，不是直接去揭示本质，而是通过特定的方式——叙事——来实现的，而且所有的神话都具备了叙事的基本要素：时间、地点、人物，事件起因、经过和结果。三是形象性。小说是通过塑造形象包括各种人生幻象，来表达其创作意图。神话中的形象，如精卫、夸父、刑天、后羿、女娲、共工、黄帝等，既是人类早期的一个个精神符号，也是一个个鲜活的形象。四是散文体语言艺术。神话同小说一样，采用非韵文非骈文的自在的散文体语言来叙事和摹写人生，自由而又生活化。神话除了具备小说以上的属性以外，在篇幅字数上与微型小说也有共性，少则几十字、多则千余字。

因此，可以明确地得出结论，我国古代的神话传说就是一种具有特殊意义的文言微型小说，只不过它还不是完全意义上的成熟的微型小说。这主要是因为神话传说作为人类童年时代的一种特殊的精神产品，是在一种不自觉的虚构状态下创造的，艺术上还比较粗糙：其一，神话传说的功利主题过于单一直露；其二，神话传说的表达方式比较单调，基本上采用的是概述式的叙事，缺乏综合运用多种表达方式来塑造形象的复合功能。因而，从小说艺术这一角度来定性的话，神话传说可以看作处于萌芽状态的微型小说。

先秦寓言是微型小说的雏形。先秦寓言主要保存在《庄子》《韩非子》《墨子》《孟子》《吕氏春秋》《战国策》等作品中。当时的寓言还不是独

---

① 《马克思恩格斯选集》（第二卷），人民出版社1972年版，第112页。

立的文体，只是存在于各种散文文体中的结构单位。这些寓言的小说特性与神话传说相比，又有四个新的发展：其一，自觉的虚构性质。"寓言十九，藉外论之。"① 这种"藉外"其实就是一种自觉的虚构。其二，取材的丰富性、生活化。为了广泛细致地表现复杂的社会人生，寓言在取材上既丰富多彩，又贴近生活，且常常充满了生活的情趣。其三，主题的多维性。寓言产生的用意不像神话传说那样主要是为了解释自然，而是诸子百家为了说理更形象的需要创造出来的，那么，事理的复杂微妙也就决定了主题的多维性。其四，表达方式的多样化。寓言不同于以概述为主的神话，而是常把叙述、描写、议论等多种表达方式结合于作品之中，更接近小说笔法。这种少则几十字，多则数百字的寓言有了小说的基本内涵，但未自立门户，仍处于小说的雏形阶段。

魏晋南北朝时期的志怪志人小说开始独立成篇，向自觉意义上的"小说"迈进。当时的代表作家干宝，不仅在理论上认识到小说有"虚错"②，即虚构的必然性，而且在创作《搜神记》时自觉贯彻了虚构的原则。同时，魏晋的不少小说家，像萧绮、郭宪、王嘉、张华等确已在实践中自觉地把虚构作为小说创作的基本原则。正如明代胡应麟所说："小说，唐人以前，记述多虚。"③ 从客观文本实际来看，志怪志人小说的片断式表态，关注现实人生的内涵，限制叙述视角的广泛应用以及戏谑化的艺术效果，整体上展现了文言微型小说成熟的风貌。

隋唐至清末的笔记小说，承志怪志人小说发展而来，仍然保持原有的实录性质和文字体例，但已褪去或谈化了宗教色彩，偏重于记叙故事，其中相当一部分已经是成熟的微型小说。正如清初张潮在分析笔记小说的文体特征时所总结的："大都饾饤人物，补缀欣戚，累牍连篇，非不详赡；

---

① 《庄子·杂篇·寓言第二十七》，岳麓书社1996年版，第350页。
② 黄霖、韩同文：《中国历代小说论著选》（上），江西人民出版社2000年版，第7页。
③ 同上书，第149页。

然优孟、叔敖,徒得其似,而未使其真……事奇而核,文隽而工,写照传神,仿摹毕肖。诚所谓古有而今不必无,古无而今不必不有;且有理之所无,竟为事之所有者。读之令人无端而喜,无端而愕,无端而欲歌欲泣。"[①]从内容体例、写人记事技法及艺术效果上概括了笔记小说的文学特性。《太平广记》《聊斋志异》《阅微草堂笔记》等有代表性的笔记小说作品,无论篇幅、内容还是艺术手法,均可视为微型小说。篇幅上,少则几十字,多则千把字,极少有两三千字的。内容上,驳杂繁复,涉及生活的方方面面;艺术上,人物形象的塑造、情节波澜的设置以及语言的精确传神,均达到了前所未有的高度。

20世纪初,"小说界革命"以后,小说的地位空前提高。就语言形式而言,白话文小说取代文言文小说而成了读者喜爱的主要小说样式。就小说篇幅而言,微型小说在不同时期不同地区以不同的名称顺势而兴,蔚为壮观。1920年,《民生月刊》第3期刊发《夫妻谐好》时首次标注为"小小说",1921年的《半月》设有"小小说选"等栏目发表"小小说",使"小小说"的文体和名称正式登上文学大舞台。30年代"左联"时期,"墙头小说"作为抗战微型小说的一种样式,很受推崇。50年代的"大跃进"时期,微型小说受到广泛倡导。80年代以后,微型小说进入全面兴盛时期,名称就有40余种,有"小小说""微型小说""超短篇小说""掌上小说""疾风小说""精短小说""超短小说""瞬间小说""摄影小说""镜头小说""电报小说""焦点小说""微信息小说""短中短小说""瞳孔小说""小孔小说""口袋小说""花边小说""迷你小说""短中王""新笔记""千字小说""千字文""百字小说""极短小说""一分钟小说""一袋烟小说""刹那小说""袖珍小说""微篇小说""微篇文学"

---

① (清)张潮:《虞初新志·自叙》,转引自石昌渝《中国小说源流论》,生活·读书·新知三联书店1994年版,第133页。

"超短文""蚂蚁小说""微小说""极速小说""片刻小说""笔记小说""手记小说""闪小说""角落小说""麻雀小说"等。而影响最大的有三种：一是中国大陆以郑州为中心的北方称为"小小说"；二是中国大陆南方和海外主要称为"微型小说"；三是"微篇小说"在学界有一定的认同度。目前，官方比较认同的名称是"小小说"和"微型小说"，因为在中国作协主办的每四年评选一次的鲁迅文学奖评选中，按照《鲁迅文学奖评选条例》（2014年2月27日修订）的表述，用的是"小小说"名称。而在1992年就成立了由中国作协和民政部主管的"中国微型小说学会"，认同了"微型小说"这一名称。学术界则认为，从学理上来说，按长篇、中篇、短篇、微篇来取名，四足鼎立，"微篇小说"的名称最经得起推敲。

中国港、澳、台地区，无论是微型小说的创作还是理论研究，在整个世界华文微型小说的格局中都占有极为重要的席位。

香港的华文微型小说创作兴起于20世纪80年代，随着一批又一批爱好者的大力推动，搞比赛、办讲座、设创作坊、出专辑或合集等，微型小说在香港的影响越来越大。"不但人才辈出，且佳作如云"，[①] 代表性的作家有东瑞、刘以鬯、林荫、钟子美、方秀莹、也斯、马俐、马艳兰、王方、王仁芸、王思慧、王洁仪、韦娅、文青、方海伦、心田、邓依韵、兰心、汉闻、西西、刘树华、江红、许荣辉、许颖娟、孙爱玲、李华川、李晖玲、吴佩芳、吴敬之、秀实、沈大中、宋诒瑞、君比、张君默、张婉雯、张雅苗、张煦凤、阿兆、阿浓、陈荭、陈少华、陈凤云、陈德锦、陈赞一、妍瑾、纾萦、林馥、忠扬、金力明、周瀚、周蜜蜜、孤草、赵美薇、施友朋、洛谋、骆宾路、徐振邦、海辛、陶然、琅壁、黄海维、梁丽

---

① 钦鸿：《香港微型小说选·编后记》，《香港微型小说选》，江苏文艺出版社2009年版，第322页。

芳、梁科庆、寂然、曾丽陶、谢傲霜、赖雪敏、蔡益怀、潘国灵、戴碧琪。①

澳门从事华文微型小说创作的人很少，20世纪80年代以来定居或长住澳门的微型小说作家主要有许均铨、贺鹏、许云、许世儒等人。

台湾的华文微型小说创作兴起于20世纪70年代末，当时盛行的名称是"极短篇""掌中小说"，《联合报·副刊》提出"人生处处极短篇"的口号，应者众多，业余作者和专业作家踊跃投入，一代接一代，微型小说（极短篇）的创作取得了丰硕的成果。代表性的作家有子于、钟肇政、林海音、张系国、李昂、苏伟贞、钟玲、林文煌、履疆、罗英、柏谷、喻丽清、陈克华、侯博仁、爱亚、杨慎绚、郭丽华、疾夫、绿柯、林双不、于在涛、罗燕如、施宜君、姚艺真、清溪客、吴文琼、京之春、韵恩、袁琼琼、杨逵、孟慧、李捷金、吴念真、周增祥、张伯权、陈宁、沈因、李宣、庄子明、孔雀、詹西玉、刘维夺、黄之桐、坡上客、黄斐娟、梁建民、陈启佑等。② 进入20世纪90年代后，活跃在台湾文坛具有一定影响力的微型小说作家有：张春荣、晶晶、爱亚、袁琼琼、隐地（柯青华）、古嘉、卧斧，以及亮轩（马国光）、张至璋、衣若芬、陈幸蕙、喻丽清、邵僩、廖玉蕙、邹敦玲、雷骧、钟玲、陈克华、侯文咏等。

二 海外华文微型小说发展脉络

海外的华文微型小说，大致可以分为东南亚和欧美澳两大区域。而东南亚这一大区域的创作最为活跃，成果也更突出。

东南亚华文微型小说创作兴起于20世纪70年代末。最早自觉地从事微型小说的创作和研究，并且取得较好成就的，是新加坡和马来西亚，稍

---

① 参见钦鸿《香港微型小说选》（江苏文艺出版社2009年版）的作者排序。
② 徐学：《台湾微型小说创作的历史与现状》，《台湾研究·文学》2000年第2期；邓开善：《台港微型小说选》，湖南文艺出版社1987年版。

后是泰国，其后是菲律宾和文莱，再后是印度尼西亚、缅甸、越南。

新加坡的微型小说创作在海外华文微型小说创作中具有引领意义，不但起步早而且作家作品多，影响大。世界华文微型小说研究会会长，原新加坡作家协会主席黄孟文在《新加坡的微型小说（2）——序〈世界华文微型小说名作丛编（新马泰卷）〉》一文中指出："二十世纪七十年代后期，新加坡《南洋商报》与《星洲日报》的文艺副刊，开始刊登微型小说（极短篇）的理论与创作。"① 然后就迅速发展起来了，创作队伍不断扩大，按照黄孟文《新加坡的微型小说》（1）（2）中提到主要有：黄孟文、周粲、南子、张挥、林高、长谣、林锦、希尼尔、怀鹰、范北羚、洪笛、青青草、孟紫、尤今、张曦娜、谢裕民、梅筠、董农政、方然、林昉、艾禺、贺兰宁、洪生、君盈绿、卡夫、彭飞、谢清、田流、陈彦、依汜伦、胡月宝、林康、孤军、彭志凤、孙爱玲、梁文福、韦铜雀、沈鹰、流苏等，基本特色是"写作方式多变""内容也多姿多彩"②。

马来西亚，毫无疑问，"是华文微型小说的创作大国，马华微型小说的创作在东南亚乃至世界华文文学中占有重要地位并产生了广泛影响"③，创作者人数众多。钦鸿、闻彬在其主编的《回家：马来西亚华文微型小说选》（江苏凤凰文艺出版社2014年版）中按姓氏笔画顺序列出的作家有：丁云、千桑羽薇、小黑、马汉、马仑、王修捷、王昶程、云里风、木焱、长竹、勿勿、文征、方肯、方路、邓丽思、叶明、冯学良、因心、年红、朵拉、庄魂、庄松华、刘玉玲、刘育龙、江上舟、许通元、孙天心、孙彦庄、苏清强、苏燕婷、杨雪霞、杨善勇、杨嘉仁、李志平、李国七、扶风、吴鑫霖、邱苑妮、灵子、阿三、陈玟介、陈政欣、陈衍豪、林秀琴、

---

① 参见［新加坡］黄孟文《微型小说微型论》，世界华文微型小说研究会2007年版，第58页。
② 同上书，第55—60页。
③ 钦鸿、闻彬主编：《回家：马来西亚华文微型小说选》，江苏凤凰文艺出版社2014年版，第265页。

雨川、罗罗、周天派、周锦聪、孟沙、驼铃、草风、柏一、星子、钟可斯、钟依瑄、洪泉、洪祖秋、徐惠珍、爱薇、菊凡、萧雯佳、章钦、琦琦、雅波、傅思敏、舒颖、曾沛、谢宁嘉、谢增英、煜煜、碧澄、蔡舜立、蔡嘉宜、潘碧华、颜琦静、毅修。其中，影响最大的是朵拉、陈政欣、年红、曾沛等人。

泰国华文微型小说萌芽较早，在20世纪五六十年代就出现了"掌篇小说""掌型小说"，但真正起步较晚，到了80年代末，"在泰华作协会长司马政的表率和泰华报纸文艺副刊的推动下，出现了第一次创作热潮"①。20世纪90年代以后，突飞猛进，高潮迭起，取得令人瞩目的成果。微型小说作家除了引领者司马政以外，主要有曾心、陈博文、马凡、郑若瑟、年腊梅、向蕉、李千行、李栩、陈铁君、梁风、饶公桥、黄崖、姚宗伟、刘扬、黎毅、老羊、范模士、洪林、白令海、林文辉、征夫、曾天、金沙、林牧、倪长游、毛草、子帆、王燕春、钟子美、李经艺、晓云、波子、诗雨、苏醒、蓝焰等人，其中最有成就的是司马政、曾心、陈博文、马凡、郑若瑟等。

菲律宾华文微型小说在20世纪80年代末就出现了，发表作品的有凡心、文志、陈默、贾姑娘等人。② 但真正起步是90年代中期以后，1996年5月菲律宾成立了菲律宾华文作家协会。吴新钿当选为会长，他大力倡导，并身体力行，带头创作微型小说，其他华文作家也相继加入。发表一定微型小说作品的有林秀心、柯清淡、庄子明、张淑青、杨韵如、紫峰、许少沧等。

文莱的华文微型小说起步较晚，20世纪80年代以后才有人真正谈及"微型小说"或尝试创作。本土作者有孙德安、海庭、一凡、鹰、一粟、

---

① 杨芳青：《泰国华文微型小说研究》，硕士学位论文，福建师范大学，2007年，第3页。
② 廖怀明：《海那边中国人——东南亚华文作家微型小说导读》，南海出版公司1992年版，第160—178页。

旅者等，旅文作者有煜煜、胡斐、刘美意、频儿、柯丽、语桥等，其中身为文莱华文作协主席的孙德安是领军人物。①

印度尼西亚的华文文学受1965年"9·30"排华事件的影响，遭禁长达30多年。华文微型小说创作虽有星星之火，但直到1998年7月由印尼归侨、香港著名作家东瑞赞助在香港获益出版事业有限公司出版了《印华微型小说选》之后，印尼的华文微型小说才开始崛起，代表作家有莫名、白放情、北雁、阿蕉、雨村、金梅子、松华、林万里、袁霓、谢梦涵、广月、晓星、张逸、邱鑫等。②

缅甸的华文文学创作起步于20世纪初，而其微型小说创作直到80年代前后才有践行者，发表过微型小说作品的作者有巴宁、梦依、飘雨、念秋、叶星、段春青、洪琴棋、伍全礼、王之瑜、朱徐佳、蔡子琛等。③

越南华文新文学始于20世纪30年代末，④而华文微型小说创作到21世纪才有一批爱好者，代表人物有谢振煜、张国勇、潘氏黄英、豪武、蔡生、阮光忠、黎清惠、阮本、祥隆等。

此外，日本、柬埔寨也有华文微型小说的创作者。日本有龙升、解英、永和、张石、夷吾氏、华纯等代表性作家。柬埔寨有林新仪等华裔作家。

欧洲华文文学创作，出现于"第二次世界大战"结束以后，在60年代和80年代先后形成两次创作高潮，有了这些基础之后，1991年3月在

---

① ［文莱］海庭：《文莱的华文微型小说情况》，载《2006年第六届世界华文微型小说研讨会大会手册》，第24—25页。
② ［文莱］海庭：《各国华文微型小说情况简介》，载《2006年第六届世界华文微型小说研讨会大会手册》，第22页。
③ 林清风、郭济修、张平、许均铨：《缅甸华文文学作品选》，澳门缅华互助会出版2006年版，第4—6页；许均铨：《试谈缅甸华文微型小说中的人物》，《2006年第八届世界华文微型小说研讨论文专集》；凌鼎年：《亚洲华文微型小说选》，美国环球作家出版社、捷克华文作家出版社2014年版，第273—309页。
④ 林明贤：《旧枝绽新蕾——论新时期越南华文文学的发展》，《玉林师范学院学报》（哲学社会科学版）2012年第6期。

巴黎成立了欧洲华文作家协会（以下简称"欧华作协"）。①而欧洲华文微型小说创作起步更晚，欧洲华文作家协会会长俞力工在《欧洲华文微型小说选》的序言中写道：直到 2008 年 12 月，欧华作协的代表参加了在上海举办的"第七届世界华文微型小说研讨会"以后，受了触动，"蓦地发现早已不自觉地自我边缘化……于是乎，与会代表当机立断地向同年五月份的欧华作协年会提出'向微型跟进'的倡议。"②倡议一发出，响应者众多，欧洲有 200 万左右的华裔，普遍文化素养较高，也不乏爱好文学之才，因此，虽然是后来者，但华文微型小说的创作很快就在欧洲大地有了扎扎实实的收获。老、中、青三代从事华文微型小说创作的作家有：英国的虹影、黎紫书、赵毅衡、林奇梅，比利时的章平、凤西，奥地利的俞力工、方丽娜，西班牙的张琴、莫索尔、陶炼、江鸟，俄罗斯的白嗣宏，瑞士的朱文辉、颜敏如、黄世宜，捷克的李永华，法国的吕大明、赵曼、杨翠屏、小汗，荷兰的林湄、丘彦明、池莲子，土耳其的高丽娟，波兰的林凯瑜，丹麦的池元莲，德国的谢盛友、麦胜梅、黄雨欣、穆紫荆、高蓓明、黄鹤升、于采薇、王双秀、昔月、刘英依旧、谭绿屏，等等。

美洲的华文微型小说兴起于 20 世纪末，因为一批中国文化精英移居美国、加拿大等国而带动了华文微型小说的创作。代表性的作家有美国的纪洞天、冰凌、融融、施雨、王渝、赵淑敏、赵淑侠、辛哥、少君、叶坦、陈瑞琳、叶芳、伊犁、莫大、王传利、翠希、伍可娉、虔谦、石语年、宋晓亮、赵俊迈、顾月华、黄宝莲、伊尹、赏花闲人、蔡可风、唯唯、张凤、凌珊，加拿大的曾晓文、黄俊雄、黄文欣、文野长弓、文章、李建茹、陈苏云、孙白梅、陈思进、吟寒、山眼、老牛、为力、亚坚、高维

---

① 饶芃子、杨匡汉：《海外华文文学教程》，暨南大学出版社 2009 年版，第 248—249 页。
② 俞力工：《欧华，向微短跟进》，凌鼎年主编《欧洲华文微型小说选》，内蒙古文化出版社 2011 年版，第 3 页。

晞、马绍娴、李爱英、葛逸凡、卢因、陈浩泉,等等。①

　　澳洲的华文微型小说作家绝大多数是近几十年从中国大陆移民去的,在地广人稀的澳洲高福利社会中,他们的生存状态常常是"好山好水好寂寞",思乡思亲之情浓郁。而这些人中不少是高级知识分子,善于用文字来倾诉游子心声,华文微型小说也成了他们理想的表达方式。在有识之士的推动下,澳洲的华文微型小说迅速发展起来了。代表性的作家有澳大利亚的张奥列、张至璋、田地、李洋、唐予奇、王晓雨、张劲帆、沈志敏、陆杨烈、潘华、雨萌、陈静、心水、吕顺、洪丕柱、俗子、李明晏、崖青、婉冰、郭燕、刘澳、何伟勇、李照然、林之、谭子艺、马赛蘅、张晓燕、玄儿、温凤兰、丁向东、子轩、张敬宪、林别卓、萧蔚、唐飞鸣、马凤春、阿芳,新西兰的燕子、大卫王、艾斯、陈友椿、张颖、穆迅、翁宽、鲁汉、林宝玉、林爽,等等。②

(龙刚华)

---

① 凌鼎年:《中国读者甚为陌生的美洲华文微型小说》(代序),《美洲华文微型小说选》,内蒙古文化出版社2011年版,第1—3页。
② 参见凌鼎年《大洋洲华文微型小说选》,内蒙古文化出版社2011年版。

第二章　微型小说研究范畴论

微型小说作为一种古老而又在当代充满无限生机的文体，不仅饱含着丰富的人生社会与自然万物的信息密码，而且在竞争激烈的当今社会发展得越来越好，甚至改变了文学的生态和人们的阅读生活方式，值得研究的内容异常丰富，大致可以从存在方式和文本批评两个层面去研析。

第一节　微型小说的存在方式研究

事物的存在方式与存在价值是互为因果、互为前提的：存在方式彰显存在价值，存在价值促动并优化存在方式。微型小说之所以能够兴盛起来，一方面是因为在文学大家族中，微型小说自身具有不可代替的价值；另一方面是因为微型小说的存在方式更加丰富灵活、别具一格且与时俱进。探究微型小说的存在方式，不仅对促进微型小说文体本身的发展有积极意义，而且对整个文学乃至文艺的发展都有建设性意义。我们可以从以下六个方面进行考察。

一 创作主体（作者）

微型小说易学而难工，要写好极为不易，但是入门不难，因而其创作主体（作者）更具有普遍性、群众性，长期从事文学创作的作者，无论是写长篇、中篇、短篇小说的，还是写诗歌、散文、戏剧的，凭着其文学功力，只要爱好微型小说，立即可以掉转笔头尝试创作，而且很容易上手，甚至登堂入室成为大家。这样的事例很多，如微型小说大家凌鼎年本来就是从事诗歌、散文、杂文等创作的，后来才主打并定位微型小说创作。业余文学爱好者，在阅读欣赏文学作品之时，心动手痒，想尝试文学创作，简短而易上手的微型小说往往成为最佳选择，只要有一定文笔基础的人很容易在创作微型小说中获得或大或小的成就感。当今微型小说作者从耄耋老翁到少年学生，从大学教授到打工仔，其人数何止成千上万，确实难以估量。浩浩荡荡的不同民族、不同阶层、不同行业、不同年龄、不同文化程度的微型小说作者队伍，组成了中文历史上绝无仅有的文学创作大军。

这就带来了一系列令人意想不到的功效。

宏观而言，营造了文学的绿草地，不仅挽救了文学，而且扩大了文学的边界，以小小的肩膀扛起了文学的大旗，履行了文学的使命。文学的现状是怎样的呢？20世纪80年代以后，随着思想解放运动和改革开放的兴起，文学的春天也到来了，而且更多的是以人们习惯认知的严肃文学的样式，如长中短篇小说、诗歌、散文、戏剧等体裁呈现于人们的眼前，与之前"文化大革命"时期的文学单调化、固化甚至荒漠化的局面相比，反差极大，繁荣的景象令人欢欣鼓舞。但是，随着经济社会生活节奏的加快，时间的碎片化和人们审美需求的个性化等大趋势的到来，严肃文学宏大叙事的形式和效果在经历了一阵高潮后趋于审美疲劳阶段，难以给人兴奋，文学失去了往日的辉煌和影响力，人们在询问：作家去哪儿了，文学去哪儿了？而微型小说造就的千千万万的作者队伍和有阅读就有微型小说存在的格局，让文学深植于民众之中，让文学的绿草漫山遍野。

具体而言，成千成万的作者在对微型小说的个性化创作中，既不断加深也不断优化了对该文体的理解和把握，一代又一代个性鲜明的作家及作家群如长江后浪推前浪，各具风采，蔚为壮观。中国大陆近30年来的微型小说创作队伍无论是放在中国小说发展史，还是放在世界微型小说史中，都是灿烂空前的。

20世纪80年代就领风气之先的"微型小说专业户"有：许行、孙方友、王奎山、申平、谢志强、凌鼎年、刘国芳、沈祖连、司玉笙、修祥明、赵新、尹全生、白小易、生晓清等。

20世纪90年代活跃起来的微型小说代表作家有：刘建超、蔡楠、滕刚、秦德龙、袁炳发、于德北、王海椿、芦芙荭、陈永林、范子平、吴金良、刘殿学、薛涛、赵冬、何百源等。

20世纪末至21世纪初脱颖而出的微型小说作家有：邓洪卫、宗利华、王往、赵文辉、杨小凡、魏永贵、李永康、张晓林、刘立勤、江岸、周波、夏阳、符浩勇、田洪波、周海亮、宋以柱、侯发山等。

尤其是女作家团队也成了微型小说领域一道亮丽的风景，代表人物有：郭昕、陈毓、徐平、非鱼、刘黎莹、红酒、陈力娇、安石榴、高虹、徐慧芬、申永霞、珠晶、陈敏、非花非雾、远山、袁省梅、梅寒等。[①]

据统计，加入中国作协的微型小说作家就有120多人，加入省一级作协的有千人左右，加入市县一级作协的更多，未加入作协而爱好微型小说创作的作者则难以统计。

除中国大陆外，如前所述，中国港澳台和海外的华文微型小说作家也是群星灿烂，而且，随着微型小说的发展，海内外华文微型小说作家队伍一直

---

① 杨晓敏：博客《当代小小说繁荣与全民阅读》（http://www.chinawriter.com.cn）。

在不断扩大。

那么，面对这个不同国籍、不同地区、不同民族、不同文化、不同行业、不同领域、不同性别年龄的海内外作家，他们的创作思想、创作经历、创作业绩、创作风格与个性，以及创作影响力等，都是值得研究的存在范畴。

二 作品

华文微型小说作品可从国内国外两个方面来分析。国内的微型小说作品又可分为三个大的阶段：古代、现代和当代（主要是近30年以来）。

中国古代的微型小说作品极其丰富，从小说源头的神话传说到志人志怪小说、传奇，尤其是历代文人的笔记小说，很多可以纳入微型小说的文体范畴，其数量很难统计，可以说是浩如烟海，内容几乎是无所不包。中国古代的长篇小说据统计是1000部左右，而可以列入微型小说的笔记小说在中国古代极多，因为凡是文人，几乎都或多或少地写点笔记，有点像当今的文化人写微博、微信公众号一样，那么古代这样或那样风格的笔记小说就不知有多少了。笔者在北京大学访学时，就知道北大图书馆收藏有很多古代的笔记图书，只是很少有人去系统全面地研究。那么，散落在世界各图书馆和民间的中国古代笔记小说类的作品到底有多少，还是个未知数。

中国现代的微型小说，从五四时期的白话文运动以来，一直与时俱进，白话微型小说较之于古代的文言微型小说，除了白话文与文言文的区别之外，还有两个明显的特点。一是名家参与创作，该时期的文学大家们几乎或多或少地都写过微型小说，内容以"箴时与讽世"为基本格调，而且名篇不少。例如，鲁迅的《一件小事》、郭沫若的《他》、郁达夫的《寒宵》、沈从文的《代狗》、赵树理的《田寡妇看瓜》、孙犁的《懒马的故事》、冰心的《一个不重要的军人》、夏衍的《两个不能遗忘的印象》等。二是名刊大力扶持，刊载各类微型小说。例如，20 世纪 20 年代的《民生月刊》《申报》《红玫瑰》《紫罗兰》等，30 年代的《大众文艺》《文艺新闻》《北斗》《文学杂志》《世界日报》《解放日报》《新华日报》《救亡日报》《抗战日报》《晋察冀日报》等，都积极进行推介宣传。现代文学史上微型小说的发展态势一直延续到当代文学。

1949 年中华人民共和国成立以来的当代文学阶段，微型小说一步步走向成熟和繁荣。50 年代，著名作家老舍首先发表《多写小小说》，倡导"大家似乎应该写些小小说""更希望把小小说当作一个新体裁看待，别出心裁，只用一二千字就能写出一篇美好而新颖的小说"[①]。他还身体力行创作小小说。巴金、茅盾等文坛领袖积极回应，分别在《人民日报》和《人民文学》等具有导向意义的顶级报刊上发表小小说作品或评论，为微型小说的发展身先垂范或把脉推介。[②] 由于当时社会主义初创时期火热的生活，如"农业合作化""抗美援朝""三反五反""大跃进""人民公社"等运动中各种天翻地覆的新人新事的激发，加上微型小说具有的简约通脱、易于上手和传播的文体优势，再加上文坛领袖的引领，还有苏联作家阿·托尔斯的《什么是小小说》分别译介在《文学报》《新港》发表以后带来的综合助推作用，一时间，很快形成了新中国成立以后第一次微型小说创作的高潮，不少报刊竞相刊发小小说。例如天津的《新港》文学杂志（后来的《天津文学》）从 1958 年第 11 期开始，每期辟有专栏，刊发一组小小说，持续了十多年。当时也出版了不少微型小说集，如长江文艺编辑部编的《双跃进：小小说选择》、王细级等著的《三报丰收：小小说集》、安徽人民出版社编的《安徽小小说选》、贵州日报社编的

[①] 老舍：《多写小小说》，《新港》1958 年第 5 期。
[②] 巴金：《小妹编歌》，《人民日报》1958 年 7 月 9 日；茅盾：《短篇小说的丰收和创作上的几个问题》，《人民文学》1959 年第 2 期。

《新高潮中出新人：小小说集》以及新港文学编辑部编的《小小说选》等。①

新时期以来，微型小说创作进入了大发展大繁荣阶段，中国大陆产生了多少微型小说作品很难准确统计，但大致可以估算，仅以中国微型小说中心之一的郑州市的《百花园》（月刊）文学期刊和《小小说选刊》（半月刊）为例，自20世纪80年代以来，以刊发微型小说原创作品为主的《百花园》和选载微型小说为主的《小小说选刊》的出版量合计已达1000期，发行量超过了1亿册。《百花园》和《小小说选刊》每期刊发的作品都是30篇左右，合计是60篇左右。那么，这两家刊物近30年来刊发的微型小说作品就是6万篇左右。而江西南昌的《微型小说选刊》自1984年创办以来，其发行量和《小小说选刊》不相上下。此外，全国还有上千家报刊定期或不定期地刊发微型小说作品，至于发表微型小说作品的网站数量更难以统计。这样算来，近30多年来，中国大陆创作出来的微型小说作品应该以百万篇来计算。

新时期以来的微型小说作品不但数量惊人，而且质量高、影响力大。从中外文学史来看，评价一种文体的质量和影响力的核心标志之一是看其能否进入教材，成为主流的文化食粮。据初步统计，新时期以来的微型小说作品选入国内外大中小学教材的有300多篇，如吴金良的《醉人的春夜》先后进入了人教版的中学语文教材和美国斯坦福大学的教材，许行的《立正》先后进入国内的《大学语文》教材和日本的大学教材，等等。除选入教材外，译介到国外的华文微型小说作品更多。而被选入各类学校的阅读材料和各种考试（从小学语文到文学类研究生阶段）的试题材料的微型小说作品则随时随处可见，难以统计。

海外的华文微型小说作品从数量上来说不如中国大陆的多，但其覆盖

---

① 黄秋平：《中国现当代微型小说发展浅探》，《求索》2001年第3期。

范围广,遍布全世界,如前所叙,此不赘述。

那么,面对如此浩如烟海的华文微型小说作品,我们如何理解研究作品的思想内涵与艺术形式,并从个体到群体,从个别到一般,从具体到抽象,准确地厘清不同地域、不同民族、不同国别的华文微型小说作品的个性与共性,评价其优劣得失,进而更好地探讨微型小说的创作规律呢?笔者认为,从文本的角度去探究微型小说的存在规律,是本书研究的基本范畴。

三　接受主体(读者)

客观而言,在当今各种适合案头阅读的文学门类(诗歌、小说、散文、戏剧)中,比较起来,小说类的微型小说是拥有读者量最大的文体之一。为什么呢?诗歌偏雅,散文偏庄,戏剧偏深,长中短篇小说耗时较多,只有微型小说真正雅俗共赏,短、平、快人见人爱。可以毫不夸张地说,凡有人阅读的地方就有人读微型小说。而换一个角度说,千千万万的微型小说就存在于千千万万的读者之中。

读者是什么?读者的角色是多重的。读者是接受者、消费者、被教育者,也是参与者、评判者、创造者。微型小说的读者又有三个特点:一是人多,二是阅读起点不高,三是读者容易转化为作者。这就使微型小说具有了其他文体无法比拟的优势:平民意识、开放意识和文学长寿的基因密码。平民意识体现在微型小说的读者主要是平民百姓,平民读者的情趣爱好、喜怒哀乐和消费需求正是微型小说坚守的底线。开放意识就读者层面而言,主要指门槛低且兼容并包。有了平民意识和开放意识,就有了市场,有了广阔的发展空间,而开放的思维和多元的声音则促进了文体的不断创新不断发展。这些正是微型小说也是文学能够存在和发展的长寿基因。在当今强调以消费者为中心的互联网时代,微型小说的读者意识正是顺势而为，其生存之道值得研究并推广。

四 载体

载体是指微型小说发表或承载的物质形式及场地工具等。微型小说的载体包括传统载体和新兴载体两种。

传统载体主要是纸质载体，也就是我们常见的书报形式。如果追溯得远一点的话，古代源自神话传说以来的微型小说分别记于竹简、羊皮纸、线装书、毛边书、平装书、精装书等载体上，当代也偶见一些几十字百把字的微型小说刻在墙体上起提醒告诫或娱乐作用。

新兴载体是伴随现代快节奏的生活和高科技的发展而兴起的，主要是电子网络载体，包括电脑、手机等，其特点有三：一是传播速度快。传统载体中的报纸副刊一般以周为单位，文学期刊一般以月为单位，出版社一般以年为单位；而电子网络是以分秒为单位的，分秒之间可以贯通全球。二是信息容量大。传统书报刊载100万字的内容，需要一本或几本沉甸甸的纸质材料；而电子载体中，存储量为1G的优盘可以存5.36亿个汉字，按30万字一本书算的话，可以存1800本左右的书本内容，现在一个手指大的U盘的存量可以达到64GB，可以存11.5万本左右的书的文字量，相当于一个小型图书馆的存书量。存储的量大和方便也带来了传播阅读的方便。三是无论对作者还是读者，自由度更大。这一点最为难得。新兴载体可以实现文学生产与消费的即时共享：即时的自我表达，即时的评论参与，有了感觉就可以即时互动，立马实现"我手写我心"的率性和快感。尤其是"超文体"链接，可以迅捷地突破传统载体的线性文本逻辑而进入浩如烟海的信息库随心所欲地取舍使用。当然，新兴载体也难免因带来信息的鱼龙混杂而失去传统载体的专注和精致。

面对电子网络载体铺天盖地的"占领力"，首先，不要慌，不要以为它稀释甚至剥夺了文学的存在载体。早在 1000 多年前的北宋时代，当先进的雕版印刷物普及开来时，苏轼就对雕版印刷物的普及带来的"百家之书，日传万纸"的便利并不乐观，因为虽然书籍的刻印传播方便了，但"后生科举之士，皆束书不观，游谈无根"[①]。这种现象和现在非常类似。不过，辩证地看，虽然苏轼基于文化人敏感的忧患意识，古今皆有，令人心有戚戚焉，但是，整体而言，长远来看，科技的发展都是促进了文学的发展繁荣和社会的文明进步的。当年先进的雕版印刷物普及的北宋就是当时世界上文化最发达的地区之一，现今世界上网络最发达的国家也是最先进的国家。其次，要顺时应变，借力发展。我们从积极的角度来看，文学载体的扩大正说明了文学的生命力无处不在，具有无限种生长的可能性，我们要做的，不是因循守旧，故步自封，而是放眼未来，因势利导，寻找微型小说与现代电子网络载体的最佳契合点。这种契合必须具备三个要素：一是保持微型小说自身的特点，不能失去自我；二是充分发挥现代电子载体快捷、方便、容量大的优越性；三是能相得益彰，实现双赢。

五　组织交流与评奖

组织建设与交流活动是人类一切活动生发与成长的基石，也是文学有序并成规模发展的前提。近 30 多年来，在许多有识之士的推动下，微型小说的组织建设与交流活动从无到有，从小到大，从个人到团体，从局部到全面，从中国到外国，不同层次、不同方式的交流风生水起，一浪接一浪，在全社会形成了广泛的影响，极大地促进了微型小说的发展和繁荣。较之其他文体，微型小说的组织建设与交流活动的范围、频率、层次和创意，可以说更胜一筹。主要体现在以下两个方面。

[①]（宋）苏轼：《李氏山房藏书记》，孔繁礼点校《苏轼文集》，中华书局 1988 年版，第 359 页。

第一，微型小说学会、研究会、创作基地等组织机构的建立与发展。

20世纪80年代，微型小说发展起来了，但整体上还处于很松散的各自为政状态，很快，到1992年6月"中国微型小说学会"在上海宣告成立，2001年"世界华文微型小说研究会"在新加坡正式注册。除了这两个全国性和世界性的微型小说学会团体以外，截至2015年，以南京金陵微型小说学会、郑州小小说学会为代表的全国各省份成立了地方性微型小说学会（河南、广东、广西、江苏、江西、山东、陕西、上海等）近50个；微型小说创作基地（河南汤泉池、江苏宝应、广东惠州和东莞、湖南常德、四川成都、山东淄博、湖北监利等），微型小说沙龙（北京、东北等），微型小说创作委员会（艺术委员会）（山东日照、河北邢台等），近20家。短短30多年，微型小说的星星之火，已经成了燎原之势。

这些学会、研究会、创作基地等组织机构的建立，将广大的微型小说作家，不管是德高望重的专业作家还是初出茅庐的业余作者，都团结在共同的文体旗帜下，使他们既有了事业的归宿感，又有了创作的明确目标，将自发的业余爱好变成自觉的人生追求，极大地促进了微型小说的发展。

第二，笔会、研究会与评奖活动。

举办笔会、研讨会与评奖活动，是促进文学发展的重要手段。这三类活动，侧重点各有不同。笔会侧重作家之间的创作交流，研讨会侧重理论探讨，评奖活动侧重推评优秀作家作品。而在实际运作中，这三种活动常常结合在一起。

近30多年来，由不同部门或机构举办的微型小说笔会、研讨会和评奖活动丰富多彩、高潮迭起。

笔会活动中，影响较大的不少。1990年5月在河南信阳汤泉池召开的"全国小小说创作笔会暨理论研讨会"是我国微型小说文坛第一次有策划、有组织、有目的的微型小说作家聚会，具有里程碑的意义。在这次会议上，大家深谋远略地提出了培养中国新时期第一代小小说作家的构想，其后的创作成就也证明，参加这次笔会的作家都成了我国微型小说界的"种子选手"。1993年9月底至10月初，金陵微型小说学会在连云港召开了"连云港金秋笔会"，与会作家学者58人，笔会采用名家授课的方式进行培训沟通，开教授学者与微型小说作家笔会交流之先河。而冠名为"全国微型小说笔会"的会议已在多地多次举行。第一届、第二届"全国微型小说笔会"分别于2011年5月和2012年5月在江西万载县举行，第三届于2013年12月在湖南常德举行，第四届于2014年12月在四川成都举行。同时，2012年8月微型小说月报杂志社与江苏省微型小说研究会等单位在江苏宝应县举办了"全国微型小说笔会"。此外，地方性的微型小说笔会也接连不断，河南、江苏、北京、广西、广东、浙江、河北、四川、湖南、重庆、山东、黑龙江等省份表现突出，并有一定的影响力。

研讨会既有综合性的，也有专题性的单个作家作品研讨会。综合性的研讨会有国内范围和国际性的。从20世纪90年代开始，国内的微型小说研讨会举办得最多的是两个微型小说重镇：一是以小小说选刊杂志社、百花园杂志社为中心的河南郑州。其中，"中国郑州小小说节"2005—2011年连续举办了4届，每届参加的有200多人，办得有声有色。二是以微型小说选刊杂志社为中心的江西南昌。此外，江苏、浙江、北京、上海、广东、广西、重庆、陕西、湖北、湖南等地均有此举。国际性的华文微型小说研讨会起步早，规格高，宗旨明确，组织得力，成效显著，影响范围广。其标志性的会议是"世界华文微型小说研讨会"。首届世界华文微型小说研讨会于1994年12月在新加坡召开，其后形成规律，每两年在不同的国家或地区召开一届，截至2014年，已分别在新加坡、泰国曼谷、菲律宾马尼拉、印度尼西亚万隆、文莱斯里巴加湾、中国上海、中国香港、马来西亚吉隆坡等地召开了10届。每次均有100多人，参会人员有作家、学者及有关政府官员，分别来自亚洲、欧洲、美洲、大洋洲和非洲的近20个国家与地区。每届会议都有明确的研讨内容，且研讨的深度广度，从前十届举办的情况来看，几乎涉及微型小说的方方面面。此外，东南亚一些国家，如新加坡、马来西亚、泰国、菲律宾、印度尼西亚的华文作家协会，欧洲华文作家协会、大洋洲华文作家协会、美国华文小小说总会等组织也开展了形式多样的华文微型小说研讨会，卓有成效。

评奖活动在近30多年的微型小说发展进程中很频繁，极大地调动了广大作者的积极性，扩大了文体的影响力。

具有代表性的评奖活动很多，从1983年起，上海的小说界杂志社连续举办了2届全国微型小说大奖赛。从1985年起，郑州《小小说选刊》主办的每两年一届的全国小小说优秀作品奖、佳作奖和优秀作品责任编辑奖，已连续评了15届。1993年，由中国微型小说学会联合新加坡、泰国、英国等海内外十多个国家与地区的作协机构与报刊共同举办的"春兰·世界华文微型小说大奖赛"，是中华人民共和国成立以来规模最大的一次文学作品征文活动，历时一年，有数万人参赛，影响范围广。南昌的微型小说选刊杂志社从1995年主办了首届全国微型小说征文大奖赛以后，一直坚持举办形式多样的评奖活动。成立于1992年的中国微型小说学会专门设置了"中国微型小说学会年度奖"，一年一评，持续发力。小小说选刊杂志社、百花园杂志社与河南郑州市小小说学会举办的"小小说金麻雀奖"，设立于2003年，首届评奖时间跨度为1985—2002年，以后每两年评选一次，截至2015年已评了7届。该奖项旨在倡导和规范文体，推介名家，遴选精品，分设创作奖和理论奖，运作得非常成功，在文学界很有影响。中国作家协会旗下的小说选刊杂志社联合有关单位于2009年设立了"微型小说蒲松龄文学奖"，每两年评选一次。在国内各种微型小说评奖中，具有里程碑意义的是，2010年2月25日中国作协出台最新修订的《鲁迅文学奖评奖条例》，将小小说、微型小说纳入代表政府行为的国家级文学奖——鲁迅文学奖评选范围，微型小说终于登堂入室，修成正果。鲁迅文学奖每三年评选一次，虽然微型小说近期尚未有获此奖者，但这一奖励条例修改的引领意义和标志性价值对于微型小说的发展来说是至高无上的。此外，海外的华文微型小说创作奖项也有特色。2009年年底，美国成立了"美国华文小小说总会"，设立了"汪曾祺小小说奖"。香港华文微型小说界则放眼未来，着力培养后备作者和读者，从2006年开始，已连续主办了两届"世界中学生华文微型小说创作大赛"，吸引了以东南亚各国为主的世界多地的中学生参赛。

六　产业化发展

文学的产业化问题实际上是从文学产生以来就存在的问题，但传统观念一直羞羞答答地不敢正面回应，以为文学只是精神层面的东西，是少数人的专利，加上"君子不言利，文人轻钱财"的价值取向也有一定的束缚作用，尤其是现实中的文学产业化思路并没有变成大多数人的共识。因而，文学产业化这一自古以来就存在特别是在当今世界发达国家成为文学发展的主流趋势的做法，在中国还远远没有达到理想的效果。

要做好文学的产业化发展，不能像从事文学创作一样率性随意，而应理性思考，全面规划，科学决策，执行到位。重点在于以下两个方面：思想认识和发展路径。

第一，思路认识要到位。文学的创作、传播及多层面经营，本质上是一种生产劳动，按照马克思主义观点，文学艺术是特殊的精神生产，其成果就是体现人类精神生活的文化产品。文学艺术的生产流程同物质生产一样，也包含生产者、生产、产品、消费者与消费等要素，同样要受到生产力与生产关系的矛盾运动的制约。因此，纠正文学自视清高和自得其乐的误区，是做好文学产业化发展的思想基础。

第二，产业化发展的路径既要放开眼量，又要从实际出发，接地气。

2009年，国务院颁布了《文化产业振兴规划》，表明了中央增强国家文化软实力的战略决策，其中提出了八项重点任务，排在首位的就是"发展重点文化产业。以文化创意、影视制作、出版发行、印刷复制、广告演艺娱乐、文化会展、数字内容和动漫等产业为重点，加大扶持力度，完善产业政策体系，实现跨越式发展"从顶层设计上为文化产业的发展定了基调并指明了方向。从文学领域来看，20世纪90年代后，文学产业化进程的范围和速度前所未有，带动了一个又一个消费热点。小说方面的王朔热、《废都》热，以"陕军东征"为标志的长篇小说热，到"80后""90后"的青春写作与叛逆写作，诗歌方面的汪国真热，散文方面的余秋雨热、文化散文热、闲适散文热、小女人散文热，都与读者受众的消费刺激密切相关。尤其是戏曲影视方面，从选题策划、排练拍摄到市场运作，其立足点就是在保证社会效益底线要求的前提下，追求票房价值的最大化。

在这种大背景下，实事求是地说，当今微型小说的产业化发展是走在各种文体前列的，其表现主要是读者（消费者）意识和产业化经营。

第一个表现，读者（消费者）意识。

读者（消费者）意识就是以读者（消费者）为中心，处处考虑读者（消费者）的各种需求来进行微型小说的创作、编发与传播。当代顶尖企业家马云在谈到当今最先进的"互联网思维"的要义时指出，互联网思维就是以用户为核心，不断满足用户的需求。从本质来看，读者意识和互联网思维是一致的，代表了时代发展的潮流。

具体而言，什么是微型小说的读者意识？著名小小说事业家，被誉为"中国小小说教父"的杨晓敏在1995年就发表《永远为读者办刊物》一文，表明了读者至上的办刊理念。后来，他又将这种读者意识诠释为"平民艺术"，他说："如果完整表述一下，小小说是平民艺术，那是指小小说是大多数人都能阅读（单纯通脱）、大多数都能参与创作（贴近生活）、大多数人都能从中直接受益（微言大义）的艺术形式。"① 他在这里一连用了三个"大多数人"来概述"平民艺术"的广泛性，其中"大多数人都能阅读""大多数人都能从中直接受益"实际上强调的都是"读者（消费者）意识"。

当然，强调"读者（消费者）意识"并不是毫无原则地一味迁就或迎合，而是讲究质量、追求品位，"力求主题积极、内容健康、贴近现实、富有时代气息和有较高的艺术水准，追求思想内容和艺术形式的完美统一，努力营造缤纷的小小说世界，采珠撷贝，兼收百家之长，为人民群众提供优质的精神食粮"②。

事实上，无论是微型小说的倡导者、编辑者、出版事业家，还是作家、评论家，都或多或少地对这种面向大多数人的平民意识、读者意识达成了共识。郑州小小说学会会长冯辉在分析微型小说作家于德北创作的平民化特质时指出："于德北以一种平民化的价值观、伦理观，以平民的心态、平民的眼光、平民的然而也是平民作家的话语，来讲述他的平民故事、平民的日子和平民的情感。"③ 这就从作家表达的价值观、伦理观、心态、眼光、话语、故事及情感等更深的层面剖析了微型小说平民化的读者意识。

这种读者（消费者）意识还表现在其他两方面：一是确保篇幅字数的精短，节省读者的阅读时间。微型小说的字数少则一二十字，多则数千字，但经过长期的检验后，作家和编辑发现读者最乐意看的还是1500字左右的作品，作者也认同并坚持这种篇幅规模，因为按照读者接受规律——审美速率刺激——的要求，一般人的阅读速度每分钟是500字左右，3分

---

① 杨晓敏：《小小说是平民艺术》，河南文艺出版社2009年版，第8—9页。
② 杨晓敏：《永远为读者办刊物》，《小小说是平民艺术》，河南文艺出版社2009年版，第50页。
③ 冯辉：《小小说艺术论》，河南文艺出版社2007年版，第54页。

钟可构成一个最短最佳的阅读兴奋周期。在这个为时 3 分钟的周期内，即使阅读毅力差的普通人也能集中精力保持兴奋状态，因此，花 3 分钟的时间完成 1500 字左右的小说阅读，再紧张忙碌的现代人也不必背时间包袱，而能快速地享受一次审美阅读的快意和收获。对于现代读者来说，正契合了他们的需求。二是期刊的大小便于携带，且价廉物美，设计精当，雅俗共赏，人见人爱。国内专门选载微型小说的两家著名的刊物《小小说选刊》和《微型小说选刊》都是小 32 开本，内页从 20 世纪 80 年代的五六十个页面到现在的 96 个页面，每本的价格从几毛钱人民币到现在也只有三四元，几乎人人都能消费得起。这些刊物的封面设计、插图装饰、版面布局等，每期都精心制作，情趣高雅，令人赏心悦目，极具亲和力。

第二个表现，产业化经营。

微型小说的产业化经营主要是由一些具有眼光的文化企业家、编辑和作家策划并推动的，顺应时代需求和文体特色，"因小为大"，在一定意义上，真正做到了"小文体撬动了大世界"，既有经济效益，也有社会效益。

回顾近几十年来微型小说的发展历程，其产业化经营的思路和业绩是非常成功的。成功的秘诀是在满足市场需求的前提下，注重培养创作生产力的第一要素——作者队伍，精心经营微型小说的品牌刊物（价廉物美，薄利多销），全面实行"创作策划—报刊发表—评点推介—研讨交流—作品评奖—结集出书—走进教材—走向剧本影视—走向电子网络"立体化的经营发展模式。产业化经营主要有以下三个方面。

第一，注重培养创作生产力的第一要素——作者队伍。任何事业成功的第一要素都是靠人才。微型小说的领航者与先驱者们不但自己身体力行，而且竭尽全力发现各类微型小说人才并呵护他们成长。主要方式为：对待新老作家采用各不相同的方法。对待新人，热情鼓励，悉心栽培，请有经验的编辑给他们改稿子，提供发表园地，组织研讨会进行交流，助推他们成长。20 世纪 80 年代以来，一代代微型小说作家就是这样成长起来的。对于名老作家，更多的是尊重成全。尊重他们的创作个性创作风格，充分发挥他们的示范引领作用，如汪曾祺、许行、王蒙、刘心武、贾平凹、莫言、蒋子龙、陈建功、冯骥才、梁晓声等就是这方面的表率。这样，有了名老作家的引导参与，新老作家相互呼应，各展风采，微型小说的创作人才后浪推前浪，越来越兴旺。

第二，精心经营微型小说的品牌刊物。文学的发展首先需要作家，而培养作家、成全作家离不开发表作品的平台，传统意义上的最基本的平台就是报刊。定期或不定期地发表微型小说作品的报刊仅在中国大陆就有数千家。较有代表性的是《小小说选刊》《百花园》《微型小说选刊》《小小说大世界》《天池小小说》《小说月刊》《小说选刊》《小说界》《羊城晚报》《小小说精选》《微篇文学》等。而专门刊载微型小说且有广泛影响力的刊物就是选载作品的《小小说选刊》《微型小说选刊》和刊发原创作品的《百花园》这三家品牌刊物。《百花园》创刊于1958年，原来是综合性的文学期刊，1982年后才专门刊发微型小说原创作品。《小小说选刊》和《微型小说选刊》分别创刊于1985年和1984年。这三家刊物的主创者们既有敏锐的市场意识，又有专业的战略眼光和创造性的运作技巧。拥有《百花园》《小小说选刊》等刊物的百花园杂志社一贯坚持的办刊理念就是"推出精品、成就作家、传播文化、服务社会"，[①] 强调的是"精品意识、读者意识、作家摇篮"。有了这种准确的定位以后，便从文体规范、栏目设置、题材发掘、内容选择、刊物包装、发行机制等方面进行全面革新。对组稿模式、办刊人员素质提出了新的要求，然后，脚踏实地，按照高标准一期一期地做出来。有了质量基础之后，并不漫天抬价，而是始终以小而精、精而廉的刊物形象对待读者，让读者受惠，进而越来越喜爱，刊物的影响力越来越大。面对不断扩大

---

① 杨晓敏：《郑州：倡导小小说30年》，《小小说选刊》2015年第1期。

的市场需求，刊物的决策者们又不失时机地顺势而为，增加刊期和发行量。《小小说选刊》从1995年起由月刊改为半月刊，月平均发行量由1985—1994年的10多万册，到1995—2006年的50万册，最高达64万册，2007年以来月平均发行量仍保持在20万册左右。①《微型小说选刊》原为双月刊，1994年改为月刊，1996年又改为半月刊，月平均发行量由最初的几万册，到最高时的70万册，现在每月发行保持在36万册。② 这个发行量在当今中国的文学期刊中是排在最前列的。随着发行量的增加，利润和声望相互促成。30多年的持续办刊，两代人的阅读取向，成就了微型小说的品牌刊物。《小小说选刊》入选"中国期刊方阵双百期刊"，荣获"国家期刊奖百种重点期刊奖"，《微型小说选刊》入选首届"全国百种重点社科期刊"。

第三，立体化的经营发展模式。中国近几十年微型小说产业化的发展成功地走出了一条立体化经营的道路，其基本路径就是，在重点培养好作家队伍和打造好品牌刊物的基础上，实行"创作策划—报刊发表—评点推介—研讨交流—作品评奖—结集出书—走进教材—走向影视网络—走向世界"的动态扩展方式。这九个方面以下分别予以介绍。

第一方面，创作策划。创作策划是多层面的。作家本人有自己的强项、爱好和追求，因人而异；刊物有自己的定位和目标，因刊而异。微型小说的办刊人员很强调这一点，如在组稿策划上就很主动。郑州《百花园》杂志执行主编冯辉在策划刊物发展的论证报告中强调："改变传统的组稿模式。根据刊物的宗旨、应有的功能、读者的需要，由编辑工作的被动选择式转变为主动引领式，编辑向策划型、创意型、加工型发展。"③ 这

---

① 秦俑、马国兴、吕双喜：《杨晓敏与小小说》，郑州大学出版社2013年版，第338页。
② 陶望平：《〈微型小说选刊〉期发行量18万 年创纯利润200多万》，今视网，2013年10月13日。
③ 冯辉：《〈百花园〉由月刊改为半月刊论证报告》，《论小小说》，河南文艺出版社2010年版，第33页。

种重视创作策划的办刊思路有力地推动了微型小说的发展。

第二方面，报刊发表。这是对微型小说作品质量的一种基本确认和展示。近30多年来，中国大陆发表过或仍在发表微型小说作品的报刊难以准确统计。根据国家新闻出版总署提供的数据，全国出版的报纸和期刊有12000种左右，除了自然科学类的专业报刊外，人文社会科学类的占大多数。这其中除了纯文学期刊外发表过包含微型小说在内的文学作品的报刊，估计有数千种。

第三方面，评点推介。小说评点是中国古典文言小说批评的主要样式，由诗文评点借鉴发展而来，源于南朝，盛行于明清，评点的形式主要有序跋类、评注类和符号类三大类，功能是帮助阅读者更好地理解作者的创作意图和作品的艺术特色，影响深远。[①] 微型小说发展到1995年以后，为了更好地规范文体、树立标杆及帮助培养作者、引导读者阅读，《小小说选刊》《微型小说选刊》等刊物先后别出心裁地在每期选几篇有特色的作品进行评点，附于篇末，注明评点人，文字不拘，少则几十字，多则二三百字，从题材、立意、构思、人物、语言到艺术技法，成败优劣，长短瑕瑜，择其一二点加以品评，往往切中要害，令人心服，给人启迪，深受读者喜爱。其中，一些评点成了品牌，如"寇子评点""习武评点""胡炎评点""雪野评点""吴铮评点""谷凡评点""秦俑评点""胡一笙评点""刘宁评点""谷硕评点"等均有不同程度的影响力。

第四方面，研讨交流。研讨交流不仅能提高作家的创作水平，还能推介作品，引发关注，扩大作家作品及微型小说这一文体的整体影响力。从20世纪80年代微型小说兴盛以来，微型小说界的各类笔会、研讨会就连续不断地举行，遍及海内外。仅郑州小小说选刊杂志社、百花园杂志社以杨晓敏

[①] 参见董玉洪《中国文言小说评点研究》，博士学位论文，华东师范大学，2006年，第1—12页。

为核心的团队就先后投入了近300万元,在郑州、北京等地策划、主持召开了20多次会议,名家汇聚,中央电视台、《人民日报》等百余家新闻媒体持续报道,极大地提升了微型小说文体及相关刊物的知名度和市场影响力。

第五方面,作品评奖。从产业经营的角度来说,作品评奖的直接意义在于不断推出精品,进行包装,打造卖点,从而更好地促进微型小说创作精品,快出精品。如前所述,微型小说的各类评奖活动接连不断,已形成规模和规律,国内和国际的评奖都有,现在令人期待的是国家级文学奖——鲁迅文学奖的突破。

第六方面,结集出书。微型小说作品散见于各类报刊中,结集出书以后更便于保存和流通。据世界华文微型小说研究会秘书长凌鼎年先生统计,近30年来,世界各地出版的华文微型小说集有2000种左右,这是一个令人刮目相看的数字,因为中国古代的长篇小说也只有1000种左右,比较一下就从另一个角度发现微型小说发展之快了。

第七方面,走进教材。能否进入教材,是文学作品能否登堂入室成为经典的标志之一。进入教材的作品,影响的范围和持久性,尤其是读者的认同度远远超过一般作品。据不完全统计,已有300多篇微型小说佳作进入海内外大中小学教材。[①] 而被选作中考、高考语文试题及文学类研究生招生试题的微型小说更多。这些作品既树立了微型小说的品牌,又培养了一代又一代的作者和读者,其潜在的市场价值是难以估量的。

第八方面,走向影视网络。这是小说与多种艺术样式联姻、与科技发展同步的明智之举。微型小说小篇幅小,既是不足,也是优势,可以独立改编成影视作品,如凌鼎年的《祖传名壶》就被中央电视台(以下简称"央视")加工拍摄后在纪念抗日战争60周年时播放;也可以缀珠成串,进行系列改编。20世纪90年代,南京金陵微型小说研究会与浙江宁波影

[①] 杨晓敏:《我与郑州小小说》,郑州小小说文化传媒有限公司2015年版,第1页。

视中心合作，改编并拍摄了几十篇微型小说作品。2013年，湖南作家戴希的微型小说改编成微电影《每个人都幸福》。2014年，根据李伶伶的同名微型小说改编成的乡村轻喜剧《翠兰的爱情》（30集）在河南都市频道和河北卫视播出。近年来，微电影异军突起，年产值达数百亿，超过了电影、电视剧产值的总和，为此，央视专门成立了微电影发展中心。2014年7月24日，中国微型小说学会与央视微电影发展中心签署了战略合作协议，央视副台长兼中央新影集团董事长高峰在签字现场说：“一篇优秀的微型小说是一部好的微电影，微电影需要原创的支持。”① 2015年7月3日，中国微小说与微电影创作联盟在北京成立。这一系列的发展势头显示出微型小说在向影视化迈进的道路上越走越宽广。

网络的发达特别适合于微型小说的发展，因为二者都具有快节奏、简便的特性。网络的出现，在打破了平面媒体文学如印刷品的形式局限和一定的内容品质的审查管制的基础上，让广大文学爱好者轻点鼠标就可以寻找发展的空间，其草根性、自由度是传统文学载体无法比拟的。微型小说篇幅的精短更有利于网络写作和传播，因此其作者群更庞大，网络上发表的微型小说数量更是天文数字。在这一与现代科技发展同步的过程中，小小说作者网、中华微型小说网、作家网等走在前列。在"百度"上点击"小小说作家网"，出现的条目上百万，其包含的链接和内容则是海量的，由此带来的市场价值将源源不断。

第九方面，走向世界。主要有两种方式，一是作品译介，二是国际交流。华文微型小说翻译成英语、日语、法语、德语、西班牙语、马来西亚语、泰语、土耳其语等在国外传播越来越受欢迎，有些专业人士在从事译介工作。日本的渡边晴夫、大川完三郎主编翻译的《中国的短小说》作为

---

① 欣闻：《中国微型小说学会与央视微电影发展中心联手影视创作》，中国作家网，2014年7月30日。

日本大学的教科书。美国的穆爱莉、葛浩文，中国香港的赵茉莉等人编译的《喧闹的麻雀——中国当代小小说选集》于2007年在哥伦比亚大学出版社出版后，其中的一部分被选入耶鲁大学的有关教材。[①]

　　国际交流主要是会议及访问学术交流。如前所述，世界华文微型小说研讨会从1994年以来，两年一届，已连开了10届，面向全世界，影响越来越大。微型小说创作与研究的国际交流一直不断，遍及亚洲、欧洲、美洲、大洋洲等许多国家，其中2011年10月中国微型小说家代表团成功访美是一个标志性的事件。代表团一行8人，先后访问了耶鲁大学、哈佛大学、美国国会图书馆，捐赠华文微型小说作品与理论著作800余册，分别在耶鲁大学、哈佛大学筹建"中国微型小说文库"，并在哈佛大学和纽约分别举办了学术研讨会与评奖交流会，名家云集。当地报纸以"与时俱进不断创新中国微型小说走进美国顶级大学校园"为题进行整版报道，[②] 世界各地包含报刊、网站在内的数千家媒体发布了消息，一时间将华文微型小说的声势推向高潮。

第二节　微型小说文本批评

　　所谓文本批评，是指"对单个作品的品评和分析，它着重阐释的是单个作品的情感内涵和艺术形式"[③]。

---

　　① 凌鼎年：《中国微型小说备忘录》，载香港2010年《第八届世界华文微型小说研讨会论文专集》，第44—45页。
　　② 蒲英：《与时俱进不断创新中国微型小说走进美国顶级大学校园》，（美国）《伊利华报》2011年10月15日。
　　③ 谭帆：《"小说学"论纲——兼谈20世级中国古代小说理论批评研究》，《中国社会科学》2001年第4期。

对微型小说来说，文本批评要落实到每一个作家的每一篇作品上，这是一项浩大的工程，目前国内外文学批评界对此有兴趣而且有能力去从事该项工作的人手远远不够。不过，前期已有不少学者作家在微型小说的理论研究上开疆拓土。

代表性的人物先后是：老舍、茅盾、魏金枝、江曾培、凌焕新、孟伟哉、王蒙、魏铮、郑宗培、王蒙、张炯、晓钟、徐斐、许世杰、吕奎文、郑贱德、刘一东、孙钊、郭延明、蒋子龙、汪曾祺、迅轩、古继堂、王国全、峻青、王朝闻、刘锡诚、林斤澜、姚建新、黄子平、沈国芳、赵曙光、袁昌文、杨贵才、梁多亮、刘海涛、叶辛、胡灵芝、黄万华、李春林、李献文、廖怀明、沙鼋农、王淑秧、沈祖连、王振科、徐迺翔、徐如麒、杨振昆、张记书、邵德怀、戴涛、张国培、许行、黄万华、古远清、肖成、邢可、晓江、李丽芳、赵得利、张进、王保民、柯灵、陈顺宣、王嘉良、杨昌江、甘德成、于尚富、许延钧、张颖东、徐高明、田禾、钟彩荣、饶芃子、钦鸿、赵朕等。进入 20 世纪以来的代表性人物是：杨晓敏、凌鼎年、冯辉、顾建新、姚朝文、龙钢华、刘文良、雪弟、张春、王晓峰、高盛荣、郭昕、王中朝、寇云峰、赵建宇、伍晓燕、秦俑、孙新运、龙茜、李阳、雷娟等。

港澳台地区及海外从事过微型小说研究的学者作家有：新加坡的黄孟文、董农政、贺兰宁、怀鹰、林高、王润华、李龙、叶玉慧、赖世和、林春美、方然、希尼尔、修祥明等，马来西亚的孟沙、陈政欣、曾沛、刘育龙、许通之、李林枝、马峰，泰国的司马政、郑若瑟、曾心、老羊、温晓云、洪怀、梦凌，菲律宾的庄子明、柯清淡、林素玲、张淑清，印度尼西亚的高鹰、林文彪、晓星，中国香港的甄拔涛、阿兆、陈荭、东瑞、王洁仪、吴佩芳、林馥，中国台湾的郑明娳、陈鹏翔、周昌龙、林绿、彭小妍、郭名凤、陈启佑，文莱的孙德安、海庭、陶馨，中国澳门的许钧铨、许世儒、许云、贺鹏，日本的渡边晴夫、荒井茂夫，越南的谢振煜，德国的谭绿屏、穆紫荆、麦胜梅，捷克的李永华，瑞士的朱文辉，新西兰的何与怀，澳大利亚的陆杨烈，美国的黄河浪、穆爱莉、王渝、刘大任，等等。

海外众多的作家和学者从不同的角度研究微型小说，尽管研究的深度和广度千差万别，但都有其不可代替的价值。总的来说，无论是宏观的理论研究还是微观的具体作家作品研究，都达到了一定的水准，但是现在最缺的还是一批有数量和质量保证的文体批评家。为什么呢？对于一种处于发展中的文体来说，就像一个处于成长阶段的少年一样，生命力旺盛而又具有很强的可塑性，需要细心的呵护、科学的指导，才有利其健康成长。而现在微型小说作家人数众多，作品数量庞大，由于缺乏及时而有效的指导，不少有潜质的作家作品处于一种自生自灭的状态。当然，也有一些有识之士在这些方面做出了重要贡献，如黄孟文、赖世和、廖怀明、江曾培、杨晓敏、刘海涛、凌鼎年、郑允钦、冯辉、寇云峰、顾建新、越建宇、姚朝文、陈勇、张春、高盛荣、秦俑、侯德云以及其他一些关注微型小说发展的学者作家或多或少地从事过微型小说的文体批评，尤其是黄孟文、凌鼎年、顾建新等人长期以来以一种事业的使命感耕耘其中，品评作品得失，扶持作家成长。杨晓敏更是全方位地从策划、编稿、修改、刊发、评奖、出书等各方面关心微型小说作家，他开设的"当代小小说百家"评论栏目面向海内外，长期坚持，滴水穿石，受益者众多。

从长远来说，要想促进微型小说不断地向前发展，必须解决好以下两个问题。

一 充分认识到文本批评的急迫性

微型小说研究较之于长中短篇小说而言，有自己的两个研究难点：一是切合微型小说文体特点的理论体系的构建；二是繁多的文本批评（作品评析）。这二者之间既相互联系，相辅相成，又彼此独立，不能互相取代，我们既要避免用理论研究取代文本批评，又要避免用文本批评取代理论研究。对于具体的每一位作者来说，最难得而直接受益的是在创作的道路上朋友式的专业批评者对其创作的成败得失进行精辟的分析，提出有价值的意见，促使其不断成长。目前，能够有幸享受到这种待遇的微型小说作者还是极少数，大部分处于一种自生自灭的放任状态。国内外创作微型小说的作者，包括专业的和业余的，有成千上万人，而关注微型小说文本批评的不过一二十人。尽管这些热爱微型小说文体的批评家们敬业又精业，但人的精力毕竟是有限的。大量有发展潜质的作者作品需要更多伯乐的慧眼和专业化的扶持，才能不断进步。

二　如何做好文本批评

笔者认为做到以下三点才能做好文本批评。

首先，作家和评论家都要有自觉的主动的交流沟通意识，切忌封闭。2012年诺贝尔文学奖得主莫言不但能创作出世界一流的作品，而且很善于与评论家交流。他每出版一部新作后，就及时地将作品寄给国内外评论界的有关专家学者。这样无论对于作家还是评论家，都是利好的做法。微型小学界应该以莫言为师，让交流变得更加广泛活跃。文学评论家们要以繁荣文学的使命感和满腔的热情来接纳微型小说这一"朝阳文体"。

其次，精选文本。面对浩如烟海的微型小说作品，如何选择评论对象是一个很重要的问题。在以往的文学评论活动中，实事求是地说，大量地存在着随意化、情绪化的现象，容易导致遗漏和片面。理性的评论与研究，离不开全面性、系统性，强调普遍与特殊的统一、一般与个别的结合。当代人文社会科学研究面临快速转型：从只研究少数碎片化数据到系统性分析纷繁多样的大数据，从各学者单打独斗到不断增多的集团化、跨领域、实验风格的研究团队，从纯粹的学术内省到对整个社会产生重大影响。微型小说研究的文体分析要想做到公正、全面、有代表性，就离不开系统性的大数据分析。这种大数据必须充分体现时间、空间和风格三个层面，即要对不同地域、不同时段、不同风格的作家作品进行实事求是的研究，这样才能获得相对公正、全面的研究成果。

最后，构建契合微型小学文体的理论话语体系。一把钥匙开一把锁，不同文体有不同的特点，即使对同一文体，古今中外的研究者也各有其观照点和个性化的解读方式。就小说而言，因其兴盛的时间迟于诗歌、散文、戏曲等文体，因而小说理论的兴起也相对较迟，同时深受其他文体的影响。但是，小说理论的发展也正像小说发展的后来居上一样，非常丰富，并体现在小说观念、小说美学、小说批评、小说技法和小说接受等方方面面。不过，这些理论的构建几乎都是针对长中短篇小说而言的，面向微型小说的理论几乎是空白。尽管凡属小说均有同构性，但是正像世界上没有两片相同的树叶一样，小说文体之间的区分是各有玄奥的。古今之间、中外之间、长短之间，小说的属性千差万别，因为小说是一种应变能力很强的文体，对它的观照不能固化。正如宁宗一在《中国小说学通论》中所说："古代小说，同现代小说一样绝不是一种绝对的文体，它的各个方面各个范畴始终都是处在一个变动的过程。在这个过程中，如果我们固守一种观念，固守一些衡量标准，那么就很容易在思维上造成错位。"[①] 在文学批评实践中，用一种泛化的理论对作品进行泛泛而评，尽管不失为一种方法，但容易失之于大而无当。为了避免思维上的错位和不痛不痒的大而无当，急需从文体和文本实际出发，进行精准批评。

对于微型小说而言，系统而精准的文本批评宜着眼于三个层面：宏观层面——文化层面，中观层面——文学层面，微观层面——文体层面。

[①] 宁宗一：《中国小说学通论》，安徽教育出版社1995年版，第12页。

第一，宏观层面——文化层面。着眼点是微型小说的思想内涵或哲理意蕴，因为无论是微型小说的创作还是阅读欣赏，都强调立意。微型小说作家兼事业家邢可早就认识到这一点："小小说是立意的艺术。"① 立意的含义很宽泛，既是单纯的也是复合型的，既是显性的也是隐性的。人们常常关注作品立意中单纯、显性的一面，而忽略了其复合、隐性的一面，其实，二者均不能偏废，有时后者别具价值，正像米兰·昆德拉所说："小说的意义就在于让人发现事物的模糊性。"② 而无论是思想内涵、哲理意蕴、立意或意义，都可以统归在文化的范畴里，包括理想信仰、价值观念、风土人情及种种人生况味等。将微型小说置于广泛的文化背景下去解读，才有广泛的包容性，从而避免偏见和狭隘，并促使微型小说在文化的生态环境下不断发展。

第二，中观层面——文学层面。文学性是小说存在的前提。何谓文学性？最早提出这一问题的是20世纪初俄国形式主义学者罗曼·雅各布森，他认为："文学科学的对象并非文学，而是'文学性'，即使一部既定作品成为文学作品的特性。"③ 具体而言，文学性就是指对词语进行安排和加工的技巧，是将事物"奇异化"，将形式艰深化的艺术手法等。尽管不同文体的文学性各有特性，但它们都有文学的共性："为了恢复对生活的体验，感觉到事物的存在。"④ 因此，追求形象性，增加感受的难度和情趣，成了文学创作的共同目标。在具体操作中，语言的加工，人物与事件的选择，情节与结构的安排，叙事的节奏与抒情议论的技巧，以及各种修辞方式的采用等，都是考量作品文学性的指标。对于小说这一文体来说，其文学性

---

① 中国社会科学院外国文研究所、《世界文论》编辑委员会编：《小说的艺术——小说创作论述》，社会科学文献出版社1995年版，第56页。
② 邢可：《怎样写小小说》，中国华侨出版社1996年版，第9页。
③ ［加拿大］马克·昂热诺、［法］让·贝西埃：《问题与观点》，史忠义译等，百花文艺出版社2000年版，第30页。
④ ［苏］维·什克洛夫斯基：《散文理论》，刘宗次译，百花洲文艺出版社1997年版，第10页。

特别看重人物、情节与叙事。人物重在个性化且有一定价值，情节追求可读性与吸引力，叙事则要求不落窠臼并能新人耳目。

其三，微观层面——文体层面。文本批评最终必须落实到文体层面，文体是文学作品在长期演变过程中的类型化生成，是作者与读者双向选择达成的共识，具有自身的生存发展规律，因此，我们在解读时必须从文体特点出发。微型小说除了具有一般小说的属性以外，又有独特的审美特质，这种审美特质与社会发展状态，人们生活的方式、时间的碎片化，空间的流动多变以及科技的日新月异紧密联系，具有短、平、快基本特点。短者，短小精悍，犹如号称体育竞赛之王的百米短跑，精气神尽显其中，以短胜长。微型小说1500字左右的篇幅，无论是选材立意、谋篇布局、情节构思、人物刻画、环境营造，还是各种表达技巧及驾驭文字的功力，都容不得冗长和拖沓，正如诗中绝句、词中小令，萃精取华，万千气象均可纳入其中，"螺蛳壳里做道场"更显难能可贵。平者，平民艺术，平易近人。无论作者、作品、读者，均是平民气质，源自平民，服务于平民。体现在文本中，其题材来源、主题表达、价值观念、创作手法及整体风貌，都根植于平民之中，喜怒哀乐尽显平民情怀，兴衰更替全系平民之需，一个"平"字彰显了微型小说的文格文品。快者，顺应社会发展之快。对于作者可以快写快发；对于读者，利于快速阅读。就文本而言，要在有限的文字里展开情节，塑造形象，腾挪转换，妙笔生花，写出韵味，皆离不开一个"快"字。情节的发展要快，人物的表现要快，笔墨的节省也是为了快。总而言之，短、平、快蕴含了微型小说的综合特质，也是我们解读文本的基本路径。

（龙钢华）

第三章 微型小说名称论

第一节 微型小说名称的生发

微型小说，顾名思义就是篇幅短小的小说，一般来说是在 2000 字左右。新时期以前，微型小说作为短篇小说中的一种特殊形式，未能获得人们的普遍关注。随着经济社会和多元文化的蓬勃发展，微型小说已成为当代文学特别是新世纪文学的一道亮丽风景，并随着最新修订的《鲁迅文学奖评奖条例》的纳入，而基本形成了与短篇小说、中篇小说和长篇小说并列的四大小说形式之一。但它的名称多样性，也成为微型小说发展过程中一个十分纠结的问题，如果不能对此予以高度重视并认真厘清，将很有可能影响这一独立文体的长远发展。

当然，微型小说在发展过程中拥有的众多别称，其实有着十分复杂的历史关系：1920 年《民生月刊》第 3 期刊发《夫妻谐好》时首次标注为"微型小说"，1921 年的《半月》（《紫罗兰》）设有"微型小说选""妇女俱乐部"等栏目发表"微型小说"，使"微型小说"的文体和名称正式登上文学大舞台。1930 年 3 月，中国左翼作家联盟（简称"左联"）成立前后，"文艺大众化""文艺政治化"如火如荼地进行，"大众文艺小品"开始登上历史舞台。之后又出现了受到"左联"推崇的"墙头小说"，并在多年以后成为抗战微型小说的主要别称。50 年代的"大跃进"时期，微型小说被广泛倡导、宣传和实践，成为工农兵创作热潮的重要组成部分，"微型小说"成为这一文体的最基本名称。80 年代以后，随着多元文化特别是大众文化的兴起，微型小说的名称多样性更加明显，并形成了"微型小说""微篇小说""手机小说""微小说"等几十种名称，顿觉"乱花渐欲迷人眼"——但"微型小说"之名始终贯穿其中，成为近百年微型小说文体的主要名称。

鲁迅作为中国现代文学之父，为文体形式的多样繁荣做出过重要贡献，"单其《野草》就如他的杂文一样，存在诸多文体杂陈的现象，如《过客》之为戏剧、《我的失恋》之为诗、《风筝》之近乎微型小说"[①]。其实，鲁迅发表于 1919 年 12 月 1 日《晨报·周年纪念增刊》的《一件小事》是一篇典型的微型小说。鲁迅不仅自己创作过这种篇幅短小的小说，而且在创作后期把外国一些微型小说引入国内，不过他引用时常称之为"小品"，如"契诃夫的这一类小说，我已经介绍过三篇，这种轻松的小品恐怕在中国早有译本的"[②]。《民国日报》则在 1920 年 1 月 20 日的副刊《觉悟》，发表了署名建雷的 368 字微型小说《伊》，只是当时还未标注"微型小说"之名罢了。

1920 年《民生月刊》第 3 期发表《夫妻谐好》时标注了"微型小说"名称——这是我们能够发现的最早冠名"微型小说"的文学史料，打破了目前国内学界普遍认为"微型小说"名称是 1958 年老舍倡导微型小说文

[①] 汪卫东：《〈野草〉的"诗心"》，《文学评论》2010 年第 1 期。
[②] 鲁迅：《鲁迅全集·译文序文跋集》，人民文学出版社 1982 年版，第 2 页。

体后才出现的观点——微型小说这种文体和"微型小说"这一名称开始活跃于文学舞台。而对现代微型小说进行大力推动的则是作家、编辑周瘦鹃。正是在他的推介下，才有了今天蓬勃发展的微型小说。1921年9月，周瘦鹃在编辑《半月》杂志期间，设置"微型小说选""妇女俱乐部"栏目，并在这些栏目中发表了一系列"微型小说"。《半月》中的部分微型小说被上海大东书局于1924年3月出版成选集《紫罗兰庵小丛书·微型小说选》，内有周瘦鹃自己的一篇微型小说《等》。

周瘦鹃在1925年的《紫罗兰》"少少许集"栏目上，还翻译发表了俄国柴霍甫氏（今译"契诃夫"）的21篇微型小说，并翻译了其他国家的一些微型小说作品，"范围从欧美国家扩展到印度、日本等东南亚国家，微型小说作品大幅度出现"[①]。在周瘦鹃主持《红杂志》周刊期间，[②] 也在第12期、第13期连续刊登了朱子佳的《叠字微型小说》和《微型小说》。其实，周瘦鹃主持1921年的《申报·自由谈》期间，也开辟了一个"小说特刊""由于特刊的篇幅有限，只能发表500—1000字的微型小说"[③]。例如1922年4月16日的《自由谈》副刊上，就发表了朱子佳的《家庭微型小说》。1933年1月10日的《申报》又增辟了副刊《春秋》（1937年停刊），主持人周瘦鹃又设立了"微型小说""小园艺"等专栏，10天左右刊载一期"微型小说"。

1929年11月10日创刊、1945年8月7日停刊的《社会日报》，在1931年7月2日设立了一个"微型小说"专栏，专门发表百字左右的小说。除此外，该报还设立了一个"集锦小说"的栏目，每天刊出文章不超过1000字，虽说属于长篇连载的形式，但由于作者各不相同，每一小篇其

[①] 周吟：《周瘦鹃文学活动研究》，硕士学位论文，华东师范大学，2005年，第32页。
[②] 《红杂志》于1921年8月创刊，1924年7月出满100期后停刊，后改名《红玫瑰》继续发行，这是世界书局出版时间最长的一种文学期刊。
[③] 范伯群：《1921—1923：中国雅俗文坛的"分道扬镳"与"各得其所"》，《文学评论》2009年第5期。

实可算作微型小说，"每篇由十位作者执笔，每人限写一段，约千字左右，稿尾点出续稿者名字，即由被点名的人接写下去。被点者的名字必须分列在稿尾两句中，而且还须上一字缀在上句之末，下一字放在下句之首"①。例如，剑侯在《病榻的悲哀》的结尾是如下两句："却见小兰依然昏迷不'苏'，'凤'眼紧闭着。"就是剑侯在文章中指名苏凤来续写。这种小说是一种"点将小说"，当时很受读者欢迎。

1930年3月，中国左翼作家联盟在上海成立，设立了"文艺大众化研究会"，提倡文艺大众化、倡导艺术的政治工具性。而在此之前的《大众文艺》杂志已经开始倡导文艺通俗化工作，并创设了"大众文艺小品"这一微型小说别称。1929年11月1日，陶晶孙接替郁达夫编辑《大众文艺》杂志，开辟了"大众文艺小品"的专栏，希望"用大众能懂的文字，用大众能理解的浅近的表现"②，在之后的6期杂志里，专门刊登"每篇字数不得超过二千五百字"的小说。《大众文艺》杂志成立于1929年9月20日，是名重一时的现代书局"四大左翼杂志"之一。"大众文艺小品"是"学习日本无产阶级大众文学的方法，有明显模仿、试验痕迹"③，但随着《大众文艺》栏目的撤换和1930年6月杂志被国民党当局查禁，"大众文艺小品"名称逐渐消失。

中国出现"墙头小说"或者"壁小说"的名称大约是在1930年，据说它是从苏联传入日本，再由日本传入中国。当时苏联称其为"Wall Paper"（墙头文学）或"Factory News"（工厂新闻），日本则称之为"壁小说"，"1930年日本左翼文艺杂志《战旗》，曾向工厂、农村、团体中的进步作家号召写这种文学，把他们所在的地方、所处的环境中发生的事迅速

---

① 陈灵犀：《社会日报杂忆》，《新闻与传播研究》1981年第4期。
② 陶晶孙：《卷首琐语》，《大众文艺》1930年第4期。
③ 甘浩：《〈大众文艺〉文化历史形态的还原——文艺大众化运动生成历史的个案研究》，硕士学位论文，山东师范大学，2007年，第38页。

地写成这种作品，贴在附近"①。由于革命战争形势的发展和广泛发动群众的需要，"墙头小说"很快被"左联"列为与报告文学并列的文艺宣传形式。在"左联"的《中国无产阶级革命文学的新任务》中，有这样的号召："现在我们必须研究并且批判地采用中国本有的大众文学、西欧的报告文学、宣传艺术、壁小说、大众朗诵诗等等体裁。"②之后的很多报刊，如《北斗》《文艺新闻》《文学月报》《文学杂志》《文学青年》《海星》《文艺工作者》《世界日报》《觉今日报》《今日报》等也广泛倡导、发表"墙头小说"。

抗日战争爆发以后，"短小泼辣，用艺术手腕来反映当时发生的社会事件，以服务于政治任务的墙头小说，是富于战斗性的一种文体"③。吴泰昌在《最初的〈救亡日报〉》中也提到，"为适应战斗形势的需要，编者有意提倡多样的文艺形式和短小通俗的风格，如墙头小说、街头剧、大鼓、歌曲、木刻等等。'墙头小说'专栏颇新奇，每篇一般不超过一千字。撰稿人有艾芜、周钢鸣、林林、白兮、于友、武桂芳、王子英等。一个月，发了十篇"④。王梦野在《中国的反帝文学与国防文学》中提到，"但真正广泛的抗日反帝的大众文学，是出现于全国各地街道、学校、工厂、兵营、农村中的壁报与墙头小说"⑤。

《晋察冀日报》于1938年10月26日设立文艺副刊《海燕》后，"为边区文艺工作者发表文艺作品、交流创作经验提供了园地，促进了边区刚刚兴起的街头诗、墙头小说、街头剧三大文艺创作运动的进一步展开"⑥。在1940年11月7日举办的晋察冀边区首届艺术节上，"既有专业剧团演

---

① 孙犁：《关于墙头小说》，《晋察冀日报》1940年9月14日。
② "左联"：《中国无产阶级革命文学的新任务》，《文学导报》1931年第1卷第8期。
③ 蓝海：《中国抗战文艺史》，山东文艺出版社1984年版，第90—91页。
④ 吴泰昌：《最初的〈救亡日报〉》，《新闻战线》1979年第4期。
⑤ 王梦野：《中国的反帝文学与国防文学》，中国社会科学院文学研究所现代文学研究室编《"两个口号"论争资料选编》（上），人民文学出版社1982年版，第91页。
⑥ 高洪：《〈晋察冀日报〉的副刊》，《新闻与传播研究》1991年第2期。

出,又有群众剧团、群众歌咏团演出,既有专业文艺工作者的诗歌、墙报、街头诗、墙头小说……充分显示了边区'文艺大众化'的正确方向"①。作为主要的抗日文化倡导者和组织者的《新华日报》(华北版),在1941年6月29日发表了金振的《提倡墙头小说》一文,号召"文艺作者的笔组织起来呵,开展墙头小说运动!"1942年5月,毛泽东在延安整风运动期间发表了《在延安文艺座谈会上的讲话》,正式提出"我们是主张社会主义的现实主义的"。"《讲话》之后,抗日民主根据地就逐步形成了以为人民服务为宗旨,以社会主义现实主义为基本创作原则的文学运动,现实主义进入一个新的阶段。"②短小精悍的微型小说也成为贯彻这一文艺精神的最主要小说形式之一。

抗日战争时期除了"墙头小说"曾作为微型小说的别称以外,其他一些名称也曾大量出现过。师陀在《〈石匠〉后记》里提到,"现在掌握小说或墙头小说盛行,老实说我也搞不清楚散文和小说的严格区别,便让他们都挤进去完事"③。师陀在这里将微型小说称为"掌握小说",这个"掌握小说"的名称其实非常形象,意为巴掌大的篇幅,一手可以掌握。夏衍在主持《救亡日报》时期,"开辟了'街头小说''街头剧''墙头诗'等专刊,艾芜的颂扬抗日英雄的《八百勇士》就刊登在'街头小说'上。《华商报》的副刊《灯塔》《热风》《茶亭》都是如此"④。这里所说的"街头小说",亦系微型小说的别称之一。

抗日战争初期的国统区作家,对微型小说的艺术形式也作了探索,黄俊英指出,"'墙头小说''大众小说''讲演小说'等等形式争露头角……《新蜀报》《战地》《抗到底》《文艺阵地》甚至《译报》等刊物,

---

① 申玉山等:《〈晋察冀日报〉与抗战新文化建设》,《河北师范大学学报》(哲学社会科学版)2008年第2期。
② 温儒敏:《新文学现实主义的流变》,北京大学出版社2007年版,第162页。
③ 刘增杰:《师陀研究资料》,知识产权出版社2009年版,第200页。
④ 查本恩:《夏衍的报刊编辑思想探析》,《新闻大学》2001年第3期。

更是慷慨地为他们提供驰骋才华的天地"①。1943—1945 年的《文友》发表过朝芳的"二分钟小说"《邂逅》,"二分钟小说"其实也是微型小说的一种名称。伪满时期的《麒麟》,是一本标榜"安慰民众""涵养国民情操"的大众通俗杂志。在 1943 年的《麒麟》3 卷 8 月号中,有一篇名为《司马迁》(爵青)的文章,全文 398 个字,在其目录页上则标注为"400 字小说"的字样,颇似现在某些晚报、都市报的微型小说栏目标注为"千字文"一样。由此可见,"400 字小说"也是"微型小说"的别称。

1958 年 3 月,老舍在《新港》发表了《多写微型小说》的评论文章,并在该杂志的 6 月号发表了微型小说作品《电话》。巴金积极响应,在 1958 年 7 月 9 日的《人民日报》发表了"微型小说"《小妹编歌》。茅盾、徐明也接着在 1959 年第 2 期的《人民文学》和 1959 年 5 月 26 日的《人民日报》予以积极回应,分别发表了《短篇小说的丰收和创作上的几个问题》(其中第一部分为 6000 字左右的《一鸣惊人的微型小说》)和《谈微型小说》。

很快,作为短篇小说中特别形式的微型小说,由于受到文化尤其是政治的特别青睐和诸多作家、评论家的亲身实践与广泛倡导,凭借其具有敏锐迅捷地反映社会生活的特殊功能,被广大工农兵群众学习、模仿和创作,一大批遵守当时文艺政策、创作规范并反映"农业合作化""大跃进""人民公社"的作品,成为微型小说发展史上的第三次高潮。② 1962 年《新港》杂志还转译了苏联阿·托尔斯泰的《什么是微型小说》(原载 1955 年 2 月 19 日《文学报》),暗示着微型小说正成为一种主要的小说形式。而"微型小说"名称也随着老舍、茅盾等作家、评论家的广泛宣传,以及《人民日报》《新港》《朝霞》等报刊在此期间的不断倡导,而成为"十七年"时期和"文革"时期基本固定的小小说的名称。

---

① 黄俊英:《略观国统区抗战小说风貌》,《社会科学辑刊》1987 年第 4 期。
② 一般认为,20 世纪小说的四次发展高潮是指:"五四"新文学时期、抗日战争时期、"大跃进"时期、新时期以后。

但"大跃进"时期的微型小说也还有着其他的名称。我们仅通过《萌芽》《北方》的"墙头文艺"和"墙头小说"两个栏目即可确认。当时的《萌芽》杂志"墙头文艺"栏目,主要刊登墙头小说及其他墙头诗、革命斗争小故事等短小文艺作品。《萌芽》自1958年3月26日开设该栏目以来,就在"开栏的话"中写道:"继承历次革命斗争时期中老解放区的普及文艺传统,以通俗的文艺形式,迅速反映当前各项政治运动,工厂、农村、部队里各种新人新事新气象。"《萌芽》的"墙头文艺"栏目总共办了15期,直到1959年5月6日第10期后"墙头文艺"栏目才被撤销。《北方》杂志开设"墙头小说"栏目时也指出:"扫盲后,工农群众不只要听曲艺,还要看小说。但是时间并不多,他们愿意看一会能读完的小东西。"① 当然,1958年的《北方》杂志在使用"墙头小说"的名称时,也有"'千字小说''一分钟小说'等称谓"②。

新时期以后,微型小说的别称据调查就有40余种之多,其中"小小说""微型小说"和"微篇小说"三种名称的知名度最高。认同"微型小说"的主要有中国作家协会和《人民日报》《人民文学》《光明日报》《文艺报》等一些大报大刊。2009年的3月26日《人民日报》、6月9日的《文艺报》、6月15日的《人民日报·海外版》和6月30日的《光明日报》分别以《微型小说:当代文学的一道风景》《微型小说做出大文章》《微型小说连接大世界,"微型小说节"在郑州举行》和《文坛飞出"金麻雀"——微型小说现象透视》4篇文章宣传"微型小说",因此2009年被誉为"微型小说文体跨越年"。郑州《百花园》《小小说选刊》两本杂志和小小说作家网(www.xiaoxiaoshuo.com)更是长期以来使用"小小说"名称,通过各种方式倡导和规范这一文体。认同"微型

---

① 鲁秀珍:《读本期"墙头小说"》,《北方》1958年第9期。
② [日]渡边晴夫:《超短篇小说序论》,东京有限会社DTP出版社2009年版,第82—83页。

小说"名称的主要以微型小说发展较晚的新加坡、马来西亚等国家为主。1992年成立的中国微型小说学会、历年"世界华文微型小说研讨会"和《微型小说选刊》杂志也都在使用、倡导"微型小说"这一名称。认同"微篇小说"主要立足于"小说"的以"篇"定论，如"长篇"、"中篇"和"短篇"。

  微型小说文体的名称数量为什么会如此繁杂，乃在于缺少权威性机构进行明确统一，而且与平时作家、编辑、评论家、出版者的习惯运用有关。但其名称的统一性必须得到有效解决，因为这牵涉微型小说这一文体的长远发展。从目前来看，以20世纪20年代《民生月刊》《半月》《红杂志》等倡导"微型小说"和1958年《人民日报》、1959年《人民文学》称呼"微型小说"到2010年鲁迅文学奖将"微型小说"纳入评奖范畴，可以将"微型小说"作为这种文体的唯一名称。新时期以后，从1982年《百花园》杂志刊发"小小说专号"，1985年《小小说选刊》创刊开始，"小小说"名称也在文体发展中被广泛提及。2002年，中国作家协会、《文艺报》《百花园》《小小说选刊》联合举办"当代小小说20年庆典暨理论研讨会"。2003年，《小小说选刊》《百花园》和郑州小小说学会联合设立"小小说金麻雀奖",[①] 弥补了文学作品在全国奖项中小小说品种的空白。2005年，在中国小说学会主办的年度中国小说排行榜中，王蒙、聂鑫森、秦俑等作家的15篇微型小说榜上有名。2006年，中国作家协会第七次代表大会工作报告，充分认可"短小精悍的微型小说创作，受到越来越多的读者关注和喜爱"。2009年，三大报刊（《人民日报》《光明日报》《文艺报》）广泛宣传微型小说；2010年，微型小说与网络文学、旧体诗词同被纳

[①] "小小说金麻雀奖"由《小小说选刊》《百花园》《小小说出版》、郑州小小说学会于2003年联合设立，该奖项旨在推介名家、遴选精品、倡导和规范小小说文体，每两年评选一次。每次评选都以每位作家在规定年度内创作发表的10篇作品为参评单元，严格参照作家的整体创作实力进行评选，弥补了文学作品在全国奖项中小小说品种的空白，具有全国性、权威性和公正性，成为中国当代文学事业中的重要奖项之一。

入鲁迅文学奖评奖范畴，"微型小说"这一名称不仅在历史沿革上具有一致性，而且在大众读者的接受层面上具有普及性。

小说这门艺术的发展，其篇幅最初都是很短小的，而后才有中篇小说和长篇小说，即使"短篇小说"名称的出现也不过百余年。学者黄子平在论及"短篇小说"的发展时就指出，"无论中外，'短篇小说'（带连字符号的 short‐story）都是由'短篇故事'（不带连字符号的 short story）发展而来的。后者历史悠久，可以上溯到各民族最初的传说以及后来的民间故事，《一千零一夜》、薄伽丘、乔叟、传奇、评话等。前者在欧美只有一百五十年的历史，以霍桑、爱伦·坡、果戈里的作品（十九世纪四十年代）为滥觞，在中国则始于鲁迅的《怀旧》（1911年）"①。鲁迅在论及短篇小说时就曾经谈到，"在巍峨灿烂的巨大纪念碑底的文学之旁，短篇小说也依然有着存在的充足的权利"。他说："不但巨细高低，相依为命，也譬如身入大伽蓝中，但见全体非常宏丽，炫人眼睛，令观者心神飞越，而细看一雕栏一画础，虽然细小，所得却更为分明，再以此推及全体，感受遂愈加切实，因此那些终于为人所注重了。"这段话其实也正适合于微型小说文体及名称生发。苏联阿·托尔斯泰也曾经说过："微型小说——这是最棘手的一种艺术形式……你们应该像写十四行诗的诗人那样，写得洗练。但是洗练应该求之于素材的集中，要选择那些最最必要的东西。微型小说的结构应该做到有起伏，有转折。应该使作品成为一个完整的东西。微型小说——这是训练作家最好的学校。"② 因此，无论微型小说别称有多少，其内核或者说本质上都是相同的，即微型小说应当是篇幅短小、情节单一、结构完整、立意新颖、语言简练、以小见大的有别于长中短篇的小说种类。微型小说，前景必然广阔。

---

① 黄子平：《论中国当代短篇小说的艺术发展》，《文学评论》1984年第5期。
② ［苏］阿·托尔斯泰：《什么是小小说》，《文学报》1955年2月19日。

第二节 "墙头小说"浮沉

在第一小节中谈到,"墙头小说"作为微型小说在特定阶段的名称之一,与 20 世纪 30 年代左右的"大众文艺小品""二分钟小说"等名称实为一致,只不过它是"现代劳动者手编的、宣传用的、贴在墙头的壁报上的短篇小说"①,其主要发表阵地除了报刊、传单外就是集中于街头巷口、乡村路口的墙头壁报上。因此,"墙头小说"的发生、发展总是与紧张的战争形势休戚相关,一旦革命形势发生变化,这种带有强烈政治性的"墙头小说"名称就很容易退出舞台。而作为"墙头小说"本源的微型小说,却在这种革命形势过后相应地走向消隐,直到再遇见相似的革命政治环境或者真正出现适合微型小说发展的内外部环境,才又有可能出现新的发展高潮。对后一种情况来说,在 20 世纪微型小说的近百年发展历史中,也只有文体初创时期和新时期以后,才是微型小说能够自由发展、健康发展的不可多得的阶段。

"墙头小说"的名称最早是由日本的"壁小说"传入。1940 年孙犁发表在《晋察冀日报》的文章《关于墙头小说》指出,"墙头小说这名称,是从日本传来的。在 1930 年日本左翼文艺杂志《战旗》,曾向工厂、农村、团体中的进步作家号召写这种文学,把他们所在的地方、所处的环境中发生的事迅速地写成这种作品,贴在附近"②。1930 年前后,我国的微型小说被称为"微型小说"或"大众文艺小品"等名称时,日本的"壁

---

① [日]渡边晴夫:《超短篇小说序论》,东京有限会社 DTP 出版社 2009 年版,第 69 页。
② 孙犁:《关于墙头小说》,《晋察冀日报》1940 年 9 月 14 日。

小说"也开始流行。当时日本的宫本显治、江口涣、川端康成、窪川鹤次郎、桥本英吉等作家都发表过一些"壁小说",特别是小林多喜二,"除了关于壁小说的专门评论之外,还在文艺时评等四篇文章中论及壁小说,并创作了八篇小说作品"①。

由于战争形势发展和革命宣传需要,"墙头小说"很快就被左联列为与报告文学、朗诵诗、街头剧和画报等相提并论的文艺宣传形式。1931年11月,左联通过《中国无产阶级革命文学的新任务》发出号召:"作品的体裁也以简单明了,容易为工农大众所接受为原则。现在我们必须研究并且批判地采用中国本有的大众文学、西欧的报告文学、宣传艺术、壁小说、大众朗诵诗等等体裁。"② 1931年3月16日创刊的《文艺新闻》提出,"要产生适切于新的内容,新的形式,必然地是只有从运动的实践中去探求,所以像报告文学、墙头小说、群众朗诵诗、移动剧场等健全形式,是可以在1932年中期待的"③。

《文艺新闻》开始经常刊发"墙头小说",该刊的稿源主要由两部分构成:一种是对国外的"墙头小说"进行译介,另一种是工人作者创作的作品。当时的楼适夷就翻译了日本的墙头小说《洼立》和《千人针》。已在文坛崭露头角的工人作家白苇在《文艺新闻》上发表了多篇"墙头小说",例如,第49期的《火线上》、第59期的《游戏》。它河的《放工后》也发表在《文艺新闻》第50号上。《文学月报》和《文学杂志》也发表了一些翻译和创作的"墙头小说"。例如森堡翻译了日本堀田昇一的《凯旋》,发表在1932年10月15日的《文学月报》第1卷第3期上;1932年7月10日的《文学月报》第2号刊载了夏衍的《两个不能遗忘的印象》。竹舟翻译了日本

---

① [日]渡边晴夫:《小林多喜二与壁小说》,《佛山科学技术学院学报》(社会科学版) 2010年第4期。
② "左联":《中国无产阶级革命文学的新任务》,《文学导报》1931年第1卷第8期。
③ 佚名:《一九三一年的问题》,《文艺新闻》1931年41号。

窪川鹤次郎的"墙头小说"《食堂的饭》，发表在 1933 年 5 月 15 日的《文学杂志》第 1 卷第 2 号上。《世界日报》也在 1931 年冬提倡"墙头小说"，并在 1932 年 6 月 6 日刊发了绿曦（陆万美）的《论墙头小说》，"在小说上就希望能有新的墙头小说底努力"①。创造社代表人物之一的郑伯奇也创作了不少"墙头小说"，并在 30 年代出版了一部《墙头小说集》。

孙犁曾经回忆，"1931 年中国文艺杂志《北斗》介绍了这种形式，也登载了几篇作品"②。确实如此，丁玲在 1931—1932 年主持《北斗》杂志的 8 期时间里，对易于传达政治意图的"墙头小说"给予了特别关注。在《文艺新闻》发表过"墙头小说"的白苇，就受到丁玲的刮目相看，在 1932 年 7 月 20 日出刊的《北斗》第二卷第三期、第四期合刊上，一次性发表了白苇的《夫妇》《墙头三部曲》等多篇"墙头小说"，当期的《编后》还特意提到："这三位作家所产生的作品，虽然还说不上好的新作，而很幼稚……他们如果在正确的路线上发展，特别是白苇君，前途是很有希望的。"但是，"墙头小说"写作起来要花点功夫，左联成员金丁说："'左联'提倡过写'墙头小说'，它要求写得短而通俗，便于读者在极短的时间里看完。我曾练习写过，但很不易写。我觉得不只是个技巧问题，更重要的是了解工人喜欢看些什么内容。"③

由于《北斗》作为左联机关刊物的示范效应，"墙头小说"也成为当时革命文艺的主要形式之一。《觉今日报》在 1934 年 12 月 1 日刊登了舒川的《"报告文学""墙头小说"和"厕所壁报"》，对流行的"墙头小说"进行了解读。《觉今日报·读者批评专页》在 1934 年 12 月 30 日刊登了蘅君的《明年的〈文艺地带〉》，指出会"多刊登报告文学、街头风景线、

---

① 陆万美：《迎着敌人的刺刀坚持战斗的"北平'左联'"》，《中国现代文学研究丛刊》1980 年第 1 期。
② 孙犁：《关于墙头小说》，《晋察冀日报》1940 年 9 月 14 日。
③ 汪金丁：《有关"左联"的一些回忆》，《"左联"回忆录》，中国社会科学出版社 1982 年版，第 194—195 页。

壁小说等稿"。1936年《文学青年》"征稿简约"中"尤其希望获得下列3种新型的创作,(1)报告文学;(2)墙头小说;(3)生活的或斗争的通信"。该刊第2期就登载了怀紫创作的墙头小说《孩子的死》及关于"墙头小说"的短篇评论。《海星》月刊在1936年7月刊登了孙耕的"墙头小说"《民选》,"揭示了黑暗年代一出'民选'丑剧"①。"一九三七年一月一日在上海创刊的《文艺工作者》杂志,是由戈雾、雷渝主编,上海群众杂志公司印刷的文艺刊物,这份进步的刊物就大力提倡微型小说,只不过称为是'墙头小说'。"② 《文艺工作者》在第1期就刊登了左兵的《灯笼》、何剑薰的《三娃子赤不成膊了》、林潇的《买与卖》、东方甲的《世界温度》等4篇"墙头小说",很可惜该刊只出了两期就停刊了。

1937年"卢沟桥事变"以后,现代文学进入一个新的发展时期,"抗日"和"救国"成为此时文学的最大主题。短小精悍的"墙头小说"——微型小说,由于易于传达意图而成为救国文艺的主要形式之一。"短小泼辣,用艺术手腕来反映当时发生的社会事件,以服务于政治任务的墙头小说,是富于战斗性的一种文体。"③ 吴泰昌在《最初的〈救亡日报〉》中也提到,"为适应战斗形势的需要,编者有意提倡多样的文艺形式和短小通俗的风格,如墙头小说、街头剧、大鼓、歌曲、木刻等等。'墙头小说'专栏颇新奇,每篇一般不超过一千字。撰稿人有艾芜、周钢鸣、林林、白艿、于友、武桂芳、王子英等。一个月,发了十篇"④。茅盾在1938年2月《"抗战文艺展望"之发端》的文章中也指出:抗日战争以后文艺工作者固然"站在自己的岗位上"尽了应尽而且能尽的本分,有过不少的报告、速写、墙头小说、街头剧、诗篇和朗诵,但总觉得属于"鸡零

---

① 穆欣:《忆新垦文艺社——三十年代河南的一支文艺轻骑》,《新文学史料》1997年第2期。
② 立青:《提倡微型小说的〈文艺工作者〉》,《上海师范大学学报》(哲学社会科学版)1984年第3期。
③ 蓝海:《中国抗战文艺史》,山东文艺出版社1984年版,第90—91页。
④ 吴泰昌:《最初的〈救亡日报〉》,《新闻战线》1979年第4期。

狗碎"①。他说的"鸡零狗碎"是指"抗战文艺中如果没有民间文艺形式的作品，那就决不能深入广大的民间"②。这显示文艺的大众化工作仍然任重而道远。

1938年3月27日，"文协"（中华全国文艺界抗敌协会的简称）在武汉成立，把促进文艺的大众化当作最重要的任务，"我们要把整个的文艺运动，作为文艺的大众化运动，使文艺的影响突破过去的狭窄的知识分子的圈子，深入于广大的抗战大众中去！"为此，"文协"提出了"文章下乡""文章入伍"的口号，大力提倡通俗文艺创作。"将一种诗或一种小说写在纸上，贴到大街通衢去，使大众可以随时阅读，这不仅是一件非常经济的事，同时也是使文学深入大众的一种最好的办法。"③王梦野在《中国的反帝文学与国防文学》中提到，"真正广泛的抗日反帝的大众文学，是出现于全国各地街道、学校、工厂、兵营、农村中的壁报与墙头小说"④。

1938年周扬在《抗战时期的文学》中指出，"短篇小说是中国新文学的最主要的类型，目前所采取的就是比短篇更小的形式，散见在各报章刊物上的尽是战时随笔、前线通讯、报告文学、墙头小说、街头剧等等……这类作品的形式为目前文学的潮流所趋，为抗战环境之所需要，为抗战文学的正当发展的方向"⑤。《文艺突击》在1939年2月1日发表了卞之琳的"比短篇小说更小"的"墙头小说"《进城·出城》（621字）。这类墙头小说，还有东平的《暴风雨的一天》（1937）和《友军的营长》（1940）、韦君宜的《龙——晋西北的民间传说》（1941）、白朗的《诱》（1942）、马烽的《第一次侦察》（1942）以及伍延秀的《红色的布

---

① 转引自茅盾《烽火连天的日子——回忆录》（二十一），《新文学史料》1983年第4期。
② 文天行等：《中华全国文艺界抗敌协会史料汇编》，四川省社会科学院出版社1983年版，第379页。
③ 向阳：《开展"街头诗"和"墙头小说"运动》，《江淮日报》1941年5月8日。
④ 王梦野：《中国的反帝文学与国防文学》，中国社会科学院文学研究所现代文学研究室编：《"两个口号"论争资料选编》（上），人民文学出版社1982年版，第91页。
⑤ 周扬：《周扬文集》第1卷，人民出版社1984年版，第239页。

包》（1945）等。

　　文学翻译家朱雯在抗日战争爆发后的避难途中，写了不少散文和"墙头小说""后来以《不愿作奴隶的人们》为题辑成一集，列入巴金主编的'烽火小丛书'，于1940年由文化生活出版社出版"①。1938年，"《警钟》刊载反映抗日救亡和有关边疆的论文、诗歌、报告文学、散文、速写、通讯、杂文、墙头小说等"②。就连抗战大后方的重庆，"墙头小说、大众小说、讲演小说、演义小说等形式也争露头角"③。《文汇报》副刊《世纪风》中发表的小说也以"墙头小说"为主；福建《战友》周刊也发表了一系列短小的"墙头小说"④；《抗敌外报》《诗建设》也发表了不少"墙头小说"。抗日战争时期，夏衍充分吸收"墙头小说"的功能，主持《救亡日报》时"开辟了'街头小说''街头剧''墙头诗'等专刊，艾芜的颂扬抗日英雄的《八百勇士》就刊登在'街头小说'上。《华商报》的副刊《灯塔》《热风》《茶亭》都是如此"⑤。此中所说的"街头小说"，也和"墙头小说"一样属于微型小说的别称。

　　当时，在抗日民主根据地，"墙头小说与街头剧、墙头诗是边区三支文艺轻骑队，是年轻的文艺三姐妹"⑥。"墙头小说"在地域上的广泛流行，显示"墙头小说"已经确确实实地发挥了文艺抗战的重要功能。1940年，胡风撰写《论民族形式问题》时，高度肯定了"'五四'以来文艺创作出现的新形式，如报告文学、诗歌朗诵、墙头小说，街头剧等"⑦。充分彰显

---

① 陈有生等：《访文学翻译家朱雯教授》，《中国翻译》1984年第10期。
② 蓝华增：《云南现代作家、文学社团和期刊》（之三），《楚雄师专学报》（社会科学版）1990年第2期。
③ 薛新力：《抗战时期重庆的文学艺术》，《渝州大学学报》（哲学社会科学版）1997年第2期。
④ 郭天等：《论〈战友〉周刊在福州地区开展的抗日宣传活动》，《党史资料与研究》1987年第6期。
⑤ 查本恩：《夏衍的报刊编辑思想探析》，《新闻大学》2001年第3期。
⑥ 孙犁：《关于墙头小说》，《晋察冀日报》1940年9月14日。
⑦ 阎丽杰等：《胡风的艺术形式论》，《鞍山师范学院学报》2011年第3期。

出"墙头小说"等抗战文艺在抗日救国运动中发挥的重要作用,为夺取抗日战争最终胜利奠定了坚实的舆论基础。

"墙头小说"在抗日战争时期的作者大多是年轻人,基本上是五四新文学哺育下长大,又充分学习民间文艺、农民文艺等多种艺术形式的年轻人,如阮章竞、孔厥、马烽、西戎、柯蓝、李季、张志民等。这些文学新人创作的大批作品,较好地达到了为民间、为农民服务的要求。例如,马烽的《第一次侦查》、邓康的《史元》、纪希晨的《一张血锄》、罗丹的《"模范村长"》、金肇野的《赵文昌老头子》、徐光耀的《周玉章》、王君的《手榴弹的故事》等,都是典型的社会主义现实主义的"墙头小说"。当然,这些文章多从紧急事件、迫切事态介入,通过斗智斗勇的故事展开、英雄与叛徒的对照、敌与我的激烈的冲突等来反映八路军机智勇敢,或者军民鱼水关系、老百姓天翻地覆的生活,内容丰富多样,颇受读者喜欢。

马烽的处女作《第一次侦查》发表在1942年9月16日的延安《解放日报》上,文章写到"我"自告奋勇地要求"去侦察金庄的敌人",最后在战友的帮助下圆满地完成了任务。《第一次侦查》的最后是这样写的:"第二天黎明,我们打下了金庄。我听说那个汉奸,就在我跑了的地方,被他们自己的机关枪扫射死了。"这种描述方式很符合当时读者的"我方战胜敌方"的阅读需求,也完全满足"在文艺观上,又都是遵循革命现实主义原则"[①]。社会主义现实主义已经成为一种政治任务,被高标准、严要求地提出。因为在1942年5月,毛泽东发表了《在延安文艺座谈会上的讲话》,正式提出"我们是主张社会主义的现实主义的"。"《讲话》之后,抗日民主根据地就逐步形成了以为人民服务为宗旨,以社会主义现实主义

---

① 马烽:《马烽文集》第8卷,大众文艺出版社2000年版,第351页。

为基本创作原则的文学运动，现实主义进入一个新的阶段。"①

这些"墙头小说"作品除了刊印外也被广泛张贴于城镇街头、农村路口，"约在1941年底，西战团少年艺术队甄崇德、耿金云、耿文星等，在邵子南带领下在阜平农村蹲点下乡，曾办了几十期《街头文艺》《开通》《觉悟》等壁报，其中也写了不少类似的墙头小说，至今有二十六期保存在中国革命博物馆里"②。1942年5月1日创刊的《晋察冀画报》，"除照片外，还发表了一批文学、美术作品……有丁克辛的墙头小说《出奔》"③。由此可见，作为主要刊发新闻摄影作品的《晋察冀画报》，也对"墙头小说"情有独钟。抗日战争初期的国统区小说作家，对小说的艺术形式也作了努力探索，"'墙头小说''大众小说''讲演小说'等等形式争露头角……那时的《救亡日报》《新华日报》《新蜀报》《战地》《抗到底》《文艺阵地》甚至《译报》等刊物，更是慷慨地为他们提供驰骋才华的天地"④。

1943年11月创刊、1944年10月停刊的伪满政府《艺文志》月刊，系"满洲文艺家协会"的中文机关杂志，在创刊号中介绍了3篇带有"服务战争"和"报效国家"的400字左右"墙头小说"，分别是《五角钱票》（片冈铁兵）、《画地图的老人》（烟更一）和《夫妇建船》（牧屋善三）。这3篇文章被放置在创刊号上刊登，带有很明显的"范文"和"说教"的意味。这几篇"墙头小说"的出现，主要是因为太平洋战争爆发后，日本法西斯当局成立了所谓的"日本文学报国会"，并创办《日本学艺新闻》杂志（后改名为《文学报国》），制作"街头小说""街头诗"，举办"文学报国运动讲演会"等，试图"结集全日本文学家的全部力量，以确立显扬

---

① 温儒敏：《新文学现实主义的流变》，北京大学出版社2007年版，第162页。
② 甄崇德：《西北战地服务团的文学创作活动》，《新文学史料》1989年第1期。
③ 蔡子谔：《沙飞创造的奇迹：〈晋察冀画报〉在硝烟中出版》，《档案天地》2008年第5期。
④ 黄俊英：《略观国统区抗战小说风貌》，《社会科学辑刊》1987年第4期。

皇国的传统和理想的日本文学，以及协助宣扬皇道文化为目的"①。

抗日战争胜利以后，人民解放战争不断推进，但"墙头小说"这一微型小说的名称和微型小说这一文体一起突然呈现消退状态，直到中华人民共和国成立以后的"大跃进"时期，微型小说又一次获得政治形势的需要。但"大跃进"时期的微型小说发展已较少使用"墙头小说"的名称，仅在《萌芽》（半月刊）、《北方》的"墙头文艺"和"墙头小说"两个栏目中可以看见。当时的《萌芽》"墙头文艺"栏目，主要是刊登"墙头小说"及其他墙头诗、革命斗争小故事等短小文艺形式，其读者群主要设定为"小学毕业程度学历"的劳动者、农民和军人，这和其他杂志的读者面向差不多。1958年3月26日的"开栏的话"写到，"继承历次革命斗争时期中老解放区的普及文艺传统，以通俗的文艺形式，迅速反映当前各项政治运动，工厂、农村、部队里各种新人新事新气象"。《萌芽》自第6期开设"墙头文艺"栏目以后共办了15期，分别是1958年11期、1959年4期。在这14个月当中，刊登"墙头小说"最多的月份是1958年9月、10月，1959年5月6日第10期"墙头文艺"栏目被撤销。《北方》开设"墙头小说"栏目时也指出："扫盲后，工农群众不只要听曲艺，还要看小说。但是时间并不多，他们愿意看一会能读完的小东西。"② 当然，1958年的《北方》杂志在使用"墙头小说"的名称时，也有"'千字小说''一分钟小说'等称谓"③。由此可见，"墙头文艺"和"墙头小说"栏目的设置，都是为了配合、推进正在蓬勃开展的"大跃进"运动，当然这两个名称的被继续使用，我们是否可以这样理解，那主要是编辑根据抗战阶段的名称使用习惯而已，但遗憾的是，"大跃进"时期，无论是外部政治

---

① 黎跃进：《日本20世纪30、40年代战争文学与民族主义》，《衡阳师范学院学报》2011年第2期。
② 鲁秀珍：《读本期"墙头小说"》，《北方》1958年第9期。
③ ［日］渡边晴夫：《超短篇小说序论》，东京有限会社DTP出版社2009年版，第82—83页。

环境还是小说内部发展演进，都已与抗日战争阶段的形势截然不同——两个栏目的相继被撤销是迟早的事情，同时宣告"墙头小说"作为微型小说名称的消失。

小林多喜二在1931年4月20日的《壁小说与"微型"短篇小说——无产阶级文学的新努力》一文中指出，"壁小说之所以能够直接被劳动群众、农民阶层所接受，原因之一是：它篇幅仅有一两页，随时随地都可以阅读，而且具备完整的情节。其二是：它张贴于劳动群众、农民的所有集会场所，其内容具体、直接地回应了大众的需求"[1]。20世纪"墙头小说"名称的发生、发展和消亡，是政治因素在各个时期文艺形式上的投射和体现。同样在20世纪30年代早期，倡导"墙头小说"的丁玲就与许多左翼文艺理论家一样，过分强调文艺的政治性，单纯地把文学与政治等同起来，从根本上弱化甚至否定了文学的审美性，甚至错误地认为艺术技巧是属于资产阶级的东西，"譬如左翼文学在许多地方像街头一篇墙头小说，或则工厂一张壁报，只要真的能够组织起广大的群众来，那末，他的价值就大，并不一定像胡秋原之流，在文学的社会价值以外，还要求着所谓文学的本身价值"[2]。因此，穆木天在1937年9月25日发表《我们需要文艺批评》，就对一些作家晦涩的"墙头小说"感到失望，"不管我们怎样要文艺大众化，但是，我们的作品，终究还是同大众相隔着十万八千里。譬如说，报章上所发表出来的有些墙头小说，文字之晦涩和艰深，对于专门家都难理解的"[3]。看来在"墙头小说"的发展过程中，还是存在着一些来自小说外部的伤害。

这就从另外一个方面说明，一旦政治形势不适应于"墙头小说"这种

---

[1] ［日］小林多喜二：《壁小说与"微型"短篇小说——无产阶级文学的新努力》，《小林多喜二全集》第10卷，新日本出版社1969年版，第47—48页。
[2] 丁玲：《我的创作经验》，《中华日报·文化批判》1932年第12期。
[3] 穆木天：《我们需要文艺批评》，《救亡日报》1937年9月25日。

名称，那么"墙头小说"名称的存在就没有多少价值。这也就可以解释 20 世纪的微型小说有着三个不同的发展阶段：第一个阶段是"墙头小说"在抗日战争前后的兴盛；第二个阶段是"大跃进"时期微型小说的崛起；第三个阶段是新时期微型小说的真正繁荣。而且，微型小说的第三个阶段和第一阶段、第二阶段的真正不同在于，这时期的微型小说开始从短篇小说中独立出来，是真正符合文体自身的发展、满足人们大众自由阅读所需的一种小说样式。因此，微型小说作为短篇小说中的一种特殊文体，它在抗日战争和"大跃进"时期中的兴盛和消隐既是"文艺大众化""文艺政治化"浮沉的一种表现，更是革命政治形势的一种风向标。一旦革命政治形势逐渐尘埃落定，那么这种易于传达意图的小说形式自然就会走向消弭，只有新时期以后，微型小说拥有更为合适的大众文化视野和大众阅读需求，才真正走向新的发展、新的繁荣。但是我们不能否认，作为微型小说名称之一、实质一致的"墙头小说"，在 20 世纪经历了 30 多年的兴盛与消沉，自有其独特的价值、启示和意义。

第三节　微型小说名称多样性

微型小说在中国源远流长。以刘义庆《世说新语》为代表的志人小说和以干宝《搜神记》为代表的志怪小说早已有了微型小说雏形，此后的唐宋传奇、明清笔记中更有很多微型小说的经典篇章。但新文学意义上的微型小说，则是在"五四文学"以后"微型小说"名称的出现，特别是在一大批现代报刊的推动下，呈现出四次"潮起"的发展轨迹——但每次兴起，都紧紧伴随着革命政治或社会现实的迫切需要——20 世纪的中国文学，因为有了微型小说的脉动而更加多彩多姿。

第一次"潮起",是随着"五四"新文学运动的开展,鲁迅、郭沫若、冰心、叶圣陶、刘半农、许地山、王统照等现代名家,创作过不少精彩的微型小说;"微型小说"名称出现以后,《申报》《民国日报》等现代报刊更加推动了这一创作趋势。第二次"潮起",是随着左翼文艺运动的发展和抗日战争的爆发,微型小说的文艺形式与政治功能很好契合,很快掀起一股微型小说创作、阅读热潮。第三次"潮起",是中华人民共和国成立以后的 20 世纪 50 年代末 60 年代初,社会主义革命、建设高潮很需要微型小说来体现,微型小说的创作热潮迅速波及全国。第四次"潮起",则是在"文革"结束以后的新时期,逐渐摆脱政治束缚的文艺迎来发展春天,微型小说适应了人们的阅读需求,很快成为一个耐人寻味的文学现象和文化现象。

在近百年微型小说发展历程中,微型小说在名称上具有十分复杂、十分纠结的多样性。在此不再从"大众文艺小品""小小的短篇"等中华人民共和国成立前的微型小说别称进行爬梳,我们只对当代文学特别是新时期微型小说名称多样性进行考量,就会发现这是一个让人不断困惑、出现争论的过程。关于微型小说这一文体的名称,长期存有不同说法,虽然不是争论不休,但也是各执一词,体现大众不同的喜悦度和关注度。比较有代表性的叫法有 40 余种之多,但认同率比较高的是"小小说""微型小说"和"微篇小说"三种。

第一种是"小小说"。在国外,微型小说起源较早的欧美国家都是把比一般短篇小说更短的小说叫"小小说",如美国作家欧·亨利被称为"小小说大师";苏联阿·托尔斯泰说"小小说是训练作家的最好学校";日本作家星新一的"一分钟小说"有世界影响,日本也称其为"小小说作家",而不是"一分钟小说作家"。在我国,20 世纪 50 年代,老舍、巴金、茅盾等文学巨匠为倡导短文,都提倡过作家、文学青年写些反映现实生活的小小说。特别是在小小说发展趋于规模化的今天,除《小说选刊》《人民日报》《光明日报》《文艺报》《文学报》等大报大刊将 2000 字左右的小说称为"小小说"外,作为全国微型小说的出版中心、发展中心,郑州《百花园》和《小小说选刊》两本杂志,长期矢志不渝地倡导和规范这一名称为"小小说",并选编了大量的小小说予以出版,如《中国当代小小说大系(1978—2008)》《当代小小说名家珍藏》等。近年来,漓江文艺出版社推出的中国年度最佳作品系列也是把小小说单列。此外,最具代表性的是人民教育出版社出版的九年义务教育三年制初级中学教科书《语文》第二册采用了小小说《鞋》《有关拖鞋问题的问题》,总标题就是"小小说两篇",编者在"自读提示"中说:"小小说用最短的篇幅,以简洁的记叙描写,突出刻画一两个人物形象,短小精悍,活泼犀利。"而众多评论者的著作标题,也大多是在用"小小说",如吕奎文与郑贱德合著的《小小说创作技巧》(1988)、杨贵才的《小小说十三讲》(1988)、李兴桥的《小小说艺术论》(1990)、丁尚富与许廷钧合著的《小小说纵横论》(1991)、王保民的《小小说百家创作谈》(1992)、邢可的《怎样写小小说》(1996)、凌鼎年的《小小说杂谈》(1998)等。在这里,要特别提到的是 2010 年《鲁迅文学奖评奖条例》正式将小小说选集与网络文学、旧体诗词一起列为参评对象,从而把小小说这一文体和事业推向了一个新高度、新天地。小小说作家网、小小说论坛等网络平台,则借助网络把小小说这一名称传播得更远、更广。

第二种是"微型小说"。也有不少报刊选用"微型小说"这一名称,国外以微型小说起步较晚的新加坡、马来西亚、泰国等国家为主;国内主要是与江西百花洲文艺出版社主办的《微型小说选刊》杂志的倡导分不开;在纯文学刊物里占有一席之地的上海《小说界》里的相关栏目也叫"微型小说"。在理论批评方面,则有袁昌文的《微型小说写作技巧》(1988)、梁多亮的《微型小说写作》(1989)、李丽芳与赵德利合著的《微型小说创作论》(1990)、陈顺宣与王嘉良合著的《微型小说创作技巧》（1990），杨昌江与甘德成合著的《微型小说技法与鉴赏》（1990），诸孝正的《怎样写微型小说》（1991），凌焕新的《微型小说美学特征新论》《微型小说艺术探微》和《微型小说学》。广东湛江师范学院刘海涛在前几年的一系列微型小说论著也是惯以"微型小说"名称，如《微型小说的理论与技巧》（1990）、《规律与技法——微型小说艺术再论》（1993）、《现代人的小说界——微型小说写作艺术论》（1994）等。

　　第三种是"微篇小说"。"'微篇小说'这一提法也开始获得越来越多的人认可。"[①] 认为"微篇小说"比"小小说""微型小说"等名称更符合发展趋势的依据主要有以下三个：其一，从称量的标准看，小说在历史上都是以"篇"而论的，小说的长篇、中篇、短篇、微篇划分顺从称量发展。其二，20世纪80年代初"微型小说"等的命名完全是一种仓促间的疏忽，把语言文字在时间艺术流程中"幅"度之小误当作实在物体空间上占有区间的"型"体之小了。其三，从学者、读者的反馈效果来看，"微篇小说"这一命名已不存在多大分歧。目前来说，理论批评界反对这一观点的较少，只是在实践过程中会遇到一些较为棘手的问题。例如当今微型小说界的两种权威性刊物《小小说选刊》与《微型小说选刊》，若统一称为"微篇小说"后，则意味着两本杂志要合二为一，而这是根本做不到的。如果退而求其次，一个叫作"微篇小说选刊"，一个叫作"微篇小说选辑"，这样贸然地更改名称，可能会导致订单的直接减少，直接受影响的肯定是杂志社。正如百花园杂志社、小小说选刊杂志社总编杨晓敏所言："我们的刊物已经叫惯了'小小说'，如果马上改过来，就要上报国家新闻出版署重新审批……读者呢，还误以为是新创刊的另一家杂志。那样的话，我们的许多订户说不定会流失，这个品牌目前还得继续用下去。"

　　微型小说这一文体的称谓虽然五花八门，但其内核或者说本质上都是

[①] 姚朝文：《华文微篇小说学原理与创作》，中国文联出版社2002年版，第9页。

相同的，即微型小说应当是篇幅短小，情节单一，结构完整，立意新颖，语言简练，以小见大的有别于长篇、中篇、短篇的小说文本。可从长远来说，名称又需统一。刘海涛说："现在，随着微型小说日趋走向成熟，我们觉得还是应该用一个统一的名称来称谓它们，以避免各种称呼而带来的混乱和麻烦。"① 凌焕新则指出："命名的杂出尽管是开始阶段的正常现象，但到了该文体日趋成熟的时期，应该有一个统一的、比较恰当的名称，使名实相符，不致叫人发生概念上的混淆"（《微型小说探胜》）。江曾培也提出："微型小说有这么多的名字，应该说在前一时期是正常的，但现在，这种文体已经趋于成熟，单就中国大陆来说，不但每年有几万篇作品问世，而且已有了几百种理论著作与论文诞生，应该赋予它一个比较恰当的统一的名称了。俗话说：'名不正，言不顺。'当到了'正名'的时候不给它'正名'，既会影响对这一文体特征的深入探讨，又会分散这一文体的力量，还会扰乱读者的视线。"② 从以上三位评论家的论述中可以看出，"正名"是非常必要的，否则，必然会影响到这一文体的创作和发展。

问题是进行怎样的统一，统一到什么名称上？看来有两个问题必须解决：一是弄清这一类型小说的本质特征，对这一文体做出理论界定；二是分析各种名称，找出一个最科学、最容易为大家接受的名称。但就目前来说，对微型小说"本质特征"的认识都还没有完全地统一。有坚持"微型小说是立意的艺术"，有坚持"微型小说是平民艺术"，等等。"微型小说"名称在1920年出现以后，历经近百年发展且具有较大科学性，我们认为将这一文体统一为"微型小说"具有可行性、普遍性和继承性。

虽然倡议使用"微型小说"这一名称，但是我们还是不得不认同微型小说多样性的文化意义。如前所述，微型小说的第四次"潮起"时，正是

---

① 刘海涛：《微型小说的理论与技巧》，中国人民大学出版社1990年版，第20页。
② 江曾培：《世界华文微型小说大成》，上海文艺出版社1992年版，第581页。

大众文化渐次成为当代中国最大文化形态之时，不管大众文化的出现是不是一场真正意义上的文化革命，但它确实使社会大众成了多元文化价值建构的积极参与者，并以其普及性、广泛性而获得前所未有的社会影响力，同时以自身独特个性深刻影响着微型小说这一文体的成长。因为微型小说的名称多样性既有着历史的原因，同时有着大众文化的影子。最明显的表现就是，微型小说名称直接与刊登微型小说这一文体的报刊有着莫大关系。

在市场经济时代，报刊在政策允许范围内，最多的是讲效益、讲影响、讲市场。沈从文就说过，"办杂志出版人必有个目的，就是要有销路"①。要想赢得效益，在栏目设置上就必须考虑一些约定俗成的东西，或者就要标新立异地去吸引读者。这也就是"小小说"与"微型小说"两个名称最为广泛的原因所在，因为它们分别都有《小小说选刊》《微型小说选刊》两本杂志作为支持，它们占了微型小说刊物市场70%以上的发行量。而"微篇小说""微篇文学"及其他称呼则因为少有公开报刊的支撑，所以大众观念里也就少有这些概念。此外，众多研究者对微型小说名称的各自阐述也体现了微型小说理论者的兴趣与认同，这对于微型小说文体的发展极为重要，百花齐放、百家争鸣才能让微型小说这朵奇葩茁壮成长。但同时，微型小说名称的多样性，也在一定程度上反映了当前我国文化市场的自由发展。因此，"微型小说"名称的多样性，仍将长期存在，其统一性问题在倡议情况下，估计有待市场自行解决。

（张春）

---

① 沈从文：《谈谈上海的刊物》，《沈从文全集》第17卷，北岳文艺出版社2002年版，第89页。

第四章 微型小说概貌论

第一节 微型小说的批评思考

改革开放 30 多年来，我国文化艺术蓬勃发展。从短篇小说里分支出来的微型小说，在这 30 多年中完成了作为一种文体的独立崛起，无论是读者群、作家群还是作品数量与质量，还是其固有的文学精神等方面，都堪称当代文学的一道亮丽景观。

面对微型小说的繁荣态势，微型小说理论批评也取得一定收获，在艺术特征、作家研究等方面发表了近千篇论文，出版了 50 多本理论批评专著。王蒙、冯骥才、林斤澜、汪曾祺、阎纲、吴泰昌、雷达、李运抟、胡平、南丁、丁临一、江曾培、刘海涛、凌焕新、顾建新、吕奎文、郑贱德、杨贵才、李兴桥、丁尚富、许廷钧、王保民、邢可、凌鼎年、袁昌文、梁多亮、李丽芳、赵德利、陈顺宣、王嘉良、杨昌江、甘德成、诸孝正等作家和理论家的广泛参与，更使微型小说的理论得到三个方面的深化：一是微型小说创作理论从单纯研究创作技法上升到研究创作规律，理论研究视野获得扩大；二是一批作家既创作微型小说又研究微型小说，使微型小说的精品意识获得广泛认同；三是微型小说理论批评对象从国内扩大到了国外，地域性研究领域获得突破。

当然，理论研究中也难免存在不足之处，主要有四：一是多借用短篇小说和古典诗歌的思维方式及理论范畴来研究微型小说，未能形成一套自身的理论话语。二是多从写作学的角度来提示和归纳微型小说的艺术规律与创作技巧。三是理论与实践相脱节，甚至是就理论论理论，显得玄而又玄。四是与纯理论研究相比，微型小说的批评环节较为薄弱，还有待发展的无限空间。

考察中国微型小说的发展历程，重点阐述改革开放后微型小说的创作高峰、创作内容、文化形式、大众思潮、微型小说流派的发展和演化，具体可分以下三个阶段进行考量。

第一阶段（1979—1989年），这一时期的微型小说，总的来说还依附于短篇小说，但已经朝着文体独立的方向迈进了一大步，关注的和表达的也暗合着这一时期总的文学特征：或抨击"文革"的弊病，或抚慰心灵的创作，或描写火热的改革浪潮，或关注人性的根底。此时，创刊了后来在文学界产生辉煌业绩的《百花园》《小小说选刊》和《微型小说选刊》；出现了许行、邓开善、生晓清、张记书、邢可、胡永其、沙叟农等一大批微型小说作家和作品选集；微型小说大奖赛开始举行；微型小说理论批评开始复苏；台港地区刘以鬯、杨逵、高阳、李昂、非马等创作的微型小说显示了作为一种简短文体的张力与魅力。

第二阶段（1990—1999年），是微型小说不断变革、不断发展、不断跨越的10年，无论是创作数量还是创作质量，以及读者群、作者群、报刊群都大幅度增加，特别是《微型小说选刊》等杂志举行的一系列笔会、研讨会、活动，更为微型小说的变革跨越奠定了坚实的基础。与此同时，微型小说开始广泛深入课堂；中国微型小说学会成立；此时期出版微型小说集的聂鑫森、凌鼎年、杨晓敏、许世杰、邢可、刘连群、曹乃谦、生晓清、吴金良、司玉笙、孙方友、王奎山、刘国芳、沈祖连、张记书、谢志强、程世伟、雨瑞、滕刚、高铁军等20余位作家,成为新时期第一代微型小说作家的代表;微型小说作家的文体意识更加强化;微型小说理论向着纵深方向发展,特别是引进叙事学理论将微型小说理论研究向前推进了一步。这一时期的港澳台微型小说发展也比较迅速,张春荣、陈幸蕙、衣若芬等微型小说作家大量出现,精品意识较上一时期得到进一步彰显。

第三阶段(2000—2008年),这一时期的微型小说作家数量更多,不仅在"代"的划分上更为明晰,还有"省"的划分,一批以郭昕、何晓、袁雅琴、田双伶、彭晓玲等为代表的女作家和以姚子衍、孙春平、安石榴等为代表的少数民族作家的加入,使创作群更为庞大和丰富,而且质量更高,加入中国作协的达百人,加入省作协的达600余人;出版方面除了专门刊发微型小说作品的报刊以外,1000多家报刊刊发微型小说。常规性大奖赛开始繁荣,如成立了微型小说学会、2002年当代微型小说庆典暨理论研讨会、2003年联合设立的小小说金麻雀奖等,促使微型小说纳入中国小说学会年会的研究视野。这一时期微型小说的业绩,也引起了海外的重视。东南亚与欧美不少国家,都发表和出版了中国小说作品乃至理论著作。微型小说已成为中国与海外文化交流的一个重要文学品种,由中国微型小说学会与新加坡作家协会共同发起的世界华文微型小说研讨会,已经召开过好几届。中国微型小说在世界华文微型小说界的影响越来越大,由于中国是华文的母国,中国也正成为世界华文微型小说的中心。

当然,我们在谈这30年的微型小说的同时,不能不谈微型小说繁荣发展的文化背景,那就是日益兴起的大众文化。大众文化是一种消费文化,具有明显的大众性、商业性、通俗性、娱乐性和深刻渗透性,其影响之下的微型小说也呈现众多特征:名称多姿,题材广泛,读者与日俱增,发表园地多样,创作呈现市场化,发行策划产业化,小说内容趣味化,日常化抒写，文本语言富有特色，艺术手法特别丰富、个性化的"结尾的艺术"，等等。可喜的是，当代微型小说与小说的伟大精神是一脉相传的，表现出来的关注民生、树立品格和张扬崇高的精神追求，正成为微型小说的立身之本和发展之命。王蒙说过：微型小说以建设性的姿态回应了市场对文学提出的挑战——为和谐社会里文学作用的发挥提供了一种参考。

如果对中国当代微型小说发展进行系统研究，笔者认为以下四个将是重点和难点：一是对改革开放后40年微型小说的总体把握，以及作家、作品、思潮等的研究；二是探讨大众文化语境中的文学整体生存状态，以及从微型小说的独特审美对大众文化负面效应的反拨作用来探讨文学精神如何张扬；三是大众文化背景下微型小说的发展与繁荣，以及受其影响所呈现的特点；四是从微型小说的独立发展姿态如何给其他文学种类一些借鉴，并提示出时代文学繁荣的某些规律。当然，最大的重点和难点在于，在国内外没有中国当代微型小说史研究先例的前提下，既要对当代发展脉络进行比较细致的研究，又不流于表面和程序，做到出新、出奇并具有史料意义，颇有难度和挑战性。

深入研究中国微型小说史的意义有四：一是填补国内微型小说史研究的空白，特别是为20世纪微型小说史的构建与研究提供参考，为中国当代文学史的完整性研究提供借鉴；二是有利于发挥文学在和谐社会建设中的作用，进一步促进微型小说发展；三是将此时期微型小说置于大众文化这个大的文化背景之下，改变纯粹从艺术角度进行微型小说研究的思路，为微型小说研究的繁荣，甚至为文化产业的繁荣提供参考；四是将包括中国大陆、港澳台，以及少数民族作家、女性作家等在内的微型小说作家、作品进行研究，填补国内单人单篇研究，具有系统性。因此，对改革开放以来中国蓬勃发展的微型小说进行梳理、归纳和总结，是十分有价值的事情。

第二节 微型小说的乡土回眸

从短篇小说里分离出来的微型小说，在新时期以后正日益成为我国文学的一道风景。纵观近30年的微型小说，我们发现在题材方面无所不包的微型小说，其实很大一部分是关注乡土、关注农民的。仅以《当代微型小说名家珍藏》（2002）和《中国当代微型小说大系（1978—2008）》（2009）为例，有关乡土的微型小说就占了六成左右。由此可见，在微型小说的蓬勃发展过程中，乡土是不可回避的题材，体现着作家在物欲横流时代对乡土家园的坚守，昭示着文学发展进程中某些不能移转的关注焦点，也凸显着多元文化语境中微型小说难得的清醒和独特意蕴。

现实主义是20世纪创作方法的主流，真实客观地再现社会现实，这是现实主义术语的最根本意义。达米安·格兰特曾用"应合"理论来解释现实主义的客观性成规，他称："如果文学忽视或贬低外在现实，希冀仅从恣意驰骋的想象汲取营养，并仅为想象而存在，这个认真心理就要提出抗议。"文学对现实的忠诚和责任，使微型小说作家们不能回避改革开放后农村的巨大变化，以及在这种变化中揭示的价值观冲突和在冲突中表达出的脉脉温情。下面分三个部分予以论述。

一 "风雨中前行"：乡村改革进程之路

正面传达改革开放后农村的喜悦变化，是30年来乡土文学特别是农村联产承包责任制后文学的一个中心话题，字数在2000字左右的微型小说也自然地给予了很多关注。当然，这种关注绝对不是铺天盖地的讴歌，而大多是用一种接近原生态的笔调进行描述。这种描述也许与时代讴歌有关，也许与现实世态有关，也许还与弊端揭露有关，都体现着乡村改革进程中的曲折发展之路。具体从以下三个方面予以论述。

首先，着墨于正面传达。改革开放改变了中国，也自然改变了乡村，生机勃勃是乡土中国最主要的关键词。"山乡"（金光《山乡的五月》中地名）曾经是"根西"的故土，每次回到乡下他都是一种观望的姿态，当他被工厂裁员后，他有种与生他养他的土地无法进行心灵对话的彷徨和无奈。但在父辈的鼓励下，最终"根西"完成了角色的转换，扎根农村并成了远近闻名的种粮大户——"根西"与土地从渐远到渐近的过程，喻示着联产承包责任制后广阔农村大有作为。《麦客》（尤良才作品）则通过"我"在20世纪80年代初当麦客的辛苦，转型到80年代末的"麦客经纪人"，再到90年代使用收割机当"机麦客"的过程，诠释着农村发展之路。马新亭《男人》中的"男人"就是一个传统文化里熏陶出来的男人，坚忍不拔的性格成就着他面对困难、面对饥饿不低头的形象。农村经济往来是少见借条凭据的，但何百源在《翻脸》里用"阿亮"对亲戚"阿实"的诉讼，道出了现代农民的法制观念正日益健全。面对"到底是要面子还是要肚子"的问题，老师"玉林"（梁海潮《抬花轿的老师》）为了还债宁愿在过年时做最被人小瞧的抬轿营生，凸显了时代大潮中人们观念的转变。"岳老黑"（曹德全《烟棒》）为村民修路不怕得罪乡长的亲戚，体现了一个老村长的高尚风格。

其次，着墨于纷纭世态。"70后"作家秦俑的Q村系列，对农村发展过程中的人性变迁给予了观照："八爷"（《八爷的六十大寿》）要做大寿，要求儿子冰天雪地里三番两次请村支书这个"村里最大的官"，因为只有支书到了，自己才感觉有了面子；"四眼"（《四眼》）为了独吞水井里的一块无中生有的宝石，深更半夜下井寻找却丢了自己的性命，留下惋惜与笑料。宁春强的《两瓶贵州醇》里的村主任，是一个热情的人，但他的这种热情往往显得有些多余，在认真说服"宝锁"打消离婚念头后，才接受本无事可求的"宝锁"送的酒。刘璟《村长》里的"村长"却是一个被冤枉的村主任，为了不想再做这份尽得罪人的工作，他想方设法地要求"乡长"辞了他，征求乡长同意后抬了"二狗家"的粮食，却刚好碰到市里三令五申不得"强抢"，他终被乡长以"素质不高"为由尴尬地辞退，将农村基层干部事难做、人难为的现象诠释得入木三分。沈祖连的《五婆的鸟巢》、孙学文的《泥塘》、曹德全的《烟棒》、赵新的《高兴》等作品也大量地关注农村中的世态纷纭。

最后，着墨于负面披露。农村是个大社会，改革进程之路犹显艰难。王奎山在《割韭菜》里对某些村干部的胡作非为进行了批判："刘三"家的韭菜被村主任老婆割了，他骂街不成，还被村主任羞辱了一顿，老婆"水芹"也在村主任的"特殊关照"下成了妇女主任，但这是以"刘三"的耻辱为代价的。赵文辉的《好事》则披露了以镇政府"白秘书"为代表的一群官僚：村支书"文玉"为了评选"好人好事"，本来就是好事的事情还要上下活动，花费了本不该花费的财物不说，还欠了"白秘书"一个人情。同样让人气愤的还有梁涨潮的《选票》里一些希望当村主任的候选人，他们四处花钱请人填票不仅显得可悲，同时让人感觉到某些基层组织建设中的不正常。当然，这种不正常往往又是与上一级领导的不正常要求有关，"乡长"（程宪涛《池塘无鱼》）为了让"县长"们周末能在池塘里钓到鱼，命令"村长"在无鱼的池塘里放鱼，极具讽刺意味。"刘老爹"（梁大智《刘老爹的酒文化》）就对这种无奈现象感觉到了痛心：市长儿子"宝根"每次回家都会提来越来越贵的酒，但这让"刘老爹"找不到从前爷儿俩一起喝烧酒的滋味了。曾经是护林员的"木"（凌可新《偷树》）看不惯别人偷树，多次向上级反映无效，于是在万般无奈之下偷了一棵树到派出所自首，以唤醒人们的麻木心灵，但所长说偷一棵树还够不上拘留，现实中某些公务员的法制观念淡薄实在让人可气可叹。

二 "冲突中拷问"：家园建设中的价值选择

伴随着农村改革进程的加快，人们曾经根深蒂固的价值观念得到些许转变，看待同一件事情，已经不再使用同一种标准，发出同一种声音，而是渐渐学会用思想的眼光来考量，体现了社会的一种进步。但不可否认的事实是，家园建设中人们发展的价值观，仍然不尽全面与合理，而大多是立足于自身角度。为此，提倡有现代眼光的价值追求，以推动农村现代化建设，将任重而道远。微型小说从以下三个方面做到这一点。

首先，凸显悲悯情怀。悲悯其实并不是一个贬义词，而是作品中透露出的一种无奈，常让人沉重。《扶贫经历》（王奎山）中的"我"代表县里给农民"郭改名"送去扶贫款，但最后是"你前脚刚走，后脚村里就收走了，说是抵了去年的提留款"，折射出某些基层领导观念的庸常。《稻草人》（刘国芳）中的"他"，在"村长"们的"关心"下，成了一个名副其实的稻草人。李性亮《大学生》里的村支书儿子最终选择卧轨自杀，质疑着望子成龙与支书特权的价值困惑。"李发顺"（金光《弯道》）依靠公路弯道发"车祸财"，可最终将自己的腿搭进去了。"国哥"（丁新生《娥》）的思想也要转变，因为他的所谓"正义感"，让哑女"娥"和自己都成了牺牲品。凸显悲悯情怀的还有石鸣《三月花开》里的"桂花"、包利民《山上山下》里的"小王"、张新平《欠条》中的"二桂"、杨崇德《官训》中的"我"、刘殿学《有关部门》的"有关部门中的人"、喊雷《鸭趣》中的"朱科长"们，以及肖有亮《老汪》中的"老汪"，都投射着农村世态中表露出或要刻画的悲悯。

其次，体现价值尊崇。农村人的观念是很难改变的，但某些"根深底固"的思想在某些时候凸显出一种伟大。芦芙荭在《三叔》里刻画了"三叔"的崇高，他一直希望战胜"家旺"，但当"家旺"家真的因为车祸衰落时，他却给"家旺"提供了很多支持，只是"希望家旺能重新振作起来，像以前那样和他斗一斗，那样活着才有意思"。"生儿"（赵新《高兴》）当上村主任后在与"爹"的对话中明白，作为村长更应当扎根土地，应当将"耕读传家"作为一种传统文化予以坚持。拄着拐杖的"刘大爷"（喊雷《生死抉择》），目睹风雨中桥被冲垮，为了避免司机从断桥上驶过而坠入河里，他"视死如归地又一次站在了公路中间"。女作家何晓的《观鹿山的戏楼》，则将变质蜕化的"儿子"与一身清廉的父亲"曹先生"进行对照，"看不见姑且听之，何须四处钻营，极力排开前面者；站得高弗能久也，莫仗一时得意，挺身遮住后来人"。深意无限，哲理明显。更夫在《天浴》里传达出爱好洗浴的"叶子"的价值选择是正确的，虽然离开洗浴城回到家乡的她"提着桶在院子里转来转去，却怎么也找不到一个可以洗澡的地方"，但回应着一个纯洁姑娘对生态环境的拷问和对人生梦想的追索。

最后，凸显和谐价值。在金钱与环境、物欲与时间之间该如何处理？这样的问题困扰着改革开放中的农村和生活于这片乡土的人们。贾平凹《猎手》中的"猎手"，在杀尽山林中的狼后一直还在想方设法寻找狼，当他从悬崖摔下后发现：与自己一起掉下悬崖的并不是一头狼，而是一个和自己一样披着狼皮的猎人，文章透露出"猎手"应当追求一种生态自然和谐的良好遗愿。"陈痞"们（李浩《被买走的时间》）为了获得暂时利益而不惜污染土地，最后远走他乡后的醒悟，告诉读者牺牲的不只是土地还有永远不可能回来的时间。赵文辉的《卖牛》则刻画了老实憨厚的"小顺"和"老汉"之间人与人的和谐。何晓在《那是留给雀子过冬的》中为读者铺陈了一副和谐的美景：张家小院里树上的柿子从来不摘，仅仅是希望那些过冬的雀子能够留下来，铺陈着人与动物的美好相处。申平在《头羊》里折射出人的自私与动物的伟大，希冀更多的人来尊重动物。侯德云的《冬天的葬礼》里描写了小村民众对一群老鼠的祭奠，因为它们曾用刨来的粮食无意中拯救过饥饿的大伙。

三 "花开的声音":乡村大地上的主旋律

30年来的乡土微型小说中,优秀作品犹如雨后春笋,塑造出很多优秀的人物形象,在这些经典形象中透露出的默默温情,自始至终都能让很多读者获得感动,犹如花开,馨香中给人面朝大海春暖花开的美好意蕴。具体来说,体现在以下三个方面。

第一,彰显"文化之美"的氛围。曾经获得过庄重文学奖的"短篇小说圣手"聂鑫森,在微型小说领域里也具有举足轻重的影响。他塑造的人物形象总是那样生动,他营造的作品氛围总是氤氲着文化之美。《逍遥游》中的古籍校勘与论证专家"贺先生",是一个经历过大风大浪却又毅然坚守着精神家园的老教授。他对年轻小伙子"陶淘"的言传身教,使"陶淘"走上了人生正轨。"贺先生"辞世时很安详,因为"我现在把该做的事做完了,写完了书,还有了你这个传人,此生无憾"。同样的还有《大师》里的山水画家"黄云山"。这是一个知名的画家,但他面对一个已故民办教师画家的作品时,却表示"我愿以我平生的一幅得意之作,交换你父亲的任何一幅小品",塑造了两位真正的大师。莫言也喜欢用他独特的魔幻色彩手法,植入微型小说《奇遇》中:战士"我"走夜路回家在村口与"赵三大爷"的偶遇,道出早已去世三天的"赵三大爷"的优良品质。刘建超在《老街汉子》里先抑后扬地塑造了一个耿直的"牛五",透出一个真正的军人的文化品格。

第二,透露"诗意之美"的温情。具有诗人气质的于德北,在《秋叶》里塑造了充满梦想最终却诗意一般死亡的诗人"佳卫",将敢于担当的人民子弟兵高大伟岸的形象凸显出来。王奎山在《红绣鞋》里"渲染的是在这灾难的打击下麦苗的那种感人肺腑的爱心和大方得体的孝心"[1],

---

[1] 刘海涛:《微型小说学研究——群体与个性:世界华文微型小说家研究》,中国社会科学出版社2002年版,第98页。

"麦苗"从容不迫而又情意万千地安排了她出嫁前的一切。尹全生在《七夕放河灯》里通过"翠子""河生"和"大顺"的三角恋,"以后的每年七夕,夫妻俩都会去为已经故去的河生祭酒",体现了"大顺"的伟大,突出一种深深的暖意。曹德全《大山的情绪》里男人在猎人朋友去世后,依旧把猎到的野兔匀一半放在朋友家门口,然后唱着山歌离开,流露出一股乡村友情独有的诗意。陆颖墨《钟楼》里塑造了流浪汉"红根"在老流浪汉"阿勇"去世后的伤心,因为"除了他,还有谁可以让我来可怜呢……"与此有关的还有李永康的《十二岁出门远行》《路》《将军树》《五奶奶》《杨子荣》《娟娟》《绝招》《爱我的人已经飞走了》等作品,都真实地传达着一份难得的温情。这在普遍以故事或者情节为技巧的微型小说叙述中是极有创见的。

第三,展示"朴素之美"的意境。文化人"李文秋"和寡妇"小月"(刘国芳《乡村轶事》)的交往,朴实中透露出平淡是真的爱情真谛。"叶子"(刘建超《遭遇男子汉》)在逃离城市后遇见了救助她的"男人",她发现山村的爱情是那样的令人迷醉。被爱情迷醉的"玉子"(郭昕《玉子》)在丈夫移情别恋后勇敢地走出婚姻,体现了她追求真正生活的独立精神。老单身汉"二德牯"(王琼华《心事》)暗恋着寡妇"桂花"却不敢表白,最后被同样喜欢他的"桂花"骂走,原来读懂心事和表露心迹都是那样的重要。"绿豆"(宗利华《绿豆》)很有主见,自由恋爱后驯服了丈夫,完成了期冀她招婿的父母心愿。"秀秀"(汤红玲《哭嫁》)在家人劝哭时未哭出,获悉母亲"晕倒"时,她顿时大哭起来。大伙的喜笑颜开,道出秀秀是个好女孩。伍中正用"农民作家"身份传达出农村的一切,《翻越那座山》里的媒婆注重心灵之美的考察,将自己的女儿许给了请她作介绍的"霍"。周仁聪在《篱笆墙》《艳阳天》《哥哥》《日子》等作品中,让人久久沉浸在作者营造的氛围里。同样让人感动的是《雉诱》(陈毓)里有负罪心的"雉诱"和《马棚》

(孙学文)里有情有义的"枣红马",以及《吃瓜》(中村)里外相吓人的"表弟"营造的独特朴素意蕴。

第三节　微型小说的城市叙事

城市叙事与书写在近30年来已成为文学创作中的焦点,也自然而然地进入了具有广泛包容性的微型小说视野,在整体数量和创作动向上呈现仅次于乡土微型小说的喜人景象。这一趋势其实是与改革开放后日益加快的城市化进程有关:一方面,城市相对于乡村来说是个更为复杂的大环境,可以为作家创作提供更为鲜活的素材;另一方面,作为创作主体的作家身份的城市化也越来越明显,近距离接触城市,个体体验有关的言传与表述空间更为广阔。

当然,微型小说的城市叙事,并非纯粹书写城里人之间发生的日常故事,还需观照与城市保持若即若离的进城乡下人的生活状态与人生理想、进城乡下人与城市居民之间的生活状态与矛盾冲突。因为从整个中国现当代文学的发生轨迹来看,"乡下人进城"一直是个难以回避的话题。而随着20世纪80年代后城乡二元对立模式的逐渐解构,"乡下人进城"显而易见地成为现代化整体进程中值得关注的社会现象。因此,微型小说城市叙事的客体时空范畴是"存在于城市",客体人物则比纯粹城里人更为广泛,是"存在于城市中的人"。

我们整体回顾近30年来的城市范畴微型小说,会发现微型小说关注的不外乎存在于城市的人们现实生活中的三种状态:努力拼搏或享受豁朗或怀揣希望的幸福;感叹炎凉或藏掖无奈或躲避羁绊的失衡;或重复迷茫或继续前进或沉浸漂泊的游离。也就是说,"所指向的往往都是关于人的生存的最根本问题。这里既有关于自我认识的追问，也有关于人生价值和意义的思考，还有关于人的处境的探索"①，暗示微型小说文本人物对城市这一生存背景的复杂体验与抱负，同时寄托着作家在纷纭世态中赋予城市意象的某种文化品位与文化追求。下面对这三种状态分别予以论述。

一 "幸福之都"：拼搏、豁朗、希望

"城市标志着一种更高的物质文明，一种更高的生活层面，充满着诱人的气息和无限的欲望。"② 能够在欲望都市里立足并能实现快乐生活，是大多数人内心潜在的目标。为了到达幸福彼岸，人们或努力拼搏，或感受豁朗，或放飞希望，切实地感触着鲜活的城市变迁与个人理想的实现。人们在"幸福之都"的三种状态如下所述。

第一，着墨于拼搏。梦想的实现需要拼搏，没有拼搏，任何理想都是空中楼阁。在微型小说中，这类叙述更多的是关注进城后的乡下人，似乎乡下人进城后的变迁更具有象征意义。沈祖连《美人鱼饭店》里的"美人鱼"每天从事的工作就是路边揽客，为了获得足够多的报酬，她在坚守自身清白的同时不失聪明。司玉笙《高等教育》里高考落榜后的"强"，进入城市凭借良心做事获得老板认同，闯出了属于自己的一片天空。李世民《民工范小柳》里的民工们，乐意在工余与工头的表妹"范小柳"假摔，以打发寂寞时光。吴富明《感谢父亲》里的"水生"通过努力获得厂方认可，暗示出做人比做事更重要的道理。当然，也有观照城市下岗职工拼搏的，如金光《王发开店》里的"王发"下岗后终于从米皮店子里学到了做生意的窍门，通过努力实现了梦想；刘建超《中锋》里的"大祝"在卖菜

---

① 刘文良：《终极关怀：生态影视的崇高之维》，《湖南工业大学学报》（社会科学版）2008年第2期。

② 谷显明：《尴尬·堕落·漂泊——新世纪小说中进城乡下女性生存境遇探析》，《湖南工业大学学报》（社会科学版）2009年第3期。

的妻子鼓励下组建了蔬菜公司,完成了组建篮球队的夙愿;蔡楠《马涛鱼馆》里的"马涛"在都市拼搏多年后,终于决定回家开一个属于自己的鱼馆。从这些微型小说中,我们似乎看到每个人的拼搏故事都诠释着一个"爱拼才会赢"的道理。

第二,享受着豁朗。梦想的实现需要心态的豁朗和享受日常,不懂得享受已有的幸福,追求过程也就显得苍白。铁凝《长街短梦》里的"同学"遭遇不幸后差点选择自杀,一个老人简单的要求让她感觉到了存在的价值,并从此开始享受快乐人生。陈建功《天道》里通过依靠父辈呼风唤雨的"丁囡囡"这个"红卫兵奶奶"脾性转变的过程告诉大家,豁达的人生之路将会越走越宽。毕淑敏《紫色人形》里因烧伤最终死去的"年轻夫妇",疼痛过程中保持的一份淡定显示出一种真爱。刘心武《第八棵馒头柳》里经常出差的"丈夫",每次的分别与归来都传达出温馨的真情。杨晓敏《限度》通过电车里"军人"与"姑娘"的一次风波,表达出陌生人之间如果拥有坦荡胸怀那将会收获一种别样幸福。贾大山《莲池老人》里看管钟楼的"杨莲池"不理外界的纷纭,透露出老人一份难得的娴静。邓洪卫《初恋》里"秦皮"在妻子"小苏"故意醉酒后的道白,明晓了身边的幸福才是真正的幸福。享受豁朗并享受执着生活的还有陈力娇《戒毒》里的"她"、周海亮《刀马旦》里的"刀马旦"、秦德龙《水中望月》里的民工"茂林"们。

第三,执着于希望。梦想的实现需要随时点燃希望,没有希望,追求也就成了无源之水。许行《白雪雕像》里的"男人"为了不让儿子在自己的咳嗽声中影响复习功课,每天晚饭后都会躲在外面几个小时,虽然他冻成了一个雪人,但他心里充满着对儿子和家庭的希望。安勇《花匠老丁》里的"老丁"失去双腿后并没有消沉,而是在房子外面开辟了一块花圃,秋风中摇曳的花朵延续着他的梦。凌鼎年《再年轻一次》里矿长"陶也明"丧妻后耳闻自己与手下"黄杏红"的谣言,既有无奈又有着某些憧憬，当"黄杏红"希望和他结婚时，他的犹豫刹那间变成了坚定。李世民《幸福倒计时》里塑造了民工"三元"们艰辛的幸福，暗示着他们挣钱后回家娶媳妇的希望能够成真。欧湘林在《没有约会的初恋》里诗意地为我们传达出一份希望的幸福，"我"和"周洁"的初恋没有表白，也没有初吻，而是相互之间的芳心暗许却收获了沉甸甸的果实。傅昌尧《初恋指南》里的"小改"的等待终于有了结果。王海椿《唐小虎的理想》里为做环卫工人这个理想而死的"唐小虎"，值得所有人尊重。

二 "失衡之都"：炎凉、无奈、丑陋

现代化都市为人们物质文化生活的提高创造最大可能的同时，也给人们精神怪相的拷问提供了更为多元的方式，"每一个人在城市都有不同的际遇，对城市有着不同的体验和印象"[1]。因此，如何使个人在世态生活中保持清醒头脑，值得每一个人认真思考。微型小说作家们没有回避城市生活中的失衡现象，而且重点在世态炎凉揭露、内在灵魂拷问和探寻丑恶本原等方面给予了大力观照。

第一，揭露世态炎凉。人的生活总不是个体的孤立存在，人与人之间总会有着各种各样的利益来往与冲突，在此过程中，世间还有多少真情？很多微型小说作品对此都给予了否定的回答，这也许是文本冲突的需要，也许是现实的客观存在。聂鑫森《珠光宝气》里的"北阙云"渴望黄昏恋却被"西门珠"的感情圈套所愚弄，让一番修补文物的心血付诸东流。白小易《客厅里的爆炸》中的"父女"，做客朋友家，面对突然爆炸的暖瓶唯有说是自己的过错；寇云峰《小叶》里随意答应给"小叶"做介绍的"汪厂长"，不仅耽搁了姑娘的青春，也凸显了做人的虚假。刘建超的《朋友，你在哪里》将世态生活中朋友的关系诠释得淋漓尽致，不见面时热情

---

[1] 沈琳：《现代乡土小说中的城市书写探微》，《文艺理论与批评》2008年第1期。

高涨，真正要见面了却东躲西藏。李永康《老板不知道的》里的"老板"对"我"的一片忠心不是高兴而是责骂，对那些内外不一的主管却给予重任，让人哭笑不得。滕刚《姓名》里被朋友邀去参加宴会的"张三"，自始至终扮演着端茶递水的角色，让人瞠目结舌。何立伟《洗澡》里的"老何"下班时到僻静小街处听人弹钢琴，以缓解疲劳，却被老婆责难，让人忍俊不禁。

第二，拷问内在灵魂。如果世俗生活中的每个人都能经常拷问自己的灵魂，那么我们的社会将会更加美好。然而现实生活并非如此，许多人学会了伪装，也学会了防备。梁晓声在《大兵》里通过暴风雪中"大兵"的无私奉献以及牺牲拷问着客车上的每一个人。刘国芳在《黑蝴蝶》里拷问着诸多花心的男人，一旦妻离子散后也许人生将不能回首。陈敏在《失去记忆的日子》里刻画了"白小凡"在失忆中拥有幸福，恢复记忆后拥有烦恼，昭示烦恼其实都来自内心的防备。罗治台在《裸行记》里通过选择裸行讨薪的"阿发"周游一圈的经历暗示着社会现实中的某些世态炎凉。如果每个人都能时刻拷问自己的言行，那么也就不会出现沈祖连《著名歌手》"常弘"那样得不到观众的认可，吴金良《船工》里"王四"那样的尴尬，刘卫平《爱情测谎仪》里"苏浅月"通过测谎仪测出真正的烦恼，龙会吟《谷雨茶》里精明过头的"林景"的未来将会迷茫，刘吾福《可能》里"儿子"若干处世规则下的尴尬，杨蔚然《好使的枪》里蒙太奇手法营造下"龙总"致命的嚣张，汤国基《官相》里"我"因长得胖被家乡人误认为做了大官的无奈。

第三，探寻丑恶本原。美国作家纳撒尼尔·霍桑（1804—1864）关于人性有过这样一句话：人的本性中决无行善或作恶的所谓坚定不移的决心，除非在断头台上。可见，人性的丑与恶不能简单地凭概念判断，而是需要经过日常行为的展示才能体现出来。张记书在《棋道》里剖析了老谋深算的"小Y"对残疾姑娘的所有好感仅仅因为她是县长的女儿。刘国芳在《又见麦子》里探究了做二奶后的"麦子"从此不再有精神归属的彷徨。司玉笙在《书法家》里刻画了"高局长"只会签"同意"二字的官僚作风。周波在《头条新闻》里抨击了善于炒作新闻的"我"和善于在上级领导面前摆弄的"县长"。非鱼在《荒》里通过"民"对城市的希望与毁灭解释了城市问题的真正原因在于人性根底的丑恶。黄建国在《谁先看见村庄》里展示了做"小姐"的"二亚"们的痛苦。昌松桥在《迷人的海》里揭露了某些基层干部的苦闷。蒋文锋在《挨打》里道出了为官者不为人民谋福祉的下场。李性亮在《剪彩》里刻画了某些官僚的腐败。邹当荣在《火车上的旅客》里刻画了作为旅行者的众生相。莫美在《提案》里道出了某些基层组织不健全带来的悲悯。

三 "游离之都"：迷茫、潜行、漂泊

"都市化进程的加快，在钢筋水泥的丛林中挣扎的现代人已日益丧失了聆听神性呼唤的耳朵。"[①] 关于现代人追寻的幸福，我们需要深刻领会罗曼·罗兰关于幸福的解释："创造，或者酝酿未来的创造。"如果预见某些幸福抓不住，我们是继续追寻，还是继续烦恼？是不是还在这个不能改变的都市里继续落寞以及漂泊？都市，在没有了可以触摸的幸福与可以逃离的羁绊后，该如何以一种更为合适的心态来考量我们曾经憧憬和奋斗过的地方？下面分别论述人们在"游离之都"的三种选择。

第一，在迷茫中烦恼。都市人其实都有着或多或少的烦恼，面对烦恼时是选择逃避，还是选择解决？傅爱毛《私奔》里的"玉儿"在与"阿建"私奔失败后明白了毁灭"伟大"爱情的并不是该死的皮箱搭扣。雨瑞在《断弦》里对破镜重圆的夫妻双方进行分析后得出的答案是生活的无

---

① 张春：《难以走出性别樊篱的书写——小小说女作家创作群体的女性视野解读》，《湖南工业大学学报》（社会科学版）2008年第4期。

聊。巩高峰在《阳光》里诠释"我"奋斗后买了房子，阳光被新建的高楼遮挡，为了生活和拿到补偿款就选择了沉默。刘会然在《大卫搭车》里揭示"大卫"作为一个懂机械原理的大学生，面对客车的超载他苦口婆心的劝告只换来自己无数次的上下车。蒋玉珊《喜欢女人》里的"胡喜"和所有男人一样喜欢女人，当他离婚后躲避都市时更多的是后悔与无奈。周忠应《城市恐惧症》里的"钟君"从农村到城市发展，受不了生活的压抑，除了生病他无处可逃。闵凡利《小麦的幸福》里的"小麦"在城市扎根后经常回忆小时候简单满足后的幸福。其实，她除了回忆，真的会选择离开都市回到乡村生活吗？答案当然是否定的。

第二，在追忆中潜行。追忆过去的岁月，检讨自身的过失，营造美好的未来，是诸多微型小说作家在城市题材中要传达出的精神。林斤澜在《惊树》里对城市化进程中的某些过失进行了追忆，道出了生态环境的重要性。秦俑《化妆》里误解"陆小璐"的姐妹们知晓化妆的真正原因后，选择享受已有幸福来追忆同学和属于自己的青春。李利君在《热闹》里对"张太"的思索明白了真正的快乐是应当给人带来快乐。宋以柱在《偷食》里通过"张里"的思想变迁告诉世人不要忘记曾经的苦难。莫美在《耽搁》里告诉人们：怨天尤人只会永远停滞不前。段淑芳在《礼貌》里告诉天下父母家庭教育的重要性。蒋正洁《爱情的砝码》告诉世人，在爱情当中没有主见，失去的也许并不只是爱情。孙春平《深入》里的"夏伯舟"在真正深入基层后终于懂得了为官为文的道理。周仁聪《兽医》里的"庄医生"从为宠物治病到真正救死扶伤。李雪峰《叔父的酒店》里通过"民工叔父"的遭遇肯定了城里人的思想转变。其他的还有蔡楠《关键词》里思绪飞扬但最终保持自我的"鲁米娜"告诉人们本分做事的魅力。

第三，在苦难中漂泊。如果在城市里遭遇了尴尬或者是不幸，选择离开也许是最好的办法。滕刚《蝶恋花》里的"向梅"心甘情愿地成了"我"的情人后，"我"的离开是最好的结果。陈毓《名角》里的"陆小艺"自始至终都无法在现实生活中找到快乐，因此她的寻梦而死也许是最好的出路。申永霞《都市女子》里的"土露"在与"舞厅经理"的爱情破灭后选择离开，也终于明白要成为真正的都市女子并不只是外表所能体现的。凌鼎年《茶垢》里的茶垢是"史老爹"一辈子的精神慰藉，当茶垢被孙女洗净后，所有的梦想都已经破灭。李永康《酒干倘卖呒》里的"他"为了免除他人也被重复使用的啤酒瓶炸伤，耗尽钱财回收空酒瓶被人误解的苦心流逝。陈永林《半小时的故事》里的"何猛"在火车站的遭遇让其明白了回到农村是一种正确选择。谢应龙在《太阳是火》里对做"小姐"的"四叔的闺女"离开城市、回归农村的抉择进行了赞美——但离开，真的是最明智的选择吗，真正的精神家园到底在哪里？回答这个问题，也许要探问至今依然在城市漂泊的人们。

第四节 《人民日报》与微型小说热

当新时期微型小说发展成为世纪之交特别是 21 世纪文学的一道风景时，我们不能忽略一些史实的存在，那就是在中华人民共和国成立后的"十七年"时期、"文革"时期和新时期以后的多个时间段，微型小说都离不开《人民日报》的关注、支持和宣扬。可以这样说，如果没有《人民日报》的参与，微型小说绝不会成为当代文学中的一种热潮或现象，也绝不会成为世界华文文学交流中的一根特殊纽带。《人民日报》作为中国共产党中央委员会的机关报，是中国最具权威性、最有影响力、发行量最大的综合性日报。我们考察当代微型小说的发展之路、崛起之路，就必须考量各个历史阶段的《人民日报》对微型小说兴起、隐退、再兴起的助推。只有这样，我们才能在纷纭复杂的"微型小说热"背后，挖掘微型小说发展的真正原因，继而为微型小说的进一步繁荣提供理论支持。

1958年3月11日，《人民日报》在"新书架"栏目刊发了《"新港"提倡微型小说》一文，"二、三月号的'新港'是个小说专号的合刊。老舍写了篇'多写微型小说'，他希望大家多写每篇至多不超过两千字的短篇小说，还给这种小说起了个名儿叫'微型小说'"。从前文已经知道，"微型小说"名称并非老舍首创，但是"微型小说"这种文体还是快速走上了当代文学的舞台。为了倡导这种文体，老舍在1958年《新港》6月号上发表了《电话》（微型小说），《人民日报》也连续在第8版发表了标注为"微型小说"的作品，并在同年7月9日转载了巴金发表在上海《街头文艺》的微型小说《小妹编歌》（507字）。

其实，在此之前，《人民日报》就发表过"短小"的"小说"。1956年7月14日的《一个贫农的女儿》（劳洪），全文总共253字，是该报发表的最早的微型小说。在此后，1956年又接连发表了赵慈命的《送信》（7月15日）、劳洪的《一位公共汽车乘客》（7月18日）、林夜的《一个教员的手记》（11月8日）等微型小说。而明显标注为"微型小说"的作品则从1958年开始，共刊登有13篇，分别是1958年6月23日吉学霈的《越墙记》、6月30日董尧的《两社之间》、7月9日巴金的《小妹编歌》、11月11日吉学霈的《河南人》和1959年4月2日萧英俊的《北大荒春夜》、4月7日万龙的《加急电话》、5月11日胡忆肖的《每天早晨》、5月21日乔川的《头条消息》、5月23日尚肖的《寿辰》、5月26日徐珩光的《寻牛》、5月26日裴寿全的《捉虫》、5月26日胡吉祥的《发工资》、8月19日李俊亭的《全家闹技术革命》。至于1958年5月1日潘红玉的《再缩短一分钟》、夏红的《谁是那"百分之十"？》、阎一中的《椅子》，5月6日朱敦源的《县委会下乡》和1959年2月13日刘朝荣的《"又是你呀！"》、苏扬的《永乐店的春光》等多篇小说，虽然没有标注"微型小说"字样，但因为被《"微型小说"中有佳作》等文章点评过也应列为此类。

很快，反映社会主义改造和现代化建设的微型小说作品，就在《新港》《萌芽》《长春》《雨花》《解放军文艺》等全国各地报刊遍地开花；一些杂志特地开辟专栏或者出版微型小说专刊、特辑，如《长江文艺》1958年第9期的"微型小说专号"、《长春》1958年第12期的"微型小说特辑"、《文学青年》1959年第2期的"微型小说叙事诗特辑"等。数十家省级出版社也出版发行了微型小说选集，如1958年湖北人民出版社出版《双跃进：微型小说选择》，1959年山西人民出版社出版《微型小说选》，1960年贵州人民出版社出版《红旗高扬：微型小说集》等。这时期经常在报刊发表微型小说的作者主要有劳洪、吉学霈、董尧、段荃法、张惠铭、萧英俊、万龙、胡忆肖、阿·吾甫尔等百余位，其中大部分是生产一线的工农兵。在此阶段，包括作品评论在内，共发表评论50余篇。其中就有茅盾在《人民文学》（1959年第2期）发表的《短篇小说的丰收和创作上的几个问题》（其中第一部分为6000字左右的《一鸣惊人的微型小说》）和徐明在《人民日报》（1959年5月26日）发表的《谈微型小说》。茅盾的文章对1958年微型小说的创作进行了归纳，并认为微型小说的字数控制在2000字左右较好，正如老舍在《多写微型小说》里提倡的"每篇至多不超过两千字"。这使微型小说字数在2000字左右的概定一直延续至今。

日本学者渡边晴夫认为，此阶段的微型小说在"五八年七、八、九月呈上升趋势，十月到达顶峰，这一盛况一直延续到了五八年末。进入五九年之后，作品数量开始减少，步入退潮期"①。事实并非如此简单。1960年6月12日的《人民日报》还发表了《怎样根据小报特点宣传毛泽东思想》一文，在谈到如何促使报纸在实际工作中起到"组织、鼓舞、激励、批判和推动的作用"时，举例"农民作者胡邦伦的微型小说，曾在《人民

---

① ［日］渡边晴夫：《超短篇小说序论》，东京有限会社DTP出版社2009年版，第84页。

文学》《热风》等杂志刊物上发表";8月13日的文章《新英雄人物鼓舞着我们》中也谈到,"要求在写每一个作品或塑造每一个人物,哪怕只是一篇微型小说的时候,作者都必须凭借和运用他的全部生活知识和斗争经验"。《萌芽》杂志虽然在此前已经发表过一些微型小说,但从1964年6月号才开始设立"微型小说"栏目,并在同期刊发10篇微型小说,7月1日的《人民日报》还发表文章《为新芽辟苗圃》(白东桥)给予鼓励。此外,《人民日报》1959年刊登的标注为"微型小说"的作品数量也明显比1958年多很多。1966年1月5日、1月29日还分别发表了尹振声的《新年贺信》和黑石的《他到哪里去了?》两篇微型小说,描写了技术工人加班加点革新技术,争取实现第三个"五年计划"开门红。

无独有偶,中国作家协会天津分会主办的《新港》杂志,在"大跃进"疯狂的1958—1959年只刊出4篇微型小说,但1961年9月、10月合刊号特设了"微型小说专栏",每期都刊登3篇作品;1962年4月号还登载了苏联阿·托尔斯泰的《什么是微型小说》的译文。1965年9月,百花文艺出版社出版了《微型小说选》,该选集是《新港》杂志1961—1964年4个年头里编选出来的23篇作品。因此,1958年年底并不是当代微型小说发展的一个分水岭,分水岭应当是在1962年前后。因为毛泽东在这一时期的中共八届十中全会上提出了"千万不要忘记阶级斗争"的口号,尖锐地指出"凡是要推翻一个政权,总要先造成舆论,总要先做意识形态方面的工作。革命的阶级是这样,反革命的阶级也是这样"。从此,政治运动开始频繁发生,"十七年"文艺也整体步入衰退期。这正如李运抟所说:"'人'的哲学观念的缺席……是制约五、六十年代文学创作实践的阿卡琉斯的脚踵。"[1]

---

[1] 吴培显:《诗、史、思的融合与失衡——当代文学的一种反思》,中国文联出版社2001年版,第11页。

1966年8月9日,《人民日报》发表了在前一天研究通过的《中国共产党中央委员会关于无产阶级文化大革命的决定》。持续十年的"文化大革命"正式开始。"大量期刊被迫停刊,到1966年年底,全国出版的期刊种数,从'文革'前1965年的790种,骤降到191种,后一年,又猛降到27种,1969年,只剩下《红旗》……等20种。"① 微型小说在这个时候也和其他文学形式一样呈现隐退姿态,并"蛰伏"起来以迎接十余年后新时期的"涅槃"。

不过,即使在文艺"普遍沉沦"的十年当中,《人民日报》还是对微型小说文体给予了关注。1966年8月18日发表了林家禄的《老水手的心愿》和陈锦泉的《毛主席塑像前照个像》,9月19日发表了苗新的《满路阳光满路歌》、田疆的《门里门外的变化》,10月18日发表了红兵的《山区战士的欢笑》。但是与"十七年"时期的微型小说相比,已存在某些本质上的不同。米兰·昆德拉说过,"小说不研究现实,而是研究存在。存在并不是已经发生的,存在是人的可能的场所,是一切人可以成为的,一切人所能够的。小说家发现人们这种或那种可能,画出'存在的图'"②。然而,这时的微型小说作品在"虚构"和"现实"之间已经很难界定,整体浮现的都是对领导人物的讴歌、对"路线"的赞扬,从文学角度来说,这已没有多少艺术价值可言,但作为微型小说发展的一段历史不能被随意删除。

1974年5月,河北人民出版社出版并标注了"微型小说集"的《枣林风波》,"出版者的话"让人"触目惊心":"无产阶级文化大革命以来,文艺战线和其他战线一样,形势一派大好……是对污蔑文化大革命后文艺创作'今不如昔'的谬论的有力回击!"而由上海人民出版社编辑、出版

---

① 方厚枢:《"文革"十年的期刊》,《编辑学刊》1998年第3期。
② [捷克]米兰·昆德拉:《小说的艺术》,孟湄译,生活·读书·新知三联书店1992年版,第42页。

的《朝霞》杂志，在 1975 年的多期刊物中发表了多篇微型小说，如第一期就被 4 月 7 日的《人民日报》以"认真培养革命文艺的新生力量"为题给予点评，指出："篇幅虽短，但是题材重大，主题突出，语言生动，形式活泼。"同时，《人民日报》在 6 月 9 日还刊发了《拿起文艺武器　占领文艺阵地》一文，号召工农兵拿起文艺武器，"批判修正主义""批判资产阶级""只要对巩固无产阶级专政有作用，不管它是四行、十行的短诗，千把字的微型小说，短短的小曲，十几分钟的故事，一页半页的评论，都是好的"。"微型小说"已经成为典型的文艺武器之一。

粉碎"四人帮"、"实践标准"大讨论和十一届三中全会召开后，1979 年 2 月 4 日的《人民日报》刊发了周恩来在 1961 年 6 月 19 日的《在文艺工作座谈会和故事片创作会议上的讲话》，2 月 24 日又刊发了周扬 1978 年 12 月在广东省文学创作座谈会上的讲话《关于社会主义新时期的文学艺术问题》，文艺的春天真正来临——《人民文学》《收获》《诗刊》《文艺报》等一大批刊物获得复刊。据《中国出版年鉴》统计，全国出版期刊由 1969 年的 20 种到 1976 年的 524 种再到 1979 年的 1470 种——期刊数量的增多，为微型小说的真正发展繁荣奠定了基础。

1977 年 5 月 2 日，《人民日报》发表了通讯《革命故事流传万家》，"公社中心业余创作组作者周铁株……最近他写了不少故事、诗歌、地方曲艺、微型小说以及儿童文学作品，被各种刊物选登的有十多篇"。说明"微型小说"一直不曾离开过文学舞台，只不过是以其他的形式存在。《人民日报》就在"闻者足戒"栏目刊发了一系列反映社会现实的文章，其中很多是微型小说。例如，1979 年 2 月 25 日黄理春的《"同意宰杀"》、3 月 14 日周光荣的《车轮"会"应该改变》、刘宗坡的《等会和开会》、3 月 17 日隋（瑀）的《身价十倍》、阎恩明的《娶个媳妇卖个儿》等。这类小说篇幅都很短小，又具有比较完整的情节，而且刻画了典型的人物形象。

历史的脚步迈入 20 世纪 80 年代后，《人民日报》对微型小说文体的关注愈益频繁。据统计，1980 年至今共有标注"微型小说"字样的文艺评论、文艺信息 75 篇，分别是 80 年代 15 篇、90 年代 23 篇和 2000 年以后 37 篇，至于未曾标注但确实属于微型小说的作品也有近百篇。80 年代的微型小说，"总的来说还依附于短篇小说，但已经朝着文体独立的方向迈进了一大步，所关注的和所表达的也暗合着这一时期总的文学特征"①。1981 年 10 月 31 日，《人民日报》刊登了王永福的《"站着写"与"站着看"》，文章从"有人说现在的小说是'短篇不短，中篇不中，微型小说失踪'"入手，认为作家应当"树立为'站着看'的读者而'站着写'的精神，努力把作品写得短些，再短些！"

1984 年 2 月 20 日，《人民日报》刊登了《北京举办建国三十五周年文艺作品征集评奖活动》的简讯，面向社会各界征集微型小说，很多作家积极参与、踊跃投稿。1985 年，对于微型小说文体来说，则是一个值得特别关注的一年。河南郑州百花园杂志社在连续出版"小小说专号"的基础上，创办了一份专门转载微型小说的《小小说选刊》，出刊后社会反响很好。从此，以郑州《百花园》《小小说选刊》和后来的郑州小小说学会、《小小说出版》、小小说作家网等为主体，扛起了中国微型小说迅猛发展的大旗。在之后的几年时间里，微型小说依然经常在《人民日报》上出现。1985 年 2 月 5 日的《〈明天〉儿童文学丛刊创刊》和 2 月 9 日《〈浙江画报〉受到欢迎》的简讯里，都提到了设置有微型小说栏目；5 月 13 日的《水珠映出的世界——评一批获奖的青年千字小说》，认为"当今文坛，千字小说（或称微型小说、小小说、一分钟小说）这种文体正蓬勃兴起"；12 月 24 日《一首诗的故事》和 1986 年 3 月 31 日《"全国微型小说大赛"评选揭晓》、1988 年 11 月 18 日《首届〈三月风〉文学奖及全国微型小说联合征文发奖》、1989 年 9 月 7 日《王火和他的书稿之火》等都提到"微

---

① 张春：《小小说：当代文学的一道风景》，《人民日报》2009 年 3 月 26 日。

型小说"。1988年9月1日和1989年6月3日,《人民日报》还分别发表了《老门卫与新门卫》《齐老板出洋》两篇小说,并且在标题后特意加注了"微型小说"四个字。

20世纪90年代是微型小说不断变革、不断发展、不断跨越的10年。"微型小说或叫小小说创作近年来也风头很健,它把'讲故事'的手段运用到极致,又把短篇小说结尾'抖包袱'的技巧悉数拿来,成为很受大众读者欢迎的文体样式。"① 这一时期,无论是创作数量还是创作质量,以及读者群、作者群、报刊群都大幅度增加,特别是百花园杂志社的一系列笔会、研讨会,更为微型小说的变革跨越奠定了坚实的基础。

从1991年起,由百花园杂志社等主办的"全国小小说大奖赛"每两年举行一届,《人民日报》特意指出,"这些作品,从不同角度,运用不同手法,热情歌颂党,歌颂祖国,歌颂人民"②。这种"大奖赛"也为此后经常举行的微型小说活动提供了范本。因此,《人民日报》在这10年当中对"微型小说"的关注,更多的是以"反馈短波""文艺信息""艺文短波"和新闻报道的形式体现。例如,1995年10月24日《"亚龙杯小小说大奖赛"揭晓》、11月24日《中国人口文化奖在京颁发》,1996年4月4日《"恒裕杯"小小说征文评选揭晓》、6月17日《天津日报〈文艺周刊〉举办全国微型小说大奖赛》、7月25日《"陶然杯"征文揭晓》、11月25日《第二届世界华文微型小说研讨会在曼谷开幕》,1999年4月30日《为庆祝建国五十周年微型小说和散文征文开始》和12月3日公布《中山路桥杯微型小说获奖名单》,等等。

1990年8月16日的"反馈短波",刊发了一位读者对《大地》副刊栏目的建议:"《大地》副刊能不断出新,我想得有点'诀窍'。前段的关于

---

① 段崇轩:《消沉中的坚守与新变——1989年以来的短篇小说》,《文学评论》2006年第1期。
② 于方:《艺文短波:"全国小小说大奖赛"郑州揭晓》,《人民日报》1991年8月9日。

旗杆的寓言,关于'透明'的'大地漫笔',都令人耳目一新。《大地》上有重实实的散文、杂文,如能再有点其他小品种(在'小巧玲珑'上下功夫)会更好。微型小说也可有一点,讽刺小品也可有一点……让精妙小文、小诗在《大地》上展现。"1995年9月16日《人民日报》则在第11版刊出如下"文艺信息":"由《微型小说选刊》举办的'首届当代微型小说作家作品讨论会'近日在北京举行。全国20多位在微型小说创作方面有较突出成就的作家和首都文学界人士参加讨论会,就微型小说创作问题进行了探讨。"通过新闻报道或者是人物介绍的形式宣传微型小说的,还有1995年1月23日《河北省文联送书献艺慰问子弟兵》及1997年1月21日"当代青年"栏目刊登的《有书的日子就快乐》、3月26日"读者来信"刊登的《路在脚下……》等,1998年1月7日《中年求学的经历》也是此类。

2000年以后,《人民日报》观照微型小说更多的是通过"文艺评论",但其他形式的关注也不少。例如,刊发了很多微型小说"文艺信息":《漓江社推出"年选大系"》(2001年1月23日)、《中国当代微型小说作家精品阅读丛书出版》(2003年10月23日)、《"忆石文学奖(微型小说类)"大奖赛在京颁奖》(2008年9月4日)、《〈文学报·微型小说〉面世》(2008年11月21日)。"首届中国小小说'金麻雀奖'日前在郑州揭榜。王蒙、冯骥才、林斤澜、许行等10名作家获'金麻雀奖'金奖,王海椿、芦芙荭、陈永林、于德北、珠晶等26名作家获得'金麻雀奖'提名奖"[①]——就是一则典型的"文艺信息"。除此之外,《人民日报》还在《轮椅上的自强之歌》(2007年5月29日)、《郑州打响中原文化品牌》(2007年7月23日)、《手机小说翩然而至》(2009年4月16日)、《不超过140字?文艺创作走进"微"时代?》(2011年8月8日)等通讯提及

---

① 于春芹:《王蒙等获小小说金麻雀奖》,《人民日报》2003年12月24日。

"微型小说"。

2009年3月26日,《人民日报》刊发了笔者的《微型小说:当代文学的一道风景》一文,文章在充分肯定微型小说发展成绩的同时,对中国微型小说史的研究予以了关注。不久,《人民日报·海外版》发表了文章《小小说连接大世界》,"《微型小说选刊》杂志在选发优秀作品时,更加注重把目光投注在海外媒体,经常选用马来西亚作家朵拉、温瑞安,新加坡作家尤今以及中国台湾作家林清玄、苦苓,香港作家骆宾路等活跃在海外文坛的华文作家们的微型小说作品。同时,杂志专设'译海明珠'栏目,专译日本、美国、加拿大、俄罗斯等30多个欧美国家的优秀微型小说"[1]。半个月后的6月30日,《光明日报》也刊发了长篇通讯《文坛飞出"金麻雀"——微型小说现象透视》。《人民日报》《光明日报》连续在半年内刊发"微型小说"有关的文章,和"微型小说"在2010年顺利被纳入"鲁迅文学奖"的评奖范畴,标志着微型小说正在开启一个新的发展时代。

通过梳理《人民日报》推动下60余年来的微型小说发展历程,我们会发现微型小说在"大跃进"时期的繁荣与新时期以后的繁荣在本质的不同。前一次"热潮"的产生是因为短小精悍、易于传达意图的微型小说满足了特定时期的政治需要,又由于茅盾、巴金、老舍等作家的实践和宣传,作为国家权威媒体的《人民日报》提倡"微型小说",就明显地带有政治宣教色彩("文革"时期更甚),一旦政治风向有所不同,文艺格局也会马上发生改变。在当时大众文化程度都较低的情况下,读者对微型小说的关注并没有对"故事""说唱"等艺术形式有热情。即使到现在,文学生产"出现了'故事经济'现象——故事卖得比微型小说好,微型小说卖

---

[1] 金光:《小小说连接大世界》,《人民日报·海外版》2009年6月15日。

得比中篇小说好，中篇小说卖得比长篇小说好，长篇小说卖得比散文好"①，何况在经济基础薄弱、人们物质文化生活都较低的时代。因此，当时的"微型小说热潮"只是一种"文艺虚高"，未曾形成内部生产机制和外部主动接受的内外统一。因此，其"热潮"的消退，绝不是某几个媒体可以通过长期"奖掖""扶持"，甚至是"抬轿"可以阻挡的。政治、经济、文化、教育等多方面的不成熟，使任何媒介的继续"宣扬"都只会是"一厢情愿"，其结果自然是"一江春水向东流"。

新时期以后的微型小说热潮的形成，虽然也一直离不开《人民日报》的支持和宣扬，但自始至终都不是为了满足政治运动的需要，也很少有知名作家出来坐镇指挥，虽然也有《短篇要短》等呼吁性的文章，但那从来都是一场群众自身需要的文艺内生行为——微型小说真正满足了生活节奏加快、文化程度明显提高又希望补充精神营养的普通大众阅读所需。著名作家、文学评论家李敬泽在《人民日报》发文指出，"微型小说期刊拥有广大的作者和读者，其数量对任何一家纯文学期刊来说都是天文数字"②。事实确实如此。目前的微型小说已经有1000多家报刊为其提供发表园地，其中专门刊发微型小说作品的《微型小说选刊》《小小说选刊》，每期发行量都保持在几十万册左右；微型小说创作的数量和读者的覆盖面也超过了目前任何一种案头阅读的文学作品；作家协会中有专事微型小说创作的作家群，至于业余作者更是不计其数；中国微型小说的理论与批评工作也已起步，并在多个向度上有大的突破和超越。从这里可以看出，新时期以后的微型小说繁荣，是因为从读者需要出发而带动了读者、作者、编辑和出版等多个环节的良性互动。

"90年代市场经济的推进，对建国以后形成的数十年一贯制的文学体

---

① 犁航：《谈文化还是讲故事》，《人民日报·海外版》2010年12月24日。
② 李敬泽：《短篇：冷清与热闹》，《人民日报》2000年12月2日。

制产生了强烈冲击。"① 当人民的经济主体地位和政治主体地位同样获得提升时，人们就已经成为市场经济中的生产者和消费者，大家有权选择某种形式的消费和某种类型的文艺。因此，《人民日报》在"大跃进"时期作为"微型小说热"的极力倡导者，和新时期以后作为"微型小说"文体繁荣的普通见证者，其方向和功能上的不一致带来的当然是结果上的不一致。这并不是说在微型小说的兴起、衰退和再兴起过程中，《人民日报》这种宣教色彩较强的媒介的推动没有多少意义。

其实，作为一种特殊的媒介，《人民日报》的权威性和指导性，对微型小说的发展肯定有利，单就《人民日报》的受众群体是"人民"和"微型小说"的受众是"大众"来说，《人民日报》就能对"微型小说"的发生、发展起到很大的推动作用。因为微型小说究其根本是一种平民文学，李运抟认为："平民文学主要有四种特征（亦为四个尺度），即：①取材的平民化；②审美意识的平民性；③艺术形式的相对朴素；④大众性的接受效应。"② 微型小说具备这四个特征并且在创作主体上具有大众性和平民性（"大跃进"时期的工农兵作者和新时期的各阶层作者）。因此这样一种文体，面对《人民日报》的召唤，又一旦有了消费市场的需求，那么《人民日报》的促进作用将会更明显。新时期以来的"微型小说热潮"就是一个证明。但这种推动作用也不能盲目夸大，因为"大跃进"时期《人民日报》的作用有限已是事实。这似乎又在告诉我们：文艺发展是简单的，但也是复杂的，报刊媒介作为文艺生产和消费循环系统中的一部分，绝不可能孤立于文艺生产、流通、消费中的任何环节而存在。换句话说，并不是报刊想宣传谁，谁就能火起来，"炒作"不会那样简单，"炒作"总是存在风险。因此，《人民日报》在新时期对"微型小说热"的推动，其

---

① 黄发有：《文学期刊与 90 年代小说》，《文艺争鸣》2002 年第 1 期。
② 李运抟：《当代小说世界面面观》，长江文艺出版社 1991 年版，第 4 页。

实是一个倡导者、支持者和见证者的多元角色,甚至说,"见证者"的身份还更为明显。因为"人民,只有人民,才是创造世界历史的动力"[①]。《人民日报》已欣慰地看到:人民群众从被动阅读到主动阅读,这是文艺发展之幸事,是时代发展之好事。

第五节　现代报刊与微型小说

现代文学与现代报刊始终存有相互作用关系:文学发展需要报刊的大力推介,报刊发展需要文学的鼎力支持,这样的结果使得文学与报刊和谐发展。纵观20世纪中国文学,我们可以发现早期《新青年》《每周评论》等报刊倡导"文学革命",刊登了胡适、陈独秀、鲁迅的《文学改良刍议》《文学革命论》《狂人日记》等重要文章,新文学运动获得快速推动,现代报刊影响也与日俱增;新时期《钟山》对"新写实小说"的推动、《萌芽》对"新概念作文"的推动、《天涯》对"底层叙事文学"的推动亦是如此,三本杂志也成为当代文学期刊的重要代表。

微型小说作为现代小说的一种特殊形式,也在鲁迅、郭沫若、周瘦鹃等作家的推动下获得发生发展,特别是受《申报》《半月》《民国日报》《时事新报》等报刊的推介,一大批反映社会现实、砥砺精神和张扬崇高的作品在近百年中层出不穷,呈现多姿多彩发展势头并成为独具特色的文体奇葩——微型小说独立发展趋势也日益彰显,并被最新修订的《鲁迅文学奖评奖条例》(2010)纳入评奖范畴,标志着微型小说文体发展之路前景广阔。但不可否认的是,现代意义上的微型小说,则始于新文学运动以

[①]《毛泽东选集》第三卷,人民出版社1991年版,第865页。

后现代报刊的大力推动。可以这样说，没有现代报刊的推动，微型小说文体和"微型小说"名称都不可能在 20 世纪初出现。

在微型小说名称产生之前，《时事新报》副刊《学灯》、《晨报》副刊《晨报副镌》、《民国日报》副刊《觉悟》、《京报》副刊《京报副刊》等报刊就开始发表短小的现代小说。鲁迅发表于 1919 年 12 月 1 日《晨报·周年纪念增刊》的《一件小事》就是一篇典型的微型小说。这篇小说不过 1300 余字，但和先生其他文章一样入木三分。鲁迅的创作后期，还把外国的一些微型小说引入国内并称之为"小品"，"契诃夫的这一类小说，我已经介绍过三篇，这种轻松的小品恐怕在中国早有译本的"[①]。

郭沫若发表在《时事新报·学灯》（1920 年 1 月 24 日）的《他》，全文只有 266 字，这是一篇典型的微型小说。文章前面还有一个引语："近来西欧文艺界中，短篇小说很流行。有短至十二三行的。不知道我这一篇也有小说的价值么？""日本专门研究微型小说的渡边晴夫认为，郭沫若在创作这篇文章的时候正是西欧'墙头小说'开始萌芽的时候——西方的'墙头小说'后来也成为 1930 年代中国微型小说的一种别称。"[②] 其实，同年 1 月 20 日，《民国日报·觉悟》，也刊载了建雷的一篇只有 368 个字的微型小说《伊》，文章力求反映社会现实和知识分子的心理变化，切中时弊，很有影响。

据悉，《觉悟》副刊自 1919 年创办起，就相继刊登了叶楚伧、邵力子、柳亚子、姚鹓雏、成舍我、戴季陶、沈玄庐等作家的一批短小的小说，如姚鹓雏"所创作的《眼镜谭（谈）话会》《猫语》等刊登在《民国日报》副刊上的微型小说，通过拟人手法，从眼镜、猫咪的视角打量大千

[①] 鲁迅：《鲁迅全集·译文序跋集》，人民文学出版社 1982 年版，第 2 页。
[②] 张春：《"名家尝试"与"名称产生"——中国现代文学第一个十年时期的小小说发展概观》，《文艺理论与批评》2012 年第 1 期。

世界,角度新颖,诙谐有趣"①。此外,《新青年》《莽原》《新潮》《浅草》《弥洒》《小说月报》《创造月刊》《现代评论》等报刊也发表过这类短小的小说。

我们今天称呼短小的小说为"微型小说",也离不开《民生月刊》《半月》(后改名《紫罗兰》)、《红杂志》(后改名《红玫瑰》)和《申报·自由谈》(包括20世纪30年代新设副刊《春秋》)等报刊的推动。1920年《民生月刊》第三期刊发《夫妻谐好》时标注为"微型小说",1921年周瘦鹃在主持《半月》《红杂志》等报刊期间,根据民众阅读需要开辟"微型小说选""妇女俱乐部"等栏目发表微型小说,"微型小说"名称与微型小说文体终于登上历史舞台——1921年8月《红杂志》第12期、第13期,连续刊登朱子佳的《叠字微型小说》《微型小说》;1922年4月16日《申报·自由谈》发表朱子佳的《家庭微型小说》。《紫罗兰》不仅刊载过不少国内微型小说,还译介过俄国柴霍甫氏(今译"契诃夫")的21篇微型小说发表在"少少许集"专栏。同时,周瘦鹃还从1921年至1923年的报刊中,遴选出自己的《等》、叶小凤的《突阵》和徐卓呆的《天然美的脸》等20篇微型小说,汇集为《微型小说选》,由大东书局于1923年出版。

1930年3月,"左联"在上海成立后迅速设立"文艺大众化研究会",提倡文艺大众化、文艺政治化。《大众文艺》由陶晶孙主持后,倡导文艺通俗化,创立了"大众文艺小品"(微型小说别称之一),希望"用大众能懂的文字,用大众能理解的浅近的表现"②,在之后的6期杂志里连续刊载不超过2500字的小说。遗憾的是,"大众文艺小品"随着《大众文艺》在1930年6月被民国政府查禁后消失。而《社会日报》

---

① 杜竹敏:《〈民国日报〉文艺副刊研究(1916—1924)》,博士学位论文,复旦大学,2010年,第102页。
② 陶晶孙:《卷首琐语》,《大众文艺》1930年第4期。

则在1931年7月2日开设"微型小说"专栏，专门发表百字左右的小说，作者包括蒋剑侯、姚苏凤、严独鹤、徐耻痕、张恂子、张秋虫等作家。

由于"左联"的推动和革命形势需要，从日本传入的"墙头小说"名称（微型小说别称）被列为文艺宣传主要形式，并且在《文艺新闻》《北斗》等期刊推动下，发表一些群众乐于接受的微型小说。如《文艺新闻》就发表了楼适夷的倡导文章和日译"墙头小说"《洼立》《千人针》，同时在第49期和第59期上发表了白苇的"墙头小说"《火线上》《游戏》。《文学月报》1932年7月10日也刊载了夏衍创作的"墙头小说"《两个不能遗忘的印象》，之后又发表了竹舟翻译的日本窪川鹤次郎"墙头小说"《食堂的饭》。《世界日报》在1932年6月6日也刊发了绿曦（陆万美）的《论墙头小说》的评论。"左联"机关刊物《北斗》由丁玲主持后，在连续8期杂志里对"墙头小说"名称和微型小说文体给予特别关注，在第二卷第三期、第四期合刊上（1932年7月20日出刊），发表了白苇、戴叔周、慧中等3位工农作者的多篇"墙头小说"。此时期老舍也在《齐大月刊》《论语》发表了《讨论》《当幽默变成油抹》《不远千里而来》《辞工》《买彩票》《有声电影》《取钱》《画像》等微型小说。

如前所述，抗日战争爆发后，短小精悍的微型小说被赋予更多政治寓意和功能表达。"报告文学、朗诵诗、街头剧和画报、演讲文学、墙头小说等都是为着适应当前的需要而创造的样式"[1]，特别是"以服务于政治任务的墙头小说，是富于战斗性的一种文体"[2]，更被广泛运用，从而发挥了很好的形势宣教和战斗宣传作用——茅盾、周扬在1938年分别发表了《关于大众文艺》《抗战时期的文学》，指出"墙头小说，街头剧等等……

---

[1] 罗荪：《文学运动史料选》（四），上海教育出版社1979年版，第120页。
[2] 蓝海：《中国抗战文艺史》，山东文艺出版社1984年版，第90—91页。

这类作品的形式为目前文学的潮流所趋,为抗战环境之所需要,为抗战文学的正当发展的方向"①。《救亡日报》《晋察冀日报》《文艺突击》《新华日报》《华商报》《新蜀报》《战地》《警钟》《战友》《抗到底》《文艺阵地》《译报》等诸多报刊,都设置有"墙头小说"专栏倡导微型小说,涌现出艾芜、周钢鸣、林林、白兮、于友、武桂芳、王子英、阮章竞、孔厥、马烽、西戎、柯蓝、李季、张志民等一批年轻作家。

曾为《人民日报》前身的《晋察冀日报》,在1938年10月26日设立《海燕》副刊,"为边区文艺工作者发表文艺作品、交流创作经验提供了园地,促进了边区刚刚兴起的街头诗、墙头小说、街头剧三大文艺创作运动的进一步展开"②。孙犁还在1940年9月14日的《晋察冀日报》发表了《关于墙头小说》的文章,对墙头小说的来龙去脉、功能特征和创作技巧进行了比较详细的介绍。此外,《晋察冀画报》这样的新闻时事类期刊,也刊载过丁克辛的"墙头小说"《出奔》。而东平的《暴风雨的一天》(1937)和《友军的营长》(1940)、韦君宜的《龙——晋西北的民间传说》(1941)、白朗的《诱》(1942)、马烽的《第一次侦察》(1942)以及伍延秀的《红色的布包》(1945)等微型小说,则是当时广为传播、影响深远并由报刊推介的优秀小说作品。民国政府所属机构管理的《文汇报》《新民晚报》《复旦新闻》,甚至伪满时期的报刊《麒麟》和《艺文志》,都发表甚至译介过一定数量的微型小说。

1958年,《新港》杂志刊发了老舍的《多写微型小说》评论,巴金积极响应并在1958年7月9日的《人民日报》发表了"微型小说"《小妹编歌》。茅盾、徐明也接着在1959年第2期的《人民文学》和1959年5月26日的《人民日报》予以积极回应,分别发表了《短篇小说的丰收和创

---

① 周扬:《周扬文集》(一),人民出版社1984年版,第239页。
② 高洪:《〈晋察冀日报〉的副刊》,《新闻与传播研究》1991年第2期。

作上的几个问题》（其中第一部分为 6000 字左右的《一鸣惊人的微型小说》）和《谈微型小说》两篇文章，微型小说很快迎来了其发展史上的第三次高潮。"最广大的人民，占全人口百分之九十以上的人民，是工人、农民、兵士和城市小资产阶级。所以我们的文艺，第一是为工人的，这是革命的领导阶级。第二是为农民的，他们是革命中最广大最坚决的同盟军。"[①] 由于受到文化特别是政治的青睐和诸多报刊的大力推介，以及作家、评论家的亲身实践、广泛宣传，微型小说凭借其具有敏锐迅捷地反映社会生活的特殊功能，被广大工农兵群众所阅读、学习、模仿、创作和传颂，一大批遵守当时文艺政策、创作规范并反映"农业合作化""大跃进""人民公社"的作品，铺天盖地地在《人民日报》《萌芽》《新港》等全国百余家报刊发表。

十数家出版社还出版了《双跃进：微型小说选择》（1958）、《三报丰收：微型小说》（1959）、《红旗高扬：微型小说集》（1960）、《微型小说选》（1965），《人民日报》《文艺报》《读书》等报刊登载的 50 余篇微型小说评论也继续起着大壮声势的作用。遗憾的是，这一波微型小说史上的发展高潮，却由于特定时期政治形势的变化、传播途径的改变和文体形式的缺陷，在 1962 年左右逐渐走向隐退。

新时期以后，微型小说和其他文学形式一样，很快呈现蓬勃发展的势头，微型小说作家、期刊、作品、选本等都较以前有数与质的提升。从报刊的角度来说，无论是文学类期刊如《小说界》《文学港》《青春》《山花》《萌芽》《飞天》《啄木鸟》《青年文学》等，还是其他社科类期刊如《中国金融》《家具》《人民教育》《中国农垦》《财会通讯》《人民司法》《云南林业》《档案管理》等，都发表过不少微型小说。比如，1982 年《人民教育》就发表了武勇的《心灵上的比重》（第 1 期）、高学菜的《小

[①] 《毛泽东选集》第三卷，人民出版社 1991 年版，第 855 页。

镜子》（第4期）、张云的《误会》（第6期）、郑贱德的《一张船票》（第7期）、路遥的《一点不苟》（第10期），1983年的《财会通讯》发表了许华的《把关》（第7期）、陈丕瓒的《"钱粮师爷"》（第8期）、孙国光的《算帐》（第9期）、李成栋的《考场上》（第10期）和杜可臣的《一幅画》（第11期）[1]。

因此，被群众喜闻乐见的微型小说文体发展更为迅速。在报纸方面，许多国内有影响的报纸如《检察日报》《新民晚报》《南方都市报》《北京晚报》等大多数日报、晚报、周报的副刊都为微型小说发表创造了有利条件，甚至还专门设立"微型小说栏目"，有的则通过"编者按""编读往来"形式推介微型小说。

在杂志方面，除了专门刊登微型小说的《百花园》《微型小说选刊》《小小说选刊》《微型小说月刊》等十余种外，较有影响的还有《中国校园文学》《北京文学》《湖南文学》《厦门文学》《短篇小说》《芒种》等全国400多家文艺类杂志都发表微型小说。而且，凡是有微型小说作品的报纸或杂志，其销售量的增加和读者关注程度的提高都非常明显。有数据显示，《微型小说选刊》与《小小说选刊》两家杂志的月发行量都曾达到60万份以上，加上其他微型小说刊物的月发行量，整个微型小说类刊物的发行总量达到100万份左右，这在文学刊物普遍不景气的今天，是个很不错的成绩。

在这里，我们有必要重点关注郑州百花园杂志社（旗下有《百花园》、《小小说选刊》、《小小说出版》、小小说作家网）。"《百花园》以数十年如一日的责任心，担负着倡导和规范微型小说文体，有效地发现、培养、扶持、组织和造就中国当代微型小说作家队伍的独特使命。"[2] 该杂志社多家

---

[1] 相关文章发表情况，可以参见附录中的资料索引。
[2] 杨晓敏、宋子平：《小小说的百花园：此葩别样红》，《文学报》2005年1月13日。

刊物为促进微型小说文体走向成熟做出了重要贡献，仅策划出版一项就出版了各类增刊、丛书和精选本1000万字400万册左右，丛书有《中国当代小小说作家丛书》（8卷）、《中国小小说金麻雀文库》（15卷）、《中国微型小说典藏品》（48卷）、《百花园文丛》（12卷）等近百部。百花园杂志社还经常牵头举办全国范围甚至海内外的微型小说笔会、研讨会，使郑州成为中国微型小说的中心、使中国成为世界华文微型小说的中心。从2003年起每两年评选一次的"小小说金麻雀奖"活动，已成为当代文学的一件盛事，目前已成功评选过7届，共有王蒙、冯骥才、林斤澜、许行、聂鑫森、孙方友、王奎山、侯德云、刘国芳、宗利华、刘建超、谢志强、孙春平、刘海涛等数十位作家、评论家当选。《人民日报》《人民日报·海外版》《光明日报》《文艺报》《中国艺术报》等报刊都多次予以报道。

通过梳理现当代报刊与微型小说发展的近百年历史，我们可以知道，作为具有权威性、宣传性和指导性的大众媒介报刊，是微型小说文体稳健发展的重要推力——因为就报刊受众群体是"民众"和"微型小说"的受众是"大众"，二者就存在某种内在的一致性，更何况微型小说究其根本还是一种平民文学。由于微型小说具备前述李运抟所说的四个特征，并且在创作主体上还具有大众性和平民性，因此，现当代报刊在消费市场的需求下，对微型小说文体的促进作用将会更为明显——抗战文艺、"十七年"文学和新时期以来的"微型小说热潮"就是一个明证。当微型小说成为当代文学尤其是新世纪文学的一道风景时，我们千万不能忘记还有大量默默无闻的报刊正为这一小说形式搭台唱戏。

（张春）

第五章 微型小说文化论

第一节 微型小说的文化视域

任何一种文学新形式的发生与发展，都不是偶然的，它既是时代演进的产物，也是社会经济发展的必然，还是文学自身运动发展的结果，微型小说的问世乃至发展繁荣也是如此。"十九世纪初，一些世界小说大家才有微型小说的即兴之作。比如俄国的列·托尔斯泰的《穷苦人》、屠格涅夫的《门槛》《白菜汤》、契诃夫的《喜事》《威胁》、美国欧·亨利的《二十年之后》、海明威的《一天的等待》、马克·吐温的《丈夫支出账单中的一页》等等。"① 而我国在"五四新文学"以后也出现了真正意义上的微型小说，并在新时期以后达到了微型小说发展的高峰。但不可否认的是，新时期微型小说与大众文化又有着莫大的关系，在其繁荣发展过程中，暗含着极为深刻的文化意义和社会学意义——微型小说能风行于文学

---

① 魏玉山：《微型小说阅读与欣赏》，北岳文艺出版社1989年版，第4页。

大舞台并被赋予精彩的当代文化价值，乃在于改革开放后无论是时代历史背景还是大众阅读所需，都给微型小说这一文体的兴起提供了相对肥沃的土壤。

原因有三：其一，改革开放后经济的突飞猛进为文学种类的繁荣提供了最大可能。其二，当代文学在这一时期已经逐渐摆脱政治束缚，相对宽松自由的文化大环境为文学自然发展奠定了良好基础。其三，随着改革开放的不断推进和生活节奏的逐步加快，普通大众在充分享受物质条件时希望追求"速效刺激"的审美品位。当然，微型小说在此境况之下，"带有消解神圣且向多元化散射渗透的烙印，直接扎根于基层大众，立足于平民百姓，富有亲和力"[1]。走着大体与"地摊文学""庸俗文学"迥然不同的道路，即它始终肩负着传统文化精神和时代发展内涵，它的这种独特内涵又恰好与当代中国建设新文化、先进文化的时代需要相吻合。

当然，微型小说的发展也离不开所处的庞大文化背景，即在微型小说蓬勃发展过程中，它明显地深受渐次成为当代中国最大文化的大众文化的影响。大众文化是工业社会里的一种城市文化，与之相对应的是精英文化和国家文化，"它主要表现为以大众传播媒介（机械媒介和电子媒介）为手段的、按商品市场规律去运作的、旨在使大量普通市民获得感性愉悦的日常文化形态"[2]。我国出现真正意义上的大众文化，是在改革开放之后的商品经济时代。一般来说，大众文化具有明显的商品性、流行性、产业性、娱乐性、普及性、模式化、大众性、技术性、平面性、复制性、新潮性、广泛性、多样性、通俗性、渗透性、日常生活性等特征。而大众普及性、商业消费性、通俗日常性、娱乐消遣性、深刻渗透性等被看作大众文化区别于精英文化的最本质特征，也是对当代文学产生影响最深刻、最应

---

[1] 宗利华：《一种新文体的全方位崛起》，《小小说出版》2005年第2期。
[2] 王一川：《当代大众文化与中国大众文化学》，《美术广角》2001年第2期。

引起重视的文化特征。这些特征也就不同程度地影响着微型小说，并使之呈现出以下三种趋势。

第一种，大众化特征。主要表现有三：其一，微型小说这一文体的名称至今依然没有得到统一，虽然不是争论不休，但也是各执一词，体现出大众不同的关注形式和喜欢程度。比较有代表性的叫法，有"小小说""微型小说""微篇小说""微小说"等40余种之多。其二，微型小说的题材极其广泛。"微型小说因为跟生活取零距离，它反映的几乎都是现实生活中的人和事，可以说很多微型小说都是因为生活中的一言一行，一颦一笑，一个画面，一个场景触发而进行艺术构思成篇的。"① 当然，它不拘泥于现实生活，也植根于各种神话和传说。其三，微型小说创作群体的多元化，喜欢微型小说、创作微型小说的读者可以说是不分年龄、不分职业、不分身份、不分民族。与此同时，发表园地也具有多样化特点，目前来看，微型小说创作不论是作品量还是发表园地之多，都今非昔比，不仅有纸质媒体，还有电子媒体和手机媒体。

第二种，市场化特征。区别于精英文化对商品性的拒绝，大众文化具有典型的商业消费性特征。具有精英文学某些特质的微型小说，也在浓重商业氛围中深受影响，特别是部分作者的精品意识和文学操守都在下滑，作品雷同、题材雷同等创作趋利现象比较严重。与此同时，微型小说的出版发行也凸显策划性与产业化，各种各样的微型小说作品集、年度作品选、大奖赛作品选，一批接一批地被推向市场，因此不可避免地出现鱼龙混杂的情况。

第三种，趣味化特征。从娱乐趣味性来说，大众文化其实是一种娱乐文化，它的产品或喜闻乐见或刻意出奇，因而既可能传递正面的价值内容，也可能传递一些如享乐主义、虚无主义等消极信息，并使微型小说在

---

① 梁多亮：《微型小说写作》，四川文艺出版社1989年版，第49页。

内容上因为"幽默"而显"幽趣";在情节上因为"反转"而显"大趣";在语言上因为"精炼"而显"雅趣"。当然,由于一味凸显微型小说的"趣味",某些作者会过分追求题材的新颖性、幽默性、曲折性,而缺失了艺术形式的探索和作品精神的传达,削弱了微型小说的表现力、感染力和冲击力。

由此可见,不管大众文化的出现是不是一场真正意义上的文化革命,但它确实以其普及性、广泛性而影响着微型小说这一文体的成长,需要引起我们的高度重视。在现有诸多研究成果的基础上,从微型小说的发生、发展和繁荣等支点上,探讨微型小说的继续繁荣甚至其他文学种类的逆转乾坤机制及其对大众文化向先进文化建设与发展的有益尝试,这是非常有必要而且是非常有前途的。我们相信,大众文化会随着时代的发展而发展,微型小说这一文体也会在大众文化背景下成长得越来越好,百花园里的这朵奇葩会更加灿烂多姿。

第二节　微型小说底层文学性

作为从短篇小说中分离出来的文学新体式,微型小说在新时期特别是在新世纪与底层文学有着某种内质的一致性:微型小说具有底层文学表达方式的全部特征,底层文学也有着微型小说繁荣发展的内在特点。换句话说,微型小说本身就是一种底层文学,底层文学包括了丰富多彩的微型小说——因为微型小说无论是其形式要素、题材要素、表达方式还是价值追求,都实实在在地与当前的底层文学保持着某种内外兼修的良性对接。

讨论微型小说的底层文学性,首先应了解什么是"底层"。"底层"

（subaltern）是近年来社会关注的焦点，关注当代中国"底层"则肇始于20世纪90年代，因为国内社会结构中出现了"对组织资源（政治权利）、经济资源和文化资源的占有程度极低的阶层"[1]，此种意义上的底层是"生活处于贫困状态并缺乏就业保障的工人、农民和无业、失业、半失业者"[2]。文学是人学，"中国现代文学从一开始，就具有书写底层民众的思想指向和审美趣味"[3]。但作为一种命名为"底层文学"的文学思潮的兴起，则迟至2004年《天涯》杂志"底层与关于底层的表述"专栏的开辟，之后关注底层民众生活及其疾苦的"底层文学"（又称"底层叙述"和"底层写作"）才被源源不断地推出。

虽然学界对"底层文学"的名称科学性尚存有异议，但"底层文学"确实是新世纪一种整体艺术的转向和一种新的美学原则的兴起。"'底层文学'在内容上，它主要描写底层生活中的人与事；在形式上，它以现实主义为主，但并不排斥艺术上的创新与探索；在写作态度上，它是一种严肃认真的艺术创造，对现实持一种反思、批判的态度，对底层有着同情与悲悯之心，但背后可以有不同的思想资源。"[4] 因此，作为大众文化语境中蓬勃发展的微型小说，也具有与"底层文学"定义相似的诸多特征，从而具有"底层文学性"。

众所周知，文学是一定的社会生活在作家头脑中反映的产物，文学体裁作为文学形式的一个要素，它的形成归根结底是适应了一定社会的精神生活需要。被看作一种新的叙事文体的微型小说，它适应了小说文体自身发展的趋势和社会生活的必然要求。作为文体新形式的新时期微型小说，从语言结构分析来说，是"小"与"小说"的结合，即它是"小"的

---

[1] 陆学艺：《当代中国社会阶层研究报告》，社会科学文献出版社2002年版，第47页。
[2] 同上书，第9页。
[3] 张丽军：《论鲁迅与老舍的"底层叙述"》，《文艺理论与批评》2010年第4期。
[4] 李云雷、石天强：《底层文学：一种新的文学想象?》，《中国教育报》2008年10月10日。

"小说"。《说文解字》认为,"小,物之微也"。因此,无论是叫作"'小'小说"也好,"'微型'小说"也罢,或者是"'微篇'小说"①,这样一个在形式上短小的小说文体,与短篇小说、中篇小说和长篇小说比起来,或许显得有些微不足道。中国的微型小说,往往被认为是起源于古代文言笔记小说,但作为文体之一的"小说",其地位的提高也不是一蹴而就的。这正如当今微型小说文体的被认可一样,经历了一个漫长而曲折的过程。

在中国古代,《庄子·外物》最早提出了"小说"的概念,"饰小说以干县令,其于大达亦远矣"。然而,这里的"小说"并非文体,而是指与"大达"相对的琐屑言词。东汉桓谭的《新论》论及"小说"时说:"若其小说家,合丛残小语,近取譬论,以作短书,治身理家,有可观之辞。"小说仍被认为是"治身理家"的短书,而不是为政化民的"大道"。东汉班固在《汉书·艺文志》中也写道:"小说家者流,盖出于稗官,街谈巷语,道听途说者之所造也。"②认为小说家地位极低,但并未忽视小说讲求虚构、植根现实的特点。直到清末民初,维新派梁启超等大力倡导"小说界革命",小说理论面目一新。小说地位空前提高,乃至被奉为"国民之魂""正史之根""文学之最上乘",再不是无足轻重的"街谈巷语""琐屑之言"。

这里的"小说",其实也就是当今微型小说的鼻祖——最早产生并贯串始终的小说文体——笔记小说。笔记小说虽然常被贬斥为"丛残小语",但经历六朝志怪、唐代传奇、宋元话本等不同形式,流传下来的《搜神记》《世说新语》《聊斋志异》《阅微草堂笔记》等笔记小说,不仅是中国古代文学的精华,也是世界文学的经典文本。正如阿·托尔斯泰在考察微型小说的渊源后,认为微型小说产生于西方中世纪时城市居民的口头创

---

① 张春:《大众文化背景下的小小说名称多样性研究》,《文艺理论与批评》2007年第6期。
② (汉)班固:《汉书》(颜师古注),中华书局1962年版,第1745页。

作,"城市居民"在"黑暗的时期"的中世纪时代是地位很低的。但在中国那些岁月沧桑中的历朝历代笔记小说,与鲁迅、沈从文、汪曾祺、从维熙、冯骥才、王蒙、许行、聂鑫森等中国现当代著名作家的微型小说,与凭借微型小说创作成就加入中国作协和省作协的职业作家们的微型小说,与身处社会各阶层的文学爱好者的微型小说,构成了色彩斑斓的中国微型小说的发展体系。

因此,这样一个在文体形式上和历史渊源上都带有"底层""末流"印记的微型小说,还能被广泛地认同为小说并且在新时期迅速成为"当代文学的一道风景"①,能够在文学大家族中做到"小小说连接大世界"②,"文坛飞出'金麻雀'"③,成为冯骥才认为的中国小说大厦的四根柱子之一④,其根本原因在于这种文体适应了改革开放后人们生活节奏愈益加快的阅读现实,满足了人民大众在物质生活丰盈后对精神生活的不断需要;在于微型小说本身具有的"选材精、结构巧、涵意深"的内在要素。可以看出,这样一种"短小精悍、言简意赅、以小见大、见微知著"的文体,是属于普通大众需要而且能够激荡人们心灵、提升民众精神的通俗但不庸俗、高雅但不高深的小说新形式。

既然微型小说是老百姓需要的文体,又不属于庸俗文学的一部分,那么关于"微型小说"的定义,最被认同的是郑州《百花园》《小小说选刊》总编杨晓敏提出的"微型小说是平民艺术"的观点:"那是指微型小说是大多数人都能阅读(单纯通脱)、大多数人都能参与创作(贴近生

---

① 张春:《小小说:当代文学的一道风景》,《人民日报》2009年3月26日。
② 金光:《小小说连接大世界,"小小说节"在郑州举行》,《人民日报·海外版》2009年6月15日。
③ 刘先琴、董一鸣:《文坛飞出"金麻雀"——小小说现象透视》,《光明日报》2009年6月30日。
④ 转引自冯骥才《在中国郑州·第二届金麻雀小小说节"当代小小说高层论坛"上的发言》,《文学报》2009年6月30日。原话是:"我认为中国的小说大厦,是靠四个柱子支撑起来的,一个是长篇的柱子,一个是中篇的柱子,一个是短篇的柱子,一个就是小小说的柱子。"

活)、大多数人都能从中直接受益(微言大义)的艺术形式。"① 这个定义被认为是"目前中国微型小说从'文体现象'演化为'文化现象'的内涵鲜明、外延周全的概括"②。它同时带有极强的平民色彩、带有鲜明的平民传统。正如吴俊所说:"中国文学,不管在古代还是现当代,都有着十分鲜明而强大的'平民传统。'甚至可以说,'平民文学'参与开创了中国古代文学和现当代文学的基本传统或主流传统。"③ 从所有文学形式来说,能像微型小说拥有如此众多读者的文学样式并不多;从文学创作主体来看,微型小说褪掉了长期笼罩在小说家头上的神秘光环,使一般作者也能登上文学的"大雅之堂"。

微型小说的创作主体大多是平民。微型小说作者队伍中,除了少数如聂鑫森、凌鼎年、刘国芳等专业作家外,无论是由郑州《百花园》《小小说选刊》和郑州小小说学会评选的新世纪小小说风云人物榜新36星座和明日之星④,还是更多地开始微型小说创作的文学创作者(教师、编辑、公务员、学生、工人、下岗工人、农民、农民工和自由职业者),都或多或少地经历过底层生活,也有部分作者目前还生活于底层(如"新36星座"之一的湖南作家伍中正就是地地道道的农民、重庆张新盛是身残志不残的低保户)。难怪1985年《文艺报》在报道《小说界》举办"全国微型小说大赛"时写道:"参赛的作者……除了一些驰骋文坛的写作里手外,大多是来自各个基层的初试笔耕的文学写作者。"⑤ 而在百花园杂志社、小小说作家网举办的2008年全国小小说新秀大赛参赛者中,学生、工人、农民、城市农民工和自由职业者占了2/3。作者队伍的平民化,不仅表明微

---

① 杨晓敏:《小小说是平民艺术》,河南文艺出版社2009年版,第12页。
② 刘海涛:《小小说三十年:从"创作现象"到"文化现象"》,《中国艺术报》2009年6月5日。
③ 吴俊:《平民、平民文学和平民利益》,《文汇报》2006年2月13日。
④ 郑州小小说学会和郑州百花园杂志社、小小说选刊杂志社在2008年举行了"新世纪小小说风云人物榜评选"。
⑤ 江曾培:《世界华文小小说大成》,上海文艺出版社1992年版,第676页。

型小说文体的广受欢迎，同时表明大多数人认为微型小说是文学入门的最好练习场。阿·托尔斯泰就说过："小小说是训练作家最好的学校。"①

微型小说的受众对象大多是平民。随着广大人民群众阅读水平的提高，加上人们闲暇时间的减少，短小精悍、以小见大的微型小说受到越来越多人的喜爱。一部分原本属于长篇、中篇和短篇小说的老读者，因为生活节奏的改变，开始钟情于微型小说。另一部分读者来自不可能深入研读精英文学的普通老百姓，他们对宏大叙事结构的文本无法深入阅读，就转而阅读一些微型小说这种易于整体把握且通脱的作品。而且微型小说这种"一分钟"小说，可以在上班空闲、劳动余暇阅读，因而最受欢迎，这部分读者将成为微型小说的主流读者。

微型小说报刊的编辑理念多有平民意识。市场经济条件下，报刊运作越来越离不开大众的关注与支持，读者需要什么，报刊就会在法律、政策许可范围内提供什么样的内容。微型小说读者的平民化倾向，使得微型小说不断繁荣，媒体从业者在可能的情况下会选择刊发微型小说。据资料统计，全国正式出版的报刊共计万余种，由于受版面限制和广告业务需要，字数较多的文学作品很难刊登，但微型小说凭借短小精悍的优势占领了大半市场，目前有数千家报刊为其提供发表园地，包括《人民日报》这样的国家级大报和《人民文学》这样的当代最有影响的文学刊物，"2001年全国400多家纯文学期刊的月发行总量为120多万册，而微型小说类刊物就占了其中的60多万册"②。

新时期文学视线的第一次下移或者新时期文学开始出现底层叙事，是从20世纪80年代后期的"新写实小说"开始的。刘恒、刘震云、方方、池莉、范小青、苏童、叶兆言等不约而同地高举"新写实主义大旗"，主

---

① ［俄］阿·托尔斯泰：《什么是小小说》，《文学报》1955年2月19日。
② 王晓峰：《当下小小说》，文化艺术出版社2008年版，第14页。

要描写下层人的生存状态和精神状态，表现他们由于物质生活和精神生活的匮乏带来的种种烦恼。而新世纪底层文学的最大特征就是以一种严肃的文学创作态度，全力关注底层人们的生存现状与人生理想。微型小说自从20世纪80年代迅速勃兴，似乎就与文学视线下移一起开始了它的前进之旅。

微型小说的关注对象大多是平民。作为客观存在的"底层"对文学关注对象的"底层"的关注，在微型小说这一文体中实现了完美的结合——纵观当今发表、出版的众多微型小说作品，题材选择上大都是切合着底层民众鸡零狗碎般的现实生活，切合着底层民众对衣食住行的人生追求，而且在作品外、在形式上和作家写作态度上，都深深烙着底层文学的独特要素，它是底层书写与精神重建的结晶。微型小说就是这样一个在题材上特别依赖或者说特别关注底层民众生存状态的小说文体。社会现实中劳苦大众更是微型小说特别观照的对象，"仅以《当代小小说名家珍藏》（2002）和《中国当代小小说大系（1978—2008）》（2009）为例，有关乡土的小小说就占了六成左右"[①]，而乡村虽已在改革开放中发展变化不小，但仍是贫穷的象征、底层的同义词。与此同时，底层遭遇、底层生存和底层梦想，又是微型小说在关注平民时的主要向度。

微型小说的创作方法多是现实主义。现实主义是20世纪创作方法的主流，真实客观地再现社会现实，这是现实主义术语的最根本的意义。以河北"三驾马车"和刘醒龙等作家为代表的"新现实主义"创作以及新世纪以来的"底层写作"是20世纪中国现实主义文学传统的继承、发展和延伸，构成了转型期中国现实主义文学的两种主要形态。文学对现实的忠诚

[①] 张春：《聆听故土上空飘扬的炊烟——改革语境中的三十年小小说乡土回眸》，《文艺理论与批评》2009年第5期。

和责任，使微型小说作家们不能回避新时期以来纷纭变化的社会现实和人性变迁与世态炎凉。微型小说在艺术特征上表现为三个趋向：《客厅里的爆炸》（白小易）、《书法家》（司玉笙）类的"微型小说审丑"继续发展；《红绣鞋》（王奎山）、《永远的门》（邵宝健）类的"微型小说审美"数量众多；而《立正》（许行）、《走出沙漠》（沈宏）类的"微型小说审智"更是占了微型小说创作的风头。① 当然，微型小说也经常进行艺术上的创新，如谢志强、滕刚、秦俑、邹当荣等作家就大量运用魔幻现实主义的手法。

微型小说的文学价值带有普适性。美国文论家布斯说过：读一本好的小说就像结识了一个有益的朋友，我们能在阅读里学到很多东西，来建设我们的思想和精神。而文学又应当"体现人本关怀与历史（现实）维度的相互支撑的创作追求，使人性表现的'现实'意义和'当下'色彩得以强化"②，因为"文学一方面是人文精神的重要载体，另一方面也是更为关键的，人文精神始终就是文学的灵魂"③。可以想象，如果文学的灵魂都失去了，整个社会还能到哪里去寻找属于自己的精神家园？而微型小说在这方面真正实现了它的独特价值和现实意义。

关于微型小说的社会功能，茅盾在 1959 年就做出过相关论述："一天等于二十年的工农业生产和文化建设的飞跃发展，每时每刻出现的奇迹，数不尽的新人新事，都要求文学上的及时和迅速的反映，'微型小说'负担起这个任务来。"④ 可喜的是，当代微型小说表现出来的关注民生、提倡品格和张扬崇高的精神追求，与小说的伟大精神是一脉相传的，这也正是微型小说的立身之本、发展之命。刘海涛说过："它们在文学普及化和提

---

① 刘海涛：《小小说三十年：从"创作现象"到"文化现象"》，《中国艺术报》2009 年 6 月 5 日。
② 吴培显：《诗、史、思的融合与失衡——当代文学的一种反思》，中国文联出版社 2001 年版，第 2 页。
③ 贺绍俊：《都市化与文学时尚化》，中国社会科学出版社 2004 年版，第 19 页。
④ 茅盾：《短篇小说的丰收和创作上的几个问题》，《人民文学》1959 年第 2 期。

高全民族的艺术素养等方面做出了不可替代、不可磨灭的贡献。"① 也正如王蒙在首届金麻雀小小说节上所说，"小小说以建设性的姿态回应了市场对文学提出的挑战"。而这正如新世纪底层文学一样，以建设性姿态回应了人们对它的质疑。

第三节 微型小说的审美趣味

文化总是发生在一定的历史语境之中，我国出现真正意义上的大众文化是在逐渐走向商品经济社会的 20 世纪 80 年代，"人们既厌倦了国家文化的政治说教和枯燥宣传，也对精英文化的大而无当、脱离现实、玄而又玄失去兴趣，人们更需要一种同国家文化与精英文化的'宏大叙事'相反的、贴近自身庸常生活，与个人情感相通的，消遣娱乐的通俗文化、消费文化"②。在这个意义上，大多数的报刊的连载小说、通俗诗、畅销书、流行音乐、电视剧、电影和广告等都属于大众文化的组成部分。大众文化的娱乐趣味性是大众如痴如醉并享受这种文化的秘密所在。从这一意义上来衡量，大众文化其实是一种娱乐文化，因为大众接受大众文化的直接目的就是享受其娱乐趣味性，寻求精神的放松与解脱。因此，大众文化的产品形式也就呈现多种多样的特征。作为大众文化影响下的微型小说，也自然而然具有以下三个特点。

一 微型小说内容"幽默"而显"幽趣"

当代文学史上微型小说的真正繁荣，是在 20 世纪 80 年代初，即以郑

---

① 刘海涛：《微型小说研究的遐思与随想》，敏思博客，2006 年 4 月 19 日。
② 黄书泉：《文学转型与小说嬗变》，安徽教育出版社 2004 年版，第 20 页。

州《百花园》杂志在1981年推出的"小小说专号"为初始点,宣告微型小说的分立进程加快,进入更为普遍的大众阅读视野。大众文化肆意影响之下的文学生存状况也就呈现对审美趣味的追求,微型小说也在内容上表现为四种情趣:一是它的游戏消遣的趣味性、可读性;二是它的社会风俗、民族文化内涵以及作者与世俗生活的沟通性、融洽性;三是作品某些技巧的"迷惑性"与"跌宕性";四是日常生活中的某些巧合与幽默性。但极有意味的是微型小说的文学本质在于通俗不等于庸俗,不等于低俗,更不等于媚俗,它是以机智和灵活使"故事"常常戛然而止,或适可而止地跳进跳出,在自身营造的意蕴空间里任意驰骋。当然,这也许又与微型小说篇幅限制有关,才使得它不放弃作为承担中国主流文学"文以载道""寓教于乐"的重负,成全了自己平等的、非教化的叙述态度。这样,读者对微型小说的接受就成了一个充满趣味的互动过程。因而,"微型小说适应了大众趣味多元化的需求"[1]是有道理的。

微型小说的趣味性主要在于通过审美得到自由享受与审美快感,但它又和其他娱乐活动甚至纯粹故事文本里的娱乐表现并不等同,它有自身独特的内容趣味指向和内转机制。比如在幽默、幽趣的表达上,喜欢让作家隐于微型小说幕后,让读者与作家一起参与创造,产生一些针砭时弊、抨击不正之风的讽刺、幽默作品。生晓清、司玉笙、喊雷、王琼华、莫美、邹当荣、汝荣兴、黄克庭、汤礼春、黄荣才、陈大超等作家都以幽默、调侃、荒诞等写法见长。在这里,我们举一篇司玉笙的《书法家》为例,看微型小说是如何在较短的篇幅中达到以一当十的意蕴的。

书法比赛会上,人们围住前来观看的高局长,请他留字。

"写什么呢?"高局长笑眯眯地提起笔,歪着头问。

---

[1] 周波:《小小说的兴起与当代大众文化的走向》,《小小说出版》2007年第1期。

"写什么都行。写局长最得心应手的字吧。"

"那我就献丑了。"高局长沉吟片刻,轻抖手腕落下笔去。立刻,两个劲秀的大字从笔端跳到宣纸上:"同意"。

人群发出啧啧的惊叹声。有人大声嚷道:"请再写几个。"

高局长循声望去,面露难色地说:"不写了吧——能写好的就数这两个字……"

这是多么残酷、多么黑色的幽默。生活需要幽默,这几乎已成共识。微型小说之所以能顺利进入大众视野当中,个中原因有二:一是其愉悦性,因其饶有情趣,读者才会手不释卷;二是在于其思想性,读后觉得意犹未尽,从而陷入沉思,受到启迪。"能与读者的意见不谋而合,在我是高兴的。"这是英国文学批评家约翰逊说的话。阅读始终应该是一个充满快感的过程,但读者毕竟不是吃客,光是觉得好吃和填饱肚子,那样还只是个乏味的新陈代谢过程。又如《正是故乡花开时》(滕刚),通过对老家人喝农药自杀行为的描述,来反映当代农村个别群众因外因促成的人性观念的异化,使读者产生心灵的颤动,从而产生强烈的共鸣——看似一场闹剧,实则写出了一段时间以来中国农村中的一个普遍现象或令人悲哀的事实:"喝农药成了一种时尚,一种习俗,成了人们表达爱与恨的方式","农药"成了"农民"解决情感问题、解决矛盾纠纷的一种方式。何立伟的《洗澡》则描写了一个陷于都市紧张、忙碌与疲惫中的小人物"老何"的"烦恼"。"老何"经过一条老街时,无意中听到旧式院子里飘出的琴声,于是决定天天下班来这里听琴,却碰巧被"老婆同志"路过看见,误以为他恋上了弹琴的女子——不仅可笑,还有些可叹、可气和可悲。王蒙的微型小说也几乎是在幽默讽刺中让人产生深思:《扯皮处的解散》借鉴了外国荒诞和象征手法,写出了现实生活中一些单位开会反复扯皮的现象,幽默风趣却又切中时弊;《常胜的歌手》选材独特,富含深意;《维护团结的人》以幽默的笔调嘲讽了那些假团结之名行挑拨离间之实的人的卑劣。冯骥才的《胖子和瘦子》则通过对比手法，展示了某些人灵魂的卑琐。因此，微型小说通过内容上的幽默性、喜剧性，可以增添作品的喜剧性与悲剧性。

二 微型小说情节"反转"而显"大趣"

出色的故事情节是小说趣味的首要来源。情节对于小说特别是一篇2000字左右的微型小说来说是何等重要！阿·托尔斯泰也说过：只有好的结构才能使小小说作品成为一个完整的东西。茹志鹃更指出："微型小说需要比短篇小说更加精巧的结构，人、事铺排简明、扼要，结尾包袱一打开，又能有意料之外、情理之中的进展和见解，这见解又能寓意隽永，令人回味无穷，值得深思，耐人咀嚼。"[①] 在这里，我们不能不佩服美国作家欧·亨利先生，正是在他的不懈努力下，才使得中国读者仍然认为"欧·亨利式结尾"是一部微型小说好看的经典形式。因为这种结构常在文章结尾时让人物的心理发生意外变化，或使主人公命运陡然逆转，出现意想不到的结果，但又在情理之中，符合生活实际，从而造成独特的错位式的艺术魅力。《麦琪的礼物》里"吉姆"送给妻子发梳，"德拉"已经没有用处，因为她已将长发卖掉；"德拉"把卖长发的钱买来的表带送给"吉姆"时，发现"吉姆"的金表被他卖掉买了发梳。让人感觉到惋惜的同时更为他们的真挚感情所征服。特别是那句"现在，他的收入缩减到二十美元，'迪林厄姆'的字母也显得模糊不清，似乎它们正严肃地思忖着是否缩写成谦逊而又讲求实际的字母D"，给穷人生活的无奈增添了喜剧的色彩。

微型小说的这种结尾方式，很多当代作家都在广泛运用，读者对此也

---

① 茹志鹃：《发展中的微型小说》，《小说界》1980年第2期。

是比较喜欢。作者要想熟练地运用并发挥其魅力，在微型小说创作开始之时，就必须有意识地去考虑读者的审美习惯和审美要求，揣摩读者的经验知识以及接受能力，即对读者的所谓"期待视野"有一个基本的估计，并以此斟酌调整自己的构思。只有这样的"蓄势艺术"才能出乎意料地把故事推向一个新的高潮，否则就会使作品的内在结构发生断裂，使结尾显得突兀而生硬。总的来说，微型小说的"趣味性结构"其实也不是作者的功劳，因为就作者而言，这是一种艺术冲击力的久蓄而猝发；就作品而言，这是一种氛围的陡转和节奏的突变；就读者而言，这是一种积久的思维定式的突然破坏——读者也是作品的重要组成部分，没有读者的潜心参与，作品会显得冷漠。孙方友的作品就善于通过情节的精心构造来达到娱乐趣味效果：在《奇药》里，"柳景"苦苦寻得的良方，怀疑被人占有，为使药方为自家所独享而杀人灭口，结果他扼杀了真正的良方；《崔氏》中利用"崔氏"与"丫鬟"之间的角色转换来制造悬念，掩盖人物间的微妙关系，把读者误导到错误的关系当中，在结尾时才来个全盘抖出，大大超出读者的想象，从而产生一种峰回路转的效果，使读者获得一种生动的艺术享受。宋光明的《小大夫》也是构思独具匠心，它描述了三个基本相同的画面，用电影蒙太奇的手法将其组合在一起，形成了回环重复的结构。这些场面的重复出现，蕴含着具有积极现实意义的主题，极具讽刺效果——小大夫"大山"利用职务之便大捞外快、利欲熏心，连自己的家人也不放过，其扭曲的灵魂已经暴露无遗。

欧·亨利式结尾又并非微型小说娱乐趣味的唯一方式，虽然微型小说受篇幅限制，其情节往往比较单一和简单，作家若具备突破一般小说"展现矛盾—发展矛盾—解决矛盾"的三段式情节结构窠臼，以新的构思寻求新的表现形式，必然会带来不一般的收获，但还是有一些作家在创作上已经显得有些力不从心。这并不是说他们缺乏对生活的强有力观照，而是在艺术构思上已经殚精竭虑，不断地在重复自己或者别人，千篇一律的结尾方式让作家自己都开始感到失望。因此，跳跃出自我的樊篱，跳跃出欧·亨利的影响，逐渐成为很多作家的努力方向。只要微型小说作家们善于深入生活的方方面面，从广度、深度不断地探求，去发现、采撷、琢磨新的各种关系以及它们的新表现、新形式，才能创造出新的能吸引读者的生动的艺术情节。当然，近几年出现的手机微型小说，也是微型小说情节结构独特性的表现。手机微型小说是在大众文化背景下产生的，其娱乐性、消遣性、游戏性和功能性特征非常明显。为了吸引客户和引起营运商的兴趣，手机微型小说往往有着故事集中、跳跃性强、新奇性和刺激性并存的特征，它们总是借鉴古典文学的某些方法，在内容上让人感觉新鲜特别、奇特有趣，在有限的字数内不停地抖落包袱，让人产生阅读冲动。尽管手机微型小说的娱乐性满足着大众的需求，但其单一性和媚俗性也深深影响着它的继续发展。

三　微型小说语言"精炼"而显"雅趣"

微型小说由于篇幅短小，对文字的要求就比其他文学种类更高一些，既要通顺又要精炼简洁，趣味性则在这种文本的语言要求过程中得以实现。汪曾祺曾经说过："小小说是短篇小说和诗杂交出来的一个新的品种。它不能有叙事诗那样的恢宏，也不如抒情诗有那样强的音乐性。它可以说是用散文写得比叙事诗更为空灵、较抒情诗更具情节性的那么一种东西。"① 王蒙也说过："小小说也是对语言和叙述方式的考验，小小说必须有自己的叙事逻辑和叙事语言。仅仅说'电报体'是不够的，因为电报太干巴。小小说的语言要精得多。"② 雷达也认为："语言的自觉也是近年小

---

① 汪曾祺：《关于小小说》，转引自杨晓敏、秦俑主编《中国当代小小说大系（1978—2008）》（第五卷），河南文艺出版社2009年版，第12页。
② 王蒙：《我看小小说》，转引自杨晓敏、秦俑主编《中国当代小小说大系（1978—2008）》（第五卷），河南文艺出版社2009年版，第7页。

小说作家的重要追求……小小说追求语言的高度的简约，追求雕塑感和语言张力，追求文眼、悬念和顿悟。在这方面它比一般短篇小说的要求更高。"①

从当前微型小说作家群来看，这一要求已经深入人心，并在他们的具体创作过程予以了充分的体现，因为他们清楚在注重情节的基础上进一步提炼语言，不仅可以展示自己的文字驾驭能力，同时能让读者读得顺心、看得舒服，能在文字快感中获得一种更深层次的美感。刘国芳对文字的运用就在追求一种极致，《风铃》里的情节比较简单，无非是爱情双方主人公的一场守候、等待与结合，但他在对主人公"兵"与"小琪"立体化的描绘与语言推进中，匠心独具地创造出了艺术上的宁静和主人公内心的波澜，达到了绝响无声的艺术效果，这不能不说是一个成熟作家对文字的极高要求。他的另外一些作品如《黑蝴蝶》《诱惑》《一生》《拼命三郎石秀》《花开遍地》《过河》《稻草人》《口红》《岁月》《又见麦子》等既是内容与艺术的精品，也是语言叙述上的珍品。

白小易的《客厅里的爆炸》是各种元素结合的精品。父女俩到朋友家做客，暖瓶突然倒了，主人从里屋出来。父亲说："太对不起了，我把它碰了。"从主人家出来，女儿说，暖瓶是自己倒的，你为啥说是你。父亲说："这样说，听起来更顺溜些。有时候，你说得越是真的，也越像假的，越让人不能相信。"又如黄自林的《妈嫂》，其语言显得朴实无华，有"清水出芙蓉，天然去雕饰"的雅致。写嫂子的外貌，只有简单的一句："嫂子是村里娇小俊秀的妹子。""娇小俊秀"四个字，不仅写出了嫂子外表的美丽，还突出了她对哥哥纯洁的爱情和嫁给"我们"这个穷家的自我牺牲精神（凭她的美丽本可以有更好的生活）。写"我们"穷家负担沉重时，用了一个比喻，"我们弟妹几个和积劳成疾的爸妈是一张沉重的铁犁"，喻

---

① 雷达：《让小小说更上层楼》，《中华读书报》2007年6月6日。

体"沉重的铁犁"取譬于农家常用的农具,自然贴切、形象生动,散发着犁铧翻新泥的芬芳。

"在小小说领域,能把语言操纵得特色鲜明的人物不少,如汪曾祺、海飞、珠晶、蔡楠、薛涛、侯德云、茨园、袁炳发等。"① 在他们的作品中,语言就是个性化的标志,已经物化为质地、声音等,有硬度,有温度,有质感,有色彩。老作家汪曾祺的微型小说语言很有特色,特色就在通过各种"闲笔"讲了一个个看似平淡无奇的故事。"海飞的语言有特色,特色就在于海飞的语言绵密、宁静、明亮和透彻,像是透过丛林中的一束阳光。"② 聂鑫森、谢志强、刘建超、王奎山、尹全生、芦芙荭、陈毓、袁雅琴、秦俑、侯清麟、莫美等作家也都很好地做到了这一点:有的简洁明了,有的细密绵长,有的情感奔放,有的情感节制,有的单刀直入,有的拐弯抹角,有的质朴清新,有的怪诞隐晦,为大众带来不少语言独特、情节独到的优秀作品。聂鑫森的百字小说便是极短微型小说中的精品,如《画家》《考外语》《教授与小偷》等。

> 求画者欲赠上司一画,以贺升迁。画家睥睨他一眼,抻纸作《牵牛花攀篱图》,尔后题款,上下款识齐头相并。求画者惑然不解。画家掷笔一笑:我立世多年,从不仰人鼻息。(《画家》)

> 老孙头因晋升编审,入外语考场。考题十道,皆为英译汉,横看竖看一字不识,颓丧之余在考题旁批字:"假若重活一次""恨不生出蓝眼睛"……发榜后竟得十余分。同事暗叹:"想不到他识得好些单词!"(《考外语》)

> 更深人静,小偷撬窗入室,四处搜寻,悻悻然。教授倦卧书房,

---

① 李利君:《小小说语言中的"无我"状态》,小小说网,2007年2月23日。
② 同上。

闻声醒来,懒于呼喊。待小偷潜近,缓缓称:"此处唯有学问,只管取。"小偷答:"学问不值钱!"复循原路慌慌退走。(《教授与小偷》)

从微型小说自身文体的要求来看,评论家石鸣认为常常要运用到以下六种语言形态:一是白描语言,借鉴中国传统白话小说语言和小品语言,在语言形态上体现为简洁典雅,叙述形态上则体现为线性描写和线性叙述;二是诗意语言,在审美意趣和语言组织方式上取自诗歌语言(尤其是古典诗词的意境和炼字),注重氛围和意境营造的语言形态;三是口语化语言,直接取自日常生活,具有生活气息和世俗格调的语言形态;四是戏谑语言,具有调侃和游戏意味的语言形态;五是反讽语言,一种在正话反说、归谬纠错中形成讽刺效果的语言形态;六是综合语言,调用多种修辞手段,形成一种繁复混杂的语言形态,以造成丰富的合奏效果。[①] 因此,微型小说作家如能很好地运用上述语言,那么其作品一定能取得比较好的优雅效果,而读者也能享受到更多更好的雅趣作品。

当然,微型小说作家们在追求趣味、强调生活性的同时,还应当在作品中予以人生真谛的挖掘、解读与传达,不能因为满足读者的娱乐要求而强加增添"趣味型"素材,也不能为了追求创作数量而无限制地创作"趣味性"作品,因为这样的做法,对作品无益、对读者无益,也对自己无益。大众文化语境中的微型小说具有的趣味性特征,是文学趋向平民化、关注生活性的表现,也是微型小说文体能够多样发展的结果。可以说,微型小说是小说艺术的与时俱进,是传统小说与现代生活的有力对接和适应的结果,它将始终以自己的新颖、快捷、简短、典型、贴近生活的方式,受到大众的欢迎。铁凝说过:"有许多通都大邑里生存着这样的小小说作家。这是为什么?这是因为越是坚硬的大城市里,越容易发现这种犄角旮

[①] 石鸣:《小小说的语言谈片》,转引自新浪博客"无字仓颉博客",2007年8月16日。

晃里的软弱与无奈。作家们都明白，用语言表达不完的，读者可以用智慧去填充。"① 我们相信，微型小说这一文体也将会在读者的关注和参与中日益繁荣。

第四节　微型小说的反拨价值

新时期文学特别是新世纪文学的发展，始终离不开大众文化的影响与观照。但要特别注意的是，大众文化作为一种消费文化，它具有区别于其他文化的四大特征：一是大众文化仅仅是工业文明以后才出现的，是以大众传播媒介（机械媒介和电子媒介）为手段并符合商品市场规律的文化形态；二是它是都市化产物，以都市普通市民为主要受众；三是它具有与政治权力斗争或思想论争不一样的感观愉悦性；四是它的内容不是神圣的而是日常的，与普通大众休戚相关。

但中国大陆的大众文化是在中国港台文化和西方文化影响下形成的，加之市场经济发展的不平衡、不完善，使得大众文化在生成过程中难免出现蛇龙混杂、鱼目混珠的情况，因此其负面效应主要表现在以下四个方面：一是当代中国大众文化对主流文化的冲击及其对社会主义意识形态的消解；二是当代中国大众文化发展的后殖民主义文化倾向；三是精英文化的边缘化；四是解构着传统文化精华。总之，大众文化是一种世俗性的文化，它追求时尚、迎合大众或者以感官刺激为最高选择；同时它特别关注自我，直面当下生活，倡导物质享乐。这种并不关心产品是

---

① 铁凝：《小小说的优势》，转引自杨晓敏、秦俑主编《中国当代小小说大系（1978—2008）》（第五卷），河南文艺出版社2009年版，第15页。

否具有人文价值和教化功能的大众文化,必然会对主流文化形成冲击,甚至导致人文精神失落、人的个性与创造性的缺失,需要引起社会各界的广泛重视。

布斯说过,读一本好的小说就像结识了一个有益的朋友,能在阅读里学到很多东西,建设我们的思想和精神。而文学又应当"体现人本关怀与历史(现实)维度的相互支撑的创作追求,使人性表现的'现实'意义和'当下'色彩得以强化"[1],因为"文学一方面是人文精神的重要载体,另一方面也是更为关键的,人文精神始终就是文学的灵魂"[2]。可以想象,如果文学的灵魂都失去了,整个社会还能到哪里去寻找属于自己的精神家园?微型小说作为一种逐渐独立的文体,却在这方面实现了它的独特价值和现实意义。也就是说,它能以大众化睿智与精华,适应于大多数人的生存状况、接受水平和审美能力,直接切入普通人最为关心的现实生活层面,并以它的平民化立场、视角和行文策略、叙事方式来满足他们的阅读需要,调剂和充实他们的精神需求,这就是微型小说的智慧和精神。同时,微型小说热心观照的是我们自己的生活和生命,它的意义和旨向归结于一般人的"怎样生活"上,而不仅仅只是一种"生活怎样"的平面关注上。当然,这并不表明微型小说在回避批判、暴露矛盾,由于它本身的文体局限,注定使它"必须躲开那些让读者在短短的阅读时间里无法消化的问题,躲开那些让读者在短短阅读时间里即饱受心灵上的痛苦和不安的丑行"[3],从而使微型小说能让读者在较短阅读时间里完成一次愉悦的精神之旅。

关于微型小说的社会功能,茅盾在 1959 年就指出,"一天等于二十年

---

[1] 吴培显:《诗、史、思的融合与失衡——当代文学的一种反思》,中国文联出版社 2001 年版,第 19 页。
[2] 贺绍俊:《都市化与文学时尚化》,中国社会科学出版社 2004 年版,第 29 页。
[3] 王晓峰:《小小说:温暖和谐的审美艺术》,《文艺报》2005 年 1 月 15 日。

的工农业生产和文化建设的飞跃发展,每时每刻出现的奇迹,数不尽的新人新事,都要求文学上的及时和迅速的反映,'微型小说'负担起这个任务来"①。到了 20 世纪 80 年代,这种论述被拓展为微型小说的机智、敏感、短小、灵便,将小说与社会、小说与现实的距离缩短,能够及时迅速地反映瞬息万变的时代脉搏和复杂微妙的人类感情世界。不可否认,在 20 世纪的文学大家族中,小说一直有着"霸主"之称,但当下小说面临着重重困厄,其位置的缺失固然是多方面的,而最重要的失落还是小说正在逐渐丧失人性剖析的精神。因此,在物欲横流、人文社会环境恶化之际,小说必须重振它安身立命的那种浩然之气——"关注文学与现实的内在精神联系,突出小说精神"②。可喜的是,当代微型小说表现出来的关注民生、提倡品格和张扬崇高的精神追求,与小说的伟大精神是一脉相传的,这也正是微型小说的立身之本、发展之命。正如刘海涛所言:"它们在文学普及化和提高全民族的艺术素养等方面做出了不可替代、不可磨灭的贡献。"③ 也如王蒙在首届小小说金麻雀节上所说:"小小说以建设性的姿态回应了市场对文学提出的挑战。"具体说来表现在以下 3 个方面。

一 关注生存,展示社会世相

文学离不开具体的时代背景,微型小说自然也离不开当下社会现实。"微型小说正是通过反映这些人们接触过,感受过的日常现实生活,对人们普遍关心的社会问题做出自己独特的艺术反映和评价"④。雷达说过,"现在的作家……不再从文件、指示、本本中去讨主题,而是重在作家的

---

① 茅盾:《短篇小说的丰收和创作上的几个问题》,《人民文学》1959 年第 2 期。
② 刘文良:《树立精品意识 繁荣微型小说》,《株洲师范高等专科学校学报》2002 年第 6 期。
③ 刘海涛:《微型小说研究的遐思与随想》,敏思博客,2006 年 4 月 19 日。
④ 刘海涛:《规律与技法:转型期的微型小说研究》,中国社会科学出版社 2002 年版,第 33 页。

发现。但我们也不可因此而否认小小说确有快捷、灵动、尖新地反映现实的特点，它确实在表现当代现实生活的题材上有优势，比别的样式来得快捷"①。"从社会影响力来看，小小说是一种高度体现人民性的文学样式。她精短的篇幅、简约的结构，为大众所喜闻乐见。她置身于人民大众的文化姿态和平民视角，能更好地表现人民群众的日常生活和情感理想，忧大众之忧，乐平民之乐，立大众之欲言，言平民之心声……小小说也是一种以人为本、以民为本的文学形式。"②

随着社会主义市场经济向纵深方向迈进，市场和改革给我们的生活水平带来提高的同时，也带来许多价值困惑和道德失范。然而纵观新时期的中长篇小说，那种对现实的关注，对普通大众、对底层群体命运和心灵的关切，尤其是对现实中人文精神的价值关怀，则往往显得不够。可以说，在这种意义上，当代微型小说肩负起了传承小说使命的责任。微型小说之所以能始终保持自己繁荣的势头，就是因为它善于直面人的生存状态和存在价值，重视对人的精神关怀：它一方面感受时代的脉搏，关注普通人的命运，同情弱势群体，树立人与人之间的平等意识；另一方面则关心现代人的生存与心灵建设，塑造现代人格，关注超越于世俗之上的理想情怀。如今，人类正面临着共同的生存困境，精神上的迷惘和空虚、生活意义的缺失和信仰的沦丧，则构成现代社会精神生活的重要特征。所有这些，都需要微型小说通过简短的文字做出深层思索与不懈探究，并使读者在享受阅读快感的同时，能对自身生存和群体状态进行必要的思考。

有人说，微型小说受篇幅的局限，只能停留在文字表层进行玩味，很难表达出深刻的内涵。其实不然，很多微型小说都能掠过表面直达深层，

---

① 雷达：《我看小小说》（二题），转引自杨晓敏、秦俑主编《中国当代小小说大系（1978—2008）》（第五卷），河南文艺出版社2009年版，第66页。
② 田滋茂等：《小小说理论高端论坛发言摘要》，《文学报》2006年1月14日。

以小题材反映大主题，如果一旦不能凸显出较深的哲学意蕴，那么这种文章也不是真正的微型小说。毛姆曾说："作家的骰子里总是装了铅的，但是决不能让读者看出来。"① 丁临一在谈及微型小说反映民生问题时指出："微型小说的根应是关注普通民众的生存状态、心理状态，反映大众疾苦和民生。"在关注民生方面，汪曾祺、许行、聂鑫森、凌鼎年、刘国芳、孙方友、王奎山、邓开善、张记书、谢志强、沈祖连、许世杰、刘连群、曹乃谦、邢可、沙毛农、生晓清、吴金良、司玉笙、尹全生等老一辈作家，付出了更多的努力。当然，后来的作家，也不乏对普通民生、劳苦大众的关注。比如葛取兵的微型小说，就总是能通过一个并不复杂的故事直达其内核，揭示当下具有代表性且能引发读者思索的问题。例如《鸟殇》看似写鸟，实则在写农家子弟奋斗的艰辛与无奈。农家子弟没有背景，没有靠山，要想进步就只能自己"苦苦寻觅"，甚至要成为牺牲品，这不正可窥见当下的官场世相吗？以"鸟殇"为题，不能不说是给人的一种警示。而获第二届中国微型小说年度评选（排行榜）二等奖的《死亡证明》则用写实的方式解读了"三农"问题。作品讲述的故事令人震惊——"牛小扣"的母亲死了，火化时需要村委会出具一份死亡证明，而村委会主任竟然以此要挟"牛小扣"缴纳各种费用，甚至有牛小扣那已经停放在火葬场的母亲的人头费！作品通过纪实手法，对存在于广阔农村和广大农民中的沉重负担，进行了深刻的揭露和思考。

另外，当代社会道德和社会风气，也是微型小说的关注焦点。市场经济的大环境下，人们对个人利益的追求越来越明显，道德意识则随之出现滑坡，社会风气也随之变化。这一现象引起了微型小说作家的重视，一系列揭露阴暗面的作品应运而生。例如陶月付的《市长儿子考取北大之后》，讲述的是市长儿子考取北大之后，市长不接受媒体采访、不请客、

---

① [英]毛姆：《论小说写作》，《世界文学》1981年第3期。

不收贺礼,但顶不住周围的压力最终屈服,结果宾客贺礼多达百万元。市长奔波送还62万元后还剩30万元,于是将其交到市纪委,却收到返还礼金奖励款73500元。小说揭示了社会不正之风和官场歪风邪气,已使得某些身居要职之人想出淤泥而不染都很难。面对新时期某些残酷畸形的现实状态,作者正是凭借其敏锐的艺术思维,找准事件的聚焦点,用犀利而又深沉的文笔,对这种错位与变态的社会现实进行无情的暴露。除了在这些"传统领域"大施笔墨之外,微型小说还把笔墨触及一些新的能抵达内心的领域,开拓了一些新的题材资源。例如邵涧的《高贵之逝》,描写了一只被遗弃的牧羊犬,它看到的山谷已不再是往昔的美丽山谷,暗含着人与自然失衡的思考;《山》写昔日与老师登山写诗畅想未来人生,今日却依然迷恋山的质朴,前后互相对应。这两篇作品虽然写作的视角不同,但都寄予了一种保护自然环境的期望,这与当今生态问题的思考是不谋而合的。由此可见,即使最新的意识形态和生活动态,都会在微型小说中得到一定程度上的反映,这也再次证实了微型小说反映现实生活的迅捷性。刘军的《细节》也很注重写实:"钱宁"到单位报到想起父母的叮咛,在为领导按电梯的服务过程中,观察到了机关人员的众生相。《拿去喂狗》与《细节》截然不同,它以夸张、变形、反讽等手法,将官场"形式主义"的丑态刻画得入木三分,在作者的叙述里透露出一种智慧与幽默。

二 体察人生,提高文化品格

"一个民族的存在有赖于其民族精神,而作为展现民族生存、推动民族前进的文学,义不容辞地肩负弘扬民族文化、振奋民族精神的责任"。[①]作为大众文化影响下的微型小说,在社会纷纭境况下致力于打造具有强烈

---

① 郭若平:《论经济全球化条件下我国的先进文化建设》,《党建研究》2004年第9期。

民族品味的作品，推出了一大批以坚持民族品格、弘扬振兴民族精神为主题的力作。这些作品充分展露民族自豪感与自尊心，并以此震撼人们的心灵，激起人们的共鸣。例如许行的《最准确的回答》里，主人公"我"回敬给日本考官一记响亮的耳光，有力地打击了侵略者们的嚣张，响当当地打出了一个中国人和中华民族的尊严。居安思危，这是每一个民族生存、竞争和前进的基石。没有忧患意识，就没有压力感，就会缺乏前进的动力。作为老百姓钟爱的微型小说，需要自觉融进这种忧患决识，唤醒民众的忧患意识。当前，反映腐败、展露"黑幕"，反映形形色色不良社会风气的微型小说堪称一大"风景"。而微型小说较充分地利用了其短小的篇章，撕碎温情脉脉的面纱，嘲笑道貌岸然的伪饰，讽刺假模假样的堂皇，引导人们对历史进行深刻的反思，对现实进行中肯的剖析，对未来进行有预见性的探索。刘志平的《幕后英雄》表现出强烈的忧患意识："王世杰"勇斗歹徒事迹表彰会之后，所有的县委干部与英雄合影，在领导同志们按序坐（站）位时，竟谁也没有想起"王世杰"。当"王世杰"利用领导按资排序的当口取下大红花上了一趟厕所回来之后，竟被要求帮助摄影师举拍照用的碘钨灯。画面美、色彩足、标题格外醒目的"与勇斗歹徒的英雄王世杰合影"的照片洗出来了，可王世杰在哪里呢？与其说是英雄的缺位，不如说是文化、人性的缺位。

孙方友的作品十分注重民族性，总弥漫着浓郁的文化气氛，这是因为他善于将各种鲜为人知的传统文化移入小说之中，增强了小说的文化蕴涵。他颂扬中华民族的优良传统，热衷于在小说的开头述说具有陈州地方特色的自然景观和人文景观，将各个行当的规矩和各种工艺的制法精辟地介绍给读者，然后才进入故事的陈述。例如在《画迷》《指画》《虎痴》《画家姚昊》《墨庄》等众多篇目中都介绍了国画和书法，而在《弦歌书院》《泥狗》《云龙端砚》《文庙》《陈州唢呐》《陈州影戏》等作品中则介绍具有陈州地方特色的景观、风俗——作品中那传奇的故事性不断描写传统文化，不但增强了微型小说的文化意味，而且使传统文化获得一个很好的传播途径。

关于微型小说民族精神的传达，我们除了在某些作品中可以清晰地梳理到，还可以从郑州《百花园》杂志的"编后寄语"中找到答案。每期杂志的《编后寄语》主要介绍该期重点、主要特色或主旨要求，"我们想提倡一下微型小说创作中的阳刚之气"（2001年第9期），明确地提出了自己的文学主张和希望。"《土烟》……表达了一个很有分量的当代主题"（2001年第7期），编辑们精辟的评论常给人指引。这些文字给人最深的感受是，作为一本纯文学刊物，《百花园》要求的是贴近群众、贴近生活，主张内容与形式并重。现实主义主张并不是一种新鲜的"主义"，却是一种永远生动并且闪耀着人性光彩的"主义"。微型小说期刊的诸多主张，其实贯穿在"编后寄语""本期看点""编读往来"这样的栏目当中——这不仅是一种文学主张，更另有积极的人生号召，由此也让读者了解到微型小说是承载众多意义的。

聂鑫森在参加微型小说青年作家座谈时指出：缺少传统文化根底的微型小说会显得单薄。他说，搞文学还是要读书，要读古代典籍，国学功底对作家太重要了，过去的作家诗书画都精通；没有很深的文化根底，没有对中国文化典籍的了解，微型小说就会很单薄。舒晋瑜也说，"以我个人的体会，中国传统文化根底对作家、艺术家来说非常关键"[1]。看来，对民族文化与民族精神的诠释、宣扬，不仅需要每一个微型小说作家的认真思考，同时需要将这种思考贯穿于作品始终；编辑也需要进行一定的引导，以促进微型小说作品档次更高，品位更雅，内涵更深刻，影响更宽广。

---

[1] 舒晋瑜：《让小小说更上层楼》，《中华读书报》2007年6月6日。

三 凝练精神，张扬崇高品质

由于商品经济的快速发展，巨大的社会转型使文学面临着前所未有的挑战，一些曾执着地坚持"理想与崇高"的作家、评论家相继变成了"守望者"。另外，文学艺术作为一种商品被加以制造，"涂鸦文学"潮流表现出前所未有的大胆和自信，并且因此而冠戴着名与利的双重光环。大部分微型小说作家在追随大众文化消遣娱乐的同时，却没在滚滚红尘中丧失方向，他们始终以全方位的角色参与多彩社会的描绘。在这里，崇高与进取是永远不会过时的。正因为如此，微型小说才被各个阶层的读者所接受。当今的微型小说，积极适应时代的要求，参与时代的大变动，张扬时代需求的高尚理想和崇高人格，塑造了一批为民族命运、为社会理想、为人类进步而奋斗的人物形象，谱写出一曲正义、奉献、悲壮、理想的崇高精神之歌。它犹如一盏明灯、一簇圣火，驱散人们内心的阴暗，烛照世人的灵魂，裨益个体精神的提升，推动着整个社会的进步。

被授予"微型小说创作终身成就奖"的许行，因为"厚积薄发"而留下了大量优秀作品。林斤澜在《许行微型小说选评》中说："许行老作家致力微型小说多年，年近古稀，用心更勤。"杨晓敏也指出："论及中国当代微型小说，就不能不提到许行。许行是一个现象。"[①] 许行从1986年到2006年的20年间，共出版《野玫瑰》《苦涩的黄昏》《情书曲》《许行微型小说》《生死恋》《一束鲜花》6部微型小说集，另有《许行微型小说选评》《岁月回音壁》等微型小说评论集。他的微型小说创作，被看作新时期微型小说的一部奋斗史。他往往能将重大历史事件过滤成一篇篇千字左右的微型小说，并在作品中赋予睿智的内省与反思的色彩。

---

① 许行：《一束鲜花》，长春出版社2001年版，第1—2页。

《立正》里那个国民党下级军官一听到"蒋介石"三个字就立正，作者在作品中告诉我们的是这种"身心后遗症"并不可笑，因为"在这个人物的命运中反省的是一个民族在缺乏法治的强权时代里的悲剧"①。在《小白鞋》《关大巴掌》等回忆性微型小说中，许行的叙述主旨也并不是简单的怀旧，而是试图通过土改中人物的几十年生活嬗变，凸显出基于极左思潮之上的历史反思，特别是关注小人物命运的走向影响。"许行微型小说的叙述总是站在今天的角度和思想解放运动展开后的高度来回忆自己和人民过去的历史，他让读者重新认识当时的生活，鲜明地揭示出过去人们并未意识到的生活内涵。"② 从时间上来看，许行的反思微型小说并没有跟上新时期反思文学的步伐，而是在此之后的四五年才发表的，他或许就是无意让这一批微型小说作品去赶"反思文学"的"末班车"。他的创作实际上展示了微型小说应该具有和所能实现的深刻立意，映衬出这种文体可以具备和能够显现的独特魅力。此外，汪曾祺的《陈小手》、贾大山的《莲池老人》、冯骥才的《苏七块》、阿成的《萧声》、何立伟的《永远的幽会》、王奎山的《红绣鞋》、刘国芳的《风铃》、芦芙荭的《一只鸟》、王海椿的《大家子弟》、黄建国的《谁先看见村庄》、侯清麟的《这是什么"角色"？》等，都在认认真真地维护微型小说的"崇高"品质和艺术尊严。

微型小说还擅长于对匆忙乏味的现代生活予以解析。在这方面，郑州的《百花园》《小小说选刊》长期以来都进行着不懈的努力，江西《微型小说选刊》的"三贴近"原则也是一个重要表现。创刊于1984年的《微型小说选刊》，近年来取得了良好的社会效益和经济效益，杂志社经过广泛的市场调查，发现杂志80%以上的读者是青年学

---

① 刘海涛：《现代人的小说世界》，上海文艺出版社1994年版，第115页。
② 杨晓敏：《小小说档案之四：重要奖项》，敏思博客，2007年8月17日。

生和文学青年，于是决定在选稿过程中注重选发的那些贴近时代、贴近现实、贴近读者、张扬崇高的犀利泼辣的微型小说及评论文章，兼顾其他风格流派的微型小说，而对那些文人自娱式、无病呻吟式的、故弄玄虚的、晦涩难懂的作品及评论文章统统拒绝。这样的选稿原则和态度，一方面可以引导作家正确的创作方向，另一方面可以提高读者的整体阅读欣赏能力，整体上来说是捍卫了微型小说对现实人生的"崇高"追求。

21世纪的大众文化，必将沿着更高层次的发展方向即先进文化方向前进，"文化的先进性，应是由其现实意义上的精神内涵和运行状况，与终极意义上的'前进方向'和价值目标，这样两个方面的因素决定的"[1]。江泽民在十六大报告中指出："在当代中国，发展先进文化，就是发展面向现代化、面向世界、面向未来的，民族的科学的大众的社会主义文化，以不断丰富人们的精神世界，增强人们的精神力量。"因此，在大众文化向先进文化发展过程中，微型小说发展将面临更多的机遇与挑战。特别是在市场趋利行为日益普遍化的今天，作家如果不能在利益面前摆正位置、调整心态，那么将严重影响自身的荣誉和文体的发展。但我们可以放心的是，微型小说的创作主流仍然是积极向上的，真正具有社会责任感和文学使命感的微型小说作家仍然很多，他们正坚守着精品意识和严肃创作态度，在"市场"与"艺术"之间，在"利益"与"道德"之间，寻找最佳切入点并推出一批又一批传世佳作，为读者大众精神文化的提高，努力实践、辛勤耕耘。我们相信，微型小说在大众文化影响下，也将会有一个不同寻常的广阔前景。

---

[1] 吴培显：《当代新潮文学与先进文化方向》，岳麓书社2006年版，第5页。

第五节　微型小说创作市场化

作家何镇邦指出："小小说创作近年来正悄悄地火起来，这是世纪之交文坛值得注意的一种文学现象。"① 微型小说发展繁荣的世纪之交时期，正是改革开放后商品经济快速发展的重要阶段。不可避免的，作为具有精英文学品质的微型小说也附带了一定的商业气息，并随着市场经济的进一步发展，继续保持着欣欣向荣、一枝独秀的可喜局面（相对于诗词歌赋，甚至是中短篇小说），给人感觉是它似乎从纯文学萎靡的发展境地中实现了突围。但进入大众文化阅读视域中，你就会发现某些微型小说作家的精品意识和文学操守都在下滑，整个微型小说创作都正面临着一些困惑，而这恰说明微型小说的创作正处于一个市场化的形势当中。

文学是一种个人情感的自然表达，但要得到大众的认可就需要通过纸质媒介的传播，也就必然需要遵循报刊的市场机制，这也就决定了微型小说的创作具有市场化的某些特征。文学爱好者写写微型小说，以此"打发寂寞""聊以自慰"，不需要面对"市场"，但作家是面对读者的一个群体，他的创作总是有意无意地要服从报刊甚至读者的"调配"。为此，兼具娱乐趣味性、人生哲理性与普适教育性的微型小说，肯定要比纯粹追求艺术技巧而又与现实生活格格不入的微型小说更容易获得受众喜欢。因此，作家会有意识地选择那些能足够吸引读者眼球的、能与当前老百姓生活相关的题材，如官场生活、世情百态、婚姻家庭、亲情友情。这也就说

---

① 何镇邦：《方寸之内，大千世界》，转引自杨晓敏、秦俑主编《中国当代小小说大系（1978—2008）》（第五卷），河南文艺出版社2009年版，第7页。

明为什么现在的很多微型小说在内容上雷同，所以一些编辑难免就会感叹：现在的好作品实在太难找了。

微型小说作品的发表，如同其他文学种类的发表一样，经历了由传统媒介向电子媒介的多元转向。据资料统计，目前全国有正式出版的报刊共计万余种，由于受版面限制和广告业务需要，字数较多的文学作品就很难刊登，但是微型小说却凭借其短小精悍的优势大量占据市场。在报纸方面，许多国内有影响的报纸如《检察日报》《新民晚报》《北京晚报》《南方都市报》《三湘都市报》等大多数日报、晚报、周报的副刊都为微型小说发表创造了有利条件，甚至有的报纸还专门设有独立的"微型小说栏目"。在杂志方面，除了专门刊登微型小说的《百花园》《微型小说选刊》《小小说选刊》《小小说月刊》等十余种外，较有影响的还有《人民文学》《中国校园文学》《北京文学》《青春》《飞天》《小说界》《文学港》《短篇小说》等全国400多家文艺杂志都可以发表微型小说。而且，凡是有微型小说作品的报纸或杂志，其销售量的增加和读者关注程度的提高都非常明显。有数据显示，《小小说选刊》与《微型小说选刊》两家杂志的月发行量都达到60万份以上，加上其他微型小说类刊物的月发行量，整个微型小说类刊物的发行总量达到100万份左右，这在文学刊物普遍不景气的今天，是不得不令人惊叹的一个现象。

世纪之交时，网络文学应运而生，目前正成为发展迅速的一种文学新形式，"相对于传统纸质媒体文学而言，网络文学在一定程度上颠覆与解构了文学、文化精英们的'崇高'文化权威与文化中心地位，将文学生产、文学流通、文学消费与文学评判的话语权力移交给普通文化民众，这无疑顺应了上个世纪末中国的后现代主义思潮和大众文化精神"[①]。微型小说因为其自身的篇幅短小、数量众多、易于读者快速阅读和消化吸收等特

---

① 曾洪伟：《短信文学与网络文学的比对与前瞻》，《广西社会科学》2006年第9期。

点，因而比短篇、中篇、长篇小说更快捷地利用了网络这个媒介。可以这样说，微型小说能够在网络媒介上遍地开花，主要有以下三个原因：一是网络式微型小说拥有更加自由的空间，只要不违反网络的有关条例，可以既不受制于纸质媒介的空间（页码）限制，同时不受内容和风格方面的制约，只要文本内容的好看好读，甚至允许错别字的发生；二是它能提供读者的及时直观反馈，可以让作者了解读者的阅读心理和审美趋向；三是可以让读者的阅读形式呈现多样化，可以在精美图片、热点新闻与微型小说文本之间反复跳跃，使阅读成为一种间断式的浏览。

从目前的网络平台来说，发表微型小说的专门网站就有小小说作家网、微型小说网、世界华文微型小说网、小小说网、华文写作在线等，其中小小说作家网（http：//www.xiaoxiaoshuo.com）自2002年开办以来，网站首页访问量超过600万次，不仅成为《百花园》《小小说选刊》的官方网站，更成为国内最专业、最权威、人气最旺的微型小说站点。目前，该网站以独具特色的栏目（业界新闻、作家存档、文坛动态、理论批评、专栏作家、小小说论坛、小小说博客）及美妙的声画世界，吸引着越来越多的微型小说的作者、编辑、读者和批评者的"加盟"。同时，随着博客、微博这种更具自由表达的网络新形式的流行，更为微型小说创作提供了更为广阔的平台。

此外，通俗类刊物的用稿机制和稿酬机制也在影响微型小说创作。现在的通俗类期刊已经是完全市场化，通过发行量和广告收入维持期刊运行。因此，为了扩大发行量、增加广告收入、提高刊物影响，编辑部往往通过编辑报送选题形式来确定每期刊物的文章，这样的机制往往就要求文章的时效性、新颖性、意义性都较强。比如一场地震发生以后，通俗类期刊也会予以关注，马上会发表一些与地震有关的感人事迹、科普知识。这样的用稿机制就使得编辑与作者的联系增多，很多期刊的编辑都不再独守办公室，而是和报纸记者一样出去跑新闻、约稿子。现在的微型小说刊物也在进行相关尝试,编辑和作者的沟通比以前更多,很多作者有时候要为编辑创作一些应景式的作品。

从稿酬机制来看,一般文学期刊的稿费标准是60—100元每千字,与《知音》《家庭》《爱情婚姻家庭》《深圳青年》这样的通俗类刊物的千字上百元甚至是千元稿费来说明显偏少,但若是在不改变创作方向的情况下进行批量创作的话,稿费收入也会比较明显。比如,一个作家每天发表1篇微型小说,每天的稿费也就有100—200元,这对于工薪阶层来说也是一笔不小的收入。加上某些微型小说作者为了获取高额稿酬而采取一稿多投形式,在不批量生产的前提下也可以实现批量投稿赚取稿费。这样的微型小说作家并不是没有,而且已经有了增加的趋势。

各类微型小说征文比赛也推动着创作市场化明显加快。很多报纸副刊或者文学类杂志每年都要举行一些征文比赛,这一举措不仅可以提高报刊自身美誉度,同时高额奖金往往能吸引微型小说作家的参与——因为只要征文内容注明有"文体不限",微型小说作品就可以参加角逐。目前,《微型小说选刊》《小小说选刊》等微型小说专业杂志经常会举办这类征文活动;《检察日报》《中国经济时报》《南方周末》等大报也专门举行过微型小说征文大赛。2007年由浙江省纪委、中国纪检监察报社、浙江省作家协会、中共宁波市纪委、中共宁波市委宣传部、宁波市文联共同主办,文学港杂志社承办的"中国(浙江)廉政微型小说大奖赛"就面向国内微型小说作者征稿。据说当年这一征文活动影响非常好,很多微型小说作家都参与了进去。

手机作为一种简便快捷的通信工具,与文学联姻成就了一种叫作手机文学的新形式。手机微型小说的概念也自此诞生,其实它只不过是微型小说的一种别称而已。手机微型小说具备微型小说的一些基本元素:情节、人物、场景、对话、细节等(每篇手机微型小说又根据这些元素自由组合),并具有明显的泛众性、自由性、民间性、经济性等特点。有学者指出，手机微型小说能够广泛流行，主要原因是与纸质微型小说一样，在其外部环境上有适合这一新形式的存在土壤，即生活节奏加快，生活方式和观念变化，交互性需求增多，用户参与性增强等。因此，手机微型小说的情节虽然简单，人物比较单一，也难以有过多情景对话和描写，但它能巧妙地制造亮点，善于抖"包袱"，所以就呈现一种笑话化、俏皮化、段子化、碎片化的特点。比如以下两则手机微型小说：

> 一个三岁小男孩拉着一个三岁小女孩的手说："我爱你。"小女孩说："你能为我的未来负责吗？"小男孩说："当然能，我们都不是一两岁的人了！"

> 某女相亲，先问对方职业，那男人自豪地说：我是地产经纪，现在可是热门。女人扭头就走，男人追出来问：为什么？女人回答说：我几乎每个星期都在相亲和看房，地产经纪和男人都是这个世界上伤我最深的物种，你两样都占全了，还是靠边站吧。

手机微型小说是一种快餐文化，是网络文学的延伸，它的存在"可能不再是一个身份含糊的新的'文学形式'，它可能会成长为披着文学外衣的新的'拇指游戏'"[①]。但是，尽管手机微型小说的娱乐性满足着大众的需求，但其单一性和媚俗性也深深地影响着手机微型小说的发生发展。对年轻的新生代接受群体来说，阅读手机微型小说更多的是具有一种时尚意味和娱乐功能。而手机微型小说的创作正是以娱乐大众为理念，用一些爱情、奇幻、调侃之类的内容，满足手机玩家的娱乐心理。一些评论家认为，现代人们理解的"文学"概念已经比以前更为泛化，因此对手机微型小说的评价无须再拘泥于传统文学的标准。因此，手机微型小说显而易见

---

① 朱自奋：《"手机小说"：商业性压倒文学性》，《文汇读书周报》2004年9月10日。

的娱乐性，难免使得用户更青睐于手机微型小说中体现的现代反讽精神、狂欢的气质和典型的幽默元素等。

手机微型小说并非给人的都是一种负面效应，中国移动手机阅读网就是通过购买微型小说作家的微型小说版权方式，为千万中国移动手机用户提供这种阅读。据悉，"手机阅读"是中国移动以手机（WAP、客户端）和移动电子书为主要形态，基于用户对各类题材内容的阅读需求，与具备内容出版或发行资质的机构合作，整合各类阅读内容，打造全新的图书发行渠道，成为国内最大的正版数字图书汇聚平台，实现"新书抢鲜看"和"海量书库随时读"，让用户享受时尚、健康、环保、便捷的随身阅读新体验。目前国内很多微型小说作家，如杨晓敏、凌鼎年、刘国芳、谢志强、陈永林、王培静、尹全生、秦俑、王琼华、戴希、金光、李永康、田双伶、徐水法等都有作品陈列在内，笔者的近百篇微型小说也被署名"百姓记事"陈列其中。

在"作家—作品—读者"的关系链中，目前的读者已被置于极为重要的地位，微型小说的创作往往就首先考虑到了读者。在微型小说作品被逐渐推向市场过程中，各种各样的商业宣传也成为作品被读者接受的重要手段。摸准微型小说阅读市场，揣摩受众的心理，开始成为微型小说编辑者与创作者的重要工作。此种状况下，微型小说有时就难免存在迎合读者、迎合市场的功利化倾向。由于大众文化商品性的影响，又因为微型小说的容易发表，很多刚接触文学或正准备文学创作的年轻人，都把发表微型小说当作练笔或者把作品发表作为一种炫耀的资本。此外，某些作家为了追求高产量、高收入，也使得作品的质量难以得到保证和提升。

因此，在创作市场化的背景下，那些在短时间内不经反复酝酿、不经仔细推敲的作品，也被不断地推向了阅读市场，这些作品往往题材雷同，内容老套，叙事重复。甚至有些作品已经成为故事与小说的结合，不仅可以在故事类刊物发表，还能在纯文学类刊物发表。这样的作品往往是作家在《故事会》《新故事》《古今故事报》这类高稿酬的故事杂志发表后，再投递《百花园》《青春》《短篇小说》等纯文学专业期刊，以此名利兼收。当然，某些作家的这种浮躁心理催生的作品也就成为小说精品化的极大障碍——这严重影响了微型小说的探索艺术手段、拓展艺术空间之路，使我国微型小说总体上同新加坡、马来西亚、中国香港等国家和地区相比，在文学性上显示出一些单薄，虽然我们的作品数量和题材选择更多。

总之，政治环境的宽松和市场经济造就的文化多元化，正在改变文学的本来面目，特别是市场经济正急剧改变传统文学的形态和价值取向，带给文学发展的积极作用和负面影响都已十分明显。不过，由此而对创作的商业化一味否定和抵制也是不可取的，在现实中也是行不通的。因为在商业化的时代，影响创作的功利因素增多了，作家的创作形式同样也更多样了。至少在微型小说领域中，参加创作的文学队伍越来越庞大，微型小说作为一种文学商品在市场中的份额也日益增大。而且，微型小说创作的主流仍然是健康蓬勃向前发展的，真正有社会责任感的微型小说作家仍在"市场"与"艺术"之间寻求自己的最佳切入点，一批又一批优秀作品正在产生，正在源源不断地被推向市场。对市场经济，微型小说作家不应当排斥，但也不应当盲从。

（张春）

第六章 微型小说群体论

第一节 少数民族作家与微型小说

在近百年微型小说发生发展过程中，老舍、沈从文、弋良俊、许行、沙叶新、沙黾农、赵大年、蔡测海、孙春平、姚子衍、伊德尔夫、马宝山、贺晓彤、冯春生、何晓、安石榴等近百位少数民族作家，他们或创作或评论过微型小说；《民族文学》《西藏文学》《回族文学》等民族文学刊物，更齐聚过一批创作微型小说的少数民族作家——由于少数民族作家的广泛参与和大力推介，微型小说作家群更大，微型小说作品量更多，微型小说影响力更广，并助推微型小说成为当代文学特别是新时期文学、新世纪文学的一道独特风景。

1920年"微型小说"名称和微型小说文体出现以后，以老舍、沈从文等为代表的少数民族作家，则为早期微型小说的崛起奠定了基础——特别是满族作家老舍，更使微型小说完成了中华人民共和国成立前后微型小说文体的时空链接——在他的倡导下，新中国微型小说创作和批评开始走上正轨。为了叙述的方便,我们先来谈谈"边城"作家沈从文的微型小说创作。按照字数2000字左右的微型小说概定,沈从文的《代狗》《三贝先生家训》等都是微型小说。《代狗》全文只有1623字,却把苗家淳朴温情、代际隔阂以及整个世态风情刻画得淋漓尽致;《三贝先生家训》全文只有1533字,却将家乡"三贝先生"的迂腐生动地呈现于眼前,让人啼笑皆非,更让人情不自禁发出叹息。沈从文说过,"我们得承认,一个好的文学作品,照例会使人觉得在真美感觉以外,还有一种引人'向善'的力量"①。当然其"善"更多的是让读者从中得到些许启示,并继而对生命和人生充满敬畏和理解。通过《代狗》《三贝先生家训》这样的微型小说,我们也自然会被沈从文建构的浸润野蛮与文明、狡黠与纯朴错综交织的边城文化图谱所触动。正如1934年苏雪林所言,沈从文"是想借文字的力量,把野蛮人的血液注射到老迈龙钟、颓废腐败的中华民族身体里去,使他兴奋起来、年青起来,好在廿世纪舞台上与别个民族争生存权利"②。而这,恰是微型小说至今仍在昭示的精英品质、深度批判、文化解析和崇高精神。

老舍于1931—1934年,在《齐大月刊》《论语》《申报·自由谈》等报刊发表微型小说《讨论》《当幽默变成油抹》《不远千里而来》《辞工》《买彩票》《有声电影》《取钱》《画像》。这个时候的左联也在倡导"墙头小说"(微型小说别称),但其微型小说整体凸显政治性和鼓动性,老舍的作品却并未陷入革命文艺政治性大于艺术性的窠臼,而是充分展示着现世感悟和个人才情。例如,《有声电影》道出了封建伦理关系和复杂人情世故正成为城市平民的精神负担;《取钱》凸显出国民敷衍懒散,办事效率差,处处讲"派儿"的工作态度。可见,他试图将旧中国的复杂社会、老

---

① 沈从文:《短篇小说》,《沈从文文集》(第12卷),花城出版社1982年版,第114页。
② 苏雪林:《沈从文论》,《文学》1934年第3期。

北京的市井人物原汁原味地表达出来——而这，恰是老舍终身都在观照国民生存与精神状态的一个缩影。

　　老舍十分重视微型小说在传达思想、表现时代、反映生活等方面的文体优越性。中华人民共和国成立后，他首先在1958年初号召《多写微型小说》（《新港》第2、第3期合刊），"为了报刊的活跃，和文艺作品更能及时地反映新人新事，我想啊，大家似乎应该多写些微型小说……更希望把微型小说当作一个新体裁看待，别出心裁，只用一二千字就能写出一篇美好而新颖的小说"①。3月11日的《人民日报》"新书架"专门刊发了《"新港"提倡微型小说》一文，对老舍倡导微型小说文体予以关注。此外，老舍还在当年《新港》杂志6月号发表《电话》。可见，其对微型小说文体的钟爱与推介。为了响应老舍的号召，《人民日报》连续发表微型小说，7月9日第8版还转载了巴金发表在上海《街头文艺》的微型小说《小妹编歌》。老舍在阅读完1958年9月号《红水河》的《五伯娘和新儿媳》（微型小说）后，又在1959年第1期的《文学知识》发表评论《读微型小说》，"微型小说必然会在这时候活跃起来，因为它短小轻便，容易抓到稍纵即逝的新事物，及时地描画出来"②。

　　不久之后，《人民文学》（1959年第2期）和《人民日报》（1959年5月26日），分别发表茅盾的《短篇小说的丰收和创作上的几个问题》（其中第一部分为6000字左右的《一鸣惊人的微型小说》）和徐明的《谈微型小说》。"以'微型小说'的名称经常出现于各种报刊上的两千字左右的作品，放射了惊人的光芒……这些作品以'微型小说'得名，不是偶然的。不仅因为它们短小精悍，而且也因为它们结合了特写（如果我们承认这是主要以真人真事为描写对象）和短篇小说（如果我们不否认它可以概括为

---

① 老舍：《多写小小说》，《新港》1958年第2、3期合期。
② 老舍：《读小小说》，《文学知识》1959年第1期。

基本方法）的特点而成为自有个性的新品种。"① 在老舍、巴金、茅盾等文学大家的倡导和《人民日报》《文艺报》《读书》等报刊的推动下，一批反映社会变迁（尤其是生产、生活和思想解放）的作品不断面世，掀起当代文学第一波微型小说创作热潮——即使在文艺逐渐消沉的1962年，《新港》杂志还转载阿·托尔斯泰的《什么是小小说》，"小小说——这是最棘手的一种艺术形式……小小说，这是训练作家最好的学校"。②

"'微型小说'的作者，极大部分是业余的是第一次写小说的。它是群众文艺运动中最适宜于群众业余的文学体裁之一。"③ 因此很多少数民族文艺者也开始加入微型小说创作大军。彝族普飞的《门板》发表在1958年7月号的《边疆文艺》上，小说关注了普通农民的个人主义思想是如何被社会主义思想所战胜；维吾尔族阿·吾甫尔的《暴风》发表在1958年12月号的《延河》上，仅千余字的小说因其裁剪得当而颇显意味深长。布依族弋良俊在这一阶段也发表了不少微型小说，如《买牛》（载《革命故事集》，贵州省群众艺术馆编印）、《刘志伦》（载《贵州日报》1959年12月22日），1960年又连续在《贵州日报》发表《搬家》（1月15日）、《炊事员周么公》（2月23日）、《靳素珍》（3月9日）和《铁牛造车》（5月1日）等。随着"文革"的到来，这一波微型小说热潮开始消退，少数民族作家的微型小说创作也随之步入"潜在"状态。

新时期以后，在孙犁、汪曾祺、林斤澜、峻青、苏叔阳、从维熙、蒋子龙、史铁生、王蒙、梁晓声、张炜、陈忠实、刘心武、贾平凹、冯骥才等作家的推动下，以及随着1982年《百花园》开辟"小小说专号"、1985年和1992年分别创办《小小说选刊》《微型小说选刊》，微型小说在作者数量、作品质量、批评深度与广度等方面都获得快速发展——而《民族文

---

① 茅盾：《短篇小说的丰收和创作上的几个问题》，《人民文学》1959年第2期。
② ［俄］阿·托尔斯泰：《什么是小小说》，《新港》1962年第4期。
③ 茅盾：《短篇小说的丰收和创作上的几个问题》，《人民文学》1959年第2期。

学》《西藏文学》《回族文学》等民族刊物的大力推介，使少数民族作家的微型小说创作整体上呈现一个蓬勃发展的良好态势。

1985年第4期《百花园》对当时微型小说创作发展进行过一个判断，"这一期'小小说专号'发表了五十二篇作品，数量之多，在本刊也是空前的，可见微型小说创作的趋向繁荣"。而在1982年《百花园》开辟"小小说专号"之前，一些少数民族作者已挣脱"文革"的阴影，开始广泛创作、发表微型小说。布依族的几位作家，如在1978年第12期《贵州青年》发表《慢慢来》的王封常、在1979年第1期《云贵民兵》发表《捉鬼》的汛河、在1980年10月15日和11月19日《贵阳晚报》发表《涟清》《"箩大爹"和他的老伴》的王文科、在1982年第3期《创作》发表《宴》的江农、在1982年第7期《山花》发表《未名作家的梦》的卢朝阳、在1982年第10期《山花》发表《对台戏》的罗吉万，都是当时历经"文革"苦难的少数民族优秀作者——他们的微型小说作品大多从时代发展角度，对过去、现在和未来进行对比，从而得出现在的清明时代来之不易、幸福生活更需倍加珍惜的结论，很好地发挥了微型小说"一滴水中藏大海"的功能。

见证少数民族作家整体创作状态，可借助中国作家协会主办的《民族文学》杂志。《民族文学》自1982年第7期以"短小说一束"发表扎西达娃（藏）、义明（瑶）、佳峻（蒙）、韦玮（壮）、昆盖·木哈江（哈萨克）的作品以后，1983年第4期又以"微型小说辑刊"发表瑶族李肇弄、林仕亿的《划过田野的光》、哈尼族罕莱的《若莎》、土家族田岚的《相思鸟》、回族袁耘的《开满鲜花的栅栏》、维吾尔族麦买提明·吾守尔的《在公共汽车上》（吕志超译）、黎族符玉珍的《大表姐》、塔吉克族穆尼·塔比尔特的《莱莉古丽》（刘国宝译），到2006年的25个年头里，总共有17期发表了59位作者的77篇微型小说（详见表6-1）。从这些作家的少数民族属性来看，分别有瑶、蒙古、藏、壮、哈萨克、满、回、哈尼、土家、维吾尔、黎、哈尼克、畲、朝鲜、苗、柯尔克孜、布依、侗等18个民族（以文章刊发先后为序），可以看出微型小说的作者民族之广。

表6-1　　　　　《民族文学》发表微型小说作品一览

发表年份	发表期号	发表栏目	发表篇数
1982	7	短小说一束	6
1983	4	微型小说辑刊	7
1984	12	短小说特辑	7
1985	6	微型小说	4
1986	1	微型小说	5
1990	1	微型小说一束	10
1990	6	微型小说一束	7
1990	8	微型小说一束	5
1991	2	微型小说一组	6
1991	8	微型小说一束	3
1992	4	微型小说	6
1992	9	微型小说二题	2
1993	3	刊发"微型小说"	2
1994	11	新疆独子山炼油厂专辑 ——微型小说二题	2
1995	9	微型小说两篇	2
2005	5	微型小说	1
2006	10	微型小说二题	2

《西藏文学》也是一个经常关注少数民族作家、发表微型小说作品的刊物，2008年第6期刊发了格桑玉珍的《花泪》，2010年第4期又刊发了仁增色珍的《微型小说两篇》。藏族作家通嘎的《紫红色的嘉瓦》（原载《西藏文学》1985年第7期，后被《微型小说选刊》1985年第10期转载）讲述了男青年"格拉"和女警察的纯洁友谊，正如文章最后结尾"金色的曙光又向大地伸出温暖的双臂，紫红色的嘉瓦渐渐消失在这柔和的光焰中"，给人一种十分美好的想象。除此外，《回族文学》在2006年第4期发表了回族作家何晓的微型小说《等一个人》《小城诗人》。多种民族文学刊物的宣扬，为少数民族作家的微型小说创作提供了相对固定的发表园地，从一个侧面见证了微型小说发展的不断壮大。

"新时期自始至今的文学如同托载她的现实，是处于新旧历史交替、新旧时代更换、新旧事物碰撞的一个风起云涌的特殊历史关口；因此，也如同所有处于变革时代的文学，它亦不能不推进时代的湍流而具有强烈的功利色彩，从而使它贯注着时代性、社会性与政治性——无疑是厚重的理性集合。可以说，新时期文学是历史的文学、社会的文学和现实的文学，也是理性占据主导的文学。"① 少数民族作家的微型小说创作，在题材选择以及时代性、社会性和政治性表达上，已经开始达到了一种"厚重的理性结合"。

1991年第8期《民族文学》以"微型小说一束"为标题，刊登了回族于秀兰的《信赖》《负责》和蒙古族齐·斯秦巴托的《榆树》。《信赖》一文关注了男女之间的感情，当"秀秀"信赖丈夫时，发现丈夫已在精神上出了轨；《负责》将机关生活刻画得淋漓尽致，一张先进人物的选票出卖了一个集体无意识式的庸常；《榆树》通过一颗成长起来的榆树反衬出要做到社会风清气正必须时刻对某些不良风气进行"修剪"。1992年第9

---

① 李运抟：《当代小说世界面面观》，长江文艺出版社1991年版，第72页。

期《民族文学》刊登了柯尔克孜族阿曼吐尔·阿布德热苏鲁的《书的用途》和《无法还清的债务》。前者关注了书贩子不懂牧民实际所需、不懂真正的市场经济,后者关注了几个儿子都不愿为病危母亲输血的世态炎凉。这些多样题材与主题,较之"文革"前少数民族作家笔下的"大跃进""人民公社",更凸显出新时期微型小说题材和主题的开阔、多元。"随着社会生活的思维空间的不断拓展,少数民族作家不断解放思想,从多元方面对小说题材主题进行了广泛而深入的开掘,使题材主题逐渐丰富多彩,使人情、道德、家庭和精神世界的变化等,广泛地被纳入艺术创作的视野,从而使民族小说呈现出既具有民族化又具多样化的生动局面。"[1]

少数民族作家的微型小说创作,助推着一个独立文体的全方位崛起,也砥砺着少数民族作家在文体发展中起步、成长并走向成熟——许行、沙叶新、沙龟农、赵大年、蔡测海、孙春平、姚子衍、伊德尔夫、马宝山、贺晓彤、冯春生、何晓、安石榴等,不仅成为新时期以后少数民族作家在微型小说创作方面的主要代表,他们各自的创作成绩和创作风格,也预示着微型小说的广阔发展空间。

汪曾祺说过,"写小小说确实需要一点'禅机'"[2]。微型小说的精短要凸显意旨的宏大宽广,往往就需要"禅机"。许行就是这样一位微型小说带有"禅机"的满族作家。林斤澜在《许行微型小说选评》中说:"许行老作家致力微型小说多年,年近古稀,用心更勤。"杨晓敏也指出:"论及中国当代微型小说,就不能不提到许行。许行是一个现象。"[3]许行从1986年到2006年的20年间,共出版《野玫瑰》《苦涩的黄昏》《情书曲》《许行微型小说》《生死恋》《一束鲜花》等7部微型小说集,另有《许行

---

[1] 何联华:《近20年来少数民族小说发展轨迹》,《民族文学研究》2002年第2期。
[2] 汪曾祺:《小小说是什么》,《汪曾祺全集》卷四,北京师范大学出版社1998年版,第43页。
[3] 许行:《一束鲜花》,长春出版社2001年版,第1—2页。

微型小说选评》《岁月回音壁》等微型小说评论集。许行作品曾获《微型小说选刊》优秀作品奖和首届中国小小说金麻雀奖,他本人则获得过世界华文微型小说奖、微型小说创作终身成就奖。许行的微型小说始终秉承着笔记小说长于构建情节的传统,又融合直面社会现实和人类生存状态的创作特征,人物塑造以一当十,情节设置巧妙精彩,语言叙述简练精湛,有着成熟的、独具魅力的个人风格。正如《立正》表现出民众整体失语的特殊时代背景下个人思想固化后的可怜可悲、可气可叹;《最准确的回答》那非程式化回答背后暗藏着的恰是一个民族的大义与大气;《白雪雕像》里犯病父亲为了孩子的成长默默付出的舐犊情深。为何其微型小说精美却又显无穷张力?乃在于许行的文字贴近读者,正如他自己所言,"(文章)不能写得云山雾绕,让人读了满头雾水,不知所云。微型小说是大众文学,贴近生活,贴近群众是它的第一要义,不能像少数文人圈子中,写朦胧诗那样去写它。"① 这正说明微型小说创作更应注重故事性、通俗性和哲理性的三者统一。

　　回族沙叶新、沙毛农兄弟俩对微型小说发展的推动作用也是众所周知。沙叶新是著名的剧作家,在其创作《假如我是真的》《陈毅市长》《无标题对话》等作品的同时,奉献出《饱学之士》《为推销〈马克·吐温幽默演说集〉所作的严肃的演说》等微型小说,作品曾入选《微型小说选刊》《中国新文学大系(1976—2000)微型小说卷》。沙叶新十分注重对社会世相和社会问题的体察、思考与剖析,如《饱学之士》讽刺了一些所谓潮流人士的无知与悲哀;《告状》以孩童视角影射某些人的虚伪与可怜;《有奖阅读小说——〈他和她〉》对市场经济中某些不良广告予以批判;《为推销〈马克·吐温幽默演说集〉所作的严肃的演说》则关注市场经济中某些个人金钱至上的现象;《憋不住了》则以申办厕所执照反衬出某些

---

① 李永康:《为了一种新文体——作家访谈录》,中国文联出版社2006年版,第146页。

机关的官僚主义作风；《水晶人》对复杂社会当中的人际关系进行了深入解析；《三法郎和紧缺金属》则描写了改革开放后某些人的观念仍需要大力转变。沙叶新的微型小说创作，很好地印证着屠格涅夫的话："在文学天才身上……重要的是自己的声音。"①

沙黾农是全国首批参加汤泉池微型小说笔会的作家之一，因此他和另外 19 位作家一起被列为国内微型小说的第一代作家。这批作家大多数仍在坚持微型小说创作，而沙黾农却已逐渐淡离文学而转向财经写作，不过其《沙黾农微型小说 99 篇》《江南回回》等微型小说集影响仍很大，因为沙黾农的微型小说一般不长，短的甚至只有一句话，但内涵深厚，发人深省。《女厂长的哈欠》对广泛流行的通过开会布置工作的风气予以关注："像刚才这样的会呀，最多来一位科长就行了，可现在逢会都点名要厂长到会，以示会议的重要。"《入微》描写了善良的村姑对心上人的爱恋："信封里装着她心上人的照片，她怎么舍得让他在黑咕隆咚的邮筒里过夜？"《天堂里的陌生人》揭示出城市飞速发展背后土著居民的尴尬与无奈；《一句话新闻》讽刺了某些看上去很忙的机关干部每天工作内容的空洞虚无。通过沙黾农的微型小说作品，我们可以看出："这是一位颇具社会责任感的作家公正地对待生活、公正地对待艺术的复杂性，并且努力从中获取一种高度、深度与力度结合的情感投入。作家之所以不在作品中直言表明自己接受什么、反对什么，是因为作家清楚地知道，什么才是文学艺术的真正责任。"②

曾获首届全国少数民族文学奖一等奖的满族作家赵大年，也创作过一定数量的微型小说。广为流传的《智力测验》就发表在《百花园》杂志 1983 年第 4 期"小小说专号"上，这是一篇反思当代教育扼杀想象的力

---

① 张耀辉编：《文学名言录》，湖南人民出版社 1985 年版，第 124 页。
② 贾羽：《方寸的魅力——回族作家沙黾农微型小说管窥》，《民族文学研究》1994 年第 4 期。

作。小说虽然关注的是一个简单的智力测验，实际上却暗衬出不同文化层次的不同人群在思想观念上的相同尴尬——在面对黑板上画着的圆圈，大家都不约而同地存在着质疑，这种突破一般时空限制表现时空共时性的微型小说，正如赵大年其他小说一样："把自己对人生的态度，对问题的看法，对人物的评价，对理想的追求，毫无保留地袒露给读者。"[①] 白族作家彭怀仁也十分注重微型小说的直抒胸臆。这个已经发表 600 余篇微型小说、出版微型小说选集《献丑》的白族老教师，在创作《过头》《窘境》这样的力作后表示将把更多的精力放在"多写本民族题材的作品，把视角放到本民族上，多写反应白族人民生活的篇章"[②]。而他正在创作的《戚公轶闻》，就是一部上百篇的系列微型小说集，有着浓厚的白族儿女生于斯长于斯回报于斯的主题表现。

　　随着改革开放的逐步深入，大众文化正日益成为普通民众生活的最大文化背景，微型小说也在这种文化多元的情境下呈现多种发展可能：作家的创作独立性更强，读者的阅读选择性更广，编者的选题策划性更浓，报刊的版面多样性更明显，各种研讨活动、评选活动也更为热烈，微型小说已经成为当代文学发展中不可忽视的一种文学现象和文化现象。少数民族作家的广泛参与，则使这种现象更具有一种别致与创新。

　　曾获年度全国优秀短篇小说奖和首届全国少数民族文学一等奖的土家族作家蔡测海，自己虽然很少创作微型小说，但十分关注世界华文微型小说的发展。1992 年他就在《读书》发表关注新加坡微型小说创作的《微型世界》，成为国内最早关注世界华文微型小说的作家之一："微言大义正符合中国的小说批评传统，对新加坡作家洪生《掌上惊雷》所辑六十篇微

[①] 王科：《他赋予小说：当代性与历史感——漫论赵大年的小说创作》，《民族文学研究》1986 年第 3 期。

[②] 陈勇：《一位善于复印身边生活的小小说作家——彭怀仁访谈录》，《中国当代微型小说百家论》，内蒙古人民出版社 2011 年版，第 267 页。

型小说作如是观也似乎极为贴切""当人们觉得小说的文字篇幅本身就是一种阅读障碍的时候，微型小说会是小说本身的幸运。"① 当微型小说成为新世纪以后的一道亮丽风景时，他又特别要求微型小说作家注重作品细节的刻画，他在评论梦海微型小说作品集《龙街的老少爷们》时就指出："鲁迅是写小人物的高手。写过人力车夫，写过未庄的阿Q，写过祥林嫂、华老栓、闰土。写小人物，未必就是小手段。鲁迅的举重若轻，足见大师功夫。"② 这种观点或许源自他自身小说人物刻画上的意义最大化："小说人物在各自的精神流浪中，其生命主体自觉地与文化保持了一种批判性距离，从而在形而上意义上使生命成了现存文化的反题。"③

和许行一样获得过小小说金麻雀奖的满族作家孙春平，还曾获得过第四届全国少数民族文学奖及全国首届回族文学奖和"辽宁省首届文学奖、辽宁省中青年德艺双馨文艺家"称号。"孙春平的微型小说兼具思想性、艺术性和可读性，是微型小说写作从现实关怀到终极关怀之路上步履坚实的成熟作家。"④ 从他的《讲究》《深入》《破案》《概率》《搓澡》《米字幅》等作品中，我们可以看出他十分擅长在平凡的琐碎生活里，用一双独特慧眼挖掘、发现并塑造一批栩栩如生、个性鲜明的典型人物，并从这些人物形象身上剖析出某些社会现象和社会心理。"生活不仅给了他人物、故事、语言，更给了他灵魂、血肉、情感。这种灵魂和血肉化为创作的激情，激发起他丰富而完善化的艺术想象，从而使他的作品走向老百姓的视界。"⑤

作为湖南土家族作家的姚子珩，在担任某大型报业集团主要领导之

---

① 蔡测海：《微型世界》，《读书》1992年第3期。
② 蔡测海：《龙街的老少爷们·序言》，湖南人民出版社2011年版，第2页。
③ 龚曙光：《生命的告白——读蔡测海小说的感受》，《民族文学研究》1991年第2期。
④ 百花园杂志社：《第三届小小说金麻雀奖颁奖辞》，2009年。
⑤ 刘树元：《故事以外的追求——读满族作家孙春平的小说》，《民族文学研究》2000年第3期。

余，十分热爱微型小说创作，共发表 200 余篇微型小说，出版有选集《乡村趣态》。他自认为喜欢微型小说有三个原因：一是社会氛围推动；二是长期生活积累；三是记录时代发展。正因为这三个原因，所以他的微型小说尤见功力：《李老汉赶集》《鼎罐二佬升辈记》等作品将农村弱势人群仍在讲脸面、比身价的心理特征跃现笔端；《敬酒》把乡干部"刘五四"笨拙的敬酒艺术与仕途不顺的矛盾心态揭示无遗；《厂长与黑猫》将村办企业"刘厂长"巧立名目以权谋私的狡诈形象刻画得合情合理；《八哥惹祸记》《猎人与猎狗》等系列作品通过人与动物的和谐相处将动物对人的忠诚情感刻画纸上。《癌症》《换房》《邻居》《工作餐的故事》《完假归主》《老牛的哀叹》等其他微型小说也都写得精致有趣，十分耐看。"在他的笔下，审视社会，展现情感，剖析伦理，独具匠心。他的文笔纤巧细腻，深沉传神，凝炼生动。姚子珩笔之所至，就是兴之所至、思之所至、情之所至，他的文本值得细细品读，久久回味。"[①]

蒙古族伊德尔夫不仅在书法上造诣颇深，而且在微型小说创作上很有影响，出版有选集《公开的内参》《伊德尔夫小说选》等。他在文学创作上善于创异求新，形成了自己独特的创作风格与艺术个性——他特别喜欢用荒诞的表现形式和艺术手段，创造与众不同的艺术氛围与艺术形象：《迷途知返》传达出现代观念对传统观念的超越，正如那子孙们挣脱长者的手"忽拉拉奔向那充满歌声、笑声的康庄大道"。《酵母滞销》生动形象地描述了 60 多个"检查团"到医药公司抢购酵母的滑稽场面，辛辣地讽刺了某些检查团的不正之风；《改"邪"归"正"》讽刺了专以捕风捉影拨弄是非为快的长舌妇，剥开其卫道士自居背后的丑恶嘴脸；《会癌》则关注了现代机关工作当中的开会之风，通过一个开会成癖的可怜虫形象反

---

① 聂茂：《乡村趣态·原生态世界中的趣味与锋芒——读姚子珩微型小说集》，湖南人民出版社 2011 年版，第 4 页。

映"会风"改变工作任重道远;《报答》表现了现代社会中人情世故的无奈与无聊。他创作的微型小说或许正应着他的创作观,希望"使我们赖以生存的这个国家、这个世界,更理想、更美好"。

马宝山(蒙古族)自20世纪90年代后期热心于微型小说创作,目前已有近百篇微型小说被《小说选刊》《小小说选刊》《微型小说选刊》和年度《中国微型小说选》转载,出版有《马宝山微型小说》《流泪的太阳》等选集。其中,《流泪的太阳》曾获全国微型小说学会1985—1996年度小小说个人专著奖,《天怒》《终极对话》《师傅点燃一盏灯》《小城无名医》《家魂》获首届小小说金麻雀奖提名。马宝山的微型小说主要关注社会世相、表现人生哲理,前者代表作品有《天怒》《家魂》《风墙》《廖师傅》,后者有《小城无名医》《终级对话》《光荣》《名气》《画友章弈桐》等,同时他还擅于挖掘岁月当中不被人关注的史料,并对其进行辩证思考,从而将笔墨重点指向当下民众的生存状态。冯春生(蒙古族)则出版有微型小说集《有人敲门》《愚智之间》《一错再错》《喝酒规则》四部,微型小说曾获第三届、第五届、第六届、第七届全国小小说年度奖,并有作品入选年度《中国小小说选》和《中国名家小小说选》,其微型小说主要关注社会变迁对个体性格和心理的影响。

进入新世纪以后,微型小说发展日益稳健,少数民族作家的微型小说写作,也在这种发展趋势中日益成为新时态。在微型小说向文体成熟目标迈进的过程中,以郭昕、陈毓、徐慧芬、刘黎莹、申水霞、珠晶等为代表的富有个性的女性作者,以其不同于男性作者的写作势态和文本风格,为微型小说的整体景观增添了摇曳的姿态,而贺晓彤、何晓、安石榴、雷高飞等少数民族女作家的参与,则为女性微型小说作家群的构建和庞大作品群的扩充奠定了坚实基础,并以独特的创作技巧和艺术特征闪烁着微型小说的光芒。

"在当代湖南青年作家中,有一批女作家特别引人注目。她们以勤奋和坚毅的意志，跋涉、攀登、追求和探索在文学创作的道路上。贺晓彤便是这批引人注目的青年女作家中的一位。"① 湖南苗族女作家贺晓彤的《监督》（原载《青年作家》1985 年第 5 期，后被《微型小说选刊》1985 年第 8 期转载），描写了编辑部的领导"N 主任"时刻担心下属犯作风问题而经常盯梢，这种不近情理的管理方式让人啼笑皆非，其关爱下属的潜台词背后是剥夺员工工作自由和生活自由的"文革"作风。四川回族女作家何晓曾获第四届全国小小说年度一等奖，出版有微型小说选集《等一个人》，其微型小说大都取材于家乡阆中古城。她曾经说过："我爱阆中，我了解阆中，这样我就有了写好阆中风情小说的基础，我想让更多的人通过我的小说来认识阆中、热爱阆中。"因此她的阆中古城系列地域风味和生活意味特别浓厚。《观鹿山的戏楼》刻画了变质蜕化的"儿子"对应着的一身清廉的"曹先生"，"看不见姑且听之，何须四处钻营，极力排开前面者；站得高弗能久也，莫仗一时得意，挺身遮住后来人"。深意无限，哲理隽远。《那是留给雀子过冬的》为读者铺陈了一副和谐的美景：张家小院里树上的柿子从来不摘，仅仅是希望那些过冬的雀子能够留下来，寄予了人与自然和谐相处的良好愿望。

与男性作家相比，女作家关注更多的是女性生活、传达女性精神、关乎女性个体以及与女性有关的一切——女性视野成为她们目光里一个难以走出的魔咒，性别的枷锁好像套在她们身上保持一种牢固的姿态——用女性视角来观察和表现现代女性的生活形态成为她们作品书写的焦点。在这点上，满族作家安石榴可以算是其中具有典型意义的女作家代表。安石榴的作品获得过全国小小说佳作奖、全国小小说原创奖，出版有选集《全素人》。《缘分》中的女人是一个精致的女人，不仅生活得精致，感情也精

---

① 陈达专：《向人生的深处开掘——苗族青年女作家贺晓彤及其小说创作》，《民族文学》1988 年第 3 期。

致，在离婚后精致地寻找自己的感情——女人的个性得到完美凸显；《下午茶》也延续了这种女性寻找精致感情的轨迹，十年后再见面的男人和女人，已经有了不同的过往，但内心最深处那份情愫还是一脉相承；《救赎》关注了婚外恋中失去男主角的两个女人，因为感情两个女人默默付出，在最后的交战中握手言和，只是这背后的祝福其实潜藏着更多的酸楚与悲悯。在关注女性生存状况、精神世界的同时，安石榴也表现出宽阔的文学视野，如《满洲姑娘荣九》诠释了东北人民在革命斗争中的韧劲，通过"荣九"几个细节的刻画，人物形象更加饱满。

布依族雷高飞是典型的"80后"，目前有作品在《四川文学》《微型小说选刊》等刊物发表，出版有合集《独守空房的女人》，并有作品入选年度《中国微型小说选》。《娘的打工梦》里"娘"从渴望城市到拒绝进城，反映了乡下人自始至终都离不开对家乡的淳朴守望；《伤逝》唯美的语言中是一个女子对过去岁月的怀念，但回到家乡时的那种无所依附感更是对过往的一种彻底放弃；《往事如风》中乡村那些地老天荒的爱情从风中而至，一如若干年前"外婆"关于"外公"故事的娓娓道来；《天梯》展示了一段可以忘记岁月的爱情，"执着地做着一件事"是为了永远地相互依存。

从这几位少数民族女作家的作品中，我们可以看出她们都在作品中将理智与感情的关系处理得合情合理，抒情描写与哲学思辨结合得恰如其分，从而可以更好地引发读者去思索如何生活、如何面对人生，显示出少数民族女作家的创作佳绩，值得肯定。

其他少数民族男性作家也在作品数量上和作品质量上有着进一步的扩充与提升，并且喜欢通过平常叙述以反映大众关注的社会问题与民生热点，揭示出众多"浮生百态"与"人生百态"。蒙古族胥得意的作品主要关注军旅生活，如《高手》《养猪的兵》《工作汇报》《联系群众》等。《枪王》着墨于"枪王"老兵与"中尉"指导员之间的关系，突出了指导员善用智谋、爱兵心细的优良作风,也表现了老兵刻苦训练、不骄不躁的良好品德,把军营生活中训练、生活、官兵感情描写得十分到位。这里的情节在设置上借助了微型小说的"暗示"功能,因为老兵认为中尉的枪法很准,其实是"通信员把一枚沾着鸟血的长铁钉举在了中尉的面前。中尉和通信员相视一笑"。可以看出微型小说是"借助于暗示而达到对自身的超越"①,正如峻青所言:"我们提倡写小小说,还不只是在文字多少上费心思,更重要的还是要在概括、凝练处下功夫。"②

苗族顾先福的微型小说选集《秋天里的诗意》关注的都是人性百态,如《请客》中的"官宦"作风让普通百姓觉得无奈;《陪爹吃碗面》开掘出生活的最真本质,探寻到人性及灵魂深处的律动;《求你当一回儿子》有了对平民百姓日常生存状态的深层思考。此外,《乡下舅》《表姑母》等都具有时代气息,弥漫着强烈的现实穿透力和深厚的人文主义情怀。彝族王永坤则"始终一贯地用深情的笔墨记录着他生活的这片土地上变化着的乡土生活、民族风情,为他身边的乡村小人物画像,仿佛是一位专门给各色人等画素描或速写像的民间画师"③,如《七园轶事》《阿秀》《阿得表弟》《酒圣归西》都很好地践证着这一点。此外,布依族罗国凡的《拾婴记》、白族李灿南的《书记微型小说系列》、蒙古族李元岁的《岁月的日子》、满族吴连广的《一尾会飞的鱼》、土家族朱耀华的《诱杀》、土家族魏咏柏的《桂花飘香》、土家族谭成举的《桥啊桥》、壮族作家覃旭的《采访》、壮族作家黄诚专的《绝招》、布依族陆龙超的《仿效》、布依族韦其江的《听证会》、蒙古族刘国星的《驼羔之歌》等,都是此时期微型小说的优秀代表。

由上观之,少数民族作家的微型小说创作已成为一种必然趋势,越来

---

① 黄子平:《小小说——暗示的艺术》,《中国青年报》1985 年 5 月 24 日。
② 峻青:《于精微处下功夫——短篇小说琐谈》,《百花园》1983 年第 4 期。
③ 林浪平:《王永坤小小说漫评》,云南文山州政务网,2007 年 3 月 7 日。

越多的文学爱好者也在尝试。但我们在看到创作队伍壮大的同时,也要看到由于各种原因,一些微型小说作家开始转行,如上文提到的沙黾农,和1987 年前后就在《人民文学》《中国青年报》等报刊发表微型小说的藏族作家索穷,"有了一点虚名。但坏也坏在这里,因为起点太高,后来越写越放不开,干脆不写算了"。他不再进行微型小说创作,而开始纪实报道、口述实录和人物传记的写作。《〈格萨尔王传〉及其说唱艺人》就是索穷转型后的一部文史大作。当然,我们要承认目前微型小说的地位仍然有待提升,微型小说创作质量仍然有待提高,但微型小说作家的转行并不代表微型小说发展已陷入窘境。

  短篇小说圣手汪曾祺在《关于小小说》和《小小说是什么》中指出,"小小说是空白的艺术"。《百花园》《小小说选刊》总编杨晓敏则认为"小小说是平民艺术",不管是空白艺术也好,还是平民艺术也罢,都充分说明已经逐渐独立的微型小说文体,在内涵和外延上开始有着多种表达的可能。而少数民族作家的微型小说创作,也将在精品不断呈现、佳绩不断凸显的基础上值得更大期待。特别是在独具特色的民族视野方面,还有大量资源可挖,大有工作可做——沈从文的边城叙事、彭怀仁的白族叙事独具特色,都取得了不错的实绩。随着现代化进程的加快、文艺事业的快速发展,主体民族观念下的创作视野固然重要,但少数民族风味的文学表达或许还应该继续坚持并有所创新。

第二节 女作家群存在价值

  从 20 世纪 80 年代末开始,中国女性文学终于迎来了繁荣与发展的黄金时期,并表现为从"人的自觉"转向"女人的自觉","女性的解放"

成为女性文学的重要关注对象，出现了以张洁、方方、池莉等为代表的富有鲜明女性意识的创作。而在此期间，有一个现象又不能不引起注意，那就是微型小说的不断崛起，在给普通社会民众、文化出版市场和文艺理论批评带来持续惊喜的同时，一批微型小说女作家的摇曳姿态正补充和丰富着众多男性作家的某些创作缺陷。虽然她们目前还没有形成足够的冲击力，但已开始展示出百花争艳的灿烂态势，在可以预见的未来，她们的灵气才情和创作实绩将不可能被忽视。

微型小说女作家代表人物，主要有郭昕、陈毓、非鱼、袁雅琴、彭晓玲、陈力娇、任晓燕、田双伶、赵建宇、谷凡、何晓、徐慧芬、刘黎莹、陈敏、申永霞、珠晶、安石榴、非花非雾、段淑芳、高薇、夏雪勤、周仁聪、唐丽妮、刘柳、闫岩、高虹、汪静玉、高黎莹、马月霞、汤红玲、申剑、丁纯蓝、张可、沈茶、刘春莹、雷高飞、宋子平、姚淑清、张文珍、胡玉、匹匹、关宏、史春花、胡丽端、庞颖洁、路也、王银铃、符海丽、田湘钧、许丽萍、冷月、涓涓等百余位。她们的名字不断出现于《百花园》《小小说选刊》《微型小说选刊》等微型小说专业期刊，以及《小说界》《文学港》《短篇小说》《佛山文艺》等普通文学期刊，而且比重逐年加大，似有与男性作家平分秋色的趋势。至于在报纸上发表微型小说的女性作者数量则更加庞大。

对这一群体进行关注还是在 21 世纪以后。2004 年，由钦鸿主编的《世界华文女作家微型小说选》首先对包括中国大陆在内的华文微型小说女作家进行了一个重点考察和展示。2006 年《百花园》杂志出版了一期"女作者专号"，让国内发表微型小说的女性作家实现了一次集体亮相。出版微型小说选集的女作家也开始增多。2003 年，北方妇女儿童出版社出版了申永霞的《都市女子》、陈毓的《蓝瓷花瓶》和徐慧芬的《爱的阅读》，中国文联出版社出版了刘柳的《一片纯真》。2004 年，北京燕山出版社出版了闫岩的《大爱无形》，大众文艺出版社出版了夏雪勤的《寻我启事》。

2005年，北方文艺出版社出版了袁雅琴的《隔音玻璃》、陈敏的《诗祭》。2006年，中国文联出版社出版了周仁聪的《艳阳天》。河南文艺出版社则在2007年集中出版了《爱情鱼》（陈毓）、《弧状人生》（申永霞）、《一路黄花》（郭昕）、《爱情鸦片》（田双伶）、《小镇红颜》（谷凡）、《蜡染午后》（珠晶）、《不朽的情人》（陈力娇）、《等一个人》（何晓）等选集。与此同时，她们的创作成绩也得到作家协会的认可，目前以此加入中国作家协会和省级作家协会的微型小说女性作家已近40人。

不过，理论界对"微型小说女作家"没有明确定义。我们可否做出如下简单的定义：创作微型小说并有一定影响的女性作家。这种定义虽然太过于简略，但似乎可以减少一些争议：一是避免定义太宽，把偶尔创作微型小说的女性作家也计算在内；二是避免定义狭窄，把范围只局限于那些只创作女性内容关乎女性个体的微型小说的女性作家。当然，为何不称之为"微型小说女性作家"或者"女性微型小说作家"，道理很明显，前一种说法略显烦琐而且拗口，后一种则从现代汉语的叙述角度来分析，容易被认为是"书写女性有关的微型小说的作家"这一概念的缩写，而这种概念容易让人产生错觉，至少会把一些男性作家也会考虑在内。因此，微型小说女作家这一概念和它的内涵应该可以比较明确地体现出来，也可以对她们提出更高层次的要求：一是要更明显地强调女性的性别差异，鼓励女作家书写女性独特的身心体验和她们在传统文学中遭到压抑的性别体验；二是更多地从文化角度讨论问题，认为女性身份并不是一种生理决定的产物，而是与传统男性中心社会的文化建构有关。

在2006年《百花园》杂志的"女作者专号"中，编辑认为女作家增多的原因主要有以下三个：一是女性精神文化层次和艺术素养的逐渐提高；二是女性独立人格、个人情感的自由度、独立思考精神的增强；三是现代社会使女性有更多的机会对生活或者自身表达真实感受。由此可见，微型小说女作家的创作轨迹、创作成就、创作特色以及这一群体的凸显和发展，充分说明文学艺术的发展与经济社会的发展密切相关，只有经济社会大发展，才会出现微型小说的大发展，也才会有微型小说女作家群体的不断壮大。当然，我们也不能否认，目前微型小说的分立态势日益明显，但"微型小说做不成大文章""微型小说的繁荣是虚假繁荣"的误区仍然存在，这也在一定程度上影响了微型小说女作家的创作心理，使得"只关注小小说的特性而忽略了其具有的叙事文学共性"[1]，或者与之相反，使微型小说呈现情感表达生硬化、人物形象面具化、小说美感缺失化等诸多问题——文学的功能和价值是什么、微型小说的价值在哪里等问题，仍需微型小说女作家认真思考并实践解决。与此同时，由于一些微型小说女作家过多地关注对男权中心传统的颠覆和批判，让人感到敢于树立与传统迥然不同的独立姿态，但也导致某些作品呈现一种完全私人化的写作，而缺少一种对社会大众的有力观照。当然，这也许是她们的个人兴趣与观察视角停留在女性性别的局限里。但从群体发展的角度来说，她们的写作应当自觉超越性别窠臼，只有这样才能出现或达到不同凡响的良好效果。

时至今日，中国女性文学（当然也包括微型小说女作家的创作）与文化研究以超乎以往任何时期的强势表现于当代文坛。她们以鲜明的性别文化立场，在创作与研究中注入了更多女性解放的人文关怀和两性情感的认真思索。当然，这种盛势绝不仅是靠女作家独特的艺术才华、深刻的思想内涵和丰硕的创作成果，执着地去建构一个不同寻常的女性文学谱系，而是应当在不同地域、民族的异质文化夹缝中，以真切的生命体验，探寻多种文化的冲突与融合。因此，微型小说女作家的作品也就瑕不掩瑜。我们也不能否认一些优秀微型小说女作家确实在作品质量上达到了精益求精，在大多数读者可接受的阅读时间与阅读能力上，满足了他们的阅读需要，

---

[1] 石鸣：《制约小小说进一步发展的几个因素》，敏思博客，2007年7月17日。

调剂和充实了他们的精神需求,特别是在物欲横流、人文社会环境出现危机之际,表现出关注民生、提倡品格和张扬崇高的价值所在,重振了文学艺术安身立命的浩然之气。

"陈毓从1996年开始写小小说,初始无心插柳,却在偶然中见必然,出手便以《蓝瓷花瓶》《名角》《做一场风花雪月的梦》等作品,迅速占领了小小说创作的制高点。"[①] "在陈毓那里,我看到了一种自由,一种文学想象力的自由,类似于被压迫人民翻身得解放时的欣喜若狂。"[②] "对于小小说创作,徐慧芬也是以平静的心态来对待的,尽管如她自己所说,'当偶然的行为能证明生命的一点价值时,总归是让人高兴的',但她并没有放纵自己的创作热情,像不少误入歧途的写作者那样,以'著作等身'来自欺欺人。"[③] 而其他微型小说女作家的创作状态也是大抵如此。因此,在文化多元、文学式微的时代,微型小说女作家群出现的六种文化价值与意义是显而易见的:一是她们已从20世纪80年代的少数几位发展到2000年以后的多样群体,显示出微型小说发展的总体趋势;二是她们以自身的努力丰富着微型小说的创作实绩,推动着微型小说的不断发展;三是她们开创着微型小说发展过程中的视野分流,以整体姿态诠释微型小说领域里"妇女也能顶半边天";四是她们敏锐的创作思维弥补着男性作家视角里的某些缺陷,为微型小说整体创作繁荣提供了一个方向;五是她们以明显创作成绩推动了中国女性文学的发展繁荣;六是她们给微型小说研究者提供了一个多元化的研究视野和空间等。

---

① 杨晓敏:《陈毓:至情至性,唯美文风》,转引自杨晓敏、秦俑主编《中国当代小小说大系(1978—2008)》(第五卷),河南文艺出版社2009年版,第134页。
② 侯德云:《小小说的眼睛·小小说的陈毓》,大连出版社2004年版,第138页。
③ 侯德云:《小小说的眼睛·小小说的徐慧芬》,大连出版社2004年版,第130页。

第三节 女作家的视野

　　文学离不开社会生活，这是文学创作的真理。微型小说作为一种勃兴起来的文学样式，当然要和社会生活保持紧密的联系。因此，有关日常百态的书写，有关世道人情的描述，有关男女情感的关注都进入了微型小说的视野，而女作家们也无一例外地汲取并发挥了这种资源。但是，也许因为女性性别的某些独特性，她们更多的是关注女性生活、传达女性精神、关乎女性个体以及与女性有关的一切。

　　第一代微型小说女作家擅长关注时代进程给予女性的影响。《玉子》中"玉子"作为一名大学生，瞧不起周围那些就知道吃零食、织毛衣的女孩子，更瞧不起就知道奶孩子、纳鞋底的母亲们，但她最终还是成了其中的一员；《雀巢咖啡》里希冀在日常家庭琐碎中得到一份似乎远离的浪漫，等等。她们似乎要用作品向人们展示一种朴实人生、日常爱情与平凡生活，并昭示着一种难得的历史境地与个人情感的无常，让读者从宏观世界中微观地体察时代世俗当中个人的承受能力。她们的作品很容易让人看到一代女性有些还在"沉醉"，有些已经"苏醒"，有些却开始"失眠"。虽然在此时，女性意识的觉醒已成为女性写作的自觉行为，但与20世纪90年代女性文学创作强势相比，这一时期的女性文学特别是女性撰写的微型小说状态不佳。因此，后来的一些微型小说女作家，有关这种超越平淡日子、实现女性解放的思索，在社会转型以及文化意识形态"大地震"的断裂与重合后，很明显地呈现出一种艰难跋涉后的可歌可泣。

她们开始关注女性在此时期里个体有关的生活和情感，但其主体好像总是她们周围"一地鸡毛式"的琐碎，瞩目于普通女性的生存奋斗、迷惘、矛盾和窘迫，进而对价值取向或人生意义进行感性的审视与思索——立足于女性，但又在关乎"她"或"她们"以及"她们"的一切当中有超越"她"的解读。"申永霞绝大多数的微型小说都是对自身命运最直接的关怀与抚慰。她作品中所有女性人物的身边，都留下了她自己心灵的身影。她毫不保留地向读者敞开了自己的精神历程。"[①] 2006年6月《百花园·小小说原创版》中，我们也可以发现这里有纯真感情遭遇世俗风尚对比之《给我贴近你心脏的纽扣》；有描写世俗生活中纯朴爱情的《生活》《喜欢》《到了春天，把我嫁了吧》《体验》《蜀葵、蜀葵》；有描写人性卑劣、表面温存的《王小倩的腰》；有两小无猜中衬托大人狭窄胸怀的《牵女儿手的那个"男人"》；有把爱情视作性命、一辈子都无法释怀并有报复心态的《悲伤的领带》；有描写母爱深深的《往事》；有亲情甚过爱情甚过所有一切的《山花为谁开放》；有描写70岁老人永葆青春心态但有着无限伤心往事的《七十岁的青春》；有神秘但透着女性视角炎凉人生的《夜话》；有女性心存梦想面对逆境不断拼搏而获得成功的《四季阳光》；有女性两代之间深深代沟及勇于在改革开放中探索的《失踪》。在微型小说女作家群体中成绩较大的徐慧芬和陈力娇，几乎把全部笔墨关注于女性：徐喜欢用她的《童话》告诉我们，爱情就是童话——童话和爱情一样可以进行梦想，《幸福、悲哀》《母亲节的礼物》《编年史》《最后的玫瑰》《费姨》《阿询》《寻找恋爱》《你的名字叫女人》等都告诉女性有关女性的体验以及可以预见的道路；陈则在《也是母爱》中诉说人间温情，在《明星的毁灭》中关注女性的追求，在《逼供》中鞭挞女性有关的复杂世象，在《血案》中砥砺人性亲情，在《鱼

[①] 侯德云：《小小说的眼睛·小小说的申永霞》，大连出版社2004年版，第142页。

鱼和儿子最近》与《蓝天下》中探讨女性情感迷失后如何回归，在《一位普通母亲与大学生儿子的对话》中解构并复原两代人代沟中的价值冲突与连接。

遗憾的是，在一个由男权把持的传统社会里，属于女性的独特经验往往很容易就被打入另册，男性喜欢按照自己的需求去"创造""整合"女性，以抹杀、压抑甚至摧残女性的"异己性"为代价，将其纳入自己的控制体系中。即使历史进入了 21 世纪，这种潜在的影响力还是明显的。因此，女性好像总难逃脱被男性文化误读、篡改的命运。爱情、婚姻、家庭也就成为微型小说女作家难以走出的视线和永远乐此不疲的描述重点，她们太祈望于在根深蒂固的传统男权社会里完成女性文化的某种抗争，虽然这种抵抗也许显得软弱无比，也许显得不堪一击——在这种无奈又无所适从中透露出的苍白无力，其实已经暗含着在追求幸福家庭过程中迷失的自我并非自己所愿，她们不希望自甘"堕落"，她们太希冀在事业上取得成功，像舒婷倾注的"我是你身边的一棵木棉"中实现独立"树"的夙愿。为此，她们在叙述生活里的种种无奈中，也就很自然地涉及男女之间的情事，而这种情感的叙述或许与风花雪月无关，只是喜欢用"故事"来演绎一个个女性在工作、事业上的奋争，就如江慧妍喜欢用《悲伤的领带》《很久以前的白风衣》中的"情场＋职场"模式来探究女性在事业上的奋争和情感上的迷失，着意去探悉女性生命体验的自我确证、内在情绪的自我释发与自我调理，同时隐含了当今社会女性角色的某些尴尬。可见，女作家们总是喜欢用自己熟悉的视野来探索包括自身在内的当代中国女性如何构建理想的女性人格和理想的社会环境，虽然在这种略显女人味的叙述中总带有一种消解不了的悲伤情调。

女性有关的生活似乎都是悲剧，这虽然带有一种女权主义的感情色彩，但毋庸置疑的是"悲剧精神是人类社会矛盾的概括性折射，悲剧精神在文学艺术中的审美特征则是人类社会中人对社会矛盾审美观照的集中体现"[①]。女性的社会软弱性特征更加明显。因此，在当前某些文化形态日益受到贬低的情况下，微型小说女作家群的作品更容易为我们展示一种凄美而落寞的姿态。这不仅由于她们深谙女性生活与女性个体心理情感之道，还在于微型小说这一文体的简单超越性在"作怪"，说其简单乃在于篇幅短小，说其超越是它们与故事笑话无关，作品总透露出难得的精神探求，包含着某些伤感的人生况味与简单而朴素的哲理。因此，她们对于诗意的难以排遣的执着，也使之在对此岸人生的认同中总留有一份清醒的质询。而那种无法割舍的女性浪漫情愫，又使她们建构的意义世界中弥漫着一种"痛苦的理想主义者"的迷惘和失落。置身于繁华的大都市或日益世俗化的农村里，她们总能难能可贵地固守着一块诗意的领地，虽然这种领地在当代文学中已经逐渐消失。纵观这些女作家的笔下姿态，我们不难发现她们当中大多能以清新自然、意味隽永见称，其书写的女性形象繁多，有坚强的，也有懦弱的，有大方的，也有自私的，有正直的，也有狡黠的，有纯真的，也有复杂的，如此种种；但都显得是那样的真实与亲切，都是有感情、有思想的血肉之躯，在那种氤氲的氛围和情调中，总能营造一种充满女性意识的悲剧美。

当代微型小说女作家们的作品就是这样喜欢营造悲剧意识，制造富有艺术色彩的悲剧美，我们也就可以看见某些女主人公身上笼罩着一层悲剧色彩——梦想破灭了，而使这梦想破灭的人正是她自己。与此同时，众多女性作家还喜欢在作品里构造"残缺艺术美"，善于制造一些文本的空白点，而这些空白点的前提就是作品的那种略带悲剧色彩的情感基调。例如，某些女作家笔下的女主角最不放心的是丈夫的与其他女性的日常交往，很多正常联系被误认为是出轨的开始，一条很普通的短信可以让

[①] 马小朝：《中西悲剧精神审美发生特征比较》，《南京师范大学文学院学报》2002年第2期。

"她"对丈夫的怀疑滋生蔓延,并从此养成"偷看"的陋习——以道出某些女性的悲哀——终日生活在惶恐与多疑中,失败与痛苦的最终是自己。由此将女性永远没有男性那份纷纭世态中的从容与洒脱,而有那种莫名的不可理喻的重负和难以做到华丽转身与心灵的凄然,还原得淋漓尽致甚至入木三分。

"男女之间的话题是永恒的,但却不是绝对的。过分强调男权或女权,都会使社会失去和谐与平衡。"① 人类文明的日益发展和女性文化的空前发展动摇了以男性话语为尊的文化围城。试想"当女人决定退出这个鲜活的情感世界的时候,那么,这个世界就会变得黯淡无色,成为一个悲惨的世界……即便是后现代主义时空下的西方社会,男权政治文化中心的格局也仍然没有太大的改观。"② 因此,微型小说创作领域里的每一位女性作家,在女性生活永远难以逃出重负的历史境地里,选择的不是"退出"和无可奈何,更不应该是极端化的"报复",而应当是坚强地"渗透""深化"与"中和",应当是在性灵诗意的王国里尽情挥洒,让那令人眩目的女性光辉反衬出男性世界的某些黯淡与卑琐。但依然有些令人担忧的是,当文学从理想的天国坠落人间,眼睛所及处为现实生活中的现实女性时,诗意人生的持守是否继续成为可能,还能坚持多久?

在20世纪80年代后期的新写实小说中,"诗意"常常被"排队买豆腐白菜"的琐碎平庸的生存本相挤对,而随着80年代末90年代初都市化进程的加快,在钢筋水泥的丛林中挣扎的现代人已日益丧失了聆听神性呼唤的耳朵。微型小说女作家大多数能以女性作家特有的细腻和敏感,同时又以一份难得的冷静透视着现代都市中"寻找诗意"的所谓神话。而当诗意日益无处藏身的时候,也许唯有在亲情、友情和爱情这类人类最永恒的话题

---

① 杜霞:《九十年代女性主义写作的再审视》,《齐鲁学刊》2004年第4期。
② 丁帆:《女性主义与男性文化视阈》,《海南师范大学学报》(社会科学版)2003年第1期。

中才可能捕捉到它的一点踪迹。这种女性对情感和精神性价值的强烈需求和认同，也就暗合了女性作家着力于感情领域的探索。因此，总的来说，当代微型小说女作家在维护女性独立的人格尊严和生活阵营时，也随着对女性主体性建构的深入思考，关于女性解放的探求获得了更为广阔的历史、文化观照。

在当代女性微型小说作家中，她们也许并非都是专业的作家，也许进行微型小说创作只是兴趣使然，但她们奉献心血的微型小说还是切实地体现了"人本关怀与历史（现实）维度的相互支撑的创作追求，使人性表现的'现实'意义和'当下'色彩得以强化"[1]。这其实也就表明女性微型小说并非有意回避批判、暴露和讽刺，也不抛弃那些与女性无关的题材，但由于微型小说本身的文体局限以及女性作家的性别体验，注定使它"必须躲开那些让读者在短短的阅读时间里无法消化的问题，躲开那些让读者在短短阅读时间里即饱受心灵上的痛苦和不安的丑行"[2]，而更多地从女性入手，以期在琐屑纷繁的生活片段中扫描多角度的社会凡俗人生，从而完成某些文学内在精神的终极考量。因此，虽然从她们的创作成绩以及兴趣指向上来说，她们依然无法走出来自女性身份的樊篱——这种探索不仅表现在她们这一群体上，其实也表现在这一时期其他女作家以及其文学作品中。但从另外一种意义层面上来解读，微型小说女作家群还是以自己的独特身份让这一逐渐厚实的文体更加充实，更加灿烂多姿——她们既在精神追求上延伸着当代女性文学的内核，同时保持某种传统文化灵性的一脉相传，还在女性视野的挖掘上弥补了众多男性作家在这方面的有意或无意的偏失。这无论对她们自己还是对微型小说文体的发展都是极为有利的。

---

[1] 吴培显：《诗、史、思的融合与失衡——当代文学的一种反思》，中国文联出版社2001年版，第19页。

[2] 王晓峰：《小小说：温暖和谐的审美艺术》，《文艺报》2005年11月15日。

第四节　女作家作品的语言

百花园杂志社任晓燕曾对微型小说女作家做过一个问卷调查，询问三个问题：一是你作为女作家，为何钟情微型小说；二是你觉得女作家（确切说青年女性）作品为何多写爱情（或感情问题），除了女性特有的特点以外，还有哪些原因；三是你认为女性微型小说写作有何薄弱环节，你有什么看法建议。这三个问题其实抓住了当前微型小说女作家的创作动机、创作心态、艺术风格。我们或许可以作这样一种理解：第一个问题是与微型小说文体的崛起有关；第二个问题是关于女作家的创作视野问题；第三个问题是女作家群的未来走向。在此，试从女作家作品的诗化语言来回答第三个问题。

众所周知，在微型小说女作家日益增多的今天，大众文化的渗透性也带来了文学创作的深刻改变并影响着文学作品的价值彰显，表现有二：一是文学作品的教化功能被大大削弱，文本中呈现的不再是一种形而上的深沉与神秘，而是一种形而下的平凡与平实；不再是一种启蒙的俯视视角和焦虑情绪，而是一种平民的平视眼光和平常心态，关注和描写的是芸芸众生的日常琐碎。二是"平民视角"消解了"正宗"文学当中的精神诉求和对作家主体性的追求。在这种情况下，女性作家的作品做到出奇出新实属不易，从目前活跃于微型小说领域的女性作家情况来看，诗化语言或许是其中的一个重要推力。

一部（篇）文学作品，不仅要实现其文献价值，更要实现其文学价值，"而文学作为一门语言的艺术，其文学价值的实现和语言是密不可分的"[①]。

[①] 石鸣：《小小说：请关注语言之美》，"榕树下"文学论坛，2004年11月8日。

粗糙的语言既不会给读者带来审美享受，也不会引导读者进行深入的思考、得到深刻的体验。语言对于微型小说的作品表达来说则更为重要。因为一篇几百上千字的微型小说，语言不出色则难以整体出色。汪曾祺说过，"小小说需要精选的语言。古人论诗云，七言绝句如二十八个贤人，着一个屠沽不得。写小小说也应如此。小小说最好不要有评书气、相声气，不要用一种半文不白的轻佻的文体。小小说当有幽默感，但不是游戏文章。小小说不宜用奇僻险怪的句子，如宋人所说的'恶硬语'。小小说的语言要朴素、平易，但有韵致"①。百花园杂志社寇云峰也认为：一个小小说家应该具有三个方面的基本才能，一是会编故事，即所谓"归纳生活"；二是具有形而上的思考能力，为作品开掘主题，赋予思想内涵，即所谓"寻找意义"；三是语言文笔功力，要在很有限的文本空间里，表现出一个不那么稀薄的、尽量丰沛的审美意蕴。

作为微型小说作家，其作品在语言表现上，可以是朴素的，可以是华丽的，也可以是幽默的，可以是机智的，甚至可以是调侃的，但都必须有自己的语言风格——当然，这种风格与个人审美旨向密不可分，与个人知识阅历密不可分，与个人日积月累密不可分。微型小说的语言必须有个性，只有在一两千字的篇幅里，创造出一种独特语境氛围，把现实生活进行诗意化的扩张，让不同层次的读者获得共鸣，才能算是一篇成功的微型小说。汪曾祺多次强调微型小说里应该有一些诗的因素，"语言的美，不在语言本身，不在字面上所表现的意思，而在语言暗示出多少东西，传达了多大的信息，即让读者感觉、'想见'的情景有多广阔"②。或者说"好的小说里总要有一点散文诗"（汪曾祺《揉面》）。微型小说因其小，语言自然不能铺排，而要紧凑，要能尽量多地表达信息，从而让语言具有饱和

---

① 汪曾祺：《关于小小说》，转引自杨晓敏、秦俑主编《中国当代小小说大系（1978—2008）（第五卷）》，河南文艺出版社2009年版，第14页。

② 汪曾祺：《汪曾祺文集·文论卷》，江苏文艺出版社1994年版，第45页。

度；微型小说里要有一点散文诗，并不是说作品里一定要有一些诗歌或散文诗的句子才美，而是说微型小说在对语言的要求上与诗歌和散文诗很接近。这就指出微型小说的语言，首先要有准确度，要有概括力，要有揭示本质的穿透力；其次，在用词造句上要力避平淡无味，可以在个别地方追求用词的突兀，也要追求用浅词寓深意。总之，优美的语言、精致的语言、有光彩的语言、简洁明了的语言、意蕴丰富的语言，都能极大地增强微型小说的作品感染力。

可喜的是，当代微型小说女作家们的语言表现能力都较强。她们往往在微型小说里倾泻着女人的柔性特质，营造出小说中空灵的境界，增强了作品的可读性与审美效果。例如，安石榴的《1945年8月15日》加进了很多"细节描写""景物描写"："园子里的苞米绿得发黑，壮实得像一群小伙子呢。窗前一棵沙果树，满树的沙果带着一层霜，绒嘟嘟的像姑娘的脸。树荫里种不了正经东西，还是秀芝撒的花籽，姜似腊开得热闹，红的、粉的、白的、黄的，就数它们的颜色浓艳。立秋之后总是这样，树啊、草啊、花啊，还有庄稼们都立马加重了颜色，照比之前浓得多。""路上一个人也没有，密林里偶尔有一两声鸟儿的清唱，一只野鸭领着几只小鸭子排成一行慢悠悠地过道，路边草丛里零星开着几朵小小的红花，在一片浓绿的包裹中还是那么醒目，小火苗似的。"[1] 李运抟评价田双伶的微型小说集《爱情鸦片》时指出："或许因为小时学过古筝而受到古典音乐和传统美学的熏陶，也或许因为天性所致，双伶的爱情小说大多写得委婉含蓄，充满女性叙事的温和柔美，其情感表现或如一汪深潭或似小桥流水，形成了自己的婉约风格。"[2] 而在《欲将心事付瑶琴》中，田双伶也这样表明："君子以琴瑟乐心。小女子心有一琴，愿将心中感悟付与字里行间，

---

[1] 安石榴：《全素人·1945年8月15日》，光明日报出版社2010年版，第148—149页。
[2] 李运抟：《拒绝世俗的诗化情怀——读田双伶小小说集〈爱情鸦片〉》，新浪博客·双双的菜园子博客，2007年4月3日。

在文学的水边临波照影。"①

由于语言的韵律在一定程度上会影响节奏，所以袁雅琴等女作家擅长在微型小说中巧妙地运用一些方言。因为将一些读者也容易理解的精彩的方言用在某些人物对话中，确实可以表现出人物的某些独特性格，而且这种效果可能事半功倍。同时，女作家还擅长将语言与节奏有机结合——单独的语言是没有美的，必须组织语言在一起，产生一种运动，产生一种关系，产生内在的流动。当然，叙述的节奏又同叙述的事件和叙述的情感基调紧密相连，所以她们都能比较好地把握好情感基调。例如，申永霞的《别问我是谁》在叙述节奏上的有意识的把握使作品具有别样的张力；聂兰锋的《梅朵》语言简洁、干净、明亮，彰显出朴实无华的无穷深度；珠晶的《与武松论英雄》在叙述语言方面彻底背叛中国传统的叙述思维而显示出文本的别样魅力——珠晶还喜欢使用长句，比如"有两条长腿和一双考究的皮鞋不用往上看我就知道是孔令，这样的感觉有某种生物传递的成分，应该是这样解释"（《今晚的月光醉人》）。"这种复杂的长单句，营造了一种透不过气博士学位论文来的氛围……在珠晶的长单句背后，掩藏着的是复杂的感受。是无法理清脉络的生活让她学会了用这种方式来表述来宣泄。"②

"在微型小说姹紫嫣红的女性写作世界，陈毓的语言天赋尤为出色。"③ 特别是陈毓喜欢在作品语言中表达出情感铺陈的张力，十分执着于女性身份的体认和对女性爱情生活的关注，使其微型小说具有饱满可触的女性肌质。这种女性肌质不仅使她的微型小说弥漫着婉约派的某些深情与空灵，同时内化并凸显着构建这一风格的叙事策略的巧妙，有效

---

① 田双伶：《爱情鸦片·自序》，河南文艺出版社2007年版，第2页。
② 李利君：《小小说的九十年代后·珠晶：心乱如麻》，作家出版社2004年版，第190—191页。
③ 杨晓敏：《陈毓：至情至性，唯美文风》，转引自杨晓敏、秦俑主编《中国当代小小说大系（1978—2008）》（第五卷），河南文艺出版社2009年版，第65页。

地避免了坠入彻底的悲情终极。微型小说女作家作品语言的温润风格，还可以很好地在何晓的作品中发现。何晓是一个回族作家，她的《等一个人》中的语言很能给人一种彻悟和心酸："你第一次见到她，是在一座清真寺里，你要走过去，用阿语向她问好，她会转过头用汉语说，你来了？然后把手给你，你记得一定要抓住啊，因为她就是你命里的公主。"①《九九的爱情》里"张雨泉转身的时候，扬起了一股风。张雨泉关门的时候，也扇起了一股风"②，凸显出"张雨泉"对"九九"的伤害。段淑芳的作品语言少有突兀，总是在娓娓道来的叙述中告诉读者一个个"道理"："兰轻启朱齿吐气如兰地说：我们还是以兄妹相称吧！军也只好发扬君子风度，很绅士地对兰说：'好妹妹，我不为难你，我会永远像哥哥一样疼你、爱护你！'没人知道军的心里有多苦"（《永远到底有多远》）。"你说喜欢我，我就信了，以为你是真的喜欢我，而且只是喜欢我一个人，原来我是对的，你是真的喜欢我；原来我是错的，你喜欢的不仅仅是我一个人。我以为找到了幸福，可幸福又在哪里呢？"（《我以为找到了幸福》）

微型小说的语言不外乎简练与精致，而要达到这个过程是不容易的，特别是在创作心态普遍浮躁的当下。因此，追求微型小说的语言精练，其实就是在追求微型小说的精品化。很多微型小说作家，他们的作品量不一定有很多，但仅从语言上来说其作品的语言就十分简练。比如许行的《立正》结尾："我非常难过地注意到：在我说蒋介石三个字时，他那在轮椅中的上身，仍然向前一挺，做了个立正的姿势。"通过"被俘连长"的一个无意识举动，表现出对某些历史我们需要认真反思——因为它可能仍然在现实中发生。聂鑫森的《大师》里"苍苍茫茫，云烟满纸，繁密处不能

---

① 何晓：《等一个人·等一个人》，河南文艺出版社2007年版，第86页。
② 何晓：《等一个人·九九的爱情》，河南文艺出版社2007年版，第77页。

多添一笔，却能做到不板、不结、不死；在最浓墨处也能分辨出草、树、石的层次，称得上是大气磅礴，浑厚华滋",充分展示出文字功底的深厚，犹如经典文言一样多一字少一字都不行。而在当代微型小说作家中，侯德云的小说总给人唯美的感觉，因为他十分注重文字的简练、精致，"不得不承认，在以往，我对文学语言的追求，仅仅停留在'炼字'的层面上。现在我知道了，那是一种比较低级的层面。王小波告诉我，那是不够的。他说，好的文学语言，必须要有好的韵律与节奏，像悦耳的音乐"[1]。因此，微型小说女作家群的创作实绩已经开始明显，但若想在微型小说发展潮流中留下更多的经典作品，还需要在主题上做进一步深化，还应当在语言上多下一些功夫。

第五节　新秀赛作品的亮色

2008年秋季，由百花园杂志社主办、小小说作家网承办的"2008全国小小说新秀选拔赛"如火如荼地进行。按照赛制，8月8日启动大赛，9月初评出全国80强，之后再进行"80进30"、"30进20"和"20进10"比赛。笔者受大赛组委会委托，担任"80进30"特邀评委，并进行网络在线点评。由于受时间和网络的限制，对部分参赛文章的点评字数较少。从整个进程来看，有部分作者在本阶段未发挥出真实水平，以致未能进入30强；部分作者在此阶段发挥了较好水平，轻松进入30强，遗憾的是未能走完全程；当然还有一些作者过五关斩六将地进入全国10

---

[1] 侯德云：《我生命中的小小说瞬间》（节选），转引自杨晓敏、秦俑主编《中国当代小小说大系（1978—2008）》（第五卷），河南文艺出版社2009年版，第308页。

强。最后进入全国10强的小小说新秀赛作者是：更夫（四川威远）、安石榴（黑龙江牡丹江）、叶仲健（福建福州）、张玉玲（河南新乡）、夏阳（广东东莞）、余显斌（陕西山阳）、高薇（山东沂南）、唐丽妮（广西柳州）、何一飞（湖南长沙）、朱道能（湖北孝感）。在"80进30"中，他们的参赛作品分别是：《天浴》《满洲姑娘荣九》《世仇》《风的感觉》《守望》《军人的姿势》《雪韵》《老井》《纸马匠吴有德》《回家》。以下为笔者对当时提交网络的参赛作品的在线点评的整理（以选手提交先后为序），从中我们可以管窥微型小说新秀赛作家群的某些作品亮色。

何仁勇《一个叫和尚的男人》的冷幽默是我欣赏的，他通过幽默手法描绘了富有象棋天赋的高中生形象，但因为一些细枝末节的铺陈而冲淡了文章的主题，并在社会悲剧与个人悲剧的挖掘上尚欠功力，使得文章整体质量有待提高。周齐林《一片森林》给人的感觉，就像是在温暖的下午回味儿时的一场黑白电影，因为这篇文章很好地做到了用情节感动人，用语言陶醉人，用精神熏陶人——我们评价一篇微型小说是否好读好看、值得珍藏的标准，就在于微型小说的"好读"是指语言优美，"好看"是指情节简练通达，"值得珍藏"是指底蕴深厚。

田洪波的《悬羊》我反复看了很多次，也和作者有过交流，感觉是篇很不错的作品，无论是从情节构思还是语言细节来说；而主题也如标题一样，让人细细琢磨后会有一种豁然开朗的感觉；结局从心底里来说有些不能适应，这也许就是悲剧更能让人记忆深刻吧。里面的"射出了一颗子弹"不知是否有纰漏：清朝末年的东北农村打猎，是否应该是火药加铁砂的鸟铳，而鸟铳打出来的子弹都应该是爆炸式的，而不应是"一颗子弹"。杨友泉《一块没有问题的劳力士》使用了广泛运用的欧·亨利结构——这种反转结构带来了一种奇妙意味：本身就没有问题的表，在"女人"眼里走走停停，如她忐忑不安的心——暗示的是"女人"在面对保护过自己的受伤"中年男人"时，"她逃离了，她搭乘这辆车飞快地奔向儿子急救的医院"。心病导致了视觉错乱，"有福"作为一个修表匠，看来不仅要修表，还要修复这个有些"错乱"的女人的心，于是他找到了她的儿子——通过唤醒她的母爱来唤醒她的良知。

段晓东《没有良心的卧底》全文运用反差手法，将所谓昏官彻底地还原成为一个清醒的真正好官——一个好官在面对诱惑和陷阱时总是保持着清醒——文章跌宕起伏，很有看头，如果再精炼一些、简短一些，主题将会得到更集中的凸显。张丽华《请给她微笑》在立意上表达一个让生活充满美的积极旨向，但在具体叙述中有三处明显硬伤：一是文字有待精炼，特别是"看见她背影的路人"——应该是距离很远，如果距离很远的话就与清晰看见"大字报"的结局有出入；二是在世俗生活里刻意地拔高了大众对"她"的关注——不可能每个经过"她"周围的人都适时地给她鼓励；三是心理活动多，某些暗示话语也太多。曹海涛《兽性回归》语言比较精炼，立意也非常明显，要表达一个有关爱情、有关性格转变的主题，但因为刻意地预设了一个主题，所以在情节的转折上或显急促，加上某些细节上尚缺精炼，所以影响了文章的整体质量。

简单的情节、朴素的语言和反转的结构，构成了李奇《有人在呼救》这篇文章的主要特色。文章同时在两个人物的刻画上比较成功：一是自私又缺少生活方向的"王小林"，二是关键时刻具有强烈献身精神的"桑毛"，但遗憾的是标题与内容尚缺某种对接，且在主题意蕴上尚需作进一步挖掘。张新盛的《路》关注了底层民众的人生之路——但"路"是什么？是农民工在城市工地里遭受的非人待遇,是自己找不到人生方向,还是其他种种?主题是反映了现实社会残酷的一面,引人联想,发人深思,但由于缺少精心的语言组织,显得有些松散模糊。同时要注意,作为一种文学艺术,文章中是不能出现太多"国骂"内容的,因为一个优秀的小说家,在处理烦躁情绪时都并非通过国骂来表现。马瑞璇的《摆手先生》通过黑色幽默的笔法关注了"大学同学"的生活故事,文章生动形象地刻画了"摆手先生"的一生,立意比较新颖独特,但总体来看主题尚需作进一步升华。

　　众所周知,微型小说篇幅虽短,但能涵纳社会的方方面面,在已经点评或即将点评的这些作品中,我们发现大家都能很好地从社会生活入手,刻画一个个典型的人物形象,揭示了社会生活中的所闻所见。陈凤群的《傻根二叔的喜事儿》是一篇讽刺作品,文章通过孩童视角观察出某些所谓公仆的虚情假意和玩世不恭;很喜欢"咧嘴乐着给那只老母狗捉虱子,一天时间就这样熬磨了"这样的句子,很精炼,很有韵味。杨小芒《跨过那道山冈》很大气,很有厚度——通过挖掘历史题材,写出了一段尘封的历史,很有文化底蕴;唯一有些缺陷的是在时间跨度上存有纰漏。若发生在黄土高原,且出现过抗日战争、解放战争以及后来的"秘书",可见跨度至少是50年——而"豪"从出生到长大从商"帮共产党……"跨度也应有20年,也就是他从商时至少15岁左右,然后加个"十几年的风雨",他的年龄至少有30岁——而黄土高原的抗日战争、解放战争最长不过(1931—1949)18年时间,因此这里在时间上或有纰漏。此外,"豪的爷爷奶奶一辈子受日本人的气"在黄土高原也不符合史实,因此,建议把地点改在东北并对相关时间做些修改。

　　严晓啸的《成功》通过一个男人的人生片段揭示出成功男人的定义,不是荣誉,不是金钱,也不是地位,文章的最后告诉我们成功男人就是要做一个好男人；文章需要修改的地方是女人躺在病床上的讲话要加引号。黄利平的《悲情城市》是一个有关爱、有关幸福、有关伤心的解析，文章结尾告诉我们：女人的幸福没了……若文章前部再精炼点，效果会更好一些。孤煞星魂的《军人》试图从日本军人入手来传达一个人性的故事，但由于在时间设置上出了差错：因为能够出现导弹的时间不太可能是1910年侵占朝鲜半岛时，所以文章质量大打折扣；因此在这里提醒参赛选手们最好从身边人身边事入手，同时不要在时间逻辑上出错——因为微型小说本来就简短，如果时间设置出了问题，就很容易产生大问题。

何一飞的《纸马匠吴有德》主题深刻，逻辑清楚，语言简练，是一篇不可多得的微型小说，如果能够保持这种创作态势，发展前景十分可人。红掌的《等你》——一个皇后、一个怨妇、一段幽情、一段历史、一个王朝……第一人称抒写，在切入点上做得非常好。徐东《老人与孙子》告诉我们：亲情是什么？是垂暮时对异乡亲人的怀想……不过文章略显单薄，文章内容与标题也不是很贴切，若再斟酌下，会增添很多亮色。阴玉军《奶奶的手镯》里的"我"赌气那段怎么看像个小孩子？不太像一个爷们表现的情状，如果那个位置精炼点，文章会更有亮点，结尾给人的感动才能更好地凸显作品底蕴。朱道能《回家》告诉我们：在城里生活的"儿女"们，要多回家看看啊，否则一张卡片如何能填补得了亲情之间的距离呢？耿耕《木匠》提醒大家：人生无常，社会无常，什么是梦想？梦想就是永远也成不了的梦，只有梦里才可以肆无忌惮地想。

王立强的《雪，桃花以及春天》，标题很新颖，我更喜欢这诗一样的文字，如果文章再短点会更好。张宏霞《茄子宣传员》通过拟人化书写，很有意思——不过有两个问题：一是"那只代表过去，我又开发了不少新的软件"没有了下文；二是结局可能还需要升华一些。

黄学友《我要给妻子打个电话》的前半部分在有条不紊地舒张,后面的电话串线部分却感觉有些不太真实,如果这里再调整下可能会更好些。阿社的《玉碎瓦全》很有历史沧桑感,很有哲学意义感,颇有厚度与深度,具有了作为一篇好微型小说的要素;第一句"一些亲戚、邻居总是在传着奶奶藏有古董",这个"传着"改为"传说着"可能更好点。展秀娟《比火花长一点》里唯美的文字、幽怨的少妇、暧昧的情调,组合成了城市夜生活里的一幕幕……最后的落脚,一顶绿帽子让另外一个女人戴上了……这是作者的高明之处。

  徐常愉的《逃》语言把握得很利索,但文章厚度略显不够,主题不是很清晰。安石榴《满洲姑娘荣九》很有传奇性,将东北人民的韧劲展现得淋漓尽致;与此同时,通过"荣九"的几个细节刻画,人物更加饱满;东北人民的热血飞扬和文章厚度也已经出来。秦辉的《冰棍儿》看着就想起了我们自己的童年,可爱的淘气的童年啊……高薇《雪韵》让我觉得女作者的文字都非常柔美,使文章很有一种诗意,这也就需要读者反复揣摩,才能更进一步地领悟文章里的真正内涵;《雪韵》刻画了"母亲"的大气之美,把其内心的复杂也体现得淋漓尽致——当然,我至今还没有发现字数在几百字左右的立意较高的好文章,是不是大家都喜欢情感的渲染?陈树龙《第十一封情书》的文字有如此诗意确实难得,因为作者是男性;后面的结局如果再修改下可能会更好——"女人接着说,因为你的第十一封信也同时到了",这里不是很明白;前面的蓄势非常不错,但情感的高潮没有很好地凸显出来。

  张春风的《绝不放过他》是玄幻、神秘、虚无?原因在哪里,是不是写得太隐秘了?蒋小辉的《裸奔》有点周星驰电影的味道,里面"宁王"名字前后不对。叶仲健的《世仇》只给三个字:"好文章!"葛明霞的《我们之间没有爱情》,给人感觉是让诗入了微型小说,让微型小说融进了诗里,我很喜欢这样的微型小说。张玉玲《风的感觉》给人感觉是唯美的文笔,风一样的情调,告诉世人"事业诚可贵,爱情价更高"。夏阳的《守望》是一篇很有厚度、很有底气的作品——"江母孙氏月蔓之墓"是否再需斟酌?古代女性(即使新中国成立前)的墓碑上或许是没有名字的,也就是不要"月蔓"两字。岳秀红的《木头》是"木头"不"木":把一个老实的"木头"刻画得淋漓尽致。

廖玉群的《山南山北》文字比较老练,作品有了很浓郁的微型小说味,如果主题更深刻点会更好些,同时在前后的逻辑上要保持一致。张蕾的《伴》文字功底比较强,把人物形象刻画得不错。张弘的《耍猴人》有着微型小说的味道,特别是文字方面已有较深功底,如果能把虚实灵活运用,把文字做得精炼精准,把情节为主题服务这些结合得更紧密,会是一篇很不错的文章——作者年纪虽小,如果再加把劲,会很有前途。叶萍的《麻花辫》是一篇散文诗一样的微型小说,是一篇很好的文章。天上虹《三忙子》把"基层工作最难做,农民最难当"这样一个老大难问题诠释得很好,如果文章再精练一些,会比现在更好一些。杨绯红的《许愿》可谓"可怜天下父母心,时刻牵挂儿女身",但一些与身份不符的话和细节要做适当修改。尹飞勇的《四个人》主题比较犀利,反映了复杂的社会世相,若能将文字精炼一些会更好,当然从目前的情况来看,也还是能有比较好的创作前途。寒江《新鞋》通过鞋子这样一个普通的视角,将城里与乡村的一些观念解剖得入木三分。

如何在世俗社会里保持清醒?如何在物欲横流的环境中对自我进行反省?在日益喧嚣的现代都市里,我们要保持一种宁静是何等的艰难?我们要保持心灵的纯洁要经历多少磨难?更夫的《天浴》告诉了我们——优雅诗意的文字、不落痕迹地人物刻画等,构成了这部可以说能成为精品的佳作——我喜欢这样的文字，喜欢这样的构思，喜欢这样的描绘，喜欢这样的铺陈……凯特的《跑月亮》告诉我们：孩童的视角里是纯真得一如孩童般的大人世界？不是的，大人有大人的活法，但是孩童们也很难猜想，也琢磨不透；作品的文字还是很不错的，如果情节再精炼点，人物再少点，会更好一些。立夏的《夜行》是短暂的夜行里的一次心灵漫长夜行——一个男人在城市的虚假生活里要承受多大痛苦？是化解还是继续，往往只是一刹那的工夫，因为一个孩童的笑声即能穿透所有的阴霾——文章有厚度，很难看出这是一个女作者的文章。

　　樊碧贞的《茶卡湖的芦花开了》是孩童的视野，而孩童的心灵也如茶卡湖水清澈；简洁的文字让人记忆深刻——不过"地震孤儿"这样的身份没有书读是不是有点与现实社会不太相符，这个很有必要在文章里设置清楚。刘从进的《山神"吴大壶"》，通过一连串的故事，将一个"山神"的人物形象树立了起来：虽然外表坚硬，但内心也是柔软的，因为每个人都有血有肉——如果文字再作进一步删减后会更凸显主题。叶晨的《花婆婆》也是通过孩童视角来介入，看来大家都喜欢用孩子纯洁的眼光来观察周围，但感觉在主题的表达上还有些意犹未尽……曾桂林《奖状的颜色》把母爱表达得很到位，说明微型小说能包容万物，微型小说需倾注真情，但如果能够把场景的设置处理得更好一点会更出色一些。李威《那也该是一片秀美河山》确实是一片秀美，这篇说是散文也好，说是微型小说也罢，都很有意境。

　　吕锦龙的《雪》出现很多短句，我喜欢这样的短句，正如和一个作者交谈时说我喜欢古龙小说中的句子，简短而有质地——一个通顺的简短的句子，至少让读者能看得明白，如果再配合一些情感渲染，那么读者是很愿意读下去的，不管它的主题深化得如何——这个文章的主题不算太高深，可以说很多作者都写过，但是我们会发现这个文章有别样的雪的味道……石渔《绣花鞋垫》文章看似简单，却不简单；看似平淡，却意义深远——凸显了厚重的母爱……宋艺伟《哥的新房》这个文章很有意味，前后反差太大，让读者忍不住佩服——可怜天下父母心啊，尤其是天下农民父母心。鹿小药《葡萄迟熟时》将年复一年的女人的爱情描述得恰如其分，其实真正的男人的爱情也大抵如此，只是世俗社会里，不管是男人还是女人的感情表达都或多或少地被遮蔽了。彤子的《腰》人物形象刻画得不错，就连"我"的形象也顿时活灵活现了。

刘会然《槐树下，槐花飘》里，当回忆突然遭遇着现实，现实中的人该如何选择？文章立意不错，只是大雪天还在外面生炉补锅的可能性有多大？个人感觉应该是补锅匠先安顿下来再工作吧，毕竟都是老邻居了，乡下人还不会如此势利。江双世《晶晶的小熊》凸显了一个很好的主题，如果她的爸爸"走"得更伟大点，文章将更会好些——微型小说的作品其实和纪实小说有很大差别，也和散文诗歌有很大差别，它应当是个挺拔的姿态，即使在揭露"丑"与"恶"时候，因此我们在表现一个积极主题时应当将"丑"与"恶"把握得有分寸——"大丑大恶"并不能拔高主人公的形象，也很少能提升文章的力度。唐丽妮的《老井》最后是要表达一个什么结局？是偷偷地喜欢着水保，还是其他？在这一点上要稍微做进一步明晰。柳风《爱的呼唤》是回忆性散文，还是微型小说？几个月后才知道去学校找地址？这些细节都需要作者认真梳理一下。丁巳《谁家的驴在叫？》情节铺陈得有些过度了，微型小说还是应当简练一点好，不然就会扩充为短篇小说甚至是中篇小说了。闵克智的《拒食》让人看得有点迷糊，我想这应该不是网络在线提交的排版原因。

很多作者朋友关心农村发展，关注农民生活，这样的出发点是不错的；农村生活里有很多可歌可泣的事情，也有很多可怜可悲可叹的事情，如果能通过微型小说进行关注，说明微型小说与通俗文学拉开了距离，这也就是微型小说的精神和崇高所在。刘建国的《帽子歪了》反映了农民真苦，但这种苦楚也是有希望的，反映出农村要有大发展，还有很长一段路要走，文章刻画了一些基层干部的丑脸。打工生活是五彩斑斓的，里面有很多题材可以进入微型小说，向明伟的《突然之间》就是这样——说明作者善于从周围题材入手，来展示个人的生活方式与个人的人生理想，只是一个小细节需要值得注意：工友都知道她中了彩电，为什么她自己要等那么久才知道？沽酒卧庐的《放电影的海升》——那是一段沉睡的梦，难道要等失忆后才去寻找？是担心现实中"海升"没有回归的勇气，还是对物欲横流社会的一种恐惧？我想如果是在现实中寻找这样一个电影的梦，也许会更符合读者的阅读习惯。

刘笃仁《盆里放着一个瓶》道出了文艺界的一些问题：似乎越是高深的就越是高水平的，越是读者看不懂的作品就越是优秀的——从一个方面说明微型小说与大众艺术具有一些共同特性。夏紫《墓碑前的红玫瑰》在叙事结构上或多或少地颠覆了某些传统方式，让读者有些不适应，但也许正是这样的一些不适应，凸显了一个传统浪子回头的主题……王贵林的《鬼头麻》文字、人物、情节都活了，很有厚度。韩昌盛的《修路》讽刺了官僚主义作风，是一篇很有意思的微型小说。托如珍的《王三是位爷》很曲折，很有看头，如果在文章的2/3处能够再精练点，会是一篇很出色的文章。姚伟的《树》似乎在告诉我们心里都种了一棵荆棘树，所以人生活得很无奈。熊延玲的《白玫瑰》说明很多人总是在一个"情"字上伤神，可叹、可怕、可爱……汤群群的《最后一场婚礼》凸显了三个关键词：痴情、痴心、痴人。张国柱《地里长出一棵花》寓意生活开了一朵花，幸福成了一朵花，给了生活亮色，给了幸福诠释——只是天干地旱时，作为农村需要经常劳作的人还有多少心思在花上？赵峰旻《赵先生和他的钟山手表》人物形象刻画得不错，但是主题还有待深化。余显斌《军人的姿势》让我最感动的是最后一句："他的手再也没有放下。"这个退休老兵，以军人的姿势永远地定格在生命的最后一刻。

（张　春）

第七章 微型小说发展论

第一节 微型小说的叙事模式

叙事模式作为小说家实现其创作意图的方法，是一种艺术观念的产物。关于中国小说叙事模式的转变，陈平原认为应包括叙事时间、叙事角度、叙事结构三个层次，"总的来说，中国古代小说在叙事时间上基本采用连贯叙述，在叙事角度上基本采用全知视角，在叙事结构上基本以情节为结构中心……现代中国小说采用连贯叙述、倒装叙述、交错叙述等多种叙事时间；全知叙事、限制叙事（第一人称、第三人称）、纯客观叙事等多种叙事角度；以情节为中心、以性格为中心、以背景为中心等多种叙事结构"[①]。

纵观近百年各个时期微型小说的叙事模式，我们可以从一个侧面察知微型小说的发生发展，并在其基础上了解微型小说的演变情况以及未来发展趋势。在此，我们主要通过抽样分析的方式进行比较研究。选取的样本大致分

[①] 陈平原：《中国小说叙事模式的转变》，北京大学出版社 2003 年版，第 4 页。

布于三个阶段，第一个阶段是中国现代文学三十年时期（1917—1949），第二个阶段是中华人民共和国成立以后至新时期以前的三十年时期（1949—1977），第三个阶段是新时期以后的三十年时期（1978—2011）。其中，第一个阶段选择了 16 篇微型小说，第二个阶段选择了 49 篇微型小说，第三个阶段选择了 46 篇微型小说——这些微型小说都具有一定的代表性，能在一定程度上代表一个时期的微型小说叙事模式发展情况。此外，对作品叙事模式的判断，是根据其整体内容的侧重点来进行区分的，个别作品的叙事模式有交叉的情况，根据舍轻就重的原则，只选最主要的一种。

一　中华人民共和国成立前微型小说：性格叙事占比较大

第一个三十年时期的微型小说叙事模式抽样，主要基于鲁迅、郭沫若、叶圣陶、老舍等现代文学名家在此阶段发表在《民国日报》《小说月报》《创造月刊》等现代报刊上的微型小说作品（见表 7-1）。

表 7-1　　　　　第一个三十年时期文学名家微型小说叙事模式

作　家	作　品	连贯叙述	倒装叙述	交错叙述	全知叙事	第一人称（限制）叙事	第三人称（限制）叙事	纯客观叙事	情节中心	性格中心	背景中心
鲁　迅	《一件小事》		√		√					√	
郭沫若	《他》			√	√					√	
叶圣陶	《赤着的脚》			√					√		
郁达夫	《寒宵》	√			√					√	
沈从文	《代狗》			√	√					√	
王鲁彦	《灯》	√			√					√	
王任叔	《河豚子》			√	√				√		

续 表

作家	作品	连贯叙述	倒装叙述	交错叙述	全知叙事	第一人称（限制）叙事	第三人称（限制）叙事	纯客观叙事	情节中心	性格中心	背景中心
李健吾	《私情》			√	√					√	
胡也频	《便宜货》			√	√					√	
老 舍	《买彩票》	√				√			√		
石评梅	《余辉》			√	√					√	
黎锦明	《轻微的印象》			√	√				√		
孙 犁	《懒马的故事》	√				√			√		
冰 心	《一个不重要的军人》									√	
夏 衍	《两个不能遗忘的印象》	√				√			√		
赵树理	《田寡妇看瓜》	√			√				√		

  在《贵州日报》的 16 篇抽样微型小说中（见表 7-2），我们可以发现，在叙事时间上依然采取传统的连贯叙事的有《未结束的竞赛》《生产队长的"难题"》《幸好没有打"官司"》等 13 篇，占比 81.3%；采用倒装叙述的 0 篇，占比 0%；采用交错叙述的有《新高潮中出新人》《放蚕人的故事》《半碗饭》等 3 篇，占比 18.8%。在叙事角度上采用全知视角叙事的有《水》《返工》《大河老者》等 10 篇，占比 62.5%；采用第一人称（限制）叙事的有《我的师傅》《你真是个好当家》等 2 篇，占比 12.5%；采用第三人称（限制）叙事的有《张老汉赶场》《诱蛾灯》等 4 篇，占比 25%；纯客观叙事的 0 篇，占比 0%。在叙事结构上采用传统情节叙事的有《通通都去》《"小判官"守关》《红旗》等 13 篇，占比 81.3%；而采用性格中心的只有《生产队长的"难题"》《我的师傅》《张老汉赶场》等 3 篇，占比 18.8%；采用背景中心的 0 篇，占比 0%。

二 "十七年"微型小说：连贯叙事达到顶峰

第二个三十年的微型小说叙事模式抽样分析，主要基于1959年《贵州日报》的16篇（见表7-2）、1961—1964年《新港》的23篇（见表7-3）和1974年《枣林风波》（《农村文艺丛书·微型小说卷》）的10篇微型小说（见表7-4）。

表7-2   1959年《贵州日报》发表的16篇微型小说叙事模式

作家	作品	连贯叙述	倒装叙述	交错叙述	全知叙事	第一人称（限制）叙事	第三人称（限制）叙事	纯客观叙事	情节中心	性格中心	背景中心
谭其谔	《未结束的竞赛》	√			√				√		
欧阳温生	《生产队长的"难题"》	√					√			√	
王中华	《红旗》	√			√				√		
陈思忒	《新高潮中出新人》			√	√						
翁 人	《幸好没有打"官司"》	√					√		√		
廖川溶	《放蚕人的故事》			√	√						
迅 牛	《半碗饭》			√	√				√		
王 正	《诱蛾灯》	√					√		√		
聂宗简	《大河老者》	√				√			√		
吴定昌	《通通都去》	√			√				√		
刘荣敏	《我的师傅》	√				√				√	
王中华	《张老汉赶场》	√					√		√		

续表

作家	作品	连贯叙述	倒装叙述	交错叙述	全知叙事	第一人称(限制)叙事	第三人称(限制)叙事	纯客观叙事	情节中心	性格中心	背景中心
向仁杰	《水》	√			√				√		
陈思忒	《"小判官"守关》	√			√				√		
柳春芽	《你真是个好当家》	√				√			√		
郑德生	《返工》	√			√				√		

表7-3　1961—1964年《新港》发表的23篇微型小说叙事模式

作家	作品	连贯叙述	倒装叙述	交错叙述	全知叙事	第一人称(限制)叙事	第三人称(限制)叙事	纯客观叙事	情节中心	性格中心	背景中心
张铁珊	《开车之前》	√				√			√		
王学诚	《雪夜绿灯》	√			√				√		
王克成	《工人作者》		√		√				√		
刘世铎	《交换台旁》	√			√				√		
夏寿邦	《辅助工老王》	√			√				√		
蔡之湘	《父女》	√			√				√		
刘文琪	《和解》	√			√				√		
萧维良	《两代人》		√		√					√	
南方	《"独一份"》	√					√			√	

续表

作家	作品	连贯叙述	倒装叙述	交错叙述	全知叙事	第一人称(限制)叙事	第三人称(限制)叙事	纯客观叙事	情节中心	性格中心	背景中心
崔椿蕃	《交班》			√	√				√		
阎桂芳	《会后》	√				√			√		
王德奎	《静静的月夜》	√				√			√		
郭中成	《新嫂嫂》	√		√					√		
孙耀	《初雪》	√		√					√		
韩文敏	《马》	√		√					√		
范彬臣	《假日》	√		√					√		
韩美琳	《打擂》	√				√			√		
王利生	《车跑马》		√			√				√	
李兴桥	《渔村女医生》	√		√					√		
红梅 王宽	《替班一天》		√		√				√		
程存志	《老靠山》	√				√			√		
李冠军	《球场外面的掌声》	√		√					√		
张存杰	《看枣记》	√		√					√		

在《新港》文学月刊的 23 篇微型小说作品中（见表 7-3），在叙事时间上依然采取传统的连贯叙述的有《开车之前》《雪夜绿灯》《交换台旁》等 18 篇，占比 78.3%；采用倒装叙述的有《工人作者》《两代人》

等 2 篇，占比 8.7%；采用交错叙述的有《交班》《车跑马》《替班一天》等 3 篇，占比 13%。在叙事角度上采用全知叙事的有《雪夜绿灯》《父女》《和解》等 12 篇，占比 52.2%；采用第一人称（限制）叙事的有《开车之前》《工人作者》《交换台旁》等 10 篇，占比 43.5%；采用第三人称（限制）叙事的唯有《"独一份"》1 篇，占比 4.3%；采用纯客观叙事的 0 篇。在叙事结构上采用传统情节中心叙事的有《交换台旁》《辅助工老王》《父女》等 20 篇，占比 87%；而采用性格中心叙事的只有《两代人》《"独一份"》《车跑马》3 篇，占比 13%；采用背景中心叙事的 0 篇。

表 7-4　　1974 年《枣林风波》中的 10 篇微型小说叙事模式

作家	作品	连贯叙述	倒装叙述	交错叙述	全知叙事	第一人称（限制）叙事	第三人称（限制）叙事	纯客观叙事	情节中心	性格中心	背景中心
郝志勇	《枣林风波》	√			√				√		
王和合	《丰收场上》	√				√			√		
肇 文	《海兰》		√		√				√		
王占元	《将计就计捉"狐狸"》	√					√		√		
赵 宪	《两幅对联》			√	√				√		
张存杰	《蹲点》	√			√				√		
郭 华	《汇报》	√			√				√		
张存杰	《交班之前》	√			√				√		
韩映山	《红霞和云霞》			√	√				√		
许 可	《搬兵》	√			√				√		

从1974年《农村文艺丛书·微型小说卷》《枣林风波》的10篇微型小说抽样显示（见表7-4），在叙事时间上依然采取传统的连贯叙述的有《枣林风波》《丰收场上》《交班之前》等7篇，占比70%；采用倒装叙述的0篇；采用交错叙述的有《海兰》《两幅对联》《红霞和云霞》等3篇，占比30%。在叙事角度上采用全知叙事的有《蹲点》《汇报》《搬兵》等6篇，占比60%；采用第一人称（限制）叙事的有《枣林风波》《海兰》等2篇，占比20%；采用第三人称（限制）叙事的有《丰收场上》《将计就计捉"狐狸"》等2篇，占比20%；纯客观叙事的0篇。在叙事结构上采用传统情节中心叙事的有《枣林风波》《丰收场上》等10篇，占比100%，其他性格中心叙事和背景中心的为0篇。

从表7-2、表7-3和表7-4的49篇微型小说中，我们可以得出第二个三十年时期的微型小说叙事模式的基本情况如下：在叙事时间上依然采取传统的连贯叙述的有38篇，占比77.6%；采用倒装叙述的2篇，占比4.1%；采用交错叙述的有9篇，占比18.4%。在叙事角度上采用全知叙事的有28篇，占比57.1%；采用第一人称（限制）叙事的有14篇，占比28.6%；采用第三人称（限制）叙事的有7篇，占比14.3%；纯客观叙事的0篇。在叙事结构上采用传统情节中心叙事的有43篇，占比87.8%，采用性格中心叙事的有6篇，占比12.2%；采用背景中心叙事的有0篇。

而从表7-3、表7-4中，我们又可发现微型小说的叙事模式在第二个三十年时期发生了一些变化，详见图7-1（其中的1961—1964年，按1962年进行折中标记）。

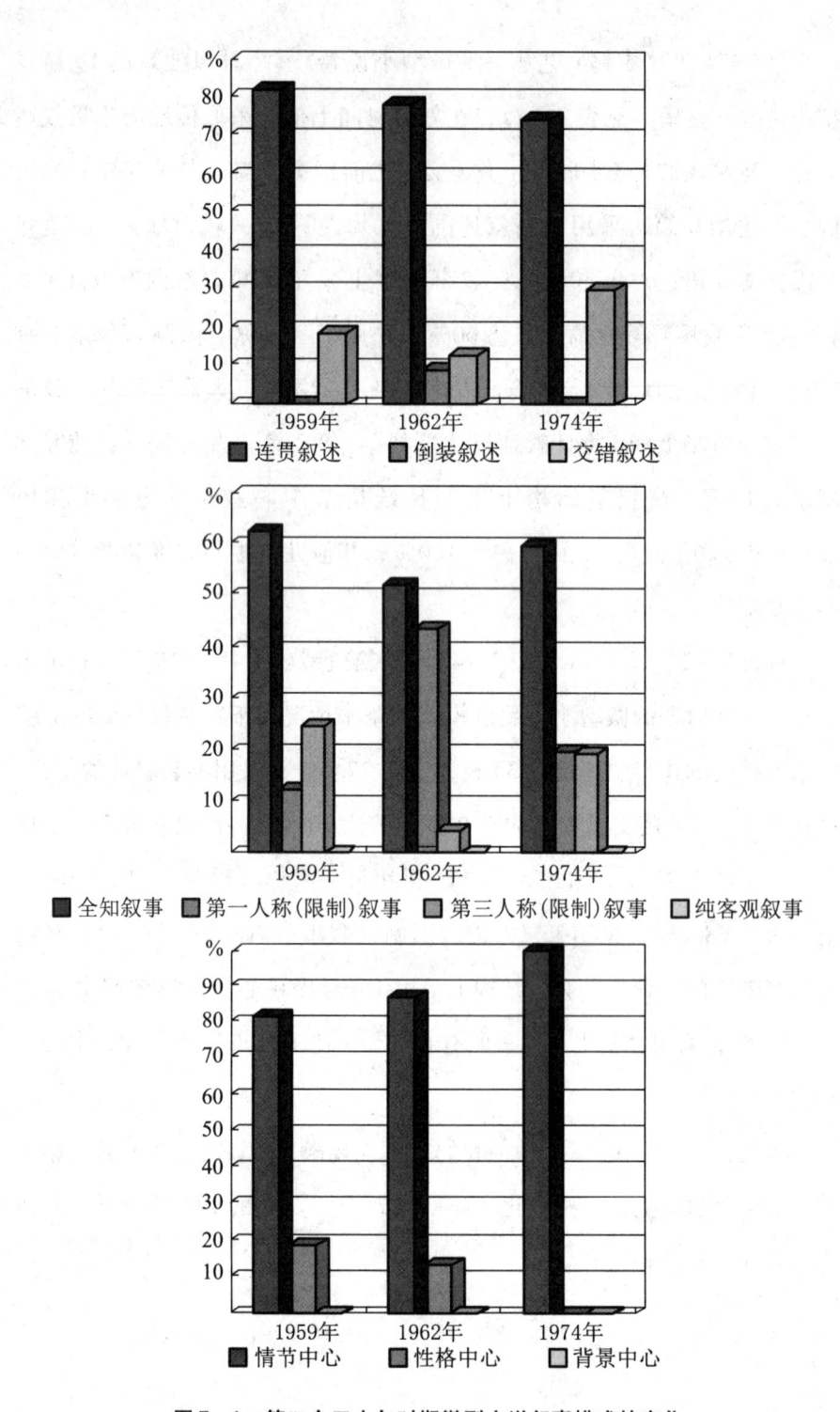

图 7-1　第二个三十年时期微型小说叙事模式的变化

从图 7-1 中可以看出，传统的连贯叙述模式仍然占据很大一部分，但倒装叙述和交错叙述总体有少许提升，说明作家已经尝试其他叙事方式的创新和改变；全知叙事比例微弱胜出，1974 年下降和第三人称（限制）叙事总体提升，也说明作家力图从多个角度进行叙事；传统情节中心叙事仍然占比很大，说明在特殊的时期里作家为了确保主题先行，不得不使用一些传统的叙事结构——而不可忽视的是纯客观叙事和背景中心叙事长期处于低水平状态。这似乎可以说明，在叙事模式的选择上，第二个三十年时期的微型小说叙事模式，走的或许是一条回头的路，即回到本文开篇提到的古代小说的叙事模式当中，幸好在限制叙事的叙事角度上有很大突破，证明这三十年微型小说已经在新文学道路上走过了几十年。

三　新时期微型小说：全知叙事逐渐减少

表 7-5　　1985 年《小小说选刊》创刊号 15 篇微型小说的叙事模式

作家	作品	连贯叙述	倒装叙述	交错叙述	全知叙事	第一人称（限制）叙事	第三人称（限制）叙事	纯客观叙事	情节中心	性格中心	背景中心
孙芸夫	《王婉》	√					√		√		
唐训华	《两地书》		√		√					√	
木桦	《奇妙的警棍》			√			√		√		
甄源森	《相逢在紫禁城》	√					√		√		
韩峰	《捎……》	√					√				
吴金良	《秋天的故事》	√					√		√		
沈善增	《种属概念之间》	√					√				
沙叶新	《三法郎和紧缺金属》	√					√		√		

续 表

作家	作品	连贯叙述	倒装叙述	交错叙述	全知叙事	第一人称（限制）叙事	第三人称（限制）叙事	纯客观叙事	情节中心	性格中心	背景中心
大 华	《A型血B型血》	√			√				√		
王梓夫	《箫声》			√			√			√	
刘孝存	《等待就医》			√			√		√		
周征凌	《平静的河》			√		√				√	
张 林	《太阳与鸟》	√			√				√		
张文军	《雨》	√					√			√	
毛志成	《悟》	√							√		

　　从1985年《小小说选刊》创刊号的15篇微型小说抽样显示（见表7-5），在叙事时间上依然采取传统的连贯叙述的有《王婉》《相逢在紫禁城》《捎……》等9篇，占比60%；采用倒装叙述的0篇；采用交错叙述的有《两地书》《奇妙的警棍》《箫声》等6篇，占比40%。在叙事角度上采用全知叙事的有《A型血B型血》《太阳与鸟》等2篇，占比13.3%；采用第一人称（限制）叙事的有《王婉》《两地书》《平静的河》等5篇，占比33.3%；采用第三人称（限制）叙事的有《奇妙的警棍》《相逢在紫禁城》《秋天的故事》等8篇，占比53.3%；纯客观叙事的0篇。在叙事结构上采用传统情节中心叙事的有《种属概念之间》《三法郎和紧缺金属》《太阳与鸟》等11篇，占比73.3%；采用性格中心叙事的有《两地书》《箫声》《雨》等4篇，占比26.7%；采用背景中心叙事的0篇。

表 7-6　2011 年《微型小说选刊》第 12 期 31 篇微型小说叙事模式

作家	作品	连贯叙述	倒装叙述	交错叙述	全知叙事	第一人称（限制）叙事	第三人称（限制）叙事	纯客观叙事	情节中心	性格中心	背景中心
王培静	《尊严》	√			√				√		
周正旺	《最后的优雅》	√			√				√		
孙春平	《灵犀与顺拐》	√			√				√		
蒋子龙	《迷失》	√		√					√		
胡庆魁	《消失的小河》	√		√					√		
一路开花	《山路上的小伙儿》				√				√		
沈俊峰	《探友》			√	√				√		
刘万里	《寻找幸福》	√			√				√		
一路风尘	《13 路末班车上的女乘客》	√			√				√		
苏三皮	《买房记》	√			√				√		
陈毓	《减法》	√		√					√		
包兴桐	《琴》	√					√		√		
曾明伟	《站台》	√			√				√		
扫舍	《于先生》	√		√					√		
杨树森	《高香》	√		√					√		

续　表

作　家	作　品	连贯叙述	倒装叙述	交错叙述	全知叙事	第一人称（限制）叙事	第三人称（限制）叙事	纯客观叙事	情节中心	性格中心	背景中心
尹抱小熊	《快乐的隔壁住着忧伤》	√			√				√		
秦德龙	《阳光一隅》	√			√				√		
袁省梅	《不欠》	√			√				√		
纪富强	《战功》			√	√				√		
梁小萍	《幸存者》			√	√				√		
梁小萍	《十年》	√			√					√	
梁小萍	《发生在三楼的大地震》	√				√			√		
许　峰	《外星人的匿名信》			√	√						
清扬婉兮	《"海豚"女子》			√	√				√		
闫耀明	《今晚大家都很愉快》	√			√						
谢大立	《姑姑》	√				√				√	
赵新	《改名》	√				√			√		
揪立	《开满阳光的下午》	√			√				√		
林中央	《等爱的石榴》			√			√			√	
李德霞	《乡村二月》	√				√			√		
孙玉亮	《"车"祸》	√			√				√		

从 2011 年《微型小说选刊》第 12 期的 31 篇微型小说（只选国内作品）抽样显示（见表 7-6），在叙事时间上依然采取传统的连贯叙述的有《尊严》《最后的优雅》《开满阳光的下午》等 25 篇，占比 80.6%；采用倒装叙述的 0 篇；采用交错叙述的有《外星人的匿名信》《幸存者》《等爱的石榴》等 6 篇，占比 19.4%。在叙事角度上采用全知叙事的有《迷失》《消失的小河》《寻找幸福》等 17 篇，占比 54.8%；采用第一人称（限制）叙事的有《13 路末班车上的女乘客》《站台》《发生在三楼的大地震》等 12 篇，占比 38.7%；采用第三人称（限制）叙事的唯有《琴》《等爱的石榴》等 2 篇，占比 6.5%；纯客观叙事的 0 篇。在叙事结构上采用传统情节中心叙事的有《减法》《今晚大家都很愉快》《改名》等 28 篇，占比 90.3%；采用性格中心叙事的有《十年》《姑姑》《等爱的石榴》等 3 篇，占比 9.7%；采用背景中心叙事的 0 篇。

从表 7-5 和表 7-6 的 46 篇微型小说中，我们可以得出第三个三十年时期的微型小说叙事模式的基本情况如下：在叙事时间上依然采取传统的连贯叙述的有 34 篇，占比 73.9%；采用倒装叙述的 0 篇；采用交错叙述的有 12 篇，占比 26.1%。在叙事角度上采用全知视角叙事的有 19 篇，占比 41.3%；采用第一人称（限制）叙事的有 17 篇，占比 37%；采用第三人称（限制）叙事的有 10 篇，占比 21.7%；纯客观叙事的 0 篇。在叙事结构上采用传统情节中心叙事的有 39 篇，占比 84.8%，采用性格叙事的有 7 篇，占比 15.2%；采用背景中心叙事的 0 篇。

而从表 7-5、表 7-6 中，我们又可发现在第三个三十年时期内微型小说叙事模式发生了一些变化（详见图 7-2）。

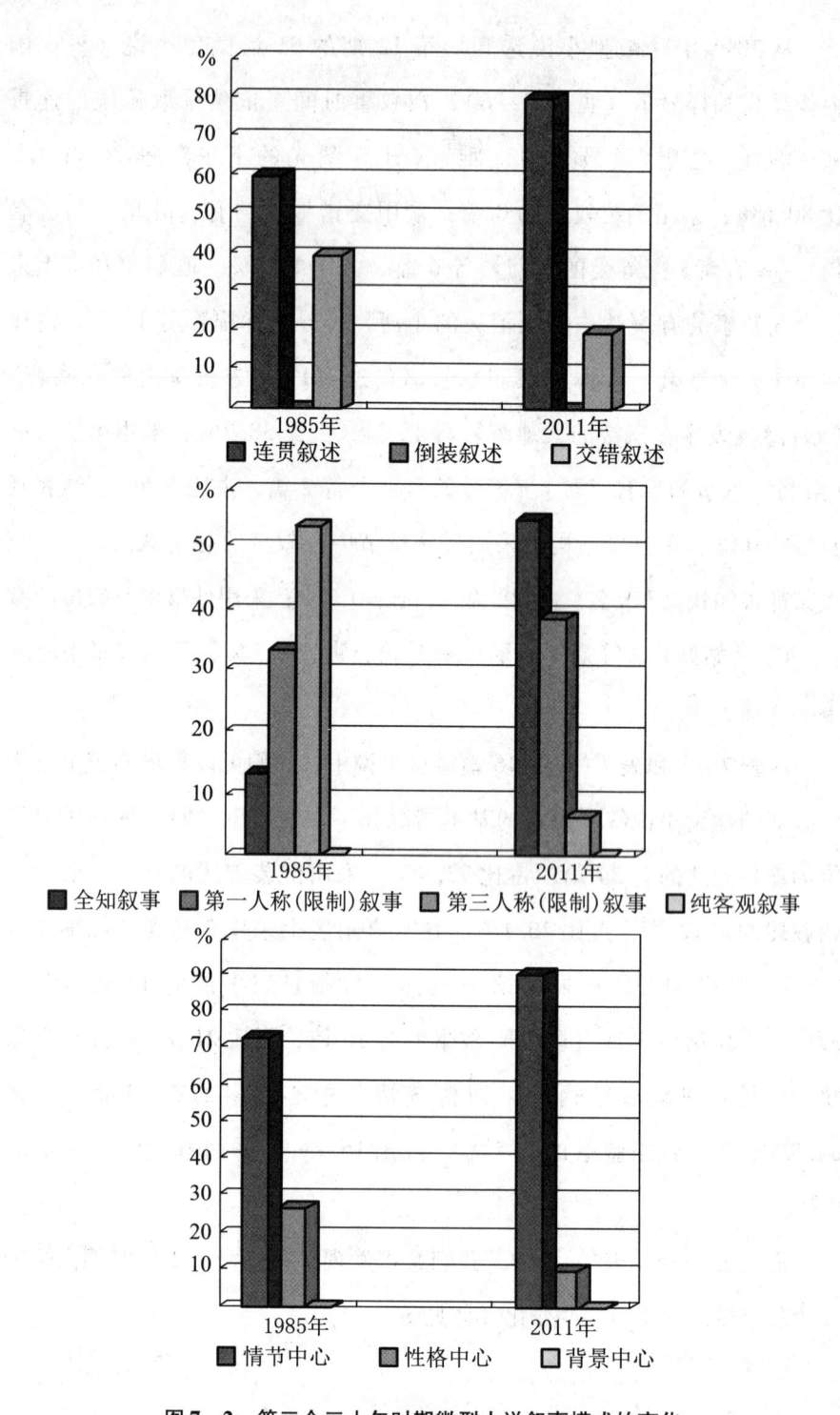

图 7-2 第三个三十年时期微型小说叙事模式的变化

从图7-2中可以看出，传统的连贯叙述模式仍然占据很大一部分，倒装叙述变化不大，交错叙述开始下降，说明艺术技巧在1985年前后较之现在风潮正涌。全知叙事和限制叙事整体来说旗鼓相当，第一人称（限制）叙事上升幅度很大，第三人称（限制）叙事幅度下降很快，充分说明作家在叙事角度方面的变化追求日趋平稳。传统情节中心叙事占比仍然很大，且呈现上升趋势，性格中心叙事幅度却在下降，说明越来越多的年轻人在技巧尝试方面做得不够。

四 近百年微型小说：艺术技巧任重道远

为了较为清晰地了解近百年微型小说叙事模式的大体变化，我们对这三个三十年（图7-3中以1930年、1960年、1990年为代表）的微型小说叙事模式整体情况进行一个比较分析，具体详见图7-3。

从图7-3我们可以看出，随着时代的发展，传统的连贯叙述模式仍然占据很大一部分，倒装叙述和交错叙述却在总体减少，说明现代文学三十年时期的现代文学名家的微型小说创作，无论是在内容上还是在形式上都有很大创新。全知叙事比例微弱胜出且呈下降趋势，第一人称（限制）叙事总体保持平衡，第三人称（限制）叙事开始提升，说明作家的叙事角度日益多元，艺术技巧日趋成熟。传统情节中心叙事比例呈现上升趋势，且在第二个三十年当中特别明显，说明"十七年"和"文革"中的微型小说作家在技巧方面不太注重创新；第三个三十年当中的传统情节中心叙事仍然比较明显，恰恰说明在文化多元背景和阅读时间趋紧情况下，故事性的微型小说更容易获得读者喜欢，而那些过分追求技巧的微型小说则难以让人产生阅读兴趣。

微型小说叙事模式内含叙事观念，而在这个叙事观念背后，我们看到的是整个时代的思想文化范式。启蒙精神的张扬，是促使中国小说叙事模

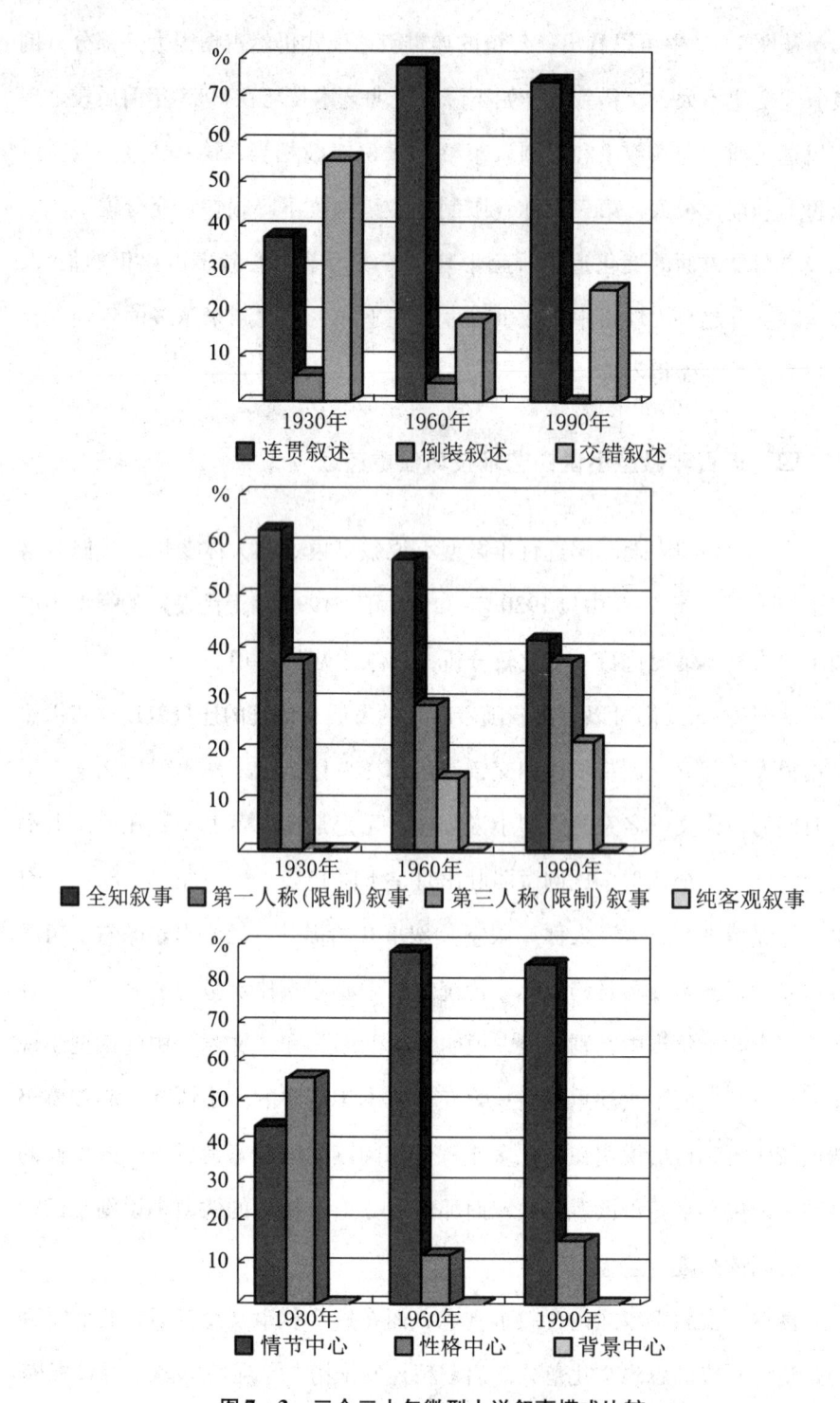

图 7-3　三个三十年微型小说叙事模式比较

式向现代性转换的思想文化背景。也就是说，从第一个三十年微型小说的技巧变化多端和第三个三十年微型小说的某个时期（如20世纪80年代）的多样发展，可以看出"五四"、新时期的小说家正试图利用小说来启蒙民众。但不可否认的是80年代的微型小说技巧创新恰恰如"五四"小说现代性的获得那样，很大程度上是对中国传统小说叙事策略的背叛和对西方现代小说观念借鉴的结果，它先锋性的叙事形式和飘忽的话语风格大大超出了普通民众的接受能力，很难为人们所接受，从而使启蒙者陷于"失语"的困境之中，也使得在商业文化席卷而来时，微型小说在叙事模式上就会很快回归原点——形制短小的微型小说在情节化、故事化格局方面始终保留某些传统。同时，我们不能忽视的是，纯客观叙事和背景中心叙事在近百年来的原地踏步，也充分说明微型小说作家的艺术技巧探索之路仍然任重而道远。

第二节　微型小说的创作发展

发展60余年的微型小说，已成为文学百花园中的一朵奇葩，造就了一个十分难得的文学现象和文化现象。面对新世纪以来长篇小说的繁荣发展和国外华文微型小说的繁荣态势，国内微型小说创作在大发展背景下，仍还存有哪些缺陷？与国外微型小说创作相比，还有哪些需要改进的地方？微型小说作家如何看待理论批评？微型小说创作的未来走势如何？

针对微型小说的创作现状与微型小说的创作发展，2011年3月笔者特与凌鼎年先生进行了如下访谈。凌鼎年先生是1994年入会的中国作家协会会员、世界华文微型小说研究会秘书长、中国微型小说名家沙龙副会长、美国"汪曾祺世界华文小小说奖"终身评委和香港"世界中学生华文微型小说大赛"总顾问；在海内外报刊发表过3000多篇作品800万字，出版过各类文学、文化专著近30部，其中微型小说选集、评论集有《再年轻一次》《再美丽一次》《秘密》《悬念》《凌鼎年微型小说》《都是克隆惹的祸》《天下第一桩》《同时高材生》《海外关系》《天使儿》《魔椅》《微型小说杂谈》《凌鼎年选评本》《凌鼎年微型小说创作谈》等。他是国内微型小说界与海外华文微型小说界联系的主要联络人，曾带领中国微型小说创作、评论团队访问欧洲、大洋洲、美国，并在哈佛大学讲学，为中国微型小说的影响扩大和国外微型小说在国内的推广宣传奠定了坚实基础。

张春：首先感谢您在百忙之中接受访谈。当微型小说成为当代文学的一道风景时，您为这道风景的出现、存在和发展做出了重大贡献。因为在当代微型小说发展过程中，您是一个无法绕开的话题。无论是从创作角度来说，还是从编辑方面来看，或者是从评论情况来论，您都做了大量卓有成效的工作。世界华文微型小说研究会名誉会长江增培先生曾高度评价您"既是微型小说的作者、编者、评论者，也是微型小说活动的组织者、推动者，全方位地参与了这一文体在新时期的发生、发展和壮大的过程"（《微型小说月报》2011年第8期）。请问您如何看待当前微型小说的整体创作状况？微型小说创作存在的短板在哪儿？微型小说作家如何杜绝一些浮躁化创作？

凌鼎年：总体来说，微型小说的发展态势是向前的，正在从民间走向主流，从草根走向精英，从多位作家获各省的文学大奖，到官方的鲁迅文学奖吸纳微型小说，都很说明问题。

不可否认，第一代微型小说作家依然有多位宝刀不老、作品不断，新一茬的作家更是活跃，新作频频亮相。各地的书商、出版社都很看好微型小说的图书市场，各类微型小说选本与微型小说作家个人集子越出越多，从10本一套到二三十本一套，近年已发展到50本、

100本一套。近日四川文艺出版社推出《百年百部微型小说经典》，王蒙写序，大气、厚重，这无不说明微型小说是有读者的，是有市场的。值得注意的一个新情况是近年各地微型小说沙龙与学会等社团如雨后春笋般涌现，显示了微型小说强大的生命力。

要说微型小说创作存在的短板有三：第一，从客观上讲，由于其篇幅的局限，它不可能有中短篇小说乃至长篇小说那样的容量，在阐述事件、描写人物时，很难从容不迫，不可能设计错综复杂的矛盾，也不允许运用过多的描写手法，一切都要求精炼再精炼，本来可以一波三折的故事，可以抽丝剥茧的叙述，逼得压缩到"螺蛳壳里做道场"，难度系数大大提高。第二，长篇小说可以"一本书主义"——一本书也许就可以成名，微型小说作家如果仅仅写一篇两篇，是很难让读者记住的。即使一本微型小说集子，也得有70—100篇作品——要知道，100篇就是100个点子、100个题材，读者还要求你100种写法、100个主题，如果写到1000篇，在题材、主题、结构、手法、语言等翻新，何其难也！假如微型小说作家不行万里路、读万卷书，肚子里就那点库存，就那点生活积累，怎么可能避免重复自己、重复别人呢？第三，面对着故事的诱惑与挤压，部分微型小说作家往往自觉不自觉地向故事靠拢，所写的微型小说越来越像故事，丧失了纯文学的品位，这都是微型小说的短板或者说存在的问题。

关于浮躁化创作，在部分作者、作家中确实存在，有些人急功近利，恨不得一夜成名，没有把苦功下在写作品上，而是"功夫在诗外"。出现了看风创作、跟风创作、模仿创作、重复创作，严重的还抄袭、剽窃——甚至（包括）一些获奖作品，也有读者揭发涉嫌抄袭。例如，有次评奖后，《新民晚报》拿出一整版来刊发其中的几篇获奖作品，结果被揭发有一篇就是抄袭多年前该报发表的作品。

杜绝浮躁化创作：第一是要有独立的人格、独立的精神；第二是眼光要放远，把一时的得失与荣誉看得淡些，不要为发表而写作，不要为稿费而写作，不要为奖金而写作；第三是要有精品意识，宁可"板凳坐它十年冷"，也要写出好作品；第四是多读书多采风，腹有诗书后内心自会沉静下来，要把写作当作一种享受，而不是敲门砖。

张春：您是一个当之无愧的高产作家，一个富有责任感的理论批评前辈，曾被誉为"凌鼎年现象"，单就您的《中国微型小说备忘录》，就是一篇具有重要史料价值的论文。该文资料搜集之多、涉及范围之广、论述角度之精，实在是一部不可多得的微型小说生态史，也是我辈需要认真学习、研读的重要论著。您作为一位成名较早的知名微型小说作家，为什么要做这样一件繁杂的工作？或者说，您的出发点是什么？

凌鼎年：1990 年 5 月，我有幸应邀参加了汤泉池笔会，被列入第一代微型小说作家之列。我发现参加者都是搞创作的，没有一个从事微型小说理论与批评的。1994 年我应邀去新加坡参加"首届华文微型小说研讨会"，（在）与新加坡的作家交谈中得知，他们迫切需要得到微型小说的理论指导，希望能读到微型小说理论书籍，希望有人能对他们的作品品头论足，他们还十分希望了解微型小说的整个现状与走向。这就促成了刘海涛的理论著作在新加坡的出版，也促使我思考这个问题。

我是一个做事很细的人，从小学三年级就开始写日记，几乎一天不落。我从 20 世纪 80 年代开始就有三本记事本：一本记创作，即哪年哪日写了哪种题材的作品，什么题目，多少字数；一本记投稿，即哪年哪日向哪家报刊寄了什么作品；一本记发表，即哪年哪日哪家报刊发表了哪篇作品，收到稿费多少。这种良好的记事习惯有助（于）我收集、整理资料。从新加坡回来，我就开始有意识地收集、记录、整理微型小说的相关资料。写了《中国当代微型小说文坛扫描》一文

（2万多字），并分别发表在《天津文学》和马来西亚的《马华文学》上，还被日本的渡边晴夫教授翻译后发表在日本《长崎大学学报》上。受此鼓舞，我从1995年起就每年写一份当年的微型小说盘点，日积月累，资料就多了。

我为什么会坚持呢？因为我明智地认识到在当时的环境下，微型小说作为一种新兴的文体，还属民间的、草根的，还得不到官方文坛、主流媒体、学院派的重视，没有人会主动收集微型小说的资料、研究微型小说作家与作品，而微型小说与长篇小说、中短篇小说又不同，面广量大，琐琐碎碎，如果当时不收集、不整理，若干年后，有些资料就难找难觅了，而记忆力常常是靠不住的。我作为第一代微型小说作家，有责任、有义务来做这个事。更重要的是，我坚信微型小说的明天是美好的，所以我写了《微型小说是朝阳文体》，写了《微型小说，三十年后再论》，作为一套微型小说丛书的总序。我想等30年后，微型小说这种文体成熟了、强大了，必有人会研究之，甚至有人会为之写《微型小说研究》或《微型小说史》——我每年写的大事记，就是为将来的研究者积累第一手资料，做好充分准备。我甚至还说过：如果我以后江郎才尽，微型小说写不出了，那我就写《微型小说简史》，因为作为当事人，我掌握的资料最多，最有条件写。尤其是2004年我学会使用电脑后，就建立了专门的文档，只要发现微型小说资料，就随时存入，方便多了。加上我参加的海内外微型小说活动多，人脉关系广，信息量大，我写《中国微型小说备忘录》就有内容可写。再说，我热爱微型小说，把微型小说当作事业在做，为自己喜欢的事出点力，我不觉得苦、不觉得累，或者说心甘情愿。

张春：第五届《鲁迅文学奖评奖条例》正式将"微型小说选集"纳入评奖范畴，说明微型小说成为一种独立文体的形势日益看好。从微型小说创作的角度来说，您觉得文体的独立对微型小说创作有何影响？同时，我们要看到微型小说的发展形势虽然十分喜人，但也要充分认识到社会各界仍然有"微型小说难有大前途"的说法。从微型小说发展的角度来看，微型小说创作应当坚持一些什么原则，如何进一步推动微型小说的发展？

凌鼎年：一种文体的独立不是谁说独立就独立的，就像楚辞汉赋、唐诗宋词、元曲元杂剧、明清小说，近代白话文、白话诗，都是时代造就的。独立，就标志着走向成熟，标志着自成一家。20世纪我们说微型小说独立，只能说是一种预测，一种美好的愿望，但时至今日，微型小说的独立已具备了基本的条件。我觉得微型小说的独立，应该有几个客观的标志，即有代表性的作品，有代表性的作家，有自己的作家群，有自己的理论家、评论家，有自己相对独立的读者群，有自己的发表园地，有自己的出版市场，有自己的组织，有自己的奖项。从这几点考量，微型小说的独立，已是大势所趋，想拦也拦不住了，最多是时间问题。也许有人会说："微型小说已经独立了。"我说现在还不能这么说。目前，在那些有话语权的人眼里，微型小说依然从属于短篇小说，最明显的——茅盾文学奖是将其纳入了，但归在短篇小说里。短篇小说有5个名额，微型小说充其量就1个名额。如果真的独立了，就应该与短篇小说平起平坐，也是5个名额，我想会有这一天的。信不信在你们，反正我信了。

关于微型小说创作有关坚持的原则，说一千，道一万，就是以作品说话，拿出精品力作。作为微型小说作家来说，很重要的一点是把主要精力放在创作上。只要有了好作品，不愁不怕文坛不承认你，不愁不怕读者冷落你。还有一点要强调的就是：一定要保持微型小说的品位，这是原则问题。

至于说推动微型小说的发展，需要有几股力量同时并举：作家的力量、评论家的力量、编辑家的力量、出版家的力量，还有文化经纪人的力量、企业家的力量。我说的企业家的力量，不是说让企业家赞助，拿钱出来包装哪一位作家，而是指网络运营商、移动公司、联通公司、电信公司等新媒体对微型小说的关注，像手机阅读、网络阅读、微电影的崛起，都是微型小说的利好消息，借助这些平台，等于给微型小说插上翅膀，可以让微型小说飞得更快更远更久。

张春：很多作家都在广泛运用"欧·亨利结构"，仿佛总要在文章结尾给人以意外才好，因此有人总结了"微型小说是一种结尾艺术"。其实，"欧·亨利结构"只是微型小说的一种技巧而已，我看您就不是很刻意地运用这种结构，而是随着情节的自然发展而结束全文。记得您有一篇叫作《秘密》的微型小说，它的结尾就给了读者一个很大的悬念，因为文章自始至终都没有告诉漂流瓶子里的几个英文字是什么意思。也就是说，这篇微型小说使用了多重转折，一抑一扬再一抑。请问您如何看待微型小说的结尾处理，如何看待当前模式化的结尾？

凌鼎年：关于微型小说的结尾，在 20 世纪 90 年代初，微型小说作家与读者都比较推崇"欧·亨利式的结尾"，即"出人意外，情理之中"。但很快我们意识到：如果一窝蜂地运用，就必然会导致模式化，而千人一面、千人一腔、千篇一律，是"创作的癌症"。记得在 1992 年由我主持的江苏省微型小说创作研讨会上，我与沙黾农、生晓清等作家就提出了淡化"欧·亨利式的结尾"的警告，以免落入一种自我束缚的窠臼。我们提出了结尾的多样性，沙黾农还别出心裁地提出了"微型小说是结尾的艺术"的观点，虽然不无偏颇，但有积极意义。

我个人认为，"欧·亨利式的结尾"不失为一种有价值的结尾，可以运用，但不能一而再再而三，更不要刻意为之，还是顺其自然。所谓自然为美，大自然大美，越自然可能效果越好。技巧要不要？

要,但要融入字里行间,使人看不出技巧。难怪巴金老人说"无技巧,乃最高的技巧"。

关于模式化,不仅仅体现在结尾上,还表现在结构上,这不能不引起我们每一个微型小说作家的警觉。因此,微型小说作家的探索精神很重要。我一直想主编一本《世界微型小说文体探索大观》,也收集了一些作品,就是想借此为微型小说爱好者与微型小说作家提供创作的参考范本。

张春:在文学艺术领域常常有这样的现象,那就是很多作家很少读理论书籍,也很少关注理论批评,甚至有的还看不起理论批评,认为一些批评家不懂文学创作才去搞批评。我在这里只是陈述一种现象,并没有打击微型小说创作、抬高微型小说批评的意思。您作为一个具有多重身份、涉猎广泛的作家、编辑家、评论家,在这方面应该是最有发言权。您觉得微型小说作家应当如何看待理论批评,微型小说理论批评如何更好地推动微型小说创作?

凌鼎年:我记得古罗马著名的文学评论家贺拉斯把作品与评论比喻为钢刀与磨刀石的关系。据说在欧洲,一部作品能不能畅销,一个作家能不能走红,与批评家是否关注、是否评论大有关系。平心而论,评论家的评论,与作家的作品是一样的,作家创作可以发挥想象力,天马行空,评论家却必须先认真通读,再理出头绪,才能进入评论,同样文字的工作量往往是作家的几倍。我知道评论家的艰辛,故对评论家一直敬重有加。

因为身在文坛,我有时难免也应约写几篇评论,那属客串性质。有文友知道我也写过评论,就会把书寄给我,要我写评论,我挺为难的。不是不肯写,实在是没有时间读。如果写一篇评论花一天时间,那读作品、思考如何下笔,至少两天,而评论写出后发表的园地远比发表作品的少。更麻烦的是评论有较强的时间性,一篇原创作品过了几年还能发，一篇评论，如果拖个几月，就明日黄花了。评论家的不易，由此可见一斑。

据我了解，像长篇小说、中短篇小说、散文、诗歌等都是理论走在创作前面，都有一支实力雄厚的评论队伍与其相辅相成，而评论的中坚力量是高校老师。而微型小说则是创作先行，理论滞后，在相当长一段时间里，只有凌焕新、刘海涛、顾建新、姚朝文、龙钢华等为数不多的高校教授参与理论建树与评论。当然，近年来的情况大有改观。我们希望有更多的高校老师加盟微型小说评论队伍。对他们的贡献，我们微型小说作家将铭记在心。

我们希望有更多的高校老师利用各自的人脉关系与优势，向自己所在的高校，与当地乃至省委宣传部、社科联、文联、作家协会申报微型小说研究课题，争取立项，争取经费支持。湖南邵阳学院的龙钢华教授申请到了国家级的微型小说研究课题，那影响就大不一样，功德无量。天津师范大学卢翎教授撰写的《滕刚评传》，开创了对微型小说作家的个人研究先河，希望有学者继续这项研究与撰写。这两年，广东惠州学院的雪弟在做的《微型小说地图》，一个城市、一个省份的微型小说作家群专题研究，也是一个有价值的课题。

在微型小说作家中，有理论功底的不多，早期江苏的生晓清写过多篇微型小说理论文章，浙江的谢志强算是佼佼者，创作、理论两栖进行。四川的李永康也关注过微型小说的理论建设，出版过微型小说访谈集《为了一种新文体》等。后来山东的高军、湖北的陈勇，都属创作兼顾评论，有所成绩。年轻一茬的微型小说作家中，我读到过青铜器与孙方友女儿孙海霞的评论写得有模有样，假以时日，应该会有所建树。只是按比例，微型小说作家中愿亲近理论、尝试写评论的还是太少太少。

张春：您曾描绘过一张《中国微型小说（小小说）版图》（2011

版),里面总共有29个机构,这个图谱很容易让人感觉微型小说的星星之火可以燎原。请您谈谈微型小说作家与微型小说组织之间的关系。同时,我们也注意到您是国内联系国外微型小说作家、评论家最频繁、最紧密的一个作家。国外是否也注重微型小说的组织建设?此外,还想请您谈谈未来国内微型小说与国外微型小说的一种创作走势。

凌鼎年:回想1990年《微型小说选刊》在汤泉池举办的"首届微型小说创作暨理论研讨会",精选全国各地的20位微型小说作家,算是当年的微型小说文坛的佼佼者了,但大部分连省作家协会也还没有参加,出版过自己集子的更是凤毛麟角。而时至2012年,微型小说作家中光中国作家协会会员已不下百人,出版过集子的有好几百位,多的已出版二三十本,发展之快之猛,令人鼓舞,与20年前完全不可同日而语。

微型小说作家尽管参加中国作家协会、省级作家协会的有好几百人了,但不必讳言,微型小说作家在各级作家协会中的地位与写"大小说"的还是有距离的。大家常说:有作为才有地位。微型小说的地位要靠微型小说作家自己去争取。如何争取,首先是写出过硬的作品,其次是举办有影响的活动,再就是在重要的文学活动场合要有微型小说作家的声音。有了微型小说作家的社团,就可借此平台开展活动,有活动就有凝聚力,有凝聚力就有号召力,就有影响力。

因为我的本职工作是涉外的侨务工作,所以与海外人士打交道是我的独特优势,加之我不仅搞文学创作,还兼从事一些文化研究,我的接触面就相对广一些,参加的不少国际国内的活动层次较高,认识了很多专家学者。可能是"马太效应"吧,各地各国的邀请也就多,了解的情况也多。据我了解,美国、日本、澳洲、中国香港等国家和地区都有微型小说社团,东南亚各国的华文作家协会会长、主席,包括多位副会长、副主席，都写过微型小说、出版过微型小说集子——学会领导与微型小说有缘，自然就会影响、带动一大批人从事微型小说创作。2011年我主编、出版了《美洲华文微型小说选》《欧洲华文微型小说选》《大洋洲华文微型小说选》，今年主编的《亚洲华文微型小说选》正在出版之中，目前正组稿《非洲华文微型小说选》，这样，五大洲的微型小说选集就全了，这说明微型小说是有生命力的，且不仅是在中国。我还写过一篇文章，列举了世界各国都有写微型小说的，而且不少国家的大作家、大文豪，甚至数十位诺贝尔文学奖得主都写过微型小说。

我是微型小说的乐观派、看涨派，我认为微型小说还有很大的发展空间。像3G手机的出现，对微型小说的繁荣极为有利。有识之士还看中了微电影的潜在市场，正在携资加入，这对微型小说的发展无不都是利好消息。最近，移动公司、联通公司、电信公司都在与微型小说作家联系合作事宜，签约把微型小说作品放到手机阅读。我个人认为，鲁迅文学奖早晚会给微型小说单独设立奖项的，只是时间问题。当然，我们微型小说作家要争气，要让作品说话，有了好作品，一切都会随之而来的。

第三节　微型小说的产业发展

在微型小说成为当代文学的一种现象过程中，小小说出版事业蓬勃发展，无论是小小说作家的选集出版量还是小小说专业期刊的发行量，甚至各类小小说综合选本的出版状况，都很好地印证着小小说的发展已今非昔比。特别是郑州百花园杂志社长期推动小小说产业的发展，引起了《人民日报》《光明日报》《文艺报》《河南日报》《中国新闻出版报》等各大主流媒体的广泛关注，《出版广角》《出版发行研究》《东南传播》等学术期刊也都予以解读。在"文化强国"东风的吹拂下，小小说的产业化必将迎来美好明天。

我们在看到小小说出版产业繁荣发展的同时，也要清醒地认识到小小说产业之路仍将漫长，仍存有期刊发展、地域发展的不平衡和出版质量亟待提高、同业竞争现象严重和选题策划出版雷同等问题，如何在肯定成绩的基础上有效解决这些问题，以及小小说出版产业的未来发展趋势如何，与国外小小说出版存在哪些异与同，小小说在文化产业发展中如何发挥优势等问题，都需要引起小小说策划者、出版者和研究者的关注。

为了厘清当前产业发展中的有关问题，中肯评价当前发展中的整体情况，考量小小说产业的未来趋势，2011年4月，笔者特与秦俑先生作一次对话。秦俑，本名伍建强，湖南涟源人，中国作家协会会员，现为郑州百花园杂志社副总编兼《小小说选刊》执行主编，出版有小小说集《纪念日》《被风吹走的夏天》，主编有《中国当代小小说大系》（5卷）、《新中国60年文学大系·小小说精选》、《中国小小说金麻雀获奖作家文丛》（23卷）等。

张春：近悉百花园杂志社的杨晓敏总编获得"河南文化创意产业杰出贡献奖"，他的获奖说明《百花园》《小小说选刊》在文化产业发展之路上迈出了坚实的步伐。能否具体谈谈百花园杂志社在文化产业化方面做了哪些工作，有些什么特色？

秦俑：我想，这个话题要从了解什么是"文化产业"开始。2003年9月，国家文化部制定下发的《关于支持和促进文化产业发展的若干意见》，将文化产业界定为："文化产业是从事文化产品生产和提供文化服务的经营性行业。文化产业是与文化事业相对应的概念，两者都是社会主义文化建设的重要组成部分。文化产业是社会生产力发展的必然产物，是随着中国社会主义市场经济的逐步完善和现代生产方式的不断进步而发展起来的新兴产业。"早在1995年，百花园杂志社做出了一个重要决定，就是将下属的《小小说选刊》改为半月刊，从某种意义上讲，这种将刊物的经营性行为提升到杂志社整体发展最中心的环节、既兼顾社会效益又注重经济效益的做法，已经可以视作百花园杂志社文化产业一种自发的萌芽。2011年11月，"小小说与文化产业高端论坛"在郑州举行，标志着百花园杂志社从小小说事业平台开始转向小小说产业平台。

近十余年来，百花园杂志社在文化产业方面主要做了以下三个尝试。一是将文学期刊真正推向市场，《小小说选刊》月发行量长期稳定在20万册以上，一度高达65万册。二是倡导和规范小小说文体，培养作家队伍，推出精品力作，打造出期刊界的"郑州小小说"品牌，营造出令社会各界瞩目的"小小说现象"，百花园杂志社拥有"作家资源""作品资源"和"品牌资源"三张小小说产业化发展的王牌。三是经过近30年的努力，百花园杂志社初步形成了集编辑出版、多渠道发行、广告策划、网络宣传、社会函授、节会活动等为一体，小型高效的文化产业链雏形。其特色主要是：事业与产业并举，用产业夯实经济基础，以事业打造文化品牌，让产业成为事业兴盛的基础，同时利用事业获得的影响反过来促进产业的长足发展。

张春：杨晓敏先生曾经说过："作为一名文学写作者，或许谁都梦想写出一篇能超越时空、获得永恒的具有传世意味的杰作。譬如像唐诗中的《春江花月夜》、宋词中的《明月几时有》等篇章。令人郁闷的是，在当代人的文学作品里，这种精品佳构甚少，多是一些心气乖戾浮躁、追逐世俗功利和无端炫耀技巧的琐屑文字。那种令读者神往、直逼灵魂深处的文学境界，那种沉静大气、钟灵毓秀、恻隐思辨和禅意无限的文韵蕴含，几可称为可遇不可求的凤毛麟角"（杨晓敏《雪国盛开石榴花》，转自安石榴《全素人》，光明日报出版社2010年版，第166页）您怎么看待当下的小小说创作？

秦俑：小小说文体从20世纪80年代初发轫，历经30余年长盛不衰，有其自身的独到之处。但就"经典""传世"意义而言，30年仍然只能算是非常短的一个时间。时间如大浪淘沙，也许一百年几百年之后，小小说也能像唐诗宋词一样留下一大批脍炙人口的经典作品。因为小小说定位大众，深受读者喜爱，所以甫一出现，就是一个"另类"，所谓的"纯文学"在很长一段时间之内都将其拒之门外。而事实上，小小说也确实难用传统意义上的"纯文学"的评判标准来进行衡量，从而导致了文学界尤其是批评界对小小说文体长期以来形成的一种偏见。

当下的小小说创作现状，可以用以下三个关键词来概括。

第一，成熟。小小说在经历了20世纪80年代的萌芽发轫、90年代的繁荣发展，到新世纪已渐趋成熟。目前，小小说已经形成相对稳定的文体审美特征并拥有了自己的品牌刊物，有了数十名有全国影响力的代表性作家和数以百计的标志性作品，同时小小说理论的发展虽略为滞后，但已经形成较为成熟的理论体系。

第二，庞杂。小小说发表阵地众多。我曾看过一个非官方的统计数据，说全国有几千家报刊刊发小小说，其中专业的小小说报刊有20余家，开设有经常性小小说栏目或版面的报纸超过300家，刊物近100个。这样统计下来，每年的发表量在3万篇左右。小小说的写作队伍庞大。据我了解，全国小小说的写作者数以万计，长期活跃、经常发表小小说作品的作者也超过500名。这么多的报刊阵地，这么庞大的作家作品数量，一方面是小小说繁荣的一种体现，另一方面也导致了作品的良莠不齐、泥沙俱下。在这种背景下，《小小说选刊》的存在就显得特别重要。优而选之，起到倡导和规范的作用，这也是我们刊物的重要使命之一。

第三，期待。小小说的迅速崛起，是当代文坛一个意味深长的现象。但是，小小说走到现在，也出现了一些不容忽视的问题，如作品内容的雷同和贫乏、作家创作的功利与模仿等，已经引起了业界的关注。所以，当下的小小说期待个性，期待创新，期待经典，期待大师，也期待畅销书和明星作家。

张春：您是以小小说而加入中国作家协会的一名作家，在此之前已经有90余位，这也给了一些"小小说创作无前途"等武断言论有力回击。同时您又集创作、编辑、评论和出版于一身，想请您谈谈这四者之间的同一性。

秦俑："小小说创作无前途"这本身就是个伪命题，只是被一些别有用心的人用来作为捣毁小小说的一个理由。我对小小说写作一直怀有一种信心：如果真能将小小说写好，而且能坚持下去，出名家，出大家，甚至出大师，也是指日可待的事情。就我个人而言，从最初的小小说读者，到成为一个尝试创作的小小说作者，到加盟百花园杂志社成为一名小小说编辑，再到因为工作需要而写作少量的评论理论性文字，策划、主编出版一些小小说的图书，这本身也是我个人成长必经的一条途径。我自己的定位是：职业是编辑，创作是业余；评论如雪中送炭，出版似锦上添花。这几者看似有矛盾，但如果要处理好这其中的关系，也是很有意思的一件事。所以，我赞成不要当"埋头编辑"，才能与作者之间建立一种良好的编作关系。

张春：小小说作家网（http://www.xiaoxiaoshuo.com）是您在2002年创办的，到今年已经整整十年。十年来它为助推小小说发展繁荣奠定了坚实基础，《文艺报》《文学港》等为此还对您和小小说作家网进行过详细报道，您能否具体谈谈这个网站的主要板块、主要功能特别是在产业化方面所起的作用？

秦俑：小小说作家网是顺应历史潮流的产物。近十年来，这个网站给我个人带来了极大的声誉，但我知道，我只不过恰好在一个合适的时间里做了一件合适的事情。如果说小小说作家网在小小说的发展历史上有那么一点意义的话，这个功劳也应当属于经常活跃于网上的各位网友们。而且，我还很遗憾：我不能腾出更多的时间来经营和管理小小说作家网，让它很多年来一直处于一个相对尴尬的位置。

目前，小小说作家网主要分几大板块："核心主版"主要是创作交流区；"理论与批评"主要是评论交流区，"《百花园》杂志社"是杂志社的网络宣传窗口；"资讯专区"以供网友交流分享业界各类资讯；"在线投稿区"有多家报刊的在线征稿投稿；"省市专区"为作者相对集中的多个省市提供了地区性的交流阵地。另外，有"特别专区"和"活动存档区"主要是做一些专题类的活动等。其主要功能还是定位于给作家、编辑、评论家以及广大读者和网友提供一个交流的园地，而较少有产业化方面的探索。但是，放眼未来，网络阅读与手机阅读等新阅读模式的兴起，必将为小小说与网络的联姻带来一些新情况，而因为小小说作家网的存在，我们在应对这些新情况时会更加得心应手。

张春：在小小说出版市场，一直存在两本占据市场份额很大的选刊，一本是郑州的《小小说选刊》，另一本是南昌的《微型小说选刊》，能否请您谈谈两者的办刊异同？作为《小小说选刊》的执行主编，您对刊物今后的发展有何打算？

秦俑：《小小说选刊》和《微型小说选刊》分别是小小说与微型小说的代表性刊物。从实质上讲，小小说与微型小说是指同一种文体，是小说文体中区别于短篇、中篇、长篇小说，篇幅更趋于精短的文体样式。但是，因为办刊方针、编辑思路、审美趋向等不同，导致了这两家刊物在用稿风格上还是有较大的不同。一般认为，《小小说选刊》更注重作品的小说性，而《微型小说选刊》更注重于作品的故事性，当然，这也不是绝对的，而且两刊在选稿时故意有所回避和区别也无可厚非。我去年才调岗到《小小说选刊》，对刊物今后的发展已经有了一些想法，但一个刊物历史沿袭的定位与风格不会轻易改变，所以眼下主要还是学习与思考阶段，只会在栏目设置、选稿风格、内容调配等方面作一些技术性的微调。

张春：鲁迅文学奖将小小说纳入评奖范畴以后，对小小说的产业化有何影响？党的十七届六中全会确立了"深化文化体制改革、推动社会主义文化大发展大繁荣"文化战略。为适应新的形势，百花园杂志社会采取什么样的一些应对措施？您认为文化产业的兴起对小小说来说具有什么样的意义？

秦俑：鲁迅文学奖将小小说文体纳入评奖范畴是好几年之前的事了，当时确实给小小说业界带来了一些热度，但几年过去，冷静来看，小小说纳入鲁迅文学奖更多体现的是小小说事业上的一种意义，对小小说的产业化发展可能影响会小一些。甚至，说得悲观一点，如果几届评选下来，一直没有小小说作家获奖，对小小说创作可能还会带来一些负面影响。因为小小说确实不乏优秀的作家和优秀的作品，评不上奖的原因可能是多方面的，但在外界看来，纳入奖项而一直评不上奖，是不是从某个层面对小小说作家作品的一种整体否定？

党的十七届六中全会以来，国家对文化的投资与改革力度都在加大，具体对百花园杂志社来讲，既有挑战，又是机遇。六中全会以后，百花园杂志社就举行了一个"小小说与文化产业高端论坛"，邀请国内文化产业的专家学者和政府相关部门负责人为小小说出谋划策，并形成了从"事业平台"置换为"产业平台"的基本思路。经过

30年的不懈努力，百花园杂志社积累了大量作品资源、作家资源和市场品牌资源，拥有一流的文化产业团队，目前已经形成了书刊出版、节会组织、教学培训、新媒体阅读等多元形态的文化资源、人才资源和创意资源的产业化发展结构，进行全方位市场化运营的时机已经成熟。我看好小小说的产业化发展前景。

第四节 微型小说的理论发展

在微型小说创作呈现多元化过程中，微型小说理论批评也发展迅速。一个突出表现就是学院派的一些学者开始专注于此（在这不含王富仁、陈平原、雷达、李运抟、吴培显等高校教授的偶尔为之），如湛江师范学院刘海涛、南京师范大学凌焕新、中国矿业大学顾建新、邵阳学院龙钢华，湖南工业大学刘文良、张春，佛山大学姚朝文、广西大学吕植家、天津师范大学卢翎、钦州学院韦妙才、惠州学院阎占士等。他们的微型小说研究，具有较强的理论性、系统性和科学性，整体提高了微型小说的研究质量，推动了微型小说的创作发展。新加坡作家协会黄孟文、日本国学院渡边晴夫、美国爱荷华州立大学穆爱莉等国外微型小说研究者，在关注本国微型小说发展的同时，将其与中国微型小说发展进行比较研究，拓宽了微型小说的研究视野，也有力推动了中国微型小说的创作、研究和出版。

以《世界华文微型小说综合研究》（2009）获得国家社科基金项目的湖南邵阳学院龙钢华教授，是近年来微型小说研究领域中的重要代表人物。龙钢华系北京大学国内访问学者、世界华文微型小说研究会会员、中国俗文学会理事、湖南省作家协会会员、湖南省文艺理论学会副会长，是省级优秀青年骨干教师、湖南省高校省级优秀学科带头人,其主要学术方向是以微型小说为重点的小说研究,出版学术专著 2 部(《小说新论——以微篇小说为重点》《学海探赜》),在《江汉论坛》《学术论坛》《求索》《文艺理论与批评》等重点理论刊物发表论文 60 余篇,被人大复印资料全文转载 2 篇,主持完成 5 个省校级科研课题。

微型小说目前研究有何新变化、新成绩,国内微型小说与国外微型小说在创作、出版、评论方面都存有什么样的相同与不同,微型小说的理论批评发展方向如何,这些问题都很有必要与龙钢华教授作一对话。2011 年 6 月,笔者特意与龙钢华教授进行了交流。相信通过他的一些真知灼见,我们能从中管窥一个微型小说研究的整体发展形势和发展前景。

张春:龙老师的《世界华文微型小说综合研究》被列为 2009 年度国家社科基金课题,我认为这个课题不仅属于您个人,更属于整个微型小说研究者群,也是微型小说领域中一个具有典型意义的事情。因为这个课题的立项,标志着微型小说创作可以做出大文章,微型小说研究也可以创造大成绩。请问您为何会从世界宏大视野中去考量华文微型小说的综合研究?

龙钢华:世界华文微型小说崛起于 20 世纪 80 年代,蔚然成风,"凡有华人的地方就有微型小说"。而在东南亚,"微型小说创作成为东南亚一带华文文学的主要潮流"。事实上,"微型小说文体成了整合世界华文文学的恰当而有效的文学样式"。自 1994 年以来,每两年一届的世界华文微型小说研讨会已召开了七届,每届与会人员均有 100 多人,来自世界各地的华文微型小说作家和学者定期进行切磋交流,促进了微型小说的持续发展,华文微型小说已成为展示华文文学魅力乃至中华文明的一种积极有效的话语表达。

但是,国内文学理论界由于认识不足或囿于成见,对微型小说的理论研究相对滞后。当然，我们不能否认海内外一些有识之士也从事过该文体的研究，像中国大陆的江曾培、凌焕新、刘海涛、顾建新、刘文良、姚朝文、张伟等，海外的黄孟文、王润华、张春荣等，他们或从小说理论，或从小说创作，或从小说鉴赏等方面做了不少卓有成效的工作，取得了相当的成绩；但是，他们由于各种原因，目前不再主要从事该文体的研究了。而且，以往对微型小说的理论研究，视野主要集中在小说平面的角度，没有从整个文学和文化的角度去立体审视这一渊源深厚，在当前具有国际性特点的文学现象。这样，对该文体的理论研究明显落后于蓬勃发展的微型小说的创作实绩。因此，2002年4月20日中国作协在人民大会堂专门召开的当代微型小说庆典暨理论研讨会上，与会者呼吁让微型小说"真正接受严格而规范的理论关注"（见《文艺报》2002年4月23日）。

因此，从扶持微型小说的发展，促进文学繁荣，弘扬先进文化，满足社会需要和填补理论界的空白来说，以一种国际的眼光，在世界范围内，对当今蓬勃发展的微型小说进行综合研究，既有现实的指导意义，又有长远的理论价值。

张春：国内微型小说创作目前取得了较好成绩，但微型小说理论批评仍然比较滞后，您认为存在这种状况的原因有哪些？微型小说评论者应当在哪些方面改变这种状况？

龙钢华：原因有以下两个方面。一是认识不够。很多人尤其是从事文艺理论研究的人不知道近30年来微型小说取得了这么大的创作实绩，有这么大的影响力。据统计，整个中国古代的长篇小说在1000部左右，而近30年来大陆出版的微型小说集子，据凌鼎年先生说，他收集的就远远超过了1000部。很多人包括一些一流的大学者都不知道这些信息。8年前我在北大访学，师从著名学者陈平原先生，他听我讲了微型小说的发展现状后就感到很惊讶，极力支持我从事该课题的研究,并且在给拙著《小说新论——以微篇小说为重点》做的序中大声呼吁:"面对如此文学现象,学界不可能,也不应该长期保持沉默。"二是难度大。这表现在两个方面的难度。首先,文本阅读难度大,数量太多,千把字一篇,每篇之间又没有情节联系,积累文本信息像捡一粒粒不同的小珍珠一样费时费力,不像研究长篇小说,熟悉了几部经典的作品就有文本基础了。其次,缺乏现成的理论话语体系。从宏观来说,现有的文论体系用来解读文艺作品就显得力不从心;从微观而言,已有的小说理论满足不了小说的解读需求,尤其是微型小说理论虽然经过一些学者的努力,提出了一系列卓有见识的观点,但在整个文艺理论界的话语权分量不够,有些编辑、学者不熟悉也就难认同,比如有些学术刊物就不愿发表该方面的研究论文。因此,要从事微型小说研究,既要重构切中文体实际的理论话语体系,又要赢得理论界的认同,其难度比从事其他文体的研究更大。很多做"聪明学问"的人不愿干此傻事。当然,对微型小说感兴趣而又有学术担当的学者会迎难而上,从扎扎实实地阅读文本和创建理论体系方面去改变微型小说理论批评仍然比较滞后的现状。

张春:您认为国外微型小说创作现状如何?欧美国家与东南亚国家的微型小说发展各有些什么特点,在理论批评方面与国内相比发展状况如何?

龙钢华:我掌握的信息有限,正在不断地搜集这方面的资料,也一言难尽。简单而言,国外微型小说创作是风起云涌。欧美国家与东南亚国家的微型小说在题材、主题、创作手法和整体风格上还是各有特色的。谈不上孰优孰劣。这里需要客观评价的是,东南亚一些小国家由于国际影响力小,文学作品未被充分国际化,从而未得到相应的声誉,这是不公正的。其实,他们有些作家作品比起欧美名作家来说毫不逊色。在理论批评方面,国外较薄弱,国内(包括港台）研究的人较多，范围也较广，微型小说的理论框架已建立起来了，只是未很好地进行整合，当然也还存在对文本研究宽度和深度不够的缺陷，我们正在往这方面努力。

张春：第五届《鲁迅文学奖评奖条例》将"微型小说选集"纳入评奖范畴，请您从理论批评的角度谈谈自己的看法。

龙钢华：这是具有里程碑意义的大事，说明微型小说已修成正果，进入了主流评价机制。但是，要切实做到两点：一是评奖要准确公正，要通过民主公正的程序采用科学客观的方式方法来评选，严禁主观随意和不正当的运作，否则就会自毁品牌，中途夭折；二是要常态化，经得起时间和历史的检验，影响力才会不断扩大，形成品牌。

张春：很多人认为微型小说作家很多、作品也很多，但是真正让人印象深刻的并不多，因此很多人就认为这是一种"虚假繁荣"。您是否认同微型小说存在虚假繁荣？产生现在这种尴尬现状的原因是什么？

龙钢华：第一，实事求是地说，微型小说毫无疑问是真正的繁荣，无论是生发背景、作家作品的数量质量，还是理论跟进，尤其是以其特有的滴水成河的方式对文学事业，进而对人的精神生活、对社会文明进步产生的如小草绿遍天涯般的巨大影响力，体现了真正意义上的繁荣。第二，"很多人认为这是一种虚假繁荣"是因为他们缺乏真正了解、综合比较和深入思考。

张春：在微型小说的未来发展中，国内、国外微型小说作家与理论家如何做到互相推动，从而推动微型小说发展整体实现新发展、迈上新台阶？

龙钢华：第一，做人方面，互相尊重，学会欣赏，珍惜友谊，互相帮助，共同提高，实现双赢。第二，事业方面，实事求是，实话实说，追求真理，追求完美，不断超越。只要大家这么去想，这么去做，就一定能推动微型小说事业不断向前发展。

第五节　微型小说的发展思考

20世纪80年代后，随着工业化、城市化进程的加快，以及全球一体化趋势的影响，具有商业性、消费性、娱乐性等特征的大众文化，也逐渐以其泛意识形态性和折中、模糊的特征，在国家文化、精英文化的夹缝中生存而得到空前发展，成为大众生活中最基本的文化形态，拥有最广泛的文化受众与影响力。大众文化影响之下的当代微型小说，也在文学总体衰微之境况中，走过了从弱小到繁荣的过程。它就像大众文化这个百花园里的一朵奇葩一样，以自身的独特魅力，热烈、奔放而张扬地吐蕊发芳，接受大众的惊讶与喜欢、肯定与宣扬，同时给予其他文学种类发展以有益借鉴。值得我们深深思考的也许还有很多，比如以下10个与微型小说发展有关的问题。

第一，关于微型小说的名称统一问题。这个问题其实很多研究者都提出过自己的看法，我们在前面也主要论述过，大众也深刻认识到目前的"小小说"与"微型小说"两种最为普遍，"微篇小说"被认可的趋势也逐渐成为事实。在此暂且不论哪种名称最为合适，但从长远来说至少应该得到统一，当然这个过程肯定不是哪两家刊物进行协商就可以解决的。从一种文体的长远发展来说，这个名称的统一问题建议由官方机构进行规范统一；从其历史久远、受众范围和纳入鲁迅文学奖评奖范畴的情况来看，笔者认为，采用"微型小说"这一名称更为适合。

第二，关于微型小说的精品问题。目前，国内发表微型小说的作家不计其数，每年发表许多作品的作家也大有人在，但是真正能够给读者留下精品的少之又少。当然，这一方面与微型小说数量的庞大有关，一方面也与评论家的关注缺失有关，但从根本上来说，还是在于作家创作的微型小说精品比较少。当然，什么样的作品能够成为精品？笔者认为，应当是经得起时间考验，具有浓厚文化底蕴，能被大众认可的作品，如汪曾祺的《陈小手》、许行的《立正》、聂鑫森的《大师》、凌鼎年的《茶垢》等。为此，我们的微型小说作家应当多出精品，多出好作品，心态上要平和，不能过于浮躁，不要急功近利。

第三，关于微型小说的出版问题。目前，发表微型小说的报刊也是风起云涌，从这种文体的广泛性来说，较为有名的专门刊发微型小说作品的就是《百花园》《微型小说选刊》《小小说选刊》《微型小说月刊》等刊物；由于广告的大肆侵入，一些报纸副刊版面越来越少，微型小说的发表园地也有缩小的趋势。因此，发表微型小说的希望还是寄托在那些常见的文学类刊物上。但不可否认的是，专门刊发微型小说作品的报刊在整体来说还是比较少，从长远来说不利于微型小说文体和作家的成长。

第四，关于微型小说的评论问题。很多评论家都认为，微型小说没有大出息。从目前了解到的情况来看，国内专门研究微型小说的评论家不超过40人，这里我们最熟悉的莫过于杨晓敏、王晓峰、刘海涛、凌焕新、顾建新、凌鼎年、吕奎文、郑贱德、杨贵才、李兴桥、丁尚富、许廷钧、王保民、邢可、袁昌文、梁多亮、李丽芳、赵德利、陈顺宣、王嘉良、杨昌江、甘德成、诸孝正、龙钢华、刘文良、姚朝文、卢翎、吕植家、韦妙才、石鸣、李永康、李利君、陈勇、阎占士、张春等几位。因此要改变这种状况，很有必要以郑州小小说学会为基础成立一个中小型小说学会、中国小小说研究会，并以百花园杂志社现有的《小小说出版》更名为"小小说研究"作为公开刊物出版；同时要争取一些学报开设"小小说研究专栏"，目前，《钦州学院学报》在这方面影响开始显现。对微型小说心有所属的评论家们，也不应把评论焦点瞩目于中国大陆作家，还可以将研究视野延伸得更广一些。

第五，关于微型小说活动的问题。目前，在国内进行微型小说创作、研讨活动的，做得出色的是郑州的百花园杂志社。因此，把郑州称作"中国微型小说的活动中心"并不为过，是它吸引了来自国内外的微型小说作家和研究者，是它促使微型小说在国内实现了遍地开花。其他地区比如成都市、大连市、新乡市、常德市、惠州市、崇左市、郴州市进行的相关研讨活动也开始增多，但整体来说还是不容乐观。出现这种情况，一方面与文学的整体生存状态大有关系，但另外一方面也与某些主办方本身的底气不足有关。因此，要像湛江师范学院刘海涛教授领衔主持召开的微型小说网络研讨会一样，像小小说作家网的论坛活动一样，可以采取多种形式的研讨，使微型小说活动形式更多样，效果更明显。

第六，关于微型小说的创新问题。微型小说是一个很大的命题，其题材存在广泛包容，其结构模式可以多样突破，其风格可以融会贯通。总体上来说，国内微型小说的题材已经是无所不包，上至天文，下至地理，前至古代，后至未来。乡土、城市、梦幻、异域等元素都可以被广泛吸收进去。大致来说，目前一些作家对微型小说的创新，焦点在于对欧·亨利情节模式的突破。个人认为，欧·亨利的模式是可以突破，但是不一定为突破而突破。因此，有些作品往往会陷入一个二元对立的结构模式，要么复制、要么突破，而不是根据情节的发展，所以要根据自我对于创新的需要。这种情况要引起重视并加以解决。

第七，关于微型小说与其他文体的结合问题。我们可喜地看到，目前微型小说已经开始受到其他文艺种类如小品、影视等的关注，这说明微型小说的发展空间很大。因此，我们的作家们可以考虑微型小说与其他文体的结合，这种结合其实是很有意思的。小品就是不断抖包袱，而微型小说有时候也就是抖包袱。我们已经有过央视作品登上过春节联欢晚会，相信还会有更多的作品在这方面收获更多。因此，我们上面谈到的创新问题，多种文体的结合其实也就是一种创新。现在"娱乐为主、内容为王"的大文化语境里，微型小说的娱乐性其实可以被好好地运用起来。

第八，关于微型小说的产业问题。把微型小说做成一种产业，确实值得好好研究。这方面做得好的是郑州百花园杂志社，这么些年来，以杨晓敏、郭昕、秦俑等为代表的编辑家们，从市场的角度赋予了微型小说这样一种文体别样的风格来。近年来由他们编选的微型小说集，如《当代小小说名家珍藏》（上、中、下）、《中国年度小小说选》、《中国当代小小说大系（1978—2008）》等，就是一个很好的榜样，既为微型小说拓展了道路，又为杂志社带来不少收入。其他出版机构或个人做的微型小说选集也是数量很多，说明微型小说也可以做成大产业。

第九，关于微型小说的作家问题。现在微型小说的作家可谓是天南海北、各行各业，说明我们的微型小说很有生存能力，很受读者喜欢，也预示着微型小说的发展前途是无限光明的。不过，专门从事微型小说创作的作家还是不多，大多数作者是兴趣使然而已。在这些作家当中，有三类作家特别值得尊重：第一类是一些老作家们，他们在创作其他文体之余不忘创作些微型小说，如王蒙、刘心武、贾平凹、聂鑫森等作家；第二类是以微型小说创作为主并已加入各级作协的作家们，他们是国内微型小说的中坚力量，他们一出手就是好作品；第三类是女作家们，她们为微型小说的多样化发展提供了支持。一些才入门的文学爱好者对微型小说的热情很高，也值得我们好好关注。

第十，关于微型小说的推广问题。微型小说很受学生欢迎，特别是大中专学生对微型小说的喜爱程度超过了中长篇小说，当然，这是一种普遍现象。因此，微型小说占领校园其实就是占领了年轻的知识分子市场。现在很多高校，如前面提到的湛江师范学院，因为有刘海涛教授，那里成了微型小说评论者的后备基地；当然还有南京师范大学、湖南工业大学、三江大学、东华理工大学、邵阳学院、惠州学院、钦州学院等，都开设了相应的微型小说阅读与写作之类课程。同时，我们发现每年的高考文科试卷对微型小说的关注也是显而易见的。从这里可以看出，微型小说要做好校园推广工作，而这项工作一旦做好以后，发展市场是很大的。

（张春）

第八章 海外华文微型小说论

第一节 欧美微型小说对中国微型小说的影响

在文学式微的今天，微型小说（又称"小小说"）的成功崛起让人眼前一亮：西方新兴文体与东方传统文学的激情一撞，碰出了令人惊喜的艺术火花。这使微型小说在中国化的进程中得以博采中外百家之长，兼收并蓄，形成了自身独特的文学魅力，从而雄踞文坛一方。那么中国微型小说在成长过程中究竟吸收并借鉴了哪些外来经验？或者说，欧美微型小说对中国微型小说产生了什么影响？笔者认为主要体现在以下四个层面。

一 选材与立意：关注平民生活

阿·托尔斯泰在《什么是小小说》一文中指出："小小说产生于中世纪，那些被挤在天主教堂和封建主城堡之间小城镇狭窄街道上的居民，编造了一些针对宗教和封建主而发的毒辣的笑话。这就是文艺复兴和资产阶级革命的第一批小鸟。文艺复兴时代的小说家赋予这种笑话以文字的形式。17世纪又把生活及政治的热血灌入了小小说。它还造成了18世纪戏剧创作的百花争艳的繁荣。"① 可见，微型小说在萌芽之初便确立了自身平民的风格。出身伊始，它作为笑话，是百姓们用来宣泄自我感情的一个窗口，短小精悍，针砭时弊，简单明朗，质朴单纯，具有一定的趣味性又极富生活气息（口语化）。此后，经数代名家之千锤百炼，历文艺复兴之滋养熏陶，微型小说终于破茧化蝶，自成风流一派。然而，纵观它的发展历程，无论是最初街道居民众口相传的讽刺笑话，还是后来文学大师笔下流光溢彩的经典名篇，欧美微型小说始终将目光投向草根阶层，选取平民话题，关注百姓视角，彰显时代特色，以滴水之光折射世间百态。

几百年来，欧美文坛已经涌现出无数微型小说的精品佳作，众多文豪大师都积极参与创作，如法国的雨果、波特莱尔、莫泊桑、哈尔巴·霍利，俄国的屠格涅夫、契诃夫、左琴科，奥地利的卡夫卡，意大利的卡尔维诺，美国的海明威、欧·亨利、凯瑟琳·安·波特、爱伦·坡，英国的王尔德、毛姆，匈牙利的卡尔曼，等等。他们以独到犀利的眼光观察社会，怀着悲天悯人之心去聆听百姓的呼喊，用或真实或夸张或荒诞的笔墨勾勒平民生活的点点滴滴，尽显微型小说的叙述张力。例如，卡夫卡的《法律门前》讲述一位乡下人来到城里，试图进入法律之门，却被门卫拦阻，终其一生未果；莫泊桑的《项链》中，处于小职员家庭的女主人公玛蒂尔德苦心孤诣地追求上流社会的生活，结果用自己十年的青春换取一夜的狂欢；哈巴特·霍利的《德军剩下来的东西》记述了一位青年战后返乡寻找自己的情妇，路遇妓女拉客，突然发现她正是自己要找的人，揭露了战争带给人民的巨大不幸；契诃夫的《变色龙》描写了一位小巡官在面对一只狗时的玲珑百变，展现了沙俄专制制度下小人物的奴性与官僚阶级的丑恶嘴脸；而欧·亨利的《麦琪的礼物》《最

---

① ［苏］阿·托尔斯泰：《什么是小小说》，《新港》1962年第4期。

后一片藤叶》表现美国下层民众的贫困和相互之间的关爱……跨越了时代和地域，作家们不约而同地将目光聚焦于草根阶层，挖掘民间素材，以简洁明朗的语言来叙述百姓身边的故事，以尺幅微澜来展现现实生活中的一个个精彩瞬间，以小见大，以平实见真情，使"平民情结"成为欧美微型小说的一大特色。

20世纪初，微型小说进入中国文坛，为小说界带来了一股清新的气息。反应敏锐的中国作家们感受到了这一新兴文体的生命与活力，受欧美作品启迪，纷纷尝试创作微型小说，吴趼人、包天笑、天虚我生、周瘦鹃、鲁迅、郁达夫、郭沫若、冰心、叶圣陶等名家都写过千字左右的小说。郭沫若在《他》的开头更是直言自己写作是因"近来欧西文艺界中，短篇小说很流行。有短至十二三行的。不知道我这一篇也有小说的价值么"[1] 在中国，微型小说当时并未被当成一种自觉的小说文体，而是被视作短篇小说的一种。欧美微型小说对中国文坛的感染由此可见一斑，而其在选材和立意上的平民倾向更使中国作家深受启发，从而跳出传统文学"帝王将相，才子佳人"的局限，创作出大量凸显百姓意志、展现民众生活的优秀作品，如鲁迅的《一件小事》、郭沫若的《他》、叶圣陶的《赤着的脚》、老舍的《买彩票》、郁达夫的《寒宵》、王任叔的《河豚子》、赵树理的《田寡妇看瓜》等，均真实反映了普通人物生活的方方面面，也记录下了中华百年的辛酸路程。例如，《一件小事》歌颂了民国时期一位车夫的善良与宽容；《赤着的脚》讲述了孙中山先生在第一次广东省农民大会上的所见所感；《河豚子》记录了天灾人祸中人们的困苦生活；《田寡妇看瓜》反映了1946年土改带给农村的可喜变化……早期的中国微型小说作家们用质朴平实的语言记录了劳动人民的酸甜苦辣，开启了中国现代微型小说的创作之门。

---

[1] 郑允钦：《百年百篇经典微型小说》，长江文艺出版社2005年版，第3页。

改革开放后,伴随着经济和文化的繁荣进步,中国迈入了信息时代。然而,文学在这个时代遭到了冷遇,日渐式微。作为新兴文体的微型小说深知机会与挑战共存,积极寻找自身的出路。但是,面对这个物欲横流、光怪陆离的大千世界,它如何才能稳住阵脚、寻求发展呢?关键是把握自我,用米兰·昆德拉的话来说就是"把握自我存在的密码"①。把握自我的第一步就是准确定位。2000年,小小说倡导者和事业家杨晓敏提出"小小说(微型小说)是平民艺术"②,将微型小说(小小说)定位为:大多数人都能阅读(单纯通脱)、大多数人都能参与创作(贴近生活)、大多数人都能从中直接受益(微言大义)的艺术形式③。他力图使之与传统的"长小说"区分开来,并着重强调两层意思:一是指微型小说应该是一种有较高品味的大众文化,能不断提升读者的审美情趣和认知能力;二是指它在文学造诣上有不可或缺的质量要求。④作为微型小说(小小说)王牌刊物《小小说选刊》和《百花园》的主编,杨晓敏对这一文学式样的全新定位和解读令其获得了最大自由度的扩展,让微型小说在尽情发挥文体优势的同时,又淋漓尽致地展现了深入骨髓的平民烙印,并从最初选材和立意上的"关注平民生活"进化为阅读与创作中的"融入平民生活",使人民大众能够实实在在地贴近文学,亲身体验小说创作,让百姓书写自己的故事,满足"普通人在普通生活中表达感情、体验、生活和生命的需要"⑤,开辟了一个崭新的面向草根阶层而非精英阶层的文学平台,为当代微型小说赢得了无限的发展契机与生存空间。据统计,目前,全国70%的文学期刊开辟了微型小说栏目,有上千家报纸为其提供发表园地,有些专门刊发

---

① [捷]米兰·昆德拉:《小说的艺术》,董强译,上海译文出版社2004年版,第27页。
② 杨晓敏:《小小说是平民艺术》,河南文艺出版社2009年版,第5页。
③ 同上书,第8页。
④ 同上书,第9页。
⑤ [美]穆爱莉:《关于微型小说的一些心里话》,《第七届世界华文微型小说研讨会文件》,上海文艺出版社2008年版,第74页。

微型小说作品的刊物,如《小小说选刊》、《百花园》和《微型小说选刊》这三份刊物最多时的月发行量合计超出了 160 万册①,远远高于传统文学刊物。此外,微型小说还培养了自身专属的平民化写作群体,即以许行、王奎山、侯德云等为代表的"小小说作家群",并拥有成千上万分布于社会各阶层的最广泛的业余作者。他们用平实质朴的文字向我们展示了当代中国社会各行各业的真实场景,充满浓郁的生活气息和时代特色:"他们以对微型小说的真诚体现着文学的本真、生存的价值、中国的脉搏、人类的良心。他们以扎扎实实的生活和基于生活的想象和创造,重新定义着当今时代的作者、作家、读者,也重新定义着自己的人格、价值、社会地位和话语权。他们用自己的笔还文学于民。"② 可以说,欧美微型小说中传承的"平民情结"在中国,这个拥有最多劳动人民的世界第一人口大国,得到了更为真切的诠释和更为生动的体现。如今,微型小说已凭借自身单纯通脱、微言大义的平民风格成为新时期草根文学的典范,在中国文坛到处开花结果。

二 艺术手法之影响:欧·亨利式结尾

微型小说作为一种存在,"古已有之"。在中国,微型小说的源头可以上溯到远古的神话传说、先秦的诸子寓言/魏晋的志怪志人小说,直至唐宋传奇/明清笔记。如果将《山海经》《淮南子》等史料中的"精卫填海""夸父追日""女娲补天"等神话传说视为我国微型小说的萌芽,那么《孟子》《庄子》《韩非子》等书讲述的"愚公移山""郑人买履""揠苗助长""井蛙"等故事便已初具微型小说雏形,而发展到魏晋时期,志怪

---

① 龙钢华:《小说新论》,湖南人民出版社 2006 年版,第 1 页。
② [美]穆爱莉:《关于微型小说的一些心里话》,《第七届世界华文微型小说研讨会文件》,上海文艺出版社 2008 年版,第 74—75 页。

志人小说已可称得上是"一种基本上成熟的微型小说"①，如《世说新语》中的《强口马与决鼻牛》《容止》《雅量》，《搜神记》中的《董永》《宋定伯卖鬼》，《幽明录》中的《卖粉儿》等作品已颇具现代微型小说风骨。诚如鲁迅所言："记人间事者已甚古，列御寇、韩非皆有录载，惟其所以录载者，列在用以喻道，韩在储以论政。若为赏心而作，则实萌芽于魏而盛大于晋。虽不免追随俗尚，或供揣摩，然要为远实用而近娱乐矣。"② 其后，"至唐而一变""始有意为小说"③，中国古典小说在此阶段已臻成熟。此后的小说分体大致有四种：传奇小说、笔记小说、话本小说和章回小说，尤以笔记小说在篇幅上与微型小说最为接近。纵览唐宋元明清各代的笔记小说，许多作品包含了大量现代意义上的微型小说，如《太平广记》中的《裴延龄》《陆生》《华州参军》《杜牧》《义侠》，《聊斋志异》中的《促织》《窦氏》《商三官》《狐女》，《阅微草堂笔记》中驳杂繁复的故事……题材范围广阔，人物鲜明生动，情节跌宕起伏，语言精确传神。只是在当时，并不以微型小说称呼而已。

纵观中国古代微型小说的发展，从最初神话传说中的简单概述式叙述到笔记小说中多种表达方式的综合运用，历经了两千多年。在这漫长的岁月中，中国小说自力更生，创造出举世瞩目的文学成就，《世说新语》《聊斋志异》等作品均在国际上享有盛誉，也因此形成了深厚的文化积淀，练就了炉火纯青的写作技巧。近代以来，伴随着国门的逐步打开和出版业的迅速发展，大量外国优秀作品传入中国，对华夏文坛产生了极为深远的影响。文人学者们在研读各国译作之余惊奇地发现了中外作品的异曲同工之妙，同时找寻到了诸多令人耳目一新的创作手法与表达方式，如反转式情节链的巧妙运用、心理描写的直白化、现实主义的写作手法……其中对我

---

① 龙钢华：《小说新论》，湖南人民出版社2006年版，第238页。
② 鲁迅：《中国小说史略》，上海古籍出版社1998年版，第37页。
③ 同上书，第44页。

国当代微型小说影响最大的当属欧·亨利式结尾。

欧·亨利是一位享有世界声誉的文学大师，被尊称为"美国微型小说之王"，一生共创作了300多篇微型小说。他的作品构思精巧，匠心独具，尤以出人意料的结尾闻名，被世界文坛称为"欧·亨利式结尾"，即通过小说情节的不断推进引导，暗示读者必将出现某种结局，然后，在读者以为阅读期待即将实现的临界点，笔锋陡转，揭示出令人完全意想不到的结尾，从而带来强烈的艺术冲击力、爆发力和吸引力。这种结尾又被称为"反转式""转折式""回环式""反弹式"或"求异式"结尾。欧·亨利的《爱的牺牲》《警察与赞美诗》《二十年后》《最后一片藤叶》……均为"欧·亨利式结尾"的经典之作。

事实上，自古以来，中国传统文学对结尾就极为看重，素有"凤头，猪肚，豹尾"之要求，认为"文似看山不喜平"，但是并没有哪位文人能如欧·亨利一样，在短短一两千字的篇幅中将反转式情节链运用得这般出神入化，令人惊羡。因此，当欧·亨利作品传入中国后，国人均倍感新奇。出人意料的结尾不仅能使小说产生一波三折的艺术效果，更能使作品结束得言有尽而意无穷，让读者在掩卷之后仍思索回味。它的这一独特魅力及产生的多重审美功能，令其获得众多微型小说作家的青睐，被不少人认为是微型小说的最佳结尾方式。作家们纷纷从中汲取灵感，尝试求异式结尾，在情节收尾处，突破事物发展的常态，来一个读者意想不到的转折或逆变，使作品更为扣人心弦。汪曾祺的《陈小手》《异禀》，孙方友的《蚊刑》、许行的《立正》、邵宝健的《永远的门》等均深得其味。事实上，正像有人论述的，中国有的作家已青出于蓝，技高一筹。谢志强在《小小说作家的才气》中将汪曾祺的《陈小手》和《异禀》与欧·亨利小说作比较，认为除开结尾都出乎意料，"欧·亨利的小说是外在的故事，汪曾祺的小说是内在的故事，打个比方，前者是骨头，后者是血液……可以用一句话表述欧·亨利的故事，但是几句话也说不清汪曾祺的小说，他的小说有不可言传的东西。确实，说骨头的形状容易，可描摹气血的流动到底难了……汪曾祺比欧·亨利高明"[1]。尽管这只是一家之言，但不可否认中国作家在反复揣摩反转式结尾的艺术特色后，精益求精，揉进了自身独特的创作情感与文化底蕴，令情节在峰回路转之际更透出一股别样的精、气、神，造诣精深，妙合天成，别有一种境界。

如今，欧·亨利式结尾已成为我国微型小说创作的"经典法则"之一，这也是由微型小说自身的特质决定的，"因为微型小说单一情节本身较难有跌宕的变化，为扬长避短，就要着力从'尾部'去开发自己的活力，用结局带来的空白去完善小说的艺术境界"[2]。但是，问题也油然而生，不少微型小说一味追求惊奇的结尾，予人哗众取宠之嫌。事实上，仅依靠"出人意料"这一种结尾最终会把微型小说引向狭隘甚至灭亡的死胡同，因此，我们在灵活运用"欧·亨利式结尾"的同时，更要学会从全局着想，跳出框架，扩展思路，尝试更多更新的微型小说结尾，力求创作的多元化。

三 文学理论之影响：微型小说"三原则"

微型小说（小小说）"三原则"是指美国评论家罗伯特·奥佛法斯特提出的微型小说应当具备的三个要素：一是立意新颖奇特；二是情节相对完整；三是结尾出人意料[3]。因为微型小说大师欧·亨利的小说结尾大多"出人意料"，第三个要素又被称为欧·亨利式结尾。"三原则"自1982年经陈如鹏的《漫谈小小说》[4] 传入我国后，很快引起了广泛关注，评论界

---

[1] 谢志强：《小小说作家的才气》，载杨晓敏《小小说理论》，百花园杂志社2004年版，第115页。
[2] 徐舟汉：《微型小说要素谈》，《丽水师范专科学校学报》1987年第1期。
[3] 龙钢华：《小说新论》，湖南人民出版社2006年版，第188页。
[4] 陈如鹏：《漫谈小小说》，《安徽文学》1982年第10期。

对其进行了持久的讨论和研究。毫不夸张地说，作为微型小说理论的一个重要支架，"三原则"不仅促进了我国微型小说创作的发蓬勃展，也极大地推动了我国微型小说理论体系的构建。特别是我们上文中已经讨论过的"欧·亨利式结尾"，被许多人奉为微型小说创作的"金科玉律"，备受推崇。

然而，这一理论在20世纪80年代初进入我国后，一度被盲目套用，未能深入讨论，直至80年代末，针对微型小说"三原则"在创作实践中产生的巨大影响，理论界对其展开了深入的探讨和争鸣。所持态度既有全盘肯定，也有全盘否定，但大多数能批判对待，一方面承认有一定的价值，另一方面对其不足加以批评。徐舟汉在《微型小说要素谈》中说："我们综合分析他们（主要指奥佛法斯特、星新一）的观点并研究微型小说的实践，可以这样认为，立意、情节、结局是微型小说的三个要素。"[①]寿静心在《论微型小说的审美特征》中也认为，"对微型小说来说，这三个要素确实是具有普遍意义的"[②]。与此相反，林斤澜在《短中之短》中说："奥佛法斯特的三个要素，我个个纳闷，第三个是结尾，不多说了。第一个是新颖奇特的构思，在非微型小说那里，也是'要'的'素'。第二个说情节，那'非情节'小说呢？'散文化''诗化'的路子，不'要'求'情节'的'相对完整'"[③]，并觉得"欧·亨利的集子通读下来，虽不时叫绝，也有单一之嫌""虽绝也不成大气候"[④]。客观而言，微型小说"三原则"在实践中确有极强的适用性，并取得了良好的效果，我们对此须持认可态度，但同时也需辩证对待，结合奥佛法斯特在提出"三原则"时的具体语境。实际上，奥佛法斯特的"三原则"是一个完整的有

[①] 徐舟汉：《微型小说要素谈》，《丽水师范专科学校学报》1987年第1期。
[②] 寿静心：《论微型小说的审美特征》，《黄淮学刊》（社会科学版）1992年第4期。
[③] 林斤澜：《短中之短》，载江曾培《世界华文微型小说大成》，上海文艺出版社1999年版，第721页。
[④] 同上书，第720页。

机体。他在《谈小小说》中说:"光凭好结构还是卖不掉小小说,它还须具有新颖的立意。"① 由此,我们不应将微型小说"三原则"拆分肢解,单独列出,而是应将三者视为一个相互联系的整体,环环紧扣,浑然天成。

事实上,我国大多数研究者能辩证地看待微型小说"三原则",并在其基础上提炼出自己的观点和看法。江曾培在《山不在高,有仙则名》中便指出"优秀的微型小说,都有不寻常的'新颖想象'……有着完整的情节",结尾要具有"'曲终人不见,江上数峰青'的余韵"②。徐舟汉在《微型小说要素谈》里也具体探讨了每一原则到达的途径。……在学术界,微型小说又被称为"立意的艺术""形式的艺术""虚构的艺术""留白的艺术""结尾的艺术"等,研究者们对微型小说的立意、情节和结尾均进行了系统而深入的讨论。

可见,微型小说"三原则"在传入我国后得到了批判性的继承与发扬,热烈的讨论与争鸣使研究者对微型小说的基本要素有了更为深刻系统的理解,从而极大地推动了我国微型小说理论体系的构建。

四　名称和篇幅的一致性

微型小说的特点在于以极短小的篇幅来讲述一个相对完整的故事,而这种思维方式在人类的早期智慧中已然存在,并扎根于本性,成为人类的主要表达方式之一。因此,这类作品不约而同地存在于世界各国各民族的文学之中。在西方,微型小说的源头可以上溯到古希腊的神话、伊索寓言、中世纪的圣经故事及文艺复兴时代的小品文。我国的微型小说同样源远流长。

---

① [美]罗伯特·奥佛法斯特:《谈小小说》,《百花园》1987年第4期。
② 江曾培:《江曾培论微型小说》,上海文艺出版社2008年版,第30—34页。

但是长期以来，微型小说并没有被当作一种自觉的小说文体，更没有人们普遍认可的文体名称。直至1899年，美国小说家法兰西斯·布利特·哈特才首次为其命名，他在该年发表的《"小小说"的出现》一文中，将这种文体的小说称为"小小说"，即"short short story"（台湾地区又将其译作"短短篇"，但是中国大陆一般采用"小小说"这一译名）。当时，人们对这一文体的概念尚且模糊不清，哈特的命名无疑起到了一锤定音的效果。在随后的俄、苏时代，阿·托尔斯泰也称其为"小小说"，并发表了《什么是小小说》一文。20世纪50年代，茅盾和老舍分别发表了《一鸣惊人的小小说》和《多写小小说》，不约而同选取了"小小说"这一名称。而微型小说的主流刊物，年发行量逾60万册的《小小说选刊》更将这一称谓根植人心，从而使源自欧美的"小小说"从国际上关于微型小说的30多种称谓中脱颖而出，与中国本土的"微型小说"（1981年上海《小说界》提出）和"微篇小说"（1995年，广东姚朝文提出）三足鼎立，成为目前中国大陆最具影响力的三大名称之一。

除去名称的争议，微型小说的篇幅长短也是学术界讨论的热点。微型小说到底有多"微"，有多"短"，有多"小"呢？

在欧美，这一问题也是见仁见智。美国当代小说家罗伯特·奥佛法斯特将微型小说定义为"不超过1500字，却要具备小小说的一切要素"[1]。1982年，美国学者艾文·豪尔（Irving Howe）在与其夫人合编的《小小说：最短的故事选》中，提出1500字为微型小说一般准则，但上限可以达到2500字[2]。而美国的霍尔曼主张不超过2000字，玛仁·爱尔渥认为在600字以内。

被誉为微型小说鼻祖的莫泊桑作品，其篇幅按译成汉语的字数计算

---

[1] 阎占士：《中国当代小小说理论批评史论》，硕士学位论文，安徽师范大学，2003年，第6页。

[2] 陈君佑：《极短篇风云》，《联合报·联合副刊》1985年12月7日。

(下同),如《暗示》3400字左右,《一个幸运的贼》有2500字左右,《逗乐》将近1500字。俄国微型小说大师契诃夫的名篇《胖子和瘦子》只有1600字左右,《柔弱的人》不到1500字。列夫·托尔斯泰的《穷苦人》将近2000字,屠格涅夫的《乞丐》不足500字。英国王尔德的《自私的巨人》约2600字。美国欧·亨利的《股票商的罗曼史》约2100字,《等着的轿车》是1500字左右。马克·吐温的《好朋友》则不足400字。[1]

通过以上带有考证性的举例,我们可以看出其篇幅的参差不齐,并发现欧美的主流文学均认为微型小说应以1500字左右为宜。

在中国,百家争鸣也从来没有停息过。例如,大陆的于尚富、许延钧,台湾的渡也(本名陈启佑)主张不超过3000字;台湾的《中央日报》"小小说"奖征文,规定字数以2500—4000为限;大陆的老舍、江曾培、刘海涛和台湾的马森等,主张不超过2000字;广东的姚朝文主张在"1600—2200字左右";王蒙认为应以1500字为限;中国微型小说协会、新加坡作家协会与泰华作家协会联合举办的"春兰·世界华文微型小说大赛"对征文的字数限定在1200字;2003年,《小小说选刊》、《百花园》和《小小说俱乐部》举办的"首届全国小小说金奖大赛"要求参赛作品在2000字以内;2004年,《微型小说选刊》举办的"新世纪哲理微型小说全国征文大奖赛"要求参赛作品控制在1500字以内。[2]

这些都说明,经过长期的实践检验,中国小说界在参考欧美微型小说篇幅要求后,结合本国的创作经验与阅读习惯,对微型小说的篇幅标准达成了共识:2000字以下为宜,1500字左右最佳,下限不定。

海纳百川,有容乃大;兼收并蓄,自成风流。中国小说凭借华夏五千

---

[1] 龙钢华:《小说新论》,湖南人民出版社2006年版,第172页。
[2] 同上书,第173—174页。

年的深厚文化积淀，博采欧美微型小说百家之长，厚积薄发，推陈出新，孕育出独具魅力的新型文体——中国微型小说，从而形成大众文学的一大奇观。

（龙　茜）

第二节　中国香港微型小说的抒情叙事与市民心态

香港微型小说的创作作为一种文学现象，较之刘以鬯、金庸、李碧华、徐訏等香港作家的中长篇小说创作而言，到目前为止并未引起学界关注；与华文微型小说创作在新加坡、马来西亚、泰国、大洋洲等国家和地区引起诸多的关注不同，在国内并无太多学者注意。这与香港微型小说创作并不如新马泰等国家微型小说创作蓬勃发达，以及在出版业市场化背景下，微型小说集难以取得读者市场，国内学者较少接触香港微型小说文本有关。

实际上，如果从刘以鬯20世纪40年代末从上海迁居香港，"为了赚取稿费，写过不少微型小说"[①]，并出版《天堂与地狱》《打错了》两个微型小说集算起，香港微型小说创作已绵延60余年。香港的《青果》《香港文学》《作家》《文汇报》《大公报》《华商报》《世界日报》《明报》等多家杂志、报纸设有"小小说""一日完小说"等专栏或刊登微型小说，也出版了桑妮主编的《香港小小说选》，东瑞、秀实编辑的《香港作家小小说

[①] 刘以鬯：《浅谈短短篇小说》，载钦鸿《香港微型小说选》，江苏文艺出版社2009年版，第2页。

选》、东瑞、陈赞一编选的《香港微型小说选》等集子。20世纪末，受世界各地微型小说创作热的影响，香港也成立了华文微型小说学会，并通过"搞比赛、办讲座、在中学主持微型小说创作坊、在《青果》杂志每期设微型小说专辑、出合集"① 等方式推广微型小说，取得了较好的成效。香港微型小说创作的群体也不断扩大，除刘以鬯、李碧华②、东瑞等名作家以外，也涌现出从中学生到博士，从专业编辑、作家到教师、医生、企业白领等不同学历层次和不同职业的微型小说作者。这些事实表明香港微型小说创作已颇具质量且有一定的影响。因此，本节试图以钦鸿按照"思想性与艺术性相结合，老中青作家相结合，历史与现实的结合，本地和外地的结合"为原则主编的《香港微型小说选》（江苏文艺出版社2009年版，下文所涉香港微型小说只标作者作品名，不再注释）一书中的70位作家204篇微型小说为样本，就这些香港微型小说表现出来的抒情叙事与市民心态进行初步分析。

一 "纸短意长"的观念与抒情叙事

一代有一代之文学，文学观念直接影响文学创作，微型小说作为一种文学体式，古已有之，并引发了诸多讨论。③ 作为香港华文微型小说学会的名誉顾问，刘以鬯就"微型小说"的名称和文体特征及要求提出自己的看法："微型小说是'微''小'的小说，用短小的篇幅来表达最'大'的思想内容。""字数决不能太多""超过两千字，就有可能归入短篇小

---

① 东瑞：《略述香港微型小说》，载于钦鸿《香港微型小说选》，江苏文艺出版社2009年版，第3页。
② 李碧华：《樱桃青衣》《流星雨解毒片》，花城出版社2001年版。这两部短篇小说集中有不少字数在2000字左右的微型小说，故有此说。
③ 龙钢华：《小说新论》，湖南人民出版社2006年版，第167—174页。

说"。"微型小说必须纸短意长",①"纸短意长"四字被刘以鬯视为微型小说的圭臬。从字面上理解,"纸短"自然是指微型小说篇幅的短小;"意长"则包含微型小说的主题意蕴的深刻性与情感意蕴的丰富性。而情感意蕴则应包括作者主体内心的情感态度和作者笔下人物的情感冲突。这二者暗含了刘以鬯反复重申的作家应书写"人类内心的冲突问题"。

书写"人类内心的冲突问题"的观念在刘以鬯的创作生涯中是一以贯之的。他早期的创作并非是新感觉派的,而只是接近新感觉派,他内心佩服的新文学作家是鲁迅、沈从文、李劼人、端木蕻良、姚雪垠等人。②鲁迅、沈从文等人乡土小说里那种体现作者主体情感的叙事节奏和风景描写,让我们能体悟到惆怅、苍凉或感伤的情感意蕴。这便是陈平原强调的中国晚清乃至"五四小说"将诗骚传统引入小说的效果,即突出情调、意境,强调即兴与抒情,从而突破持续上千年的以情节为结构中心的传统小说模式的抒情叙事的魅力所在。③

引诗骚传统入小说的抒情叙事对刘以鬯的微型小说创作影响至深。尽管刘以鬯创作微型小说的动机是赚取稿费,但其作品"纸短意长",抒情叙事的特点明显。《寒风吹在脸上像刀割》便是典型代表。小说讲述的是为了逃避孤岛沦陷后敌人抽壮丁,父亲托人买船票要"我"去重庆,母亲为"我"收拾行李送行的故事。小说故事情节很简单,但是作者在叙述时着力刻画父母和"我"的情感表现。年老多病的父亲久卧在床,哥哥已经离开上海去了重庆,但为了避免身边照顾自己的"我"被抽壮丁,父亲选择让"我"也去重庆。并写了四封信以备"我"在外求助之需。父亲的周详考虑已将父爱表达出来。父亲的选择让母亲"紧皱

---

① 刘以鬯:《浅谈短短篇小说》,载钦鸿《香港微型小说选》,江苏文艺出版社2009年版,第1页。
② 杨义:《刘以鬯小说艺术综论》,《文学评论》1993年第4期。
③ 陈平原:《中国小说叙事模式的转变》,上海人民出版社1988年版,第249页。

眉头，默不作声"。但是母亲为了儿子不得不同意父亲的选择，在装行李的时候"内心充满矛盾"：多了怕力气小的我提不动，少了怕需要时没有。辞别时，"父亲表情很严肃，睁大眼睛望着我，沉吟半晌"。这处细节描写将父亲内心的矛盾表现得淋漓尽致：自己久病在床，或许这一别就是永别啊！但临别的嘱咐"今后你要自己照顾自己了"，却又将父亲对儿子的不放心和殷切希望包含。多情自古伤离别，久病的父亲吐出一口浓痰后，用颤巍巍的手一挥，叹息似的说了一句："走吧。"让人不禁泪流满面。而当"我"说出："爹，你要保重。"父亲"点点头，用手掌掩盖眼睛"这一动作细节表现的不仅仅是父亲的不舍和难过，更将父亲为了不让"我"见其流泪而影响出行的细心周到表现出来。小说的这部分让我们想起朱自清的《背影》。散文笔法的运用，为小说营造出一种离别的悲伤氛围，深情却含而不露。

但这并不是情感表现的高潮。母亲在寒风中将"我"送上黄包车，"先将一卷钞票塞入我的衣袋；然后紧握我的手，跟着黄包车在人行道上奔跑"。这几个动作，将儿行千里母担忧和不舍之情不着一字地表达出来。当车夫加快速度，母亲不得不松手时，"我"回过头去看母亲，她站在人行道上，向"我"挥手。作者在文末反复写道："车夫继续跑了几十步，我回头观看，母亲依旧站在人行道上，向我挥手。"同一情景的反复渲染，离别的情绪到达顶峰。而母亲伫立街头的那份依依不舍，让我们不禁想到"孤帆远影碧空尽，唯见长江天际流"的意境。作者文末那句"父母的慈爱像火炉发出的温暖，使我有能力抵御寒冷的侵袭"更是直抒胸臆，小说的主题也得到体现。

此外，刘以鬯的《市长》《罗培雄与朱莉莉》等也都是关注小说人物兴趣爱好或者情感纠葛的作品。这些作品篇幅不长，但是情意绵绵或寓意深远，让人深思，皆体现了其"纸短意长"的观念。

二 日常生活抒情叙事与市民心态

香港微型小说的题材大多贴近生活，或反映职场办公室文化，或反映男女婚恋与爱情友情，或反映香港的医疗、教育、就业、养老问题，或反映作为移民城市外来者和移民海外者的生活。这类贴近日常生活的微型小说无疑成为反映香港市民心态和情感道德的代表。

马艳兰、王方、东瑞、张雅苗、陈荭等人的职场微型小说就反映了一些职场规则和现象。马艳兰的《游戏规则》讲述初入社会参加工作的女大学生不适应社会，因对权力和财富的贪婪战胜良知最终疯癫的故事，通过医生"这个年头实在太多这样年轻的病人了"的感慨表达出作者对功利性社会抹杀良心的不满。王方的《不开的玫瑰》和张雅苗的《送花人》通过办公室送花这一职场文化的描写，表达出职场女性对送花的不同看法：批发放在冰箱冷藏的不开的玫瑰是职场浪子滥情的廉价表达，为自己送花的怪现象却是办公室攀比虚荣的表现。东瑞的《他还要从医院走出来》从傅朗柏对待欺上瞒下的李主任小病住院一事的热情与受人爱戴的尹经理肝癌晚期住院的冷淡，折射出职场白领考虑现实利害的心计。陈荭的《上升》则以楼层象征公司员工的层级，而升职的诀窍竟然是"揣摩董事，讨好上司，拉拢下属"和"欺骗董事，攻击上司，利用下属"等小人行为。这类职场小说的作者大多深谙职场人情世故，对职场的假丑恶现象多持反感、讽刺态度。

爱情作为文学母题从不缺乏各种文学体式的表现，古今中外文学对爱情的歌颂数不胜数，在香港微型小说中又有多种表现。富二代曹青与素素因一见钟情不得而痴（汉闻《情痴》），老教授因听闻妻子亡故而在课堂念悼亡诗悲痛吐血（吴敬之《伤逝》），美国鼎鼎大名的心脏病专家不因身份地位差距钟情牛杂女的纯真之爱（吴敬之《剪不断》），颇有古典爱情的浪漫与钟情。但现实生活中的婚姻并非如此浪漫，而是通过一些生活细节来展示柴米油盐夫妻的温馨：70岁的老汉在元宵节的晚上带着一包烧味回家，紧握着老伴的手说："来生，我们仍希望结为夫妻"（吴敬之《情人节》）；老街坊身患癌症却乐观接受电疗，吃人参燕窝，希望延长寿命照顾中风的老伴（张君默《老家伙》）；"我"因为"不够爱她而感到歉疚"，所以每天早上7点为爱妻煮早餐等待她7点半醒来（寂然《爱妻》）；王太太不拆穿王先生好钓却钓不到鱼而买鱼回家的体贴默契（刘树华《钓鱼记》），和徐先生对已婚二十几年的白发妻子的深情一瞥（刘树华《秋思》）等都令人感动。而结婚15年因一张凌乱的书桌离婚的女人担心书呆子丈夫记不住食物放在哪里而又复合的闹剧（蔡益怀《离婚》），刚过银婚纪念的李太太和李先生因为日常沟通出了问题而吵着离婚，导致李先生车祸成植物人，李太太才知彼此都深爱对方的悔恨又令人莞尔深思（妍瑾《爱你在心》）。

香港微型小说中，婚姻爱情的浪漫钟情与柴米油盐夫妻的温馨多出现在年纪偏大一辈的港人身上。年轻一辈的港人认为"爱情就像变换在女人脚上的时装鞋一样日新月异"（韦娅《分手》），一见钟情的男女只是钟情对方的财富或者如花美貌（君比《觅》）。即使要结婚了，女人才发现男人答应结婚不过是因为他的心上人已经结婚、怀了小孩（韦娅《等待求婚》）。而女人婚后移民无聊时向闺蜜诉苦得到的建议却是"找个男朋友，约会一下打发日子"（张君默《意大利情人》）。婚外情、金屋藏娇、各自寻乐趣等实例数不胜数（宋诒瑞《万佛寺下开始的故事》）。传统的爱情婚姻的忠贞观念在开放的国际化大都市中日益淡化，从恋爱到结婚的从一而终已是明日黄花。年轻一辈的女子三十出头对婚姻爱情已无想法，工作、生活、家庭的压力让做长女的宝钗深感无奈（张婉雯《洗澡》）。就算身价百万并无经济压力的女子也不再相信旧日恋人的回归，因为恋人的回归只是冲着她的钱财而不是她的人（兰心《麻辣火锅》）。"世纪单身约会"这样的单身派对也仅仅是青年男女"肉欲饥渴一族"七零八落的可怜!(赵美薇《九七最后一个情人节》)。这些作品道出了年轻一辈不再相信爱情的现实原因:在物欲横流的大都市里,在工作、生活、家庭的各种压力下已无爱情的容身之地。

人口老龄化是香港近年来面临的一大问题。根据香港特区政府财政司2012年公布的数据,香港老年抚养比率由20世纪80年代初的10名适龄工作人士(15—64岁)支持1名长者,跌至现今的5人支持一人,到20年后,更会减至2人支持1人。[①] 由此引发的养老、医疗等问题在香港微型小说中也有体现。年长一辈的作家骆宾路针对此种情况创作了一系列有关老年问题的微型小说。银发的老人在巴士上因无人让座而摔跤,竟然引起年轻男女的哂笑和司机的责备,表达了作者对尊老爱幼美德失落的感慨(《摔跤》)。通过两个老人摔了一跤后立即死亡或久卧在床子女的不同态度,抒发"久病床前无孝子"的悲哀(《摔一跤》)。但在《一幕难演的戏》中,作者通过女儿女婿常回娘家看望癌症晚期的父亲,双方都带着悲伤的心情演一场开开心心的戏来表现女儿尽孝、父亲配合的那份深情。同样年长的西西在《鸳或羔羊》中就70岁的老人去公立医院就诊等待派筹却不得的故事,以鸳和羔羊来象征为取得公立医院候诊机会的人满为患的情况。与骆宾路和西西的悲观叙事不同,张熙风的《珍惜》通过92岁的爷爷出走、姑妈自责、伯父自怨、爸爸惭愧检讨而引起"我"反思的故事,表达了尊老爱老的孝顺美德在年轻一代延续的乐观情调。

香港作为一个开放的国际化大都市,移民现象非常突出。有从外地移民至香港的,也有从香港移民出国的。在这样的大环境中,移民产生的社会问题也为香港微型小说作家所关注。如果说兰心的《忘年恋》将移民子

[①] 《香港将面临人口老龄化严峻挑战》,新华网,http://news.xinhuanet.com/2013-02/27/c_114823642.htm。

女为不移民的单身母亲寻找伴侣写得颇有喜感，那么周蜜蜜的《黄昏》中多个移民家庭将宠物狗送给不移民的孤独老人作伴的故事就略带伤感。而东瑞的《木偶》却让人悲伤：由于子女移民，老人被送入敬老院，但因无人与他们对话，大多丧失了说话能力，成为木偶。作者冷静的叙述却饱含一种无奈，主人公的忏悔更增添了悲伤的情绪。与反映移民潮背景下空巢老人的孤苦不同，方海伦反映港人移民海外众生相的微型小说则对没拿到绿卡却数典忘祖，假装美国公民，忘光母语说英语，饮食西化，甚至研究总统竞选策略以备投票的假洋鬼子进行了尖锐的讽刺（《假洋鬼子》），也对移民海外的港人吃苦耐劳、艰苦创业和相互帮助的精神进行了赞颂（《礼遇》）。

反映学生生活情感问题的微型小说也关注到香港的教育问题。陈䒴作为香港汇知中学校长，深知学生的情况。香港新移民学生的孤独无奈（《巧克力》），中学生对因接受电疗而掉光头发的同学的关爱（《杏黄色的小船》）和为了减轻失业父亲压力而兼职看报纸摊卖色情杂志的学生的懂事乖巧，在其娓娓叙说中表达出对中学生内心美好情感的关怀和呵护。而方秀莹的《旅行》则将中期考试家长的焦虑及孩子为了庆祝母亲节熬夜为妈妈制订旅行计划的用心良苦表现得淋漓尽致。

虽说上述某些作品对香港物质至上、人情冷漠有过揭示，但正因为如此，香港微型小说作家在歌颂美德、表现人性温暖的一面也不遗余力。方秀莹的作品大多贴近生活，通过看电梯的青姐为所有住客和老人院的老人织围巾表现出青姐的热情（《围巾》），而黄太催女儿嫁人却又担心女儿嫁人后孤独的矛盾表现出单身母亲对女儿的深情（《矛盾》）。林荫的《人间有情》通过为帮助面临失业经济困难的朱伯获得联欢会 20 万元港币的巨奖，众工友瞒着朱伯不约而同地将他的名字写在抽奖卡纸上的故事，表现了工友们的质朴热心。张雅苗的《情妇》则通过妻子怀疑丈夫有外遇的悬念揭示，颂扬知恩图报的美德。林馥的《雨后的彩虹》和《绝境的呼唤》

更是通过因果报应观念的渗入来宣扬助人为乐美德在现实社会的重要。这些作品无疑具有干涉现实的作用，也反映出在生活物质富足的前提下，港人维护并传承中华传统美德的自觉。

三　历史文化抒情叙事与国族情怀

除日常题材之外，一些历史文化题材的作品则显示出香港微型作家的"国族"情怀。

文青的《拜师》通过对"文革"的想象，讲述苏平因"文革"中断研究生学业，上山下乡接受劳动改造再教育，最后拜初中毕业当工人的同学王刚为师的故事，对"文革"造成的历史问题进行反思。

业余研究历史文化的徐振邦的《战争》则通过原本在战争中是卖国贼的老者讲述战争的故事，引发出对历史真相的思考：为何原本的卖国贼成了战争的讲述者，而真正知道历史真相的人却湮没在人群中不能发声，仅以一张纸条来表达后悔当年没有打死卖国贼的愤慨？

1997年香港回归无疑是香港人民乃至所有华夏儿女倍感骄傲自豪的历史大事件。面对这种有关香港和香港人历史命运的国族大事，赵美薇的《第九十七次拥抱》独辟蹊径，以海伯对艾琳身患老年痴呆症的母亲不离不弃的爱情为切入点，通过艾琳留学英国回港与海伯带艾琳母亲回广东增城养老的不同选择折射出新老两辈人相同的回归情结。海伯的选择不仅反映出老一辈港人叶落归根的情结，也暗含香港这个与祖国离散多年的游子回归祖国的主题。林荫的《这一天……》则通过76岁的六姑见证周公馆三代人分别因逃避日本鬼子回乡、躲避香港街道炸弹爆炸的混乱出走台湾以及香港回归前夕出走，反映了部分港人对香港回归祖国前途的迷惘和不安。

李华川的《剑师》通过剑师在公园招学徒一事展现经济危机下不同人的生活状况，剑师再也招不到人学剑，反映出代表中华传统文化的武术在

21世纪的衰落，由此及彼，折射出其他的传统文化也相继凋零的现状。黄海维的《以孔老师为榜样》以孔子穿越至现代因为没有学历文凭、学术论文及高等学府教学的经验最后连小学老师都当不了的尴尬境遇，揭示了传统文化和教育方式在当代香港的没落，也抒发了作者对现实社会中唯学历论的不满情绪。

东瑞假借20世纪末香港文坛出现的糟蹋文学的手稿拍卖会（《世纪末文坛》）和语言暴力崇拜狂的现象（《语言暴力崇拜狂》）来抒发文学由"经国之大业，不朽之盛事"沦为商品和攻击他人的伎俩的痛惜。钟扬的《"冰心月饼"》则揭露了香港文学刊物的老总为了出版经费与商人达成交易，让商人的女儿当社长兼主编的黑幕，抒发了作者对文学在香港日益边缘化的感慨。

从上述作品的分析中我们不难发现，相比中长篇小说有足够的篇幅来进行国族历史文化的宏大叙事，微型小说往往选取一个生活片段来折射民族历史和文化，凸显作者对历史文化的思考与批判，抒发作者主体的个人情感和国族情感。

四　香港微型小说抒情叙事的方式

通过对香港微型小说抒情叙事的分类剖析，我们发现其抒情叙事深受诗骚传统的影响，大致有以下三种方式。

第一，运用《诗经》中反复、对比等修辞手法突出主题表现情感。《诗经》作为中国抒情叙事传统的源头，反复、对比手法的运用是其突出主题强调情感的重要方式，《邶风·静女》《郑风·子衿》《小雅·采薇》《卫风·氓》等皆是代表。因此反复、对比等修辞手法无疑成为后世文学抒情的重要遗产。鲁迅《秋夜》里的"两株枣树"就是中国现代文学史上的绝佳案例。刘以鬯深谙其道，《寒风吹在脸上像刀割》中就通过反复描写母亲伫立街头向"我"挥手的场景,使离别的情绪到达顶峰。而《打错了》更是通过反复叙述相同的场景和情节,而结局却因一个打错了的电话而截然不同,对比、突出偶然因素对人的命运的重要性。此外,反复手法在《争辩》《追鱼》《罗培雄与朱莉莉》等作品中都有体现。骆宾路的《人生的故事》《摔一跤》也都是运用反复、对比的手法来抒发"同事不同结果"感叹的典型。陈赞一的《一生》以看电梯老伯生活和工作的不断重复,从而揭示出"每天每月每年的重复是人生得以继续的前提,人只有死了才不必重复"的人生体悟。

第二,借鉴古典诗词中意象、意境艺术效果,渲染烘托情感氛围。我们在细读刘以鬯《寒风吹在脸上像刀割》时已指出作者在文末的描写有借鉴李白《黄鹤楼送孟浩然之广陵》中的意境的痕迹。妍瑾的《风中的黄衬衫》以风中的黄衬衫为意象,以邓丽君《千言万语》这首哀婉的情歌来渲染快餐店的氛围,牵动柔岚对过往柔情蜜意的回忆,而文末男主人公临别赠诗"问君何事喜相逢,笑指沙场火正红"的豪气,更是加重了柔岚对他的思念。整篇小说通过怀念氛围的营造和歌曲、诗词的点染,抒发了女主人公的无限思念之情。梁科庆的《壁虎》以游墙而上的壁虎为意象,将乡间少年阿虎如壁虎般爬墙逃学,逃避父亲的拳打脚踢,偷盗,最后入狱的人生经历串联起来,揭示了家庭教育对孩子成长的重要性。

第三,融合散文(诗)、电影剧本等其他文体跨文体写作,在短小的篇幅内容纳更多情感内容。马俐的《胸围》引用"昨夜西风凋碧树,独上高楼,望尽天涯路"(晏殊《蝶恋花》),以散文诗的形式和语言讲述了乳腺癌患者的生死观。心田的《我一定要输》抛却故事情节,仅以散文笔法描述"我"对女主人公"你"着迷的情感来统摄全文,反映了"我"为追求"你"的内心纠结。赖雪敏的《林记茶室的一天》则采用电影蒙太奇的手法,将不同人物的特写剪切至林记茶室之中,而林记茶室隔壁金行被打劫,流弹射进林记茶室的意外让各人有了不同的人生结局。"祸兮福所倚，福兮祸所伏"的寓意便在这种巧妙的形式中得以显现。

总而言之，香港微型小说虽然篇幅短小，但是借鉴《诗经》中反复、对比修辞手法和古典诗词意象的选择、意境的营造，借助跨文体写作从形式上改变了单一的写作模式，使内容的表达和情感的抒发有了新的可能，体现了"纸短意长"的审美特征。

综上所述，我们发现从刘以鬯等老一辈作家到新生代的大中学生作者，在不同身份、不同行业、不同学历作者的微型小说作品间存在一致性，即抒情叙事和"纸短意长"的审美特征。如果我们以知人论世的角度从作者求学的经历来看，这些作者学历相对较高，大多有大学学历，甚至有博士学历，并且以中文专业居多。由此，我们或许不难理解香港微型小说在借鉴运用中国古典抒情传统技巧方面表现出来的娴熟，也从创作实践的角度验证了中国抒情传统的强大生命力。除此以外，我们从日常生活和历史文化两大抒情叙事类型的微型小说中，也品读出香港市民务实但又复杂的心态，和自觉维护并传承中华历史文明的国族情怀。

（袁龙）

第三节　泰国华文微型小说的"中华情结"

普列汉诺夫在《论西欧文学》中曾说："任何文学作品都是它的时代的表现，它的内容和它的形式是由这个时代的趣味、习惯、憧憬决定的。"[①] 随着世界经济的快速发展、各种传媒的快速发展，读者对于文学作

---

① ［苏］普列汉诺夫：《论西欧文学》，吕荧译，人民文学出版社1957年版，第10页。

品的欣赏呈现出新的态势，配合快节奏的生活方式，阅读方式也发生了变化，微型小说成为小说家族中异军突起的一员。而随着华人在全世界范围的叶落生根，华文文学也在有华人的地方开枝散叶，微型小说也如此。泰华微型小说在海外华文文学中略晚一些，大约从20世纪90年代进入起步期。泰华作家协会主席司马政把泰华微型小说分为两个阶段：从1990年到1993年为泰华微型小说的起步期，1994年开始为稳定期。[①] 自稳定发展期开始，泰华微型小说无论质量还是数量都进入了一个新的阶段，也浮现出一批创作成果颇丰的作家，比如司马政、陈博文、老羊、杨玲、曾心等。作为一批从中国移民去泰国的作家或泰籍华裔作家，他们虽然生活在泰国，但是在生活与情感上表现出非常鲜明的"中华情结"，对于中华民族有着深深的眷恋之情，泰华微型小说作家们用文字记载他们对于中华民族的强烈认同与归属感。这种"中华情结"主要表现在书写叶落离根的痛楚，叶落守根中对于中华传统美德、优秀文化的坚守，风俗民情的传承和发展，希望中华民族繁荣昌盛的美好愿景。

一 叶落离根的痛楚

泰国历来是一个主权独立的国家，政治上不歧视华人，经济上也不干涉华人，宗教上彼此包容甚至融合，所以自18世纪以来，因泰国地理位置毗邻中国，很多中国华人尤其是潮汕地区的部分华人，因为政治原因或者历史原因，选择泰国作为他们生活与发展的国家。因此很多作品记录了叶落离根的种种酸楚和无奈，这种酸楚与无奈主要表现在两个方面。因为生活所迫，家乡与故土的生活难以为继只能离去，而中国人自古就有故土难离的情结，因此这种离去则更显苍凉，这类典型代表就是

---

① 邵德怀：《泰华浮世绘——评陈博文微型小说创作》，载《书魂》，四川出版集团2013年版，第182页。

司马政。

在司马政的作品中有很多篇目写到了当年华人去国离乡的心酸之旅。《伤心河边骨》中，只用短短的 300 多个字，就写出了 100 多年前华人因为"潮汕地区发生大饥荒"，被迫去南洋谋生的华工的斑斑血泪史；《生死之交》则描写了"一百年前，一艘轮船从汕头开往曼谷，船舱中挤满了离乡背井的潮汕人"，一个"挤"字尽显苍凉。《意恐迟迟归》里写到儿子告别老母到暹罗（泰国）去："斗室里油灯如豆""母亲坐在他面前，两行眼泪挂在脸上。明天一早，她的儿子便要离开她，乘船往暹罗谋生。"这个作品的标题取自唐代诗人孟郊的《游子吟》里面的诗句，即隐含着母子相依为命的骨肉情深，以及如今母子因为生计不得已分离的痛楚。《论语·里仁》里写道"父母在，不远游，游必有方"[①]，儒家学说几千年来一直深深影响着中华儿女，孔子认为父母年迈在世，尽量不长期在外地，不得已，必须有正当的理由和原因。在司马政的叙述中，没有慷慨激昂的情感宣泄，也没有巧琢雕饰的辞藻，淳朴素淡的语言中隐含不忍分离的情感暗流。其另一力作《你是我的娘》里写道："潮汕地少人多，十八世纪中叶到十九世纪五十年代，不少潮州人为求生存，不得不离乡背井渡海过洋，其中前往泰国的人最多。"作者用一种看似平淡的口吻叙述当年这些主人公不得已的"离根"之痛。

叶落离根的酸楚与无奈还体现在异国他乡政治与经济背景下艰难的融合与生存。

例如，陈博文在《苦尽甘来》中写李婶当年来到泰国的心酸历程："李婶在这一带讨生活已经数十年了。四十多年前她从潮汕残破农村渡洋过海到这里寻找从未见面的丈夫。"虽然找到了丈夫，但是"她的丈夫只是一名干粗活的雇工，所以李婶自从到达泰国，就注定一辈子要过穷苦生

[①] 杨伯峻、杨逢彬（译注）：《论语》，岳麓书社 2000 年版，第 33 页。

活了"。李婶一辈子就是靠卖桃粿维持生计。曾心的《家规》也表达着同样的游子心酸：爸爸把那龟裂的手搭在孩子的肩膀上，讲起过去一件伤心事。四五十年前，他刚来到暹罗，没有钱做生意，旧篮里只有一顶新蚊帐，结果只好采用这样一个办法：早上拿着这顶蚊帐到当铺出当，换到的一点儿钱，便去买些水果，挑到街头巷尾叫卖。傍晚又把赚到的钱，到当铺把蚊帐赎回来。这样一"当"一"赎"，没有多久，就再没钱去赎回抵押品了。结果没蚊帐，晚上尽被蚊子叮咬，不幸患了登革热，差点儿没了命。

从司马政、陈博文、曾心等人的这些作品来看，当年离开中国去泰国的人大都是因为生活所迫，在中国生活异常艰难，如同鲁迅先生在《呐喊》自序里所说的要"走异路、逃异地"，我们从上面的作品可以看出第一代移民泰国的人尝尽了生活的艰辛，字里行间尽显心酸与苍凉，而作家们在作品中的叙述本就隐含着对于故土的不舍与无奈之情，试想，如果故土生活尚能维持，游子何需远离？

二　叶落生根的坚守

当第一批泰国华人背井离乡来到泰国之后，在泰国当地的文化背景与氛围下，他们不仅要努力使自己迅速融入当地文化与生活，同时中华民族传统文化又给他们留下了深深地的烙印，还要对中华传统文化认同、坚守与拓展，而这也是泰国华人在生根他乡、维持本族群的精神支柱。因此，在泰华微型小说中体现了鲜明的"守根情结"。这种守根情结主要表现为泰华微型小说展现了中华民族传统美德，传承了中华民族灿烂文化，彰显了中华民族的民情风俗。下面分三部分予以论述。

第一，展现了中华民族的传统美德。在几千年的文明历史中，中华民族逐渐形成了具有自己民族特色的民族美德，如爱国、勤劳、善良、乐于助人、谦虚礼貌等。华人在迁徙到泰国后，也带去了这些传统美德的集体无意识，具有鲜明的"中华情结"。

泰华作家协会主席司马政的作品集《我也要学中文》中，用大量篇幅写到中国古老的文明历史，展示了中华民族的传统美德，但作者又流露了深深的忧虑，担心随着时间的推移，这种古老文明在异国他乡将会遗落与凋零。

比如，《马叔》中马叔在八年抗日战争中"当游击队向导，视死如归"，终于打跑了日本鬼子。抗战胜利后，家乡田秧乡却又面临一群饿狼的入侵，乡长答应去找马叔帮忙。在这里作者有意抖"包袱"，在抗日战争中"视死如归"的马叔，居然不答应帮忙，乡人对马叔的不肯合作甚为不解，这样一个马叔为何变得贪生怕死？然而，作者接下来叙述了马叔一连三个晚上都喝得酩酊大醉。第四天晚上，马叔失踪。第五天，乡民去寻找马叔。"在南山中，乡民发现了马叔血肉模糊的尸体，旁边五具狼的尸体，都是被炸药炸死的。"短短100多个字，一波三折，一个有勇有谋、机智勇敢、为他人利益不惜牺牲自己的马叔形象屹立在人们心间。《风炉伯》中的风炉伯只是一个平凡普通的修风炉的老汉，可是在无意间得到林大志送的一个旧风炉之中的两根金条后，风炉伯要送回金条，林大志不肯接受。风炉伯，一个平凡的社会底层人物，在异国他乡诠释了中华民族传统美德——乐于助人，拾金不昧。而更让读者感到意外与惊喜的是林大志的儿子说："去年年底日寇在南京杀死几十万同胞，就把这两根金条捐献了吧！"人在他国却心系故土，令人唏嘘不已。《张医生》叙写了医术医德高明的张医生在泰国救人，却因没有泰国的医生执照而被铺入狱，被保释后没有抱怨和怨恨，给病人留下一个药方后离开了泰国。

曾心则在他的泰华微型小说中塑造了系列医术高明、品德高尚的老中医形象。《一坛老菜脯》中描绘了一个医术了得、名声远扬的老中医"我"精心为病人治病，病人无从报答，只得送给医生一坛老菜脯。更让人感动的是《三个指头》，在这个作品中，作者塑造了一个抗日胜利后来到泰国的老中医朱一新，人称"朱半仙"。在后继无人又找不到帮手的情况下他执着地治病救人，在明知自己的生命到了大限之期却仍然在给病人治病。

  这时候诊所只剩下三名病号，他便请他们到他的卧室去。躺在床上的他，伸出三个指头，把完第一个病号的脉；又伸出三个指头，颤抖地把完第二个病号的脉；在伸出三个指头把最后一个病号时，他的三个指头再也不会动了，僵硬地停在了病人跳动的脉搏上……

曾心曾经谈过为什么要塑造这样一个老中医的形象。在泰国，中医很受欢迎，但是当时泰国华文教育断层了半个多世纪，"中医很难找到'徒弟'，传承似乎到了'绝路'。当年，我看到的几位老中医，'硬挺着一把老骨头，死挑着这古老中华国宝的行当'，心里既感动也不好受。因此，我很想写一篇围绕这个主题的微型小说"①。评论家龙彼得赞赏老中医朱一新最后用三个指头给三个病人看病这一段是"精彩的描述"，"真是'鞠躬尽瘁，死而后已'！'三个指头'是朱一新医德、医术的全面展示，也是震撼人心的神来之笔！"②诠释了中华民族的传统美德，展现了中华民族的优良品质，也书写了老中医后继无人的焦虑，带给读者心灵的震撼。

  第二，泰华微型小说中展现了泰国华人是如何传承中华传统文化的。对于远离故土的华人游子而言，不管身处何地，都会记得他们的"根"是有着几千年历史传承的中华文化，这是华人作为族群的民族精神支柱与特征，因此，传承本民族的文化本身就有如同宗教般的意义。而作为一个民族文化最主要的传承载体则是民族的文字和语言。民族语言文字是民族文

---

① 陈勇：《厚积薄发，后劲与日俱增——泰国曾心访谈录》，曾心《消失的曲声》，四川出版集团2013年版，第190页。
② ［泰］龙彼得：《精妙的叙事艺术——评曾心的微型小说》，载《曾心作品评论集》，泰国留中大学出版社2009年版，第5页。

化的基础,是民族精神文化的支柱,是五千年中华文明得以发扬光大的坚实基础,也是海外华人维系民族凝聚力的主要工具,在民族发展过程中具有保持民族自信心和凝聚力的不可替代的重要作用。但是随着泰华人逐渐融入当地主流社会,尤其是因为婚姻融合而产生的第二代、第三代泰华人,中文不再是他们的母语,他们大都不会说写中文,对中文也不感兴趣。这是拥有中华情结的老一辈不愿意看到的,因此在作品中倾诉种种担心和忧伤。

在司马政等一批老作家笔下有一大批作品是以学说汉语为题材的,而且这种题材的作品一般是和家庭题材融合在一起的,因为中华民族自古以来就重视家庭、重视亲情。而语言作为家人交流的主要工具与方式在家庭生活中线的尤为重要,因此老一辈泰华人很重视家庭成员的血统出身,随着时间的推移和形势的发展,当华人和非华人联姻成为一种必然后,这些善良的老华人就希望这些新成员能说或者能读中文就很好了。比如,司马政的《有备而去》写阿光的妻子为了能更好地和阿光在中国的亲人交流,五年来一直在学中文,在阿光提出要回国探亲时是"有备而去",不会因为语言的不通而闹出尴尬了。

还有一批作品更是传达了一个信息,即泰国华人娶媳妇、嫁女儿都以是不是中国人或能否讲中文为标准。如果符合这个标准则很高兴,如果不符合则会心生失落。如司马政的《孙媳妇》中,"孙儿要结婚了,奶奶、爷爷都十分高兴,可听到孙媳妇是泰人,奶奶的兴头便低了下去"。奶奶和爷爷说:"如果孙媳妇是个中国人,多好!"可是当发现孙媳妇能说标准的汉语,并且能看懂中文时,奶奶高兴地说:"你是奶奶的好孩子!"曾心在《蓝眼睛》里面也表达了相似的择媳标准,大儿子去哈佛念大学,老伴既喜还忧地说:"到外国留学虽然好,但怕日后娶个'红毛'妻子回家。"后来发现儿子果然带了个"蓝眼睛"的洋媳妇回家。但是接下来作者就安排了两个细节描写:一是儿子的女朋友汉语讲得很好,而且博士学位论文研究的是太平天国运动；二是在唱歌时其他的华人孩子唱的都是英文歌或者泰语歌，唯有这位洋媳妇唱了一首《龙的传人》，这时老伴彻底放心地交出了自己的红宝石戒指作为礼物。这一传神的小动作充分展现了老一辈海外华人诚挚热烈的"中华情结"，当然也隐含着对汉语在新生代华人中的传承状况令人担忧。陈博文的《棋先一着》里写到，想要成为"我"家儿媳的女孩子中"我"只认得三个，"阿玲、阿捷、阿莉，在人们心目中都是好女孩，她们都是唐人子弟，但却讲一口流利的暹罗话，潮语也讲得不三不四，唉！"因为不会讲中文而表现出来的情感倾向非常鲜明。另外，如司马政《学话》中的陈一敬居然向一只鹩哥学了一口流利、标准的普通话。《风气》中刘自变七十大寿时希望儿孙们给他祝寿时要说"健康长寿"，而不是泰语或英语。

　　语言的传承与运用很重要，以汉字为载体的精神食粮对于海外游子来说也是倍觉亲切，老一代华人把中华文明视为华族存在不可动摇的信念，是他们的"根"，因此他们努力地想要"寻根""护根"，但是因为时间的推移，纯种华人在逐渐减少，随着华人逐渐融入当地社会与生活，华人和泰人的通婚，已经很难保证华人种族的纯正，因此华文和华语一样日趋式微，老一代华人作家试图通过微型小说的写作表达自己的"忧根"之心和"兴根"之情。① 例如，司马政的《焚书》中写一个老妇人为了纪念死去的先生而焚烧他生前喜欢的书籍，只因为她以及其后人都无法看懂这些中文书，书就成了废物，于是就想烧纸钱祭奠死者那样烧给她的先生。正在焚烧之际来了一个穷年轻人，说好书烧了可惜，不如借给他或者送给他，老妇人被感动，就把剩下的书送给了这个爱书的年轻人。无独有偶，新加坡的黄孟文先生也写过一篇同名作品，只是黄孟文先生笔下的《焚书》里主人公君瑞老人，因为女婿不准他把古今众多的中文书搬到新家去，他只

---

① 沈国芳：《论东南亚华文微型小说的崛起》，《世界华文文学论坛》2001年第4期。

得在家中无奈焚书，惋惜感叹："或许这棵原本甚为壮硕的根，已经快要被砸烂。"两篇作品写了相似的题材，只是在司马政先生的作品中给读者留下了一个浪漫主义的尾巴，这"根"到底还是护住了，这应该是一个海外游子的拳拳深情吧。

陈博文的《书魂》一改他往常的现实主义叙事风格，采用非常鲜明的寓言体形式描写了博大精深的中华文化在海外的尴尬处境。作品讲述的是老杜黎明时分去图书馆打扫卫生，却听到听到图书馆里面人声嘈杂，仔细一听，原来是里面的藏书的作者们在说话：

"这样还算袁老先生幸运，能走出柜子透透气。想白乐天、苏东坡、陶渊明等多位名家，他们不是还挤在橱子里发闷吗？"

"还是曹雪芹老你们几位最为出色，你的《红楼梦》是人人爱读的，罗贯中先生的《三国演义》，吴承恩老的《西游记》，施耐庵先生的《水浒》，都是后辈读书人的至爱，所以你们不受禁锢，在这里比别人自由。最可怜的还是孔老夫子、孟老夫子等，他们都被置之高架，加上绳索捆绑，长年累月满身尘垢，我真为他们呼冤。"

在这里陈博文用寓言形式，借图书作者之名感慨中华民族传统文化的博大精深，却因为一个不喜读书的社团老总使得一个图书馆成了一个"书籍坟场"，遭受冷落，如此要谈到传承中华民族传统文化谈何容易，所以这篇作品"充满着对文化沉沦的悲哀"。在这篇小说中，"可以清楚地看到陈博文对泰华文化现状的关注与思索"[①]。

《控诉》更是荒诞：阎罗王度假回来发现阳间放任人口流向阴间，造成阴间鬼口暴增而前去了解情况，几个阳寿未终却提前来报到的鬼魂诉说

[①] 邵德怀：《泰华浮世绘——评陈博文微型小说创作》，载于《书魂》，四川出版集团2013年版，第188页。

自己在阳间是读书教书之人，因为教的是华文，工资收入比教英文和教幼儿园的低了许多，弄得"妻号寒子啼饥"，人生无趣，只好提前来报到，阎罗王却不允许他们留下来，说"不可以，你们阳寿未终，不能批准居留，更何况你们不回去，岂不使那些什么公会、什么基金会高喊发扬中华文化的人大失所望！"可见，在泰华人呼吁保护中华传统文化的现状之急和心情之切。

第三，泰华微型小说作家们在作品中描述了大量蕴含中华民族情结和特色的传统习俗。中华习俗在泰国华人的生活中占据着重要的地位。由华去泰的先驱者们在带去语言和文字之外，也带去了几乎所有在国内的生活习俗。因此，许多泰华作家笔下都再现了中华民族传统的民情风俗，体现了独特的"中华情结"。

在泰国华人中以潮汕人居多，早在大城王朝时期一大批潮州的木雕工匠就参加了泰国的宫殿和佛教寺庙的建筑工程，把潮汕人的木雕艺术带到了泰国，潮汕的功夫茶、潮剧、过节等生活习俗随之在泰国民间社会中广泛流行。"潮汕文化是中华文化的一个有机组成部分"[①]，这些独特的民俗风情和文化传统对增强泰国华人的凝聚力、传承中华民族传统文化起着至关重要的作用，因此，这些习俗在泰华微型小说中也随处可见。比如在泰华作家笔下，功夫茶和潮剧这些极具中华民族地方特色的元素是他们中华情结的主要构成要素。曾心的《走山巴》里"我"因为听闻一些"小道消息"——"郑强在山巴金屋藏娇"去找郑强的太太，郑强的太太就是用功夫茶招待客人：

　　我又开口了："郑强什么时候常走山巴？"
　　"自泰国经济危机后。"她边说边泡功夫茶。

[①] 陈贤茂：《论泰国潮人作家之潮汕文化特征》，《华文文学》1994年第6期。

我呷着热乎乎的功夫茶:"不走山巴不行吗?"

司马政《童话》中"九十二岁的他,和九十岁的妻子喝功夫茶、谈心"。《为何又匆匆回来》里"陈叔来访,他请陈叔到客厅喝功夫茶"。在《回避》里赵钱孙和周吴郑在世界潮人联谊大会上相遇,互相叙旧后有一段对话:

赵钱孙:"……来,我们喝杯功夫茶吧!"
周吴郑:"是,赵老板,我来。在F国我每天都喝功夫茶,那里潮州人也不少。"

陈博文《吾友黎毅》里记载"我"第一次见到黎毅时,"他却盛情招待,冲功夫茶饷客"。在《蛋糕的故事》里,"陈大妈以兴奋与愉快心情来迎接一年一度的春节""从前每逢过年,她总会炊年糕(潮州人叫甜粿),还做些红桃粿,三个女儿也都吃得津津有味"。如今生活好了,大家却只愿吃着时髦的蛋糕,不再愿意吃小时候争着要吃的美味。作者一方面在作品中展现了在艰难岁月里一家人团团圆圆的浓浓亲情,也反映了现在生活条件好了,不仅人变了,连一些传统情结也一并被摒弃掉了。在《豆浆的人情味》里,说"豆浆是真正的中国式饮品,自北至南,自东至西,几乎每个中国人都饮过豆浆。而世界上每一个地方,只要有华人,也大都有豆浆供应"。一杯普通的豆浆,在作者笔下饱含浓浓的中华情结。

还有潮剧。曾心的《消失的曲声》里主人公王巧玲"生于东北,从小被卖到潮州戏班子。她开始学讲潮州话,跟着师傅学唱戏""她十六岁已红透了曼谷耀华力路潮州戏坛"。

在司马政笔下,以中国过年过节的礼俗为题材的作品不在少数,包括春节、清明节、端午节、中秋节等,展现了一幅幅色彩绚丽的生活风俗画。《送月饼》写的是中秋节,"中元节刚过,中秋月饼就上市了,饼是圆的，人情也是圆的"；《他是谁》中"泰国的清明节烈日当空"。

在泰华微型小说中，作家们不仅选择富有中华情结的题材，表现泰国华人们的风俗民情，连作品中的人名也大都是中国名字。陈博文的《书魂》一共56篇作品，只有4篇作品中人物形象用的是泰名，即《先声夺人》《猴变》《真的，是我干的》《噢！原来是你》，其他都是普通平凡的中国名字。翻开司马政的《我也要学中文里》里，人物名字几乎全是中国名，《马叔》里的马叔、《难得》里的杨华、《不，你没说谎》里面的张得文和孙女珍珍、《志气》里的老陈等，在这本小说集里面一共有121篇作品里，人物名字明确是泰名的也只有4篇：《何必曾相识》里面的伦探、素查、比益，《钱从哪里来》里的巴实和沙呐，《侄儿当了部长》里的颂猜，《激赏》里面的颂蓬。在余下的作品里大部分是中国名字，或者是用代词"他""她"或者"甲""乙""丙""张大妈""李婶"等中国式的指代词，富于中国特色。还有的名字则饱含思念祖国的眷恋之情，如《烟壶》里孙子叫"思中"，孙女叫"爱华"。

另一篇作品《归宗》更是从名字的角度阐明了远在海外的游子渴望祖国繁荣昌盛。全文不到200个字，结构精巧，寓意深刻。

某国，全国人口中，华人、华侨占三分之一。

因种种原因，几十年来，某国和中国关系有很大的改变。

由于关系的改变，加上中国的强盛，影响到某国许多高层人物身世的改写。

1950年，许多部长、军警长官都说：我是正泰人。百分之百泰族血统。

1980年，许多部长、军警长官自称：我的父亲是泰国人，母亲是中国人。

2000年，许多、许多的泰国高层，都有中国姓和中国名，他们的姓名都是很好听、饶有意思的字眼。

因此，一个小小的名字有太多的意味，体现了泰国华人为自己祖国的强大而自豪，愿意承认自己是中国人或者华人后裔的民族情结。

三 展望叶繁根兴的愿景

泰华微型小说创作在经历叶落离根的酸楚和叶落生根的融合后，也处处传递了因为中华民族取得的进步的喜悦之情，和希望中华民族富强昌盛叶繁根兴的美好愿景。远在海外谋生的游子心系祖国，为祖国取得的每一点进步而骄傲和自豪，他们希望中华民族繁荣昌盛，成为他们的坚强后盾。"对中华文化的执着，对自己民族的自内心自尊，成了海外华人的一种共同的特征和徽记。以华人作家为主体所创造的海外华文文学，也因此成为一种文化的载体，成为中华文化在海外盛衰浮沉的见证。"① 而事实是，随着中国经济的快速发展，中国在东南亚地区的影响力逐渐扩大，东南亚地区在政治、经济、文化等多方面都不能忽视中国的存在。因此，当下泰华微型小说作家笔下的人物形象已经不同于 20 世纪那些海外游子的形象。比如郁达夫在《沉沦》的最后，主人公"他"在遭遇各种"苦闷"之后投海自尽，临死前大声呼喊："祖国呀祖国！我的死是你害我的！你快富起来，强起来吧！你还有许多儿女在那里受苦呢！"末尾这痛彻心扉的呼喊，喊出了中华儿女对自己国家和民族的热切盼望，只有祖国强大了，海外游子才有一个坚强的后盾。

在司马政的《回归》中因为香港回归，已经移民加拿大的李慧和她的丈夫卓光决定回香港参加庆祝，他们之间的一段对话充分体现了当初离开祖国的迫不得已，和如今因祖国繁荣昌盛而渴望回归的游子情怀。

---

① 陈贤茂：《海外华文文学与中国传统文化》，《华文文学》1997 年第 12 期。

"香港！真没想到香港现在会这般繁荣。唉，我真后悔移民到加拿大来。十年了，这里的生意很难做……"卓光叹一口气。

"到香港去庆回归，也看看那里生意可不可做。"

"回去香港做生意？我们香港的房子都卖了……"

"你老说你是中国人，香港回归祖国是天大喜事。生为中国人就该去看看，光，我们带孩子们一起去香港吧。"

《看亲人来的》中写1973年庄则栋率中国兵乓球队访问泰国，这对泰国的华人华侨来说就是"阔别多年亲人的来访，是振奋人心的天大喜事"。泰国各地的华人华侨纷纷赶来曼谷看球赛，几位老华侨说："我不懂乒乓球，我是看祖国的亲人来的。"还有很多的篇目是写到中国各个风景名胜区旅游，饱览祖国大好河山的秀丽风景，感受祖国母亲天翻地覆的变化，抒发作为中华儿女的骄傲之情。例如，《烟壶》中孙子思中、孙女爱华到北京买了一瓶鼻烟送给爷爷。

《有朋自远方来》写从唐山来的李万发随团来泰旅游。原来的中国大陆来人会向海外亲人伸手要钱，这次却给泰国亲人买了金首饰，暗示祖国经济状况发生了天翻地覆的变化，国内亲人的生活水平有了很大的改观。司马政还在《看球赛》中谈及北京亚运会的中泰足球赛，泰国华人每天都在关心中国的金牌数，并为增加的每一块金牌而骄傲自豪。

因为希望中华民族之根能叶繁根兴，泰国华人非常重视华文教育，唯有坚持华文教育才能使民族之"根"得以最终传承和兴旺。华文教育在泰国经历了一个由衰到强的过程。目前，随着华泰两国外交关系的正常化，中国经济实力的迅速崛起，使得华文学习成为热潮。因此在泰华微型小说中，兴办华文学校、发展华文教育既是当下泰国教育的一个趋势，更是泰国华人的一个愿望，这种愿望在泰华微型小说中也得到很好的体现。

司马政的《都是老师》里，王振学为了振兴华教，创办了一所"杨中中文补习学校"。为了振兴华文教育，作者把主人公的名字都设计成"振学"。曾心的《三愣》里张医生接待了一个叫张亚牛的病人，张医生要张亚牛摘下鼻梁上那副墨镜，之后发现他居然是个"独眼龙"，第一愣！张亚牛在张医生给他看完病后居然和医生就医药费讨价还价，100铢砍价到80铢，第二愣！"自己当了二三十年医生，从来是医生说多少，病人就给多少，甚至有的慷慨病人还多给，遇上讨价还价的病人，这还是头一遭呀！"李医生站在门口自忖："也许他是一个数米而炊的人。"然而，有一天张医生驾车经过他30年前读过书的华文小学，因为这所学校已封闭近半个世纪，最近即将复办，许多校友和热爱华文的人士闻讯都赶来捐款。坐在捐献台前的，正是那个佝偻且戴着一副墨镜的张亚牛，他卖掉一块地皮把钱捐给学校，一箱子崭新的500铢纸币！张医生第三愣！作者层层铺垫，逐层推进，在文章末尾把热爱华文、传承华文的热切之情推到情感最高潮。从这个作品可以看出一个对自己苛刻节俭的人却如此慷慨捐款复办华文学校，拳拳深情感天动地。

曾心在《种子》中描述了在北京语言学院任教的李静老师接过妈妈的接力棒来到泰国一所华文学校任教，在华校李静遇上了妈妈生前的一个学生陈华，现在是自己的一名"老妈生"。李静告诉陈华："我妈在临终前，知道我要来泰任教，高兴地说，在那里她还有许多学生，这次去湄南河畔，一定要'捧着一颗心来，不带半根草去！'"陈华看着眼前的李静老师心里想："真是什么种子开什么花，什么种子接什么果。"妈妈把自己毕生奉献给了泰国华文教育，妈妈去世了，接力棒就传到了女儿的手上，这正是一种中华民族情结在海外华人身上的体现，这就是"种子"。

综上所述，在泰华微型小说中展现了泰国华人当初叶落离根的心酸与不舍，叶落守根中的传承与坚守，希望中华民族繁荣昌盛的美好愿景。泰国华人虽然已经加入了泰国国籍，但在内心里他们依然认定自己是中国人，这种内心情感的认同感和归属感使得泰华微型小说在创作上以文学的形式进行展现，蕴含着浓浓的"中华情结"。我们有理由相信，随着中华民族的日趋强盛、泰国华人的坚守和努力，泰华微型小说创作会越来越好。

（李婷）

第四节　大洋洲华文微型小说中的"移民情结"
——以《大洋洲华文微型小说选》为例

凌鼎年先生主编的《大洋洲华文微型小说选》（内蒙古文化出版社2011年版）共选编大洋洲46位华人作家的微型小说174篇。虽名为大洋洲，但该洲华文作家主要集中在澳大利亚和新西兰。其中选编澳大利亚张列奥、张志璋、心水、吕顺、李明晏、崖青（庞亚卿）等36人的微型小说137篇，选编新西兰的林宝玉、燕子、林爽等10人的微型小说37篇。

这些作家和他们的文学创作（微型小说）有着独特的"大洋洲现象"。

在澳大利亚和新西兰的华人作家基本上属于第一代移民，除了少量来自中国台湾地区（张志璋、翁宽等）、中国香港地区（燕子）或其他国家，绝大多数来自中国大陆。除心水、婉冰夫妇是于1979年移居墨尔本，其他大多数人是20世纪90年代后才移居大洋洲。有的是退休后移居（如陆扬列、林之、谭子艺等）；有的是留学机缘（如刘澳、陈静、雨萌、王晓雨等）；有的是技术移民（如潘华）；其他如事业选择、环境选择等，原因不一而足。

因为是第一代移民，他们的基础教育几乎都在中国大陆完成，先前的事业也大都在大陆，而且不少人在出国前都称得上是高级知识分子，其中相当一部分原本就是从事文化工作的（如张列奥、陆扬列、李明晏、张劲帆、张敬宪等）。移民海外后，可以说虽"洋装在身"，但依然是"中国心"。心中的母语情结，成为其创作的重要动力。

生在中国大陆，移民澳大利亚与新西兰后，环境的改变、生活的压力、文化的碰撞，让移民海外的这些华人有了更多的写作冲动。清晰而厚实的国内教育背景，并不长久但鲜活的海外生活经历，使这些作家的微型小说呈现出"传统"的写实抒怀的特点。作品注重对现实生活、人性情感的反映，题材、主旨、结构都以现实主义为主，较少西方现代派的文学套路。

可以说这是一部反映移民生活、移民心态的微型小说集。从生于斯、长于斯的家乡，来到"好山好水好陌生"的异国，出国寻梦的激情与他乡拼搏的艰辛，融入新生活、新文化的宽慰和感怀，怀乡思亲的伤感和醇厚，都成为小说中移民情结的真正内涵。

我们以本选集为主要研究对象，并结合林宝玉的微型小说选集《移民路》、心水的微型小说选集《飞鸽传书》、吕顺的微型小说选集《车站依旧》、李明晏的微型小说选集《老人和鸽子》（以上均为四川文艺出版社2013年版）等来分析大洋洲华文微型小说中的这种"移民情结"，通过关注文学中的"移民路"，剖析人伦世情，感受移民者的心路历程，理解海外华人的家国情怀。

一 "移民路"是大道亦是险路 "出国梦"能梦圆也能梦断

出国寻梦给人勇气和希望，但移民路上也可能存在未知的困难和风险。在渴望未来和应对现实的矛盾中，移民的境遇让人感慨。他们或坚韧打拼，或黯然伤怀，或融入他乡，或梦断异域。小说中一群移居远乡的平凡人，都为生活而无限执着于现实的热涡中。

异地求存，本就是一桩极其不易的事，过程之艰辛不言而喻。《移民路》（林宝玉）中的范芳无疑具有典型性：单身母亲范芳携幼子再度奔赴新西兰，欣然而去，黯然而归。文中的范芳无疑是坚强而刚烈的，五年之后的新西兰之旅早已物是人非，而作为一名独立的东方女性，她选择将被丈夫离弃的苦楚吞在肚里，将昔日的光鲜抛之脑后，独自带着一双儿女踏上这片久违却孤独的土地，艰苦生活。而她又是何等倔强自尊的女人，独自咽下所有如鲠在喉的酸涩，即使面对知心好友也淡然掠过自己的不堪，面容平和，仿佛生活不曾往她脸上烙过一丝印记。而范芳真实的处境却是读者有目共睹的：从专稿主编到做网络生意，以至后来到敬老院打杂、夜市摆摊，这是一段由理想跌入现实的过程。作者叙述得不紧不慢，笔力不轻不重，全凭读者领会个中意味。直至结局范芳携子黯然离去，读者幡然惊醒之余又若有所思，出乎意料又合乎情理。

范芳的移民之路充满坎坷，且最终并未如她所愿，但我们并不认为范芳这一形象就具有悲剧色彩。理上有二：其一，就小说呈现的主旨而言，作者意在表现异邦的生存之难，在某种程度上是具有现实客观性的，并非为了塑造人物而塑造人物；其二，姑且不论结局如何，作为主要人物引领线索的范芳始终有她的希望和热情所在，对工作的积极，对生活的热忱，这是我们在她急转直下的就业形势中自始至终都能看到的。

国外生存，不仅是一种为生活而奋斗的五味杂陈的人生历程，更是一种检视现实心态的心理镜面。没有良好的经济基础，没有舒适稳定的工作，需要的就是一种面对生活不服输、冷静对待、迎接阳光的态度。

《拖泥带水》（沈志敏）就呈现了一种实际而进取的移民心态，这种心态是建立在对异域环境的向往和对他国文化认同的基础上的。托尼（左林）本出身于知识分子家庭，为了出国梦想而移民海外。到澳大利亚后，在香港人开的小豆腐店打工，五六年后拿到身份，然后将老婆孩子也接过去。若干年后，自己也办起豆腐厂，因厂得福，不但生意好，先后"拖泥带水"(比拟其做豆腐的过程)地为澳洲增加了十几个洋名字(移民)。"全家虽然都换了洋名儿,其实带来的都是中国的黄泥土和长江水。"这种务实而有效的移民过程让人不禁莞尔,其中机巧和勤奋相揉的生活态度还是让人有或多或少的认同。

《捡破烂的日子》(艾斯)中,"我"和"我"的家庭成员,包括初到国外的其他华人,不断从外面捡回他人扔掉的家具、电器,省了购置的钱,也充实了家用,每天关注室外的垃圾,乐此不疲。在困窘的生存背后,透露的是一种解决生活困难的上心和坦然。在雨天捡垃圾的狼狈之后,当看到天空升起的彩虹,那一份兴奋和快乐,让在异地求存的我们开启强烈的自信:我们会交好运的!

国外生活,即使生活无忧,但也可能会经常遭遇突如其来的风险和损失。《打劫》(沈志敏)就是这一生存境遇的写照。开牛奶吧的老谢,安分守己,用心经营自己的小本生意,倒也意趣不坏。苦恼的是一天之内小店被抢劫两次,先是满脸络腮胡子的凶神恶煞的金发高个洋男持刀抢走收银机中的200多块现金。警察前脚才走,扮作顾客的小个子洋人又持枪抢劫,被吓倒的老谢手脚哆嗦地打开保险箱……

如果说用勤奋和坚韧可以在国外求得生存的机会,能更多地创造属于自己的机会和财富,许许多多的移民已经或者即将实现出国寻梦前的人生规划,那还有一部分移民的出国梦中的幸福和辉煌完全破碎在异国的泥淖中了。

《出国梦》(林爽)中的琳莉在国内当了快十年的护士,人长得标致,因个性内向害羞,终身大事一直没有解决。早已移居国外的表哥让表妹以与老外交流恋爱的套路实现出国梦。用旅游签证来到澳洲后,满怀期待、心如鹿撞的琳莉在国外面对的事实是:她得尽快与秃顶、脚瘸、扶拐的七八十岁洋老头办理结婚手续,否则旅游签证过期无效。出国梦碎成一地,只有失神、无助。

婉冰的《枫林道上》和《命运》则是出国寻梦中的满腔血泪苦痛。例如，《枫林道上》的曼玲出生于成都乡村，为满足双亲欲望，达成"有女放洋"的荣耀，经媒人介绍而议就千里姻缘，做"过埠新娘"。到达墨尔本，才知被骗，名为婚姻，实为人口贩卖。羊入虎口，生死两难，被迫在异城操丑业。瞒骗双亲，家书中假编幸福婚姻。无助无依、身心疲累、精神慌惚，其中悲苦辛酸更与谁说。

生活在异乡，有看不见的语言、文化樊篱（《异乡梦》），有西方遇上东方的奇异和无解（《迷思》），更有因时空转换、环境熏染造成的情感迷失、失却旧爱的忧伤（《情断异域》《天伦梦绝》）。移民出国，本是另寻天地，重开梦想。无奈现实不解风情，有阳光，亦有阴霾；有奋斗，亦有失败；有成功的喜悦，更有梦断的悲情。

二 "行"在他乡定有真情温暖 "混"在异国不乏人性雾霾

天地之大，不外家国；仁义之厚，不外人性。生活在异国他乡，那份人性的本真一定会合身随行。心中有爱人生暖，相携相伴、相融相通，应是现实生存的快乐之源、幸福之泉。人情如此，但人性也未必完全同流。欲念为障，俗恶为魔。澳洲的香风海韵，是吸引，也是刺激。或为生存，或为虚荣，俗风世情有时也会遮蔽人性之纯。

《俪人行》（张志璋）应该说就是一曲爱的轻歌。一对移居墨尔本的老年夫妻，在深秋轻柔的阳光里，在露珠还未完全化掉的早晨，携手到公园散步。这是一幅深秋的风景。两位白发老人，相携相伴已走过大半辈子，在异国的晚年生活中，一切都那么平凡而自然。行走中、言语中，多年来形成的彼此适应和相互体贴跃然纸上。在澳洲的阳光中，老两口都想到了旧金山的儿子、孙子，在分别提议和凝想的些微时间错位中，二人的心思契合已是了然。文中首尾有两个细节，两人在进出公园的两次过街前，老头两向观察防备来车的专注细致,让人会心、更让人感动!在一辈子的携手中,在每一个人生街口的体贴和保护,不正是让人幸福的爱吗?这一路走来的老两口,也就正是那俩人了。

《飘来的女人》(吕顺)中没老伴儿的华哥,独身租居在墨尔本的某公寓里,因自己的正派善良被公寓楼房主单身中年女人刘颖看中。当然,这是刘颖扮作修理草坪的杂工,借居华哥公寓间,以时间考验了华哥之后的结果。人之相处相合,不外真纯良善,热心助人,其实当有福报。华哥自称"知书达礼",实则其本性淳良、为人正派,虽孤身居他乡,一样能守本分、尽仁义,与人交往踏实可信,这其实就是生存之道、为人之道。

善意的有心人(尤其是原住民)对于在水深火热中翻腾着的异客们而言,更是值得后者无限感怀的。Uncle Ron 就是林宝玉对已过世的新西兰洋朋友的纪念之作。文本记叙了 Uncle Ron 一家日常中的助人二三事:修水槽,过马路,以及帮助探视生病的新移民,这些看似微不足道的善举,他却始终亲力亲为,继承了西方人的率性却不沾染丝毫西方反移民主义的跋扈。文段在讲述 Mr. Haxwell 情急之下抓住老太太冲过马路之后的尴尬时,写道,他"只好犯错孩子似的,腼腆地,委屈地快步离开,了结了这场状似闹剧的好人好事"。读以至此,一个神态局促、憨态可掬的小洋老头形象仿佛跃然纸上。这既是作者叙事魅力之所在。也是 Mr. Haxwell 胸无城府、乐善好施的率真性情的生动体现。不仅如此,Uncle Ron 一家子人也都是热情好客的典范,不光定期做拿手点心宴请宾客,交流风格各异的饮食文化,还不时邀请基督徒共诵赞美诗,共享温馨午后,在谈笑风生中将人情的美满升向至高处。

《我萍水相逢的洋人朋友》(鲁汉)中的派斯克真诚、友好,对来自中国的"我"一家以朋交之心相交。派斯克的随和、热情使我内心感动,虽然萍水相逢,但心里有一种"他乡遇知己"的感觉。派斯克对中国移民的认同和接纳，不也正是源于他对于真正的中国人的诚信、好客、珍重友谊的美德的理解和体验吗？

不管在哪里，不管是中国人还是外国人，行走天下靠的就是人性之善。例如，《澳洲阿庆嫂》（李明晏）中"阿庆嫂"的善良体贴，《超大冰箱的故事》（吕顺）中一对华人小夫妻和洋人中学生之间虽未谋面但默契的友谊，《旅伴》（崔青）中胖女人的本性纯良和默默助人，《那个阴沉的早上》（张至璋）中才五六岁的小男孩天使般的爱心，《小提琴》（艾斯）中阿佩对朋友的宽厚和善待，等等。

李洋的《混》以调侃的口吻述说"混"（"混"作为北京人特爱用的一个字，它的本义隐含了"随意""适应""闯"生活等意思）在国外的心理。出国寻生活，有时是因为勇气，有时是父母的期望，有时是因为盲目跟从，有时更是面子。但"澳洲这地儿不是是个人就能混出来的""有混的出息的，有混的没戏的""各有各的混法"。那么在混生活的过程中，现实的诱惑也会让人性的光辉被遮蔽，心性的功利和沉沦会让人生涂上沉重的暗色。

郭燕的《真相》给我们呈现了一幅让人错愕和感慨的情爱关系的图景。似乎是天意，做过护士的璇雅在一次聚会上认识了年逾六十的宏极公司董事长吴杰西。她小他 30 多岁，但他们不仅认识了，而且渐生情愫了。在一片反对和惊奇中，他们结合了，是璇雅的体贴呵护，让他又感觉到了爱情。这简直就是无关年龄，无关物质，只有情意相通的真爱情。事情似乎因为吴董的病入膏肓而发生了质变。但事实真相是：璇雅两年前无意中知道了吴董的健康状况，冲着他的过亿身家，她出现在那个让他们认识的场合。而璇雅在要求吴杰西公布遗嘱时才知道，吴董财产的 90% 的股权都已给了前妻及子女。而这一切都是吴董的前妻一手策划的，她早就知道会有现在的局面。璇雅的用心被现实击败，只有无言。

燕子的《小菁》中，小菁从神州大地到美丽的新西兰游玩，被这里的环境吸引，便离开旅游团躲起来，留下当"黑居民"。她凭着美貌和智慧到一间按摩院当按摩小姐，认识了在社团当理事长的阿康，并逐渐打进阿康的生活圈子，与阿康同居，然后撒野逼婚。小菁终于名正言顺地成为"康嫂"。两年后，小菁拿到绿卡，便也把"康嫂"的名衔除掉了，还获得阿康的半间房屋。她向朋友表示，花三年时间取得绿卡和20多万澳元，很值得！小菁无节操的人生态度让人无语。

也许现实生活的功利和庸俗引发了人性雾霾，就像为了追求不劳而获的财富而隐忍表演爱情的璇雅，为了"绿卡"风骚腾挪的小菁，还有准备以身许洋人、曲线移民的玲宝（《多情误》），等等。也许，说对物质财富的向往就是人性的"原罪"，人的欲念和虚荣就是隐藏在世俗身心里的"恶"。其实，这种"恶"的释放在真正的人生里带来的只有尴尬、失落甚至痛苦。

《赵太的喜悦》（李明晏）中的赵太虚荣、张扬，用丈夫工伤身亡后的保险金在富人区买了一套公寓，以为从此晋身"高级华人"之列。为了在亲朋好友面前炫耀，家里三日小派对，十日大派对，吵得四邻不安。更有甚者，人鬼不分，交友不淑，将看中其儿子的有钱的大波司基佬引狼入室，儿子成了所谓贵人的玩物，自己也成为悠悠众口中的失德母亲。相似的情形还有如《球星的T恤衫》（李明晏）中坠入浮华、追逐名牌的王太儿子，《跑车上的俊男美女》（吕顺）中借哥哥的名车以满足自己虚荣的鸿年，《闹离婚的男人》（吕顺）中眼高手低、喜欢折腾贤良妻子的男人，等等。

他国的天空中照样有阳光风雨，人性的天空中同样有光辉和雾霾。生活中人性的美好让人温暖，让人感念；生活中人性的俗恶和丑陋让人掩目，也让人反思。

三 "聚散依依"一片思量 故园"情深"那份眷恋

在漫长的移民路上，真正使人情难自制、涕泗奔涌的，往往并不是身居异地的窘境或物质匮缺，因为这些耗费的最多不过是劳其筋骨、饿其体肤的体力功夫，是可以凭借时间的磨炼和辛勤打拼后天收获的。唯独千里共月的离愁别绪，确是再丰裕的物质堆积也无法填补的。移民路千奇百怪，充满挑战，充满新奇。移民路往往也有其不一样的轨道，唯一相同的应是对故乡和旧情的眷恋感。

《聚散依依》（林宝玉）中一群唱罢骊歌便各自散去的孩子，12 年后再度聚首。12 年里可供改变或是已然改变的人事不可估量，而一切改变都是时间上的移民，真正不变的则是难移的本性。或许被阅历潜藏，但若再遇旧时好友就必然会被激发。正如文中阿秋的促狭，慧文的轻细，一桌人围着火锅谈天，彼此熟悉得不能再熟悉。而当众人调侃起移居新西兰归来探亲的阿芳时，气氛就开始显得微妙，旧友们的无心调侃却激发了阿芳的一番别样感触，熟悉的也显得不那么熟悉。作者在此匠心独具：就阿芳这一人物背景，将移民与故乡的关系问题转入一种更深层次的思考中。作者并不从常理出发，大谈特谈重聚时对于故园故交的离思，也不肆意吐露物是人非、情随事迁的煽情，而是在一派祥和的团聚氛围中，"调侃"出个中的滋味，从本性的回归中寻找差异。

在《玉莹探亲记》（温凤兰）中也能看到这种移民与故旧相聚时的情感回归与些许心理差异。玉莹从墨尔本回北京探亲，重洋万里，归乡情怯，移民后的探亲更别有归家为客的新奇和享受亲情的坦然和适意。但故事轻轻点过接机时玉莹面对的大阵势和家人的新变化后，重点放在好同学铁姐妹芬姐在玉莹临走前一个下午的邀约。好友的相聚和交谈好似徐波不兴，平实亲切。但故事的亮点在于从王莹的思忖角度增加了些许人情的压力：玉莹以为芬姐的相请是为向她借钱作铺垫。所以，在她看来，芬姐的每一句不设防的自然真切的话语背后，都隐含了指向借钱目的的循序渐进和入情入理。玉莹的自我纠结和硬作慷慨让自己既有些心力不足，又有些小惭愧。这一切心理上的辗转和话语上的应对和"交锋"，其实都源于"这年头，谁都活得不容易"的生活真相。移居海外，在常人看来，也许高收入、高福利，但实则也就是生活而已。当生活与聚散之间的亲情交织时，那一点点小现实、小心理和小面子就显得既有趣又有意味了。小说中故事的推进既轻松又令人感动：玉莹原以为芬姐是求她帮助，其实芬姐的初衷仅为一饱回乡探亲的好友的口福。那最可口的故乡味道和那最朴实真切的友情，难怪玉莹愧疚极了，那强掩的泪水也正是风尘洗礼后归乡沐情的感动吧！

《情深》（张敬宪）的故事则更为简练和纯粹。那就是"故园情深"。退休后跟随女儿定居澳大利亚的鲁生归国省亲。虽身在海外，但故乡和故乡的亲人才是一份永远的依靠和眷恋。鲁生出国才三年，但他每年都要回国一两趟，并住上一阵子。这里是他心中永远的家，这里更有他血脉相连的亲人。故事主要在鲁生的老父亲的等待和父子相见的画面中铺开。鲁生还未到家时，大雨中在村口大石头上端坐的老父亲，一手扶定拐杖，一手指向前方如雕像般的守望，是让人震撼的父爱。父子相见，老人把已经鬓发斑白的儿子拉到灯下，一边仔细打量，一边拿毛巾擦拭儿子头上脸上的雨水泪水。言语殷殷，牵挂万千；相见时的动容，亲情的相融，怎不让人感怀父爱如山，故园情深。难怪"鲁生看着老父亲，看看家人，又看看满桌的饭菜，眼睛又湿润了"。

故乡的风物景致和风俗人情早已留在记忆的深处，不会随时间而淡忘，相反越在异国，这种念想越强烈。《喂鸟者》（李洋）中"我"看到悠闲自在为娱情而喂鸟的澳洲老太婆，思绪自然想到生前在自家阳台喂鸡的奶奶。故事的情感点在于："我"虽身在澳洲，但故情绵长。想象自己到了晚年若要自娱随性，应该不会在澳洲喂鸟，宁肯回到中国去喂鸡。《明天元宵节》（林之）中的情感铭记，《墨尔本求雨记》（吕顺）的文化暗示，《黑头发飘起来》（张劲帆）的中国情结等，都让人思绪流转，情怀缠绵。

思乡怀亲的深沉，聚散离合的依依，也许就是移民者心中永远的"心魔"吧。人之血肉，其情为魂。人的一生漂泊辗转，有牵挂，有慰藉，便不会失去信念、失去方向，便有了永远前行的动力和感动那本性的真情泪水。

四 "碧水情天"生命总飘移 "随兴"豁然身心需安顿

生命是不羁的，总是有飞离当下境遇的冲动和奔向未来归宿的勇气。生命总是飘移的，从中土到海外，从故园到异乡，这是一生中寻找梦想的激情之旅。而在现实层面，这也是一种生存策略，一种积极进取、实打实干的奋斗图景。

然而，过于贲张的血脉在面临风云变幻的无常时往往显得捉襟见肘。积极上进就容易患得患失，国人传统文化中的"生于忧患，死于安乐"，放在家国没落的社会背景下和济世安邦的仁人志士身上是一种饱含现实价值与实际意义的训诫，但对于物欲横流世风下的现代人，尤其是为异地生存就业的沉重所捆绑的移民们，过于"忧患"反而容易忽略生活的本真，只为活着而忘了生活，追求到最后适得其反。迎合当下时宜，随遇而安、豁然处之的"松绑"精神倒确乎是难能可贵的。

《碧水情天》（张晓燕）是一个凄美的故事，是一首关于生命的飘移和灵魂安顿的诗。"我"坐在澳洲的海边，一样的蓝天，一样的碧水，记忆回到"青海湖，我灵魂的家园，爱情的栖息地……"在如花的年龄与男朋友一直尽情享受大自然的美好和亮丽的青春！在四季轮回的定数里，沿着时间与生命的长河，尽情演绎着自己，却不知道生命的谜底。故事的凄怆和痛感在于，男友为了抢救一名落水的儿童，竟然永远地沉入青海湖冰冷的湖底。面对生命的无常、幸福的短暂，"我"擦去了即将哭干的泪滴，背起行囊，也背起了他生前的希望，飘移到了渴望中的海天之国。对于生者和逝者，都曾在生命的飘移中见证了希望和寄怀那永远的爱，在灵魂的安顿中找到永恒和皈依了那永远的碧水情天。

如果说《碧水情天》还有点伤感、蕴含着一些象征意味的话。那《卖海水的人》（丁向东）则是一个移民的阳光心态。东方玄华艰苦的打工经历没有让他灰心；与人合伙做生意的铁杆朋友卷款而去，他负债累累，也不改一向的乐天态度，靠卖海水的生意东山再起。他再一次被人卷走了全部资产，但是那乐天的精神似乎并没有受到影响，挂在嘴边的也还是那句口头禅："总有翻身的日子！"东方的那种拿得起、放得下的心态，那种直面现实、坚韧前行、身心安然的情性不正是移民奋斗路上最好的精神写照吗？

《转折点》（林宝玉）以作者自称的"阿宝"展开视角，通过其与好友萍的对话问答加以作者夹杂其中的论述为表达方式，从平实生活的点滴出发，更多是主人公阿宝内心的袒露。可贵的是，较于《移民路》中范芳结局的一丝苍凉感，阿宝则更显得从容淡定：面对萍不断的"泼冷水式"提问，阿宝只以一句"船到桥头自然直"作答，俗话一句却道出了作者心头的千头万绪。不仅仅对于异地求存之道，也是作者对于未知遭遇、未知人生的一段彻悟；从"船到桥头直不了"的困惑中悟出"山不转路转，路不转人转"的哲理。人是多么富于能动性的个体，能适应环境并能改变自我的环境与肉身对于本性的控制。具备了踏破风浪的勇气和一意孤行的耐性，适时摆动一下船头又有何难呢？即使没有经过桥头，调好渡头前行，峰回路转也只是迟早的事了。

移民之路何尝不是如此？正如文中阿宝所悟："移民，是段值得深思、耐人寻味的里程。在这段过程中，适者生存，而适者不良，就只好面对淘汰的命运了。为了迎合移植的新生命，要学习面对排山倒海而来的戒慎、疑虑，转变初期的冲击、不适，更需学习对外围所有人、事的感恩，以及适时调整甫踏入异邦、萦绕不去的思乡愁绪。在在均牵涉着定、静、思、虑、得的转捩功夫。"

《随兴》（林宝玉）中作者为我们塑造了一个随兴的美籍居民 Bird 的形象。放弃高薪工作，航游世界，抛锚新西兰之际凭借过人智慧另谋新职。在社会法规的尺度以内，价值观念因人而异，我们也当予以尊重。尽管文中 Bird 因为自身过于随兴的个性而丢失工作，或是现实社会诸如此类的情况，旁人看罢心生遗憾，但未必就要急着否定。得失成败同随兴豁达各占人生千秋，但凡正义之举或不危及他人社会，姑且以一句老生常谈的"不以成败论英雄"加以勉之吧。

随兴与豁然，也并非一朝一夕所能铸就的心态、前者大多本性使然，后者则需更深的素养阅历。《童心》（林宝玉）中作者借由一帮小小孩与几个老小孩的社交游乐作为叙事画面，阐发"童心方可同心"的道理。其实只要舍得放下"我执"，解开所谓尘世枷锁，敞开未泯的童心，寻回那本性中的纯真，彼此相互包容，年龄的落差、地域的界限、文化的差异又能构成什么隔阂呢？如此这般，拾得生活的真味，享受纯粹的乐趣，亦不再是难事。《留守的生活》（子轩）就阐释了从拼命积累财富的现实考量到领悟人生意义的心路转换。"拼命积累财富以求得在异乡的主流社会有个名分，这种疯狂，让我们自绝于人类正常的社会生活，反而更加孤独。"这种疯狂的努力让我们陷入沉重的现实：物质生活或许丰富了，精神层面反而可能失落更多。在疲惫中的反思，让我们意识到：成为人的意义是我们能真正发现和明白自身的存在。这就是在感受生活的真实时，保有那份心念的单纯，追求那份情怀的释然，体悟那份生命的自由。

眼光越过浮华，心性归于平静。在生命流转、人生奔波中悟得生存和生命的真正意味，在随兴和豁然中让身心真正安顿，这恰是在异乡寻梦的真正所获，不也正是人生真正的境界吗？

大洋洲的华文微型小说向我们展现了一幅浓郁的移民生活画卷。这也是澳大利亚和新西兰的华人作家们的文心情路，他们或以厚重深沉的老将情怀，或以敏感细腻的女性视角，或以清丽婉约的台式笔调，书写着行走在他乡的人生。作为"一生必读的文学经典"，选集留给读者的"移民情结"和深刻哲思难以言尽。作品在选材处理上一般立足日常琐事，以小见大，平实中见真理；结构布局上大都篇幅精短而意味深长；情节构思在别具匠心的同时，大都顺应现实情理逻辑，不刻意追求奇巧。常人俗事，心向情往，娓娓述来的文字读来却大有一番酣畅淋漓之感。其艺术特色总的来说洗尽铅华、返璞归真，却恰到好处地应和了小说中平凡一族的生活风貌，是一种阐述微言大义的平民艺术，而这"大义"，既是移民路上的人生际遇，也是生命飘移中的意绪辗转，更是心性升华后的感应体悟。

作品对移民生活的点滴刻画细致入微，生动贴切，通过一个个故事、一个个形象、一段段情味呈现了移民者的人生样态、生命体验：家国转换、人生奔波的现实路径，温情良善、灰暗沉沦的人性交织，聚散离合、思乡怀亲的情感依恋，生命流转、把心安放的人生豁然。大洋洲华人作家们自身身份的多重性与阅历的丰厚性也决定了这部选集不仅诉说了移民的心路历程，更包罗着世间万象，是当下众多困于生活又懂得尽享生活之乐并不懈追求更高生活理想的人士的心声，这种基于平民却又高于现实，审美价值与社会意义并重的作品，不论在世界华文微型小说领域还是在当代文坛，总会有其不可撼动的一席之地。

（潘熹）

第五节　新加坡华文微型小说与高度商业化的城市生活

　　城市生活本来就与乡村或甘榜生活有很大的差异。新加坡在独立以前，本身已经具备一个大城市的规模，但是在大规模中有小规模——在大城市中还包容了许多尚未开发的乡村土地和渔村。30多年来，新加坡的经济奇迹般地成长，政治与社会安稳，工商业猛进，教育事业普及，整个岛国欣欣向荣。原本落后的城市，今天已变为一个通都大邑，乡村与渔村地带也渐渐改头换面，与昔日的面貌已经大不相同。不过，随着教育体制的改易，华人传统价值观逐渐受到腐蚀，西方个人主义思想笼罩了整个新加坡，普通人感到难以适应，加上新加坡的交通设施、组屋法令、高科技发明、银行保险以及公私机构的改良等，使人眼花目眩。这样迅速的变迁，自然大大地影响了人民的思想与行动。新华小说家也随着社会大潮转变。在他们的小说（尤其是微型小说）中反映的，多数不再是过去较为陈旧的思想与行为。今日人民（尤其是后辈）的生活，也呈现了很大的不同。它们是社会的缩影，以民间和非历史的形式，呈现了新加坡这几十年来的生活面貌。下面分五部分予以论述。

一　城市人生活透视

　　随着工商业的发达和高生产力的强调，一些年轻人感到相当迷惘，不知人生的目标究竟是什么。希尼尔的微型小说《或许龙族》，就把某些年轻人的苦闷真实地反映了出来。在这篇小说里，一些20岁左右的年轻人完全不管成绩单是否"满江红"，只关心蓄起查理士·布朗臣式的性感小胡子，穿着很波希米亚的衣服。他们自谓：

> 我们仍旧吸着烟，缓缓地。
> 我们仍旧逛马路，上快餐店。
> 我们似乎被这社会遗忘了！
> 而我们都快失去了信念！①

这纯然是一种社会病态。当然，《或许龙族》反映的只是一部分青少年的心理。新加坡国内还有许多具有强烈上进心的学子，他们走的完全是一条甚为积极的道路。

上述这些新潮青少年还有一个嗜好，那就是喜欢刺激，以电单车做亡命游戏。田流的《恶耗》和尤今的《火里的骏马》，采用的就是这方面的题材。《恶耗》写一个不务正业的20岁小伙子，虽然贪玩懒学，却充满青春活力，爱骑电单车在美人面前逞威风。他还要特别装配自己的电单车，使它响如雷鸣。有一次，他跟另一位青年人约定于晚上在"九曲十三弯"赛车，结果命丧山底下。这是不良社会带来的悲哀。《火里的骏马》叙述作者的母亲溺爱在受军训的哥哥。她胼手胝足，还特别"标了一个会"（借贷），购买一架电单车给他。哥哥特别调整了引擎，使那架电单车比火箭还快。他与6个年龄相仿的青年要来一个大比赛。"他们的电单车都火红的，一字形地排在楼下，好像一丛丛燃烧着的火……电单车由慢而快，由快而飞，这时，火红的电单车，变成了一团熊熊燃烧着的火，而哥哥，是火里的一匹骏马。"② 6个青年各自载着一位美女，真是威风八面。他们还要测试谁的电单车才是真正的好货！结果是可以意料的：警察把"惨祸"的消息带给了他们的家人。

---

① ［新加坡］希尼尔：《生命里难以承受的重》，新加坡潮州八邑会馆1992年版，第9页。
② ［新加坡］尤今：《燃烧的狮子》，教育出版社1990年版，第145—147页。

城市人是比较冷漠的，他们对各种新鲜事情比较见怪不怪，骗子也是花招百出。加上人人工作忙碌，不愿多管闲事，因此，他们也就显得比较没有人情味。胡月宝的《关于一块三毛钱》就是城市生活的一个插曲。一天"我"没有带钱上班，急需1.3元买票搭地铁从勿洛到莱佛士坊。"我"向附近的许多穿着时髦的绅士淑女求救，怎知却是连连碰壁。一位中年妇女甚至以为她是乞丐："年轻人，看你一身斯文打扮，又有手有脚的，做这种事一点也不害臊？别说三块，就是一毛钱，我也不会给你。"[1] 胡月宝的另一篇小说《对不起，我赶时间》则描写一个女医生驾着豪华汽车，前头车祸有人受伤，流血不止。她为了赶一个重要的聚会，不肯下车救人。这又是都市人冷漠无情的一面。

像这种关于城市人的心态的描写，黄孟文的小说《一块钱》也有触及。该篇作品叙述一间旅行社的老板亲自接待一名顾客，为他选择了一条价廉物美的旅游中国南方的路线。他们二人原来是相识的。过去他们在大学念书时，同班同房，一同练球、参加球赛、远足，还常常在食堂借口饭菜不合意而一同丢碗打碟。大家几乎已成死党。老板现在算给他最合理的价钱，他感到心满意足。可是，后来这位顾客却不声不响地参加了另一家旅行社的观光团，因为该旅行社少收一块钱。这个人无疑太过"现实"，完全没有人情味。城市人也非常擅长追求口福的享受。年轻一代的国人特别喜爱西式的快餐如麦当劳、A&W、肯德基家乡鸡、Pizza等。有许多还索性把早餐与午餐合而为一，叫作"Brunch"，然后15—16点再到酒店去享用下午茶，轻松自在，享受快乐的人生。这些餐食的费用（尤其是高级酒店的餐食）并不便宜。黄孟文的《高级下午茶》，叙述一家（两个大人和三个小孩）到酒店排长龙，准备上顶楼去享用下午茶。下午茶的食物简单，但是收费竟然高达100多元！这对乡村人来说，是完全不能想象的。

---

[1] ［新加坡］胡月宝：《有缘再见》，新加坡作家协会、大地文化事业公司1994年版，第5页。

随着人们教育程度的提高和思想的开放，新加坡也在放映限制级的春宫片了，观众一时趋之若鹜。新华小说也有关于这方面的描写。田流的《看R片》就叙述一个刚满18岁的男孩子，战战兢兢地进戏院去观看"包你看了晕陀陀、100%满足感官刺激"的片子。由于受不住这套色情片的诱惑，那个年轻观众于戏院散场之后，赶紧走到红灯区惹兰勿刹的一条后巷里，发泄情欲。众所周知，小电影或X片最早出现于西方。新加坡虽然思想相当守旧，也还是受到某些程度的影响。但是新加坡的R片是受到管制的，它与一些乡村或私人园地偷偷摸摸观看春宫片的非法行为不大一样。电影院是有执照的，而有关影片也经过仔细审查，不至于太伤风化。

城市生活缺少不了女佣，尤其是新加坡这样的一个地方。这儿劳工缺乏，而且大都会生活忙碌，夫妻二人皆在外面工作，非聘请一位家庭助理不可。新加坡人本身大都不愿意担任佣人的工作，因此外籍女佣极为吃香。

新华小说自然也涉及女佣或全篇皆以女佣为写作题材。李建还创作了一系列的短篇，题为"一个菲佣的遭遇"。它的内容叙说菲律宾女佣出国前的贫苦生活、出国就职以后的操劳（除了家庭琐事之外，还要洗车、洗地板、割草、抹窗门、涂油漆等）及受尽虐待。有时男主人还企图强奸她们，使她们失魂落魄。也有一些不良的菲佣，性好偷窃，她们有些还把少许的安眠药渗进奶瓶里，让孩子喝了乖乖地睡眠，而自己则可以出门去游逛或与男友鬼混。有的女佣则一边听电话，一边让幼儿吮吸她的大脚趾，孩子吸得津津有味。有的更勾引年轻英俊的男主人，与他们发生暧昧关系，因而破坏了别人的家庭。当然，也有一些女佣遇到好的主人，他们视女佣如同家人，甚至让她们有机会到学院去进修。李建写这一系列的故事，多少是要借这些作品来讽刺国人怕输的劣根性，他们不少因为邻居或朋友都聘请佣人，所以自己也雇佣一个，以抬高身价。黄孟文的《女佣走了》写一对年轻夫妇都要上班工作,两个稚龄孩子由一位女佣看管。后来女佣突然辞职了,弄得两夫妇团团转,一时不知要如何应对。在新加坡,这种例子是极为常见的。

虽说乡下人大都不知如何欣赏大自然,城市中人对于自然的和谐,也大体上是不怎么重视的,有一些甚至对自然生物无情地摧残,对一些小动物赶尽杀绝。有的人过于狠心,有的人则只为了要享受野味。

黄汉雄的《倒悬的八哥》叙述男主角出国十多年后,回到榜鹅这个地方,发现"资本家的手,已深深地伸入这个宁静的小故乡了"①,那儿已创设了一个养鸡场。他看到地上竖立了几个架子,架子上倒悬着几只八哥。这些八哥的翼毛尚未丰满,它们的脚被一片鲜血染红了。原来,它们爱偷吃鸡蛋,因此惨遭这个苦楚。作者后来强调说:"这使他想到人类的物质文明越进步,精神生活却越后退了。"② 这似乎是人鸟不共戴天,一切皆以利益为依归。南子的《惊鸟记》则带着讽刺性的笔调,叙述几种友谊之鸟的命运。白鸽"口衔橄榄"和身上带着"和平"的记号,孔雀开屏艳丽以及羽毛可以插在帽子上做装饰品,鸵鸟将头埋在沙地里以免让敌人发现而白挨一枪,鹦鹉善于模仿人类语言而被人钟爱……这些鸟类各具特色,但是人类不大重视它们,把它们驱逐到飞禽公园里,让旅客购买门票观赏,成为金钱社会的牺牲品。

林高的《逃》叙述一个年轻女人,工作好累,累之外还觉得烦。她请了一个星期的假,打算好好地松懈松懈身心。有一天,她接受友人的推荐,于午后到一间现代咖啡座去,准备在那儿泡整个下午。她发现邻座有三个男人频频在向她送秋波,含有深意。她从书架上拿过一本杂志来阅读,后来看到一篇题为"午妻"的文章,描述一些寂寞女人常于下午到这

---

① [新加坡]黄汉雄:《倒悬的八哥》,载柏杨主编《新加坡共和国华文文学选集》(小说),时报出版社1982年版,第679页。
② 同上书,第683页。

儿来喝茶，想要猎取对象。她吓了一跳，赶紧匆匆离去。这是都市现象的另外一种。

城市的交通是拥挤的。为了解决这个问题，新加坡政府划定了一个蓝图，分为市区内与市区外。在交通繁忙的时间里，汽车必须另外交钱才能进入市区。胡月宝的《边缘人》就反映了这个不平常的现象。一个女人家住市区（牛车水），工作在市区外（裕廊）。每天下班后，她把车子驾到市区边缘的小巷里，等足半小时，过了交通繁忙的时间，她的车子才能穿过CBD（市区）闸门，急速回家。天天如此，好不厌烦（这个制度后来已被ERP电子收费制所取代）。

在一个高度商业化的城市中，商人们都各出奇招，以打击对手和招揽生意（或者争夺市场）为目标。他们尤其要搞好人际关系。为了要做到这一点，他们非常重视鸡尾酒会。黄孟文的《我爱拍他们的肩膀》和南子的《不要随便拍我的肩膀》两篇小说各有千秋，讽刺了商界人士和知识分子的嘴脸。

《我爱拍他们的肩膀》写"我"在一个鸡尾酒宴会中到处拍别人的肩膀，并由此和许多新交旧友打交道，达到了宣传自己和宣传自己公司的目的。过去的敌人，也在他如簧的口舌下，暂时和好，大谈"今天的天气哈哈哈"。他后来远远望见一个披着长头发的新潮青年在与酒会东主喁喁私语，赶紧技巧地支开其他的友人，跑过去大拍那个青年（原来是女孩子）的肩膀，还拍中了她的一团软绵绵的"大波"，闯下大祸，当众被当成色狼，由守门人发落。

《不要随便拍我的肩膀》则从另外一个角度来刻画人性。内容叙述"我"留洋取得商学硕士学位，后来被委为一间公司的副总裁。邻居小刘除了出身低微、家境不佳之外，只在公司担任一个小职员。在一个茶会上，小刘拍了"我"的肩膀并直呼"我"的小名。"我"的脸色一变，不客气地说："在公开场合不要随便叫我小名，也不要随便拍我的肩膀。"① 大都市中人与人之间的关系，竟然变得如此现实，如此冷漠！

现代城市男女的结合也较为随便，双方常常因为一言不合而各走极端。林锦的《离婚》写一对夫妻在律师面前办理离婚手续。律师尽量劝解，还给他们一些时间仔细考虑。离开律师楼后，二人非常亲热，勾肩搭背。后来谈及一些较为实际的问题，马上各持己见，互不相让，结果决定离婚。事实上，他们还没有正式结婚，他们只是同居而已，并且把结婚与离婚视同儿戏。

学府里，也常常产生新式的男女问题。张挥写过一篇题为"她去了哪里"的问题小说，叙述一个美丽女学生羡慕选美图片上的美女形态。她还认为自己的乳房并不会比别人的逊色。于是，她偷偷地去申请选美比赛，被人"拿着相机在自己半裸着的胸前拍个不停"②。后来，又被那个人半诱半恐吓地叫她再去拍第二次，结果一去就没有再回来，耐人寻味。张挥还写了另外一篇小说叫作《轻轻地，她泣了！》。作品内容叙述"我"在珍珠坊遇到一位打扮入时的少女，她身上还发出诱人的脂粉香。原来，这个年轻姑娘是"我"过去的学生。那时她衣着朴素，与现在完全判若两人。她要"我"陪她逛百货市场，陪她去咖啡座。她巧妙地避开"我"的发问，一直守口如瓶，完全不肯透露她目前的身份。第二次，她还要求"我"陪她去跑马场赌马。"我"则一心想要查清楚她目前的概况。原来，她目前是一个陪游女郎，平时陪男人惯了，所以这次要一个男人来陪陪她。"我"对她百般开导，最后她对自己的身世非常伤感，轻轻地泣了起来。

孙爱玲则在消费品和训练课程方面，另有心得。在《偏差》一文中，她开宗明义地说："在发展成为优雅社会的过程，社会出现了无法抑制的

---

① ［新加坡］南子：《不要随便拍我的肩膀》，载《微型小说季刊》（创刊号），新加坡作家协会1992年版，第8—9页。
② ［新加坡］张挥：《45 * 45 会议机密》，新加坡作家协会1990年版，第76页。

课程热和无法预料的偏差。"① 她继而以小说故事的形式，阐述在今日的城市生活中，服装公司如何推销一整套共 10 件的衣服，还包括了一个免费教导顾客如何配搭衣服的课程，叫顾客如何可以把 10 套变为 30 套。还有，现在的衣服没有一个界限，老幼不分，40 岁的人穿少女的衣服，少女做 40 岁打扮，男女也互相对调衣服使用，这就是潮流。

新加坡人大都不爱看书，家里的书架空空如也。然而，他们大都喜欢买卖股票。南子的《有奖猜题游戏》讽刺今日的年轻人知识贫乏，但他们对于明星与歌星则知之甚详。南子的《臭氧层与股票》则描述新加坡人热衷于玩股票，完全不晓得臭氧层空洞危及全体人类的事件。这些国民离"优雅社会"还有一大段的距离。

二 男女爱情面面观

在这个城市国家迅速发展的时代，除了商场诸多变化之外，男女之间的爱情也多少染上国际的色彩。尤今的《泣血的花瓣》就描摹了一个新的"蝴蝶夫人式"的故事。小说叙述一个美籍工程师，被总公司派来新加坡协助地铁的建设工作，为期两年。他也将儿子汤姆带来。新加坡的一个女中学生何丽妮和汤姆相爱。何丽妮的父母不和，她非常沮丧。汤姆劝诱她随同他们父子回旧金山继续修读她未完成的课程。她父亲深恐俩人太过亲密，和善地拒绝了他们的要求。俩人决定一同从组屋高楼跳下殉情。何丽妮跳下去了，汤姆却忽然萌生恐惧感，临阵退缩。二人从此阴阳两隔。

梅筠也写了一篇小说《爱随风飘》，描写一位美丽的小姐与一位俊美的男士相恋。可是由于二人地位悬殊，门不当户不对，后来那个男的去澳洲留学半年，还遵照父亲的话与另一位有钱的小姐订婚了，俩人的爱于是

---

① ［新加坡］孙爱玲：《玉魂扣》，新加坡草根书社 1990 年版，第 171—172 页。

也就随风飘了。男方家长相当守旧,这种恋爱情节似乎不应该发生在现代的新加坡。

张挥的《爱看树的男人与女人》较具文学气味,它的哲理性也较强。作品叙述一个抱着狗的风韵女人,常常坐在山坡上看树,也常常踱到海滩上漫步,似乎很寂寞。男主角也有同样的嗜好。不久,二人相爱。他逐走了她的寂寞。后来二人分开了,又有另外一位爱看树的女人出现。小说末尾揭露,原来这是一篇电脑小说,还有第二集、第三集……电脑小说是新时代的产物。

年轻作家(尤其是女作家)最喜欢涉及爱情题材。他们大都深受作家如张爱玲、张晓风、三毛、钟晓阳、薛荔、顾肇深、陈炳藻等人的影响。他们的作品写来细腻而不俗,颇有新意。在这方面创作得较多的,要算流苏。她的《鬼迷心窍》和《绝症》是很好的例子。在《鬼迷心窍》这篇小说里,二姑"爱上一个长年在大海上漂泊不定的浪子。家人反对,她也爱心不受动摇。二姑说:他流浪到海的尽头,她就追随到海角;他一辈子漂泊,她就一辈子守候"[1]。浪子后来消失于狂风巨浪中,二姑拿着雨伞,追向海的尽头寻觅浪子。这是一篇非常凄迷的爱情小说。《绝症》写一位已经35岁的小姐,爱上附近诊所的年轻医生。全篇充满心理描写。小姐情意绵绵,可惜医生不解风情,不肯多看她一眼。她很失望,但是不愿意病情转佳,因为如果病好了,她就不能再与医生见面了。

在描绘高度商业化城市中人的爱情方面,林秋霞写得甚为不俗。她的处女作《宠物》除了首篇《缺月》以外,写的全与男女的情爱有关。这些小说女主角作风豪放,完全是现代人的本色。这些小说极能反映今日男女爱情生活的多姿多彩层面。

---

[1] [新加坡]流苏:《鬼迷心窍》,新亚出版社1996年版,第171—172页。

三 金钱至上与工作压力

世界各国都要在经济增长方面力争上游，人民也大都致力于追求金钱与物质享受。工作讲求高效率，人在某些层面上已经成为生产的工具。过去强调"士、农、工、商"，把商业放在末位；而近百年来则倒转过来，强调商业至上，以拥有金钱的多寡为衡量一切的标准。对一个极力求上进与稳定的社会来说，生产力必须提高，工作压力似乎是不能避免的。

文人（包括作家）原本抱有"万般皆下品，唯有读书高"的观念，但是近几十年来这个想法正趋向于没落。由精神完美转向物欲横流，心里难免失去平衡，工作也因此一时难以接受。新华小说家对于这种天翻地覆的变化，仍然带有知识分子特有的敏感。他们通过自己的小说篇章，以不同的形式反映这种新的面貌。周粲的《蛇穴》就采用寓言的方式来反映人们因爱财而不顾生命的心理和行为。小说叙述山洞中有一条巨蛇，专门看守洞中一箱箱的黄金。有许多人冒险去偷黄金，因为"不入虎穴，焉得虎子？凡是获利大的事，风险当然也大"[1]。这次，大蛇似乎昏睡了，它对于来偷金子的人，没有什么反应。村子里的人趁机入洞大偷金子。哪知大蛇突然醒来，把偷金者一个个吞入肚里。村民觉醒了，不敢再起歪念头。可是过了若干年后，抱着侥幸心理的村民的后代又列队向山里跑，继续发挥他们的冒险精神了。

《蛇穴》写的是一个爱财不爱命的故事。人性本贪，如果有利可图，他们将会不惜冒着生命的危险去争取，这种心理自古已然。但是今日大城市盛行的赌博和跑马，以及风靡全球的股票交易，却是变本加厉。林锦的《捞》写太太出门到别人家去捞"发财鱼生"，凌晨才回来。丈夫埋怨了太太两句，太太不服，讥笑他太清高：满肚子的书（与"输"同音），满屋

---

[1] ［新加坡］周粲：《周粲文集》，鹭江出版社1995年版，第26页。

子的书，怪不得这样倒霉。太太还赞扬她公司里的小黄，没读几年书，捞得风生水起，还拥有一间半独立式洋房，像皇宫一样。这是今日的怪现象，赚钱与读书完全是两回事。"制造氢气弹不如售卖茶叶蛋"，知识分子再也不能抱着"万般皆下品"的观念，因为现在的一切都已经时移势易了。

希尼尔的《伤心海岸》也多少带有一点哲学意味。这篇小说描写一个跛子因工作压力而产生各种疾病。后来他到海滨沙滩去，看到成百成千的死鱼，这些鱼群因挤压而死。作品暗喻人在社会上不断受到压力，因此互相竞争、互相践踏而归西。

南子的《过劳死》写得更为直接。作品叙述一间公司采用各种高科技手法去振奋人心，去刺激人体的功能，以达到高生产额的目的。结果，每天都有工人过劳死。老板一边悲痛，一边仍然坚持要提高生产力。这样的社会是畸形的，但似乎非如此不能争取生存。这是一个矛盾。

父母工作繁忙也会对家庭产生负面的影响。林锦的《奖赏》叙说父母忙碌，他们尽量在物质上满足儿子的需求。有一次，儿子的华文考到90多分，他们正想给予奖赏，但是儿子说他最需要的奖赏是有机会与妈妈一起睡。这说明在一个高度商业化的城市之中，人情冷漠，物质奖赏是无法取代母子之爱的。

四　光怪陆离的商场

自古以来，商场如战场。一些商人常用奸诈的手腕，以攫取最大的利润。当代的许多商人，还挟着高科技和新知识，巧取豪夺。另一些则采用非正规的伎俩，招摇撞骗，以达到目的。艾禺写的《火之绝灭》和《快乐天使》就彻底揭露了一些商人不老实的本性。前者叙述一间公司亏蚀严重，二老板获得大老板的首肯，以火烧店铺来骗取巨额保险金。结果，大老板意外地被火烧死了，而二老板也变成了一个疯人。那是作奸犯科者的下场。后者叙述一对印度尼西亚夫妇到一间店里去订购大量的"快乐天使"礼盒。他们嫌礼盒的数量太少，嘱店东到处添购。他们两天后转回来取货。正当店东因无法获得大量的货物而大伤脑筋时，一对夫妇前来兜售该种礼盒，说是清盘大减价需出售这批商品。店东大喜，悉数购买了。他后来发现，那是一批假货，大呼上当。

田流的《强中手》与《得失之间》又从另外一方面落笔。前者叙述一间中药店的儿子受人欺骗，老板大发雷霆，埋怨他们没有出息。可是过后不久，老板自己也被"豪客"骗了，卖掉两盒真材实料的高丽参却买回来了一盒枯树枝，原来被人掉了包。后者则刻画两个汉子，一个是拾金不昧的的士司机，另一个则是雄心勃勃一心想要往上爬的商人。商人要的士司机联合投资，购买一批泰国的贼赃货（金镯子），打算大赚一笔。的士司机不愿意参与，但是商人以为机会难逢而大胆地独自投资，结果被人骗了。

尤琴的《啤酒之战》则描绘两个汽水摊主互相竞争，各出奇招的故事。为了打倒对手，其中一摊申请卖酒执照，专以"黑狮子啤酒"为号召。另外一摊瞬即以牙还牙，也售卖"飞鹰啤酒"来争夺顾客。后来，双方又各自聘用美女，嗲声嗲气地诱惑来往的路人。双方竞争更为白热化。之后，其中一摊利用电话进行场外赌马和买卖万字票，生意兴隆。酒客们（包括未成年者）也加入此一阵营，一边喝啤酒一边聚赌，好不开心。后来有一批顾客酒醉闹事，大打出手。结果警方吊销他们的执照，主人还被送上法庭受审。一场啤酒之战，落得凄惨下场。

流军的中篇小说《暗度陈仓》写得颇有深度。小说叙述一批家具批发商参与家具的展卖会，各有新花样。他们接到通知要申请参展时，一个个怨声载道，埋怨每年展出频繁，费用大，得不偿失。他们开过一个会之后，决定这一次要杯葛展出，让大家有个喘息的机会。主办机构看见情形不妙，大幅度减租。过了几天，几个带头杯葛且声势浩大的家具商，暗中勾结，趁低价租下大部分的摊位。开幕时，这些人一个个眉开眼笑，而另一批老实人则只好大叹倒霉——他们因为太老实而被同行出卖了。美华还有另外一篇小说，叫作《商场新兵》。它叙述一位来自居銮（马来西亚柔佛州城市）的小子阿华，在新加坡的一间制衣厂工作。制衣厂里的董事和经理们钩心斗角，阿华却日日苦干，还要到马来西亚去推销货物和收账。他每次满载而归，营业额可观。哪知年终结账时，该公司却大为亏本。原来，他们在本地以新币采购货物，在马来西亚销售时则以马币计算，而马币币值已降了25%，货卖得越多就亏得越多。

当然，并非所有的商界人士都清一色地在干这种欺骗的勾当。他们还有很多做生意的法宝。林高的《爱情侦探》叙述一个年轻女士，把男友的资料都交给一名私家侦探，要他明察暗访，务必揭露男友的真面目。半年后，私家侦探证明一切良好。她嫁给了男友。再过一年，她再找那个私家侦探算账，说他的调查不够真实，因为丈夫这一年来常常夜归，下班后即不见踪影。她要侦探再度细细查访。侦探答应了，他轻轻松松地说："人（如果）不会变，我们都喝西北风了。"[①] 他们干这一行的人，特别喜欢其中的一方多多改变。

胡月宝的《有缘再见》描写一个少女在飞机上遇到一个俊美的金发男子，双方谈得很投机。她还主动对他表示好感。飞机降落香港后，那个男子告诉她说他会住在半岛酒店，希望今晚和她再次会面。她递给他一张字条，还向他眨了眼。当晚，他们在半岛酒店的咖啡座见面了。她对那个男子说，她是一名整形科医生，想要高价买下他的鼻子的肖像使用权，并把一纸合同交给他。少女是在商言商。

在一个大商业机构中，职员与职员之间也在钩心斗角。他们一边设法

---

① ［新加坡］林高：《林高文集》，鹭江出版社1995年版，第206页。

排除异己,一边又尽量巩固自己的地位。黄孟文的小说《机心》,就在人性的丑恶上有深入的描写,并且对心术不正之徒予以无情的批判。小说叙述一间公司的董事主席因为运动过度,周身酸痛。他误以为患病而进了医院。人事部经理借此良机,先是对这件事情"封锁消息",然后让部门职员分批前往探病,自己又极尽谄媚之能事,以获得董事主席的欢心,从而把对手打倒。"当经过代总经理的房间时,他望着门上的'General Manager'两个字,发出会心的微笑"①。其实不只是商业机构如此,政府机关和文化机构也有这种现象。

五 严明法规的反讽

新加坡法律的公正严明是举世闻名的,但是也有一些措施受到国内外人士的质疑或批评。新加坡人大体上是拥护这些政策的,但也有个别人士对某些牵涉自己切身利益的法令表示不满。新华小说家对这些不满也不至于视若无睹。他们的作品在反映这个现象时相当有技巧。

张挥写了几篇嘲讽禁烟法令的小说。他的《金鱼的抉择》中的主人公,埋怨说新加坡的"law"太多。他点燃一根烟,深深地吸了一口,然后悠然地把烟圈从口中吐出来,就好像一尾养在玻璃缸中的金鱼在玩吐水的游戏那般快乐。他把烟蒂随手一丢,竟然给便衣人员逮个正着。他后来走到停车场,发现他的车的扫水器上夹着一张传票,更是大吐苦水。他的《烟蒂的故事》叙说主人翁决定在抽毕他那最后一根烟后戒烟,随手把烟蒂一丢,结果被罚款了两百元。《少女 青年 政府人》,则叙述故事主人公在咖啡店时,美丽的少女端给他一杯咖啡,还给了他一个浅浅的微笑。他一高兴就掏出香烟来抽,接着是一连串的心理描写。有一个男青年假装带着醋意,走过来拍了他的肩膀一下,还在他的耳边轻轻地说,叫他不要

---

① [新加坡] 黄孟文:《机心》,《海外微型小说选》,山东友谊社1986年版,第108页。

把烟蒂乱丢，因为他的身后有两个便衣人员。

流苏的《未婚妈妈俱乐部》写主人公对于一份公文深表不满。该公文列明未婚生子妈妈要罚款，需要缴纳未婚妈妈的附加所得税。未婚妈妈的孩子报读小学，没有选择权，学费杂费要缴双倍，等等。她们非常生气，认为未婚妈妈俱乐部的会员应该跟已婚妈妈一样，受到同等的待遇。这是新潮女性的抗议！流苏的另一篇小说《一个人的家》，则对于建屋发展局的某些条规愤愤不平。小说的内容叙述一个年约35岁的单身女教师，早年与父母联名买下一间组屋，用自己的公积金一点一滴地供了十多年。后来父母相继去世了，弟弟妹妹也先后结婚，都搬出去了，现在只有自己一个人，但按条规不得占用一间五房式组屋，必须把房子退还给建屋发展局，而自己只得搬出去，言下不胜唏嘘。

林锦则以另一个角度来刻画新加坡人遵守条规的问题。他的《搭车传奇》讲述一批人搭公车（巴士车）的拥挤情况。那号公车独霸整条路线，赚大钱。乘客塞满全车。后来改换为双层巴士，也是一样。查票员常常喝令乘客向后移动。有一个大专学院青年每次站在巴士车内中央，不肯移动，大家不满，说了许多冷言冷语。查票员跑来责问这位青年，青年仍然站稳不动，手指指向一面告示。告示内容说明巴士不准超载，全车只准五人站立等。查票员看了，脸青一块，红一块，自知巴士公司理亏，严重违反了法令。他不敢出声，怏怏然挤下车去。这说明新加坡的法令既有严厉的一面，又有宽容的一面。年轻学子知道法律，以不变应万变，巴士公司知法犯法，无可奈何！

随着城市的飞速发展，新加坡人生活的脚步越走越快，人民的日常生活自然也发生了相当大的变化。一般上说，年轻人爱好西式快餐，也易于染上吸毒、玩亡命赛车等坏习惯，老年人则在适应新生活方面摸索着前进。一般人显得更为"现实"，多为自己打算，整个社会缺少人情味。电影尺度放宽了，R级影片使人一时趋之若鹜。再说，城市的交通问题日益严重，政府想出许多善策来加以控制，这也常给人民带来许多的不便。现代人大都已经接受了男女平等的概念，两性之间的关系也越来越开放了，还出现了一些"午夜牛郎"，专门为妇女们解除性苦闷。跟其他发达城市中的人民一样，新加坡人也大都爱向钱看，物质主义至上。为了提高生产力，国人的工作压力相当大，许多人的家庭生活（包括夫妻生活）都受到了影响。不用说，城市的商业是异常发达的，许多商人善用高科技来达到他们发财的目的，有的还爱使用不诚实的手腕来欺骗别人，给商人制造了不良的形象。

[（新加坡）黄孟文]

第六节　现代中日两国微型小说交流之一页

中国近30年来，微型小说在创作与理论上都非常活跃，呈现出其他任何一个国家均未曾有过的繁荣，可以说这是文学史上一个十分罕见而值得研究的现象。

所有的事物都有其历史。正如刘海涛先生指出的那样："微型小说在中国现当代经历了一个三起三落的马鞍形发展轨迹。"[①] 现在的繁荣可以说是第四次的兴起。

微型小说在日本现当代也经历了三次起落，其发展轨迹与中国非常相似。

[①] 刘海涛：《现代人的小说世界——微型小说写作艺术论》，上海文艺出版社1994年版，第8页。

1920 年，作家菊池宽发表了一篇题为"短篇之极"①的评论，当时这篇文章并没有引起重视，过了三四年却有了反响。1923—1925 年，川端康成、中河与一、横光利一、冈田三郎等作家都创作过为数不少的微型小说，还论述了微型小说的意义。可以说这一时期出现了微型小说热，"掌篇小说"的名称也产生于这一时期。可是这次微型小说的流行只持续了两三年就过去了。这是第一次起落。

到了 1931 年，左翼文艺运动杂志《战旗》上出现了"壁小说"（中文称"墙头小说"）。小林多喜二等人写过提倡墙头小说的评论，还创作过许多精彩的作品。当时日本反动政府对左翼运动进行压制，墙头小说在一两年中就被消灭了。这是第二次起落。

到了 1959 年前后，美国的推理极短篇小说（Short Short Story）被介绍到日本。此后，人们开始使用"Short Short Story"（比短篇更短）这个名称。1960 年前后"Short Short Story"很流行。星新一、筒井康隆、小松左京、结城昌治等科幻或推理小说作家写的"Short Short Story"陆续出现在日本文坛。这是第三次兴起。

现在，日本有两种微型小说。一种是川端康成、吉行淳之介、岛尾敏雄等纯文学作家写的，这些叫作"掌篇小说"。另一种是星新一、都筑道夫、阿刀田高等大众文学（通俗文学）作家写的，这些叫作"Short Short Story"。

把现当代中日两国微型小说的发展轨迹当作比较、研究的对象，在此研究过程中，我们发现两者之间存在着种种有趣的关系。本节主要论述两个方面：一是菊池宽的《短篇之极》和郭沫若的《他》；二是日本的壁小说和中国的墙头小说。

---

① ［日］菊池宽：《菊池宽全集》，日本中央公论社昭和十三年版。

一 菊池宽的《短篇之极》和郭沫若的《他》

菊池宽有一篇短小的评论，题为"短篇之极"。这篇评论是日本探讨比短篇更短的小说体裁的第一篇评论。这篇文章写于1919年12月，发表在1920年1月1日《东京日日新闻》报上，几天后同文又载于1月4日的《大阪每日新闻》，后者的标题改为"世界上最短的小说"此文后来收录于《菊池宽全集》的14卷，但与当初发表在报纸上的略有不同。① 日本评论界谈到掌篇小说的时候，通常会提到这篇评论。

《短篇之极》这篇评论是由两部分构成的，前一部分论述短篇小说的意义，后一部分是题为"德军剩下来的东西"的短小说的翻译。菊池宽认为这篇短小说是世界上最短的好小说，因此他把自己的评论题为"短篇之极"，又题为"世界上最短的小说"（这篇微型小说有易名先生的中译本）。② 现在日本人要看这篇评论，非得找《菊池宽全集》不可，因为在别处已经不容易看到它了。

中国作家郭沫若有一篇题为"他"的微型小说。《他》和鲁迅的《一件小事》都是五四时期有代表性的微型小说。据《郭沫若年谱》等资料记载，这篇作品写于1920年1月6日，发表于1920年1月24日上海《时事新报》副刊《学灯》上。这篇作品收录在许多微型小说集里，现在很容易看到。

在这里要指出的是，菊池宽的《短篇之极》跟郭沫若的《他》应该有影响和被影响的关系。

起初，让人只是感觉到这两篇或许有什么关系，因为虽说一篇是评论，另一篇是小说，可是有很类似的地方。

---

① [日] 菊池宽：《菊池宽全集》，日本中央公论社昭和十三年版。现在日本一般能看到的是收录在全集里的文本。
② 张光勤等：《中外微型小说鉴赏辞典》，社会科学文献出版社1990年版，第62页。

先看一看《他》。这篇小说的开头两行绝不是小说。

郭沫若是这样写的："近来西欧文艺界中，短篇小说很流行。有短至十二三行的。不知道我这篇也有小说的价值么？"

这不像小说的正文而像是前言。第一次看到这篇小说的时候，让人觉得这头两行很奇怪，郭沫若为什么要写这样的前言呢？

再看一下《短篇之极》的开头：

> 短篇小说作为文艺形式而发达起来，在欧洲文艺界是 19 世纪中叶以后的事，但是近年来其发展之速可以说相当地显著……虽然说日本的小说渐渐缩短了，也比不上我下面所翻译的短篇小说吧！这篇也许是短篇小说之极。

比较起来，二者有两个共同点：一个是都涉及西欧的短篇小说的现状；另一个是都指出短篇小说中有很短的作品。

看到二者有这两个共同点的时候，笔者以为它们之间一定有关系，可是最初笔者不知道究竟是怎样的关系，因为《菊池宽全集》里没有记载《短篇之极》的发表日期和发表刊物。当时笔者认为有三个可能：其一，菊池宽影响了郭沫若；其二，郭沫若影响了菊池宽；其三，两个人都看到了同一资料。其中，"第二"的可能不大，因为菊池宽看不懂中文。

后来笔者找到《大阪每日新闻》上的《世界上最短的小说》，仔细地查看了一下，明白了二者的关系。《世界上最短的小说》有如下表述：

> 就这样短篇小说在日本文坛盛极一时，而外国文坛也像日本一样，短篇小说很流行。
>
> 日本文坛短篇小说兴盛的结果，不但使十五张、二十张（稿纸）的作品被认为是够格的小说，而且连五张、六张，像兔子粪一样短小的小品也被容许了。然而，作品的短小不是由于作家创造能力的不

足，而是因作品的本质而来的，理所当然的短，那么即使是一张、两张，也不要紧。

"短篇小说很流行"这一句，与郭沫若的《他》开头中的一句完全相同。当笔者发现二者如此吻合的时候，推断是郭沫若看了菊池宽《世界上最短的小说》，得到启发，写下了微型小说《他》。

菊池宽断定："作品的短小不是由于作家创造能力的不足，而是因作品的本质而来的，理所当然的短，那么即使是一张、两张，也不要紧。"因为菊池宽那时已经是颇有声望的专业作家，所以他敢如此断言。当时郭沫若还是一个医科学生，他虽然有写过两篇小说习作的经验（《髑髅》和《牧羊哀话》），还有相当的写诗的经验，可是还没树起能写好一篇小说的信心。因此，他这样写道："不知道我这一篇也有小说的价值么？"郭沫若的不安，是不是由菊池宽的断言而来呢？

再比较一下《德军剩下来的东西》和《他》的内容。这两篇小说写的都是主人公在路上偶遇他人的场面，这也是二者的共同之点。

下面再列出三点旁证。

第一，郭沫若在1920年1月6日写了《他》，这距离他上次两篇习作的写作时间已经将近一年。过了四天，1月10日，又写了小说《鼠灾》[1]。而当时的他对诗颇感兴趣，热衷于写诗。《创造十年》里他这样写道："在一九一九年的下半年和一九二〇年的上半年，便得到了一个诗的创造爆发期。"[2]

他还说："在一九一九年与一九二〇年之交的几个月间，我几乎每天都在诗的陶醉里。每每有诗的发作袭来就好像生了热病一样，使我作寒作冷，使我提起笔来战颤着有时候写不成字。"[3]

---

[1] 龚济民、方仁念：《郭沫若年谱》，天津人民出版社1982年版，第62—63页。
[2] 郭沫若：《郭沫若全集》第12卷，人民文学出版社1992年版，第64—65页。
[3] 同上书，第67页。

从这些文章里可以知道，他关注的重心主要在诗歌方面。

关于小说他只是这样写道：

> 在《学灯》上投寄诗稿的时候，我也投寄过两篇小说。有一篇题叫《鼠灾》，写的是我的唯一的一件哔叽学生装放在破了一只角的藤箧里被耗子咬坏了，我和安那勃貖了一场故事。那全篇用的是心理描写，写得颇暗淡，比较我那《牧羊哀话》和火葬了的《髑髅》，要算是进了一境的创作。可惜我自己没有存稿，别的人也没替我保存着的。①

对于小说的兴趣没有对于诗那么强烈。郭沫若写他第二篇小说习作《牧羊哀话》，约在写《他》的一年之前。在《创造十年》《郭沫若年谱》等资料内，看不出这一年里他对小说有多大兴趣。"在一九一九年的夏天"，他"零碎地在开始作《浮士德》的翻译"②。可是，并未发现他在此期间研究西欧短篇小说与其现状的痕迹。

在这样的情况下，郭沫若怎么能写出"近来西欧文艺界中，短篇小说很流行。有短至十二三行的"这样的话呢？

第二，像郭沫若这样满腹文才的人，会不会因受到报上文章的触动，就冲动地写了小说呢？

郭沫若第一次发表诗，是出于这样的动机："订报是从九月起，第一次寄来的报纸上我才第一次看见中国的白话诗。那是康白情的一首送什么人往欧洲。诗里面有'我们叫得出来，我们便做得出去'（大意如此，文字当稍有出入）。我看了不觉暗暗地惊异：'这就是中国的新诗吗？那么我从前做过的一些诗也未尝不可发表了。'我便把我一九一八年在冈山时候做的几首诗，《死的诱惑》《新月与白云》《离别》和几首新做的诗投寄了

---

① 郭沫若：《郭沫若全集》第 12 卷，人民文学出版社 1992 年版，第 71 页。
② 同上书，第 73 页。

去。这次的投机算投成了功,寄去不久便在《学灯》上登了出来。看见自己的作品第一次成了铅字,真是有说不出来的陶醉。这便给予了我一个很大的刺激。"①

年轻时的郭沫若似乎是好"投机"的青年。会不会有这样的可能:他看了菊池宽的文章,"不觉暗暗地惊异:'这就是短篇之极吗?那么我也试试看!'"

第三,《创造十年》里,郭沫若论及《鼠灾》,可是为什么没涉及《他》呢?

《他》不是郭沫若第一次印成了铅字的小说吗?"看见自己的作品第一次成了铅字,真是有说不出来的陶醉",这样说的郭沫若怎么忘记了《他》呢?

《他》是一篇短小而内容贫弱的作品,所以作家也许没能牢牢记住。或者也可以这样考虑,《他》是看《世界上最短的小说》受了触动后写出的作品。换句话说,是模仿《德军剩下来的东西》写出来的作品,因此《他》没给作家自己留下深刻的印象。

可是,《鼠灾》写的是作家和他的妻子的纠纷,是有充分创造动机的作品。加上写第二篇作品的时候,郭沫若心里大概已经有余力独立构思作品。笔者想,他记得住《鼠灾》的原因可能是这些。

第四,关于《世界上最短的小说》的发表日期。该文发表于1月4日,郭沫若写《他》是在1月6日,时间上郭沫若有充分的参阅该文的工夫(当时住在日本福冈市的郭沫若是有条件看到《大阪每日新闻》的)。

按照上面所述理由,推测郭沫若一定是看了菊池宽的评论后,才下笔写了《他》。这一推测如果成立,那么可以说这是现代中日微型小说的第一次交流。

---

① 郭沫若:《郭沫若全集》第12卷,人民文学出版社1992年版,第64页。

二　日本的壁小说和中国的墙头小说

江曾培的《微型小说初论》明确指出20世纪30年代中国有墙头小说这一形式①。日本方面的墙头小说（"壁小说"）的资料与中国的墙头小说资料比较，可以发现中日墙头小说的关系。

先看一看日本的情况。

1931年，两篇壁小说刊载在日本左翼文艺运动杂志《战旗》2月号上。该号的编后记里这样写道："本期初次登载了'壁小说'。'壁小说'是完全新的尝试，希望得到诸君严格的批评。"

1931—1932年，以小林多喜二、德永直、黑岛传治等人为代表的左翼作家大多写过壁小说。这些作品主要发表在《战旗》《耐普》《无产阶级文学》等杂志或《文学新闻》及种种与无产阶级运动有关的报纸上。当时有威望的文艺杂志《中央公论》，在1931年和1932年登出过有关壁小说的专题文章。《朝日新闻》《时事新报》等一般报刊登载的文艺述评里，也出现过小林多喜二、江口涣、川端康成、窪川鹤二郎等人对壁小说的评论。后来活跃在文坛上的作家，如说高见顺、武田麟太郎、立野信之等人当时也创作过壁小说。可惜，日本的左翼文艺运动受到反动政府压制，壁小说在一两年里就被消灭了。

当时的壁小说，现在我们比较容易看得到，因为60篇有代表性的壁小说被收录在一本书里②。这些壁小说反映了往昔日本人民的穷苦生活和抗争，我们现在读起来，也不能不对当时陷于困境中的穷苦人民深怀同情。

再看一看中国的情形。

---

① 江曾培：《微型小说初论》，《微型小说选》，上海文艺出版社1982年版，第224页。
② ［日］《战旗》《ナップ》作家集，新日本出版社1985年版。

如孙犁先生早就指出的那样，"墙头小说"的名称是从日本传到中国的。孙犁先生《关于墙头小说》一文里这样解释："墙头小说这名称，是从日本传来的。在1930年日本左翼文艺杂志《战旗》，曾向各工厂、农村、团体中的进步作家号召写这种文学，把他们所在的地方，所处的环境中发生的事迅速地写成这种作品，贴在附近。但结果还是印在刊物上的作品比贴上墙头的多。1931年中国文艺杂志《北斗》（丁玲主编）介绍了这种形式，也登载了几篇作品。但在中国，这个运动，据笔者所知当时也没有在'墙头'上开展起来。"[1]

翻看《北斗》，我们就能发现该杂志1932年第2卷第3、4期合刊上登载着白苇的《夫妇（墙头小说四篇）》。

孙犁先生所言，也能用另一资料来验证。

根据《中国现代文学期刊目录汇编》[2]，能看出日本壁小说介绍到中国来的情形和中国作家开始写墙头小说的情况。

壁小说的翻译有如下三篇。

第一篇，墙头小说《千人针》（日）Kubogawo Ldeko 作，适夷译（作者的名字写错。写《千人针》的作者是洼川稻子，用罗马字母写应为：Kubokawa Ineko），登载于《文艺新闻》第48号，1932年3月28日出版。

第二篇，《凯旋》（日）堀田升一作，森堡译（未以墙头小说为名，但这篇无疑是墙头小说），登载于《文学月报》第1卷第3期，1932年10月15日出版。

第三篇，《食堂的饭》（日）洼川稻子作，竹舟译（这篇在日本以墙头小说为名），登载于《文学杂志》第1卷第2号，1933年5月15日出版。

---

[1] 孙犁：《耕堂杂录》，河北人民出版社1984年版，第90页。
[2] 唐沅等：《中国现代文学期刊目录汇编》，天津人民出版社1988年版。

中国作家的作品有以下四篇。

第一篇，墙头小说《放工后》，它河作，载于《文学新闻》第 50 号，1932 年 4 月 11 日出版。

第二篇，墙头小说《游戏》，白苇作，载于《文学新闻》第 59 号，1932 年 6 月 13 日出版。

第三篇，《两个不能遗忘的印象》，沈端先作，载于《文学月报》第 2 号，1932 年 7 月 10 日出版。

第四篇，《夫妇（墙头小说四篇）》，白苇作，载于《北斗》第 2 卷，第 3、第 4 期合刊，1932 年 7 月 20 日出版。

从上面摘录中可以看到，先有日本壁小说的翻译，然后有中国作家的创作。

另一时期的墙头小说的情况，见于蓝海的《中国抗战文艺史》。书中这样写道："短小泼辣，用艺术手腕来反映当时发生的事件，以服务于政治任务的墙头小说，（是）富于战斗性的一种文体。抗战以前在上海仅出过两期的《文学青年》对墙头小说给予很大的注意；战争爆发后，除了间或从游击区油印刊物上可以见到这类东西外，后方的刊物或农村工作者好似都把它忘记了。有一个时期《新华日报》上曾间或刊载一些墙头小说，多半是游击区的作品，内容也反映游击区生活的，大后方未见到更多的这类东西，而一般人们也好像未予多大的关注。"[①] 翻看《文学青年》1936 年第 1 期，正文里没有关系到墙头小说的文章，而在封底的"征稿简约"里就有这样的记载："尤其希望获得下列三种新型的创作：（1）报告文学。(2) 墙头小说。(3) 生活的或斗争的通讯……凡必须短的稿子务须短（如墙头小说）。"

该杂志的第 2 期刊载了一篇墙头小说，叫作"孩子的死"（怀紫作），

[①] 蓝海：《中国抗战文艺史》，山东文艺出版社 1984 年版，第 90 页。

还登了有关墙头小说的短文。其全文如下：

> 墙头小说，大概发源于现代劳动者手编的贴在墙头的壁报上的短篇小说。苏联十月革命后的学校中和社会主义建设时期的工厂与集体农场里，最风行一种手写的或印刷的小报，即名叫做"Wall Paper"或"Factory News"的东西上：常常有短篇的极泼辣而又尖刻，讽刺的或写实的故事体裁的作品发表，它的特点是须采用最经济的手法，最迅速的 Tempo，最煽动的笔调来勾引人的注目。它的题材总是片断的，事件的一点或一面的刻画。作家总是大众自己，生活集团中伙伴的一个。它每每连同着漫画或特制的图画来一道发表，是极有趣的事情。
>
> 这些壁报的编辑人、投稿者、墙头小说的写作者中当然可以被训练或产生出来一些特殊的创作家，伟大的社会主义文学的后备军啊。
>
> 在日本，工厂劳动者和大家的新闻纸之间，便都学取了壁报与墙头小说这种方式，而推动了下层群众的战斗的文学运动，并有过一些收获与成果。
>
> 我们中国呢？九·一八以至一·二八以来，壁报这个东西也广泛的有过，墙头小说也出现过。今日我们所以特别来提倡的，是国防文学的现阶段上，真正大众的或适合于大众的作品是应该大量的产生。便是从墙头移印在纸上，或从纸上抄写到墙头上去，这都是何等有意味的一桩事。

这篇文章里，包含了关于墙头小说相当丰富的信息，很有价值。

上面提到的孙犁先生的文章写于 1940 年。他写该文的目的是提倡写墙头小说，他强调"一切条件都说明墙头小说这种形式可以在边区广泛应用"。

1941 年也有金振《提倡墙头小说》[①]一文的发表。这篇文章的内容跟孙犁先生提出的见解大致相同。

上面这些资料启示我们：在中国，20 世纪三四十年代断断续续地产生过墙头小说；而在 1958—1959 年大量的小小说出现在诸多报刊的时候，《北方》杂志还用过"墙头小说"这一名称。

比起短命夭折的日本的壁小说，中国的墙头小说保持了更长的生命。

可惜，我们现在不容易看到中国的墙头小说作品。到目前为止，笔者能看到墙头小说只有十篇左右。笔者看过收录在《中国解放区文学书系》《冀鲁豫文学作品选》等书和登载于《北斗》《文学青年》等杂志上的作品。希望能收集到更多的墙头小说作品，以便于进一步的研究。

[（日）渡边晴夫]

[①] 刘增杰：《抗日战争时期延安及各民主根据地文学运动资料》，山西人民出版社 1983 年版，第 286 页。

第二编

中国大陆微型小说代表作家作品研究（一）

第九章　中国大陆微型小说代表作家作品研究（1）

一　王奎山微型小说初论
——以微型小说集《乡村传奇》为例

王奎山（1946—2012），河南开封人，1968年毕业于开封师范学院中文系，先后当过农民、教师和县文联干部，是中国大陆微型小说界的领军人物之一。从1981年开始，他发表小说、散文、随笔多篇，结集出版了《加尔各答草帽》《王奎山小小说》。他一生最用力的是微型小说创作，且重点是写乡村生活。一来乡村生活为其所熟悉，书写起来有理有据；二来是其为文的喜好与责任所在。他写乡村乐于向人们展示乡村人的善良质朴，也以反映乡村的贫苦落后为己任，以引起人们对乡村的关注，改善乡村的面貌。他创作了众多微型小说精品，著名作品有《画家和他的孙女》《红绣鞋》《别情》《扶贫经历》《偶然》等，曾荣获《百花园》第二届全国小小说优秀作品奖、《小小说选刊》1993—1994年度全国小小说优秀作品奖、《小小说选刊》1995—1996年度全国小小说优秀作品奖、《小小说选刊》2001—2002年度全国小小说优秀作品奖、2003年度首届中国小小说金麻雀奖、《百花园》2006年度原创优秀作品奖。

　　王奎山不仅写得一手好文章，为人也是众口好评，一直奉行"高调做事，低调做人"的原则，在微型小说界一直为同人所敬重，凭借其人格魅力获得无数赞誉。在写作这条道路上，王奎山以其高尚的人格操守始终坚守文人的责任，写好文，写对自己负责的文章，从自己熟悉的生活入手，揭露弊病，歌颂诚挚的情感。文章淡中有味，大巧若拙，技艺纯熟，化技巧于无形。王奎山无论是为文还是为人都是当之无愧的标杆，能够为同人树立一个良好的榜样。

　　学界对王奎山作品的研究亦不在少数，有对其小说艺术的赏析，也有对其小说创作的评论，且人们历来对他的写作风格和写作取材赞誉有加，尤其值得一提的是研究者们从其作品中总结出来的王奎山"微型小说三题"以及其河南农村大地情结。[①] 的的确确，不容否认，从他的作品中，我们可以窥见他浓郁的乡村情结，其为农民写作的一片赤子之心，《乡村传奇》一书则结集了他的众多以乡村为背景的故事，细细品来别有一番深味。

　　《乡村传奇》（世界图书出版广东有限公司2011年版）全书分为6辑，收录王奎山的75篇微型小说，作品的质量齐整，内涵丰富，体现了王奎山微型小说创作的整体水准。书名以"乡村传奇"为题，顾名思义，全书的内容离不开乡村这个书写背景。从《乡村传奇》我们可以看出王奎山微型小说的以下五个基本特点。

（一）鲜明丰富的主题

　　从主题来看，王奎山的微型小说或赞扬，或揭露，或启发。赞扬类的，如对农民质朴本性、美好品质的夸赞；揭露类的，如对农民生活贫

[①] 王奎山：《王奎山微型小说三题》，《福建文学》2010年第4期。

苦、思想守旧的反映，对不良社会风尚的针砭，如刺贪刺官，指出现存社会问题。启发类的，如对为人处世的道理的传习，对以辩证眼光看待事物的思维方法的教授。此外，还有为数不多的对知青生活的追忆以及对人生无常的感慨之作。

像《红绣鞋》《在亲爱的人和一头猪之间》《狗皮褥子》《情歌王子田四娃》这类作品的基调主要是赞扬。《红绣鞋》在文章的起始便交代了今天是麦苗出嫁的日子，文章基调哀伤、冷凝，围绕麦苗出嫁展开了七婶和麦苗之间的对话，透露出两人之间的深厚感情。尤其是最后在贵的遗像前多了一双新绣鞋，与之前麦苗进贵的西间联系起来，无疑此举是麦苗所为，彰显了乡村人的质朴、重感情。《在亲爱的人和一头猪之间》从标题来看，亲爱的人与猪之间，读来便觉奇怪，明知猪与人不可相提并论，作者却将二者置于一处，仔细读小说，才知道其中深妙。乡村物质匮乏，一头猪在当时来说确实属大物件，"我"为了帮家里尽快找到猪而选择了让徐美红独自留在家中，最终导致了恋人的离开。父母和妹妹得知因徐美红的过失丢了猪后表现得十分宽容，半点都没有责怪她，而是强忍着内心的焦急外出寻猪。可是在得知徐美红出走时，母亲和妹妹都急哭了，连父亲都红了眼眶，相比之下，衬托出了乡下人的淳厚朴实、重义轻利。《狗皮褥子》读来也十分动人，卖狗皮褥子的老师傅听说"我"要给落了老寒腿的父亲买床褥子保暖，见"我"是有孝心之人便坦率告诉"我"来买冬皮，且将夏皮与冬皮的区别一一相告。常言道无商不奸，然而此处乡下人的真诚、质朴浮现于笔端，令人钦佩。

揭露类的作品有《乡村传奇》《野樱桃》《助人为乐的王孬》《村主任评理》等。《乡村传奇》分别以巩世清、黄大丫、留成为主人公讲述了三个故事，三个故事既可单独成篇，也可以以香油为线索串联成一篇完整的故事，结构独特新颖。从巩世清在老婆的怂恿下私藏一瓶香油到香油被黄大丫拾去藏到喜鹊窝里，却戏剧性地被一个小孩发现，颇有螳螂捕蝉黄雀在后的意味。这种种行为背后透露出了当时物质匮乏的生活现状。但写香油几度易手，其中明显带有反讽意味，批判了农民爱贪小便宜、自私狭隘的性格缺陷。《野樱桃》用隐晦的笔法曲折地描绘了一对青年男女的恋情，但是因为刘铁良被打断了腿、扣了柴的前车之鉴以及全队 200 多人烧柴的生计大事，小伙子群柱被迫回家终止了这段带有偷偷摸摸意味的恋情，一方面体现了妙龄男女对爱情的渴望，各种封建礼法对青年恋人正常欲望的压制，另一方面也反映了乡村贫穷、落后的面貌。《助人为乐的王孬》里，主人公王孬三番五次为陌生人筹钱的好心与现在社会的冷漠互相冲突，说明了一个严重的问题：骗子横行的社会风气是造成这一现象的重大原因。小说戏剧化的结尾凸显了做好事造成误会不被理解的尴尬局面，实际上表明了对社会现状的不满。《村主任评理》中，有福、金胜因一条鱼起争执，找村主任评理，不料双方谁也没得到鱼，倒让村主任捡了便宜，可谓是鹬蚌相争，渔翁得利。村主任的评理貌似有理，也确实用这样将鱼据为己有的方法避免了两家的争端，但他未把人民的利益当作根本出发点，而是在解决问题的同时变相满足了自己的私欲。

启发类的作品，如《游戏》《苍凉》《画家和他的孙女》《蚂蚁》等。《游戏》里，爱偷东西的留成被队长发现了蛛丝马迹，但队长非但没有责罚。反而推选他当了队长，从此留成从一个贼变成了庄稼能手。队长的包容之心巧妙地解决了留成偷东西的问题，也使他获得了真正的改变。这启示我们有时候处理问题应学会换种思维，学会大度，有一颗容人之心反而能有效地以退为进。《苍凉》里的傅学勤能言善辩，被誉为"军师"，常常弄得老魏狼狈不堪，而在人生的境遇里真正的赢家不是傅学勤，反倒是老魏，而傅学勤不过是个蹬破三轮卖菜的。如此戏谑的结局向我们揭示了一个深刻的道理：傅学勤是聪明反被聪明误，不容人必不见容，所谓得饶人处且饶人才是为人处世应有的原则。《画家和他的孙女》整篇小说几乎都是用对话来结构全篇的，分别以爷爷质疑孙女画的树干、兔子和马分为三大段，但结果都是爷爷被孙女驳斥得无话可说。虽然对话模式和结局都一模一样，却不显拖沓，反而以三个事例恰到好处地反映出孩童视角的独特，启示我们要学会打破常规，运用创新思维进行思考。《蚂蚁》里，一向老老实实、性格内向的张铮以离家出走的方式公然与父母进行抗争，告诉父亲"蚂蚁就是蚂蚁，蚂蚁永远不会跑得像火车一样快"。这是张铮对家庭教育不满的直白倾诉，也是王奎山以张铮为例对中国父母的一个告诫：关心孩子内心真正的需求永远比让孩子追逐所谓的名利重要，学会量力而行，让孩子知道适合自己的才是最好的，才是健康的教育方式，盲从和攀比都不利于成长。

对人生的感慨，如《打野猪》《三门闸》等。《打野猪》由打野猪引出了陈鹏云、徐凤兰的丑事，小说虽然大部分着墨在打野猪上，但文末由打野猪过程中发现的那桩秘事引出了作者的心头感慨：有些事情一旦发生，常常会朝着人们预料之外的方向发展。这真是一件没有办法的事，读来令人感受到作者话语里的无可奈何之感。《三门闸》刻画了一个朴实、忠厚、善良的人物形象，通过老孟的死，之前和他争吵的妇女对其态度的转变展现了人性善的一面。结尾处，人们看着老孟院子时的那句轻声感叹却令人愁肠百转，充满对人生的无常、事情无法掌控的苍凉之感。

（二）真实鲜活的人物塑造

王奎山笔下塑造了大量女性形象，如青霞的悲苦、秀的隐忍、瑞香的忠诚、水仙的包容、琴的坚贞，有对农村女性命运不济的感慨，也有对农村妇女的质朴、忠厚、善良等美好品质的颂扬。此外，也有对执着、憨厚的男性人物的描写，如憨宝、丁善元等。

《青苹果》《秀》《瑞香》里刻画了受苦受难的女性形象，突出了女性命运的坎坷。《青苹果》以青苹果起，亦由青苹果终。起初是霞来找彦明要青苹果吃，末了是彦明拿着青苹果祭奠霞。两人之间都有朦胧的好感，可是彦明虽看过进步小说《家》，但在行动上仍然迟滞，不敢逾越礼法，而霞本身就命运悲苦：还是个黄毛丫头就跟了来运，可是来运不安分，这无疑就是一个女人极大的不幸，最终年纪轻轻的霞在难产中死去，难逃厄运，一生都充满了悲苦。作品《秀》中，因为生计窘迫，父母将秀许给后刘庄一户人家，秀已经生了三个女孩，母亲却还怀着农村落后的保守思想，希望她再生个小子，在母亲与秀的谈话中处处都透露出生活的艰辛。但秀怀着一股坚韧的毅力，打算冲破牢笼，不愿束缚在无爱的婚姻里，选择从乡村出走进城务工。这令人欣慰，却也令人心酸：瘦弱的女子为了反抗这困苦的生活要像个男人一样奋斗，承受无限孤苦与磨难。虽始终未能逃出生活的牢笼，但她迈出了反抗的一步，不甘心屈就便是试图对自己命运进行主宰的一个尝试，也值得肯定。《瑞香》里，主人公瑞香因为家境贫寒，先是被卖到城里当丫鬟，而后又被卖到窑子里，几经辗转，直到新中国成立后才嫁给了广林。广林矮个子、罗锅腰，而瑞香生得十分漂亮，看得人十分眼馋，但她一心跟着广林安安分分过日子。由此，瑞香由一个"负面人物"洗白为一个正面人物，即使广林得了浮肿病也依旧不离不弃，而且在广林绝望的时候她强挺住去找广林在食堂当司务长的弟弟广义请求帮忙。后来，瑞香拿到小半口袋红薯干救了广林，身子却被道貌岸然的广义给玷污了，但是她的心始终是忠诚的，最后她杀了广义也是一个明证。她虽然从前不光彩，但她要忠于自己所嫁的男人，即使为了救丈夫身体被迫受辱，灵魂也要忠贞。小说通过这一刻画充分展示了女性受苦受难的命运。

《水仙》和《蓝围巾》在展现女性命运的同时，着重展示出了女性智慧、坚贞的美好品质。在《水仙》里，作者刻画的是一个智慧、包容的女性形象。她起初在小说里也是以一个受难形象出场，因丈夫的不忠常常落泪。但是因为对丈夫一次花心惹出事故的巨大帮助，丈夫便彻彻底底收了心，一心一意和妻子水仙过日子。这体现了女性为爱包容的宽广胸怀，也是对女性凭借智慧使丈夫回心转意的颂扬。王奎山的作品可谓部部出彩，而《蓝围巾》读来更是令人印象深刻，难以忘怀，尤其是其塑造的女性形象"琴"使人心头一颤，备受感动之余不免为其哀婉叹息一番。琴是一个为爱甘心隐忍，甘愿付出，最后还大度到为爱退让的女子，实在令人不禁感喟爱情之深妙。琴和祥生一起代课。修路的时候，琴知道祥生要复习，便替他干。为了报答琴，祥生给琴送了一条又宽又长的蓝围巾，琴感动得热泪盈眶。祥生告诉琴：自己铁了心要把中国的大学都念完，叫琴不要等自己了。为了不让祥生担心，过了很久琴去信说不等他了。祥生考上研究生带了女朋友回来去看琴。琴依旧强颜欢笑，临走的时候还拿出祥生当年送的那条蓝围巾大大方方地给祥生的女朋友戴上。直到他们都走了，祥生的娘预备去给琴宽宽心却始终没有了回应。这时候的琴才表现出她的脆弱，早已啜泣不止，不能言语。为了一个人耗尽青春，为了一个人自己承担所有悲苦，为对方设想，然而他并没有为她执着。我们看到了一个女性爱而不得的无奈与痛苦，也看到了一个女性对爱的执着和坚贞。

　　王奎山也刻画了不少男性形象，但不及女性典型，这里也举两篇作品为例。《语文老师丁善元》开篇即提出丁善元有一个特点：跟错别字有仇。小说通过描写丁善元改作文里的错别字，改收破烂的三轮车牌子上的错别字，改火锅店招牌上的错别字，刻画出了他执拗、倔强、较真的性格特点，令人印象深刻。结尾那一句"丁善元像个孩子一样笑了"反倒显出了他傻里傻气的那股认真劲儿里的憨厚，使人倍感亲切。《打工的憨宝》里，憨宝永远只要娘蒸一锅豆包就拿着出去打工了。这是文中直接呈现出来的憨宝的经典形象。而不论是找到好活还是碰到黑心人，甚至是摔断腿，憨宝永远照旧坚持外出务工，仿佛外界干扰不了他，他永远有一颗乐观、豁达、坚韧的心，不会轻易屈服，是一个憨厚、顽强、有一股傻劲的人，这也一如他的名字"憨宝"。

（三）主情与哲理意蕴

王奎山的作品不为写事而写事，文章中写事一类是为写情服务，通过写事来升华主旨，达到对情的表现，形成他独特的主情风格，且其笔下尤其喜写爱情和亲情。这类作品如《用心歌唱》《红唇印儿》《羽绒服》《冬天里》《马套和老外》等。还有一类则是寓深刻的哲理于故事之中，表面上是单纯地描述一件普通的事情，行文干净、简洁，没有多余的评论，但仔细研读会发现表象背后寄予了作者想说却未言明的哲理，引人深思。这类小说有《丢羊》《怎样和一只狗相处》《爱情秘诀》等。

《用心歌唱》讲述的是巧连搭便车去给对象寄包裹，路途中被怂恿唱歌解闷唱到潸然泪下、痛哭流涕的故事，让朱辉明不禁感慨：即使后来听过太多的歌却始终无人能及上巧连。因为毕竟巧连是用她的心在唱，把她满满的爱放在歌声里来诠释对爱人无限的思念与爱慕之情，抒发想见不能见的朝思暮想之苦，发自肺腑，可谓情到深处自然浓，也自然感人至深。《红唇印儿》也是一场美丽的爱情故事。一次无意的撞见叩开了一个内向少女的心扉，有一种年少时为爱冲动的浪漫。女孩琼接到北京大学录取通知书后，在临行之前，给暗恋的男生李鑫写了一封长信并郑重吻上一个红唇印儿，但故事的结局并不如人期待的那样，女孩最终并没有把信寄出去，反而把它烧了。这种行为看似不能理解或者说毫无意义，但这是一个少女对爱情最好的寄托：在这个过程里琼完成了她的单恋，倾诉了她满心的爱意，也算作对自己的一种成全。《羽绒服》讲的是女儿不能回家过年，给父母一人寄了一件羽绒服当作礼物，母亲半夜落泪，失落之余，第二天俩人又一副高高兴兴的样子穿着羽绒服在村民面前结结实实展示了一回，结果父亲落得生病后来又遭闺女抢白的故事。由此可感受到父母因女儿孝顺内心中腾升起的那份骄傲之情，在哭哭笑笑之间饱含了父母对闺女的疼爱和包容,体现出了亲情的厚重。《冬天里》讲述了爷爷为孙子抓狗獾、烤被窝等小事,通过这些细小的事情反映了祖孙之间的浓浓亲情,使人感受到这些小事件里的幸福温暖,充满了甜蜜。《马套和老外》里,马套是个爱吹牛的人,有点什么总喜欢向村里人显摆。有一次,马套把碰见一个外国人的事讲给村里人听,偏偏大家都不信,马套为此生了气。儿子得知后,特意给父亲写了一封信并附上一张父亲和外国女人合影的照片,让父亲彻彻底底在乡亲们面前扬眉吐气了一回。从不写信的儿子这一刻意之举显然是有意为之,将亲情的力量再一次彰显得淋漓尽致,令人动容。

《丢羊》里,万林丢了一只羊,而恰巧三清卖了一只羊,于是这一巧合便导致了一场误会。万林闷闷不乐,怀恨在心,而三清心胸大度,开朗豁达。最后,万林收红薯时发现自家的羊死在了后山坡上,真相大白,方知误会了三清。小说真实地将生活里乡邻之间因小事造成的误会、种种矛盾展示了出来,将人的心理刻画得十分到位,启示我们在证据确凿之前不能光凭臆想就得出简单的结论,以免造成不必要的误会和尴尬。《怎样和一只狗相处》颇有意思地讲述了人和一只狗之间的故事,切入点新颖奇特,通过讲由人与狗对抗到人与狗为善,孕育了深厚的哲理。抗美与黄狗互相敌视,狗也越发嚣张;抗美向狗示好,狗也表示得非常友善。这启示我们人与人之间也是如此,以暴制暴只会不利于人们之间的关系,当你学会友善地对待别人的时候,别人同样也会报之以友善。《爱情秘诀》讲述的是"我"和一位先生之间的谈话。讽刺的是,后来"我"惊奇地发现那位先生就是写《爱情秘诀》的作者,而肖斌却告诉自己三天前他刚刚离婚,这无疑是一个巨大的嘲讽,所谓的爱情专家自己竟然也遭遇婚姻变故。借此指出专家的不可信,告诫我们不要迷信权威,迷信专家的所谓秘籍。

（四）自然收尾与悬念留白的结尾艺术

王奎山的小说自然结尾法与悬念结尾法兼而有之，不过以自然结尾法居多。自然结尾法的小说结尾与文章前半部分相承接，大体顺承文章前半部分发展，整篇文章浑然一体，结局自然。悬念结尾法的小说结尾常在文末巧设悬念，看似无意却是有意为之，化技巧于无形之中，采取结尾不说透结局的方式，留余地给读者想象，结束得恰到好处，言尽而意未尽。

《在亲爱的人和一头猪之间》《领个女人带回家》《相亲》《王芫》等则属于这类悬念结尾法。《在亲爱的人和一头猪之间》文末结尾只说：新安店，是京广线上离我们家最近的一个火车站。作者并没有交代清楚"我"是否追到因为我外出寻猪而从我家出走的徐美红，这段恋情是重新重归于好还是无疾而终，只能凭读者去揣测与想象。《领个女人带回家》这样结尾：

今天晚上我们老同学聚会，没等聚会结束，我就打的往家里赶，谁知道路上堵车，我一看已经过了十点，干脆就不回去了。回去也是挨，不回去也是挨。大哥，不瞒你说，见到你之前，我连死的心都有。见了你，才觉得人世间有那么一点点温暖。刘东说，妹子，我也是个怕冷的人呀。女人说，那咱们就靠近点，相互取点暖。说着，女人一下子扑到了刘东的怀里。

这里不禁令人生疑，女人扑到刘东怀里，刘东究竟是何举动，两人之间是纯粹的、惺惺相惜的友谊，还是刘东越轨，对爱情的背叛。一个复杂的结局就使整篇小说疑云重重，增加了文章的趣味性，也值得读者花更多心思去探讨，思考作者用笔背后的意图。《相亲》的结尾也只写了一句话：半年后，王凤娟成了"我"的老婆。一次王凤娟来找"我"，因为同为文学爱好者，两人便热烈地讨论起了散文。末了，作者就来了这么一句，既没有交代王凤娟具体与"我"是如何开始交往，两人怎样发生恋情的，也没有告诉大家"我"之前去高珍家心里相中高珍那件事如何收尾，王凤娟便仿佛一眨眼便在作者笔下就与"我"结为夫妻，留下大朵疑团供读者猜想。《王芫》相比前面那几部作品，更是有过之而无不及：故事里男孩一直和另一个女孩相恋，直到大四女孩的热情一天天减弱，在情人节那天对特地赶来的男孩拒不相见，而王芫只是在这时作为一个旁观者出场，想和男孩谈谈。可是直到小说结尾，作者也没有告诉读者王芫和男孩谈了些什么，也没有告知女孩热情减弱的原因，却只用"第二年的情人节，传来了王芫和那个男孩结婚的消息"结尾，不能不谓之悬念重重。

此外，大多数的作品是以自然结尾法为小说的收束，读来一气呵成，笔意相连。例如《公鸡进城》写的是儿子强生接母亲进城，进城的时候母亲带了一只公鸡，之后围绕着母亲带公鸡进城写了一系列的矛盾纠葛，而到结尾事情顺理成章地被化解，母子俩看到公鸡欢实的样子都忍不住笑了。结尾与文章前半部分内容紧密连接，读来自然，恰到好处。《布袋子》写的是李珊看电视受到一个英国妇女的启发，做了许多个布袋子呼吁大家远离塑料袋，为环保做贡献。可是，领布袋子的时候虽然大家一片喝彩，但真正使用起到环保作用的少之又少，甚至被人拿去擦皮鞋，可想而知，李珊看到这一幕时心里的难受。文章末尾写道："这时，李珊再也控制不住自己，眼泪不由自主地流了下来。"这种结尾方式与故事的发展情节顺承一致，也符合人物的心理感情变化逻辑，行文紧凑，流畅自然。

（五）平实自然的语言艺术

王奎山的小说语言平实、质朴，无华丽辞藻，不矫饰，语言浑然天成，文中对话语言也是朴实无华，符合人物说话习惯，有的是农村地方方言，和刻画的人物形象十分契合，使人物更加丰满立体。作者行文的语言都如同自话家常，娓娓道来，形成了其朴素、平淡的语言风格，然而淡中有味：人物对话语言也充分考虑到说话人的身份说话人的习惯，充满了浓郁的乡村风味。

《别情》里有这样一段描述：

> 小娥一看这阵势，吓得扭头就走。莽子见小娥一个劲地往回走，有些发急，就大声地叫："娥儿，娥儿！你甭走，你甭走嘛！"莽子说的是山里的土话，又用了那样大的声音，结果引得旁边的游人哈哈大笑……

"娥儿，娥儿"这样的称呼语以及"甭"这样的用语与莽子的农民身份是十分契合的，而且方言的使用使小说充满了农村风味。书中的其他人物说话也有这类特点，如：

> 小娥想了想，提出了一个问题："你走了，我咋办？黑更半夜的。"
> ……
> 爹瞪了莽子一眼，说："难啥？从乡里到城里有汽车，从城里到部队有火车，难个啥？要搁往先……"

小娥、莽子爹都是地地道道的农民，说话自然是原汁原味的山里风味，作者这里的"咋办""难啥"都是地方方言，用得恰到好处。

在《红绣鞋》里也有这样一段对话情节：

> 七婶仰起头，闭上了眼，眼泪却止不住地淌了下来。麦苗说："娘，吃饭吧！"麦苗说："往后，娘再想吃麦苗端的饭，就难了。"七婶只好睁开眼，将饭接过来，放到桌子上。抬眼去看麦苗时，见麦苗

早已哭成了泪人儿。两个人遂抱在一起畅畅快快地哭了起来。过了一会儿,七婶首先止了哭,又扳起麦苗的头,用手给她擦脸上的泪。七婶说:"苗儿,今儿个是你的喜日子,高高兴兴地走。"七婶说:"啥也不怨,怨俺贵没福。"停了一下,又自言自语地说:"一个团一千多号人,人家都平安回来了,偏你……"说着说着就提高了声音:"人家都知道有爹有娘有老有小你个龟孙啥都不知道哇?!我的傻儿我的憨乖乖——"

这段情节里,作者没有用任何华丽的词语对文章进行修饰,语言朴实无华,但是在质朴中见真情,读来令人深受感动,直击肺腑。另外在对话中,七婶和麦苗的语言也是十分生活化、真实,贴近农民生活,字里行间全是乡村人实实在在的感情。

《母亲这辈子》里不论是作者作为论述人的白描性语言,还是小说中人物的对话语言也都符合这一特点,贴近生活,十分口语化。如:

女儿出生以后,母亲来城里给我看孩子。那时候,父亲已经退休在家了。逢到只有我们娘两个的时候。母亲就该叹口气了。母亲说:"不知道你爹在家里咋过的哩!"我说:"他一个大老爷儿们,还饿着不成?"我说:"他一辈子没进过厨房的门,还不是你惯的么!"母亲知错地笑笑,不再说话。到了麦收或秋收的时候,母亲更是坐卧不宁的,母亲常在我面前唠叨:"娃,我听见'吃杯茶'叫了。"我说:"吃杯茶叫又咋着?"母亲说,"吃杯茶一叫,就该收麦了。"隔天又说:"娃,我闻见麦子的香味儿。"我说:"尽说梦话!在这城里,你会闻见麦子的味儿?"母亲却说得真真切切:"可不是哩么,今儿一大早我一起来,就闻见新麦子的味儿了,真香啊!"

母亲和我之间围绕着父亲的对话,就是简简单单话着家常,语言平实之中又透着一股亲切。

除此之外,《野樱桃》中的语言也反映了这一特点。如:

> 姐姐说:"你要是夏天来,东西才多哩。"春春问:"都有啥?"姐姐说:"有桃。"春春说:"桃我吃过。还有啥?"姐姐说:"还有杏。"春春说:"杏我也吃过,还有啥?"姐姐说:"还有沙果。"春春说:"沙果啥样儿?"姐姐说:"沙果黄黄的,红红的,又酸又甜又面。"春春的口水就流出来了。春春又问:"还有啥?"姐姐说:"还有野樱桃。"春春说:"野樱桃啥样儿?"姐姐说:"野樱桃红丢丢的、甜甜的、苦苦的。"

像这样一段语言,既与说话人身份相称,而"红丢丢的、甜甜的、苦苦的"等叠词的使用又使语言充满了民间趣味。读来平实亲切,质朴自然。此外,如《青苹果》《扶贫经历》等作品也皆是如此,具有王奎山式的语言特点。

总地说来,王奎山作为微型小说界的领军人物,功底自然深厚了得,笔力不凡,为我们带来了众多优秀的作品。不过须稍加指出的是,王奎山的有些作品的逻辑发展不符合常理,情节过于夸张,有些作品的选材也有重复之嫌,缺乏新意。但毕竟瑕不掩瑜,王奎山为弱势群体写作,笔下的乡土情结浓厚,不负社会使命,其作品饱含深厚的内涵,值得细细品读。

(张榆　龙钢华)

二 尹全生微型小说初探

尹全生，男，1955年生，河南内乡人，1973年高中毕业，随后应征入伍，1980年开始文学创作，1981年退伍后在中国人民解放军6618厂工作，担任过干事、团委书记、宣传部长等职位。2000年起任襄樊市作协副主席。2001年，当选为华夏精短文学会副会长，获得"当代小小说八大家"称号。2002年名列"中国当代小小说风云人物榜·小小说星座"。2006年加入中国作家协会。曾任《汉水》杂志副主编、《微型小说月报》杂志副主编、襄樊市作家协会副主席。被评为"新世纪小小说风云人物榜·金牌作家"，2007年中国小说排行榜上榜作家。著有《百年百部微型小说经典·大隐于野》《狼性》《当代微型小说精品方阵·天路里程》等7部个人专集。在全国性各类文学赛事中获奖近40次。他的微型小说以文笔犀利、哲理深刻著称。下面分四个部分予以介绍。

（一）主题：注目社会人生

尹全生是一个普通的企业职工，他一直生活在普通人民之间，与他们同呼吸共命运，对他们的痛苦有很深的体会。在尹全生的作品里，关注社会与关注命运是他写作的出发点。他曾在他的访谈录中说过："作家应当是有良知、良心，有济世之心的人，他不能放弃对人类高尚的理想和对真理的追求，不能放弃对人类的同情和深厚的人道主义精神。"[①] 关注民生，关注现实，关注底层小人物，尤其是弱势群体，引起全社会对普通人生存

[①] 陈勇：《中国当代微型小说百家论》，内蒙古人民出版社2001年版，第8页。

状态的思考,就是他的创作初衷。在他看来,一个作家就应该为民写作,写社会需要的东西,不能无病呻吟。著名主编杨晓敏提出:"小小说是平民艺术。"① 尹全生紧紧抓住这个特点,从人的情感、生活方式出发,着重表现现实生活中底层普通人的生活状况。下面分三个部分予以介绍。

首先,从社会生活中挖掘人性的光辉,用人性的美好来感动人。尹全生长期和普通群众打交道,深深地知道普通劳动者善良朴实的美好品质,他的微型小说中有不少赞扬人性光辉的篇章。例如,《海葬》描写的是老渔农鸽子爷三兄弟想要拆散孤儿鸽子和阿根的故事。鸽子爷是一个单身老渔夫,他在50岁的时候捡到了鸽子,"捡来了鸽子就没有了鳏夫的孤独,却也捡来了数不清的艰辛,他用老渔夫多咸味儿的血汗养育他的心肝。为了鸽子少一声啼哭多一个笑脸加一件新衣,他曾被雷电的金鞭抽下大海,曾被黑鲨的尾鳍砍断肋骨……"鸽子不仅是他孤独中的依托,更成为他生命的一部分,而"他眼里的阿根哪里能同鸽子比",但眼看鸽子就要"飞"走了。于是,在恐慌中他联合他的两个兄弟想借打鱼把阿根丢到海里喂鱼,以守护住他的心肝鸽子。而在危急关头阿根把仅有的两个救生圈一个扔给了鸽子,另一个扔给了鸽子爷,把生的希望给了鸽子和鸽子爷,但鸽子爷夺过救生圈"递给老二、老三,老二、老三却推回来"。鸽子爷牛眼圆瞪,最后把救生圈套在阿根脖子上,成全了阿根和鸽子,而自己三兄弟"坦然封起舱门"以大无畏的精神迎接死亡。结尾写道:"满足的笑,苍老的笑,豪迈的老渔夫的笑!——风暴掩不住,雷霆盖不住,海浪埋不住!虽然当风暴过后,这里只剩下那片蔚蓝的海,蔚蓝的天。"这豪迈悲壮的描写深刻揭示了人性的美好,令人感慨,发人深思。

《尔来四万八千岁》中描写的是外表看起来固执而粗野的阙大兴,他最能"争强斗狠","同人下棋,赢了,他乐得就地翻跟头,输了,则死活

---

① 杨晓敏:《小小说是平民艺术》,河南文艺出版社2006年版,第1页。

缠住对手不放，不赢一盘决不罢休。一次有人看了他未婚妻的照片，说不怎么漂亮。他顿时火冒三丈，一拳打破了人家的鼻子，并把相片贴在饭堂里，让全工程队的人吃饭时做公平评价"。在山神肚皮上撒尿。初看上去，有一种让人厌恶的感觉，可就是这让人讨厌的人，竟能视死如归，一次又一次地进隧道、排险情，最后以身殉职。虽然阙大兴死得很"冤枉"，但他永远活在了人们的心里，以至于在重塑山神的时候，竟然把山神塑造成了阙大兴的模样，使他的人性瞬间得到了升华。

其次，对社会生活中的黑暗面和丑恶的人性进行鞭挞，引导人们深思。尹全生是现实主义作家，他的微型小说总能反映现实生活中的一些阴暗现象，讽刺人性的丑恶，发人深省。例如，《找钱》中反映了某些社会病态。一个矿主开着车过收费站，收费站刚来的农村小姑娘依照收费站的规定，非要矿主缴10元的过路费不可，而这位暴富的矿主因为这件事而耿耿于怀，因为他以前过收费站时从来不用缴费的。他认为，过收费站不用缴费不是钱的问题，而是一种身份的象征，也是一种荣耀，是显示自己能够呼风唤雨、翻江倒海的能力以及社会地位。于是，他让矿上所有的车循环过收费站，都用100元的钱来交10元的过路费，从而使一条坦荡荡的国道陷入瘫痪。而最后小姑娘被辞退，县太爷亲自给矿主道歉。读后使我们感受到了人性裂变的可怕以及作者对社会的忧患。

《一步难行》中，通过甲乙两人登孤石欲过不能、欲罢不忍的描写，以及在慨叹自责变成了自慰和荣耀的转变中，充分表现了人性的弱点，让人不禁想到了鲁迅先生的"阿Q精神"，他在任何情况下都能自己安慰自己，都自以为是"胜利者"。正如文中写道："那么人是高等动物，人战胜不了自我就是必然的。而且越是头脑发达的人越是不能战胜自己，遇事越是瞻前顾后。"从而得出结论：他们两人都是头脑发达的高智商人。但当看见山民各持木棒石头来追赶他们之后，两人魂不附体，竞相逃命，回头看时却见那帮山民捕到了一只野兔，正在欢呼。再看脚下，他们已站在柱状孤石顶端了。看到这里,让我们忍俊不禁的同时,也深深地体会到了人性的懦弱,却也正应了:"有意栽花花不开,无心插柳柳成荫。"

最后,关注社会生活中的弱势群体。尹全生作为民间作家,特别注重反映弱势群体的生活状况,以引起全社会对弱势群体的关注。例如,《两代人的积蓄》中描写的是因受工伤而变成植物人的下层工人李四,20年后却奇迹般地因落地雷砸到他所住的石棉瓦棚子而苏醒,醒来后却发现自己所住的地方不是原来的住房。他打量着这摇摇欲坠、难避风雨的石棉瓦棚子说:"这石棉瓦棚子说不准哪天就要塌了!还是赶紧买套好房子住!"买房子?哪儿有钱?李四一脸的自信,说自己有一大笔存款,而他所说的一大笔存款,却是20年前他父母省吃俭用一辈子留给他的终生积蓄1万元,加上自己存的4000元一共14000元。小说中写道:"李四比他父母更省吃俭用,从十八岁参加工作当工人起,从不吸烟喝酒,连牙膏都舍不得买,一直用盐巴代替;裤带断了都舍不得换新的,用铁丝连接起来继续用。同时他又拼命干活挣钱,在工厂里年年都是先进,工资奖金没少拿。"那时候,一套七八十平方米的房子只要13000元,但20年后他的两代人的积蓄却连1平方米的房子都买不到。小说通过对李四的描写,深刻反映了随着社会的发展,房价越来越贵,贫富差距越来越大,普通人奋斗几十年都买不到一套房子的社会问题。现今社会老百姓买房难、住房难,而富人们却囤积居奇,造成"住房的不买,买房的不住"的鲜明对比。

《命运》中的女主人公黄翠花是一个生活在社会最底层的弱势女性,她和"狗剩子"一起考上了一所名牌大学,但因为接受不了乡下男女睡通铺的这样一件小事,居然放弃了上大学,从而使她的人生发生重大的改变:"狗剩子"毕业后成了一个省长,而她却成了一个让人同情的农村妇女。她的男人根柱是一个很窝囊的男人,他的最高"官衔"是草山公社瓦屋大队瓦屋村生产队饲养员。可他上任一个月就被"撤职"了，原因是众牲口不听他的管教。根柱是个很窝囊的男人，更糟糕的是他是个很窝囊的庄稼汉。很窝囊的庄稼汉一生中会遇到数不清的倒霉事：公社仓库失窃，作案人圈定在瓦屋村，限期破案。瓦屋村头头查不出盗贼，无奈时就捉了根柱去充数；他难得进一次县城，好不容易进一次城，就在街道上被罚了款，原因是他灰头土脸，穿着破烂，影响了市容；他得了急性阑尾炎，痛急了到县医院去诊治，医院对他进行了包括脑CT、核磁共振在内的全方位检查，仅检查费就花去4000块钱；他买的"良种"、农药曾使一季庄稼颗粒无收……世上老鹰吃黄鼠狼，黄鼠狼吃鸡，鸡吃虫子，虫子吃谁？根柱就是一条虫子。而且，鸡吃虫子，虫子可以东躲西藏，他却没有任何地方也没学会躲藏；老鹰和黄鼠狼不直接吃虫子，只有鸡才吃。而他这条"虫子"，老鹰和黄鼠狼和鸡谁见谁吃……这么窝囊的男人，却只能通过打老婆来发泄心中的愤懑或烦恼。通过对黄翠花的描写，写出了一个典型的生活在农村的妇女的生活状况，表现了作者关注民生，同时表现了作者用实际行动来诠释"小小说是平民艺术"。

尹全生的微型小说不仅关注社会、关注命运，同时既赞扬人性的光辉，用人性的美好感动人，又鞭挞人性和生活的一些黑暗面，注重反映现实的人性与生活，用善恶辩证来引导人的思考。尹全生把民众当作土壤，而自己却是土壤里的蚯蚓。

（二）出色的人物塑造

尹全生的微型小说在人物塑造方面独具特色。他曾在访谈录中说过："任何文学作品无不是作者本人的修养、个性、情感、生活体验的外露。因此，讲述什么样的故事，塑造什么样的人，一般来说不是作者刻意'追求'的，而是个性、情绪、修养、体验等通过文字自然流露出来的。河流千折百回奔向大海，并不是河流的'追求'决定的，而是'水向低处流'的本性决定的。"① 他塑造的硬汉形象，不仅包括男子汉，也包括女强人。他擅长在短小的篇幅里，构造一个特殊的环境，在这个环境里，努力扩大艺术空间，塑造出丰满动人的人物形象。下面分三部分予以论述。

首先，在冲突对比中塑造人物形象。尹全生的微型小说创作总是把落脚点放在人物塑造上。他擅长运用冲突对比的方法塑造人物性格。有的是一人对一人的冲突对比。例如，《栅栏之隔》中的尤鹏和小杜拉克的两个人物，通过他们的不同的思维方式、追求目标冲突对比，使艺术空间更加广阔。《脑筋急转弯》中作者设置了来富和基可夫两个人物，来富认为：枪响之后，树上一只鸟也不剩；基可夫却坚持树上还有七只鸟。通过他们冲突对比，使两个人物的形象更加生动丰满。有的是前后的冲突对比，《倒霉的日子好日子》中，妻子总是对丈夫拿回来的东西不满意，总是觉得丈夫生性老实，被同事占便宜，拿回来的东西没有同事的好，总觉得自己吃了亏。后来政府搞廉政，再也拿不回东西了，妻子却高兴地说："搞了廉政就没了战利品，你的那些狗屁同事们，也就没办法再占我们家的便宜了！"通过前后对比，妻子的形象更加丰满，活生生地呈现在读者面前。有的是内在与外表的冲突对比，《山神》中，阙大兴是一个外表粗俗、让人讨厌的人，但他能一次又一次地不顾生命危险进洞排险情，最后以身殉职。小说通过他内在与外表的对比，一个顶天立地的男子汉形象自然而然地呈现了出来。

其次，在追求哲理中塑造人物形象。尹全生的微型小说尤其注重对哲理的追求，微型小说主要是以形象说话，他能够很好地处理这种艺术关系。微型小说应注重意蕴和意境，注重人生哲理，但其意蕴意境、提纯的人生哲理，应当通过生动的人物形象来体现。《耍猴者密传》中，葫芦先

---

① 陈勇：《中国当代微型小说百家论》，内蒙古人民出版社 2001 年版，第 4 页。

选最狡猾的猴子来耍，然后再选最笨的人来做耍猴人，让最笨的人去耍最聪明的猴子。并在进化与退化的讨论中，显示了深刻的理性思考，令人触目惊心，意味深远，从而使耍猴人这个人物性格自然而然流露出来。《袖猴》中的鸿志娶了老板千金为妻子，妻子为他买了一只袖猴。袖猴是一些生活在上流社会、养尊处优的闲人雅士们用来消闲取乐逗趣的。但袖猴喝了水就会长大，他的妻子为了不让袖猴喝水，特意在水里放了盐巴和白矾，让袖猴崽子喝。这样几次，袖猴崽子就不敢喝水了，就再也长不大了。鸿志通过这件事，深刻认识到："在老总和夫人眼里，我又何尝不是一只袖猴？"从而果断地和妻子分手了。这篇小说写的虽然是一件平常小事，但里面的哲思更能引起读者对生活的严严肃思考，告诫人不能习惯于庸俗、堕落与世俗。这些小说都富有意蕴，给人十分有益的启迪。

最后，在反讽戏谑中塑造人物形象。尹全生是一个具有强烈社会责任感的人。有感而发，发真情实感，发民众之感，是他写作的基本原则。他曾在《鹰的视野，蚓的位置》访谈录中说过："我写小小说有近30年了。庆幸的是这近30年间我都生活在社会的最基层——被农村包围着的一个企业。在这种环境中，'失'的是繁忙工作耗去的大量时间精力，以'地下工作者'的身份夜里爬格子；'得'的是与工农民众有着相同的生活经历体验，相同的喜怒哀乐和精神境遇。"[①] 他在批判现实弊端时，不是大声疾呼，而是通过严肃问题的戏谑化处理，使锋芒隐藏在人物形象后面，使读者能在轻松的阅读中马上进入沉郁的艺术思考。《男人的禁区》中，把上厕所这一小事作为考核干部的方法。《庭院禽兽》中，把严肃的社会问题在鸡、猴、狗的争斗中表现出来。《高手》中三个喝酒的高手，却都败给了"搞财经纪律检查"的官员。《牛到城里能干啥》把严肃的社会问题放

---

① 任晓燕、尹全生：《尹全生访谈录》，选自《小小说原创版》2007年9月上半月"名家访谈"栏目。

在牛和虎的争斗中。牛赢了,却被人打死。对严肃问题的戏谑化处理,不仅能使读者读来更生动风趣,而且讽刺意味更加辛辣,批判锋芒更加犀利,艺术形象更加生动。

(三) 戏剧化的情节

捷克小说家米兰·昆德拉把小说分为三类:叙事类、描写类、思考故事类。① 尹全生的微型小说属于小说类的故事,他的微型小说作品大多有跌宕起伏的情节和引人入胜的故事情节,是小说和故事的有机结合。他的微型小说要求情节冲突,人物、时间、场景高度集中,在有限的空间内展开激烈的矛盾冲突,情节跌宕起伏,奇巧奇妙,能使读者在轻松的阅读中感受到阅读乐趣。这也是其作品受欢迎的重要因素。微型小说的情节单一,但单一并不等于单调,但由于微型小说单一情节本身较难有跌宕起伏的变化,引人入胜的过程,这就必须讲究结尾的艺术。结尾是文章的关键点,一个好的结尾不仅能够收束全文,而且能够起到深化主题,发人深思,令人回味无穷的效果。所以,尹全生总是着力在情节的结尾,通过出人意料的结尾使情节更加精美。因此,他的微型小说往往有出人意料的结局,能使读者受到强烈的震动,令人回味深思,引导读者去遐想远思,揭示全文之旨。例如,《脑筋急转弯》主要讲的是当时南京洋学堂老师为了让学童们牢记"作鸟兽散"这个成语,抛出一个"脑筋急转弯":树上八只鸟,打死一只,还剩几只?中国学生来福说一只都没有,老师和众学童都很赞成;而苏联学生基可夫却坚持说还有七只。学童们笑他的迂腐。于是,基可夫说"树上有鸟儿们的巢,同伴被打死了,它们不愿丢下同伴……"后来斯大林格勒战役,基可夫脑筋不会"急转弯",率领工友直至战死,成为第二次世界大战的转折点……来福参加南京保卫战,当"司

---

① [捷] 米兰·昆德拉:《小说的艺术》,董强译,上海译文出版社 2012 年版,第 87—93 页。

令官"飞了，来富学习长官想飞却没有飞走……他们两个不同的结果，让人深思。通篇构思巧妙，育人哲理深刻；尤其是结尾，作家这样写道："故都南京后来被日寇屠城，包括来福在内的30万中国人被屠杀，这也是谁都知道的。"写得这么震撼心灵！

《海葬》中，刚开始时作者描绘了一幅非常动人而平静的画面："蔚蓝的海，蔚蓝的天，蔚蓝的海和天的尽头，耸立着白得发亮的云山。白得发亮的云山下面，泊着一叶蓝灰色的帆。"而在这动人而平静的画面中却隐藏着一个阴谋，主谋鸽子爷要拆散鸽子和阿根，在这里设置了悬念，而鸽子爷拆散他们的最主要原因是鸽子姓于，而阿根姓魏，合起来就是"喂鱼"。所以，鸽子爷三兄弟策划了这个阴谋，把阿根喂鱼。而当暴风雨来临时，冲突从鸽子爷三兄弟和鸽子阿根的冲突变成了谁用救生圈活下去的冲突。在这个冲突中，鸽子爷成全了阿根和鸽子，从而使文章在瞬间得到了人性的升华，使读者在阅读中感受到了惊骇巨浪中的生命礼赞，尤其是结尾老渔人豪迈的笑永远定格在读者心中。整个情节充满了巧合与悬念，富有戏剧性。

《七夕放河灯》写青梅竹马的翠子和河生，从小俩人七夕都去放河灯，并约定长大后永世在一起，做一家人。但因为两家人的姓，裴、钱两家自古不通婚，长大后翠子嫁给了大顺。婚后两人的日子里不缺少温存，也不缺少欢笑。翠子却忘不掉小时候和河生的诺言，七夕的时候独自一人划船去找河生，并做了不是夫妻就不可做的事情，并且以后每个七夕都到这里见面。但第四年的七夕翠子的胳膊跌坏了，到了七夕都没有好，她两眼发直，害怕去不了"放河灯"了。大顺憋粗了脖子说送她去，翠子一脸煞白说不去了。大顺突然背起翠子奔上渔舟，一摇橹，箭一般射向江心。到了江心放了河灯，渔舟摇进了那片芦苇丛中，看到了河生，大顺长叹一声，拳头擂在自己的脑门上，挥手道："去吧，去吧。"翠子却啼哭说一起去，于是，两个男人和一个女人对视了许久许久。大顺砸了一拳河生要走，河生却走在前头。第五年的日子里有了沉默，有了阴郁。到了七夕，大顺还是和翠子一起去，却只看到了一新坟堆。以后每年七夕，大顺都会陪翠子去放河灯。作品最后写道："好兄弟，一家人，喝几盅吧！"情节跌宕起伏，充满了巧合与悬念，谱写了一曲怨艾的爱情挽歌。

《杀手行》中，一个煤矿主老黑看上一个"小娘们儿"，纠缠两年没到手，小娘们儿却跟一个山里的教书的成了家，怄不过的老黑请了威震一方的独眼狼去杀那小娘们儿。独眼狼是个心狠手辣的人，进了三次监狱，光棍一条，"与众不同的经历使他有了与众不同的独眼珠子：抬起眼皮，世间万物都是灰色的，人人都是龇牙咧嘴的或皮笑肉不笑的，只有钱闪亮着"。只要有钱什么事都干，他约了老搭档刀疤脸一起去。小说在这里做了伏笔，独眼狼这么"心狠手辣"，杀一个手无缚鸡之力的小娘们儿应该是很容易的。但就是这么个手无缚鸡之力的小娘们儿却用她善良、热情、淳朴的心征服了两个心狠手辣的杀手。小说通过写两个杀手先在冰天雪地里挨饿受冻，然后小娘们儿不仅主动让他们进屋烤火、熬姜汤给他们喝，还给他们找来衣服换，并主动提出让他们在这里休息。就因为这样，使两个心狠手辣的杀手感到了从未有过的温暖，以前他们眼里看到的是黑白的，但现在看到炉火竟然是红的，小娘们儿也不是龇牙咧嘴、皮笑肉不笑的。觉得她是如此的中看，这使得他们放弃了杀她，改成只是玩玩她。于是走到小娘们儿的门前，正准备踹门，但小娘们儿的一句话"是过路的两个客人吗"使他们彻底失去了勇气，丢下一句话后，向学校门口鼠窜逃去。逃到冰河后，两人互相指责，而且打了起来，却发现自己的血竟然也是红的。小说最后写道："两天后独眼狼去向老黑交差。他把定金扔回去，然后操刀在手，说那小娘们儿是自己表姐：'往后她少一根汗毛我就活剥了你。'"如此戏剧化的结局，让我们始料不及，出人意料，又觉得在情理之中。小娘们儿的善良不仅救了她自己，而且救了两个活在灰暗里的汉子，使他们体会到了世界上还有温暖。

《借条》中的大庚在 1946 年借了自己仅有的 50 斤麦种给解放军护送伤员的周大成连长，并打了借条。连长说等全国解放了，让他凭借条到县政府换麦子，一年翻一番。三年后全县城解放了，大庚就带着借条进城兑换麦子。但想到房子和地都是政府分给他的，再去兑换麦子觉得自己不够意思。直到十年后遇到"三年自然灾害"，大庚实在揭不开锅，就又带着借条去找政府兑换麦子，但看到县委书记都饿成那个样子，在挖野菜，他又觉得自己不够意思。到了大庚老态龙钟的时候，他打算买口好棺材，重新安葬媳妇，消除那种朝朝暮暮煎熬人心的愧疚和负罪感。他再一次带着借条去找政府。走到县城外的烈士陵园，天下起雨来，看守陵园的老头讲了一段往事，有个团长对他说，曾向后山村一个老乡借 50 斤麦种，等打完了仗，一定要到后山村看看，归还麦子……看到"周大成之墓"后，大庚直接回家，红着眼圈说："为解放咱这个县，人家连命都搭上了，人家找谁讨账？"小说凭借一张借条却凝聚了中国半个世纪的发展历程，一波三折的情节跌宕出人心深处最真的情感。

（四）世俗化的语言

尹全生微型小说具有世俗化的语言，主要体现在以下三方面。

首先，语言独具特色。陈勇曾经说过："'小说是平民艺术'不仅要求小说写普通人的平凡生活，也要求小说的语言'平民化'，'下里巴人'看得懂，那种欧化语言，那种不用标点的句子，那种佶屈聱牙味同嚼蜡的语言，尽管写的是平民生活，读者也会敬而远之。"① 尹全生微型小说的语言特色首先表现在拟人修辞手法的运用，使读者对表达事物产生鲜明的印象，产生强烈的感情，引起共鸣，更加生动形象。例如《海葬》中："涛起云涌，满海烧起了黑色的火焰。船被浪烧急了，蹿上云端，又被云烧怕

---

① 陈勇：《中国当代微型小说百家论》，内蒙古人民出版社 2001 年版，第 34 页。

了,缩进浪谷。"这句话不仅运用了拟人的修辞手法,还运用了夸张的修辞手法,生动地描写了海浪之大。"骤雨嚎着泼着倾过来,雷电咆着闪着抽过来,海天啸着旋着碾过来!帆经不住威吓,勾结风暴,背叛了渔人,把腰一弓,船尾便插进海里,船首便翘进云里……一排浪奸笑着撞进了船舱。"把"骤雨""雷电""海天""船帆""海浪"拟人化,赋予它们思想感情、活动,更能生动形象地描写暴风雨来临时渔人们的处境,使读者能够身临其境地感受到暴风雨的可怕。《牛到城里能干啥》把牛拟人化,通过对牛的细致的心理描写,描写了"牛"的悲惨结局。《猪们图谋不轨》把猪拟人化,赋予它们思想,以群猪的对话描写了猪们报复人类的心理活动。

其次,语言简洁精练。《海葬》是尹全生的代表作品,这篇文章按题材和表现出来的内涵来说,可以写成一篇中篇小说,但作者用微型小说表现出来,文笔凝练,使人感到微型小说确能容纳大题材。《命运》是尹全生的系列微型小说,但作者能匠心独运地运用4篇微型小说写出了女主人公的一生,使我们认识到,微型小说也能像长篇小说一样写人物的命运。例如:"翠花是女中强人,她口吐白沫翻白眼后,从来没有吃过药住过院!一般情况下,她忍气吞声,逆来顺受。但遇到原则问题,她绝不含糊,更不让步。那年,她大姑娘高中毕业要报考大学。根柱说:'能够填饱肚子就不错了,哪有钱上大学?'这时的翠花横下一条心,抓起一把剪刀,披头散发地扑到丈夫跟前:'你要是不同意,我这就跟你拼了!'尽管这一次翠花又遭毒打,大姑娘却如愿以偿进了大学。后来,大姑娘非常有出息,已经读完博士后了。难怪翠花的遗容安详而满足,甚至还带有几分自豪。"[①] 这200来字却写了不同的几件事,时间跨度长。可见,尹全生的语言简洁精练。

最后,个性化的人物语言。人物语言是刻画性格的重要手段之一,作

---

① 尹全生:《最具中学生人气的微型小说名作选》,东方出版社2008年版,第185页。

家在创作中，必须根据不同人物阶级、职业、经历、生活习惯、思想感情和精神状态，选择富有个性化的人物语言去表现人物不同的性格特征，才能塑造出典型的人物形象来。尹全生也是极善于通过人物个性语言塑造典型形象的作家。他的作品里，人物语言都是极富个性化的。例如，《随心想》中黑三："老子以为'随心想'是神话故事里才有的，想不到世上真有这等宝贝。""从今往后，咱弟兄们就用不着干偷鸡摸狗的营生了！需要山珍海味需要银元娘们儿，对着宝贝说一声，就他娘的什么都有了！""什么鸟点、点化？""喂，把怡红院最俏的小娘们儿给老子带一个来！""真他娘的怪了！真他娘的怪了！一模一样的宝贝，老子当蟊贼时使用不灵，这进城当了官儿它为什么就灵了？"这些语言，准确、生动地突出了黑三的土匪性格，极富神韵。

评论界对尹全生微型小说评价颇高。杨晓敏评价："尹全生有横刀立马之雄健笔力，能写出磅礴大气犹如黄钟大吕式的作品。这种强悍凌厉、颇有霸气的文字，如雪原鹰击、旷野厉风一样肃然。遒劲的文风，令人荡气回肠，极具震撼力和欣赏价值。新作《狼性》属当代寓言，有言外之旨。所谓狼性，狼之贪婪本性也；而人之贪婪，甚于狼矣。然而，试看贪婪的结果，无非是刀口舔血，自寻死路罢了。这种把劲非用到十分不肯罢休的写作姿态，颇有鲁迅风骨。一支笔犹如解剖刀，敢于把血淋淋的事实，捧给麻木者看……"[①] 尹全生是真正意义上的现实主义作家，他的微型小说，总能客观真实地反映一些社会的黑暗面，披露社会死角。他坚信"文以载道"的信念，直面人心。相信尹全生以他独特的视野今后能不断地创作出震撼人心灵的作品。

（文敏　龙钢华）

[①] 杨晓敏：《小小说2005：一个人的排行榜》，《文学报》2006年1月19日。

三　冯骥才微型小说初探

——以微型小说集《快手刘》为例

冯骥才，男，祖籍浙江慈溪，1942年出生于天津，是中国当代著名作家和画家。现任中国文学艺术界联合会副主席、中国小说学会会长等职。从小喜爱美术、文学、音乐和球类活动。1960年高中毕业后到天津市书画社从事绘画工作，对民间艺术、地方风俗等产生浓厚兴趣。又因为出生于天津，出于对天津风俗文化的了解，创作了许多"津味小说"。"文化大革命"期间，冯骥才与其他知识分子一样饱受磨难，是"文化大革命"后崛起的"伤痕文学运动"的代表作家之一。其"文化反思小说"对文坛产生了深远的影响。其作品形式多样，其中《高女人和她的矮丈夫》《俗世奇人》《三寸金莲》《神鞭》等作品均获得了全国文学奖。作品被译成十余种文字，流传于海外。冯骥才以写知识分子的普通生活和天津近代历史故事见长。其作品注意选取新颖的角度，采用灵活多变的表现手法，进行细致深入的刻画，以挖掘生活的底蕴，品尝人生的况味。同样，作为画家的他，也有所作为。他曾认为，意境二字简化来说，"意"是文学，"境"是绘画。意境就是文学与绘画的结合。[①] 这种见解，对他的文学创作深有影响。如今，在进行文学创作之余，作为中国民间文艺家协会主席的冯骥才离开书房，投身于原野之中，找寻那些即将消失于广袤大地的"母亲的文化"。在冯骥才和其他一些志愿者的努力下，一大批被抢救出来的图文资料已经进行了重新出版，还有更多的音像资料正在整理，这些无论是对民

[①] 邓国诏：《冯骥才走上文坛的道路》，《羊城晚报》1987年7月18日。

族还是对国家而言,都将是一笔宝贵的财富。

除了对小说的创作和民间文化的保护,在促进微型小说发展方面,冯骥才也做出了独特的贡献。他创办过《口袋小说》杂志,创作了大量微型小说,曾多次参加郑州举办的小小说活动,并四次为小小说丛书和精选本作序,断言"小小说不小",呼吁"请点亮这些星星",并于 2003 年荣获首届中国小小说金麻雀奖。他认为:"微型小说不是短小说。就像一只老鼠不是一头牛的蹄子;一辆独轮车不是汽车的一个轱辘;一支钢琴短曲不是一首交响曲的一个片段。它是独立的、艺术的、有尊严的存在。"① 因此,冯骥才创作的微型小说题材广泛,内容丰富,寓意深刻:既有旧天津乱世中有尊严的手艺人,又有对"文化大革命"历史的反思和对官场不正之风的批判,更有对现实生活中平凡老百姓的关注。

冯骥才作为新时期中国微型小说的倡导者和实践者之一,他的作品往往对人物刻画传神,故事情节丰富,思想深远博大,对微型小说的文体起到了规范和示范作用,促进了微型小说的发展。А. Н. 科罗博娃评价冯骥才:"和那个时代的许多其他作者不同,冯骥才的重点不是在描写大量的镇压和灾难。他展示了以单个'小人物'的命运为例的民族悲剧。这一点是他创作的一个特点。"② 在《快手刘》一书中,他将古代笔记体传奇和当代的"津味小说"融合起来,具有深厚的民族历史文化韵味。书中分为两部分,上半部分为俗世奇人篇,包括《刷子李》等 19 个故事,描写的是天津民间手艺人的传奇故事;下半部分为众生故事,包括《快手刘》等 19 个故事,描写的是平凡生活中的点点滴滴,以揭示生活的真谛与核心。下面分三部分予以论述。

---

① 冯骥才:《快手刘》,世界图书出版公司 2011 年版,第 5 页。
② 李逸津:《冯骥才在俄罗斯》,中国作家网,http://www.chinawriter.com.cn/wxpl/2012/2012-08-10/137532.html,2012 年 8 月 10 日。

（一）为市井人物立传

20多年来，冯骥才创作了大量的微型小说，其中描写"市井人物"的微型小说更是使微型小说的文体发展趋向精致和完整。在微型小说集《快手刘》中，冯骥才同样是将市井人物作为描写的重点，他以一种化自中国古典小说叙事传统的"传奇"叙事品格以及对人物动作和细节的描写，真实地表现了特殊时期旧天津的民间风俗和奇人异事。具体来说，体现在以下两个方面。

1. 人物的传奇色彩

"传奇"是中国古代小说中比较常见的文学样式，是中国古代小说发展到成熟阶段的产物。鲁迅曾认为，中国小说发源于古代神话传说、寓言故事以及各种史书，到魏晋六朝渐渐成型，并由"志怪"逐渐转为"志人"，终至唐传奇而成熟。唐传奇内容多传述奇闻异事，"像琐屑的日常生活小事，流传朝野的笑语和嘉话，民间流传的精怪传说，有悖礼教、动人肺腑的爱情故事等，都可以成为传奇的题材，同时一些不能在诗、史中占一席之地的普通人物如娼妓、仆婢、侍妾、商贾以及市井无赖等，都成了传奇的主人公"[①]。因此，在唐传奇之后，中国小说逐渐变得生活化和世俗化。到明清之际，《金瓶梅》和《红楼梦》等一些"世情传奇"的流行使得传奇成了一种具有强大生命力和影响力的叙事模式和传统。这种方式被寻找民族文化和历史记忆的新时期作家吸收，而冯骥才就是其中的一位。

在上篇"俗世奇人"中，追"奇"求"异"是冯骥才经常采用的方式，将这些旧天津的手艺人赋予了传奇色彩。在旧的天津卫，"码头上的人，全是硬碰硬。手艺人靠的是手，手上必有绝活。有绝活的，吃荤，站

---

① 侯忠义：《隋唐五代小说史》，浙江古籍出版社1997年版，第3页。

在大街中央；没能耐的，吃素，发蔫，靠边待着"（《快手刘·刷子李》）。手艺人作为清末天津的城市底层小生产者，既缺乏钱财资本，又无处可以依靠，他们落脚在这里的唯一办法就是超乎常人的技艺，也只有这样才能使他们的生存境况得到改善，甚至赢得别人的尊重。因此，我们看到冯骥才笔下的手艺人，大多有着神乎其神的技艺。比如蓝眼江在棠，看假画时眼睛黯然无神，看真画时犹如一道蓝光，火眼金睛，令人拍手称绝；苏七块总以迅雷不及掩耳之势给人成功接骨，在病人还没有时间感到疼痛时即已完成接骨；捏泥人的泥人张技巧则更是高超，"人家台下一边看戏，一边手在袖子里捏泥人。捏完拿出来一瞧，台上的嘛样，他捏的嘛样"。而且，即使有了如此无人能敌的手艺，这些手艺人依旧努力苦练技能，不敢有丝毫的懈怠，就像泥人张经常出入酒馆、饭堂、戏院，观察人间万象，为捏泥人搜集各种素材，还努力尝试练就与其他手艺人不同的技术。由此，这些手艺人在已经具有奇技巧能的基础上，更加有了传奇人生的可能。

冯骥才曾说："写'俗世奇人'系列小说，都是从文化层面进行考虑的。天津最具魅力是在清末民初，那是个城市的转型期，随着租界的开辟，现代商业进入天津跟本土的文化相碰撞，三教九流都聚集在天津，人物的地域性格非常鲜明和凸显。当然，我主要是通过写地域的集体性格，来写地域的文化特征。"[1] 既然是从文化层面来考虑的，那么冯骥才关注的不只是旧天津手艺人高超的技能，还有他们不平凡的个性品格。

在作品中体现出的是这些奇人除了拥有高超的手艺之外，他们自尊、自强、自立的性格同样丰富了他们传奇的人生。"天津卫是做买卖的地界儿，谁有钱谁横，官儿也怵三分。可是手艺人除外，手艺人靠手吃饭，求谁？怵谁？"他们生活在城市的最底层，却依旧生活得有滋有味，靠着自

---

[1] 冯骥才、周立民：《冯骥才周立民对话录》，苏州大学出版社2003年版，第203页。

己的手艺吃饭，不去迎合任何人，用自己的特立独行演绎着一个个现实的人生传奇。就像泥人张，在面对海张五的故意找事和羞辱时，他并没有做出像人们期望的那种行为"一个泥团儿砍过去"进行反攻，而是用鞋底儿上面的泥巴随手捏出了"一脸狂气"的海张五的样貌，以自己绝妙不寻常的手艺反击海张五的侮辱，在之后的斗智斗勇中表现并不怯弱。既然海张五夸口说"这破手艺也想赚钱，贱卖都没人要"，泥人张便在街道的杂货摊上摆了一两百个"海张五"的泥人塑像，并大书"贱卖"二字，凭借巧妙的手艺和生存的无穷智慧，为自己赢得了尊严。在开篇《苏七块》中，苏七块，本名苏金伞，是"天津卫挂头牌"的医生，但他有个不成文的规定，"凡来看病之人，无论贫富亲疏，必得先拿七块银元码在台子上，他才肯瞧病，否则决不搭理""因故得个挨贬的绰号叫苏七块。当面称他苏大夫，背后叫他苏七块，谁也不知他的大名苏金伞了。"苏大夫好打牌，一日他正在打牌，三轮车夫张四摔坏胳膊，来找他治手，由于张四没有七块大洋，他对张四置之不理。牌友看不过去，偷偷给了张四七块大洋。这时，苏七块才开始给张四治手，治好后他又将牌友的七块大洋还了回去。由此可见，苏七块并非见死不救，无良心可言，他只是执着于自己的规矩，是个极其有原则的人。

《快手刘》中的人物一半是旧天津的三教九流，一半是生活中的人。19个故事便展示了19个不同的众生相。他们个个身怀绝技，都做了令人不可思议的事情。冯骥才将古典叙事传统与市井小说融合在一起，具有深厚的民族文化底蕴。

2. 细节描写塑造人物形象

在微型小说中，人物的性格和命运往往集中在一个单一的性格特征上面。所以，要想完整地表现人物形象以及故事情节，细节描写就显得非常重要，甚至一个典型生动的细节描写就可以萌生出一篇精彩的微型小说。

在微型小说创作中，通过真实而典型的细节描写，可以见微知著，以小见大。在作品中要塑造人物，赋予人物鲜活的生命力，细节的精心设置和成功使用是不可或缺的。所以，成功的微型小说家在创作时，往往十分重视细节的作用。女作家刘真认为："一篇小说，没有细节，就不成其为小说，从某种意义上讲，细节决定一篇作品的成败。"[①] 那么对篇幅短小的微型小说而言，细节尤为重要。冯骥才作为当代小说大家，在他的作品中细节描写必不可少并且非常成功。

比如《快手刘》中的《死鸟》一篇，首先通过生动的叙述塑造了贺道台这一唯唯诺诺的小官形象："整天跟在上司的屁股后边，跟慢跟紧全都不成。跟的太慢，遇事上不去，叫上司着急；跟的太紧，弄不好一脚踩在上司的后脚跟上，反而惹恼了上司。而且光是像条小狗那样跟在后边也不成。还得善于察言观色，摸透上司脾气，知道嘛时候该说嘛，嘛时候不该说嘛；挨训时俯首帖耳，挨骂时点头称是。上司骂人，不准是你的不是，有时不过是上司发发威和舒舒气罢了。你要是耐不住性子，皱眉撇嘴，露出烦恼，那就叫上司记住了。"这样一写，贺道台那行事的小心谨慎、亦步亦趋、八面玲珑、察言观色的人物形象跃然纸上，为下文的细节描写做了铺垫。《死鸟》中点亮了整篇文章最核心的细节则是八哥的"给大人请安"让贺道台的上司裕禄大人喜笑颜开，眉飞色舞。贺道台自然是心花怒放。当八哥高声地大叫"裕禄那王八蛋"时，裕禄大人怒形于色，众人被吓得不敢吱声，贺道台惊慌失措。这一极具审美情趣的细节设计足以显示出冯骥才高超的艺术才华和艺术手法。贺道台想尽各种方法来讨好上司，但是不知人情世故、不明官场潜规则的八哥在最关键时刻将贺道台心中真实的想法说了出来，无疑是毫不知情地将贺道台出卖了。这一个细节的描

---

① 林承雄：《例谈细节描写在小说中的作用》，新浪博客，http://blog.sina.com.cn/s/blog_62a4307f0100h5zj.html，2010年2月16日。

写真实又出人意料。真实的是这只八哥它会在任何时候不经意间学会人类的话，它的表现与众不同在前面的情节中做了一些铺垫，使之后它的发展变得顺理成章，而出人意料的结果则在于贺道台如此精明的人不免也有疏忽的时候：懂得如何防范人，却不知道防范一只鸟。这一次的疏忽将前面所有的努力都化为了乌有。

又如《刷子李》中写道："当刷子李刷完最后一面墙，坐下来，曹小三给他点烟时，竟然瞧见刷子李裤上出现了一个白点，黄豆大小。黑中白，比白中黑更扎眼。"刷子李在天津粉刷界是出了名的身穿一身黑而能身上不沾一个白点，但通过徒弟黄小三不经意地发现白点的这一细节，让刷子李如山般的形象遭到了质疑。之后，"刷子李手指捏着裤子轻轻往上一提，那白点即刻没了，再一松手，白点又出现了，奇了！他凑上脸用神再瞧，那白点原是一个小洞！刚才抽烟时不小心烧的。里边的白衬裤打小洞透出来，看上去就跟粉浆落上去的白点一模一样！"这一细节事件的描写，使刷子李奇人的形象更加鲜明，不只是通过别人的言语相传来体现刷子李之"奇"，还通过典型的细节描写升华刷子李的奇人形象。

冯骥才通过对俗世奇人的细节方面的描写，突出俗世奇人的形象。同时借鉴古代传奇的叙事传统，从俗世奇人的某一个侧面和事件出发，为市井人物立传。这既体现了冯骥才对市井人物的关注，也体现了他在微型小说方面高超的造诣。

（二）"津味"与意蕴

1. 浓厚的"津味"

冯骥才出生于天津名门望族，从小接触天津独特的文化背景下产生的各种各样的邪乎事以及天津人的聪慧、灵敏、朴实、厚道、狡黠、忍让、强横,耳朵里天天接受的是天津方言的语调、语音、语气、词语,深得天津方言的神韵。说话,本就是旧天津人的一种生活乐趣。在小说中的体现就是简明、精粹,以短句为主。内容方面更是没有特定的主题,没有预定的过程,有很大的随意性。市井乡间烦琐的小事与津味津韵被冯骥才完美地结合了起来,由里到外地把天津人热情、风趣、机警、泼辣等性格特征刻画得绘声绘色。"冯骥才具有很深的文学功底,熟悉遣词造句艺术的奥秘,在他的系列津味小说中,语言颇具魅力,特别是在遣词造句方面更是匠心独运。"[1] 严格来说,冯骥才并没有采用天津方言来创作微型小说,但是在作品中频繁出现具有天津方言特色的词语,如"嘛""赛",将人物表现得惟妙惟肖。例如,"他要是给您刷好一间屋子,屋里任嘛甭放,单坐着,就赛升天一般美"(《刷子李》)。"他能把真牙修理得赛假牙一样漂亮,也能把假牙做得赛真牙一样得用。他哪来的这么大的能耐,费猜!"(《认牙》)"天天下晌,这老婆子一准来到小酒馆,衣衫破烂,赛叫花子;头发乱,脸色黯,没人说清她嘛长相,更没人知道她姓嘛叫嘛,却都知道她是这小酒馆的头号酒鬼,尊称酒婆"(《酒婆》)。

正是因为大量使用天津方言常用的口语词汇,读者阅读冯骥才的作品,就好像坐在茶馆里听一位说书人娓娓道来,会强烈地感受到旧天津普通人生活的气息,体会到朴实、生动、幽默等语言特征。通过大量的方言的运用,将普通天津人的平常生活活灵活现地展现在我们眼前。人物语言恰恰是现实生活的实际反映,带着生活最原始的味道,给人一种自然、舒适、真实、亲切的感觉。

除了浓厚的"津味"方言,作为民俗文化的保护主义者,冯骥才在微型小说中同样涉及旧天津的风俗文化。旧天津是个典型的平民社会,人们在忙碌了一天后,用讲故事的方式来舒解筋骨和抚慰情绪,因而,民间通

---

[1] 孟玉红:《冯骥才津味小说的方言特色》,《中州学刊》2011年第3期。

俗文化在旧天津可以说比其他任何地方都要发达，杂耍、曲艺、相声等，都是天津人的家常便饭。生于斯，长于斯，冯骥才深受这种文化感染，千姿百态的奇人异事，繁荣兴盛的风俗景观，顺理成章地都成了他的创作素材。上篇"俗世奇人"就好像旧天津的说书人在讲述一个个的民间故事。在每篇作品中都或多或少地体现了旧天津的风俗文化。例如，"天津卫的人好戏谑，故而人多有外号。有人的外号当面叫，有人的外号只能背后说，这要看外号是怎么来的"（《死鸟》）。"天津卫人过年有个习俗，便是放生。就是把一条活鲤鱼放到河里。为的是行善，求好报"（《大回》）。"天津人迷戏也懂戏，眼刁耳尖，褒贬分明。戏唱得好，下边叫好捧场，像见到了皇上，不少名角便打天津唱红唱紫、大红大紫；可要是稀松平常，要哪没哪，戏唱砸了，下边一准起哄喝倒彩，弄不好茶碗扔上去，茶叶末子沾满戏袍和胡须上。天下看戏，哪儿也没天津倒好叫得厉害""刻砖刘、泥人张、风筝魏、机器王、刷子李等等。天津人好把这种人的姓，和他们拿手的擅长的行当连在一起称呼"（《刷子李》）。由此可见，冯骥才对天津民俗的了解与热爱。

从冯骥才的微型小说中，我们不仅能了解到天津这个充满世俗色彩的城市，领受天津人泼辣幽默的口才以及他们厚道的处世原则，更重要的是看到了一个致力于保护民族文化，在为民族文化的发展积极奔走、苦苦研究的冯骥才。

2. 意蕴丰富

冯骥才说："小小说不是来自生活的边边角角，而是生活的核心与层次。它的产生是纷纭的生活在一个点上的爆发。它来自一个深刻的发现，一种非凡的悟性和艺术上的独出心裁。"[①] 微型小说往往不只是单纯地在讲

[①] 冯骥才：《快手刘》，世界图书出版公司2011年版，第5页。

一个故事，短小的故事情节往往让人看过之后对生活和人生有一些反思。在俗世奇人系列中，通过苏七块、刷子李、泥人张等这些奇人的故事，我们可以感受到旧天津手艺人即使在乱世之下也依旧坚守自信、自立的原则生活着。在《快手刘》的下篇的众生故事系列中，冯骥才不再描写天津卫手艺人的传奇故事，而是更加从现实生活出发，关注当下生活中的一点一滴，将现实生活中的感受变成一篇篇短小灵巧精炼的微型小说，让读者从这些作品之中感受生活的酸甜苦辣。

在《老头们的电视机》中，邻居白老头的电视机总是开着，不管有没有人在，不管有没有人看。"我"开始并不明白为什么白老头总是开着电视机，之后才知道白老头开着电视机并不是为了看而是"图热闹呗，有人，有声音，有动静，就行了"。在白老头昏倒后，"我"开始每天到隔壁的耳聋的黑老头家去坐坐。"他聋，但我无论说什么他都报之以微笑，偶尔他也搭讪几句不着边际的话，为的是拖我多坐一些时候，陪陪他。"故事看似简单，但是当读者看完之后，往往会陷入沉思。尤其在现代社会，年轻人都在外面工作，有许多的空巢老人在家无人照顾无人陪，只能打开电视机做伴。作者创作的这篇微型小说正是反映了当下许多空巢老人的生活。

《快手刘》《捅马蜂窝》《花脸》这几篇作品都表达了作者对童年生活的追忆。"快手刘是个摆摊卖糖的胖大汉子。"他利用"小碗扣球"吸引孩子们来买糖。小时候的"我"猜错他的球的位置而被迫买了一块糖，而十几年后快手刘已经变得苍老许多，变戏法的两只碗已经碰得破破烂烂了，他也不似以前那么骄傲了，变戏法也不似以前那般灵活了。"但他老了，不会再有那花好月圆的岁月年华了。"《捅马蜂窝》是类似散文的一篇微型小说，写了"我"小时候由于好奇心作祟去捅马蜂窝被蜇由此将马蜂窝端掉而产生忏悔心理。《花脸》中的小时候的"我"戴着关老爷的花脸，拿着关老爷的大刀却不小心打碎了祖传的乾隆官窑。结果事后被爸爸抓起来狠揍了一顿。这三篇小说虽然各有侧重，但总的来说都是作者对童年生活的一种怀念，而这些也总是能够引起读者的共鸣：童年是人们一生中单纯、容易犯错却又容易学到东西的一个阶段。作者对于童年生活的描写表现了他对于童年生活的珍惜与怀念。

除了写普通的老百姓和童年生活以外，冯骥才还对官场生活进行了讽刺。在上篇"俗世奇人"中有《死鸟》表达他对贺道台在官场的八面玲珑，得心应手，深得上司与同僚喜欢与信任，到后来因为"死鸟"的一句"王八蛋"而使得贺道台在上司面前颜面尽毁，作者借贺道台的形象对官场唯唯诺诺、表里不一的官员进行了讽刺。而在众生故事中同样有对官员官场生活的描绘，如《选主席》《耗子》《表演扫地》。《选主席》中一个组织10个人选主席，结果9个人当选主席，1人作为群众，但是，遇到分歧时，群众的意见才是最重要的。文章的最后一首打油诗写道，"官儿多了不值钱，熊猫多了不新鲜。世事相成又相反，老牛无职却有权"，点明了整篇文章的主题。《耗子》则写了"无鼠城市"为了迎接省里的检查，通过贿赂领导、作假、让群众配合等一系列方法来躲过省里的检查，保持"无鼠城市"的荣誉称号。《表演扫地》通过描写"全民卫生周"市长带领各级领导干部去扫地的整个过程，表现了市长的逢场作戏和其部下的阿谀奉承。在这几篇对官员生活的描写当中，我们可以看到冯骥才不只对平凡老百姓的生活有着细微的观察，对官场的生活、官员人物的心态也能够把握到位，对当下官场一些不正之风进行了深刻的讽刺。

（三）丰富清晰的画面感

冯骥才不仅是一名有影响力的文学家，他在绘画领域同样有所作为。事实上，在成为作家之前，他首先是一个拥有差不多20年画龄的画家，直到现在他也没有丢掉画笔，仍然在继续作画。坊间就流传一个关于他画画的故事：他曾临摹北宋画家苏汉城的名画《货郎图》，送给居住在香港的亲戚朋友，但是由于临摹得太逼真了，以致过海关时这幅画被当成古画扣留，由此可见冯骥才的绘画造诣。由于绘画的影响，他不但创作了一批与画家生涯有关的文学作品，如《雕花烟斗》《临窗的街》等，而且他的许多文学作品表现出清晰的画面感。正如作家自己说的那样："画画的人搞文学，有很多有利条件，因为曾经有过形象的训练，一落笔形象就如在眼前，连人物的肤色，衣服的质感都能感受得非常具体。"[①] 尤其是微型小说由于受字数的限制，对人物以及景物描写的分寸显得极其重要，而作为文学家兼画家的冯骥才处理得十分成功。在篇幅如此短小的微型小说中仍然能够给读者清晰的画面感。

在人物方面，冯骥才善用比喻，而这些比喻大多具有画面的可视性。例如，"其貌儿不扬，短脖短腿，灰眼灰皮，软绵绵赛块烤山芋；站着赛个影子，走路赛一道烟儿，人说这种人天生是当贼的料"（《小达子》）。"此君脸窄身薄，皮黄肉干，胳膊大腿又细又长，远瞧赛几根竹竿子上晾着的一张豆皮"（《青云楼主》）。"这次酒婆还没出屋，人就转悠起来了。而且今儿她一路上摇晃得分外好看，上身左摇，下身右摇，愈转愈疾，初时赛风中的大鹏鸟，后来竟赛一个黑黑的大漩涡"（《酒婆》）。"只见人家泥人张听赛没听，左手伸到桌子下边，打鞋底抠下一块泥巴。右手依然端杯饮酒，眼睛也只瞅着桌上的酒菜，这左手便摆弄起这团泥巴来，几个手指飞快捏弄，比变戏法的刘秃子还灵巧"（《泥人张》）。像这样的比喻在冯骥才的作品中比比皆是。在描写人物的动作时，同样是栩栩如生，动作连贯一致。例如，"只见他手握锁把，腰一挺劲，大石锁被他轻易地举到空中。胳膊笔直不弯，脸上笑容满面，好

[①] 张公者：《服从心灵——冯骥才访谈》，《中国书画》2009年第3期。

赛举着一把大花儿!"(《张大力》)

在景物等方面,作品中描写得虽然比较少,但也极具画面的生动感。例如,"酷热的毒日头把空气里的水分吸干,热风不停地往人们的喉咙里吹。于是,嘴巴像冒火苗的灶口,气管像热气回肠的烟囱,胸腔像灼烧的大颅膛。你难受得要哭却哭不出来——眼泪也早就被晒没了"(《喝啤酒》)。在这篇微型小说中,冯骥才并没有直接描写天气的酷热,而是通过人物的各个器官的感受来突出天气之热,让读者在阅读过程中能感受到炎热的画面。又如,《捅马蜂窝》中:

> 爷爷的后院很小,它除去堆放杂物,很少人去,里边的花木从不修剪,快长疯了!枝叶纠缠,阴影深浓,却是鸟儿、蝶儿、虫儿们生存的和嬉戏的一片乐土,也是我儿时的乐园。我喜欢从那爬满青苔的湿漉漉的大树干上,取下一只又轻又薄的蝉衣,从土里挖出筷子粗肥大的蚯蚓,把团团飞舞的小蠓虫赶到蜘蛛网上去。那沉甸甸的压弯枝条的海棠果,个个都比市场买来的大。这里最壮观的要数爷爷屋檐下的马蜂窝了,好像倒垂的一只大莲蓬,无数金黄色的马蜂爬进爬出。

在这篇作品中,作者给我们描绘了一幅后院的景象图,构图单纯,景象柔和。通过环境的描写既表现了自己的童年生活,也为后面的捅马蜂窝做了铺垫。描写环境时也将其形象化。例如,"有人扫地,有人种花,有孩童玩耍;鸟雀也敢在地上站一站,逢到一夜大雪过后,犹如一条蜿蜒洁白的带子,渐渐才给早起散步的老人们踩上一串深深的雪窝窝"(《长衫老者》)。所有情节联合在一起,读者对整个故事在脑中有着清晰的画面感。

一位微型小说作家说:"微型小说的先天不足——幅短量小,倒成了一种得天独厚的长处,能使读者于瞬息间卒读并形成'艺术初感',得到完整'影像',激起想象,引动情思,得到审美享受上的满足。"① 微型小说不实时记录生活全景,它只是捕捉生活中的一个小镜头、一首小插曲,摄取人物性格的一个侧面、一种情感、一点特质、一丝感受,或者表现作者对生活的一些思考、一点情致、些许的人生哲理。在冯骥才的微型小说集《快手刘》中,市井人生是其主题,作者截取他们性格的一个侧面或者一点特质来进行叙述。在上篇"俗世奇人"中,由于从小生活在天津,冯骥才接受了天津文化风俗的影响,使其将视野放在了天津手艺人的身上。同时,作者化自古典叙事传统的写作手法与"津味小说"结合在一起,通过人物动作和细节方面来描写他们高超的手艺以及独立的人格,突出了俗世奇人的这一"俗""奇"的特点,使人物形象更加突出,让人印象深刻。而在下篇"众生故事"中,则主要表现了冯骥才对生活的思考和人生哲理,他从平凡的老百姓的生活出发,底层小市民的日常琐事被置于世俗生活的表层并被充分放大,让作品更加贴近人们的生活,并且每一个故事都蕴含了生活的寓意,使人们在阅读作品的同时感受生命的内涵和意义。从整本微型小说集来看,作者在刻画人物和塑造情节时,从动作和细节方面出发,以人物的一个侧面和一件事情来推动故事的发展。每篇作品读起来,都有清晰丰富的画面感,让人产生各种艺术联想,仿佛置身其中。作为当代著名作家以及文联主席的冯骥才,他并没有被现代社会的世俗所浸染,反而以自己力所能及的力量去拯救我们的民俗文化,去关注市井人生,用自己的文字时刻警醒我们去体验生活的真谛,从而引发我们对生活的思考,俗中见雅,举重若轻,确实是大手笔。

(周丽琼 龙钢华)

---

① 刁丽英:《当代微型小说的创新与成熟》,《淮海工学院学报》2009年第4期。

四 申平微型小说刍议
——以微型小说集《猎豹》为例

申平，男，1955年生于内蒙古赤峰市，北方土地孕育的特有的坦荡、直接、坚持等特质，构成了申平的精神气度和思维方式。作为一个作家，申平具有诗人的浪漫主义气质。本来他与南方并无瓜葛，但在20世纪90年代末，申平怀揣着梦想和激情，放弃了安逸的生活，从北疆来到南粤的惠州。申平受到南方文化的熏陶后，将自己特有的细腻与率真相结合，带着我们从天上跑到地下，从南跑到北，给我们提供多异的主题，作品表现出来的人文情怀具有特别的感染力。

申平是中国作家协会会员、中国微型小说学会会员。申平创作的第一篇微型小说作品《功臣》一经发表，就获得《中国青年报》全国千字小说征文二等奖。此后，申平20多年一直在微型小说百花园里默默耕耘，他发表的众多动物微型小说名篇，在国内独树一帜，频频获奖。他的单篇作品《头羊》《猎豹》曾获全国小小说优秀作品奖，微型小说作品集《怪兽》《头羊》分获郑州市小小说学会第二届、第三届优秀文集奖，《红鬃马》入选《中国小小说典藏品》；《猫王》《通灵》等多篇作品数百次被选入各种权威选刊和文集。2009年，申平终于获得"大丰收"，凭借自己的坚持和实力，登上了微型小说最高领奖台，获全国第四届小小说金麻雀奖，被评为小小说金牌作家。

河南作家协会副主席杨晓敏先生曾这样评价过申平微型小说的特点："申平是典型的实力派小小说作家，二十年来默默耕耘，佳作迭出，擅长写传奇人物的命运,他的作品,深度和好读兼备。"① 申平作为国内动物微型小说的开创者,著名小说理论家刘海涛评价其动物微型小说:"申平很多的动物小小说不能光用题材创新、叙事创新来评论,他的立意向人类的共同本性描写、向人类未来精神的描写挺进,就远远超出了一般人的艺术思考的范围。"②

申平是我国第一个有意识地致力于创作动物微型小说的作家。他的作品带有自己浓厚的风格,显现出个人的鲜明特色,其微型小说创作已经引起国内同行和评论家的高度关注。或从人性的角度分析申平的动物微型小说,如伍世昭、邓春燕《人性的艺术传达》③;或从文体形态和文体特征来解读动物微型小说的题材,如刘海涛《动物小小说的母题形态和立意质量》④;或从作者的生活经历入手分析其对创作的影响,如王晓峰《北方的申平》⑤;等等。可以说,上述文章分别从某一篇作品、一个角度来解读申平的微型小说,但忽视了微型小说本身各要素对文本的支撑。本节试从申平微型小说的题材内容、主题特色、人物塑造、情节设置等方面对申平的微型小说集《猎豹》进行解读,结合作者的生平,力图管中窥豹,做一些整体性的总结和研究。下面分四部分予以介绍。

(一) 独具特色的动物题材

在微型小说百花园里,申平是第一个有意识创作动物微型小说的作家。申平的微型小说艺术成就,首先就表现在动物题材的开创上。新时期在微型小说上取得突出成绩的作家,无不在题材上做出了重大开拓。作品

---

① 申平:《通灵》,吉林出版集团有限责任公司2010年版,第195页。
② 刘海涛:《立意的深度与厚度——当代小小说名篇漫评》,http://blog.stnn.cc/bzy/Efp_BI_102346071.Aspx,2009年4月6日。
③ 伍世昭、邓春燕:《人性的艺术传达——评申平动物小小说》,《创作与评论》2012年第9期。
④ 申平:《野兽列车》,中国言实出版社2012年版,第146页。
⑤ 王晓峰:《北方的申平》,《文学报》2012年12月27日。

见理趣深度的有刘国芳的哲理小说，执着于创作笔记体小说的有孙方友，钟情于官场小说的有秦德龙，擅长书写情爱小说的有滕刚。这使得微型小说百花园呈现出繁荣局面。申平的动物题材小说，通过动物来展现人类社会，此题材在众多微型小说家中独树一帜，从而奠定了他在微型小说界的文学地位。

近年来，申平创作发表了众多动物微型小说，在国内一枝独秀。在作品集《猎豹》中，收集了《红鬃马》《头羊》《战马火龙驹》《狼涎》《怪兽》《通灵》《猎神》《狼财》《绝壁上的青羊》《人与虎》（三题）等动物微型小说名篇。作家陈佳冀曾说："动物世界是对人类社会的一个印证，也给了我们种种启示，由于是来自于人类社会以外，反而会格外鲜明、强烈与深刻。"[1] 申平的这些作品大多通过描写一些有血有肉的动物形象，展示了人与人、人与动物的关系。申平自己说过："我写动物小说，说到底是把动物当作人来写的。红鬃马也好，头羊也罢，它们几乎就是人的化身。我把人和动物放在一起去比较，把动物当成一面镜子，照出人类自私丑陋的一面。"[2] 在申平看来，动物世界不仅神秘和好玩，而且可以承载许多社会内容，表达人类的喜怒哀乐。申平的动物微型小说本质上是表现人，表现人类社会。他借助动物这一载体，歌颂真善美，鞭挞假恶丑，发人深省。在申平动物微型小说中，其对人性的深入开掘，一定程度上是动物世界对人类社会的"印证"，寄托了作者深邃的审美理想。在《猎豹》这部作品集中，收录的动物微型小说一般列为描写对象的有猫、牛、羊、狼、猪、虎、狗、马、鼠、豹以及各种怪兽。动物的品种和形象众多且稀奇古怪，它们与人的故事因此也丰富多彩。申平的动物微型小说在处理各种动物与人类的关系时，大致分为以下三种类型。

---

[1] 陈佳冀：《时代主题话语的另类表达——新世纪文学中的"动物叙事"研究》，《南方文坛》2007 年第 6 期。

[2] 申平：《动物小小说名篇赏析》，光明日报出版社 2010 年版，第 204 页。

1. 侧重人与动物的和谐关系，将人与动物之间的深情表现到极致

申平常常通过描写各种动物非同一般的故事，尤其是动物与人之间美好关系的故事来形成其"动物微型小说"题材的奇特性，读者阅读的新鲜感首先是从这里获取的。在《去找战马墓》《草龙》《怀念牛》中，这些动物与人之间肝胆相照、荣辱与共的深情让许多人与人之间的淡漠黯然失色。例如《去找战马墓》中，主人公"父亲"作为一个年迈的老者，退休之后仍然坚持进山寻找战马墓，以完成夙愿，让我们难以理解。当得知当年战马为了留在主人身边才精疲力竭而死的时候，我们才体会到父亲为什么执意要去完成这个愿望。《草龙》的老马倌临死之前仍心念草龙，草龙的到来竟然让一个垂死之人有力气冲到了草场上，微笑着死去。人与马之间通灵的故事，足以让许多人与人之间的深情厚谊的情感故事黯然失色。《怀念牛》中大黄牛的忠诚勇敢阻止了野狼的进攻，"我"和大黄牛一起度过困境。经过一个恐怖的黑夜，"我"和大黄牛建立了深厚的友谊。"申平动物微型小说"这一类人与动物和谐共存的故事，是人类美德的另一种表达，它们实际上是人类爱到深处的纯情故事的写照和升华，具有极高的艺术价值和创新意义。

2. 侧重人与动物的矛盾和冲突

在人与动物的对峙中，人类利用智慧化解自身的困境，彰显出人类勇敢、机智的品质，是申平动物微型小说的重要取向。《人威》是人与狼相斗的故事。这是一种智斗，只为驱逐狼群，而非将狼杀害。狼群骚扰村庄，羊群多次受到狼群的攻击。聪明的老猎头从山上的狼窝里端了几只狼崽子来吓唬狼群，才得以顺利地赶走狼群。这样既不伤害动物，也使狼群不再危害村民，人的智慧与尊严得到了彰显，用技巧击退它们，获得了一箭双雕的效果。在申平动物微型小说中，这类作品还有《怪兽》《猎神》

等。在《怪兽》中，误入神兽山的老猎手，遇到一头大怪兽，本来他遵守山规，打兽不打眼。在生命危急之时，老猎手没有墨守成规。他鼓起勇气打中了怪兽的眼睛，利用自己的胆识，枪杀了怪兽，遗憾的是被怪兽的吼叫声震得七窍流血。在《猎神》中，人熊相遇，老猎人与射击队员的言行形成了鲜明对比：老猎人不动声色地与熊对峙，用自己的气势吓跑了熊，是真正的英雄。《浪漫和恐怖之夜》对格日勒的沉着冷静、机智勇敢的讴歌，传达出了作者的人文良知。《人与虎》（三题）其故事情节动人心扉，将虎与人之间爱与恨、复仇与宽恕的微妙关系写得惊心动魄。

申平的动物微型小说在讴歌人性善的同时，不忘对人性中贪婪、自私等弱点进行揭露，以唤起人们的深刻反思，重建美好的人性。《头羊》《车祸》等作品，通过描写人对动物的伤害，有力概括了人性的险恶。在《车祸》中，占元老汉在驴车上睡着之后，被毛驴误拉到火葬场，他发现之后，拼命地抽打毛驴。刚开始毛驴还忍气吞声，"一条鞭子活活地被打碎了"。如此残忍的毒打，彻底激怒了毛驴，最终人驴同归于尽。这样的悲剧本来可以避免，可是占元老汉狭隘的本性，容忍不了毛驴犯下的一点点错误。动物也是有灵性的，面对不公，它们也会奋起反抗。在《头羊》中，头羊兢兢业业地工作，换来瘸羊倌的白眼，后来头羊的反抗在一定程度上说明了人性的阴险狭隘。《绝壁上的青羊》中的老葛家里一贫如洗，为了医治儿子的病，老葛被逼上了绝壁去寻找青羊的血来医治儿子。老葛与怀孕的青羊为了彼此的孩子，站在了对立面。《战马火龙驹》这篇充满传奇色彩的写实故事有着两方面的立意：火龙驹的不屈和反叛象征了军人们的"战斗精神"，也反衬了一般人追杀动物的"自私贪婪的本性"，使得申平的动物小说创作具有了隐喻人性善恶的艺术力量。申平这样来写动物小说就形成了对同类题材的一种超越。

3. 人类自身之间的冲突

申平在动物微型小说中刻画人类自身的冲突时，主要体现在人类对以动物为载体的利益的争夺。例如，在《猎豹》中副乡长利用职权之便抢夺了农民张五冒着生命危险才得到的豹皮，反映了人心恶于豹的事实。在《猎兔》中，面对4只被扔掉的兔子，"我"和大罗、小齐各怀鬼胎，人心隔肚皮，朋友之情竟抵不过几只兔子，在利益面前，一切都显得那么苍白无力。《杀牛》揭露了村民"怕遭报应，不肯杀牛，却逼魏老八动手"的自私。

在中国微型小说界，动物小说质量之高，影响之大，非申平莫属。他的动物小说独树一帜，堪称一绝。申平这三类描写人与动物以及人与人关系的动物微型小说，是借人与动物以及人与人关系和谐或者冲突的传奇故事来观照人类社会中人与人之间既复杂又微妙的关系，作者鞭挞丑恶的目的是唤起人们对美好人性的追求。动物题材最终的指向都是人类社会和谐的美好期盼，其警醒世人的立意影射了人类本性中的共性。申平动物微型小说体现出深刻的人文隐喻和深厚的生活哲理，超越了同类的微型小说。

（二）深刻的主题

《猎豹》这部小说集是纳入"中国小小说金麻雀获奖作家文丛"而出版的，它收录了申平近年发表的代表性作品，共分六个部分，即"作家获奖作品""动物世界""拍案惊奇""一壶老酒""酸甜苦辣"和"官场一瞥"。小说主题深刻，人物传奇，情节巧妙。

虽然微型小说灵活，容易下笔，准备快，但是要想在"螺蛳壳里做道场"，绝非指手画脚的菲薄者所能。要在很短的时间内让人获得极大的艺术享受，小说必须具有一种高超的"用语简短而内涵深远"的本领。一篇真正的微型小说，应当是一个令人百读不厌的故事。作品的深度和方向取决于主题，小说的主题是文章的灵魂和闪光点。如果没有主题，其人物将失去生命的光彩，不会产生震撼人、感染人的力量。在申平笔下，作品皆是有主题的。小说有长短，思想无大小。微型小说能载重，微型小说能够呈现和表现重大的主题，也能给读者留下蕴藉无穷的审美享受。申平微型小说主题的深刻体现在以下两方面。

1. 抒写人性

申平在扩展自己创作题材领域的同时，不断描绘人性在文学里的身影。申平对于人性的挖掘，很敏锐，很到位，甚见功底。在强烈的人性赞美与批判中，呼唤人们好好地进行人性反思，这正是申平微型小说的独特之处和价值所在。例如，《记忆力》表现的人性冷漠、自私让我们振聋发聩。年过六旬的老人陈大福参加小学毕业50年聚会，最先到场的他还不忘为同学做好事——带纸巾。可是，同学们都忘记了陈大福及其曾为同学们做过的种种好事。最后，一位女同学尖叫说他偷过农民的地瓜，众人便一同想起了他。这个残酷的结果让陈大福老先生惊讶不已，伤心难过。"人性的可悲往往在此，做上千好事易被遗忘，做一件坏事却被牢记。"[①] 申平《记忆力》的主题就是批判我们国民普遍存在的劣根与恶习，一个人用一辈子的努力也无法抹去少时的一点污迹。主流的人们，有时会扼杀人间许多美好的东西，可悲的是自己还浑然不知，恰似鲁迅笔下的麻木之徒。由于对人性劣根这种普遍性的本质揭示，这篇作品就有了厚重的质感和高远的深度。《头羊》和《红鬃马》是申平最擅长的动物微型小说的代表。这两个作品抓住人性最丑陋的核质，从思想层面高度提炼，以艺术手法极致

---

① 姚国军：《遗忘与想起——申平小说〈记忆力〉的叙事艺术》，《写作》2011年第1期。

表现，从引人入胜的切面入手，对人性的短视、恶毒的丑陋一面加以揭示与鞭挞，给人酣畅淋漓、击案叫绝之快！而《母亲的守望》《饼干》那些美好的人性让我们感动不已。申平用自己独特的思维方式和情感倾注将世间如此纯真美好的情感演绎得感动人心。《母亲的守望》写儿子给老母亲留下了自己儿时创作用过的两箱纸片，老母亲将此当成至宝，一直小心翼翼地给儿子保留着。母亲对于儿子的真情，对于文化的尊重，让我们震撼。此文真情真意，寓意丰满。在《饼干》一文中，四姐因为业务不熟，看错了秤，偶然帮助了老于一家渡过危机。多年后，老于归国探亲，想要报答四姐当初的恩情，一直向往出国游玩的四姐却毅然拒绝了老于的游美邀请："我可不是那种沾边儿就赖的人。"或许误会可以解释，巧合予人一乐，但是老于感恩的真意、四姐的真情打动人心。

如今世风不古，为了利益人们明争暗斗，只求自保。而在《老冷这个人》《书法家》《极品人参》中那些固执己见的老者，依旧保持本真。《老冷这个人》中老冷为了给邻居洗清冤屈，毅然跑到北京去告状。老冷偏执、古怪的性格或许现在已经很少见，申平却将他大写特写，表达出对一个是非分明、光明磊落的"怪人"的尊重和理解。在老冷的身上，我们看到了作为人最宝贵的东西：疾恶如仇、不畏权贵、敢于反抗。《书法家》和《极品人参》中老吕和老马，是两个较真的老人。老吕为了将喜报出好，容不得一点瑕疵，一次次地重写，一夜没睡，最后累得睡过去了。而老马为了对得起自己的良心，跑到东北新买了一支人参，让自己的儿子当面跪下说清人参的"秘密"。这样纯真的品行，让我们敬佩。

2. 针砭官场

《猎豹》这部集子，收集了申平创作的一些官场小说，作品通过描述官场中的一些小事，折射出官场的种种黑暗。申平的官场微型小说主题深刻，读来让人耳目一新：官场的重重黑暗让人叹息，警醒世人。

《选丑》写的是机关里大家下班后，为了捉弄主任，开玩笑说选丑，谁丑谁请客。结果作为领导的主任一参与进来，大家把最美的小朱选成了最丑的。"众人都笑起来，大家笑得都很丑。"选丑结局令人无奈。官场"领导独大"，众人对于领导的畏惧，敢怒不敢言，让我们感到官场的黑暗。《活人让尿憋死》中老莫为了给领导留下好印象，在开会期间憋尿几个小时，最后导致尿泡破裂，引起并发症，不治身亡。活人被尿憋死，这真是奇闻。在官场中，难道讨好上级，晋升就真的那么重要吗？《领导出书》中一位分管纪检监察工作的领导，为了推广自己多年的经验成果，计划出一本反腐倡廉的书。可是，在出书的过程中，他不自觉地陷入了腐败的旋涡，坚持多年的清廉毁于一旦，给自己扇了一个重重的耳光。《摔跤》讲述的是官复原职的县委书记张头与部下以及年轻小伙在沙滩上先后进行了摔跤。不明情况的年轻小伙，表现得果敢简单。可是小伙子知道张头是县委书记之后，他的畏惧和官员对于上级的唯唯诺诺从侧面道尽了官场的虚伪和悲哀。《谁能打我耳光》对这个官员为什么要按摩小姐打他做了翔实的铺叙，从全文的陈述中，我们无疑看到这是一位好官。然而，官员的陈述恰恰反映了当今官场的黑暗和潜规则。《猎豹》中对张五的猎豹过程以一言蔽之，对于豹皮的处理态度进行了翔实的叙述，将人性的贪婪虚伪展露无遗，也从一定层面抨击了官场的黑暗。

（三）传奇的人物

小说作为一种虚构的文学艺术，描写的对象是人，表达的是人性，阅读的对象还是人，所以文学说到底是人学。人物是小说的灵魂，人物的一举一动牵动读者的心。长篇小说需要刻画成功的艺术人物，微型小说亦是如此。文字功底颇深的申平，善于通过描写人物的大起大落、大喜大悲来塑造人物。申平笔下的人物个性鲜明，读后令人印象深刻。在申平的动物微型小说中，动物成为故事的主角，从侧面来表达人类的心声。申平在简短的文字中，以寥寥数笔就勾画出神形毕肖的生动形象。

申平的微型小说里包含着无穷无尽的世界，每个形象都很值得我们回味。《作家的父亲》中父亲在乡下车站卖瓜子的时候，也为当作家的儿子卖书。在一定层面上，这一幕浓缩了我们国家的社会现状。也许书不能卖什么钱，但他人对于儿子的赞美足以让父亲的脸上挂满笑容。这样的父亲是可爱的，令人敬佩的。《猫女子》中的猫女子，从小就很优秀，永远喜欢争第一。为了受到老师的表扬，猫女子小时候就敢于弄虚作假。在小学时，为了荣誉，她带领同学们去偷农民的谷地。结果正是她的优秀好强害了她，为了追求成功，不计手段，她最终沦为一名贪官，成了家乡被枪毙的女贪官。全文寥寥几笔，就刻画了一位贪官的成长史，猫女子的形象跃然纸上。《砍头王》中的"砍头王"一辈子给别人治"砍头"，备受称赞。文章通过一系列病情变化，描述了一位技高而麻痹大意，医术高明却失策的父亲对待儿子病情态度的变化。儿子的死令"砍头王"伤心欲绝，一蹶不振。神医之子死于"砍头"，这真的是一个极大的讽刺。"砍头王"成也医术，败也医术，人生大起大落，上演了一场悲剧。《巨石》中东院老头声称为了保护村子的一道风景，用骂声阻止了寻金人对巨石的进攻。或许，我们会认为这是一位多么古道热肠的老人。没想到，老头自己却猝死在坍塌的巨石之下。"东院老头是到这里来寻找金头王子的。东院老头就这么死了，和巨石一块消失的，还有他一世的清白之名。"《巨石》鲜活地刻画了一位道貌岸然的老人，针砭伪善，让人喟然长叹。《杨百万》中真心爱大粪的农民杨大粪在艰难岁月也没有放弃挑大粪，尽管妻离子散，始终坚持自己的良心，真诚为人民服务，最后因时代机遇而成为百万富翁，展现了一个朴实的农民形象。《戒烟》中的宋大烟袋只是一个敲钟人，然而为了让孩子们改邪归正,不惜敲碎自己的烟袋。此等心善,非一般人所能相比。《歌唱家》李中一快四十时才发现自己拥有歌唱的天赋,一下子从"歌盲"变成"歌唱家",真是悲喜交加。而在《狼涎》中,申平描写了一个全新的狼的形象。主人公锅扣将狼崽温温从小养大,温温虽然狼性难改,却没有危害主人的行为;而锅扣为了保全自己,想要杀死温温。有一天锅扣遇到狼群袭击,温温奋不顾身地施救曾经的主人。动物是人类的一面镜子,它们一样具有美好的品质。《农场那头公猪》中虽然会计冷漠无情、唯利是图,公猪却拼命保护会计免受狼的攻击。这样的挺身而出让我们看到公猪内心深藏的那份善良美好。

(四)巧妙的情节

微型小说篇幅虽短,但它在情节上同样要求曲折之美。清代学者刘熙载在《艺概》中说:"短篇宜纡折,不然则味薄。"[①] 微型小说的情节发展应有"尺水兴波"之妙,使之产生曲折有致的变化美,扣人心弦。小说的情节往往是决定作品成败的重要因素。申平的小说继承了中国古代笔记小说和《聊斋》的传统,以奇取胜,以巧引人,情节设置独具特色,一波三折,跌宕起伏,留给读者的是隽永的回味和深长的思考。下面分三个部分予以论述。

1. 奇妙的构思

构思的奇妙不仅能满足读者猎奇的心理,更能引发读者的深思。微型小说的构思奇妙一般体现在两个方面:一是故事情节的一波三折,跌宕起伏又不纯粹猎奇;二是结局让人倍感意外,又在情理之中,让人读来意味深长。《狼涎》表现的是人与动物之间的较量,从锅扣与狼"温温"的相

[①] (清)刘熙载:《艺概》,上海古籍出版社1998年版,第77页。

遇和斗争，再到狼与狼之间的斗争，最后锅扣反被"温温"所救。锅扣在醒来之后，脖子上、脸上到处都是湿湿的东西。"他好像什么都明白了。"那锅扣到底明白了什么？人性的自私有时超过"狼性"，社会信任危机感四伏，这给我们留下无尽的思量和追问。在《"闲员"许克武》中，故事悬念丛生。文章的开头首先交代了许克武与米司令的恩怨，"许克武本不该进闲员棚子。皆因他天性好赌，犯了军规，米司令一怒之下，便将他开除大吉"。许克武在米司令面前跪下来求情也没能得到收留。在敌人攻城时，米司令为了百姓，不惜自降身份给许克武下跪，求其开炮，两人在身份上发生变化。许克武果然没有辜负大家的厚望，三炮定县城，更改了历史。结尾时，"他妈的，还是条好汉！"功德圆满的许克武，默默地走了，米司令对许克武的态度也发生逆转。这样的情节设计让我们读后，拍手称快。《活鲁班》讲的是鲁班现身教训石匠的故事，通篇相扣。当乞丐提出要与鲁班比武，老者将一个圆不圆、扁不扁的石头蛋儿抱出来之后，谁也不知道后面的结果如何。没想到切开之后，黑籽红瓤，顷刻间异香满室。这一切让我们目瞪口呆，原来这个老者是真的鲁班现身。活鲁班和老者的言行形成鲜明对比，更加突出了真正有才华的人胜者不骄。《叶公好龙》通过真龙显灵的神奇故事，来试验叶公是否真的爱龙。叶公的自私、贪婪让他最后一命呜呼。这让我们嘘唏不已。

2. "逆转式"的结尾

在微型小说中，"逆转式"结尾是常用的写作手法。微型小说要实现"瞬间"刺激，必须在短小的篇幅里营造较大的"变化"。结尾是作家精心营造的重要部分，结尾的情节安排如果能带给读者强大的震撼和意外，它将最大限度地调动读者去探究"逆转"结局的原因，去领悟"逆转"背后隐藏的人生体验。在微型小说的情节演绎中，申平擅长于运用"逆转式"结尾布局，突然出现一个新的转机，将情节推至绝境，形势陡然逆转。

《猎兔》情节的设置一波三折：寻兔—守兔—猎兔—扔兔—喝友谊之酒。作品结尾时，三位朋友不约而同"捡兔"，凸显出了人在利益面前的自私、贪婪、虚伪。《黑匣》开篇就描写了爷爷临死前将黑匣传给父亲的情景，"父亲双膝跪下，虔诚万分地接过黑匣"。我们不禁好奇，这个黑匣到底是什么神秘物品呢？传说黑匣是几代以前祖上借给一个"南蛮子"五十两银子的抵押物，里面有价值连城的宝物。祖上代代相传，传到"我"这一代时，"我"禁不住好奇心的诱惑，私自打开了黑匣。黑匣里面装的只是几根枯草和两块石头，"我"的祖上老实厚道、信守承诺，却被人骗了几代人。黑匣被打开后的结果，将文章推向高潮，没想到结果令人叹息。《爱情的纽扣》中阿辛的老婆，拒绝了纽扣收藏家的提议，决定把象征夫妻爱情的纽扣留下来。他们"四目相对，一股久未有的激情和冲动都在心中升腾起"。这个作品结尾可以说"既出人意料，又在情理之中"。在新社会，"能者多劳，不劳不得"已经成为一条公平的社会准则。《刘四养羊》中刘四夫妇如果不好吃懒做，只要按照乡里的扶贫安排，稍事劳作，便可顺理成章地脱贫，但主人公的结局是比过去还要贫穷，"乡长长叹一声，说，让我再去给你们想想其他致富办法"。《市长扶贫》的哑巴夫妇家徒四壁，要想走上致富之路，绝非易事。结果由于市长的帮助，飞速脱贫。在《绝方》一文中，结局更是令人意外。绝方并非神医妙手研究出来的药方，而是一群小孩戏弄同伴、恶搞的成果。无心插柳柳成荫，三水因为误食毒蛇，治好了自己的疮，也治好了自己的心病，因此三水又成了大伙的朋友。一条毒蛇，让结局突转，让玩伴恢复昔日友谊，情节安排的巧妙，让文章熠熠生辉。而《大仙姑》中那个神采奕奕、令人五体投地的大仙姑，竟然是一大截粗粗的树桩，这让人大失所望。

3. "留白"艺术

申平的微型小说别具一格，构思精巧，其动物微型小说对"留白"

艺术的重视让我们耳目一新。所谓"留白"是指，小说叙述时不要将话说完了，能做到收放自如，同时以无胜有的效果给人智慧启迪。申平小说的结尾给读者留足了想象空间，让读者来定夺作品的走向。《猫王》中的瘦狸猫在战胜了红毛大老鼠之后，按理应该留下来享受许五指的优待，但它出人意料地选择了离开，更奇怪的是那只与瘦狸猫并肩作战的昔日"猫王"大黑猫跑了出去，再也没有回来。结局是大黑猫的主人许六指向大家炫耀脑门上被瘦狸猫抓下的伤疤。到底是什么促使两只猫不愿再待下去呢？这里的"留白"给我们留下了无限的想象空间。在《红鬃马》中，主人去寻找跑出去与狼搏斗的红鬃马，结果他只在草地上发现了一片血迹，而远处传来得意的狼嚎。红鬃马是死是活呢？一切值得考究，留下了无限遐想。在《通灵》中的"留白"也意味深长。那个音乐家以人的思维去对待黄鼠狼，将黄鼠狼看作懂他音乐的知音，看黄鼠狼爬高桌那么辛苦，往桌腿上钉了"趿凳"。音乐家的所作所为换来了黄鼠狼的不领情，从此再也没来了。结尾是音乐家"灵感"的蓦然来临。这一切说明了什么呢？"也许是对创作的某种领悟：艺术创作需要的是自然，它拒绝人为的东西。"《女大学生宿舍的虱子》结尾是"为什么呢？这一夜，许多大学生都失眠了"。这些作品的结尾，通过叙述事件的过程，而不对其进行评价。每个人对同一事件会有不同的解读，作者以留白的艺术丰富了作品的思想内涵。

随着社会节奏的加快，当下的阅读逐步进入"浅阅读"和"碎片化阅读"的时代。很多人无暇读大部头的长篇小说，微型小说具有短小精练、寓意深刻等特点，更适合人们的阅读需要。申平是微型小说界一位独树旗帜的作家，他的作品以独特的人文价值赢得了社会各界的肯定。同时，他也是我国第一个亮出动物微型小说旗号的作家。他借助动物这一载体，来重新思考人类的处境，表现人和人类社会的各种形态，从而歌颂真善美，鞭挞假恶丑。动物题材的开创不仅为中国微型小说开拓了一种新的文学创作形式，而且展现了申平的艺术个性，确立了其文学地位。《猎豹》这部作品集的问世，无疑给我们敲响了一记振聋发聩的警钟，让人直视自身的弱点，引发人们对自我和社会的思考。申平在自己锲而不舍的艺术努力下，通过对题材、主题、人物描写和情节的创新，创造出一种微型小说的新文体形态，使自己的小说创作达到一种更高级的境界。

（戴传香　龙钢华）

五　白旭初微型小说初探

白旭初，男，1941 年出生在湖南省常德市的一个书香门第，父亲是平民教育家。1982 年，白旭初的处女作短篇小说《贼》发表在《桃花源》月刊上，从此开始了他的文学生涯。其新闻作品多次荣获国家、省级广播电视优秀节目奖。现为湖南省作家协会会员，中国微型小说学会会员。主要专集有《夫妻舞伴》《寻常故事》《克隆一个慧》《防盗网》《陪衬人》《谎言》《寄钱》《流行时装》《我为你作证》等。其微型小说被《微型小说选刊》《读者》等报刊转载百余篇，并被收入《当代小小说名家珍藏》等70 余种选本。其作品《夫妻舞伴》荣获丁玲文学奖，《我为你作证》荣获冰心文学奖。其《农民父亲》《寄钱》等微型小说选入中学课本中，《女儿长大了》选入香港中学课本。

近几十年，微型小说以强大和旺盛的生命力涌现在文坛之中，与读者产生激烈碰撞，碰撞出一股和谐繁荣的火花。日益增长的大众文化需要，使得微型小说成为大众文化中的一个重要组成部分。龙钢华从美学特征概括微型小说的审美特征：缩龙成寸——顺应快节奏社会的必然产物；心有灵犀——内容丰富而又点到为止；笑纳百法——独具特色而又雅俗共赏。①白旭初的作品完整地体现了这三个方面的特征，他的作品不仅仅是靠简单的情节变化和审美价值观吸引大众，经过几十年的创作，他努力追求雅俗共赏，坚持由平易朴实的语言到厚重深邃的哲理转化，以极强的亲善面貌满足人们对文化的需要和对自身生活的认同感。白旭初把真实生活的描写和具体而微的情节结合起来，遵循自然与生活，散文化的写法表面上是随性而发，其实内在有一条主线。在这条线的牵引下，故事情节浑然天成，以"小"示"大"且多侧重连接现实，关切人性，注重结尾的构思和智慧的追求，寻求艺术的平民化、多元化，描绘真切的淳朴的生活画面，令人回味无穷。

顾建新认为："白旭初善于在平凡的生活琐事中，剖开纷纭复杂的表象，采撷出闪光的珍珠。"②白旭初的微型小说聚焦于小人物的喜怒哀乐，写作手法生活化与通俗化，有一种胸怀真善美的情操和直视假恶丑的勇气。凌鼎年这样评价白旭初的作品："白旭初的小小说很实在，不故弄玄虚，不哗众取宠，不追求先锋前卫，也不刻意淡化情节、淡化主题，而是认认真真地观察生活，发现生活，提炼生活，从而把老百姓的喜怒哀乐，把底层小人物的酸甜苦辣，通过他的笔，通过他的构思，一一描述出来。"③白旭初的微型小说一气呵成，简洁实在，一切显得那么的自然，其叙述语言多为口语化和平民化的特色。平稳的叙述方式下往往涌动着壮阔的潮流，是一种执着于书写现实的时代潮流精神。杨晓敏评价白旭初的作品道："白旭初形成了自己的艺术风格，没有曲折的故事，不追求情节的奇巧，多用散文式的写法，采用行云流水式的结构，运用与读者娓娓谈心

---

① 龙钢华：《小说新论——以微篇小说为重点》，湖南人民出版社2006年版，第177—182页。
② 白旭初：《防盗网——中国小小说名家档案》，光明日报出版社2010年版，第166页。
③ 同上书，第173页。

的方式，写出他对生活的体验。"① 白旭初依托湘楚文化底蕴，在遵循现实主义原则下，坚守自己的文化和精神家园。他正视平民百姓的酸甜苦辣和民间文化，在遵循高尚审美价值原则下，坚持推广微型小说的平民化与大众化。白旭初不是绞尽脑汁地编故事，也不是刻意追求情节设置的精巧，而是像一股顺势而下的高山流水，不受人为控制，作者随手拈来，语言清新、淳朴、温馨。他的作品没有让人高不可攀的距离，读其作品就像和一位久违的老朋友侃侃而谈，轻松自然。平淡的故事经他一描述，立即变得波澜壮阔和意味深长起来，平实中见哲理。他追求的微型小说是能反映时代潮流的，是生活的放大镜。所以无论是在选材上还是立意上，源于生活又反映生活是他的创作本质。同时，他敢于创新，创作出一种新闻性与小品性兼具的微型小说系列，平实而亲切，平凡而不平庸。下面分三个部分予以论述。

（一）微型镜头大千世界

微型小说作为一种特殊的文体，它就像微型镜头，能把生活中最隐秘、最深处的东西记录下来，而白旭初恰恰擅长这种捕捉与记录。白旭初的创作情绪丰沛饱满，多采取真实生活的大大小小片断，始终充满着对弱势群体和小人物的关注、体恤和理解，他把人处在现实社会的伦理道德和自身素养的矛盾之中，对人物进行瞬间的心理拷问。他笔下的人物都很小，但小人物有大智慧，人物形象饱满生动而富有内涵。他笔下的作品大多描绘的是社会现实中的热点问题和敏感话题，展现社会发展的轨迹，写人在生活中遭遇的尴尬，写人生存的窘迫。白旭初用简短的故事达到了剖析人性的目的，用简洁的语言颂扬了美好的人性。他的平实，不是随心所欲，不是简单描写，而是把最复杂宏伟的情感世界用最

---

① 杨晓敏：《当代小小说百家论》，河南文艺出版社2012年版，第272页。

直接简洁的方式表达出来，且不失盛大和深刻。他作品的大千世界里包含了一幅幅描绘真实生活、揭示人生哲理和剖析人性的巨大图景，真可谓包罗万象。

贴近群众、贴近生活是白旭初微型小说的主旨。《农民父亲》里塑造了一对典型的价值观差异很大的农民父子形象，但白旭初在塑造农民父亲和局长儿子以及秘书和办公室主任的形象时，只是很客观地描写了几个人的动作神态和语言对话。文中父亲旺老倌正在田地里割庄稼，割了好久才割完半块田，局长儿子心生不满。接着，作者用一段对话勾勒出鲜明的农民父亲和局长儿子形象。"儿子说道：'这稻今天只怕割不完。'秘书赶忙说：'局长您放心，等会儿我们努力干。'儿子接着说：'只怪我爹脾气倔，请几个民工很快就割完了，他偏不答应。'办公室主任赶紧接道：'局长没关系，你爸爸都能干，我们……'儿子却压低嗓门说：'你能和他比，他干了一辈子，干惯了……'忽然听到父亲重重地干咳了一声，（大家便？）不再说话。"这本是儿子心中一句很自然、很坦率的独白，但让我们看到了风光的、富裕起来的农民在人性深处存在着落后的农民文化意识，小说通过简洁描写农民父亲和局长儿子喝水的区别，反映了纯朴劳动人民人性深处的"本真气质"与富裕起来的农民儿子生活方式构成了一对深刻的矛盾。在（农民）转型时代，一方面是老一代农民对传统生产生活方式的认同，内心深处对于勤劳的朴实坚守，以及对于新变化的固执的"抗拒"；另一方面，是走出田地的农民后代在相对富裕的物质生活条件下，对田野的"疏离"，精神深处与父辈土地情怀的隔膜，以及那份质朴厚重的勤勉本性的丢失。白旭初熟悉农村和农民，因此他能够准确地定位和反映当代农民的真实心理与真实性格。他的作品深入广大群众中去，深入大众文化之中，传达生命的感动和温暖。他笔下的农民虽是小人物却有凝重之感，将生活的种种滋味娓娓道出。杨晓敏评价白旭初的作品时说："作品并没有臧否人生，评判两代人的价值观差异，而是让人物形象说话，为这个飞速发展的时代留下了一抹难以忘怀的记忆。"①

对社会的道德审判是白旭初作品的另一大特色，他站在社会的焦点问题和传统道德的交汇点上，编织了一张对社会习俗伦理鞭策挞伐的网。《寄钱》中描述了一位形象鲜明的母亲角色，母亲通过拒收儿子的汇款和面对乡邮递员的纯真快乐，用心良苦地唤醒儿子心中的亲情感和孝心，让他懂得了一个母亲真正需要的是什么。白旭初通过寥寥几笔就揭示了物质高速发展下人性深处的劣根性。儿子不仅丢失了传统孝道，更丢失了自己的人性。情节看似平淡无奇，却在"审丑"中表现了一个平凡而伟大，爱子心切、简单纯朴的劳动母亲形象，在审美中塑造了一个在时代飞速发展中迷失自己却又及时醒悟，找回亲情、找回自己的儿子形象。白旭初塑造典型的母子形象，不仅是对世人的一种善意提醒，更是对当代社会伦理缺失的批判。

白旭初很善于剖析人性，将人性的真实感通过作品剖析得淋漓尽致。《我为你作证》中描写了两位生动的钓友形象。王五自身心眼小，忌妒没有赵六那么好的垂钓本领，在钓上一个赃包之后随手扔进了草丛里，但这个赃包让赵六与一件盗案联系起来。王五心生愧疚，要亲自证明赵六的清白。可在为赵六作证之后，王五不再去钓鱼了，赵六想送的礼物没送出去。或许是王五自身的愧疚感和负罪感让他无法面对赵六，但王五在大是大非上和道德层面上绝不犯错误。同时，赵六的宽容大度形象了然于纸上。白旭初轻而易举地描绘了两位朴实无华、质朴憨厚的垂钓者形象。这与作者自身经历是分不开的，他也是一个热衷钓鱼的垂钓者。白旭初在日常生活中就擅长观察人性，观察人在遭遇生存尴尬时做出的自然反应。因此，他能用准确的语言定位人性的好坏。白旭初在微

---

① 杨晓敏：《当代小小说百家论》，河南文艺出版社2012年版，第273页。

自传中写道："因有写作和垂钓两样喜爱，我的生活充实、恬淡而轻松。"①

作者想通过小人物的性格和形象映射出自己生活的氛围和焦点。他没有妙笔生花，将故事大肆渲染，而是简单两笔将人性的温暖美好勾勒出来，好似微型小说中的《清明上河图》，平凡却不失真切。白旭初笔下作品大多是在看似烦琐细碎的生活中展现小人物性格，描绘了一幅幅普通百姓生活的景象，这一幅幅景象寓含了深刻的哲理。例如，《买肉》中描写了日常百姓生活中最常见的场景——家庭主妇去菜市场买肉。作者通过寥寥几笔，一个鲜明生动的家庭主妇形象跃然于纸上。屠户面对生人、熟人，都是一视同仁的生意人态度。当家庭主妇面对生人、熟人屠户时，却是截然不同的买肉态度。通过不同态度的对比，作者揭示了生意人虚伪，唯利是图的嘴脸。白旭初并没有描写过盛大的场景，引起市井人物自身的共鸣才是他创作的意图。白旭初通过简单生活画面，对人性进行充分开掘，塑造了许多经典人物形象，如《团圆饭》中的盼望心灵"团圆"的慈爱母亲、《粟老倌进城》中的本分老实的农民粟老倌。作者于不动声色的描写中，完成对时代潮流的评判和对人性心理的拷问。

（二）新闻视点、小品人生

白旭初微型小说的"新闻观点、小品人生"特点体现在以下三方面。

1. 新闻性与小品性

身为新闻媒体工作者的白旭初，扛着摄像机，用镜头记录了一个个轰动社会的热点和焦点，又把这些焦点和热点通过笔反映出来。马新亭评论道："时代发展推动新鲜事物，而新闻工作者几乎与社会同步，这些新鲜

---

① 凌鼎年：《世界华文微型小说作家微自传》，环球作家出版社2014年版，第151页。

事物都反映在白旭初的小小说里，因此新闻性是白旭初小小说第一个特征。"[1] 其小品又特别注重热点和焦点的结合，当时发生在全国的大事都能在小品中透露出来，这使得白旭初作品新闻性与小品性兼具。但其作品不仅是简单地呈现新闻性和小品性的特点，而是善于关注普通百姓最希望解决的社会与生活问题。这使得他的作品上升到一个新的层次，一种胸怀人民的大爱之心在他作品中得以显现。

新闻能直观地表达人们的生活需求和社会发展轨迹。白旭初作为新闻媒体工作者，不仅仅用镜头记录了他见到的，更用大脑贮存了他感受到的，然后通过微型小说热情充分反映出来，其作品新闻性特征明显，如《看电视》《上电视》《查电话》《看文件》等。电视、电话都是当时社会的新生物品、新颖热点。白旭初用毫不忌讳的语言表达了他对新生事物的看法和人们对新生事物的感受，以及对社会信息爆炸的审视。《上电视》描绘了一位看到新鲜华丽的电视之后，萌发了上电视念头的工人楚祥的生动形象。在楚祥看来能上电视是多么光荣、骄傲的事。因此，当机会来临时，他要牢牢抓住，好在妻子儿子面前显摆自己。当电视台记者第一次来厂采访，楚祥一番打扮，为的就是能在电视上展现自己的风光，可他没想到，电视播报的新闻里丝毫没有自己身影。第二次当楚祥在大厦开业庆典上，看见摄像机时，他又重燃了希望，始终跟随着镜头，可令他再一次失望的是，电视上还是没有自己的影子。直到半年后一天，楚祥碰到歹徒行凶时毫不犹豫地站了出来。这一事迹被记者知道后，马上要为楚祥拍专访，他真的要上电视了，可楚祥看不见了。这篇微型小说要诉说的不仅是一位工人"有心栽花花不开，无心插柳柳成荫"而上了电视的故事，更是折射出

---

[1] 马新亭：《小小说百家论》，http://blog.sina.com.cn/s/blog_59ab68bd0100oobo.html，2011年1月31日。

作者自身对新生事物的看法。通过电视曝光的吸引度和光辉度在真实美好的人性面前不堪一击，引起了人们对社会新鲜事物热衷和盲目的思考。这种带有新闻性特征的作品是白旭初站在时代潮流和社会热点的中心用深邃的眼光打量出来的。它不仅会激起人民群众对新鲜事物的强烈反响，更会帮助新鲜事物在社会的正常推广。白旭初用一个新闻媒体工作者独特的眼光捕捉到社会发展的轨迹对人们生活的影响，因此赋予了微型小说新的特征与新的内涵。

社会发展往往会带动时尚潮流，而小品又注重时尚潮流。因此，当一个新的时尚潮流涌现出来，白旭初总能第一时间捕捉到它对生活的影响。他不动声色地用微型小说的形式反映这种影响，笔下的人物往往像小品表现的内容一样关注热点潮流，极具戏剧化。他的很多作品留下了明显的社会发展轨迹和生活热点，如《女儿长大了》《谎言》《范进新传》等。这些作品深深烙上了当代生活的焦点与新鲜事物的符号。《女儿长大了》中，"爸爸三年才回来探一次亲，但为了不让孩子看到大人们的亲昵之举，他要等女儿熟睡了才上床，不等女儿醒来，他跟妻子至少有一个不在床上了。当爸爸在抽屉里找女儿作业时，竟从课本的最下层翻出一本《性的知识》。这让爸爸极为恼火，怒不可遏地要找女儿回来问个明白。可到深夜了，女儿都没有回来睡觉，挨到很晚才发现女儿纸条叫爸妈不要等她"。把普通家庭常见的尴尬描写得淋漓尽致，这戏剧性的一幕深刻反映出青少年性教育普及的程度与家庭生活格格不入，让人心生感慨。"性教育"是当代社会不可避免的一个热点问题，白旭初以小品化的口吻将这个问题真实地展现在读者面前，让读者自己在生活中碰到戏剧化的画面时会做出正确的选择。白旭初将时尚热点与普通生活结合起来，让人们意识到"性知识"普及的重要性。又如《谎言》，"媛媛在独自回城的路上被人强暴了，媛媛哭得死去活来，觉得无法面对生活。琳在安慰无果之下撒谎说她年轻时被无赖夺去了贞操，恋爱时主动把屈辱的事跟媛媛的爸说了，媛媛的爸不但没嫌弃她，反而更爱她了。媛媛终于鼓起了生活的勇气。当媛媛新交了一个男朋友之后，琳却担心媛媛会像她说的谎言那样把不光彩的事情跟男友坦白。琳担心的事情发生了，媛媛和男友吹了，可原因竟然是男孩主动向媛坦白他在深圳跟'鸡'睡过，媛媛无法原谅他的行为"。这是一个出人意料和戏剧性的结尾，作者将面对美好感情时和面对诱惑困难时的诚实区别开来。诚实是一个当代社会的热议话题。白旭初不是通过作品来制造社会舆论，而是让人们看清社会舆论的真实性，这正是小品的独特魅力和特征所在。

新闻性和小品性的作品能够在人民群众中引起很大轰动和共鸣效应，不仅是因为这些作品新颖，更是因为它为人民群众提供一个道德标尺，让人们在面临新生事物和时尚潮流时能做出正确的选择。这成为白旭初作品最大的看点，为人们提供正确的判断标准，让人心系社会，紧跟时代潮流。正是因为这样，白旭初的作品才能深受群众欢迎。

2. 结尾艺术引人深思

杨晓敏提出了优秀微型小说的评判标准："是思想内涵、艺术品位和智慧含量的综合体现，而一篇好的小小说作品除了会提出问题，在描写上表明问题，真正的高明之处还在于最后的'解决问题'。"[①] 这么看来，如何描写问题和解决问题成为艺术品位最重要的两环，作者的描写风格和结尾艺术堪称整篇佳作的血和肉，只有这两方面技高一筹，这篇文章才丰满。下面介绍白旭初用到过的三种结尾艺术。

（1）意外型结尾

冯骥才曾提出微型小说第三条创作规律"有一个意外的结尾，交给读

---

① 杨晓敏：《关于小小说现象的理论观点》，http://blog.sina.com.cn/s/blog_678f83000102eirk.html，2014年3月8日。

者想象的空间有多大，小小说的创作空间就有多大"①，充分肯定了结尾意外性的重要性。整个微型小说艺术魅力不仅仅在完成质量上，更是在深刻认识人生深度前提下完成结尾，让读者在意外中感受微型小说无穷的艺术魅力，而白旭初的作品就极具这种魅力。《夫妻舞伴》的结尾是这样写的，夫妻两个通过不断学习跳舞技巧，俩人终于能够一起去舞厅跳舞。本来在这应该有个完美结尾，俩人从此和谐亲密地伴舞下去，但作者笔锋一转，夫妻二人感觉搂着对方跳舞并不能满足自己的新鲜感，竟然产生了搂着别的异性一起跳舞的想法。于是，丈夫趁妻子去卫生间的间隙搂着一个漂亮温柔的小姑娘一起跳舞。她也趁他去卫生间的时候沉醉在其他英俊男人的胸膛里，过了一把跳舞瘾。这意外的结尾看似平淡不太出奇，却意味深长，令人遐想。白旭初的微型小说给读者留下了广大的想象空间，给人的内心强烈震撼。读者不自觉地把作品中的情感依托和现实中自身的失落感进行对比：物欲横流的时代，物质文化的发展并不能满足人们内心的充实感，人们容易迷失自己。这样意外的结尾能让读者审视自己的人性，这种有智慧含量的意外结尾写出了境界，内容虽平淡无奇，但结尾与众不同，新翻杨柳枝，对读者是一次精神洗礼。同样是意外结尾的还有其作品《防盗网》。滕局长本想装防盗网又怕人说闲话，在看到其关系不是很好的邻居丁大勇率先装了防盗网后，意识到自己有下台的机会跟着装防盗网。最后，滕局长宣布将后勤科副科长这一原不属于丁大勇的职位给了他。这意外的结尾充分反映了当代人与人之间信任感的丢失和邻里关系的冷漠。作品极短的篇幅、意外的结尾，对读者情感容量冲击力度之大，让人惊讶，让人回味无穷。

（2）挖掘人性型结尾

杨晓敏认为："一个优秀的作家，总要不停地对自己的社会良知与艺

---

① 杨晓敏：《当代小小说百家论》，河南文艺出版社2012年版，第5页。

术创造严加拷问,把艺术笔触伸向人性深处,才能在作品中去维护人的尊严,给人以关爱。"① 白旭初在对人性的批判和挖掘人性的结尾艺术上可谓达到了炉火纯青的地步。对人性的揭露放在微型小说结尾,能够引起读者久久的思考。白旭初挖掘人性可谓入木三分,他借微型小说人物之口揭示了人物的劣根性与真实性,似春天惊雷,轻而易举地展现人性弱点。《厂长与作家》讲的是牛厂长想让作家写一篇报告文学,对自己的事迹进行报道。牛厂长想了很久也没定出人选,最后选了一位小有名气的工人作家石林。牛厂长觉得他能为自己带来名气和轰动效应,但在看完石林写过的稿子之后,心情却甚是沉重:石林对他的事迹只字未提。最后,另一位作家出版了一本《企业家之歌》,对牛厂长进行大肆颂扬,而这个作家却是最早被牛厂长拒绝的朱记者。这个故事没什么奇特的,但作品结尾堪称一绝。事后有人问牛厂长为何不找更熟悉工厂的石林写,牛厂长却说:"熟人写不好这文章。"再问原因,只是笑笑,不再言语。这个结尾和这句话深刻揭示了人性的弱点与劣根,人在面对荣誉时的虚荣心和利益心极为强烈。结尾就像一面镜子,可以深刻折射出人的内心深处,能照出人物心理的阴暗之处。

(3) 意味深长型结尾

汪曾祺曾说:"小小说结尾必须有个态度,但要尽量收敛,可以对一个人表示欣赏,但不能夸成一朵花;可以对一件事加以讽刺,但不辛辣。小小说作者需要的是聪明、安静。"② 一篇好的微型小说结尾不仅要用哲理给人恰当的启迪,也要给读者留下意味深长的思索空间。白旭初的很多作品结尾时都体现了内敛性与聪明性,既不给予合理的解释,又不故意卖弄结尾技巧,读者极其容易从文章的具体情节中发散思维,独立思考,去联

---

① 孙新运:《关于人性描写》,http://blog.sina.com.cn/s/blog_678f83000102v568.html,2014年11月22日。
② 杨晓敏:《当代小小说百家论》,河南文艺出版社2012年版,第8页。

系与自身相关的事情。例如作品《慰问》中，M局给干部职工每人都分发了一篓苹果，米局长和黄主任决定组成慰问团去给铁路建设者派发苹果。当黄主任通知各科室时，却遭到了很多科长的推脱。黄主任向米局长汇报，米局长决定由局里报销一切活动经费。当米局长率领的慰问团风尘仆仆赶到工地时，天已经黑了，而且没有住宿的地方。米局长当即决定往回赶。可在往回赶的路上，米局长又改变了主意，决定带领慰问团一起去花岩溪旅游度假区，观光旅游的费用也由局里开支。文中的结尾是这样写的："几天后，M局编印的《工作简报》刊发了一条消息，标题是'米局长带头深入基层，冒酷暑慰问支铁路工'。"表面看是对局长的褒扬，可联系实际内容来看是对局长的暗讽，也是对当今时代公务人员的铺张浪费和穷奢极欲进行讽刺。微型小说并没有对米局长进行正面批判，而是通过简单的情节转折来突显问题所在。这个结尾就能引起读者深深的思考，不仅是对自身行为的思考，更对当代社会的风气进行思考。而这种最典型的结尾应当属其作品《讨债》。在《讨债》中，主人公吉夫在一家毛巾厂供销科工作，厂里经营状况很不景气，局长决定派吉夫去收回难收的贷款，吉夫答应了下来。第二天，吉夫走进了C公司，找到了D经理，吉夫直接提出了收回贷款的要求，D经理却以各种理由推脱，吉夫拿他无奈。在一番博弈之后，吉夫灵机一动，倒出几粒药丸放进嘴里，同时用手摸了摸鼻子，朝D经理连续打了几个喷嚏。D经理假装慰问他，吉夫却说自己身体是小毛病，决定第二天再来听消息，D经理连忙让财务给他打了钱。就这样，吉夫顺利收回了贷款。厂长问他讨回贷款的诀窍，他便如实说了出来。文中结尾这样写道："厂长记起了吉夫曾提出过的要求，他要求从生产车间调到供销科。他开始坚决不同意，后来……"这个结尾用省略来呈现，令人浮想联翩，不得不令读者对"职业道德"等社会现象重新考量与审视。这样的结尾升华了读者的想象空间，发人深省。

3. 风格疏放清新自然

白旭初的微型小说从不刻意去追求曲折故事，也不会大刀阔斧地在情节上做文章。他创作时的心态是极其轻松随意的，这与他自身的生活乐趣分不开。作者自身热爱大自然，因此写出来的作品大多随性洒脱，自然一体，水到渠成，这就形成了他独具一格的疏放风格。他的这种风格使得他的微型小说具有了散文的艺术韵味。作者看似随意叙述，实则行云流水，韵味无穷，实现了微型小说与散文化的完美融合。读白旭初的作品不会摸不着头脑、产生烦躁不安的情绪，阅读过程轻松自然，惬意舒适。这与他疏放的自由风格是分不开的，但这里的疏放不是滥用辞藻，不讲技巧，而是相对严肃沉重的风格而讲的。在《路线》这篇作品中，作者看似漫不经心地在叙述一个故事，实则有一条主线贯通全文。"鱼背乡东边的富裕"与"鱼背乡西边的贫困"，"豪华小餐厅"与"A领导的视察时间"，"村子的变化"与"视察路线"都是一一对应的。A领导的视察路线和时间与鱼背乡的变化息息相关。这样情节的书写水到渠成，清新自然。

白旭初常以寻常百姓的口吻来叙述生活琐事，这就容易娓娓道来，形成一种浑然天成的境界。白旭初形成自己独特的疏放风格是对微型小说艺术韵味的一种贡献，他的作品没有华丽的辞藻，没有优美的句子，但他的作品简约朴素，别有一股清新真实之风。例如在《老黑》中，他不仅仅描写了自然真实的农村生活场景，更塑造了一位憨厚老实的农民老黑形象。在农民老黑奋不顾身地救下受伤司机后，当村支书用钱回报老黑时，他开始不愿接受，后来村支书对他说这是他应得的。作者用一句"老黑嘿嘿嘿嘿地笑了"活灵活现地让人感受到憨厚老实农民的魅力，就这样一句简单朴素的描写，让人感受到清新美好的温暖人性。白旭初把这种通俗的群众语言恰如其分地融合在微型小说的每个角落，融合在高雅的文学作品中，使得微型小说达到雅俗共赏的地步，真正成为平民的艺术。他不拘一格的疏放风格和极具亲和力的语言特色使其微型小说别具魅力。

（三）审美价值

著名学者陈平原认为："在文学的百花园中，微型小说作为一种特殊文体，有其独特的审美价值。"[1] 而白旭初的微型小说自有其令人欣赏的价值。杨晓敏认为："在作者方面，有三种类型，第一种是为艺术而艺术的作家；第二种是为生计而艺术的作家；第三种是为参与而艺术的作家。微型小说作者一般属于第三种，这些人无功名之利，无生存之忧，只是为了提高生活质量和情趣进行创作。显然，这已经是平民阶层的趣味了。"[2] 而白旭初的创作可谓是为百姓而艺术的作家。他笔下的作品多为平民题材，同时用通俗易懂的语言将其展现出来。他笔下的作品虽是平凡的世界，但其别具风味的创作特色和雅俗共赏的审美价值让他的作品有着不平庸的地位。下面从三个方面予以论述。

1. 平民题材真实真诚

白旭初作品十分贴近读者生活，贴近日常百姓关心的事物。未央这样评价白旭初作品："示小是一种能耐，读白旭初的作品好像跟他一起观赏风景，领略人生，他的小小说拨动心弦，有一种微妙小巧，引人入胜的能耐。"[3] 从《寻常故事》和《反响》中人们密切关注的舆论监督功能，到《老林》和《桌缝》中寻常百姓在社会中的生存环境状态都是白旭初着力描

---

[1] 陈平原：《小小说文体新论》，2012 年 3 月 20 日，http：//blog. sina. com. cn/s/blog_89295d63010111bt. html。

[2] 孙新运：《关于小小说的文学意义》，2013 年 7 月 29 日，http：//blog. sina. com. cn/s/blog_678f83000102edf8. html。

[3] 未央：《微妙小巧引人入胜——读白旭初小小说》，《湖南广播电视报》1998 年 2 月 14 日。

写的对象。《寻常故事》中,"有关部门"在其位却不谋其政,只知道乱收费。于是记者在副台长示意下前去曝光,记者做好了曝光片子。令人意想不到的事情发生了,工商局说电视播出的广告是违法的,然后,交警队队长给台长打电话求情,并"提前"祝贺广电被评为"全县先进工作单位"。最终,片子虽然通过,但被点名的单位名称都被抹去了,依然还是"有关部门"。而《桌缝》同样描写的是日常小人物的生活状态,塑造了一个吝啬、贪图小利的工商人员蔡小海的形象。无论是"有关部门"还是蔡小海,都是我们身边的某一件事某一个人。白旭初将目光和笔触对准了这些"日常生活",描幕了小人物的酸甜苦辣和社会焦点事物,其作品显得真实,令人信服。读者分享着白旭初对生活的阅历,也分享着白旭初为人为文的社会责任感。新闻媒体记者范进评价白旭初作品道:"有关部门对新闻提出了从内容到形式的'三贴近'(贴近实际,贴近生活,贴近群众)要求,可谁能想到,我们的电视记者白旭初早在他的微型小说中就已经身体力行了。"[①]

2. 平民写法通俗易懂

杨晓敏提出了"平民艺术论",认为"平民艺术论"是微型小说生生不息的源泉。白旭初的作品是平民微型小说的精髓之一。他用通俗易懂的文字来表达对生活的真实感受与思考。白旭初不仅善于从家庭生活的窗口描绘社会生活的纷纭万象,更擅长通过平实的叙述口吻和直接简洁的过程展现生活的千姿百态。从《儿子的情书》中"儿子与小英步入婚姻殿堂,我和虹也结为秦晋之好"的温暖到《小保姆》中园园初进社会的童真,从《四川佬》中捡破烂的张安的勤劳俭朴到《贼》里新型农民刘富的脱胎换骨。作者用纯净的语言和平实的风格来写对人性真善美的赞扬,抒发人性的温暖。《贼》写的是一个过去因为贫困而偷窃的村民刘富,在一个暴风

---

① 白旭初:《防盗网——中国小小说名家档案》,光明日报出版社2010年版,第178页。

雨的晚上，偶然间发现村里粮库的墙壁坍塌了，很多粮食被雨水冲了出来，在没旁人到场的情况下，他不仅没有趁势偷窃，反而主动保护集体粮库粮食的故事。一个积极向上热爱集体的新型美好农民形象浮现在人们眼前。作者通过寥寥数语，用疏放自然的语言风格和平白直叙的表达方式对真善美的人性大加赞赏。白旭初微型小说读起来虽显得平淡无奇，但当你读完两三遍后，作品呈现的丰富思想内涵和令人幡然醒悟的快感让人惊奇。著名学者王友胜评价其作品道："白旭初的小小说就其思想性而言，往往伐毛洗髓，由博返约，虽寥寥千字，却涵盖无限，如同盆景，一苞一蕊一枝一叶都锦绣灿烂；从艺术上说，它短小精悍，蕴含深刻，极富审美情趣与艺术感染力。"[①]

3. 平凡而不平庸

白旭初微型小说就其题材内容来看是平凡的，但作品有着不平庸的审美价值和艺术情趣。白旭初作品以对生活立意描写的丰富多彩和对人性内在挖掘的深刻，提升了微型小说的表现力。作者用别具一格的讽刺艺术鞭挞假恶丑的同时，没有忘记颂扬真善美的美好人性。他善于从生活的表象抓住具体可感的哲理，揭示社会生活的各个侧面。他用丰富的生活阅历和人生感悟赋予了作品熠熠发光的不平庸的价值。例如，《买葱》中的罗顺对于"头发花白，穿一身皱巴巴的青布衣"的卖葱老妪十分同情，不仅天天在她那买葱，还冒着被老婆责骂的风险多买了几份，但当罗顺发现卖葱老妪有一幢比他房子还大得多的楼房时，他便心生无端妒恨，从此再也没光顾老妪的卖葱摊子。这篇微型小说十分耐人寻味，它揭示人们阴暗的心里角落的同时，对那些道貌岸然的"谦谦君子"当头一棒。又如《钥匙》，小说中主人公张工程师为人端正，业务娴熟，热爱中国共产党，曾先后写

---

① 白旭初：《防盗网——中国小小说名家档案》，光明日报出版社2010年版，第172页。

了51次入党申请书却被组织拒绝。一个偶然的机会，他在打捞丢失的钥匙时，顺带用铁锨淘净了泥井的污泥，便被组织认为"表现很不错"，不久便被派到党训班学习，入党的事也板上钉钉，这让他哭笑不得。这篇作品对当代社会中的畸形心理给予了有力抨击，让人警醒。白旭初的微型小说没有丝毫的卖弄，却有着强大鼓舞人心的力量和充实内心的能力，作品充满了对生活的热爱，在雄厚浑成的平实中凸显无穷的深意。张文刚评价白旭初的作品道："他对人性的凝神观照使得他的微型小说'盆景'有了一片植根于人性沃土的绿意，有了一种超越浮华而引导人心向善向美的魅力。白旭初用他的微型小说'盆景'构筑了一座美丽的'住所'。"[①]

系统来看，白旭初的微型小说为这个飞速发展的时代留下了不可或缺的记忆，他的作品无论是从特征风格上还是从艺术韵味和审美价值上，都为微型小说做出了重要贡献。我们能从白旭初微型小说平凡的题材内容中汲取生活的营养，从他带有独特特征的作品中去关注社会民生新闻。白旭初用简单疏放、清新自然的语言风格，用高超入胜、引人深思的结尾艺术铸造了一篇篇经得住推敲的作品。他契合了大众的文化需求，将微型小说的通俗化、平民化道路延展得更深更广。张文刚评价白旭初作品道："白旭初的小小说具有一种包含时代色彩和社会责任感的重量。"[②]白旭初将微型小说赋予了丰富的内涵。这种内涵包含了鼓舞人心的力量，更包含了对时代潮流和社会俗世百态的关注。白旭初不仅将书写社会百态的责任赋予了自己，更赋予了千千万万的读者。微型小说不再是大家专利，平民百姓也可以进行创作，进行激浊扬清，进行褒扬讽刺。经典的文学作品被视为"阳春白雪"，那白旭初的微型小说便是"下里巴人"。他的作品平凡而不平庸，平实而不肤浅。白旭初微型小说极具艺

---

① 白旭初：《防盗网——中国小小说名家档案》，光明日报出版社2010年版，第163页。
② 同上书，第178页。

术感染力,他把人们想表达的话语简单直接,用酣畅淋漓的文字表达了出来,引起人们共鸣。白旭初让微型小说最大限度地走进寻常百姓,真正地落地生根、开花结果。像白旭初这样的微型小说作品,为文学大厦增添了新的元素。

(王帅　龙钢华)

六　许行微型小说初论
——以微型小说集《白雪雕像》为重点

许行(1923—2006)是当代微型小说作家中的佼佼者,出生于辽宁省义县,满族,1944年肄业于东北大学中文系。1945年5月,在中共南方局青年工作组的介绍下,许行到鄂皖边区参加革命工作,抗日战争胜利后返回东北。许行还担任过区长、中共吉林省委宣传部文教处长、《长春》文学月刊主编、四平师范专科学校副校长、吉林省作家协会副主席等职。许行一生兢兢业业,笔耕不息,硕果累累,出版的作品有:诗集《跋涉之路》,短篇小说集《第四篇枫叶》《春天没有老去》,中篇小说集《异国情人》和微型小说集《野玫瑰》《苦涩的黄昏》《情书曲》《许行小小说选评》《生死恋》《许行小小说》《一束鲜花》《许行自选集》《白雪雕像》,等等。其中,《立正》《抻面条》这两篇微型小说连续获得了1987—1990年度《小小说选刊》优秀作品奖。2003年,许行荣获首届中国小小说金麻雀奖。2005年,许行不仅仅收获了"小小说创作终身成就奖",还获得全国满族文学奖、东北文学奖、长白山文艺奖等。《白雪雕像》《老姜太太的眼力》《神枪耿黑头》《最准确的回答》《小白鞋》等多篇作品影响深远,被收入了中小学语文教材。

　　许行说过:"微型小说的创作,是一件很复杂的审美活动,其写作能力的提高、艺术技巧的磨炼是无止境的,而它又是生活、思想和艺术修养的综合表现。在这方面只能精益求精,不能满足于些微的成就而固步自封。"① 所以自 1992 年开始,许行又重新制订了自己的写作计划,将题材重点转向了宣传和呼吁世界和平,于是就有了后来吉林人民出版社出版的《寄语世界》。一些国家的领导人对这位中国老人的创举极为关注。比利时国王在接到邀请信后,让他的秘书回信表示感谢。因为根据比利时的法律规定,国王是不能够为《寄语世界》这本书进行题词的,但国王还是将他与王后的合影照片寄来一张,用来表示自己对《寄语世界》的高度赞许。虽然时代步入了安定和平,但是许行仍能保持自己与时俱进的思考力,这一点对于很多作家来说都是难能可贵的。也因此,孙延辉先生说:"许行的写作是为了心底的那片蓝天。"② 无功利之心,应该是许行先生最为宝贵的创作品质。

　　微型小说是颇富张力、极具感染力的一门艺术,这种张力和感染力不仅仅表现在情节、人物、环境中,还需要成熟和独出机杼的创作手法来成就微型的精短与丰富。许行的成就除了不断拓展与时代和生活息息相关的题材内容外,还表现为微型小说创作技巧的独树一帜。在对许行先生的微型小说进行研究的众多学者之中,中国写作学会副秘书长施文青总结了许行微型小说创作的三个最突出的特点:善用戏胆,善用细节,善用反讽。③ 这些穿插在许行微型小说中的技法是最值得后人学习效仿的典范,它们是创作主体"过滤"与"积淀"之后的结晶。"许行的创作具有精品意识",微型小说评论家杨晓敏先生如是说。他还评价:"许行先生既秉承中国古

---

① 许行:《活跃于文坛的小小说创作》,《文艺争鸣》1995 年第 6 期。
② 孙延辉、许行:《寄语世界,寄语和平》,《乡音》2000 年第 2 期。
③ 施文青:《许行微型小说创作技法》,《写作》(高级版) 2009 年第 1 期。

代传奇笔记小说长于构建情节的传统，又融合了现实主义文学直接反映社会现实和人类生存状态的创作特征……有着成熟的、独具魅力的'许氏风格'。"① 这些评论是英雄相惜的褒奖，也足以见许行先生在微型小说上巨大的成就。下面以《白雪雕像》为例，从两个方面予以分析。

(一)《白雪雕像》的思想内容

《白雪雕像》是许行微型小说代表作品集，共 73 篇，2011 年由世界图书出版广东有限公司出版。全书分为四辑，每辑以其中一篇最具代表性的作品为题，分别为：第一辑"最准确的回答"，第二辑"情书曲"，第三辑"一束鲜花"，第四辑"姜老太的眼力"。

从时间的发生来看，第一辑主要描写在时代变革中的各色人物，带领读者进入的是旧中国不屈抗争的那几十年历史。在这一辑中集中反映了平民的抗争，如《佚子事件》《袁大脚挂帅》《炮仗王谷三爷》《松树爷和松明子灯》等。《佚子事件》是反映解放战争后，老管理员为了帮助队伍顺利过河，叫来一个年仅 16 岁的小佚子拉佚，少年却不慎跌入河中身亡，在上级正要对老管理员进行处决之时得知，这个 16 岁的少年正是老管理员的儿子。老管理员对党的忠诚不言而喻，他付出了自己的性命去战斗，还将自己儿子的性命献给了国家，令人不得不动容、感慨。后三篇则主要以顽强抗击日军侵袭为主题。《袁大脚挂帅》中的袁大脚出人意料的是个女汉子，她因为自己的大脚而出名，也因为有一身好枪法被请去挂帅，但是碍于女人的身份惹来军中的胡望天不满挑衅，可是她不仅没有自乱阵脚，还用自己百发百中的枪法镇住了胡望天，用最直观的方式展现了自己的过人之处，得到了军中所有人的尊敬。《炮仗王谷三爷》中的谷三爷能做炮仗更有点功夫，在兵荒马乱的年月是很受人另眼相看的。于是赵司令请他来

---

① 杨晓敏:《当代小小说百家论》，河南文艺出版社 2012 年版，第 38 页。

督战，可是他拒绝了。然而在义勇军溃退之时，他主动请求留下退敌，最后大吼一声"守护一方土地，保护一方人民！"同十多名鬼子同归于尽。谷三爷先拒，是因为看破义勇军会损失惨重的后果；后请，是因为自己的忠肝义胆不得不为之。《松树爷和松明子灯》中的松树爷常年生活在松树林子里，依靠着刮松香、打松子、采松蘑、批松明子、抓松鼠为生，同时是抗联的"一盏灯"——松树长青，松树爷小屋的灯就长年不灭。这些看似平凡却技艺不凡的平民英雄，在日寇侵华、人人自危的时代背景下，他们没有选择明哲保身、逃避现实，而是选择挺身而出抗击敌人，他们以身许国、赤胆忠心的一腔热血，让即使生在和平年代的读者也心潮澎湃、印象深刻。这些鲜明的人物形象代表着当时那些拯救国家于危难之中的平民英雄们，有血有肉，激情洋溢。

第二辑"情书曲"主要描写的是亲人之间细腻的情感。《抻面条》写的是夫妻之情。老头子失去老伴，同时失去了他最爱吃的抻面条。再婚之后，老太太看出了老头子的心思，私下学习了怎么做抻面条，却因为力气不够导致两条胳膊肿得像发面的馒头，老头子看见这番情景之后眼含热泪，让人不禁感慨：故人已逝，不如怜取眼前人。《白雪雕像》写的是父子之情。"爸爸，你别出去了。"元元阻挡爸爸。"不，爸爸有点事。"一家人住在狭窄的小屋，父亲患有气管炎，连咳嗽都怕打扰到儿子的学习，总是找着各种借口外出躲避。这一次，他在大雪之中穿着棉大衣，戴着大口罩，周身洁白，俨然一尊白雪雕像，高高地矗立在儿子的心上。父爱深沉，是大雪也盖不住的丰碑，寒冷也浇不息的火焰！然而，这些事情是再平常不过的生活写照，也许曾经在读者身上发生过，所以也更能引起人们的共鸣：爱人总能契合你的心意，不过眼到一处，两心即可会意。亲人总能急你所需，不过一次皱眉便呵护备至。

第三辑"一束鲜花"。这一辑的作品特点是讽刺性较强。例如《房东太太》中的白种人——房东太太，她总是变着法儿地用恭维之词来赞美所有的人，却并非出自真心。房东太太在吃到了章太太送去的饺子后直夸这是世界上最好吃的食物，并且诚恳地询问章太太能否教给她做的方法，之后却不了了之。而后，章太太又请房东太太去看赴美京剧团的演出，她在表演途中睡着，醒来以后却说："好戏，真是好戏!"这些前后不一的言行，凸显出来的是一张满嘴谎话、毫无真诚可言的虚假面孔。讽刺了房东太太喜欢做空头人情，其实不过是敷衍了事、故作姿态而已，是个虚情假意的人。《一束鲜花》中讲述了留美学人彭太太购买房子的故事。彭太太是个精打细算的女强人，在美国站稳脚跟后，准备买一套房子安顿家人。在一番对比之后，彭太太看中一套很满意的房子，房子的主人因为癌症急于出手，价格适宜，一切似乎都在走向一个双赢的结局。然而，在善良的彭太太买了一束花送给房东并祝愿他早日康复以后，情节出现了转折——良心发现的房东告诉彭太太，这一切不过是他为了出租这间问题房子使的一种手段。他并没有得癌症，一切不过是一场骗局！这种意料之外的结局让人唏嘘不已，那些令人猝不及防的陷阱和黑暗不由得让人背脊发凉！但许行强调的更多的是以善心解恶行，及时扭转了事态，让人不致过于失望。"房东太太"让我们看到了人性的虚伪一面，却提示着我们要对生活中的人和事报以真诚。而彭太太让我们看到了只有付出善心，这样才能收获善意的回报。

第四辑"老姜太太的眼力"，篇与篇之间没有太多紧密的联系，注重以事明理，用简短的故事来传达作者的人生观和价值观，使读者能够在阅读的过程中思考人性与道德，进而提升自我的思想境界。《老姜太太的眼力》中的老太太是村中的高寿老人，一家三代同堂，生活在一个大院里。而老太太的眼力因为年岁的原因每况愈下，辨识人、物总会出现些许偏差。小孙子带来了会驾驶拖拉机的孙媳妇，而老太太却不相信，说女孩的手细皮嫩肉，肯定是个用笔杆子的人。大家并没有纠正老太太，反而一致夸赞老太太好眼力。之后，长孙买来了一头驴，老太太却偏说是骡子，幸而孙媳机灵拍醒了长孙，应和了老太太。善意的谎言是为了顺遂老人的心，这是一种孝义的体现！古语曾说"出入扶持须谨慎，朝夕伺候莫厌烦"，意思是父母出入门要小心搀扶，照顾自己的父母要耐心、不辞朝夕。这篇小说也正是体现着这一中华美德。老太太之所以能高寿的原因也不言而喻了——有儿孙绕膝，家庭温暖和睦，其乐融融。但是与此篇相反的是《老人与小雀》，老人独居一处，由于喂食了一些小雀，所以得了些许陪伴与慰藉。某天，她看到了一只受伤的小雀，勾起了她受伤时没有亲人照料的酸楚，于是救治了它。在小雀康复之后，老人迫不及待地将消息告诉给儿子、孙子以及自己的老友，但他们的回答均是会找时间来看望老人。虽然没有即刻答复看望的日期，却也足以让老人兴奋。只是结局令人唏嘘——老人没有等来自己的亲人就闭上了双眼，临终前陪伴她的只有那些受她恩惠的小雀。羊有跪乳之恩，鸦有反哺之义，可是老人的儿孙却不顾亲人，让她孤独终老。这里的小雀和老人的儿孙形成了鲜明的对比，既渲染了风烛残年的老人凄清无依，又表现了儿孙的冷酷无情。子曰："今之孝者，是谓能养。至于犬马，皆能有养。不敬，何以别乎？"[①] 许行用微型小说的形式来表现自己的观点——夫孝，天之经也，地之义也。他舍弃了长篇的理论，通过这样戏剧化的情节来警醒读者，给人思考的余地，从而让双方在精神上获得一种默契，印象深刻。

《白雪雕像》蕴含的精神高度和思想厚度，达到了极高的境界。具体而言，有以下三个方面。

首先，大时代中小人物的奉献精神是《白雪雕像》表达得最为普遍的主题。许行老先生生在一个动乱的大时代，东北学生的抗日流亡，投身革命后的转战南北，50年代的政治磨难，教育和文学生涯的辛苦耕耘，这一

[①] 张燕璎：《中华经典藏书》，中华书局2006年版，第32页。

切的经历都沉淀为一方肥沃的创作土壤，而首先开出的花便是——奉献。前文提到过的《伕子事件》中的老管理员，他忠厚老实，一心为党，让妻儿留守在家，自己奋力在前线，归来之后还让自己的儿子替党服务，儿子却失足落水身亡。这种血淋淋的奉献现在看来是多么遥远，难以接受。对于大多数现代人来说，奉献精神似乎仅仅是一种口头的誓言，而为官腐化、为富不仁、各人自扫门前雪的现象却屡见不鲜，比照从前，"奉献"二字对于现代人快速、随意的生活似乎过于沉重。许行老先生善于从历史中汲取养料，一个主题活用了多篇故事来表现，映射出生活的多个侧面，以不带任何功利性的写作来审视现代人的缺失，客观深刻，发人深省。

生活有时候如同平静的湖水，有人在湖边享受宁静，投掷一尾涟漪，有人在湖中汲汲营营，追逐年华老去。许行老先生则是个智者，在平淡生活中默默观察、细细体会，描绘了平民生活的各种姿态——有琐碎杂事，有温情脉脉，有虚情假意，有勇往直前。这些生活碎片的整合，丰富而真实，许行老先生并没有对生活进行美化，或者为读者构造一个桃花源；也没有刻意地去批判讽刺生活的阴暗，或者碍于政治去无病呻吟，所以与同时期的很多作家相比，他的微型小说自然凝练，清新脱俗。他用平直古朴的笔法来反映历史和生活的原貌，转化为自己心灵上的一阵清风，让读者如临其境，感同身受。正是这种有容乃大的心胸和不拘一格的眼界让许行微型小说的思想呈现出一种大家风范，恢宏大度，更启示了读者要有对真诚和光明永不止步的追求精神。

其次，《白雪雕像》这部作品里流露出的瘦硬风骨，是整部小说集思想的脊梁。我们可以看到这个集子中大多描写的是弱小平民的故事，譬如——家境贫困的父子、逃往后方的学生、受鬼子迫害的村民等，这些明显的弱势群体让人心生怜悯，然而作者让他们成为"战斗"中不可缺少的螺丝钉。不管是面对鬼子的不屈不挠还是面对生活的积极向上，都让人们感受到平凡生命个体的倔强和意气风发。外形的"弱小"阻挡不了内心的

"强大"，这样的一种"硬骨头"精神和中华民族顽强不屈的精神契合，也是许行老先生的微型小说要表达的最核心的精神品质！这种品质更是指导任何一个人面对起伏人生的有力武器。

最后，美好的人伦关系，亲情、爱情、友情是《白雪雕像》不断叙写的又一重要内容。小说源于生活，更高于生活，一位成功的小说家不仅要有对文字的敏感，更要有对生活的热忱！生活中复杂的人际关系，是小说家截取素材的最佳选择，从许行的微型小说中就能看出他对生活的投入与思考。不论是亲情的善意谎言、爱情的守候扶持，还是友情的相互砥砺，都渗透着许行细密的行文情思。邵梦评价许行说："作家对他笔下人物灵魂的探索是丰富而极其具体的。"[①] 这种具体体现在对生活真实细致的刻画。它可以是一箪食一瓢饮的争吵、忍让，也可以是大雨洗过阴霾之后的物我两相宜。然而，暖色之上仍旧少不了冷色的浇灌。男人对爱情的背叛，子孙对亲人的漠视，在许行的小说中常被提及。有人说爱情是一种纯度，亲情是一种深度，不论在哪个时代它们是人必不可少的牵挂。许行关于爱情的小说大多以女子痴情付出、男子薄情寡义为典型，体现了女人对爱的执着与忠贞，同时衬托出了男人的虚荣自私。而亲情，呼吁更多的则是对年迈的父母关怀赡养，体现出了人道主义关怀。

微型小说是作家对生活最精炼的诠释，集结着他们的智慧和心血。许行将无形的思想力化作文字，感染着其他同样生活却任凭美好流逝、黑暗侵蚀的人们。在他的微型小说中，弱者可取一瓢勇气，强者可卸一担疲惫，虽有白雪覆盖，然雕像尽显。

（二）《白雪雕像》的艺术特色

微型小说是以新的话语方式体现文学传统即文学精神的一种小说文

---

① 邵梦：《描绘人的灵魂——评许行短篇小说集〈第四片枫叶〉》，《文艺争鸣》1989 年第 1 期。

体。作为精短文体，它以精短的话语方式——精短的意蕴结构、精短的情节结构和精短的句群结构而独立于其他小说文体。[①] 许行的微型小说从选材上来看，有取自恬淡安逸的平民生活，也有取自兵荒马乱的革命历史，但总的来说是以自己丰富崎岖的人生经历为养料，向纵横辐射，交织出一张历史与现实、感性与理性的绵密严谨的网，平实却不失深刻。在情节描写上多以叙事手法为主，尤其注重细节描写，在结构上有欲扬先抑或欲抑先扬的手法，擅长用讽刺的手法来揭示一个出乎意料的结局。手法娴熟，各臻其妙。下面从四个角度分别论述。

1. 成熟的叙事技巧

许行微型小说的叙事技巧十分成熟，有抒情浓烈、渲染氛围的散文式叙事，也有平易温馨、韵致无穷的静态叙事，可是不论是哪一种方式，他总能打动读者的心。

例如，《喇叭声声》的开头：

> 她的喇叭声始而低沉，呜呜咽咽如诉如泣，悲愤凄惨，哀痛欲绝，催人泪下，断人肝肠；继而高昂，如咆如吼，激越壮烈，似战鼓齐鸣，号角横飞，一时间石破天惊，日月重光。

由喇叭的声音而始，"呜呜咽咽""如泣如诉""如咆如吼"这些词语渲染出一种孤凄悲壮的画面，于是声音和画面相互交映在读者脑海之中，铺垫了一层冷色的背景。之后，讲述了小英子在抗日战争胜利前一年经历的悲剧故事。5岁的小英子不过是在列车上好奇地揭开了一下窗帘，却因为日本军官霸道地认为这样做会"泄露731部队的秘密"，喂她吃下了致哑的糖后"慈善"地放她下了火车，从此她失去了声音，而喇叭则变为了

[①] 王晓峰：《当下小小说文化》，文化艺术出版社2008年版，第2页。

她内心的不屈和愤怒之音!"她不能说,一切语言的表达,一切喜怒哀乐的宣泄,就都寄托在喇叭上。"所以此时再来看文章的开头,"呜呜咽咽"是小英子内心的苦痛难述,"如泣如诉"是小英子对过往经历的袒露,"如咆如吼"则是她对夺走她亲人和自己声音的日寇最有力的控诉!不用任何的语言,仅仅依靠喇叭来渲染情感,寄托了更为浓烈的悲愤情绪,传达情感更加淋漓尽致。

《温暖》是《白雪雕像》中一篇比较平实的微型小说,它没有跌宕起伏的情节,只是平稳的叙述,这样更显真实和亲切,质而实绮,癯而实腴。背景依然设在时局紧迫的抗日战争期间,"我"是一个从东北沦陷区往大后方跑的年轻学生,却只能依靠爬火车顶来逃跑。文中描述"我"仅穿一件背心、一件蓝布大褂、一条化纤的长裤子,因为在火车顶,没有遮挡风的地方,一入夜越发让"我"感觉寒冷。然而,此时出现了一对40来岁的南阳夫妇。文中描写道:"那女人穿一身藏青色土布旧衣服,敞披着一件破旧花棉袄。"一笔勾画,干净凝练地写出了一个五大三粗、朴实无华的妇人形象。经过一番交谈,"我"和这对夫妇渐渐熟络,女人嘴碎心肠热,男人憨直淳厚,在得知"我"还是个学生的时候更加关照"我"。在"我"睡着之后为"我"披上了棉袄便默默离去,文中感叹:"在这餐风饮露生死存亡的逃反路上,这是何等的情谊何等的关爱啊!"于是棉袄跟了"我"大半辈子,包含的意义与价值更是无尽的!全篇按照事情的发展叙事,不蔓不枝,表现了时局混乱中陌生人之间的脉脉情意,令人欣慰。虽是短短的篇幅却处处能见到人情的温暖,言浅意深,感动之情油然而生。

2. 抑扬顿挫的创作手法

抑扬顿挫,是指一种将褒扬和贬抑相结合的创作手法。对于自己要赞美或者支持的人物或者事件,首先进行否定的描述,但是其目的是欲扬先抑；对自己要揭露或者反对的人物或者事物，首先进行肯定的描述，而其目的则是为欲抑先扬。《白雪雕像》中很多的篇目都采用了这种手法，让读者在跌宕曲折、起伏变化的情节中看到一个出乎意料的结局，给读者新奇的感受并且留有思考的余地。《人头》开头写道："这是三道崴子最黑暗、最悲愤的一天了！"连用了两个最字，将情绪调到最高点，接下来解释这是因为：

> 日本鬼子把砍下来的一麻袋村里青壮年的人头，以敲锣打鼓的方式给送来。人头要在村口挂三天，三天后允许认领埋葬。

这些青年是家中的顶梁柱，失去了他们，对每一家每一户都是个沉重的打击！鬼子砍下他们的人头，用敲锣打鼓的方式来刺激村民们脆弱的神经，最让人无法忍受的是三天内不能让死者安葬！这怎么不让人觉得黑暗和悲愤？但是，面对日本鬼子的野蛮、残暴，村中的青年却没有逃跑或者求饶，全部英勇就义，这种"宁为玉碎不为瓦全"、大义凛然的悲壮着实让人不禁深表敬佩和悲愤。到这里为止，文章塑造的青年人物形象是高大圣洁的、不屈昂扬的，作者潜藏的态度是赞扬的。然而，随着情节推进，出现了巨大的转折。"不用问了，秀英，跟我走吧！……咱们到县城里去……我是特意来接你……"

佘秀英的丈夫"死而复生"，并且想要接妻子回县城去。佘秀英终于知道了事情的真相——丈夫没有像其他人那样壮烈地牺牲，而是做了逃兵，做了村里人的叛徒！她心中悲愤不已，甚至比见到那一麻袋的人头时还要悲愤、难过。因为丈夫侮辱了自己的军人身份，背叛了大家，所以秀英没有别的选择，第二天村里又多了一颗新人头，这颗新人头毋庸讳言是秀英为抗击鬼子做出的不屈服的答卷。这篇微型小说用的正是先扬后抑的手法，用其他青年的勇敢牺牲、高尚无惧来批判秀英丈夫的懦弱逃避、自私狭隘。用近乎孤勇的方式来摆明自己的立场——即使弱小，也绝不向黑暗屈服！丰富的情节，增强了故事性，曲折有致，情感饱满，意气风发。

《孬种柳二》，从一开始就塑造了一个懦弱无能，胆小怕事的人物——柳二。

> 不知怎么，把柳二卷了进去。让这孬种又出了回洋相，未等枪响就撒开兔子腿，跑回村里裤裆还湿着。

这里将柳二孬种的形象几笔勾勒，只不过是被卷入人流之中，还没有开战，他就受惊过度，吓得屁滚尿流。这样一个人人都瞧不起，且嗤之以鼻的人物，没有半分亮点可言，甚至让人生厌都来不及。柳二前期的性格设定是不敢越雷池一步，前怕狼，后怕虎。这简直不用多费笔墨就能让读者的脑海中浮现出一个唯唯诺诺、畏前畏后的形象。然而，作者笔力一转，将故事引向了另一个结局，让人啼笑皆非：

> 不好！他心里咯噔一下子，这可是啥酒？……是不是他爹暗中给霸占他娘的酒鬼乔二虎准备的？……这该着他柳二走运，孬到头啦！想到这里他顿感浑身是胆，不由一阵仰天大笑，狂呼：打倒日本鬼子！

于是，柳二用自己的一条命，消灭了一个小队的日本鬼子，成了一个铁骨铮铮的英雄好汉啦！村里人虽是惊讶，但没有人不敬佩他这份勇气，并且立了一块碑刻上了——"舍身报国抗日勇士柳二"。情节的大反转，柳二的孬在最终得以转变，虽是以毒酒壮胆，但是误打误撞，最后那一声震天大吼的"打倒日本鬼子"让他脱离了曾经饮恨吞声、战战兢兢的弱者形象，作者也发出激昂的心声——"在那个国破家亡的时刻，还有比这动人的吗?!"没有人会再说柳二是个孬种，因为他在关键时刻做出了一件令人敬服的事情！作者先是用笔墨来刻画柳二懦弱的形象，构成了一个波澜，使得文章并非一马平川，而是曲折生动，然后褪去迷雾，让柳二打了个漂亮的翻身大仗，出乎意料。故事先抑后扬，情节起起伏伏，结局让人震撼，这也正是这篇微型小说的独到之处。

3. 注重细节描写和伏笔设置

所谓细节描写，一般是在叙事类文学作品里对最能表现人物性格、思想，最能反映事物本质的人物语言、行动，事件的过程、景物的情状等细枝末节所做的具体、生动、细致入微的描写。细节描写的作用是见微知著，让读者能够窥一斑而知全豹。而伏笔，则是文章前面的某一部分能联系后文叙述的人物、事件，并且起到阐释的作用，前有伏笔，后有照应，一伏一应，让读者有恍然大悟之感，对情节的推进和起伏也有促进作用。伏笔是显示作品内容的连续性和布局完整性的重要手段，它随处可以安置，但后文要有照应。①《白雪雕像》有许多篇幅包含了这两种写作手法。

许行微型小说中最经典的一篇——《立正》，塑造了一个深受国民党毒害的连长形象。这篇微型小说正是体现细节描写和伏笔设置的两种写作手法的典型代表。

"你说说，为什么一提蒋介石你就立正，是不是……"我的话还未说完，那个国民党军队的被俘连长，早就"叭"下子来了个立正。

文章一开头就描写了国民党连长的一个标志性的动作——"立正"并且伴随着一个关键词"蒋介石"，然而这里只是一个伏笔，只是为了引起读者的疑问。继而读下去便可以探寻到答案：

"长官，你打吧！过去这也是被打出来的……"不管在什么时间地点一说到那个人的名字就立正。弄得像个神经病似的，却受到嘉

---

① 孙守成：《例谈悬念与伏笔》，《连云港教育学院学报》1995 年第 3 期。

奖，说这是对领袖的忠诚。

直到这里，读者可以想到一开头，为什么一提"蒋介石"他就立正，然后建立起了联系。原来，国民党对连长进行了残暴的打击训练——听见"蒋介石"的名字就必须做好"立正"的动作。这个"立正"的姿势是士兵深受国民党毒害的一种标志，对他造成了一生的影响，无法矫正。伏笔前后照应，令读者有恍然大悟之感。而且"立正"还是一个典型的细节描写，对连长的动作描写仅仅就是"立正"。如：

> 打断了他两条腿，当然就没法立正了，这倒是一种彻底的改造方法。于是，我情不自禁地说："你这一辈子叫蒋介石给坑啦！"
> ……他那坐在轮椅中的上身，仍然向前一倾，做了个立正的姿势。

"立正"这个姿势已经成为一个烙印，即使失去了双腿，他的上身仍然能及时反应，向前一倾，做足立正的趋势。这种违背了自我意愿、无法控制、深入骨髓的习惯，不仅表现了连长的悲剧命运，更揭露了国民党无情的毒害。这种独特的意义延伸至当时混乱的政治时局之中，讽刺了国民党的专横毒辣，对待人民凶残无情的一面，给他们带来了沉重的精神伤害。纵然沧海桑田，世易时移，那些畸形的习性却无论如何也改变不了，相伴余生。

《复仇的牙齿》这篇微型小说则主要运用的是伏笔手法，层层铺垫，讲述了一个猎人和一头幼狼之间的故事。开头，老猎人打死了一只正在哺育幼崽的母狼，而他因为可怜幼狼不但没有赶尽杀绝，还将幼狼带回家继续哺育。情节慢慢展开，伏笔也随之出现：

> 小狼一点点长大……没有事它就经常啃猪槽子、马槽子，似乎不为寻吃的，而只为磨牙。

此处，小狼开始表现得有些异常，尽管是家养，但它不似家畜那般温顺、懒惰，行动表现得更像野生的狼。老猎人并没有任何的疑虑，只当它是狼的后代，这些都是正常的表现罢了。文章也回避了这一反常的行为，转而写了几年之后，小狼又长大一些："它总想往外跑，可它不敢离开这个狗窝，它似乎觉得自己还嫩点，生活也没有给它太大的本事。小狼崽的牙齿比起狗崽的长得又尖利又坚硬。"此处又是一个伏笔，也对应了之前那些奇怪行为的伏笔。随着情节的层层铺垫，真相也慢慢靠近了。

小狼一声也不吭，一下子扑在老猎人身上……两只大牙已深入气管，一点儿也不松动。

老猎人后悔也没有用，他的生死全都系在了小狼的那又尖又硬的牙齿上，而小狼为了复仇，专门将老猎人引到母狼被杀的那片山冈上，一击致命。联想前后，一切都有了合理的解释——小狼的奇怪行为，是为了锻炼自己坚硬的牙齿；离家出走，是为了适应环境并引出猎人。这些伏笔的设置，与结局形成了一个因果关系，是一个封闭的循环，前后的逻辑联系紧密，结局出乎意料却又在情理之中。

4. 讽刺手法的运用

讽刺是小说的惯用手法，特别是在塑造人物形象的时候，能够更加深刻地反映出人物的本质属性。它主要运用正反相间的语言来暗示与语句表面意思相反的深层含义，特点主要是辛辣、幽默，具有强烈的评判性。

《老局长学画》是一篇非常具有代表性的讽刺微型小说，全文或明或暗地表现了官场人情冷暖、腐朽乱政的现象。开头交代了事情的背景——老局长离休在家，不禁觉得冷清寂寞。对比起从前的络绎不绝，现在的灯火阑珊，让老局长寂寞难忍，于是他附庸风雅去学画画，并且想要从画鸡蛋开始。

"画圆？不就是画圈吗？那没有问题，我画大半辈子了……"

鸡蛋的圆和局长曾经批文的圈形式相同，所以老局长认为画好鸡蛋就和自己曾经随随便便画的圈一样容易，然而教员却说："您画的都是过去在公文上画过的没有深思，没有勇气，没有责任的圈。"

把局长认为的"圈"和他应该画出的"圆"做出彻底的区别，讽刺了官场中的老局长在工作上的疏忽、不负责、随意，强调了做事工作不应该躲躲闪闪、一带而过，应该坚持原则、保持思考的品质。老局长第一次听到这些话，大出意料之外，不由浑身发热，毛细孔沁汗。这里巧妙地用老局长的反应与过去的"官场"建立了联系，说明了在位的老局长从来都是听他人的奉承阿谀，没人敢于直谏，以致现今听到教员说的话，被戳中短处而心慌气虚。后面的"浑身发热，毛细孔沁汗"更反映了局长心慌意乱、做贼心虚的心理。接着，教员又说道：

鹰，它的眼睛是圆的，这跟您画的圈有多么不同，您就要画这种有思维，有生命，有性格，能够活起来的圆……

再次将局长的圈和美术上的圆进行对比，赞扬了画家画的鹰眼给人生机勃勃、独特思想、深邃遒劲的美感，更讽刺了局长的圈，不堪一击、唯唯诺诺、随波逐流，讽刺了为官者执政的腐化和堕落。这次的对话直把老局长说得热汗淋漓，是因为教员直击了官场的最脆弱之处，针砭时弊，虚实相生，一语中的，正是"在山泉水清，出山泉水浊"。结尾处，老伴的一句话画龙点睛："唉哟，何必画这么多呢？你这辈子有一个圆满的句号也就够了。"暗含的意义让人深思，作者想要阐释的最重要的道理是——"实迷途其未远，觉今是而昨非"，昨日不可追，只有改变陋习才能为人生画上圆满的句点。全文层层递进，语言讽刺入木三分，虽言有尽，却意无穷。

2006年2月1日晚，许行老先生仙逝。著名微型小说事业家杨晓敏凭吊，作一挽联：大著《许行小小说》，枕之可眠九泉矣；荣膺"终身成就奖"，该是民间一人乎。[①] 许行微型小说散发出来的强大思想力和珍贵的民族精神深深地撼动着一代代的读者，而这正是生活在平安年代的青年缺乏的重要品质。《白雪雕像》是许行微型小说的精华，全书以独特的视角和凝练的笔法描述了一个个令人难忘的故事。许行用自己非凡的人生阅历、老而弥坚的创作态度以及卓尔不群的艺术风格，为中国微型小说长廊创造了众多风景，引人入胜。在他的微型小说中，忠，则宁为玉碎，不为瓦全；义，则碧血丹心，成仁取义；孝，则敬老尊贤，义不背亲。古朴深刻，微言大义，实不愧为大家！

（张诗云　龙钢华）

七　怎一个"奇"字了得

——孙方友微型小说初论

孙方友（1950—2013），河南淮阳县新站镇人，1968年毕业于淮阳县第七中学，1978年参加工作，历任淮阳县新站乡文化站站长、淮阳县文联秘书、河南省文化厅干部，是《传奇故事》杂志编辑、河南省文学院专业作家、中国作家协会会员。其作品主要见《收获》《人民文学》《花城》

---

① 许行：《白雪雕像》，世界图书出版广东有限公司2011年版，第4页。

《钟山》《当代》《大家》等刊，出版发表长篇小说 4 部，中篇小说 36 部，中短篇小说集 30 部，电视剧近百集，计 600 多万字。代表作有《虚幻构成》《谎释》《陈州笔记》系列、《小镇人物》系列；电视剧《鬼谷子》《工钱》《衙门口》等。作品曾获"飞天奖"，河南省第三届、第五届文艺成果特等奖，河南省五个一工程奖，以及首届"金麻雀"奖、吴承恩奖、《鸭绿江》等报刊文学奖共 70 余次。有 50 多篇作品被译成英、法、日、俄、捷克、土耳其等多种文字。

阿·托尔斯泰曾言："小小说是训练作家最好的学校。"[①] 莫言认为："微型小说是微言大义，是见微知著，是拈花一笑。"[②] 孙方友作为新时期微型小说优秀作家之一，对中国微型小说贡献殊大，被誉为"小小说之王"。孙方友创作了大量的中短篇小说，而他最高的艺术成就是他的"新笔记体"微型小说。评论界普遍认为，"古有《聊斋志异》，今有《陈州笔记》"。孙方友的新笔记体小说，是继蒲松龄之后，中国文学笔记体小说的又一座高峰。为生活在社会底层的小人物立传，是孙方友"新笔记体小说"的美学根基；以人物命运为纲的叙事策略，是孙方友"新笔记体小说"的美学风格。《陈州笔记》有 320 余篇，《小镇人物》有 360 余篇，前前后后近 700 个人物，这些微弱得像野草一样鲜活的生命，构成了颍河镇的血肉与灵魂，可谓气势磅礴。著名作家野莽曾经说过："中国当代笔记小说之王是孙方友，而陈州则是他奠定文坛地位的基石和他立志此生写尽的地域。这片包公当初匆匆一过的古地，八百年后在孙方友的笔下大放异彩。他以《陈州笔记》《小镇人物》等一系列新笔记小说饮誉文坛。其删繁就简、别具一格的叙事文体，打开了当代中国文坛一扇精致的窗口，令人能够窥见明末清初旧式文人的为文风习。"[③]

---

① 刘恪：《现代小说技巧讲堂》，文化艺术出版社 2006 年版，第 54 页。
② 袁昌文：《微型小说写作技巧》，学苑出版社 1988 年版，第 23 页。
③ 周云青：《孙方友新笔记小说研究综述》，《文学教育》2014 年第 4 期（上）。

童话故事中充满了想象，情节的奇特性吸引小朋友的眼光。孙方友微型小说的创作不拘泥于传统创作手法，他借鉴童话故事情节的展开，在题材、情节上造势，制造出各种奇特的感觉。孙方友的微型小说中绝大多数的题材是过去时代的历史故事和民间传说，这些有着浓郁传奇色彩的题材突出地显示着"四奇"——题材奇，人物奇，情节奇与语言奇，这四奇使得孙方友的微型小说形成了一种难以抗拒的诱惑力，是孙方友微型小说创作成功的重要原因之一。下面分四部分予以论述。

（一）题材之"奇"

孙方友的微型小说能够在现实的基础上对传统文化进行反思。一方面它突出了对生活的反映和表现，另一方面又经过了明显的艺术夸张，把生活理想化，让作品不仅具有了现实主义的基础，又有着强烈的浪漫主义光辉，突出了生活中的某些本质和人物的思想性格。这不仅使作品传奇性更强，而且没有让读者觉得很突兀，出现类似于难以接受的情感。

在"陈州系列"中，几乎每一篇都不缺少孙方友对陈州民俗生活与民间文化的详细描述。孙方友并不仅仅是把陈州这块神奇的土地简单地当成故事的载体，而是把陈州当成一个故事发生的大社会背景，在这块画板上绘上众生相，通过对个体的奇人奇事的描写来展示陈州当时的历史状态。孙方友一直很用心地在陈州这片区域上绘上自己对它的认识，显示出一种强烈的热爱之情。

孙方友微型小说中的陈州通过几千年的沉淀形成了它独特的人文风俗，奇特的饮食文化、非凡的工匠技艺、独具一格的地方文化，以及婚丧嫁娶、岁时节日等，从多方面体现这块神奇土地上的一切。这种奇特民俗文化给小说奠定了奇特的、神秘的基调。在这样的背景之下，微型小说中的人物一个个登上舞台展现自己的事迹。各式各样的人物令人眼花缭乱，好不热闹。在描写这些人物的时候，孙方友着力突出一个"奇"字，奇特的文化背景、传奇的人物形象、离奇的故事情节、奇妙的思想内涵，带领读者步入他构建的奇幻世界，而这些"奇"之所以成"奇"，首先源于题材之"奇"。

在《猫王》中，作者叙述了一个名叫贺老七的狱卒，因为年岁已大而被县衙撵出，在家里养起了猫。可是，你见过这样的养猫吗？他养了100多只猫，而且多是山猫。养这么多的山猫有何用处？贺老七养这些猫是为了出租，租给那些家里耗子横行的人，又因为山猫个儿大，张口凶狠，杀伤力强，所以当地有很多人租用他的猫。小说中写道：

  一百多只山猫分开装在几个猫笼里，白天不让它们出来。有人租，需要提前打招呼，一天不喂，等猫儿饿得齐声乱叫了，便叫人把猫笼抬回家，放了十多只猫一起上阵，如饿虎出山，以迅雷不及掩耳之势，能把耗子们杀得落花流水。

你见过这样的猛猫出笼吗？真是让人被眼前场景所震撼，可不要以为贺老七仅仅只是个养猫的。随着情节的发展，贺老七带着他的猫儿们来到了知县家里杀耗子。那时候县太爷正在暖阁里抽大烟，贺老七要求必须把院子里的灯全部熄灭。熄了灯，放出猫，只听见知县惨叫了一声，夹杂着猫们的撕咬声……知县被猫吃掉了。原来，这个知县是一个为富不仁的贪官，经常欺压地方百姓。贺老七为民除了害，但还是在牢狱中死去。故事到了这里已经令人很激动了，情节的曲折发展读起来别有一番风味，民间传说中有"五鼠闹东京"的故事，在孙方友的小说中竟出现了"白猫吃知县"的事情。故事的结尾：

  出殡那天，万人空巷，头前是一具大棺，随后是一百多具小棺。白色的棺木迎着阳光闪烁。

这样的丧礼大家肯定都没有见过，虽说不常见，但给读者展示了一场特殊的葬礼，这样的题材令读者耳目一新。

还有像《风水》《悬壶》《意外》《杏林手语》《珍宝》这些作品中的故事多是民间艺人口耳相传留下来的，极富传奇色彩。《悬壶》中甚至出现了神仙这样的神话人物，更有趣的是其中的市场管理员费长房进入仙山竟然因为恶习不改见人屡屡罚款而惹怒了众仙，将其打下了凡间，返回原籍。《雅盗》中的主人公赵仲曾中过秀才，后不得已才走上了劫匪这条路，因为精通琴棋书画，在行窃一幅名画《灞桥风雪图》时被画中的场景所感动，最后经历一番才把这幅名画带回家，之后金盆洗手，以自我救赎的方式开始了一种新的人生。生活自食其力的同时，他常常在夜晚赏《灞桥风雪图》时泪流满面。一个传奇盗贼的通俗故事顿时转变得很有文化意义。在《泥兴荷花壶》中的陈州荷花壶因为用料的讲究、制作方式的独特、造型的美妙、颜色的天然，成为极其珍贵的茶具。民间手工艺人陈三关祖传的挑壶手法更是令人称奇叫绝，传奇故事再配以当时的政治人物让故事在传奇之余又让人觉得可信，就像爷爷、奶奶在月下讲的故事一样让人着迷。

孙方友小说中的故事情节不仅非常奇特，具有传奇性，其笔下表现出来的陈州风俗也很奇特。

比如写葬礼，在《曹记酱菜店》中写埋葬一生行善的曹老二时："近两百个儿子一同跪在了棺木前，魂幡如林，哭声如潮。"又有谁见过整个陈州的人为了一条狗吊丧的葬礼？《狼狗》就泼墨重彩地写了此事。在《猫王》中陈州百姓不仅捐款厚葬了贺老七，而且给他的猫儿们也订了100多只小棺材。这些奇特异常的丧礼只出现在孙方友的微型小说中！这样的丧礼也只有陈州才有！虽然它们看起来并不合常理，却真实而又生动地表达了陈州人对死者的尊敬与怀念，也是陈州人仁义与善良的体现。

我们在小说中看到的这些发生在陈州土地上奇特的民俗，它承载着作家对这片土地的热爱，积淀着深厚的历史与文化意蕴，伴随着作家的成长，是陈州人心中的根。而作家在小说中塑造了这么多的成功形象得益于他用了大量篇幅描绘这种文化，因为他懂得充满特殊风俗人情与奇幻地域色彩的微型小说一定会让读者欢喜。"这样传奇的文化造就了孙方友这样的人，成功地塑造这种文化就更有利于成功地塑造奇幻般的情节与传奇式的人物。孙方友的小小说大多都是在奇特的民俗文化背景下展开，它让人感到文化的深厚，历史的凝重，命运的多舛。"①

（二）人物之"奇"

"微型小说也像中长篇小说一样，是以塑造人物形象为己任的，也是写人的艺术。小说创作，归根结底是要通过描写人物、人物之间的活动及其相互间的关系来反映和表现生活的。如果一篇微型小说只是写出深刻、新颖的思想，而没有写出独特的、鲜明的人物，往往就只能时兴一时，而不能从文学的角度，给人留下深刻的印象。写作微型小说最难的还是要塑造出个性独特、鲜明的人物形象。"② 孙方友用历史的眼光塑造出了一个个具有传奇性的人物角色，让他们的形象在读者的心中留下深刻的印象。

在孙方友的笔下，有草菅人命的贪官、爱钱如命的奸商、伸张正义的狱卒、做苦力的脚行、民间手工艺人、土匪等。这些人物形象大致可以分为官、匪、民三类。在描写这些人物的时候，孙方友着力突出一个"奇"字。"陈州奇女"系列作品中就讲述了陈州地区出现过的一些奇女子的事迹，她们并没有做什么惊天动地的事情，但是让人从记忆深处记住了她们。她们中有年过半百的老人家，有刚刚出嫁的新娘子，也有向来为人们不愿提起的妓女。她们用自己的智慧与勇气战胜欺压一方的地头蛇与恶

---

① 孙青瑜：《论孙方友小小说》，《河北大学学报》（哲学社会科学版）2003 年第 1 期。
② 李永生：《短篇小说创作技巧》，陕西人民出版社 1984 年版，第 11 页。

第九章 中国大陆微型小说代表作家作品研究（1）

霸，遵守着自己的原则，不为别人所打破。代表作品主要有《女匪》《水妓》《富孀》《吕娘》等。还有"陈州奇士"系列，代表作品《万县长》《童亦仁》《陈天行》等讲述了奇人奇士为民除害的故事。

值得注意的是，在孙方友的小说当中有一群很特别的人，那就是为匪为盗的人。这样一群特殊的人甚至连平常百姓都算不上，却频繁出现在小说之中。他们为什么沦为匪盗？这种命运的转变本身就极具传奇色彩。作家的本意是为了展现人生的无常与人世的变动，这样构造使情节显得跌宕起伏，给读者一种高落差的心理刺激，刺激越大就越吸引读者的眼光，情节也越生动，而情节的大幅度变化有着动人的艺术魅力。于是，作品中的人物更加奇中显奇，奇中见趣，而又合情合理。

在《女匪》中被绑架的富商家的独生子最后却投向了女匪手下的怀抱，这又是为什么？这群女匪都是穷苦出身的姑娘，而她们的匪首却是位大家闺秀。初看更是觉得惊讶，最后女匪首对被绑孩子的母亲说道：

> 每一个女人向他施舍母爱，他都会得到温暖！……当你抱走你儿子的时候，我的这位妹妹会是什么样的心情呢？

最后这位夫人留了下来。故事向我们展示了母爱的伟大，这份情感在任何时候都不会让人非议。女匪们的有情有义让人对她们肃然起敬，她们并不是如我们所说的那样无情无义、横行霸道。她们充满了爱心。匪盗们的胆略和机智，也造就了他们人生的传奇。在《绑票》中，牛小个子不仅设计招揽知县派来的马力，而且派马力捉来了知县，还让知县写下了保证书，不难看出牛小个子的足智多谋。这也是做世间传奇人物不可缺少的头脑。这种智慧与胆识的较量，也必然带来情节的生动叙述。

孙方友利用传统文化和传奇人物的相互融合塑造，达到了意想不到的效果。

孙方友还着重描绘那个时代人与人之间的冲突，包括民与官的冲突、商与商的冲突，在激烈的情节下，完成了对人物的成功塑造。表现官民冲突较好的篇目是《猫王》，在这块民风淳朴的大地上，民间人物不惜拼上性命来对抗贪官的故事，真正是公道自在人心。《贵妃》《拍当》等则讲述了商人之间为夺利而进行的各种争斗。民与匪的冲突则体现了陈州人民无穷的智慧与过人的胆识，如让人忍俊不禁的《特嘴杨山》等。

人是有个性的，孙方友创作微型小说时，尤其写出了人物的独特个性来，这样的人物怎么能不被读者记住呢？作者抓住了陈州地区曾有过的奇人奇事，不仅吸引读者，而且通过奇人奇事尖锐地说明问题，发掘出奇人奇事的意义，既生动形象，又富有价值。

（三）情节之"奇"

孙方友微型小说的情节之"奇"体现在两个方面：一是借助矛盾逐步发展的尖锐性来达到情节生动的目的，《狼狗》《瘫匪》《猫王》《奇药》《血祭》《牛黄》《绑票》《赛酒》等作品都突出体现了这个特点；二是设置悬念与出奇制胜的结尾，让作品充满了戏剧性，《泥人王》《蚊刑》等作品体现了这个特点。孙友的微型小说故事性强，有着一波三折的情节。小说里玄而又玄的情节、出奇制胜的结尾，每一个情节，每一段人物对话，都洋溢着作者的机智与老辣。下面分两部分予以介绍。

1. 矛盾的尖锐性

小说利用人物之间的矛盾冲突来展现情节，故事的冲突双方总是会因为这样的或者那样的原因生出矛盾，而对于冲突双方而言，冲突的原因越是充分，力量越是势均力敌，就越能显示出当事人各自具有反抗的理由，就越能显示冲突的尖锐与意义。在这里，矛盾的性质、程度和表现形式与生动性有很大的关系。"因为作家塑造的人物是从现实生活中取材，所以矛盾的产生也与现实生活有着很大的联系，作家可以根据生活的本来面貌把它反映得更加的集中、尖锐，当这种经过艺术加工的矛盾被读者所意识，并引起读者的兴趣和关心，那么这样的情节就具有了生动性。而且，矛盾越是尖锐，表现越是充分，情节就越生动。当这种矛盾斗争激烈到顶点的时候，就会产生惊心动魄的力量。"[1]

《瘫匪》开头并没有体现什么矛盾，只是向读者介绍了张庄内的一个残疾人，因为时局动荡加之无亲无故糊不了口，便冒充高大野匪在路口抢劫路人。狡猾商人的出现意味着矛盾的开始：原本瘫匪能够骗到这个人的钱财，但是商人并没有在被劫后马上离开，而是在暗中观察起这个劫匪，觉得很奇怪，为什么这个劫匪不站起来？他越想越觉得不对劲，于是冒死前去探探虚实。随着矛盾的步步逼近，故事节奏越来越紧促，故事越来越吸引人。瘫匪眼见商人就要识破自己的伎俩，大声喝道："站住！"这一声吓住了商人，他觉得可能这个人是一个高大的劫匪，因为穷苦一时无奈才出门行动，要是逼得紧了，他若是站起来怎么办？商人这边紧张得不行，瘫匪也好不到哪里去，他在心中暗暗想：要是那人不信上前来的话就拿棍扫他的腿，可是万一要是扫不到呢？瘫匪因此脸上渐渐地冒出了冷汗。两人只能在黑暗中默默对视，时间慢慢地过去了。商人终于等不住了，于是踏上前，瘫匪整颗心都跟着那脚步声跳动。这时故事的矛盾已经达到了高潮。瘫匪尽力威胁着商人不让他靠近，语气越发严厉；商人一点儿也不退让，探险般地朝前移动。瘫匪胆怯地向后移动。瘫匪高度紧张，知道自己命在旦夕，咬紧了牙关，大吼了一声，挣扎着要站起来，便真的觉得自己的灵魂好像已经站了起来，激动地吐出了一口鲜血。与此同时，商人看着黑影的身体高大了许多以为劫匪站了起来，害怕得大叫了一声，惶惶然夺路而逃。这一刻矛盾达到了最高潮，作家利用了瘫匪与商人之间的心理描

---

[1] 杜鹏程：《关于情节》，人民文学出版社1979年版，第16页。

写来表现人物之间的矛盾，使情节的生动性在尖锐的冲突中展现了出来，强有力地震撼着读者的心灵。

又如《蚊刑》，故事讲述了古代陈州一种奇特的刑法。因为陈州四周环水，每到夏季蚊子多出没于民众聚集之地，多得令人咂舌：

> 团团而来，团团而去，云集之处，铺天盖地，那"嗡嗡"之声，能传百步之遥。

当地民众只能用一种火艾来熏蚊子，如果夏天你不带火艾就无法在这个地方待下去，因而这种火艾在当地有价钱。当时的陈州县令姓贾，为人刁毒，搜刮民财，不择手段，就打起了火艾的主意。他规定不准其他人或本地商人买卖火艾，只能自己出售，但是有人禁不住赚钱的诱惑便偷做火艾生意，县令捉到就用蚊刑惩罚之，受刑之人被蚊子吸干血而痛苦地死去。有时候县令也用蚊刑来惩罚土匪和惯偷，土匪们因此扬言，若有一天抓到了贾县令，一定要用蚊刑让他也尝尝这种痛苦。这一年的 7 月，土匪果然抓到了县令，当即把他绑了起来命令用蚊刑。看到此处，读者并没有觉得有很大的冲突，可是细看却能明晓土匪与贪官的矛盾很深：贪官贾县令当官不为百姓，反而变着法欺压百姓，还惹上了土匪。土匪抓到县令让他受蚊刑是故事即将到达高潮的前奏。但是结局并没有按照大家希望的发展：县令没有受蚊刑之苦而死去。土匪们顿觉不可思议，只见贾县令回答：

> 蚊子，懒虫也，吃饱喝足便是睡懒虫觉。吾一夜如眠，怕的就是惊动它们。这样一来，后边的蚊子过不来，趴在身上的已喝饱，是它们保全了我！说出道理来怕你们不懂，这就叫逆来顺受！

《蚊刑》虽然只有短短 1500 字，但是道出了中国上下几千年官场的黑暗历史，指出了历代贪官同人民之间的深刻矛盾，贪官就像蚊子一样一层一层地飞到百姓身上吸食百姓的血肉,直到榨干他们为止。此类作品还有《指画》当中的李之,这也是个利用权力谋私利的腐败分子,把一个好好的民间艺人于天成折磨到残废,只是因为咽不下去一口气。在故事的结尾,于天成深有感触地说道:"什么叫艺术?权力才是最高的艺术呀!"这是百姓与贪官污吏之间的矛盾,纵然小说没有突出体现出这种尖锐的冲突,可是读者知道这种矛盾由来已久,不容易解决。

2. 情节设置的戏剧性

"所谓戏剧性,就是那些强烈的、凝结成意志和行动的内心活动,那些由一种行动所激起的内心话;也就是一个人从萌生一种感觉到发生激烈的欲望和行动所经历的内心过程,以及由于自己的或别人的行动在心灵中所引发的影响,也就是说,意志力从心灵深处向外涌出和决定性的影响从外界向心灵内部涌入;也就是说一个行为的形成及其对心灵的后果。行动和激烈的感情活动本身并不具有戏剧性。戏剧艺术的任务并非表现一种激情本身,而是一种导致行动的激情;戏剧艺术的任务并非表现一个事物本身,而是事件对人们心灵的影响。表达激烈的内心感情是抒情诗的事情,描绘动人的事件则是叙事诗的任务。"[①] 简言之,戏剧性就是在情节中设置一个又一个的悬念,让读者更加有兴趣阅读下去。小说要允许反映生活的各个方面,但只是单纯反映现实生活并不能称为艺术。所以,它必须适当地在作品中加入作家自己的想象与虚构并夸张化,制造出各种悬念。

孙方友的微型小说很讲究情节设置的戏剧性。孙方友在陈州历史故事与历史传说中进行再度创造并加以适当的想象,让作品显得不单调,又因为故事的叙述符合民众的心理,读者看来很乐意接受。孙方友小说当中有很多作品是描写民间艺人的。这些艺人们虽说生意做得不大,名字也不太

[①] 金登才:《戏剧本质论》,中国戏剧出版社 1989 年版,第 57 页。

为人所知，可他们有着一套独家的技艺，每每展示总会引来众人的钦羡。而且这些艺人都有着令人称颂的事迹，有着传奇的一生。例如《泥人王》中的王二，家中祖辈是做泥人的，因为靠着这门手艺吃饭，所以王家人特别讲究泥人的做工，包括泥人的用料、晾晒、造型都是极其讲究。而且捏的泥人面目从不千篇一律，而是各有千秋，形象也很逼真，栩栩如生。王家人中间捏得最好的就要数王二了，每每捏出精品，他就会把这些泥人阴干后收藏起来当作儿女们的教科书，以让他们日后观赏做出更好的作品。王二的名声很快就传了出去，同时被传出去的还有他那些精美绝伦的泥人。这天，陈州来了一个传教士，他听闻王家泥人很是喜欢，便想买下那些泥人。可是王二并没有出让的意愿，便一口回绝了传教士，传教士只能离开。过了几天后王家却遭到了土匪的劫持，经过王二的审问知道这波土匪是当初的传教士雇来的。为了保命，王二只能把珍藏多年的泥人拿出来交给了土匪。王二居然交出了这么珍贵的泥人，人们很是为其不值，但是不用着急，故事还没有完。很快，王二就寻到传教士，告诉他自己愿意卖泥人，而之前被土匪劫走的是一批赝品。传教士在心中大骂王二狡猾，思量了一会儿也只有答应明天看货，并把那群土匪骂了一通。土匪们觉得这个洋人真是挑剔，一气之下便把泥人全部倒进了湖水里。第二天传教士找到了王二，王二把他带到了小湖边，指着湖水中间的泥人说："这就是我的宝贝泥人，若是想要的话就自己去捞吧。"听完这话传教士明白自己上了王二的当，顿时炸雷击顶，白了脸色，双手捧面，痛心地哭了起来。王二见洋人哭得伤心，很感动，问他是否真心爱这些泥人，传教士禁不住捶胸顿足狠狠地说道："艺术！艺术！我拿它们并不是为了钱财！"王二怔了一下，好一会才脱去外套跳到了水里，连连捞出了三套，双手捧着这些泥人当即送给了传教士。那泡过水的泥人并没有像想象的那样成为一滩泥水，而是完好无损，仿佛比原来的还灿烂夺目！真正的艺术品是不会被随意践踏的。在故事中间，作者用了好几个波澜来吊起读者的好奇心，故事在结尾处浓重地添上了一笔，使整个故事更加吸引人，而故事的情节也变得极具戏剧性，没有看到故事的结尾你是不会知道接下来该怎样发展。这是一个古老的关于陈州民间艺人的传说，经过孙方友的加工、改造成了一篇吸引人的微型小说。作者在尊重生活现实的基础上再对作品进行艺术加工，使得整个故事情节变得合情合理，又具有了可看性。

孙方友用自己独特的创作风格来安排情节的发展，用自己最熟悉的艺术方法来处理最擅长的艺术题材。在作品中加入尖锐的矛盾冲突既凸显了人物个性，使人物形象鲜明，还能够抓住读者的阅读欲望，如《蚊刑》《指画》等作品。作者为情节安排的出人意料的戏剧性效果，情节的生动也就因为这而更加凸显，如《泥人王》《崔氏》《牛黄》《猫王》等作品。矛盾的关键性和情节的戏剧性使作品的情节更加巧妙而奇特，自然就产生了很好的阅读效果。

（四）语言之"奇"

语言在文学中起着非常重要的作用，它是连接作家与读者的桥梁。文学语言的好坏往往对作品产生决定性的影响。孙方友在语言的运用上面有着极高的水平，凭借在长期生活、写作过程中不断积累的经验和智慧，他运用简练的语言就能准确而迅速地把描写对象展示出来。孙方友在"创作出一片文化地域"的创作理念指导下，创作出富有地域特色的语言，形成了极具特色的孙氏小说语言风格。这主要体现在以下两个方面。

第一，体现在他的"新笔记体"语言风格上。孙方友创作了大量的中短篇小说，成就最高的就是他的"新笔记体"微型小说，可以说这是继蒲松龄之后中国文学笔记体小说的又一座高峰。孙方友选取了陈州这块土地上曾经发生过的传奇故事与传奇人物作为题材，在他的文学世界中不只是简单地去描写这些人物，而是深入历史，把握生活的脉搏和人性的底蕴。

这使得他的作品有了一种打通古今、借古鉴今的味道，其"新笔记体小说"的得名也就因此而来。"新笔记体小说"的语言特色是古朴雅致、简约通脱，读来琅琅上口、节奏感强。其中的代表作品有偏重故事的《会文山房》《泥兴荷花壶》《花杀》等，偏重写人物的《安主任》《刘老克》《泥人王》等。

例如《泥兴荷花壶》，简述泥兴茶具的用料、制作及泡茶的功效：

泥兴茶具用料讲究，制坯很薄。经过窑变，呈现天然色彩，不着色，不上釉，全靠细磨打光。更令人称奇的是，用指一弹，"当当"作响，且一壶一音，音长如绵，如琴似弦。壶坯虽薄，但极坚固。薄而固，贵在土质。陈州有种胶土，柔和含刚，做泥人制壶坯，确为稀世好料。用这种壶泡茶，不亚于宜兴的紫砂茶具，同样具有独特的、良好的透气功能，沏出茶来，茶叶既有茶香，又无熟气，汤色澄清，滋味儿醇正，即使将茶叶留在壶中，夏天隔夜也不发馊，实属茶具中的上品。

第二，还表现在方言俚语的使用上。孙方友在作品中使用了大量方言，展现了地域特色，使作品更加活泼生动，充满生活气息，使读者读来亲切有趣。在《壮丁》中就有这么一段话：

一手把紧头皮，一手硬着手脖儿执剃刀，无论白天或黑夜，全凭自我感觉，"噌噌"，几刀子下来，"全球"一片光明。

语气词"噌噌"的使用使作品不再生硬，变得生动起来；"全球"比喻脑袋，一改作品文绉绉的感觉，拉近了作者与读者的距离。

《匪婆》中杨婆称呼自己的儿子为"大娃"，在淮阳方言中普通人家有称呼家中儿女是按照出生顺序来喊的。《画谜》中"一篮桃"指的是长得漂亮的女人。《断指王》中把同行挖墙脚的行为称为"掏"。方言的运用使孙方友的微型小说充满了浓浓的地域气息。

在孙方友的作品中"新笔记体"与方言俚语的使用,不仅使作品活泼生动,富有生活气息,读起来有韵味,而且长久积累后形成了他自己特有的、丰富的词汇系统,遣词造句,游刃有余,别有一种语言风味。

孙方友先生于2013年7月26日因心脏病复发去世。在追思会上,与会作家和评论家对他的创作给予了高度评价。河南省作家协会主席李佩甫说:"孙方友先生以他丰富而优秀的文学创作,给社会留下了一笔宝贵的文学财富。相信在未来的时间里,他的作品将越来越显示出不同寻常的文学价值和文化意义。"[①] 孙方友以其独特的创作风格征服了读者,影响了一代又一代的微型小说创作者。

相对于其他文学而言,微型小说更需要作家呕心沥血成为妙手。孙方友清醒地认识到微型小说对作家实力、功力的挑战。微型小说因为篇幅的短小,所以需要作家在创作时更加注重对作品整体的把握。因而,不仅选材要别具一格,布局要匠心独运,结局更要出人意料,这样才能使作品意趣横生,吸引读者的眼光。

这些正是孙方友追求的目标。他正是按这个高目标一篇篇写的,一步步做的。既吸取古代的外国的传统写法的长处,又从自己的感悟和表现对象的需要出发,独出心裁,不拘成规,率意成新。在作品数量上创纪录的同时,在艺术上也日臻成熟,佳作纷至沓来,如《蚊刑》《女匪》《女票》《壮丁》《狱卒》《雅盗》《神偷》《捉鳖大王》等已成为当代微型小说的名篇范本乃至经典。

孙方友善于在情节上造势,从故事的开端、发展再到结局都充满着独特的"孙方友式"创作风格。题材、人物、情节、语言的奇特使孙方友创作的方式独具一格,充满了趣味性。孙方友在陈州历史故事与传说的基础上加以想象进行创作,让读者在不知不觉就记住了陈州这片土地上面曾经

---

① 张鲜明:《小小说达人走了,〈俗世达人〉来了》,《河南日报》2013年8月12日。

发生过的一切。作品中更是运用了大量的矛盾冲突来展现人物之间的斗争,加以出人意料的结局,让人觉得这不仅仅是一篇只有千余字的微型小说。它展示给读者的东西远远超过了它的字数,孙方友用他别具一格的创作手法成功地做到了这一点。

　　孙方友的成功不仅因为这些因素而生动、充满阅读性,还因为他不断地努力,不断地挑战自己,对微型小说的创作始终保持着极大的热爱之情。他对于情节的精心构造,特别是情节生动性的用心表现,使他的微型小说具有很不一般的艺术魅力。因为作家对生活的细微观察,对人生百态的个人理解,对语言的熟练掌握使得他的作品充满了让世人感动的因素,让大家永远记住了这位伟大的微型小说作家——孙方友。

(彭维维　龙钢华)

八　以平凡写伟大
——刘建超微型小说初论

　　世人皆想超越平凡,追求伟大。刘建超对平凡的生活进行精彩和有深度的解读,把日常的生活叙事与伟大的道德情操联系起来,揭开平凡的面纱,发现不平凡的人格、情操、尊严与责任。作者用扑面而来的生活气息感染和吸引读者,同时讴歌人间浩然正气和道义尊严,其作品在微型小说领域成了一道亮丽的风景。

　　刘建超(1960—),笔名流芳、柳絮,河南洛阳人,中国作家协会会员,现任洛阳市作家协会副主席、郑州小小说学会副会长。1977年上山下乡,1978年应征入伍,退伍后进入中国工商银行工作至今,历任支行信贷科长、支行科长、分行本部总经理。80 年代初开始业余文学创作,共发表各类文学作品 600 余篇,其中上百篇作品被各类选刊转载,并入选《中国当代小小说大系》《新中国 60 年代文学大系》《中国新文学大系》等权威选刊。出版有小说集《永远的朋友》《遭遇男子汉》《老街汉子》《怀念一只被嘲笑的鸟》《没有年代的故事》等。其中,《将军》《中锋》连获 1997—1998 年度、1999—2000 年度全国小小说优秀作品奖;2004 年,《海边,有一位老人》《被子》《遭遇男子汉》等 10 篇作品,摘取第二届中国小小说金麻雀奖;2005 年,《朋友,你在哪里》入选中国小说学会评选的 2005 年度中国小小说排行榜。

河南省作家协会副主席杨晓敏的《人格的魅力——刘建超小小说印象》一文,分析了刘建超微型小说。他在另一篇文章中认为,刘建超秉承了现实主义的传统写作道路,善于开掘深层次的生活内涵,聚焦特定环境中的小说人物,凸显其人格魅力,在直面人生的同时,又有着苦心孤诣的艺术追求,且作品构思缜密,多有神来之笔,体现了难能可贵的开拓精神。其中,代表作《将军》的主人公"哥哥"雄心未泯,豪气如昨,是三军可夺其帅,匹夫不可夺其志的典型写照,命途多舛而血性内敛的人物,沉郁硬朗的文风,令人荡气回肠。[①]

评论家丁临一在品读刘建超"小小说金麻雀奖"入选作品时,从朴素的大众审美需求角度和理性的文学价值角度给予了肯定。认为刘建超的微型小说是站在平民立场上,对崇高信念和理想人格的推崇,对当代社会的某些精神缺失有感而发,代表了中国当代小小说创作的主攻方向之一。

评委汪政的评语是:"一波三折的巧妙构思,生动细腻地表现出人物的心理变化,深刻反映出现代社会人与人之间的微妙关系的同时,也表达

[①] 杨晓敏:《锻炼文字的筋骨——刘建超小小说印象》,《红豆》2013 年第 4 期。

了作者对诚信的呼唤与人间真情的美好意愿。"①

中国当代文学研究会理事、中国新文学学会理事、中国小说学会理事徐肖楠先生也用《让纯朴超越平庸》一文研究分析了刘建超的文章，总结出刘建超的文章是从人们生活的朴素本质出发，发现更多的生活意义和情趣，从而发现叙述的意义和趣味，因而刘建超的文章具有不同的叙述效果：既有正剧的严肃探求，也有喜剧的轻松意味，把生活中的每件小事都写得饶有趣味，同时又含有启示和批判的意义。他认为刘建超的小说中的人物，真实地面对生活，面对生命的欲望和快乐而进行自己平静的选择。平凡人物内心的纯净和伟大，常常不为人知，但刘建超的微型小说掀起了这些普通人生存秘密的幕布，为在市场经济中国人仍然坚守的纯朴人性提供了时代的证据。②

本节拟从内容和艺术特色两大方面对刘建超的微型小说做整体意义上的初步探讨。

（一）内容：在平凡与伟大之间

刘建超的作品恢复了小说的原始意义，从历史沧桑的最微小地方出发，对普通人饱含同情与怜悯，以普通人生命和卑微者经验的勇气，以富于情义的故事，把普通的平民生存和日常生活中的实际情景转化为叙事情景，发现平凡和渺小中的伟大，讲述一个时代中无法破坏的质朴部分。而那些故事中的人物在自身的欢乐和泪水中汇入时代的潮流，他们承受的苦痛和获得的幸福，在欢声泪语中让读者感悟生命的喜与悲。

正如《胡一哥》中作者自嘲道："其实现在谁还把文学当回事儿啊？我们这刊物靠财政拨款半死不活地养着，除了同行间的交流，几乎就没有

---

① 杨晓敏：《人格的魅力》，《文学港》2011 年第 5 期。
② 徐肖楠：《让淳朴超越平庸》，《文艺报》2007 年 3 月 10 日。

订数，几千册的印数影响的范围比萤火虫的屁股大不了多少，也就是糊弄糊弄文学青年。做市一级的文学期刊的编辑，没有什么人把你当回事，只有还做着文学梦的青年——就像胡一哥，还把我们当神一样供着……"①这一方面说明了文学的不受重视是当今社会的问题之一，另一方面指出在这样一个崇尚浮华和物欲横流的喧嚣时代，一个格式化和公式化写作风头正盛的时代，刘建超不骄不躁，能把自己的写作步伐迈得坚定而稳重，且多次获奖。这既说明了其小说的独特之处，也说明了社会对这类作品的肯定与需要。

刘建超的小说不为周围弥漫的利己主义所动，冷静理智地思考人们的生存状态，用独特的笔触开掘深刻的人性。刘建超始终描写着人们生存的是非态度和善恶立场，赞颂人性的真、善、美，同时嘲讽着现实社会中弥漫的阴暗卑琐，并以这种有道德准则的小说叙述创造了一种使普通人淡定生存的生活，使人们在这些小说中重新贴近平常的家园感受。刘建超作品的内容整体上呈现出三个鲜明的特色：题材，平凡而丰富；人物，阳刚硬朗；主题，以平凡写伟大。下面分三个部分予以介绍。

1. 平凡而丰富的题材特色

刘建超微型小说题材涉猎广泛，社会各个层面的人物、事件均在他的关注范围内。军旅往昔、机关生活、乡村旧事、家庭婚姻、年少趣事等无不穷形尽相，妙趣横生。

当过兵的刘建超有着浓郁的军人情结，因此，军旅题材在作品中占很大的比重，如《海边，有一位老人》《将军印》《被子》《将军树》《将军泪》等表达了作者对军人的高风亮节的赞美和对军营生活的深切眷恋。

刘建超退伍后曾下到地方工作，多年的机关生活让作者对地方上工作

---

① 刘建超：《朋友，你在哪里》，世界图书出版广东有限公司2011年版，第154页。

和生活出现的功利和烦忧，心中有一份鄙视和痛恨，自身敏锐的观点也将社会上的浮躁之气领略通透，或寻求或鞭挞，或呐喊或质问，透露出一名心存真理的作者的胸襟睿智。《题词主席》《台》《请耐心听完》《政绩》《局长有喜了》《瑕疵》《唇印》等作品，揭露了官场中的阴暗、腐败、丑陋、走形式主义道路的现象，并告诫人们官场陋习已经变成了一些人的生命本能。《实词》《理解》《小玩意儿》《挺拔》等赞颂了当代官场中仍然保持纯真本色的人，赞美社会主义新人或赞许努力改正缺点的正面人物。

刘建超的乡村旧事类作品《1997年的兔子》写诙谐地扛着土枪摇头晃脑的主人公木欣，为了给知青滋补身体，偷偷将女儿养的小白兔杀掉，善意地编造谎言欺骗知青们。《老街寡妇》中新婚不久的黄花在丈夫外出进货途中遇难身亡、公婆年迈多病的情况下，坚守自我，不自暴自弃。《老街汤王》中的马善明坚持做人做事的原则，在钟鼓楼端坐品茶，举重若轻，明辨是非，从容自若地传承家业，是生命存在状态的一个佼佼者。《滑一刀》中受到广大患者热情拥戴的著名外科大夫滑儿，当"手中的名气大于科学的道理"，选择放弃手术刀来获得内心的自我救赎。这类作品虽然描写的大都是普通人和日常生活，但在这些普通生命和日常生活中呈现出生命的可敬和平常生活的壮观。

家庭婚姻，是一个不管在外边如何惊涛骇浪、满身风雨，总会期望有一盏暖灯、一杯温水为你静静地守候的归宿。而对家庭和婚姻的经营是讲究谋略的，这其中充满着智慧和温暖的故事。《炖》这篇小说最大的亮点在夏与蓉之间的对话，写得相当出色：蓉遇事能进行清醒地思考和分析，保持积极乐观的心态，并以此成功挽救婚姻。《一首浪漫的诗》《我的第一位女朋友》都写的是在失去真爱后方才明白爱情的真谛。开始，那种纯朴的、淡淡的爱夹着一丝感动；但当醒悟过来把握时，爱已远去，又夹着一丝伤感。这两篇作品前大半部分节奏都较明快，到最后才引出主旨，让人陷入沉思。

人长大了，总是爱翻看旧照片，因为老相册里不光有怀念，还有抹不掉的美好年华。那个年代，并无现成的玩具，树叶一折当哨子，破毛笔管点肥皂满天吹泡泡，五个小石子下棋，粉笔在地上一画跳房子……年少时除了有哪些玩具的外，还有一群志同道合的小伙伴，整日不识愁滋味，也还有那懵懂朦胧的感情。《朦胧少年》《少年忧桑》《忆趣》，作者通过明快的词汇让读者在幽默中回忆年少那段无忧无虑的最美时光。那时的喜欢很简单，也许就只是那天他正好穿了你喜欢的那件白衬衫，可就是那瞬间在心中好像是听到了花开的声音，觉得即使夏花繁茂，如影人群，均抵不过那人如水雾般浅浅一笑……

没有年代的故事。不管是《从人到猿》《没有年代的故事》《孤傲》，还是《南笙的痛苦与快乐》《怀念一只被嘲笑的鸟》《秋茫》，你都会被作者幽默的语言逗得不自觉地上扬嘴角，同时在作者的这些奇思妙想中悟出人生哲理。这类小说大多跟动物有关，而这些动物又与一般的动物有所不同，它们有自己的思维和生活，或快乐，或痛苦，或睿智，或孤傲，或渺小平凡，或无奈可怜。小说虽是写动物，却是人类社会的折射，是写人类自身在社会中面临的种种相似的困境。不管读到的是关爱动物、保护环境，还是同病相怜、惺惺相惜，都会觉得开卷有益。

2. 阳刚硬朗的人物形象

人物形象是构成小说内容的基本要素之一。人物是小说中描绘的主要对象，是作家在对社会生活审美认识的基础上，通过对纷繁芜杂的人生现象进行概括、集中、提炼改造后创造出来的具有强烈感情色彩和一定的审美价值的人物图画。人物形象的塑造成与否在很大程度上直接决定小说作品的成败。刘建超在尊重生活真实，并承认其存在的现实性的前提下，创造了一系列个性鲜明饱满的人物形象。这一系列微型小说的人物形象具有鲜明独特的个性，不管是性格型人物还是理念型人物，不管是正面人物还是反面人物，表达了作者的或欣赏或认同或体恤或怜悯或批判讽刺的态度且人物在整体上呈现一个鲜明的特点，即阳刚硬朗。

军旅出身的刘建超注重塑造一系列风格硬朗、有阳刚之气的男子汉形象，讴歌人间浩然正气和道义尊严，爱憎鲜明，其中最直接的是对老一辈革命家和当代军人高洁形象的塑造。例如，《海边，有一位老人》中的饱经风霜、精神矍铄、神情坦然地矗立在岸边的老人，年高德劭。《将军印》中的两万壮士对阵十万敌军的将军。帐外旌旗猎猎，战马嘶鸣，飞沙走石，天昏地暗。帐内，残烛下，将军屏气凝神，专心致志伏案涂墨，最后以一画抵退十万大军，霸气凛然。《老兵》中的老兵战场上不畏生死，生活中坚持原则。《将军树》中的将军对营区绿化工作的执着与勇敢。《被子》中的将军在法律面前，即使对自己的儿子也不徇私舞弊。《遭遇男子汉》直接表达出了乡下男人许多野蛮粗俗的细节和举止在与城市男人的修养和周到相比时更显阳刚之气。《将军》中的哥哥也许永远不可能成为士兵前的将军，但是在生活中，哥哥却处处是"将军"，时刻以"将军"之势，统率自己人生的每一步，勇敢地直面惨淡的人生，从不屈服。还有《被子》《将军树》《将军泪》等作品中的老一辈革命家高风亮节形象。同时，即使只给军区首长干过警卫的老街汉子牛五，也是一身豪气，正直不阿。

刘建超的微型小说中人物的阳刚硬朗不止体现在这些男子汉的铮铮铁骨上，女性形象的坚韧不屈也是硬朗之势的体现。最鲜明的是《老街寡妇》中的年轻寡妇黄花，新婚不久，丈夫遇难身亡，公婆年迈多病，不畏"女人开店不吉利""荒唐行为""丢人现眼"等刺耳的言语，不自暴自弃，而是坚守自我，倔强地用自己柔弱的肩膀扛起责任，追求幸福。《秋祭》中能将取悦观众和张扬个性的"贱"与生活中的轻浮区分开来，拒绝诱惑，不畏权贵，活出气节，在关键时刻表现出凛然不可侵犯的小贱妃。《负债》中牛娃的媳妇，这个女人的硬性体现在强大的内心力量，用自己的坚韧抵抗世俗的流言蜚语，抵抗人性的自私与狭隘。《俊嫂》中即使遭遇丈夫意外死亡，依然对世界保存善心，双手灵活，心更是俊俏的俊嫂。

阳刚硬朗的性格特征还体现在刘建超微型小说中的非正常性人物身上。写这种人物虽然不是完全写人或直接写人，但都是人的世界、人的思想情感的反映，是人的意志的投射。这些非正常性人物也有明显的阳刚硬朗的特性。最具代表性的是《怀念一只被嘲笑的鸟》中后半生在大家的嘲笑中自卑羞惭中度过的蜂鸟。火山爆发时，它是第一个退却的胆小鬼，但它勇敢睿智，果断决然，也是让同类明白进攻是为了生存，后退也可以生存的英雄。还有《孤傲》中椭圆形巨大山石上孤傲蹲坐的猴王，它用自己的雄姿英发挽救了衰落的部落，它曾是最威武和最有威仪的。它懂得居安思危，准备改变群体的不思进取时却遭到众猴的背叛，孤独地度过余生。这样一个猴王谁又能说它不是阳刚硬朗的呢？

3. 以平凡写伟大的主旨意味

主题是作者在作品中通过描绘现实生活图画、塑造艺术形象显示出来的，并贯穿小说始终的基本思想。小说的主题是小说的灵魂。刘建超的微型小说之所以有不同凡响的亮色，在于他忠实自己的生命体验，怀一腔深情，扣住生活的主旋律，发掘生活的宝藏，展现世界的真、善、美。

刘建超熟知底层人们的生活方式和语言方式，往往能够敏锐地捕捉到闪光点，成功地刻画了一个个形象饱满的市井人物，让人觉得这些人物、这些事件就存在你的周围，无处不有，无时不在。作者执理性温暖的笔，写伟大的理想、崇高的追求、优秀的品德，从学校写到社会，从操场写到职场，以及人世间的真情和社会环境问题，点点滴滴，从最平凡的小事写出最重要的道理。作者善用质朴的素材，纯客观地描述，在人们熟悉的平凡人物中发现人性的伟岸与崇高，以平凡的人写崇高的人格，以平凡的事写严肃的主题。一方面赞颂真善美，另一面揭露批判假恶丑。

《将军》中的哥哥，平凡普通，却有着一个将军梦。即使命途多舛，时运不济，也不气馁，不放弃。《将军》作为刘建超微型小说的代表，哥哥也是最经典的一个人物形象，在生活中最普通常见，人物品格也最高大伟岸。哥哥也许永远不可能成为统率士兵的将军，但在生活中，哥哥时刻以"将军"风范，掌握着人生的每一环节，直面人生中这样那样的不易，绝不屈服。哥哥虽有着平常人的一生，但也有着将军一样的深谋远虑，有着将军一样的远大胸怀，有着将军一样的隐忍和豁达。

《胡二妹》中的漂亮的山村姑娘胡二妹，除了原生态的美貌外，更有自然纯净的心灵。勤劳、善良、知恩图报，这些纯真的品性更使得她美得清新自然。乡野村姑，在很多人的眼里可能是粗鄙落后，刘建超用朴实无华的语言，写出了平凡的偏远山村姑娘的纯真品性。《俊嫂》中的主人公，长得一般，典型的农村妇女。可当知道丈夫是因缺少血浆，失血过多而死，办完葬礼后的第一件事竟是跑去县城义务献血。是的，世界总是有这样那样的不合人意，这是不可避免的，当生活给予苦痛折磨时，俊嫂依旧与世界为善，俊美如初。

《朋友，你在哪里》《朋友啊，朋友》《谁让我们是朋友》这三题，通过描写生活中最常见的接待朋友的这件小事儿，表达了对贾兴这类朋友的哭笑不得。生活中贾兴这类假惺惺的人随处可见，事前各种花言巧语，事后便找理由搪塞，让人无语。刘建超用这三题突出了人与人交往，尤其朋友之间最贵重的是真诚这一主题。《接纳》则是通过卤水大肠这一道简单的家常小菜，说明婚姻中需要接纳与包容。

钓鱼，是最平常不过的一件休闲事。不管是城里还是乡下，假期到来，一人一竿，便可享受一个惬意的下午。在《秋荒》中作者对比了家乡的变化，本来童年里给小伙伴们带来无数乐趣的小河现今工厂林立，小河变成污水沟,突出了目前不止城市里污染严重,农村的环境问题也同样令人担忧这一严肃主题。随着社会越来越城市化,人的生活和活动的空间越来越小,随之人与人的交流和交往也越来越少,这也是为什么现代人越来越喜欢养小宠物来寄托情感,摆脱生活的孤寂。可是,人们都忘了问一下宠物们的意见。《南笙痛苦和快乐的生活》中的小兔子南笙就不愿意当玩偶,即使当宠物的生活衣食无忧,甚至更好,却不知在它眼中墙角的干巴馒头才是幸福和快乐。都知道"子非鱼安知鱼之乐"这句话,可是遇事能真正想到这点的却是凤毛麟角。

刘建超站在平民的立场上,尊重生活的真实,其笔下的伟人、将军或平民英雄绝非虚无缥缈、高不可攀,其人其事都是在我们生活中曾经发生过或可能发生过的。刘建超用平凡的人与物,强调伟大的主题:今天乃至将来,虽然社会转型了,价值观念多元化了,但是,我们永远不能丢弃对崇高理想、远大志向的追求,对正义、正气、理想主义的坚持。

(二)艺术特色

微型小说是一种"缩龙成寸"的艺术,追求的是形制短小与内容丰富的矛盾统一。[①] 一位微型小说作家,写出一篇好作品不难,难的是妙笔生花,在各个时期都留下深刻痕迹。一路走来,刘建超能够数次获奖,把自己的文学创作步伐迈得坚实而稳重,一方面说明了作者阅历丰富,另一方面说明了作者文学实力强硬。其成功之处除了以体现着人性、尊严、道义的永恒题材为主要内容外,更离不开作品独特的艺术风格。这种风格主要体现在标题短小精悍,开头别具一格,结尾是欧·亨利式,语言优美精炼这四个方面。下面分四部分予以论述。

[①] 龙钢华:《小说新论——以微篇小说为重点》,湖南人民出版社2006年版,第177页。

1. 标题——短小精悍

文章的题目是文章的窗口，犹如人的双眼，最显此人精气神。标题是小说内容的高度概括，小说通过标题显精神、传神韵、见水平。往往标题的好坏在很大程度上决定了一篇文章的抢眼与否。一个好的标题往往能取得事半功倍的效果。从《朋友，你在哪里》一书中可以看出作者很注重提炼题目。其最大的特色就是精练，一语双关。往往仅用一二字，却能突出主旨，令人叹服，过目不忘。

例如《炖》，妻子面对丈夫出轨，炖鸡、炖人、炖婚姻；《拐》，牙医拐子李，腿拐、事拐、心也拐；《医》，医生救死扶伤，医身更医心；《卡》，各种卡方便了生活，也卡住了人生；《裸》，老板赤裸的不仅是身体，还有丑陋的心；《错位》，扣子错位，更是心理错位；《黑白》，通讯员名为黑白，也颠倒了世事的黑白；《和平》，双方因一个小生命的来临，停止杀戮，面对死亡浑然不觉，在最后的一瞬间，大家用最后的生命呼唤新生命，期待明天更美好……从这些作品中可以看出作者对标题的重视，以及标题为作品带来的优势。

2. 开头——别具一格

美国小说理论家杰克·韦伯在论述小说创作的开头指出："写好第一句、第一段、第一页、一步一个脚印，小说要卖得出去，这比什么都重要，仅次于一样，要有故事讲。"又说："五秒之内，你可以把天底下所有的读者、编辑丧失殆尽，或者把他们抓住。"[①] 对于微型小说来讲，更是惜墨如金，要想在第一时间抓住读者，必须有一个高质量的开头。仔细研读

---

① ［美］狄克森、司麦斯合编：《短篇小说写作指南》，朱纯深译，辽宁教育出版社 1998 年版，第 198 页。

刘建超的微型小说集《朋友，你在哪里》会发现作品大体上呈现以下六种开头方式。

第一种，交代背景式。任何故事的发生，虽然总是以偶然性的形式出现，但都有其必然性的前提，而这个前提就是故事产生的背景，如《老街汉子》《夜话》《老街汤王》等。第二种，开门见山式。开头紧扣题目直接导入正题，对准核心内容进行叙写，让读者在阅读的第一时间里就获得作品的基本信息，显得干净利落，如《遭遇男子汉》《老兵》《回力鞋》《一首浪漫的诗》等。第三种，概述情节式。开头即对全文的基本内容作出简明扼要的概述或提示，给读者整体印象，再叙述其具体的情节，如《瑕疵》《唇印》《胡策划》《怀念一只被嘲笑的鸟》等。第四种，设置疑问式，如《接纳》《俊嫂》《谁做主》等。开头设置疑团，既顿生悬念，使读者的神经立即兴奋起来，又使开头与下文情节之间的衔接紧凑自然。第五种，关键细节入手式。从关键细节写起，将读者一下子带入作品的精彩之处，如《高叫你的名字》《将军》《将军泪》等。最独特的开头方式当属第六种了，如以下：

> 我和红酒是朋友，红酒写小小说。（《秋祭》）
>
> 我和非鱼是朋友，非鱼写小小说。（《秋荒》）
>
> 我和蔡楠是朋友，蔡楠写小小说。（《秋茫》）
>
> 我和奚同发是朋友，奚同发写小小说。（《秋乱》）

这几篇作者用这种风格作开篇模式，一开始就让人有一种新鲜感。新鲜的是独特的开篇方式，更新鲜的是他能够从朋友作品中挖掘出故事来。将四位作家很受影响的作品，有的延续开来，有的对作品进行另类解读。在创作的同时，也是对友情的一种独特的表达。手法独特，文风朴实，这种开头方式是微型小说中少见的开拓和创新。

3. 结尾——欧·亨利式

结尾是微型小说的压轴，刘建超喜欢用欧·亨利式的结尾。所谓欧·亨利式结尾通常指短篇小说作者常常在文章情节结尾时突然让人物的心理情境发生出人意料的变化，或使主人公命运陡然逆转，出现意想不到的结果。但这种结果又在情理之中，符合生活实际，从而造成独特的艺术魅力。刘建超的微型小说好比一个宣传队，向广大的群众传达着真、善、美。他的微型小说除了满足大众的审美愉悦，还包含着深刻内涵、理性的精神，以及崇高人格的追求。

《家里安了电话》，天天盼着有人打，终于有人打了，却是催缴电话费；《妻子的逻辑》，小偷撬门，独自己幸免，邻居猜疑，自己难安。终于盼来了小偷光顾，邻里从此也和睦相处，结局却是妻子撬了自家的门。《爸爸，你有权保持沉默》，爸爸审问儿子早恋，谁料说漏嘴抖出自己在咖啡厅和别人约会的事情。《别太把自己当回事》，张扬因为忘带手机而提心吊胆一整天，回家第一件事就是看手机，没有一个来电显示，没有一条短信，最后接到的是裁员通知。《朋友，你在哪里》《朋友啊，朋友》《谁让我们是朋友》，是一个三题的形式。结尾处，贾兴真的急了："喂，我就在迎宾馆门口。朋友，你在哪儿？"朋友这事很奇怪，冷淡了不行，过分热情了也让人受不了，感觉掺杂虚伪。但是人格的善良和人性的道德，谁能解释得一清二楚，每个人都用自己的标尺来衡量，而大多数人的道德观却是一致的，是能让众多遵循客观道德者满意的。贾兴的为人和处世，在作者的笔下昭然若揭批判得淋漓尽致。微型小说以二题、三题的形式出现，这绝非旁逸斜出，故弄噱头，它是微型小说这一文体成熟之后，一个有意的尝试。在本质上，它还是微型小说。

4. 语言——优美精练

刘建超的作品多以写实为主，或是借事借人来隐喻社会的形态，写现实写回忆，很少有幻想或是超时空的捏造杜撰的痕迹，总是真诚地为读者讲述一件趣闻、一件往昔、一个感动。这体现着作者文笔功夫的扎实与厚重。虽是以写实为主，可是文中优美的语言也令人着迷。例如《海边，有一位老人》，在简短的篇幅里，既要刻画人物又要描写环境，这是需要硬功夫的。很多作者会忽略环境描写，认为这和文章内容关系不大。其实，一定的环境描写是非常有必要的，服务主题的同时能给读者带来视觉上的享受。这篇文章中作者对环境描写的语言完全可以与诗歌、散文媲美：

> 正是中午，蓝色的大海像淘气的孩子，静静地依偎在金色的沙滩小憩。几只悠闲的海鸥潇洒地在海空中舞着芭蕾似的姿势，给寂静的海面点缀了几笔跳动的音符。

这是通过新兵视角展示的景致，所以完全迎合了新兵的心理感受。大海在新兵眼里是美丽的，海鸥的潇洒正是新兵心中渴慕的，也希望有一天可以像海鸥那样优雅地翱翔，而那跳动的音符代表着新兵那颗青春躁动的心。

> 新兵又返身趴在窗台上，两只眼贪婪地舔着海滩。

这个细节作者没有用"看""望"，而是用了"舔"。一般情况下，我们喜欢一种食物到了极致才会用"舔"。很显然作者是想通过这个字一方面告诉我们新兵对大海的渴望，可是因为首长要来，不能去海里练习游泳，故只能用眼睛去感受的这种恋恋不可得心态，另一方面这个"舔"字也生动突出了新兵的天真无邪。

作者对文字的推敲和选择，就像是一件复杂的电子产品，实现了从元件焊接组装到集成路线的工艺性飞跃。尤其是一些点睛之笔，更能看出他对文字的驾驭能力。《老街汤王》里的"马善明没再说啥，摇摇扇子，大家就散了"。仅仅"摇摇扇子"四个字，就写出了马善明对老二、老三不守诚信的失望和气恼，而这一举动，恰恰是长辈在类似场合表现出的习惯性动作。《老街寡妇》里的"黄花哈哈地笑，只笑得满脸泪水瀑布般飞下"，这辛酸的笑和飞下的泪水，乃是黄花的一腔真情被扭曲和亵渎的浓缩。还有《神刻张》里的"皓月当空，树孤影单。张邈的身影在院中时长时短"。这里的"时长时短"四个字，将张邈在月下治印的细心和忙碌表现得淋漓尽致。

当然还有其他精练的语言，如：

那条花裤衩不知何时又换成白底红花的赤裸裸地性感地飘着。（《阳台晾着花裤衩》）

我捧着鞋，就像捧着得了 100 分的考卷。（《回力鞋》）

不爱有一千个理由，爱不需要任何理由。（《锁》）

胡局长蹲在自己题字的厕所里，怎么拉怎么顺当，连痔疮都治好了。（《题字》）

心里就像卸了磨等待被杀的驴一般难受。（《老冒》）

将军扭过头，目光剑一般扫来，斩断了夫人的话头。（《被子》）

这些如诗般的语言，是作者用心血、责任加上智慧和调侃酿造而成的，是作者向千万普通民众的日子里添加的美味佐料。[①]

作品究竟应该传达给读者些什么？有人的地方就有江湖，有江湖的地方就有恩怨。现实生活固然有许多不如意不顺心的事情，社会上也难免会有令人厌恶的事件，但那些绝不是生活的主流，也不应该成为文学创作题

[①] 冷慰怀：《"佐料大师"刘建超》，《文艺报》2005 年 11 月 3 日。

材的集散地。生活需要阳光，创作需要阳光，作品需要阳光。用阳光的心态看待生活，创作作品，并以阳光的作品温暖读者。作者有意识地尝试以正面讴歌为自己微型小说的主旋律。但是，这样的作品并不好写，不能承载太多的政治行为，还易走入概念化，出力不讨好。但是，从作品中可以看出，作者无怨无悔，还乐此不疲，并希望以微型小说给读者带来欢乐，带来鼓舞，唤起人们对美好生活的信心和追求。

刘建超的小说始终在坚守着生命真正的幸福：纯朴正直的人性，相濡以沫而互相关怀的人情，无私奉献而不计私利的人品，真挚自然的爱情，等等。一方面，这些小说赞颂了人的纯真和淳厚；另一方面，这些小说突出了人间的温情。在市场经济条件下的社会，人情冷漠是很普通的，人们非常计较在人际关系中获利，而并不在意人与人之间的温情。这些小说的存在，帮助人们在市场中恢复了对人性温情的信心，也帮助人们在市场中坚守美好。这也是刘建超的小说一直受到普通百姓和专业读者欢迎的重要因素之一。这样的生活态度和文学叙事，既让人们对于生活中的真善美与假恶丑有所辨别，让人们在平凡中发现伟大，让人们相信人性的光辉，也让人们在阅读小说时超越自身的鄙俗，从而提升自己的生活品质。同时，这些小说对现实的超越也使作者自己的生命得到升华。

简·奥斯汀说过："我的作品好比是一件三英尺大小的象牙雕刻品。"[1] 在这里我们不妨借用这句话来形容刘建超的作品。1500 字左右的微型小说融入了作者的心血和智慧，1500 字里作者以一颗平常心关照现实生活，写人与人、人与社会、人与自然的关系，理性批判精神、乐观积极态度、旷达的情怀在作品中得到充分的展示。刘建超的小说既具备了强烈的艺术感染力，又具备了珍贵的思想价值。在读刘建超的微型小

---

[1] 董翔晓：《英国著名文学家》，黑龙江人民出版社 1984 年版，第 180 页。

说时，我们可以像拉伯雷说的那样："加以仔细的咀嚼、赏玩、专研，然后，通过反复的朗诵，再三的思索，嚼开它的骨头，吮吸里面富有营养的精髓……"①

（龙新花　龙钢华）

九　刘国芳微型小说初探

刘国芳，男，1957 年出生于江西临川，出身贫寒，一生坎坷，为人和善，勤于微型小说创作。从 1984 年开始进行文学创作，1997 年加入中国作家协会，2002 年获得"小小说星座"荣誉称号，2003 年获首届中国小小说"金麻雀"奖。现任江西省作家协会理事，抚州市作家协会副主席。在《中国作家》《人民日报》等报刊发表优秀作品近千篇。主要专集有《刘国芳小小说》《刘国芳哲理小说》等。多篇作品译成英、法、日、韩文介绍到国外。《规矩》出现在韩国中学课本中，《风铃》成为香港中学生读物中的优秀文章之一，《你也说了假话》则出现在北京大学对外汉语教材中。

近几十年，在异常嘈杂喧嚣的时代里，纯文学事业日益凋零，与读者隔膜起来，渐行渐远，但是微型小说以亲善的面貌出现，并与缪斯的信徒们一拍即合，出现了文体的繁荣局面。即使如此，微型小说仍有许多尚未解决的问题——甚至连最基本的学名，都存在着遗留问题或不休的争论。②

---

① ［法］拉伯雷：《巨人传》，鲍文蔚译，人民文学出版社 1986 年版，第 6 页。
② 龙钢华：《小说新论——以微篇小说为重点》，湖南人民出版社 2006 年版，第 168 页。

刘国芳经过 30 年的创作，其作品无论从数量上还是质量上都是国内的前居者。不少人认为，在国内，但凡喜欢阅读小说的人，基本对刘国芳的作品都有一些了解和关注。刘国芳把微型小说创作的特点与技巧发挥得淋漓尽致，擅长平淡中见神奇，在"小"中见"大"；而且侧重连接现实，关切人性；赞扬真善美，批判假丑恶；注重构思的巧妙，寻求艺术的多元化，诗化的、哲理的、淳朴的、充满人性与童真的，丰富多彩，令人回味无穷。

著名评论家刘海涛认为："刘国芳的创作昭示了一种小小说的典型写法和小小说文体目前所能达到的艺术高度和艺术成就。"[①] 黄桂华与刘天平也说："刘国芳的小小说，对生命、人性的审美认识达到了较高的层次，创造出有意味的作品。"[②] 研究者认为："读刘国芳的微型小说不累，简洁而实在，流畅而自然。"[③] "其叙述语言具有'口语+诗化语'及反复的特色，平稳的叙述语态下往往涌动着激情的潜流。"[④] "他依托临川文化背景，深味临川文化意蕴，坚守自己的精神家园。"[⑤] "刘国芳讲述故事手法高妙，平平淡淡的故事，经他一讲叙，立即变得流光溢彩意味深长起来。"[⑥] 平淡中见惊奇，简练里出韵味，微型小说的艺术魅力在刘国芳的笔下发挥得酣畅淋漓。但刘国芳并未在优秀中止步，而是大胆创新，开拓进取，他追求的微型小说是能反映时代光辉的，是生活的镜子。于是，无论在选材上还是立意上，贴近生活是他的创作特色；在艺术结构上也大胆创新，将诗意与小说相互融合，创作出一种诗情画意的微型小说系列。

[①] 刘海涛：《小小说的优势与局限——刘国芳小小说创作论》，湖南文艺出版社 1997 年版，第 28 页。

[②] 黄桂华、刘天平：《诗意与人性的审美——〈金麻雀获奖作家文丛·刘国芳卷〉》，世界图书出版广东有限公司 2011 年版，第 194 页。

[③] 邵维加：《论刘国芳微型小说的临川文化意蕴与特征》，《东华理工学院学报》2006 年第 2 期。

[④] 邵维加：《刘国芳微型小说印象》，《甘肃广播电视大学学报》2001 年第 3 期。

[⑤] 邵维加：《论刘国芳微型小说的临川文化意蕴与特征》，《东华理工学院学报》2006 年第 2 期。

[⑥] 张峰、易宋江：《刘国芳小小说叙述技法撷谈》，《娄底师专学报》2000 年第 3 期。

系统地看刘国芳的微型小说，则会发现，无论是内容上、结构上还是艺术韵味上都有他个人的光辉。下面分三个部分予以论述。

（一）内容——人性的追寻

刘国芳的作品内涵丰富，充满着一股直冲心灵的力量，让你情不自禁地去品味其中的美，读完之后则是内心充实，能够感受到真实的自我遨游在精神的大海中。因此，读他的微型小说是一次陶冶，一次知识的陶冶，一次灵魂的陶冶。他把微型小说独特文体的审美提升了到一种较高的境界。在他精短的语言文字中，我们可以看到各种"美"的存在。即使生活中一段简短的对话，一首普通的歌谣，一件平凡的事，在刘国芳的笔下都洋溢着无限的童真美、人性美。下面分两部分予以论述。

1. 童真的颂歌

童真，是指作家在创作过程中以儿童视角来叙述与童年有关的故事，而"童真美"就是这一种融汇于作品之中的纯真与善良。刘国芳的微型小说充满着童真美。在《孩子与车》中，作者另辟蹊径，将孩子与大人的身份定位彻底颠覆。现实生活中，孩子与大人是被引导与引导的关系，而作品中的孩子不再是单纯的被引导者，反之成了"女人"的心灵路灯。久经世俗的"女人"宁愿要豪车也不愿养孩子，然而"男孩"用彩笔画出一辆车一本正经地送给她时，她的心灵融化了。"男孩"天真而热情的帮助唤醒了她人性的纯真与善良。所以，孩子与大人的引导关系不再定格，作者意欲借小故事来告诉众人：童真美的引导魅力既简单又深刻。

童真美不仅表现在对人性善的引导上，更可以用来表现对童真的缅怀与赞美。流行歌曲《往事》中那优美婉转的歌谣："如梦如烟往事，散发着芬芳""让我在回忆中寻找往日，那戴着蝴蝶花的小女孩"。"戴着蝴蝶花的小女孩"就是诗一样地在作品中出现三次的主角,也是童年与纯真的象征,无数的人曾坐在记忆的青石板上看曾经的自己,而作品运用了三个不同年龄的女性对女孩的赞赏与羡慕表达对美和纯的追求。

刘国芳对人性美的讴歌并不止于童真,一个寻找人性善的作家会在生活中寻找心灵的颂歌。《村姑》一篇中,作者首先在选材上就独具风格,他选取的是热门社会问题——见义勇为。刚进城打工的村姑看见小偷会义正词严地揭穿,当时光使村姑蜕变为城里人后,已经不再见义勇为,然而曾经有着一颗正义心的村姑的照片,却使行窃的小偷胆战心惊。村姑虽退化,但作者的心依旧是温暖而正义的,他将正义寄托在一张过去的照片上,实则是对社会上流失的正义感的呼唤与赞美。他成功地描绘出了现代社会的冷漠与孤傲,同时为社会开出了良药,即对传统的善良与正义的追求。在《木棉花开的日子》中,作者歌颂了友谊,也赞美了人与人之间的互帮互助,那个开着木棉花的堤岸成了人性美的象征。《爱的冬天不会寒冷》和《拔去心里的草》都是对支教老师的深情颂歌,因为有爱,所以不会寒冷;因为拔去心灵的烦恼无私奉献,所以才会收获欢乐。刘国芳的微型小说,总是透着一股对人性善的追求,一个以改造社会为己任的作家,一定会有他的与众不同之处。

2. 失落的缅怀

有对善的歌颂就一定有对失去善的缅怀。在《黑蝴蝶》中,父亲没有承担父爱的责任,所以儿子将对父亲的爱寄托在一只蝴蝶标本上,父亲离去时飞过的黑蝴蝶象征着父爱的逝去。《爱在天上飞着》则是现代人爱情迷失后对真爱的缅怀。男孩只有在梦中才能实现和自己喜欢的女孩折纸飞机游戏的场景,现实社会里肉欲或者金钱代替了爱情,物是人非,爱已不再。作品中的男孩认为自己的爱一直在飞着,但是始终未能靠近目的地,这也正是现代年轻人漂泊不定的困惑、爱情迷失后的失落。

在缅怀之后则是对人性丑恶的无情嘲弄。《开始就是结束》是对肉欲追求的讽刺，男人为色而勾引女人，女人以为是爱情。男人将女人与妻子相比较后选择了丰腴的妻子，女人却未明白为什么爱刚开始就是结束。对话体的内容使作品像一部讽刺小剧，男人的甜言蜜语与自私和女人的天真与愚蠢跃然纸上。《诱惑》中，疲劳的纤夫受一个穿花短裤的人诱惑终于将船拉下了河，而走近了的"花短裤"竟然是个男人。微妙而含笑地讽刺男人性欲的原始冲动，在讽刺中更夹杂着对女性人权尊重的渴求。而《火柴》却是最残忍的嘲弄，《卖火柴的小女孩》真实而富于美好幻想的故事在现代孩子的世界里实现了彻底的否决。"孩子"认为火柴与空调实在是不可相提并论的，就算他把所有火柴都用完也还是无法得到足够的温暖。那个凄美而可怜的童话故事在现实生活中再也不会发生了，那根火柴里寄托的美好愿望也被现实击得粉碎，物质充足固然美好，但我们没有了怀念的东西。童话被否决后孩子还充满幻想吗？在讽刺中又透着一股心酸。

刘国芳的微型小说创作坚持以人为本的理念，而且作品中的人物形象都是在现代生活中提炼出来的。在他的作品中时刻都在弘扬着"善"，讽刺着"恶"，以一种人性的眼光去关注卑微人群的闪光之处。即使他的作品中描绘的都是普通的人物、简单的情节，却蕴含着人性的方方面面，所以他可以说得上是一位直面人性的作家。刘国芳对人性的解剖不再停留在性格的塑造上，而是通过人物的对话、行动来表现灵魂深处的真实。无论好坏善恶，都不加修饰地摆在你面前，只求还原人性的最真实处，所以读刘国芳微型小说，其实是在品读人性。

（二）结构——多样性的追求

结构是作品的框架，一个好的框架往往会起到高屋建瓴的作用。刘国芳是结构创造的能手，他的某些作品因一个独特而精致的框架而独领风骚。下面介绍他常用的三种结构。

1. 诗意的结构

刘国芳说过:"小小说的语言应该是诗的语言,小小说因为短,通篇要给人一种诗意,这样的小小说,就会看起来好看,有品位。"[①] 在他的妙笔之下,简单的情节、平实的语言、简短的语言交流、人物的特点都彰显着童真与人性之美。

在诗意上刘国芳最擅长的则是运用诗一样的循环反复结构,营造诗一样的意境,讲述像诗一样干净或忧伤的故事。例如《月亮船》中,曾有三处对月亮船的童谣进行反复吟唱,烘托出一种神圣而古朴的情感。其采用的是反复回环、同中见异的结构。整篇内容都是围绕月亮船进行描写的,关于月亮船的歌谣在文中反复吟唱,但每次吟唱的情感大相径庭。前面是母亲教女孩唱,仅仅是一首带着母爱的童谣,有种悠闲之感。第二次唱童谣,起着承上启下的作用,引出在河中救人,被月亮船载走的忧伤故事。但到母亲也坐上月亮船离开后,女孩自己再开口唱的时候,那种悲凉之情油然而生。感情层层深入,最后直抵内心,引起读者的共鸣。又如《诱惑》中描写的号子声,都是在文中反复出现,但内容又有变化,正是这内容的变化,引起了船夫们的激情,最后顺利到岸。而《往事》中,作者虽采用的是循环反复的结构,在感情基调上却是平行的。作品中唱歌的女人不是同一个人,然而歌颂的对象、唱歌的心境是相同的。她们借用童谣来缅怀过去的时光,缅怀翩跹如蝴蝶的少女时代。反复吟咏的诗意语言使这种缅怀越咀嚼越淳厚。诗一样的结构和诗意的语言巧妙融合,刘国芳的微型小说自然而然地透露出一股清新之美。

---

① 刘国芳:《〈抬头望见北斗星〉自序》,长江文艺出版社1992年版,第1页。

2. 走珠串线式的单线结构

讲究简单而精炼的微型小说当然离不开单线叙述的模式。单线结构的作品一般紧扣一条情节主线,对人物行为和故事情节依顺序展开,而全篇内容则有明确的、连贯一致的结构线索。但优秀的微型小说就在于出奇制胜,在平凡的结构中创出新意来。

《卖瓜》《照片》《灿烂如花》《黑蝴蝶》等皆为单线叙述结构。《卖瓜》以农村母女赶集卖瓜和城里人买瓜为叙述主线,以"读书"为文眼,在农妇与城里人对读书的不同看法中展现城乡差异,并以结尾处女孩的一句啼哭"我要读书"来表明作者的立场。而《灿烂如花》则是一篇小品文式的小说,作者花大量的篇幅来赞美山上的各种花,语言质朴而有神,颇得汪曾祺小说的风韵。整篇文章围绕花展开,未开花的篱笆我们无法辨识,只有在开花的那一刻你才能看出原来它是优雅的蔷薇,还是迷人的映山红。作品最后以出嫁的女孩比作花开的美。就像文中提到的,花和人是一样的,尽管默默无闻,终究会迎来灿烂的日子。质朴而哲理的结尾既点明主题,又寄予生活无限希望。《黑蝴蝶》也是以爸爸的一句"人死了都变蝴蝶"为文眼,讲述一个抛家弃子的男人在儿子心中化作永远的黑蝴蝶的故事。单线结构的微型小说往往更符合微型小说"奇"的特点。对于"奇",就要求故事的结局出人意料但又合乎常理。《黑蝴蝶》结尾,儿子打开装着蝴蝶标本的盒子给父亲,说这才是他父亲时,我们恍然大悟,追溯前文,原来在儿子心目中,父亲早已死去。《照片》的结尾也引人深思,经过打扮后的美丽乡村姑娘不敢相信那是自己,就连全村的人都不愿去相信。他们恪守着贫穷与落后,生活的苦难使人麻木,麻木的心无法再发现生活中的美。这样的故事结局让所读之人不禁叹息,为美丽的埋没而遗憾,更为同胞的贫穷而心痛。

走珠串线式的单线结构不仅使情节简单而紧凑，而且留给作者足够的发挥空间使简单的故事中深藏韵味，做到简而深。

3. 并驾齐驱的双线结构

双线结构则是叙述类作品中常用的结构形式，基本要求是在叙述故事的过程中安排两条线索，分别叙述各自故事情节，但又相互关照、比较、交叉与覆盖。这样就可以让整篇作品的叙述更加充实而和谐，而且两条线索更加有利于延伸小说的广度和深度。刘国芳微型小说中常见的两种双线结构分别是并行式和寓言式。

并行式结构的两条线索要么相互烘托，平行反映主题；要么就是对比模式，在截然不同中引读者深思。两条线索在作品中具有同等重要的地位，互相映衬，更强烈鲜明地烘托出主题。《孩子与车》的故事展开，是以孩子想拥有彩笔和女人想拥有爱车这两条线索平行展开，最后在女人为孩子实现愿望的同时孩子也实现了女人的愿望。于是，两条平行线最终交织，共同延伸向爱的主题。这是典型的相互烘托、相互映衬式的平行结构。《你身上有她的香水味》，这篇都市微型小说也是相互烘托的平行结构，一条线索是女人与男人为了让男人离婚而算计妻子的故事；另一条线索是妻子与男人相处时的从容与睿智，文章结尾，作为第三者的女人选择退出，两条关于爱与婚姻的线索合并，指向人与人之间的宽容与信任。

另一种并行式结构的两条线索却是相互拆分、对比出现的，在这种并行式结构中，往往隐藏在包容式的并行结构，即两条线索明暗交织，明线穿插全文，暗线画龙点睛，耐人寻味。这种双线结构是小说创作中最常用的结构之一。例如《火柴》一文，停电后怕黑怕冷的小女孩在妈妈讲述《卖火柴的小女孩》的童话故事时擦亮一根根火柴取暖，终于来电时，现代的小女孩发现了火柴远不如空调取暖直接。作者以这个当代小女孩的故事为明线，以童话故事《卖火柴的小女孩》为暗线，互相消解、嘲弄。最后，凄美而天真的童话故事被现代生活彻底消解了，于是，作为对比暗线的童话在小女孩一句"骗人"中彻底失去了话语权。《过去》同样采用了双线对比驳斥的创作手法，母亲在女孩的哀求下未离婚而受了一辈子的苦，长大的女孩却毅然选择了离婚，这时候她才明白自己对母亲的残忍。亲身经历后的选择与自己为母亲做的选择产生了强烈对比，在对比中表达现代婚姻无爱的悲剧。

寓言型的双线结构在刘国芳作品中的运用已经到了驾轻就熟的程度。寓言型要求寓言材料的发展与故事完美结合，才可以把作品的内容和情感内蕴在寓言性材料中呈现出来，使作品意味深长，发人深省。现代爱情小说《爱在天上飞》就是将迷失在都市肉欲中男孩对纯爱的向往寄托在梦中的纸飞机上，那一直飞翔的纸飞机是爱的代表，飞翔代表着漂泊，一直漂泊的现代人，爱也在虚空中漂泊着，难以捉摸。这样的寓意忧伤而深沉，却又切中肯綮。《拔去心里的草》是以乡村教师屋脚的杂草来寓意乡村老师内心的不安定。想回到城市的梅老师几经挫折最后甚至宁愿轻生也不想再留在乡村，内心长满了荒芜的杂草。作品中的校长认为"我们"应该学会奉献，不然那些"孩子"的教育问题将是他们成长路上的一大阻碍。"我"和梅老师听见了一种拔草的声音，墙上的草突然消失了，不管是谁拔去了这些长在心间的草，我们将在这里奉献出自己的力量，也让内心得到一种久违的宁静。将内心的躁动化作墙角的杂草，不得不赞赏刘国芳在构思上的独具匠心。

（三）韵味——深厚蕴藉

刘国芳微型小说中的韵味体现在以下两个方面。

1. 散文的韵律

刘国芳善于将散文美镶嵌在其微型小说的灵魂里，他善于运用散文的散淡而又形散神聚的表现手法来使得微型小说的意蕴更加深刻，实现了小说与散文化的完美结合。

在《一生》这篇作品中，作者看似随意叙写，实则精心选择，韵味无穷。"孩子"与"鲜亮的太阳""汉子"与"明亮的阳光""老头"与"暮霭"，这些都是一一对应，太阳的不同变化、不同形态，与此同时的主人公年龄的增长，体态面貌的变化都有深意。太阳还是那个太阳，可人却已经不是当年的人了，太阳的落下、夜幕的降临，预示着这一生的终结。太阳还可以再升，但人是"破碎的太阳"，再也不能重来。这些意象不仅让作品充满了触动人心的诗意美，更延伸了作品深厚的理性思维空间，形成了诗意与韵味的散文美。

再看《风铃》，那反复出现的风铃，就像茹志鹃笔下的那床绣花新被一样，紧紧扣住了主人公的情感起伏变化。所以读刘国芳的微型小说，可以看到很多前辈的影子。当代微型小说创作中，人们常常将目光放在波澜起伏的情节上，专注于作品内蕴美的作家，刘国芳算是一个了。风铃在文中出现多次，而每次代表的心情却不一样：兵拿着风铃在军营里挂着，女人却听不见；兵终于把风铃挂在了心口，那起伏波折的爱情终于完美落幕。散文式的情节使整篇作品就像在叙述着像风铃一样美好的故事。

在刘国芳的微型小说中，语言就是人物的性格，代表着人物的品格、人物的阶层，反映着他整个生活的世界。前面就提到过，他的语言是自然的、通俗易懂的，是代表着最广大读者的心声，这样的语言也是为他们服务的。所以，这就产生了一种亲和力，能够与各个阶层的读者进行交流，也让他们接受这样的语言。

刘国芳把这种群众语言巧妙地融合在微型小说的每一个角落，呈现出了一种淳朴的自然美。例如，《诱惑》这篇微型小说中的语言都是很自然的，很朴实的，完全来自人物的内心，而言语体现出来的情感也是真切的，当读者细细去品读时，就会发现这里充满了淳朴，情真意切，意味深长。这种自然的语言代表着当地的特色，只有在那里才会有如此美妙的语言，通俗易懂，甚至显得有些粗糙，但只要静下心来，我们就会发现，这不仅是一种语言，更是一种文化。这其中的味道恐怕也只有用真心阅读的人才会品尝出来吧。"前面那个到了……嗨哟嗨哟——到了那个酒馆……嗨哟嗨哟——"这是多么的纯朴、自然，没有一点杂质。后面还有"女人那个胸前……嗨哟嗨哟——胸前那个奶子……嗨哟嗨哟——"就这样，那些纤夫便把船拉上了岸。我们可以看出，这些语言都是没有添加任何修饰的，就是地道的号子声，从纤夫的口中一句句喊出来，铿锵有力，富有强烈的节奏感和韵律美。我们讲他的语言具有散文美，的确，在这里就是用最简单、最古朴但又最富有感情的语言，透视出纤夫们的淳朴憨厚、勤劳勇敢、幽默风趣的性格。最终感情升华到顶点，向四周喷发出去，让读者感受纤夫们的生活，感受他们的幽默，感受他们的情感！

同时，刘国芳微型小说的语言还是根据不同人物形象而变化的，最有代表性的应是儿童语言。例如，从《孩子与车》中"那我把这辆车送给阿姨"这样的可爱到《月亮船》中的"我想坐在月亮船上，让它载着我"这样的天真，从《卖瓜》中"我要读书"的悲泣到《黑蝴蝶》中"爸爸以后不要我了"的无助，他的作品喜欢用孩子的口吻来表达，用最纯净的语言来写对善的赞美和对恶的痛恨。此外，男人和女人角色的对话体语言也是他的一大特色，以《开始就是结束》为例，生动再现了都市生活中男人与女人的情爱较量、道德沦陷过程。"有好多天了，我都想着你，吃饭时想着你，睡觉时想着你"，这就是我们平日中常用的甜言蜜语，也就是这些贴近生活的语言，让刘国芳的小说总给人一种亲切、自然的感觉。

刘国芳的微型小说，虽然他的语言不华丽、辉煌，但这样的语言已经完全可以表达出微型小说的情节与情感。这种散文化的语言又让读者阅读起来更加轻松、惬意和愉悦，所以这也是他的成功之处，注定他会得到广大读者的青睐。

我们需要这样的融合，小说味与散文美的结合，引领着我们向艺术审美迈进。

2. 精炼又含蓄

"精炼和含蓄是微型小说创作的基本法则，国芳是深得其中三昧的。"[①]他的作品有着中国古典的韵味，善于从古典作品中吸收营养，将其精华融于字里行间。

诗意的精炼在刘国芳的微型小说里常以一些单纯、美好、虚幻的对象表现出来，如"月亮船""水彩画""花""童谣"等，这些意象象征着真善美的人物与品格，这与作者的选材立意有着千丝万缕的联系。一个向往美好的作家当然会在创作中追求光明。

同时，诗意的精炼还表现在一些修辞手法上，这既可以让故事中的情节与人物变得更加形象，又给予读者无限的想象空间，欲言又止，体现出一种独特的含蓄美。

《老人与树》这篇微型小说，语言相当的精炼，字字有心，句句有情；描写含蓄，但含蓄中的感情深深入心。作者运用了拟人的修辞手法来描写这一切，作品中的"树"刻画得惟妙惟肖。这一切都让读者深深地体会到

---

① 杨晓敏、刘海涛、秦俑主编：《〈金麻雀获奖作家文丛·刘国芳卷〉》，世界图书出版广东有限公司 2011 年版，第 1 页。

刘国芳微型小说的独到之处，也让他们更加贴切地理解"树"这一形象。

作品中拟人、比喻、象征等修辞手法的巧妙运用，水到渠成，让人赞叹不已。树与老人的对话其实两者都是不能听见的，全是说给读者来听，但又仿佛自成对话，相互辩解又相互珍惜。就是这样的描写，增加了作品的韵味。若是作者把老人与树都写得十分直白，最后树就是树，老人就是老人，也就失去了作品的价值。把柿子树比作一位老人，这样的比喻形象生动，恰到好处，在读者看来，这的确是很吻合的，也能让读者更好地理解。

这里面主要运用的还是拟人的修辞手法，把柿子树当作人看待，而且是一个有思想、有语言、有意识、有灵魂的"老人"。它能与老人进行对话，还能听懂孩子的话，为他摇柿子，在小孩子爬树不慎掉下来时还用枝丫挡住了孩子。最后，柿子树被砍了，也像人一样流下了眼泪。这一切虽然都只是心理描写，可能人们都看不到，感受不到，但在作者笔下写得甚是逼真，将读者带入了那个场景。我们可以看出柿子树在里面象征着美好的事物，老人羡慕它，小孩喜欢它。但是事实又很残酷，美好的东西总是被破坏，令人痛心疾首。有时候人们总是向往美，总是在追寻美，却不知道发现美。老人羡慕柿子树的稳定、淡泊；柿子树却羡慕人类的行走，其实两者都是美好的，只是都走错了方向，只发现了自己的缺点。

我们经常会去追求一种含而不露的艺术效果，当语言叙述到一定程度时戛然而止，让读者意犹未尽，总是试图想象最后的结果。其实，很多时候作者也只是作为一个叙述者将故事表达完整，而我们看完故事，也许就会懂得一些道理，或者说能够从中看出一些端倪，但有些时候仍需想象、揣摩。毕竟，我们对同一部作品的欣赏角度是不一样的，所以不同的读者也就有不同的想法，这就是含蓄的价值所在；如果作者什么都在作品中流露出来，那么那样的作品就不需要思考，也就失去了阅读的价值。比如在《向往阳台》中的"我"，文中并没有说明是谁，到底是怎样一位女性，不得而知，而且我们不知道"我"的年龄、长相等特征。也许这样的人有很多，甚至读者里面就有，也就唤起了读者的好奇心。还有《家》中的各种"家"的形状，我们都只能去想象，一个孩子画出来的"家"会是怎样的，以及最后孩子是否找到家，这些都留下了悬念。这些内隐的、非确定的因素吸引着读者的好奇之心，不断地去寻找答案，也使得读者对作品中讲述的情节进行自我加工。

刘国芳作品中，还有着一种类似于"模式化"的结构，通过一种较为固定化的结构模式来写。《状元街》《尚书府》《进士桥》等作品都是类似的结构，都以一种较为陈旧的建筑做意象，而这些意象都是人们向往的，或者说是梦寐以求的，作品中的人物通过一定的努力达到了那个地位，可能是真实的，也可能是梦境。虽然看上去似乎很普通，甚至有些烦琐、重复，但是作品的思维是不重复的，既寓意着自己的经历，也在警示自己与世人，我们要追求幸福，但绝不是只有功名利禄。

我们从刘国芳微型小说中看到了很多东西、很多美，无论是结构上，还是语言上或者是感情上，都深深地牵引着读者的心，作者怀着一颗炽热的心去创作，将生活原本的面貌展现在读者的眼前，我们应该感谢他，是他用心浇灌着这些充满人性的作品。刘国芳创作微型小说，是公开亮出旗帜的，他对微型小说情有独钟，将这一名词深深烙在心中。只要提及微型小说，刘国芳的语言就变得神采奕奕。也正是他的这种创作精神，才会有这么优秀的作品。刘国芳微型小说为什么能够让大家敬佩，深得读者的喜爱，就在于他从生活中来，又回到生活中去，一句话、一首诗、一个细节、一个哲理等，无不散发出一种美的特质、情的诗意，更富有一种十分美妙的旋律。

自成体系的创作，一定有它的傲人之处，刘国芳的微型小说，在内容特色上，我们看到的是对人性真善美的追求和对丑恶的鞭挞，一个有着时代责任感的作家永远是属于社会的。在情节结构上，他能将简短的微型小说变换出各种风格，在他笔下，微型小说不再是结尾出人意料的故事，它可以耐人寻味，也可以含着淡淡忧伤，甚至可以像一首歌、一句诗一样凄美。在艺术特色上，刘国芳完美地承接了微型小说的含蓄蕴藉，并在语言上另辟蹊径，自成风格。这样的微型小说，的确可以在当代文坛占一席之地。

（刘小冬　龙钢华）

十　刘志学微型小说初探

刘志学，男，1965 年出生于河南封丘。早年从事媒体工作，常年走访于社会最底层，现任卫生部《中国当代医药》《中国医药导报》杂志副总编。业余从事写作，其中最多的属微型小说创作，至今已在国内外报刊发表文学作品 400 余万字。他的多篇微型小说入选《中国当代微型小说排行榜》《感动中学生的 100 篇微型小说》《中国小小说 300 篇》《中国当代小小说大系》等文集及年度选本。微型小说作品《长大了俺都嫁给你》入选九年级阅读教材并获第二届全国微型小说年度评选一等奖。基于刘志学在微型小说上的成就，本节试从人文精神、题材内容、创作风格等方面对其微型小说进行初步的分析，并探讨其对读者的影响及对新时期微型小说创作的启示。下面从三个方面予以论述。

（一）人文精神中悲悯情怀的展现

文学的职能在于为人类社会的存在提供和创造一个良好的人性基础，而这一基础中理所当然地应包含一个最重要的因素——悲悯情怀。这里所谓的悲悯情怀，就是指人们以一种博爱的眼光以及大智大慧的胸怀来怜悯同情苦海中世人的情怀。另外，此处的同情并不是轻视或可怜，而是以感同身受的情感来感悟。

文学作品的成功与否，是看它能否拨动读者心底那根感情之弦。刘志学的微型小说做到了这一点——在他的微型小说里流露出了一种总能引起读者共鸣的悲悯情怀。对于刘志学的微型小说中那种无处不在的悲悯情怀，可以从三个方面去理解与认识——对人性善的褒扬与崇敬、对人性弱点的批判与无奈以及对人的悲剧性命运的认识和理解。简单地说，这种悲悯情怀就是关于读者对作品的一份感动。

文学从古典形态转变到现代形态后，感动在作品中就逐渐消逝了。古典作家的作品，无论是托尔斯泰、契诃夫，还是狄更斯，我们都会为他们作品中的人性、人情或人道主义所感动；而现代形态的文学放弃了正常人的情感层面，虽然给整个文学带来了一定的深度，但感动的力量几乎消失了。文学一个非常重要的因素甚至存在的一个理由，就是它流露出来的对人类的悲悯情怀。在刘志学的微型小说里，这一点不但没有被忽略，反而更有力地展现了出来。

出生于农村、成长于农村的刘志学，曾经在民政系统的媒体工作过几年，担任记者的他经常采访一些生活在社会最底层的孤寡老人、五保老人、残疾人以及其他一些社会弱势群体。这样的成长背景和工作阅历，首先触动的是刘志学自己心底的那根感情之弦，使生性善良、正义的他心中那腔悲悯情怀更显浓厚。刘志学善于同情、理解别人，他的笔下，时常活跃着一些不为人们所关注的"小人物"的身影；他的笔触，时时触及这些小人物的内心深处，随他们喜而喜、悲而悲、怒而怒、乐而乐。

刘志学微型小说中的悲悯情怀主要体现在以下三个方面。

第一，作者对妇女在旧时代爱情婚姻观念的桎梏中痛苦挣扎的同情。

在旧时代，有那么一群女性，她们年纪轻轻就不幸地守起了寡。然而，守寡并不是她们真正愿意的，她们也需要爱情的温暖与滋养。可是，封建思想的残余还在众人的脑中挥之不去，才使得她们更加不幸。刘志学的微型小说中，就存在着这样的女性。

在《路祭》中，作者塑造了四奶奶这样一个形象——"四爷在一九四九年随大军渡江时，和南京的城墙一块儿粉身碎骨了。为了保全'英雄的妻子'的名节，四奶奶熬得再苦再难也不改嫁"。可就是这种环境下的四奶奶被传与光棍儿石磙有染，结果石磙被打折了左胳膊，又被下了大牢……四奶奶没等回石磙，守寡到死。四奶奶的无奈，周围的谁又能理解呢？恐怕除了爱上了亡妻之夫、在路祭时拽石磙叔的九婶感同身受之外，理解者甚少了。

而在《蜜蜂奶奶》中，蜜蜂奶奶看起来更为不幸——"一辈子没嫁人的蜜蜂奶奶却是个十里八乡很有名气的产婆，后辈们都叫她'接命奶奶'"。接了一辈子命而极受镇上人爱戴的蜜蜂奶奶快要辞世了，在临闭眼时说出了她日日挂念的人的名字——石夯那死去20多年的爹。就因为这一个名字，镇上的老少爷们儿并没有像给蜜蜂奶奶生前承诺的那样唱三天大戏，"也没给她召开全镇人参加的追悼会，甚至连石夯媳妇做好的寿衣也没给她穿……"一位如此受敬重的"接命奶奶"，却在最后关头受到如此待遇，只能说明她违背了人们心底根深蒂固的封建爱情婚姻观念。

再看看《死谏》，从这个作品中，已经看到了在旧时代里，年轻丧偶的女性对于婚姻观念桎梏的有力抗争——官印奶奶和布袋大娘选择了自杀。两位守寡一辈子的女人在用生命告诉同样遭遇却还年轻的秋苗，去大胆追求自己的爱情："咱司家就这命呀！你……再迈个门槛儿吧。"官印奶奶生前对秋苗说的这句话，在那个刚解放的时代，显得尤为沉重而引人深思。另外，在小说的最后有这几句话："骑河镇大大小小三千多号人都来送两个老妪最后一程，但一直到两堆新坟上的土都干了，谁也没弄清楚官印奶奶和布袋大娘是咋死的……"他们不知道那是自杀，更不知道官印奶奶和布袋大娘的自杀是对当时女性守寡的无奈的抗争。

作者在表达对妇女在旧时代爱情、婚姻观念的桎梏中痛苦挣扎的同情与无奈的同时，也正是借这些不幸女性的挣扎在呼喊：人民在政治上虽然得到了解放，但人们的思想更需要解放。只有人们对旧时代爱情婚姻的觉醒，才能还那些本来就不幸的女性一条"生路"。

第二，作者对于极易被人忽略的智障者的爱情的尊重。

作为智障者，也许他们不懂得爱情是什么，但是他们会有爱情的感觉；尽管他们不知道这种感觉就是爱情，但是他们很需要这种感觉。从感性这一层面来说，这种说法应该不会遭到质疑，所以，智障者的爱情也是需要得到尊重的。

在刘志学笔下，智障者也拥有他们痴恋的爱情，只是很遗憾的是，大部分被主人公周围的人忽略掉了。他的微型小说《纸片儿》中的纸片儿、《我看着你》中的小磨、《蒸窝儿》中的樱桃等，都是对爱情执着、痴迷的智障者。例如，《纸片儿》中这样写道："纸片儿去拾荒，书和报纸都不要，就捡那种小学生作文本一样的写有钢笔字的废纸片儿，并且如果你和他抢这些废纸，他就跟你急眼儿，甚至拉开架式和你玩命儿。捡回来之后，他就把那些废纸一张一张地展开，放整齐，坐在那里一张一张地很仔细地看……"足以看出，纸片儿对曾经弄丢了女孩的信的行为的极度自责以及他对女孩的痴情。还有《我看着你》中的小磨，六年来只会说一句话："我看着你，我看着你呢……"最后，磨杠两口子"给小磨收尸时，从他贴胸的口袋里，翻出了春景的一张照片，照片的背后，有一行字：'你看着我，就不会忘记我'。"另一部作品《蒸窝儿》中描述到，身边没了四狗，樱桃就天天在深秋的冷风里，跑到骑河镇南地，坐在穿镇而过的凉水河河岸上，顺着河道往南看，一看就是一天。"一天天地，最后没有等到四狗回家的傻傻的樱桃死在了凉水河的河滩里。"这就是小磨和樱桃这一类智障者的爱情，如此深情、悲剧性的结局令人惋惜。小说中还有另一些信息，如《纸片儿》中老焦等人对纸片儿毫不犹豫地出手相救；《蒸窝儿》最后一段的环境描写"在樱桃身旁，河滩里一块很平整的泥地上，摆着一大片用河泥团成的泥窝头，横成排、竖成列，每一个泥窝头都像小塔一样，圆圆的、尖尖的。北风在凉水河的河道里一阵阵地窜过去，初冬的阳光没有一点儿暖意，却把那一排排泥窝头，耀出了一排排金色的光芒"，更是体现了樱桃对爱情傻傻的执着。总之，智障者的那份爱，不仅温润着他们自己，同样温润着那些世俗的心。同时，这些文字透出了作者对智障者爱情无条件的尊重以及由衷的敬佩。

第三，作者对于小人物裸露的真实人性的崇敬。

古往今来，不同的社会都会有不同类型的小人物。所谓小人物主要是针对他的社会地位和生活环境而言的。在刘志学的笔下，存在着一大群不为人知却很鲜活的小人物，其中就不乏值得崇敬的。也许他们只是一介平民，但他们并不乏一颗朴实善良的心，不乏大义凛然的气概。下面从三个层面予以论述。

首先，是对于个人而言。在《母亲》中，作者描述了一位看似对儿媳妇小气冷漠却是从心底关心她的母亲。儿子箩头认为在娘眼里儿媳妇米花连家里那只老母鸡都不如："那回老母鸡偷啄刚出锅的馍，让米花拿烧火棍打了一下，娘听到鸡叫，出来把米花数落了一顿……"但实际上，娘对逃过难产一劫的儿媳妇是感同身受地疼惜，甚至把家里的"命根子"老母鸡给宰了，就为了给刚生产完的儿媳妇补补身子。"闺女！今年过年咱不吃饺子了，来，喝鸡汤，鸡汤大补呢！"要知道，那可是家里唯一的一只老母鸡啊！"那是娘的宝贝啊。今年的工分钱挣得少，娘就靠这只母鸡下的蛋换盐、换火柴呢……"瞬间，母亲小小的形象变得如此高大，同时更是值得崇敬的。

其次，对于集体而言。比如，《长大了俺都嫁给你》写的是主人公冬来因为坚守在偏僻的鹅脖湾办学教书而耽误了自身美好姻缘的故事。冬来为了鹅脖湾的孩子能上得了学,在村里办起了学校,放弃了去城市和与自己相恋多年的香荷结婚……如今36岁的他"仍然固守着鹅脖湾小学的三尺讲台,孤身一人打发着东升西落的日头……"冬来为了支援山村教育而放弃了小我的行为,实在是令人钦佩。同时,在《没有彩虹》这篇微型小说里,主人公石夯就是一位为了集体可以牺牲自己的普通却伟大的老村长。在石夯眼里,村里的黄河大堤就是他生命的一部分,要知道,这大堤牵连着千家万户,它要是一开口,连北京城都保不住了。"他除了种好自家的地,就一天到晚在黄河大堤上转……村长不当了,习惯没有改,照旧在堤上转。"年轻的时候,石夯为了黄河滩抢险而瘸了一条腿;而这一次,是为了查看大堤上的闸口失去了宝贵的生命。为了集体利益,连性命都不顾的老村长石夯顿时令人肃然起敬。

最后,对于国家利益而言,刘志学的笔下同样不缺英雄。例如《掌眼》,其中的主人公金辨芝,为了拒绝给日本侵略者夺来的古画掌眼,毅然刺瞎了双眼,用他自己的话说就是:"掌眼,掌眼,给畜生掌眼,不如瞎掉!"金辨芝在外来侵略者面前刺瞎双眼而表现出的爱国民族气节,由衷地令人崇敬。

张爱玲说过:"因为懂得,所以慈悲。"正因为年轻时的刘志学经历过太多委曲与苦难,因为采访社会弱势群体的丰富经历,所以他对某一类生活于底层的人有着深刻的理解、同情与尊重。在他的微型小说中,其悲悯情怀展现得可谓淋漓尽致,对他笔下的人物,有无奈的怜悯,还有尊重,更有崇敬。

(二)心灵故乡"骑河镇"——浓浓乡情的呈现

一个作家成功的作品,往往和他的故乡有着密切的关联,作家的笔只要一伸进滋养他成长的母地,他就获得了灵气、生命和力量。在一个作家的文字里，我们总能读出浓厚的故乡情结。文学艺术的反映，是一种"主观的反映"，是作家各不相同的"个性化反映"，它反映的是经过作家心灵折射的社会生活。而一个真正的、伟大的作家，多半是在童年时期情绪记忆的摇篮中便开始形成了他们自己独特的个性。这种在孩提时期体验过的情绪记忆，往往还会在无形中浸透在他们终生的创作活动中，显示出他们的创作风格和作品的个性特色。李广田就在《根》中说过，"我大概还是住在城里的乡下人""我的根也许是最轻易生在荒僻的地方""我大概只是一株野草，我一直还没有卸下我的作为农夫子孙的性道"。一个作家，故乡的山水风物为他孕育了一颗精神的种子，无论这颗种子在哪里开花，都与它的孕育地永远关联着。对于作家而言，故乡情结就像是一个无形的小精灵在暗暗地牵引着他们，不是他们对故乡魂牵梦绕，而是故乡在不经意间悄悄进入他们的梦境。

刘志学就是一位成长于豫北乡村，工作奔走于繁华都市的微型小说创作者，而在他创作的众多微型小说中，有一大部分与一个叫"骑河镇"的地方有关，写的是那里的人和事。"骑河镇"是一个作者虚构的小村镇，那是一片被黄河水滋养的土地，那里有一群被黄河水滋养的世代生活于此的说着豫北方言的人，同时有从那一片土地上走出来的人；那里有淳朴的人民，有淳朴的爱情……这些都是令都市人向往的东西。更重要的是，那是作者刘志学心灵故乡的呈现，即使是虚构的，也能看到他成长、生活的影子，读出他内心深处对"骑河镇"、对自己家乡的感情——总而言之，刘志学的微型小说，深深地打上了他自己属于家乡的精神印记。在作者心底，作品中出现的"骑河镇"，实在是与他魂牵梦绕的家乡相似甚多。

1. 一片被黄河水滋养的土地，也是作者心中的净土

刘志学微型小说中出现的"骑河镇"，是一个坐落于黄河大堤旁的小

村镇。在《没有彩虹》中，老村长石夯曾经为了那黄河堤瘸了一条腿："爷那是为了抢险，这事儿牵连着千家万户呢！这屁股下的大堤一开口，连北京城都保不住哩——这是县长说的。"可见这个村落虽小，其地理位置却对黄河下游的防洪有着非常重要的作用。同时可以看出，这一片土地在作者心中的分量。可以想象，作者在经历了一天工作的繁忙与都市的浮华之后，静下心来，伏于案前，所想所思的一定是自己家乡的宁静场景。

2. 一群被黄河水滋养的世代生活于此的人，透露着作者成长的印记

尽管来到城市生活、工作，但家乡的水土、风情已经融进了刘志学的血液。几十年的成长经历，也成了作者创作"骑河镇"系列微型小说的源泉。

"骑河镇"就是一个小世界，存在着具有乡村特质的各色人物。例如，《扁担七》中本是在骑河镇挑着担子卖烧饼的扁担七，为了赚十块大洋娶媳妇，稀里糊涂成了一名光荣的地下工作者，还入了党，人们把对他的称呼换成了"卞七同志"，直到死去。《程二奶奶》中破祖上规矩偷学父亲针灸术的程二奶奶，治病有一个规矩——不收钱，用她的话来说就是：一收了钱，她就会出错儿，那是要人命的事儿。她守规矩到不给同样看病却收钱的骑河镇上的名医菩萨李治病。程二奶奶最终因远在城里的徒弟李医生破了她不收钱的规矩而生平第一次失手，断送了一个毛孩子的命。"当天晚上，程二奶奶无疾而终"——这就是不知是还是不守规矩的程二奶奶。《仇》中被日本鬼子的子弹削去了左胳膊，爹娘死在了鬼子炮弹下的杠子爷，"认为天底下坏透了的人就是日本鬼子"，一听到日本就异常愤怒——愤怒着中国和日本建交；愤怒着大顺买给自己的日本进口的助听器；愤怒着大顺要去日本留学。最后大家都没了这位曾经跟日本人有着深仇大恨的杠子爷的音讯。还有《路祭》中追求爱情的四奶奶与九婶；《蜜蜂奶奶》中的被尊称为"接命奶奶"的接生婆蜜蜂奶奶。又如，《母亲》中为难产

后的儿媳妇炖鸡汤的娘;《二愣》中"晕得一头牛有几条腿都得扳着指头数半天,倔得两头牛都拉不回他那副驴脾气,穷得除了屁股后头跟着的那条老黄狗,家里再也找不到会出气儿的活东西,横得连和他是隔壁邻居的村主任石夯都不放在眼里"的二愣。《冒官》里做梦都想当官以致变态的官迷冒官,"冒官做梦都想当官。冒官就把名字改成了'冒官'——他认定要从自己家冒出个官儿来"。还有"骑河镇"上像《麻爷镶了一口牙》中拥有淳朴的爱情的麻爷麻奶,《二牛奶听蛙》中一辈子执着于爱情的二牛奶奶,以及《蒸窝儿》中执着等丈夫回家并在河滩上"蒸窝儿"的智障女子樱桃……"骑河镇"上形形色色的人物都有,有值得人尊敬的,也有不被人认同的,同时更不乏普普通通的人。看到这些小说,想象着这些说着豫北方言的黄土地上的质朴而豪爽的人,联想到的是作者曾经生活的那片土地,以及他成长的那个年代。这其中,无不透露出了刘志学成长的印记。

3. 从"骑河镇"走出来的生活于城市的人,暗示着作者身在他乡对故乡的思念之情

在刘志学的微型小说《长大了俺都嫁给你》里提到一个离"骑河镇"十五里地,叫作鹅脖湾的村庄:"鹅脖湾因黄河在村南绕了一个很大的像鹅脖一样的弯儿而得名。这个被大堤圈在河滩里的村子只有八十多户人家、四百多口人。汛期一来,河水一漫滩,就成了一个四面环水的孤岛,但地势却很高,从未遭过水患,按他们一脸自豪的说法是:俺村要是被淹了,怕是连北京城也保不住哩!这也许就是鹅脖湾人世世代代固守家园的原因吧。老辈子不知道是咋过来的,反正现在的鹅脖湾人巴不得早一天离开那个孤岛,融入外面的世界。"正像最后一句说的,小说中被"骑河镇"这块土壤滋养过的人,很多来到了外面的世界,经历着外面的点点滴滴。另外,对故土的眷恋是人类共同而永恒的情感,这种感情更是文人墨客笔

下的主题之一，它在余光中、北石、席慕蓉的诗句里，在三毛的文章里，在理查德·克莱德曼的琴声里，它还在刘志学的微型小说里。表现出来的，就是小说中一个个从"骑河镇"走出来的生活于城市的人物。

例如，《铁哥们儿》中就有一帮一块儿长大，而后陆续离开骑河镇的"铁哥们儿"小刀、老枪、虾米、茄子。不过，外面的世界远没有"骑河镇"上的单纯——四个人中混得不好的是茄子，然而另外三个事业有成的没有一个愿意拉茄子去自己公司帮忙的。老枪给了茄子1000块钱，"接着，小刀、虾米和草虫子都给茄子送来了一些钱，让他先垫着底儿，然后全体哥们儿发动起来，再继续给茄子找饭碗儿"。当老枪媳妇建议给他安排在自己公司时，老枪是这样回答的："俺用人是闹着玩儿的？俺情愿每个月赞助他1万块钱，也不能让他那茄子脑袋坏了俺的大事儿！"从《铁哥们儿》可以看出，即使大家都还把茄子当兄弟，但外面世界的职场、生意也不允许自己的拜把子兄弟进来坏自己的事。《俺只想过穷日子》里描述的是骑河镇的金砖哥到城市里白手起家前前后后的故事。比如，金砖哥是如何在金砖嫂的辅助下当上老板的，当上老板之后的金砖哥是怎样有了婚外情的，知道事情真相的金砖嫂又是如何把金砖哥拉回从前的穷日子而和好如初的。还有《谷苗》，讲述的是读书时记性特别好的谷苗走出骑河镇后怎样"融入"都市生活的，以及她最后变成了疯子的结局。

这些微型小说都为读者展现了"骑河镇"的人进城后发生的一系列的变化，然而作者并没有直接表达自己想念家乡的感情，而是将城市的浮华与些许的虚伪呈现在了这一篇篇微型小说中，暗示着身处城市环境的自己对家乡淳朴的人以及家乡纯净环境的加倍思念。毫无疑问，刘志学早已把"骑河镇"当成了自己的心灵故乡。

（三）别具一格的系列化创作风格

刘志学历年的微型小说创作，大体上分为几个系列，"面具系列""生命系列""病象系列"等，每一个系列都反映着一个主题，揭示出某种现象。下面分别介绍三个系列的作品。

1. 面具系列

"面具系列"微型小说主要讲职场上的故事，反映出人们生活中以及职场上一些比较普遍的现象和规则。之所以被称为"面具"，是因为作者笔下的那些人物，都自觉或者不自觉地戴着"面具"去展开人际关系。例如，《渴望拥抱着醒来》《铁哥们儿》《大鞋》等都是"面具系列"的典型代表作。

在浮华的现代生活中，总有那么一群人，他们的心灵是空虚也好，寂寞也罢，抑或是家庭感情的不如意，于是他们便以另外一种角色出现在了另外一个人的生活里，甚至干出违背良知的荒唐事。《渴望拥抱着醒来》写的是一个已婚男人江卓峰徘徊于家庭里与家庭外的故事。开始，江卓峰还是极力地在梦雨面前夸自己的妻子、孩子，极力地炫耀着自己幸福的家庭。然而文中有一处细节描写：江卓峰在提及自己的妻子或者儿子时，总是悄悄地叹一口气，而在结束他的一番粉饰婚姻、炫耀太平时，又是一声轻轻的叹息。可以看出，江卓峰对于他所谓的幸福家庭是言不由衷的。而"夜依然惺忪着，看不清江卓峰的表情""梦雨觉得他的笑容跟这个昏黄的夜晚一样模糊"；似乎在暗示着，此时的江卓峰是戴着"面具"在与梦雨约会的。小说的后面还说："江卓峰总是在他需要她的时候匆匆而来，在他需要睡觉的时候，匆匆而去，最迟也没有把这种让梦雨无限留恋的温馨延续到凌晨两点过。他总是在凌晨两点时，坚决地撇下梦雨，走进门外的夜……""江卓峰惊醒了。他腾一下子从床上坐了起来，抓过手机一看，很朦胧地笑了笑说：哈，我知道，今天搞不好就要睡过头，就先设置了定时唤醒。接着，就手忙脚乱地穿衣服。"这些都可以看出，江卓峰在家里扮演着一个有责任感的丈夫与父亲的角色，在外面却是以一个家庭感情失意者的形象出现在情人面前。他每天都是这样以不同的身份,戴着不同的面具面对着不同的人。小说的结尾,"梦雨忽然嚎啕大哭:你就不能抱着我睡去,也抱着我醒来?"实在令人对这种戴着"面具"生活的人感到无奈。

另外,要谈的是关于职场上的戴着"面具"的人。例如,《大鞋》描述的就是一个职场人老K对下属小P展开的一系列无人知晓的报复行动。在小说的前半部分,最先是老K得罪了小P,作为领导的小P便用穿"小鞋"的方式频繁地对待老K——故意为难老K后大声训斥:"简直是猪头,这点儿小事都办不成!"同时,平时难啃的骨头小P也一律交给老K——得到锻炼的老K以此为跳板升职了。成了领导后的老K对小P不但不记仇,还异常关照小P的工作,私下里还请他吃饭喝酒掏"心窝子"。最后,本来患有肝炎的小P因劳累过度丢了性命。"小P的追悼会上,总经理老K涕泪齐流地致完悼词,驱车就赶回了家里,屁股没挨沙发就冲老婆喊:'快快,炒几个菜,我要痛痛快快地喝!'"读到这里,猛然发现,原来老K当初对小P送"小鞋"时表现的乐呵呵的态度只是表面的,老K对小P工作的所谓的照顾也全是假惺惺的,为的只是让小P累垮。此时,老K的"面具"形象表露无遗,更是令人对职场上表面做一套心里藏一套的人感到恐惧。

2. 生命系列

生命、爱情、人性等都是文学艺术永恒的主题,古往今来,多少作家、诗人、艺术家苦苦地思索着这些问题,并试图以文学艺术的多种形式去阐述自己的感悟,抒发自己的见解。在刘志学的作品中,有这么一组关于生命的微型小说,它们诠释的是除人以外的其他生命的位置与价值。可以说,这组"生命系列"微型小说是刘志学对生命的尊重甚至景仰的体现。例如《洪水里的一条狗》,讲的是"黑皮"为救主人家的小猪仔而被洪水夺走生命的故事,《苍狼》讲述的则是大漠上的一匹狼为了报答因救自己而牺牲的驼队领头人，一直保护着领头人的妻子和儿子的故事，都表达了作者对生命的敬意。

在刘志学"生命系列"微型小说里，比较典型的要数《生命都是平等的》了，它给读者讲述了一个人与自然、生命与生命的故事。作者有意识地把生命的背景定格在了茫茫无际、骄阳炙烤的沙漠，在那缺水的死亡之海，在那无法预知明天能不能见到绿色的天地之间，对探险家来说，一壶分量有限的水便无条件地成了生命的甘露，其珍贵程度不是一般人能想象和理解的。事实上，在无边无际的沙漠中，孤独的生命实在是极渺小的，就像大海狂涛中的一叶扁舟，随时有被吞没的可能。而此时此际，如果能发现绿色、发现生命，又该是多么激动人心的事。当探险家在前途茫茫，生命行将耗到终点时，终于见到了生命，见到了沙漠之魂——胡杨。尽管是生命的另一种形态，但给予探险家的鼓舞及震撼是难以用文字来形容的。当探险家用枯死的胡杨燃起篝火取暖过夜时，不幸狂风突至，以致篝火烧着了生命正旺盛的唯一一株胡杨，在面对烈火可能毁灭胡杨这生命之际，探险家除了用衣服扑打火焰外，他毅然用水壶里仅有的一点水倾倒在了烈焰上……探险家用仅存的生命之水拯救另一个生命——胡杨，那种善待生命、珍视生命的可贵思想也就可以理解了。而刘志学"生命系列"微型小说带给人的震撼，在《生命都是平等的》里得到了很好的诠释。

3. 病象系列

"病象系列"微型小说则是描绘的种种趋于病态的现象。例如《幻肢疼痛》，讲的是硬汉子大黑被截掉半条腿后出现的"幻肢疼痛"现象，然而在装上假肢后他不但不喊疼了，而且很快就能自己走路了。又如《剧情》中，剧作家一个月也没想出来的剧情结尾，最后居然是成了精神病人后在精神病院完成的，而且是一个让剧情达到了高潮的结尾……

特别是在《冒官》中，作者塑造了一个活鲜鲜的做梦都想当官的

"官迷"形象。主人公冒官想当官想到了把自己名字都改成"冒官"的地步——"他认定要从自己家里冒出一个官儿来"。上小学时的冒官没有当过班干部，想当官的他在骑河镇闹起"红卫兵"的时候当起了"红小兵"，而且因为学习不好而被封为"红小兵"的头儿，一边造老师的反一边管着五六十号人——"冒官终于当官儿了"。然而"好景不长"，冒官被免职，从此再也没当过官。人到中年的他进了省城，他知道那些办公楼里净是当官的，"冒官知道从这大门进出的那些锃亮的小轿车里坐的都是大官儿，所以冒官就觉得这些轿车很神气"。这段话更是显示出了冒官对当官的人的羡慕以及内心当官的愿望。一次，冒官偶然骑车闯了红灯，警察罚他跟着红绿灯挥旗子，"冒官突然觉得有了当年当头儿的感觉。连锃亮的轿车都得听他的小红旗指挥，冒官于是很惬意""冒官每次上街就专闯红灯，每次挥完小红旗就红光满面、心旷神怡……冒官最后一次闯红灯时，被一辆小轿车从脑袋上轧了过去……"最后仅在他脏兮兮的口袋里翻出一面叠得规规矩矩的小红旗。冒官专闯红灯的行为以及他叠得整整齐齐的小红旗，更进一步地表现了他对当官的一种畸形的向往与追求。小说中的冒官当官并不是想为大家服务，也不是为了实现什么理想抱负，他认为当了官就有权指挥、整治别人，最后落得一个咎由自取的下场。作者入木三分的讽刺更是揭露了这种现实社会中存在的病态现象。

黑格尔在《美学》中谈到，艺术所用的内容和形式是客观存在的内容意蕴和显现方式。刘志学身处职场，走访于各阶层，所以了解戴着"面具"生存的职场人，懂得世间生命的平等性，也深知生活中存在的某些病态现象。他不仅捕捉了形象，同时摄取了形式——形成了他微型小说独特的系列化创作风格。微型小说不像长篇小说那样可以有头有尾地描绘生活的长河，所以刘志学选择了系列化创作，他的每一个微型小说系列，在一定程度上都达到了长篇小说立体地、多侧面地表现生活的艺术效果。刘志学的微型小说在题材上的系列化的创作风格，得之于生活的启示和馈赠，是其微型小说的一大亮点。

刘志学忙于工作的同时，更不忘创作微型小说。得益于自身的成长背景和丰富的工作阅历，目前他已经创作了一系列优秀的微型小说。从他目前创作的微型小说来看，系列化的题材选取、人文精神中悲悯情怀的深入渗透以及个性化的语言和独特的乡村气息，不仅能给读者耳目一新的感觉，而且能勾起读者心底那根感情的弦而产生共鸣，让读者更多地感悟人生、感悟生命。同时，刘志学的微型小说，给新时期微型小说创作有益的启示，如系列化、地域化的创作风格就具有历久弥新的生命力，对于微型小说的发展乃至整个文学创作都具有普遍的启迪意义。

（谭露　龙钢华）

十一　刘黎莹微型小说浅议

刘黎莹，女，山东省作家协会会员，国家二级专业作家，曾在《小说月报》《小小说选刊》《微型小说选刊》《福建文学》《天津文学》《山东文学》《滇池》《长江文艺》等刊物发表作品近 300 万字。

刘黎莹是新时期以来微型小说的代表作家之一。2005 年 2 月，她以《邻居》《秘密》《鱼缸》《报答》等 10 篇小小说荣获"中国第二届小小说金麻雀奖"。金麻雀奖是全国最有影响的微型小说奖项，而第二届全国只有 5 位作家获得，分量之重、含金量之高可见一斑。这可以说这是她微型小说创作攀登的一个高峰，也使她在微型小说界占有一定的地位，形成了自己的特色。正如小小说金麻雀奖评委会对她的评审意见："她的作品以复杂的'情感冲撞'为故事契机，'说故事'与'说感情'并重，通过人物的情感悲喜剧的过程,来展示人的心灵世界。她的写作手法仍沿用传统的现实主义,注重典型环境下的典型人物塑造,扎根于传统文化的土壤,其价值观和道德观也洋溢着浓厚的民族传统色彩……"[1] 她的微型小说也引起了评论界的一些关注,或从女性本位视角分析其文本的意义,如龚学超与刘天平的《用女性手写女性心——刘黎莹小小说创作论》;或通过探讨其小说的精神内涵来展示作家的心灵,如郭小平的《用温暖拥抱生活用"仁"德构建和谐——刘黎莹获奖小小说浅析》;或从她塑造的女性形象来揭示其女性意识,如高军的《女性形象的塑造与男性文化意识——刘黎莹小小说创作简论》等,各有侧重,但忽视了对其微型小说更加宏观科学的审视。本节试图全面解读她的微型小说,从取材、结构布局和语言措辞三个主要方面对刘黎莹的微型小说作粗略的探讨。站在宏观的角度辩证地剖析其微型小说创作,分析一些不足,以促使其微型小说创作有所突破,实现更大的飞跃。下面分四个部分予以论述。

(一) 朴素单纯的女性世界

在刘黎莹的微型小说中,"她写的那一个个故事,几乎在每一个村庄正在发生或者发生过,具有很强的普遍代表意义。她的小说不是那种才子佳人、谈情说爱、花前月下的小说。她的小说不是编出来的,是从血管流淌出来的,是从心灵深处迸发出来的,是从眼泪里滚落出来的……"[2] 她的小说,几乎每一篇都是在深入女性的世界。这正是作为一名从农村走出来的女作家,由她传统的内心以及女性的社会地位决定的。她根据自己的生活体验,深谙婚恋在女子一生中的重要性,所以,作为一名女性,她对

---

[1] 丁临一:《第二届中国小小说金麻雀奖评选揭晓》,2005年1月20日,http://www.chinawriter.com.cn/bk/2005-01-20/19533.html。

[2] 马新亭:《百家争鸣——刘黎莹》,2005年11月19日,http://xiaoxiaoshuo.com/thread-11278-1-1.html。

女性未来的出路尤为关注。她的爱情婚姻题材的小说主要表现了两方面的主题：一是以表现爱情哲学为主题的婚恋题材；二是反映现实爱情、婚姻生活现状和问题的题材。下面分两部分予以论述。

1. 以爱情哲学为主题的婚恋题材

她的故事，通常采用的是"第三人称介入性叙述视角"，就是叙述人不仅在叙述时已经知道了事情的结局和人物的命运，可以进入人物的内心展开分析，还在这种叙述中，插入自己强烈的主观感情，插入自己的议论和评价。这样，使读者很鲜明地感觉到这个叙述人的特点和个性。在刘黎莹的小说中，她也是用她的经历，用她对爱情婚姻的理解，来点拨着、引导着我们。她常常借文中的女性表达着自己的爱情哲学。在《阿娟》中作者表达了"爱情既是在异性世界中的探险，带来发现的惊喜，也是在某一异性身边的定居，带来家园的安宁，但探险不是猎奇，定居也不是占有，美好的爱情是双方以自由为最高赠礼的洒脱，以及绝不滥用这一份自由的珍惜"① 这种独到的理解。还有表达爱情带给小霜美好理想却带给我"痛苦"的《给梦穿上美丽的衣裳》；有寓意婚姻就像是陶罐，爱情就像是陶罐上的蜡，陶罐里面装的就是恩爱有加的岁月；婚姻不仅要靠爱滋补而且需要那么一种若有若无的神秘色彩的《月若有情月常吟》以及要学会言爱的《一诺千金》。这些见解源于她作为一名女性对待生活和对待爱情的独到体悟，也启发着人们如何正确地对待爱情和生活。

2. 反映现实爱情、婚姻生活现状和问题的题材

刘黎莹用她女性敏感的内心去冷静地反思现实，客观地描写商业思潮冲击下的乡村、都市爱情。《秘密》中的两对夫妻因在一起打扑克，而遭

---

① 刘黎莹：《谁是我心中美丽的凤凰》，吉林出版集团2010年版，第3页。

到双方配偶的猜疑，引起了两家关系的微妙变化，导致了两对夫妻之间产生了矛盾和隔阂。本来是纯粹的娱乐性的小手段却因为人心的复杂变为破坏两个家庭和爱情的刺刀。是什么把简单的事情弄得复杂了？这是一个引人深思的问题。而《樱桃》更加让人觉得有些悲凉，讲的是一对夫妻，丈夫一直觉得自己的妻子嘴唇是樱桃而痴迷地称其为"樱桃"，而妻子一生都以为丈夫心中有一个叫樱桃的女人，而对樱桃讳莫如深，连孩子们都不准吃樱桃，心里一直不安，到死的那一天才明白樱桃实际就是她自己。就是一个小小的称呼，使一个女人的一生都带着强烈的害怕和怀疑度过，这是多么的可悲！《酒楼里的阳光》中，送给私生女儿记有银行卡密码的纸条却被物欲充斥的女儿当作世俗的鸿雁传情而扔掉，她永远也不会想到这次是一位父亲对女儿的歉意和内疚。这些故事反映了在现实社会中，被迷雾蒙蔽了的心灵以及美好情感的迷失，人与人之间的信任与坦诚已荡然无存等问题。而像《朋友》和《玉镯》也都是用曲折的情节反映了两对夫妻正为自己的出轨惴惴不安时，却不知自己出轨的这一步早已是对方棋盘里令人啼笑皆非的故事，体现了作者对现代婚姻畸变现状的大胆解剖和冷静思考。

在城镇妇女的婚恋悲剧中，女主角无一例外地陷入了家庭婚姻生活的危机当中，她们或是受到了物质力量的诱惑，成为名利的奴隶；或是无法抵挡异性的温情陷阱，成为情爱的牺牲品，作者表现出了她的担忧与讽刺。刘黎莹通过这一系列作品对现代社会无爱婚姻造成的悲剧进行了强有力的控诉和深刻的批判：在现代都市生活冲击下，物欲横流的高速生活节奏逐渐扭曲着人们的灵魂，为了利益人们可以出卖一切，这是人类巨大的悲剧。

总的来说，"对众多女性命运和社会地位的关注是刘黎莹微型小说创作的主线，她作为一位从农村走出来的女作家，对农村下层妇女的生活状况了如指掌，所以她关注农村下层妇女的命运不足为奇；作为一名妻子，她深谙婚恋在女子一生中的重要性,对被抛弃女子抱有同情也就顺理成章"①。她是一个女性的同情者,洞察女性的艰难处境,用她女人敏感细腻的心感受到:在这个世界里的女人们,虽然也能尝到生活的欢乐甚至刻骨的爱,但生活的残酷在于,有时美好爱情的获得是出于善良,以牺牲自我、付出许多屈辱为代价的。于是,她的微型小说总是沉浸在苦涩之中,在《谁是我心中美丽的凤凰》中一个女人引火自焚,用她的生命换来了丈夫对她的怀念与敬重;《端米》中端米的幸福也是多少忍气吞声才换来的"大度",在结尾处说到"人这辈子要遇到好多难事,总不能事事都绕开走。只要豁上命,准行……"她也是抱着"豁上命"的自我牺牲坚持着对命运的抗争。《邻居》中有离婚追求自己爱情结果还是被抛弃的阿姣;《姐妹》中为妹妹付出,恨铁不成钢的梅以及不愿让姐失望的被逼离家出走的兰;《房客》中坚持自己做人原则断然离婚,爱上房客,不顾一切大胆表白自己的爱情,但被告知已有妻子而坚决离开的荣。在刘黎莹的微型小说里,"悲剧精神是人类社会矛盾的概括性折射"②,她的作品总透露出难得的精神探求,包含着某些伤感的人生况味与简单而朴素的哲理,呈现出女人悲戚酸苦的心声。

纵观"当代女性小小说作家的创作成就令人瞩目,但她们大多集中于女性生活的书写和女性形象的塑造,显示其难以超越性别身份樊篱的局限,而在叙述与风格色彩上的悲剧趋向,也暗示着她们创作的张力有待加强"③。刘黎莹的小说独具自己的特色,作为女性,一般来说,要比男性多愁善感,并且爱情、婚姻、家庭是她们生活的基本内容,而她们细腻的心关注的总是她们熟悉的女性生活,日常社会与家庭生活成为她们的主要"根据地",过多地反映感情的纠葛。刘黎莹也不例外,作品

---

① 龚学超、刘天平:《用女性手写女性心——刘黎莹小小说创作论》,2010年6月2日,http://hwxz.zhjnc.edu.cn/html/2010-06/20100602919O3DRD.html。
② 马小朝:《中西悲剧精神审美发生特征比较》,《南京师范大学文学院学报》2002年第2期。
③ 张春:《难以走出性别的樊篱的书写——小小说女作家创作群体的女性视野解读》,《湖南工业大学学报》2008年第4期。

主体基本是我们周围"一地鸡毛式"的琐碎，聚焦于普通人的生存矛盾、困惑、迷惘，写女性在生活中总是无法逃脱悲剧的宿命，进而对于价值取向和人生意义进行感性的审视与思索。但是无法走出来自女性身份的樊篱导致她的视野拘泥在爱情婚恋之间，不厌其烦地描写和诉说，过于单调，很难挖掘出深层的意蕴。正如作家马永新所说："刘黎莹所有的小小说作品中，对人物、对思想性挖掘得还不深，还停留在浅层面上，如果说是挖出了泉水，只是挖到了浅水区，但还没有挖到深水区。"[1] 在她的微型小说题材领域，故事总是能让我们看到开头就知道了结尾。因为在她的笔下爱情婚姻总是逃不开她的模式。社会生活是丰富多彩的，在作者还不能在题材上标新立异，达到化腐朽为神奇的境界的前提下，打开视野，多角度地观察社会生活，从而开拓新的题材领域——这无疑是使作品显出新奇化的最佳途径。

（二）故事营构上的不足

俗话说，麻雀虽小，五脏俱全。微型小说虽然篇幅很短，仍有小说的三要素：人物、情节和环境。由于字数有限，篇幅短小，更要求结构严谨，抓住主要矛盾，围绕主题组织材料，合理布局，对情节的处理、人物的配备以及环境的布置等都要巧于营构。对于微型小说布局，如果作者不先想好结尾，在前面铺垫就容易失去方向，要凝练而不枝蔓横生，不得不预先设计好目标。这就是微型小说这种"倒着想顺着写"的特殊结构艺术，也是微型小说的一大特色。

而在刘黎莹的小说中，通过《砒米》我们看到了这篇微型小说中有五个人物出场，白四爷是一个首富，"对女人白四爷堪称奇才"，首先该句若

---

[1] 马新亭：《百家争鸣——刘黎莹》，2005 年 11 月 19 日，http://xiaoxiaoshuo.com/thread-11278-1-1.html。

不是笔误，起码也是可以商榷的，就是"奇"是可以"奇"的，但其"才"在哪里呢？读者还以为就此会展开小说的主旨，结果没有下文；提到了唯一在文中有名字的青楼女子——聪慧的红玉，白四爷把她当作推心置腹的朋友，也没见到她的独特、她的出场，读者也是误以为会从她身上展开主旨，结果是走了过场。白四爷在赈灾之时仍然不忘挑选女人，真是很敬业。慧眼识中七太太，但七太太奇在哪里，也毫无下文，而且没有任何情节表现，小说读到此处，总以为这个七太太会是其中一条线，故事也会自此靠她展开，谁知，接下来最浓墨表演的却是少爷和管家。且不论故事内容的科学性和逻辑性，单从人物布局上来说，这是一篇中长篇的人物布局，否则不会罗列这么多的人物出场，提到了每个人的特点以后，戛然而止，毫无下文，而且没有任何情节，都是走了过场。根本不知道他们在文中起了怎样的作用，"以其人之道还治其人之身，用同样的砒米使儿子得到了应有的报应"以及"唯仁者能好人能恶人"的主题又与他们产生了什么关联，留给读者的恐怕就是费解了。

《去松山公园》和《玉镯》都是在写两个朋友都无法从各自丈夫手上要来一件自己喜欢的大衣，却都从对方的丈夫身上轻而易举地得到，同样的故事情节，基本雷同。作家在创作过程中，跟别人撞车还情有可原，可自己写过的再重复，就未免过于乏味。《一封陌生女子的来信》与《邻居》也都是表现女子被男人当作棋子设计其中，却蒙在鼓里，还深陷棋局中的悲剧；《邻居》中阿姣"坐在飞机上永远也不会想到，那个紫檀木匣是丈夫买来的"；《报答》中的女主人永远不知道小保姆是来实施报复的；《朋友》中的高个子男人永远也不会想到他所有愧于心的外遇都是妻子一手策划的；《玉镯》中的"玉镯和檀永远不知道，无论摩托车的速度再快，也追不上前边的那辆玉镯丈夫和檀的妻子的摩托车"；《去松山公园》中"张伟的妻子坐在出租车上，正在想回家见了张伟，要如何把谎话说得像真的一样呢，她有些发愁了。她一点也不知道，她的丈夫张伟此时也正在和李刚的女人坐在另一辆出租车里"；《一个男孩和一张地图》中的男孩永远不知道事情的真相竟是自己被一个撒谎的女孩毁了一生；《一诺千金》中的李亚明永远不知道是什么让他赢得了爱情，又是什么让他失去了爱情；《一封陌生女人的来信》中理直气壮离开男人的妻子永远也不会想到"为了能甩掉自己的妻子，他暗地里找到了老家那个一直在爱着妻子的男人，可他妻子一直还蒙在鼓里，就连身边这位茶商的女儿也蒙在鼓里"；《银坠》中"那时候不光银坠不知道，就是瓦也不知道，那个把银坠的衣角死死攥在手里不松开的女人不是别人，她叫戒指，是当初瓦的第一个恋人"。

在刘黎莹的故事中，情节结构总是这样以一种固有的模式呈现，经常采用插叙和追叙，也可以看见"情节不够，议论来凑"的不足。她的微型小说追求误会与巧合，可往往不是选取具有高度生活真实的偶然事件情节，而是有一些违背生活逻辑的猎奇。例如，在《玉镯》和《在松山公园》中恰好每对夫妻都能交替地喜欢，而变相地获取自己想要的，而在《一封陌生女人的来信》《朋友》和《最宝贵的东西》中恰好都能两全其美重组两个家庭，都是因为破裂而成就美好，未免斧凿的痕迹过重。微型小说的结构没有死板的定式，但总的来说，要把微型小说的每一个部分有机地组成一个天衣无缝的艺术整体，要能够在不大空间里做到主次分明，比例恰当，疏密有致，虚实相间，这就需要作家更加呕心的经营。

（三）语言运用

刘黎莹微型小说的语言运用分以下两部分来论述。

1. 文中用语

"作为一种独立的小说文体，小小说的语言在具有小说语言共性的同时,也具有一些自己的特性。"① 微型小说就好像在螺蛳壳里做道场,由于它的篇幅短小,稍有语言垃圾便能败坏作品整体,这就要求微型小说的语言是极其简练的。篇幅短,字数少,又想要在如此短的篇幅里表现深刻的内容,使生活的焦点闪亮发光,没有一定的文字功底显然是不行的!王蒙说,微型小说"是一种语言,举一反三,以一当十,字字千斤重"②,小说的每一个字都应该掷地有声——故事深刻,文字精美,在千字左右的篇幅内极力凸显每个字的艺术价值。刘黎莹的微型小说在语言上有着自己的特色,深深地烙上了质朴的地域乡土色彩。她的微型小说里用得最多的修辞手法要数比喻。例如,《砰米》中"管家如五雷轰顶,泥巴一样瘫在那里""大少爷眼神刀样在管家脸上剜来剜去";《听雪的残荷》中"雪花鸟儿一样扑闪着轻盈的翅膀,打着轻轻的呼哨,在荷的脸前飞来飞去";《夏天的思念》中"他抖颤的手快速离开那扇门,仿佛那扇门是一大块火烧红的烙铁";"父亲像困兽一样在房间里走来走去"就曾在几篇文中出现;《娘娘巷》中"村干部每说一件,根福就点头如鸡啄米一般";《玉镯》中"玉镯眼里的泪哗哗地淌。淌呀淌,把檀的心肠淌软了,软成一锅的滚烫的热水"。这些比喻句的喻体都是最朴素的、最直观形象的,有着乡土风味,独具特色,这是可以肯定的。同时,有些比喻句用得不够贴切,如"像陶罐有茶壶那么大",难道不知道茶壶也是有大有小的?……通观她的修辞我们也明显地见识到了,其语言还有待下功夫。《鱼缸》中有这么一段话:"说实话,那鱼缸的漂亮程度是我以前未曾目睹过的,先生爱不释手。听亲戚讲先生小时候性格像个女孩子,老是悄悄背着大人收藏一些图案华丽的玻璃杯啊,小玻璃狗玻璃猫什么的……"在这里,"未曾目睹"就包含了"以前"的意思了,"以前"完全省掉,而"悄悄背着大人"中的"悄

---

① 石鸣:《小小说语言谈片》,载杨晓敏编《小小说纵横谈》,河南文艺出版社2007年版,第45页。

② 许世杰选编:《微型小说艺术初探》,河南人民出版社1987年版,第2页。

悄"更应该去掉,"背着"本来就是悄悄的。就是这样小小的一个段落就能让人看出两处错误,也足以说明作者的语言还要更加简洁凝练,力避重复,不拖泥带水,以达到更高的艺术境界,获得更好的审美效果。此外,像《端米》中男主人公泥赢钱的时候说"端米,你看,是不?树叶还有相逢时,岂可人无得运时?"以及大伙叹气说"自古骏马却驮疾汉走,美妻常伴拙夫眠"这两句话斧凿的痕迹过重,出于乡村粗俗男子口中不太符合人物身份。《酒楼里的阳光》中"上午的阳光从窗外水一样泻进来,一直照在她那双纤细的小手上,十指如葳蕤的水草在他脸前舒展自如。指甲上涂着银色的指甲油,亮闪闪的,像一弯弯月牙儿",且不说这描写有些做作与粉饰,在这一段平淡的语言中,"葳蕤"这一生疏的书面语如一个怪物出现在这情境中,同样在《哭泣的羊》中本来是用口语化的语言叙述着"山里的风硬,把天上的星星吹得直打牙巴骨,只好钻进厚厚的棉絮般的云层中睡大觉去了",突然来一句"山村的夜晚,四野阒然","阒然"一词也出现得不合情境。就作者的语言风格来说,基本上是运用农村口语化的叙事语言,走通俗化路线——从她的比喻句和叙述中我们都深有体会,但偶尔为了显示自己的语言积累,出现一些生疏的书面语显得过于突兀,出现与文本不相协调的因素,影响了审美效果。

2. 标题的用语

俗话说:看书先看皮,看报先看题。无论是什么文体,标题是文章的眉目,所以说无论何种形式总要以全部或不同的程度体现作者的写作意图、文章的主旨。在1981年《世界文学》第1期中匈牙利作家厄尔凯尼·依斯特万在谈到微型小说时说:"最要紧的是,看清标题!作者力图言简意赅,所以不会给文章乱安标题。我们乘电车前总要看清楚它往哪里开,读我的小说先看标题也和这一样要紧。"标题是作品的重要组成部分,也是读者最先接触到的内容,是读者的第一印象。"小小说以精粹为己任,绝对不能出现一笔赘墨。题目必须是作品这一完整艺术形式的重要零部件，它必须是艺术的，要形象，要有特点。取好了，能使作品增色不少。所以，题目一定要取得不同寻常，增强吸引人的魅力。"[1] 对微型小说创作来说，一个贴切的标题能一下子吸引和调动读者的兴趣。纵观刘黎莹的微型小说，由于她诉诸的多是女性的故事，很多标题直接采用了女性的名字或包含女性名字，如《端米》《阿娟》《戒指》《嫂》《小雪》《玉镯》《银坠》《樱桃》《新娘穗子》《听雪的残荷》《云姐的秘密》《仲夏的莲》等。在这样的标题中，看起来简洁明了，有些小说的确是围绕一位女性描写、叙事，着重塑造出一位女性的形象，达到很好的艺术效果，如刘黎莹的成名作《端米》成功地塑造了一位既有优秀传统文化浸润又有新时期现代意识的典型乡村女性形象。但有些标题不能差强人意。例如，《玉镯》这篇小说主要是讲了玉镯因喜欢一件大衣想要拥有而不能得到丈夫的理解与应允，向戒指哭诉，引出了她和戒指的丈夫以及戒指与她丈夫之间的故事，玉镯是笔墨最多的人物但是也只能算作其中之一，甚至只是一个铺垫，为什么单单她的名字就作了标题？故事是因为"大衣"和"劝说"引起的四个人的故事，怎么题目也该与这两项有关吧。由于刘黎莹的小说中人物同名的不止一个，除去那几篇塑造典型女性的微型小说，其他用人名作标题的微型小说，让人看完就再也无法想起文章的内容。《邻居》讲的是一个叫阿姣的女人掉进丈夫的圈套里，受一个紫檀木匣作报酬的诱惑，替邻居写情书却爱上了邻居，于是选择追求爱情，结果被两个男人抛弃的故事。取名"邻居"也太不着边，用"情书"或者"紫檀木匣"不是更靠谱吗？而这个"眉目"就显得过于牵强，没有调动标题应有的作用。还有一些标题是作者用心琢磨过的，如《月若有情月常圆》《一诺千金》《酒楼里的

---

[1] 高军：《小小说标题的拟名》，2000年1月21日，http://blog.sina.com.cn/s/blog_6153f2f80100g1pb.html。

阳光》《最宝贵的东西》。这些题目看似美丽，充满了诗意与哲理，但是往往更加文不对题。就拿《月若有情月常圆》来说，贯穿小说的是一个对一对夫妻的爱情产生神秘影响的陶罐，从而总结出了婚姻哲学："陶罐口上的蜡就是爱情。陶罐本身就是婚姻。陶罐里面装的就是恩爱有加的岁月……婚姻不光需要爱的滋补，还需要那么一种若有若无的神秘色彩。"标题就算有寓意，却怎么也和这哲理、这陶罐扯不上关系。《最宝贵的东西》按照内容来说就是指"良心"，但是文中并没有告诉我们良心有多么宝贵，宝贵在哪里，发挥了多大作用，只是向我们展示了一位即将离婚的妻子对"良心是每一个人最公正的审判员，你骗得了别人，却永远骗不了自己"的领悟，并能保住这宝贵的品格的事。她的良心除了挽救了自己以外，并没有促成什么深刻的改变，发挥多大的震撼。如果要点题，是否"良心"更简明贴切，也更有震撼力，因为并不是每一个人都会认为良心就是最宝贵的东西，并且文章的确没能准确反映出良心成了最宝贵的东西。相反，标题用"良心"会让我们跟随这条主线，更容易让我们想到文中的男主角对妻子和女同事来说都是有良心的，而不仅仅是妻子。在刘黎莹的先后出版的两本微型小说集中可以明显地看到她把"神秘的陶罐"改成了"月若有情月常圆"，把"女儿的孝心"改成了"娘娘巷"，把"不用干活的小保姆"改成了"云姐的秘密"。这一随意涂改的举动，也足以说明作者在创作微型小说上艺术造诣的不深，需要加强自己的文学功底，厚积薄发。因为达到艺术境界的微型小说标题是唯一的，不可更改的。然而，经过作者再三斟酌后修改的标题，仍存在一些值得商榷的地方。

当然，刘黎莹也创造了一些"照亮读者眼睛的灯笼"的标题，如《无法被风吹走的故事》《谁是我心中美丽的凤凰》，并且把这两篇微型小说的标题做了她的两本微型小说集的名字。两篇小说称得上是作者的佳作，立意深远，构思巧妙。标题如同窗口，能让读者窥视到文章的基本内容，又如同眼睛，让读者从目光中感受到某种情调。这样做到了简练干脆，高度概括，题文吻合，语言明朗，新颖，有吸引人的魅力，给人美的享受。《无法被风吹走的故事》选取了同学聚会的背景，塑造了两个成鲜明对比的人物：飞黄腾达，名声在外的"海归"何老和过着窄窄巴巴日子、默默无闻的老徐。主要是通过何老曾经的爱情风光和现在的独守晚年，与老徐和老伴贫寒的终身相守、体贴关怀、在风中温馨等候对比，从侧面向我们展现了一位站在普通男人背后与他同甘共苦的伟大女人，同时映射出现代社会什么是真正的成功，什么是真正的幸福，我们最珍贵的东西是什么，能打动我们的是最朴素的真情。默默无闻的老徐身后柔弱的老妻子给同学们的震撼成了他们脑海中无法被风吹走的故事。这个标题不仅凝练地概括了文章的主旨，寓意深刻，并且含蓄、隽永，也吸引人，读者看到题目，就想探索究竟，就有一种想一气读下去的欲望。题目增加了小说的艺术魅力，达到了一定的艺术境界。《谁是我心中美丽的凤凰》也是一个抓住了文章内容且有象征隐喻的标题，成了文章闪光点之一。

（四）寻求突破的展望

刘黎莹还有很多的上升空间。"可贵的是，面对不期而至的各种奖项和荣誉，面对众多让人喜爱的小说，刘黎莹从未表现出丝毫骄矜之色，她认为还没有写出让自己最喜爱、最满意的作品，她正在潜心创作，我们有理由相信，刘黎莹的创作会不断攀上一个又一个高峰。"[1] 她的作品数量是可观的，她已在各地文学杂志发表微型小说及中短篇小说近 400 篇，总计 100 万字，先后出版了两本微篇小说作品集。但从质量上来说还需要极大的提高：虽然有一些作品获了奖，流传一时，但真正让人印象深刻经久传诵的作品并不多，亟待有新的突破和重大发展。从她的作品我们可以窥

---

[1] 谭践：《刘黎莹：现在进行时》，吉林出版集团 2006 年版，第 15 页。

见，微型小说创作呈现的一般现象是"作品未成型就急于发表，缺乏精雕细刻。浮泛化的居多，深刻的较少；一般化的居多，独特的较少；共性化的居多，个性化的较少"①。作为一名女作家，在性别和文化立场上的孤绝姿态很大程度上限制了女性主义写作的深度开掘，也就难免使她的目光始终聚集在女性身上，限于爱情婚姻题材。对于其微型小说创作出现的问题一方面是无法改变的客观原因造成的，如微型小说在文坛中的地位。以及其快餐文化的性质，但我们应该看到更多的是主观方面的原因。对于微型小说作家应有所警示，受到启发。对于获得了一些名气的刘黎莹来说，还要以对生活、对艺术、对自己高度负责的态度，力戒粗放、疏浅，拒绝仿制、平庸，抱定宁要少些、但要好些的宗旨，力求内容的精深、构思的精妙、形式的精巧、语言的精练和风格的精致。作家应该摒弃社会功利，克服浮躁的心理，做到"十年磨一剑"，树立精品意识，实现"量多""质高"的真正繁荣，追求更高的艺术境界。

对于刘黎莹微型小说创作来说，笔者有以下三点意见。

首先，独特的题材的选择，是创作艺术精品的第一步。若题材的一般化就会造成小说先天性的平庸或缺陷。著名微型小说作家许行认为：写小小说是可遇不可求的，没有适当的生活素材，是不能凭着一点灵性和意念去闭门造车的。一些小说之所以写得浮光掠影，难以给人触动，根本的问题不在技巧而在缺乏丰厚的生活基础。文学材料虽以精神现象的形式储存于作家内心，但它们既不是先天就有的，也不是神授的，更不是自己憋在静室中"想"出来的。它们的来源只有一个即客观的社会生活。② 这对于"她也不像一般作家博古通今，天文地理无所不知。一直生活在泰安，长期以来她不清楚此地所辖几区几县，对官方的人事变动更是几近无知；对

---

① 顾建新：《创造独特的艺术世界——兼论当前我国微型小说创作的缺失》，《小说写作》2005年第3期。

② 童庆炳：《文学理论教程》（修订二版），高等教育出版社2005年版，第126页。

城里流行的各种时尚和热门话题，她也是漠不关心，而唯独对小小说创作，倾注了难以想象的热情和精力"①的刘黎莹来说，也是其题材狭窄的一个重要原因。

其次，社会生活丰富多彩，各个领域几乎都有人关注，题材上的重复在所难免，但是同类题材的作品照样可以展现自己新的姿颜和风采，别人写过的题材中照样可以注入自己独特的审美情趣和见解，表现出新的思想内涵。而在立意上标新立异，一方面源于对相同事物不同的观察角度，另一方面体现在对人、对事独特的情感体验以及对事理内蕴的不同开掘，当然这靠的是作家的艺术感悟。独特的艺术感悟虽然说是偶然的，但是它绝不是凭空而降，而是要长期深入生活，时时打开思维，才能获得个性化的感受和独特的发现。作者对所写人物、事件必须深入思考，竭力找出支配人物言行的思想动脉及事件最本质的意义，才能发掘所写题材不平凡的思想内核。有了不平凡的思想内核，作品就有了一个好的立意，才能照耀作者的整个构思。当然，深邃的意蕴要求借助曲折生活情节表现出来，这就要求作者不断强化谋篇技巧。

最后，巴尔扎克也说："谁不能叼着雪茄，在公园散步的同时，弄出七八个悲剧出来呢？……在自己那个供想象的后院里，谁没有一些最最精彩的题材呢？不过在这种初步的工作和作品的完成之间，却存在着无止境的劳动和重重障碍，只有少数有真才实学的人，方能克服它们……构思一部作品是很容易的，但是把它写出来却是很难。"②可见，创造出精品，并不是光有独特感悟，构成独特意念，它就会轻而易举地转化为作品，而要靠寻找准确的语言、文字把艺术构思已初步成熟的形象、意念准确、鲜明

---

① 顾建新：《创造独特的艺术世界——兼论当前我国微型小说创作的缺失》，《小说写作》2005年第3期。

② [法]巴尔扎克：《巴尔扎克论文学》，王秋荣编，程代熙等译，中国社会科学出版社1986年版，第142页。

而生动地呈现出来。微型小说的语言不仅要具备准确、鲜明、生动这一切文学语言的特点，还要具备形象化、新鲜多样、简洁洗练、含意深远这些更为突出的特点。微型小说的作者在写作过程中，要做到笔墨凝练，少用过渡性的交代叙述，少发议论，不作冗长的描写，不要大段的抒情，要十分注意语言的准确、鲜明和生动。总之，要达到高超的艺术境界，作者在语言运用上是必须下功夫的。我们也期待着刘黎莹写出短小精悍、容量大、思想深刻、耐人寻味的好小说。

作为女性作家，刘黎莹用与生俱来的善良、富有同情心等品质，塑造了一批沉浸在传统文化束缚的宿命悲剧中，又无比韧性地肩负起自己人生，同时是平平凡凡、真实的乡村女性典型形象，把平凡的人生写得有特色，取得了不凡的成就。并且，我们看到刘黎莹也在不断超越和突破，在写乡村女性的同时，目光也在转向都市女性。她的努力和勤奋是可贵的，但是，她的作品题材范围比较狭窄，多是写女性的婚恋家庭及感情生活。作者自身阅历有限，小说有过多斧凿之痕，上升空间还很大。我们期待着刘黎莹本着她对文学的感恩与热爱，保持着精品意识和精品追求，创作出更多的震撼人心的作品，带着她的文学"翅膀"飞翔！

（朱妙　龙钢华）

十二　社会危机的逼视与拷问

——浅析孙道荣微型小说中人物的生存困境

孙道荣，男，1966年生，安徽和县人，现居杭州。1989年毕业于安徽大学中文系，后分配至安徽省马鞍山市公安局工作，先后任刑警、秘书，荣立个人三等功1次，嘉奖3次；1993年调入刚创办的皖江晚报社，任记者；1997年，调入马鞍山日报社，任编辑；2000年，作为人才引进，调入浙江省萧山日报社，先后任职副刊部、总编办、传媒研究室主任、编委。现为主任编辑、浙江省作家协会会员、浙江省杂文学会理事、杭州日报报业集团专业带头人。

丰富的工作经历给了孙道荣取之不尽的创作源泉，已出版的微型小说作品集主要有《你有多重要》《生死朗读》《一只手机的跨国之旅》《每朵花本应芬芳》等。他的作品大到官员会议，小到拾荒老太太的工作，真实再现了社会百态，尤其是各种社会危机包括底层人物的生存危机、食品安全危机、官场危机及精神危机等，以及对这些问题的探讨与逼视。下面从三种危机来浅析孙道荣微型小说中人物的生存困境。

（一）底层人物的生存危机

孙道荣写底层人物的贫穷与危机，字里行间处处显露的是温馨、人文关怀，不是饥肠辘辘，不是极端愤懑，但透露出来的都是现实和残忍。对底层人物，分别采用农民工和留守儿童来论述。

1. 夹缝中生存的"新兴都市人"——农民工

农民工（Migrant Workers），"即农民工人，他们是农业户口，但从事着非农业的工作；他们生活工作在城市，为城市的发展作出了巨大的贡献。但事实上，社会一直对农民工存在歧视心理"[①]。随着城市化的发展，越来越多的农民为求生存而涌入城市，一年365天当中他们可能有340天都生活在城市中，但他们没有城镇户口，无法享受真正的城市人的一切优惠，他们就是"新兴都市人"。

---

① 陆俊杰：《农民工内涵及其教育基本定位探析》，《河南科技学院学报》（社会科学版）2010年第12期。

孙道荣的微型小说刻画了众多的农民工形象，如建筑工、补鞋匠、搬运工、环卫工、泥水匠等。这些"农民工"是千千万万生活在城市最底层人的代名词，在都市人眼中地位低贱，从事最苦最累的活。他们谈不上生活质量和档次，农民工的生存，下面从两个角度予以介绍。家中有正在上学的孩子，还有需要赡养的老父母，一心赚钱，只为生存。

（1）为钱挣扎

《打电话》中的男子为了只花3毛钱，打电话永远控制在59秒以内，有一次摁下时计时器多走了3秒，平时晚上吃1元钱3个馒头的他那天晚上只花了7毛钱吃了2个馒头。作者把男子的"小气"表现得淋漓尽致。有一次破天荒讲了40多分钟，原来是儿子不肯读书了，而他所有的小气是要一分一分地攒给儿子上大学用。故事发展到这里引起我们深思的是，当他们在城市打拼的时候对孩子的教育出现了父亲的失位，父亲是孩子的成长过程中不可或缺的重要角色，可是这样的家庭不允许父亲在家守着一亩三分地养家糊口。当他终于有一次慢吞吞地打电话想要告诉婆娘，老板把拖欠的工资发给他们了，还多了50元的高温补贴，只是这钱是讨薪工友爬上100多米高的塔吊车惊动市领导换来的，结果婆娘习惯性地在59秒把电话挂了。主人公最后一句话让我们忍俊不禁："傻婆娘，你可真小气。"诙谐幽默的语言中讲述了主人公拿到工资和高温补贴的那份欣喜，可是那钱是工友冒着生命危险要回来的。《高空盛开的花朵》的农民工为讨薪爬上最高的塔吊车的塔壁最中间，只是为了让人相信他是真的要自杀，当救他的塔吊司机抓住他的手时他结结巴巴地说："这下好了，你家小、小子的学费有了，我老爹的救、救命钱也有了。"原本，属于农民工的最基本的工资和补贴需要他们用生命去换取，这对于他们来说是莫大的悲哀。农民工的工资被拖欠的问题一直被社会关注，他们的利益得不到保护，没有劳动合同，没有法律保障。只有在媒体曝光或要出人命的时候迫于社会压力老板才会有所行动，农民工的利益究竟谁来保障，值得我们深思。

又如《特价菜》，从事最艰苦劳动的他们不但要面对拖欠工资，还有城市昂贵的消费，他们只能吃着最廉价的东西，把钱最大限度地省下来寄回家。快餐店的民工都只点特价菜，花两元钱饭管够。故事的结尾同是农民出身的老板把每周特价改成了每日特价，让他们换换口味。老板的善意让小说变得温暖感人，却反映了残酷的事实：农民工的钱太珍贵，供孩子上学，给老人看病，要盖房子，他们的钱来之不易也浪费不起，他们身上背着沉重的负担。

即使工资照发他们仍然要面对"三不敢"：不敢老，不敢伤，不敢病。《不敢老》中要染发的老头住在自行车库的笼子间里，为供儿子读大学，夫妻俩都在城里打工，但因为白头发遭人嫌弃，于是用最廉价的染发膏把头发染黑，终于一个做了架子工，一个当了保姆。他们不敢老，老了老板嫌弃干不了活。他们更不敢病，病了做不了活就没了收入。不幸的是，老伴儿病了回了老家。在中国这样强撑着不敢老、不敢病的父母数不胜数，年迈的打工者处在生存的边缘，他们无力承受任何的风吹草动。而小说《喜糖》通过孩子的眼睛告诉人们他们不敢伤。他有个因伤躺在床上一年多的父亲，只靠妈妈微薄的收入支撑家里，他很自豪妈妈的人缘很好，每隔一段时间就会带回一两袋喜糖。当他第一次和妈妈去参加喜宴时他不明白为什么家里没钱却要送红包，为什么爸爸在工地上受伤会没人管，更不明白爸爸的伤和这个胡局长、和这个婚礼有什么关系。孩子的视角很简单，他不理解成人世界的潜规则，现实社会中求人办事需要送礼，农民工的保护部门不作为或以权谋私，导致农民工不敢伤，工伤认定困难重重，本来就经济拮据，伤了就没有收入还需花钱治伤，致使其陷入恶性循环。

《一个农民工的年忙》中的农民工张三宝排了三天三夜的队也没买上回家的票，这是他第三年没有回家。农民工买票难，他们不懂网上抢票，

· 478 ·

甚至有的买不起智能手机，有的只好骑摩托车不远千里回家过年，于是衍生出了"农民工摩托大军"返乡进城；要不就不回家。农民工回家的愿望不易实现，辛苦一年却难以与家人团聚。对于先进的都市人来说他们是落后的。我们的政府和全社会该反省，怎样让这些城市的建设者平安回家。在小说中很戏剧性的是张三宝的年很忙。从年三十开始，充当工地未回家的农民工、清洁工、一线工人、广场联欢的农民工群众演员、农民公寓的农民……接受领导的慰问和记者的采访，所谓的领导干部送温暖、慰问都是作假。尤其讽刺的是，领导送的红包最终被组织者收了回去，变成了50元的报酬。而这种虚假、走形式的慰问却让张三宝觉得如此忙碌如此幸福，甚至感慨"要是天天过年，那该多好"！这种"幸福"让人心酸，官员干部在作秀，即使不是作秀，这种慰问、送温暖并没有落到实处，没有从根本上解决他们的问题。官员干部只有让农民的工资、补贴有了保障，他们才会真正幸福。

（2）被鄙视和嫌弃的存在

孙道荣笔下的人物生活在城市，在夹缝中求生，城市允许他们付出体力，却在精神上拒绝他们，没有给他们最起码的尊重，甚至用鄙视的目光看待他们，"这种物理距离的接近和社会距离的疏远相结合，正是都市化的一个典型特征"[1]。

《您请坐吧》中一个一身汗臭和泥浆的民工上公交后不坐座位而坐在台阶上被网友传至网上，引发热议，无数网友为其心酸，为其感动。然而有人发问，如果他坐在了干净的座位上会是什么情形？残酷的假设印证现实，往往是他坐下后，穿着干净衣服的妇女会不断地拢衣角，不让他碰脏自己；人们或是受不了汗馊味腾地站起来离开；人们或是用手

---

[1] 秦敬、张羽华：《希望的追寻与失落——对新世纪底层文学中焦虑话语的心理透视》，《太原师范学院学报》（社会科学版）2008年第3期。

扇风，想赶走臭味；人们或是对他说要他自觉一点，不要坐脏位子。当他被逼得坐到台阶时人们会说他真善良、淳朴，只有当他们像受伤的猫儿蜷缩在冰凉的台阶上时人们才会焕发圣母式的慈爱，凸显自己的悲天悯人。但没人关心过一个最基本的事实，"坐下"是他的权利，他不应该被特别在意和被歧视。真正的都市人的众生相深深地伤害着这些辛苦劳作、艰难求生的农民工。

《图书馆外的等待》中曾在农村天不怕地不怕的二虎却不愿走进图书馆去找儿子，只是因为他的打扮：脖子挂着安全帽，被泥污沾得看不出颜色的衬衫，鞋帮子都撑开了的解放鞋……这是在工地上做活的农民工最常见的一身打扮。他们显得与图书馆格格不入，如果他走了进去要面对的可能是嘲笑轻视，也可能是阻拦，对于有尊严的他们而言这是种侮辱。《进城过暑假的少年》中送牛奶的少年无论是13楼还是18楼他都是爬楼梯，问及缘由他笑称怕被电梯夹住。《送货工》中的送货工同样如此，不乘电梯，东西实在太重就让东西乘电梯上去，自己爬楼赶在前面再去搬货。小说中，那袋米进了电梯后，一个女人用很厌恶的语气说"难闻死了，连米袋上都有股汗馊味"道出了其中的缘由。无论是少年还是送货工，或许他们曾经都坐过电梯，也想送货轻松一点，可能他们受到过歧视，受到过嘲弄，他们便自觉地不再去挤入所谓的"城市人"的生活。他们虽然生活在城市当中，却生活在与真正的城市人完全不同的轨道上。

孙道荣向我们展示了在底层的他们除了物质的生存，更需要得到的是城市人的认可与尊重，劳动无贵贱。他正是利用小说来告诫人们对于弱者和底层人多一些人文关怀。

2. 需要抚慰的下一代——留守儿童

任何一种生活图景都有其复杂的社会成因和心理动因。中国式文化中，父亲没有多少时间陪伴孩子成长，尤其是进入新时代的今天，随着社会经济的发展，农民必须走进城市求生存，于是在中国广大的农村出现了无数的留守儿童，由爷爷奶奶抚养或是寄养在亲戚家里。

《他摸了我的头》中一年一度到山村的"送温暖"过后，老师让学生们用写作文这一唯一的方式表达他们的感谢，然而孩子们没有一个提到叔叔阿姨送给他们的礼物，写的是阿姨帮我擦鼻子，叔叔像爸爸一样摸了我的头。他们最缺少的不是物质，而是最简单、质朴的亲情，他们的心灵需要爸爸妈妈的慰藉。又如，《不要把我留在空荡荡的家里》是报社征文时一个山区留守儿童写的，他在最后附了一封信：如果能获奖他不要钱，只希望能把他送到远在城市的爸爸妈妈身边，他要告诉他们，他想他们。作为一个孩子最简单的要求对于他来说却是奢求。他们需要亲情的回归。反观之前热播的电视节目《爸爸去哪儿》，虚拟的三天两夜的奶爸萌娃的生活对于留守儿童而言传递了温情，更是"温情炸弹"。"他们不但要面临父爱与母爱的双重缺失，更要在贫困甚至朝不保夕的生活中顽强成长。"[①] 他们的父母没有明星那样的资本可以放假，观众廉价的笑声背后掩藏不住的是广大留守儿童的孤独与寂寞。我们需要聚焦那些真实生活在农村的留守儿童。像"奶爸校长"陈平为留守儿童办学，他的十余年的坚守对于农村娃来说是命运改变的开始。

再如，《拥抱》中核载 16 人座的破旧的面包车里塞了 37 个孩子，作为留守儿童的他们由年迈的爷爷奶奶抚养，而除了照顾他们爷爷奶奶还得侍弄一地的庄稼，没有时间和精力来接送他们。孩子们的安全如何保障这是广大山区农村面临的问题，却一直由于种种问题并没有落实解决，这也正是近年来校车事故频发的原因之一。

[①] 《面对爸爸去哪儿，我们更应该关注的是留守儿童》，道德网，2013 年 12 月 9 日/2015 年 5 月 15 日，http://www.daodew.com/news/20131209/7315.shtml。

当留守儿童迈入城市时，他们见不到城市的精华。《孩子触摸到的城市》中进城的孩子，亮亮见到的是父亲工作的工地，芳芳陪着爸爸妈妈在菜市场卖菜，胖子李帮妈妈扫马路，小胡都看到的是小区的车子，小豪看到的是城里人怎么吃包子……所有的孩子都因为这样那样的原因没有去过书店、少年宫、海洋世界，接触不到城市的精华，他们却依旧那么自豪。读来让人心酸，我们的城市本可以敞开它的怀抱，大山的孩子可以触摸到城市更为温暖的部分。然而《黑洞》中的老唐，为了带儿子去逛逛，特意请了一天的假，代价是要扣将近100元。老唐带着儿子偷溜进了自己建的小区，孩子想看房子里面，而老唐在城里打工十几年却没有一个城里的朋友，老唐想爬水管进去时却让人当作了贼。黑洞就像黑暗的现实无情地吞噬了老唐的生命，生命是如此脆弱和卑微。同时，小说中的黑洞代表着那些有钱人囤积的无人居住的房子。有钱人可以囤积房子，垄断房价，同时，由农民工自己亲手建造的房子。他们却没有资格进去看一眼，无法向自己的孩子自豪地介绍这是自己建的房子，这种悬殊的贫富差距让农民工生存更为艰难，更是"遍身绮罗者，不是养蚕人"的冷酷现实。

留守儿童同样需要父母的关爱，需要全社会的关爱，他们的教育问题，农民工学校如何健全均是我们要思考的。

（二）食品安全危机与官场危机

下面分两部分，对食品安全危机和官场危机在孙道荣小说中的呈现分别予以论述。

1. 食品安全危机

"食品安全危机是指因食品数量和质量问题对人群、组织、社会和国家产生的危害问题。食品安全危机严重危害了社会公众的共同利益和生命安全，造成社会的混乱和恐慌。"① 孙道荣的小说中关于食品安全的小说不多，但是每一篇都十分精辟，揭示我们处在什么样的危机面前。

食品是关乎人健康最直接的东西，但在现实中人们都不敢出去吃饭，地沟油、假羊肉片、毒豆芽、毒生姜充斥着我们的餐桌，我们该吃谁的呢？小说中的老板们的答案是不吃自己的，在《不吃自己的》中，老乡想聚个餐，王厨师反对去他工作的食客盈门的大饭店吃，因为光油就是地沟油。大家都带食材来自己做，卖水产的张老板带的是豆腐，因为黄鳝喂了避孕药；卖豆腐的吴老板带来的是烤鸭，因为豆腐里面放了"吊白块"；做烤鸭的带的是油条，因为烤鸭用了聚二甲基硅氧烷；卖油条的带的是黄鳝，因为油条放了洗衣粉。最后，兜了个大圈子又回到了原点，众人都栽在自己酿的苦果里。小说只是一个缩影，有多少食品添加了对人体有害的物质无人知晓，也不敢去统计。为了骗得消费者的信赖，无良商家使用地沟油却想让消费者相信是品牌油，于是出现了盗版。在《正》的故事中王师傅发现饭店的油有问题，于是在品牌油瓶的瓶底烫上"正"，后来这些旧油瓶果然回来了，让人哭笑不得的是生产油瓶的老板以为"正"字是正品的防伪标识，于是每个瓶底都打上了"正"。人们笑过之后反思的是社会风气正在一点点败坏，商家良心沦丧，金钱至上，丧失了基本的诚信和正气。

2. 官场危机

在当下，揭露腐败、"黑幕"，反映纷繁复杂的不良风气的小说已经成为一大"风景"。② 孙道荣的小说也是如此，充分发挥其短小的篇章威力，

---

① 葛晓春：《非传统安全视角下北京奥运会食品危机管理》，硕士学位论文，华东师范大学，2007年，第9页。
② 张春：《有种姿态叫做反拨》，《河北经贸大学学报》2009年第1期。

冷酷地撕碎温情脉脉的面纱，对道貌岸然的伪饰进行辛辣的讽刺，对官场的现实与丑陋进行有力的嘲讽和批判。

中国社会有长达两千多年的封建官僚政治，"升官发财"的官本位意识已成为民族心理结构的基本组成部分之一。另外，对官员或者权力的恐惧和崇拜几乎成了国人的第二天性，也使官场机会主义越来越盛行。

中国有句古话"朝中有人好办事"，说的就是中国官场的"讲关系""走后门"，这些自然离不开行贿受贿。《钓鱼》中的黄局长爱钓鱼，胡老板投其所好请他钓鱼。黄局长是科长时在养殖鱼塘里钓，升为处长后去野生池塘钓，升为局长后去江里钓鱼，次次满载而归，钓上来的鱼均由胡老板处理，借此行贿。随着黄局长逐步高升，胡老板的生意越做越大。最后，黄局长把勾鱼的潜水员给钓了上来。小说结局出人意料，钓鱼实际是官商勾结变相行贿，损害的是国家和人民的利益。《心有灵犀》中的局长和房地产商玩"你比划我来猜"，二人配合十分默契。《回锅肉》中领导回头是因为领导帮你做了一件事要拿回扣。在幽默风趣的解释下我们愕然：官商勾结何时休！

对于官员的作为小说同样进行了深刻的挖掘：官员究竟如何升迁，靠的是真才实学还是弄虚作假。《会叫的母鸡》中的唐局长有一只母鸡不下蛋，却很会叫，装模作样从不下蛋，甚至赶走刚下蛋的鸡把蛋占为己有。作者借老唐之口说这只鸡3年白吃了许多粮食，不下蛋还天天作报告似的厚着脸皮叫"个蛋"，恰好被唐局长看上，而唐太太最后一句"你不就是因为能说会道才谋到了局长的宝座吗"一语道破：母鸡和唐局长就是一路货色，全凭一张嘴升到了今天的位置。对于百姓来说何其悲哀，百姓需要的是真正为人民服务的好官，而非谄媚上级的无能之辈。

从古至今，官员都知道要博得个好名声，彰显自己勤政爱民，与百姓同甘共苦。然而，能够真正与百姓同心同德的官员太少，不愿走在困难的最前线；随着科技的发展，官员们的作假水平越来越高超。这种政治道德伪装在《悬浮的局长》中表现得入木三分。《悬浮的局长》中的楼局长为体现自己亲民，特意成立技术处，配备最先进的设备，专门其将自己的图片编辑进各种抗灾救灾的第一线，并为此建立了数据库。楼局长请摄影师把自己所有可能要出现的场景拍了个遍。随着数据库的创立、运作，楼局长的社会声望越来越高。这次楼局长偷偷去马尔代夫度假，恰逢暴雨淹没农田和房屋，小汪在把楼局长的度假照编辑进图片中时忘了把海水的颜色改掉，致使穿帮。小说中的楼局长为一己之私随意成立部门，耗费国家资源，弄虚作假，从未站在人民的立场上思考。他可以一手遮天就是因为权力没有制约，地方或单位的用人权、决策权、公共预算的具体分配权实际上是掌握在"一把手"上的，其权力的来源事实上没有竞争，而是上级"任命"的。①

不但勤政爱民作假，中国的会议之多令人咋舌，形式之风盛行，每天大会小会不断，甚至连宾馆服务生都总结出了"泡会经验"。《宾馆服务生的泡会经验》中会议室的服务生小章服务了数千会议，总结出了会议"四法"：听经法，充耳不闻；看戏法，看与会人员脸上上演的人生大戏；走神法，眼盯领导，神游太虚；涂鸦法，不但认真听，还勤奋记，在纸上进行各种"创作"，深得领导心意。最后，连小章讲起话来也颇有领导做报告的风范，小说结尾更是点睛之笔："借会议之际，将其（泡会经验）涂鸦成文，以供普天下泡会者共享。"会议冗长、重复，却不务实，这就是中国的官场。而在小说《鼓掌》中更是将会议夸张到了极致：领导来做报告，会议室久响不绝的掌声，几乎将会议室挤爆，连苍蝇都吓得夺门而逃。一个小时的会议掌声持续了 59 分钟，领导仅仅讲了一分钟的话。形式之风在作者极其夸张的表现手法的刻画下体现得刻木三分。在官员眼中，官场就是自己的舞台，大家都是在演戏，这种拍手锻炼才会有了市场；领

---

① 竹立家：《用制度遏制权力腐败》，《理论学习——山东干部函授大学学报》2013 年第 3 期。

导十分受用，实为自欺欺人。

中国式权力崇拜已达到一定的境界，在许多人的眼中有权有势就意味着可以享有特权，可以违章、违理甚至违法，官场家族化、圈子化，根深蒂固，难以撼动。《蜕变》中给大人物开车的卞书记，因为大人物栽了，他也下了岗，因为他开惯了大人物的车，有警车开道，上马路时从不需要看两边的车，可以不看红绿灯，可以把车开上线中央；而一旦不给大人物开车之后他就开不好了。从这些细节我们可以发现大人物的种种特权，有些政府官员出行给百姓造成诸多不便甚至危及百姓的生命财产安全。

官员们如此贪赃枉法，只求升官发财，即使穿了帮他们依旧能够全身而退：他们需要找一个人来顶替，于是"临时工"在政府官员眼中又有了一个新的定义。小说《临时工》中的胡局长公款吃喝，和不三不四的女人出入被人举报，败坏了领导干部的形象，证据确凿本以为可以落网，楼局长却用和他长得很像的临时工王五顶替了；清查任务时胡局长所在局对群众态度恶劣，致使群众受伤，胡局长的"老子就是法律"引起民愤，却由声音像局长的临时工老李顶替；网帖曝光该局公款吃喝一月就达30余万元，网友甚至晒出了详细账单，却由写字很像领导的临时工张大水顶替。就这样，原本板上钉钉该清除的腐败官员却稳如泰山，真正的"蛀虫"没有被清除。

人们不知道少数坐在主席台上道貌岸然、以"代表党和人民"自居的"公仆们"，是掏空国家的"蛀虫"。这些人掌权之后，国家和社会的信仰、诚信、规则、人气就会流失，最终导致社会道德底线的崩塌和"国家受伤"。

（三）精神危机

随着物质文明越来越发达，中国人的精神却越来越呈现出一种病态。由老至少，孤独、迷茫、无望、堕落、拜金、求名夺利……面对中国的现实，一些曾经鼓吹精神建设取得多大的成效的"砖家"开始困惑地眨动稀疏的眼睫毛，但也有一些丧失"承认错误能力"的学者，依旧坚持关于精神文明建设态势一片良好的观点。

孙道荣的小说中对于人的精神危机的见解颇为特别。现代人还是孩子甚至胎儿的时候，父母们已经开始担忧他们以后的生活。一提到孩子就不得不提到教育，提到应试教育，虽然国家一直在进行教育改革，大张旗鼓要搞素质教育，要给学生减负，不准补课，但成效微乎其微：教科书是简单了，可孩子们负担似乎更重了，因为他们的终极目标是考上好的大学。在《每朵花本应芬芳》中，年轻的父母们聊着自己的三四岁的宝宝是多么地充满童真，多么快乐，多么富于想象力，而主人公的孩子正在备战人生中最重要、最艰难的考试——高考，一天 24 小时，"除了吃饭睡觉必须浪费的八九个小时外其余全部的时间都在看书和做题"。这是中国多少个高考考生的缩影。以前他们也是纯真、活泼、可爱的，只因为一场考试他们的生活变得沉闷和压抑，这样的教育下我们也就不难理解高分低能了，不难理解为什么在步入大学——人生"最辉煌"的时候会有诸多的大学生自杀、杀害室友的案例。

个性受压抑，使个性不能得到全面、健康发展，不敢"为天下先"会丧失个性。没有个性就没有独特性，没有独特性就不会有另辟蹊径的创造力。

人是教育的核心与精髓。因此，人是教育的起点，也是教育的归宿。"对于孩子，我们应像对待汽车那样不是添加重物，而是让车子'顺其自然'地向前跑，并随时给油箱加油，让车跑得更快、更稳、后劲更足。"[1]

正是因为学生时代精神受到越来越严重的压抑，加上填鸭式教学的毒

---

[1] 黄全愈：《素质教育在美国——留美博士眼里的中美教育》，广东教育出版社 1997 年版，第 23 页。

害，使得年轻人开始迷失自我，找不到人生的正确方向，暴露出人性的弱点和危机。孙道荣将年轻人的精神危机主要分为三类：一类是失去自我，机械地生活。《唐大牛的生活指数》中的唐大牛无论做什么之前都要看一下万能指数表，根据它的指数来决定自己做什么事情，活生生有能力有思维的人却靠一个机器决定生活的状态，是荒诞，更是可笑。例如，开会发言是他的专长，表却显示他今天的自信指数为1，语言表达指数为2，所以他放弃了发言。就寝时看到自己的成功指数为0，美梦指数却为10，明天重复今天的指数为10级。这样的人生毫无意义却是许多人的印证。又如，《下一个决定》中的主人公根据下一刻将发生的事情做此刻该做出的决定，可他最后醒悟到自己要开始努力时，还是决定今晚要做个美梦。在《走过路的人，才会迷路》中告诉我们，其实走过路的人才会迷路，但只要坚持下去总会找到属于自己的人生道路。第二类精神危机是跟风，盲目从众。近几年，因为各种大的公众危机，而引发的抢盐风波、抢板蓝根风波屡现不止。《当"谣盐"像雪花一样飘的时候》非常形象地道出了因为抢盐而衍生的闹剧。全民在抢盐，牵挂儿女的母亲、投机的老张、跟风的小李，都失去了自己的判断，盲目跟风。为什么会这样？正是他们缺乏安全感，害怕安定生活的动摇，缺乏正确的引导，而商家的投机取巧助长跟风之火。人们害怕自己落单，害怕成为众人遗弃的对象，迫切地需要认同。第三类是堕落。当人陷入一种大喜大悲或者深悲巨痛之后许多人选择了堕落、逃避。花天酒地，纵情声色，过着得过且过的生活。《顶楼》中的黄老板从乡下来到城市打拼，从包工头做到了房产大鳄，每一层楼的顶楼都是他自己的，包二奶，胡天海地，不顾发妻，连儿子也不闻不问。亲情漠化，在追求高物质、高地位的情势下，丢失了最宝贵的亲情。一夜暴富、一夜成名的人似乎总让人唏嘘不已。

随着中国的发展，中国的人口老龄化问题日益突出，而计划生育的实行使得小家庭的夫妇大多离父母较远，因此产生了"空巢老人"这一名词。"'空巢老人'最早由中国人民大学社会与人口学院教授、著名人口学家邬沧萍提出,一般是指子女离家后的中老年夫妇。现在,一些学者将其分为三类:本身就无子女的老人、子女不在身边的老人、子女在身边却疏于联系的老人。"[1] "据全国老龄办统计数据显示,在老年人口中空巢老人占总数的40%。空巢老人家庭占到了老年人家庭的35%,预计到2025年还将达到80%以上,很多'空巢老人'在不同程度地都已患上'家庭空巢综合征'。"[2]《感应》中的故事告诉我们,对于患上老年痴呆症的父母,我们需做的是多花时间陪伴他们,尊重他们的感受,父母忘了什么都不会忘记爱自己的孩子。《找一个人,吵一架》中年迈的母亲没有人说话,没有子女的陪伴,于是开始故意制造各种事端来和邻居吵架,只是为了和别人说说话、解解闷。而《被需要的父母》我们读来更不由心酸。老夫妇给远在德国的女儿发完电子邮件后,平静地自杀,离开了这个世界。因为他们曾经热爱的单位不需要他们了,曾黏着自己的外孙不需要他们了,他们觉得失去了存在感。被依赖、被需要是全天下父母最大的支柱和安慰。

除了这些,还有一个所有人都在面临的危机——信任危机,人们变得不再相信我们的世界、我们身边的人。《一名人口普查员的敲门记忆》写的是1982年时,老张在三层楼的居民楼做调查时受到了热情的招待,主家呼朋引伴,只用了1个小时整栋楼的调查都做完了;1990年的时候去了三次才登记了不到一半的住户,在门口被人误会为推销员,人们又不认识对面的住户;2000年不相信他是普查员,不让进门,隔着防盗门完成了调查。如今,想敲开一户陌生人家的门很难了,人与人之间不再信任,防备心越来越重。当老人摔倒了扶还是不扶这么一个还在咿呀学语时父母就已经教给我们的问题,现在居然上升到了一种"正襟危坐式"的道德高度,

---

[1] 刘佳:《"空巢老人"增多谁来尽孝》,《经济》2013年第4期。
[2] 王玲凤、施跃健:《城市空巢老人的心理压力调查》,《中国老年学杂志》2008年第14期。

令人费解。

孙道荣的其作品从城市最边缘的人物写到高坐明堂的高官,从物质危机逐步深入精神危机,深刻地揭示了社会最普遍最关键的四大难题——生存危机、食品安全危机、官场危机及精神危机,具有极其深刻的探索、反思价值。

孙道荣的作品紧扣社会现实,作家本身具有高度的社会责任感和良知,用一颗仁爱之心来检讨社会。另外,这和他的职业也分不开。孙道荣做过刑警,对官场的腐败有较为深刻的认识,作为记者直击社会百态,追踪事实真相,可以接触到最底层的人物生存状况,从而体验复杂的世态人情,使得他的作品带有丰富的人生体验和令人感动心酸的危机逼迫。

孙道荣把中国社会中各类人群的生存危机表现得淋漓尽致,对于黑暗的社会现实运用极度的夸张手法,进行辛辣的嘲讽,入木三分,引人深思。对于这些问题该如何解决,作者也提出了部分的解决方案。例如,在《你请坐吧》中对于一身脏污的农民工我们应给予他们坐下的权利,不歧视、不在意才是最好的尊重,具有很强的现实意义。

(郭莹　龙钢华)

十三　论杨晓敏对微型小说发展的贡献

说到小小说(微型小说),就不能不提到杨晓敏。在小小说尚不被人注意、前途未明时,是杨晓敏坚信这将是未来文学领域里不可忽视的一颗明星。他看到了小小说内蕴的光华,坚信那是一块值得雕琢的璞玉,并为之付出千般心血、万分努力,日琢夜磨,呕心沥血,为小小说"打出"一片天下，使其成为撑起中国小说的"四个柱子"①之一。杨晓敏的坚持并不是赌徒般的狂热，而是一份崇高的文化理想，是他一名文化人对一种虽暂沉寂但前途无限的新兴文化的敏感和直觉。他创办刊物，发掘作者，创新理论，鼓励创作，开办座谈会及文化节，样样大动作大手笔，付出的心血和精力非常人所能想象。可是，杨晓敏却一件一件做到了，而且做得大、做得好。他使小小说成为一种创新性文化，跻身中国文化领域主流，并使之深入民间、深入民心，得到众多文化人交口一致的称赞和好评。杨晓敏也成为公认的"中国小小说教父"，与小小说一起，成了一段传奇。下面分五个部分予以介绍。

（一）杨晓敏初识小小说

杨晓敏初识小小说是在 1988 年炎夏的某一天，当时的感觉，他后来形容是"小小说情结的原始萌动"②。当时的他绝没有料到，这份萌动将会在他的生命里扮演怎样的角色。彼时，杨晓敏已在驻西藏部队服役 14 年，正在等待转业安置中。被分配到郑州市伊河路 12 号的百花园杂志社与他的职业期许并不符合。然而，在这份落差中，杨晓敏还是接受了军转干部移交组的安排，以他固有的坚持和努力做着这份工作。可能他自己也没有料想，这份最初有违他职业期许的工作，竟然成了他的终身职业，不仅成就他的文化理想，而且将小小说这一创新性文化带入主流文化领域，成为文化界不可忽略的一颗冉冉上升的新星。

1988 年 12 月，杨晓敏正式从西藏军区转业至郑州百花园杂志社，任《小小说选刊》《百花园》编辑。在部队时，杨晓敏当过侦察兵、文书和报务员，曾在军区政治部民兵杂志社任编辑兼记者，又做过几年专业作家。

---

① 冯骥才：《小小说让郑州扬名》，《文学报》2007 年 7 月 5 日。
② 杨晓敏：《小小说是平民艺术》，河南文艺出版社 2009 年版，第 312 页。

部队的这些工作经历,既锻炼了他刚劲、坚韧的军人气质,又让他兼有文化人的思想艺术个性。这一切,为他发展小小说这一新兴文化产业提供了智力支持和精神保证。

"小小说"成为固定词组是20世纪80年代以后的事,这类文体的最初雏形是古代的志怪、志人小说和笔记小品文。直到80年代后期,才有了"小小说""微型小说""掌上小说""一分钟小说"等称谓,而杨晓敏通过他的努力,奠定了小小说的"正统名分"。

小小说能够从短篇小说中分离出来,发展成一个独立兴盛的文体,成为一种文化现象,一种新兴文化产业,并跻身主流文化领域,离不开杨晓敏的大力指导、实践和传播。杨晓敏的小小说再创造,并不单单是为了适应现代社会阅读习惯,满足大众需求,也不单单是为了创造一种文化产业,还是为了实现其崇高的文化理想,那就是"文化强国"。他把小小说和强国之路联系起来,指出文化人的理想就是"用一种现代文明的尺度,来提升全民族的国民素质、审美鉴赏水平以及认知世界的能力"[1]。通过小小说的"单纯通脱""贴近生活""微言大义"[2],调动全民族大多数人的阅读热情与创作热情,使他们心有所感,笔有所写,启发民众文化自觉,以提升全民族整体文化素养。中国作协副主席陈建功曾这样评价杨晓敏的文化理想:"杨晓敏的文化理想,是根植于中国传统文化沃土上的一种责任,也是一个有良知的文化人在现代文化语境中的一种自省。"[3] 杨晓敏在他的《我的文化理想》中还谈到政治家的理想是想用某些主张来振兴国家,军事家的理想是想用武力来增强国家,实业家的理想是想用生产力来支撑国家,然而,作为一介书生,只要心向往之,也是能以"智力资本"

---

[1] 杨晓敏:《小小说是平民艺术》,河南文艺出版社2009年版,第4页。
[2] 同上书,第8—9页。
[3] 陈建功: 《在杨晓敏评论集〈小小说是平民艺术〉研讨会上的致辞》,http://www.chinawriter.com.cn, 2009年8月11日。

来完善国家的。杨晓敏把他的"智力资本"倾注在小小说的倡导、实践和传播发展中,成就了"一介书生"最崇高的文化理想,不仅完善了自己的人生,而且开启了许多文化人的理想之门。

(二) 杨晓敏发展小小说

杨晓敏为小小说发展兴盛所做的努力,从他的事业年表中便可一览无遗。自 1988 年加入百花园杂志社到 2009 年 20 年左右的时间,他著书立说,"小小说是平民艺术"的理论独成一家;主编的《小小说选刊》《百花园》等刊物累计发行量过亿;组织小小说创作笔会,招募作者,鼓励创作;积极参加各种小小说理论研讨会,启动高端论坛,以填补小小说的理论空白;还编选出版《名家精品小小说选》《中国当代小小说精品库》《中国当代小小说作家丛书》《当代小小说名家珍藏》《中国当代小小说排行榜》《中国当代小小说典藏品》《中国小小说大系》等已逾百种,齐集各方文化精英精品;多次举办全国性的小小说优秀作品颁奖大会,尤其是在 2003 年 1 月设立的"中国小小说金麻雀奖",不仅评选出众多优秀作家作品,更是以权威性的保证给许多小小说创作者吃了一颗定心丸。

联系杨晓敏所做的种种举动和措施,不难看出他发展小小说的理念和思路,主要集中在三个点或者说"一条线",即"刊物—作家—读者群"。下面对三者分别予以介绍。

首先,说刊物。小小说作为一种新兴文体,前后发展不过 20 多年,相对于延续已逾百上千年的散文、诗歌等主流文体来讲,无论是在思想、艺术、审美、文化价值观等方面都不够成熟。因此,杨晓敏说:"倡导和规范小小说作品的使命,自然在很大程度上要落到发表、选载小小说的主流刊物上来。"[1] 而当时专门选载海内外优秀作品的《百花园》《小小说选

---

[1] 杨晓敏:《小小说文体与刊物定位》,《中国艺术报》2009 年 6 月 5 日。

刊》便成为他的重点发展刊物。

在《小小说文体与刊物定位》一文中，杨晓敏谈到《小小说选刊》的定位是：精品意识、读者知音、作家摇篮。《百花园》的定位是：海内外倡导小小说的标志性刊物，全方位发展当代小小说的创作大观，适宜于社会各界阅读和珍藏。杨晓敏正是从这三大定位努力打造这两本精品刊物。用他自己的话说："《小小说选刊》的'精品意识'，是要把海内外最新最好的小小说优秀成果，奉献给读者，体现选刊质量的高度；'读者知音'是努力把高雅艺术的精英成分和大众文化结合起来，尽可能提供更大的阅读空间，让受众从中咀嚼出多种滋味来；文学的存在，是推动人类生生不息的精神之火，而'作家摇篮'则是对产生文学梦的人的一声亲切召唤，焕发出可望又可即的诱惑。假如把'选刊'比作小小说领域的塔尖部分，并携带有一定的市场行为的话，那么《百花园》的定位，应该是垒砌基座的希望工程，从分工上她要使自己成为一所小小说的大学校。"[①]

面对市场的需求以及刊物发展的必要，杂志社又对两本刊物进行改革。《百花园》由开专栏、出专号改为专出小小说，《小小说选刊》在1995年由月刊改为半月刊，提高发行量，并策划《百花园》《小小说选刊》增刊，同时以《小小说选刊》为主体进行小小说优秀作品奖、佳作奖和优秀作品责任编辑奖评选，广泛征集精品，鼓励创作，吸引越来越多的名作家、权威理论家加入小小说创作和评论。小小说作为一种新兴文体，甚至新兴文化产业，要想在市场经济浪潮中得到发展，就必须遵守市场规律。就好比一件商品，要想极快极好地被消费者认可接受，绝对少不了ISO认证和明星代言。小小说刊物作为传播小小说的载体也正是如此，除了刊载高质量刊物，丰富自身内涵外，确实还需要更多的名作家加入，需要权威的理论家充实。只有这样，才能使小小说的影响越来越大，被更多

[①] 杨晓敏：《小小说文体与刊物定位》，《中国艺术报》2009年6月5日。

的人所推崇，进而得到长足发展。而杨晓敏对《小小说选刊》和《百花园》的打造思路则十分符合这一市场规律。除了这两本刊物外，他还主编了《名家精品小小说选》《中国当代小小说精品库》《中国当代小小说作家丛书》《当代小小说名家珍藏》《中国当代小小说排行榜》《中国当代小小说典藏品》《中国小小说大系》等一系列作品集，为优秀作品的诞生提供更为丰沃的土壤。

其次，说作家。无论哪种文体，要想永远保持生机勃勃并得到持续发展，就离不开作者提供的源源动力，就必须保证创作队伍不断注入新鲜血液且持续壮大。《小小说选刊》就是以培养和扶持小小说队伍健康成长为己任，以"作家摇篮"这一定位明确表明创刊目的。每一位作者都珍爱自己的智慧种子，如今有一方肥沃土壤供其播种、培养，不啻一种不可抗拒的诱惑，也在众多作者心中燃起一把希望之火。

1990年5月，杨晓敏首次在河南信阳组织汤泉池笔会，这是杨晓敏扩大小小说影响，凝聚小小说创作者热情的首次动作。其后，他又多次在郑州、潼关、北京、青岛、中牟、亳州、石家庄、资兴、大连、井冈山、宁波、南京、响水、白洋淀、舟山、东江湖等地举办各种笔会、研讨会，在民间呼吁创作，并给众多文化人提供文学、思想交流的平台，调动他们的热情，激发他们的灵感，以扩大小小说的影响，吸引更多作家的加入。杨晓敏还组织创办了《小小说选刊》（增刊），选编优秀作家作品，并以《小小说选刊》为基地，举行多次优秀作家、优秀作品评选即策划小小说"金麻雀奖"，不仅避免了大量小小说老作者的流失，而且使许多优秀新作者脱颖而出，圆了他们的作家梦。

在组建小小说队伍的事业中，杨晓敏是费了一番心血的。他的"小小说是平民艺术"理论中，指出小小说是一种"大多人都能参与创作"的艺术形式，鼓励全民创作。他重视每一位作者的创新理论、新颖创作方式，尊重他们的思想成果，这一点在他的理论评论集《小小说是平民艺术》中便可看出来。书中共集录了对43位小小说作者的评论,其中,他对每一位作者的熟悉程度,对其创作现状分析的深刻程度一览无遗。"举贤贤于贤",也正是杨晓敏的这份努力和无私,才能凝聚小小说作者们的创作热情,壮大小小说创作队伍,让小小说这一文体迈向更高一级的台阶,日趋成熟和繁荣发展。

最后,说读者群。关于读者群,杨晓敏有他独特的想法:"凡是那些试图把刊物办成对所有都'通吃'的'一揽子'做法,只不过是异想天开,一厢情愿而已。寻找也好,培育也罢,总之,只要选准这十几亿人中的一部分知音,便会有不菲的订数了。"① 因此,在打造《百花园》和《小小说选刊》这两种刊物时,杨晓敏对他们各自的定位很明确,也有了一批稳定的读者群。

《小小说选刊》和《百花园》能够在社会主义文化市场竞争中取得一席之地且受到越来越多的读者的喜欢,和杨晓敏的办刊理念有着很大的关系。他在《永远为读者办刊物》一文中谈道:"我们推荐给大家的是充满活力的大众文化形态,在遵循艺术规律的前提下,兼容和尊重作家在选材、形式、立意上进行的所有探索和创新性劳动,只是选择作品,尽量做到质朴与单纯,简介与明朗。但质朴不是粗硬,单纯不是单薄,简洁不是简单,明朗不是直白,它们应该是理性思维与艺术趣味的有机融合,是让普通人群嗅得到的缕缕墨香。"② 他强调"小小说是大众文化,是普通人能够嗅得到的缕缕墨香",这也将小小说的读者定位在大众人群上。但是,大众并不意味着低俗。当代社会飞速发展,竞争的压力使得人们的生活节奏陡然加快,诗歌、散文诚然能够陶冶人的心灵,然而,浮躁而又忙碌的现代人又有多少时间能够停下脚步,沉浸在高雅的艺术殿堂,慢慢享受诗

---

① 杨晓敏:《小小说文体与刊物定位》,《中国艺术报》2009年6月5日。
② 杨晓敏:《永远为读者办刊物》,http://blog.sina.com.cn/yxmxxs/2010-05-19。

文的余韵?"我们大部分人是没有能力去欣赏《红楼梦》、去理解卡夫卡的,你总得有一种循序渐进的文化滋润,来弥补这么一个相当漫长的过程。"① 杨晓敏如是说,小小说就是这样一种文化滋润。

再忙碌的现代人也需要精神食粮,需要阅读一些贴近生活,富有哲理意义的文学,来沉淀俗世的浮华,激发理性的思考,从而获取生命的真谛,得到大众的认可与接受。

(三) 杨晓敏扬名小小说

在谈到小小说时,人们毫无异议将"武林盟主"这一桂冠戴在了杨晓敏的头上。武林盟主是一个众望所归的头衔,即有高超绝伦的武功、崇高无私的人格魅力、伟大神圣的理想以及众多的支持者和追随者。杨晓敏就是这样一个众望所归的武林盟主:高超武功——小小说独特的理论知识和实践经验;人格魅力——举贤贤于贤;崇高理想——启动民众文化自觉,实现文化强国;支持者、追随者——众多小小说出版社,热爱小小说的编辑、作者以及读者。杨晓敏可谓功成名就,名扬小小说。

杨晓敏在小小说领域的成就以及他对小小说乃至整个中国文学的成就,笔者不敢妄自评说,因此特地从"中国作家网"上摘录2009年8月高端论坛上一些作家的评论转载如下。

> 胡平:提到中国的小小说,便不能不提到其领军人物杨晓敏……杨晓敏不是小小说作家,他比任何一位作家对小小说的贡献更大。我也欣赏作为理论家的杨晓敏,他关于"小小说是平民艺术"的论断,是著名的宏论,在小小说界影响甚广……作为编辑家和组织家,杨晓敏通过编选、评论、评奖输出了自己的观念,实际地影响了小小说创作

---

① 杨晓敏:《小小说是平民艺术》,河南文艺出版社2009年版,第3页。

的原貌……他关于小小说的理想是一种难得的宏观的文化理想,也更具有现代色彩。①

吴秉杰:我看杨晓敏的《小小说是平民艺术》,最感动的、最佩服的是里面收录的十数篇作家评论。他对小小说作家的关心、支持和帮助非常具体……杨晓敏对小小说的很多思考,非常具有时代意义……杨晓敏的很多思想,都具有现实意义和时代意义。②

木弓:我一直很敬佩杨晓敏。这么多年来,他一直在旗帜鲜明地支持中国当代小小说的繁荣发展,为中国当代小小说进入中国当代文学的视野摇旗呐喊。在很多时候,几乎就他一个人在呐喊……他是在小小说创作还不是很成熟的那些年头,就坚信小小说有美好未来的。仅这一点,就值得我们高度评价……他的名字将和中国当代小小说连在一起。③

何弘:在文学发展史上,好像从来没有一种文体的发展与一个人联系得如此紧密,从来没有一个人对一种文体的走向产生如此深远和具有决定性意义的影响。对于中国小小说的发展,杨晓敏的推动是全方位的。缺了任何一个方面可能不会有今天的繁荣局面。但是,在杨晓敏为小小说发展所做的诸多贡献之中,我以为就文学和小小说这种文体自身的发展来讲,最有意义的一点就是他确立了小小说的文体定位,界定了小小说独立的文体特征。从这个意义上讲,我以为专门从事小小说理论的专家不少,但为小小说做出最大理论贡献的仍是杨晓敏。《小小说是平民艺术》……对中国小小说的发展产生了极为重大

---

① 胡平:《关于小小说领军人物杨晓敏》,http://www.chinawriter.com.cn/2009-08-11。
② 吴秉杰:《平民艺术的时代意义》,2009年8月17日,http://www.chinawriter.com.cn/2009/2009-08-11/75722.html。
③ 木弓:《他的名字和中国当代小小说连在一起》,2009年8月11日,http://www.chinawriter.com.cn/2009/2009-08-11/75450.html。

而深远的影响。①

关于杨晓敏的评论者有很多，有感佩他创新精神的名声赫赫的作家，有和他走在同样一条路上的同行，有受过他帮助、被他引入小小说殿堂的写作者，还有诸多见证他发展小小说一路艰辛跋涉的知己好友。杨晓敏的功绩不可谓不大，他使小小说成为郑州的名片，使郑州成为小小说的"圣城"。他在小小说还是边缘文化尚嫌稚嫩之时，就已敏锐地察觉到这种文体的无限发展空间，并且坚定不移地投入小小说的再创造，成功打造出《百花园》《小小说选刊》这两大重点刊物，以产业化模式推广小小说文化。他将小小说这一创新性文体带入主流文化领域，充实中国文学殿堂，他以开创者、带领人的姿态打出一个繁盛丰沃的小小说王国。评论界冠以他小小说"武林盟主""中国小小说教父"的称号可谓实至名归。

杨晓敏又岂止是带来小小说这一文体的繁盛？作为小小说职业办刊人，他对刊物的独特定位、办刊的创新理念，对市场和读者群心理的把握以及为生活而艺术的呼吁，更是在编辑界、出版界、文学界掀起一股浪潮：更多的报纸刊物推出小小说专栏，因此一大批写作者得以大展身手、崭露头角。小小说这一环不论是在文学界、商界还是社会群众中都带来链式反应，也收获了不菲的经济效益和社会效益。

（四）杨晓敏对微型小说的理论贡献

杨晓敏有关小小说最重要也备受推崇的理论便是"小小说是平民艺术"。"小小说是平民艺术"，是指"小小说是大多数人都能阅读（单纯通脱）、大多数人都能参与创作（贴近生活）、大多数人都能从中直接受益

---

① 何泓：《浅议杨晓敏对小小说发展的理论贡献》，2009年8月11日，http://www.chinawriter.com.cn/2009/2009-08-11/75444.html。

（微言大义）的艺术形式"①。既然是"平民艺术"，那么就应把小小说与诗歌等高雅艺术区分开来。小小说应该是描写普通人生活，反映普通人的心理，也能够让大多数普通人阅读并理解，能让普通人参与创作，也能使普通人从中受益的一种文体。此外，小小说作者也应有其独特的平民性。

杨晓敏在谈到创作动机时列举了三种类别：一类是立志为艺术献身的人；二类大约是为改变生存状况而投入创作的人；三类则是小小说作家。他们进行文学创作更重视"参与"，随意率性，只想给生活添点色彩和乐趣。他们进行创作，更多的是为了"提高文字技巧和表述能力，可以辅导孩子，可以显示自己的生活品位，抑或在百无聊赖中寻找一种精神慰藉。这种创作，没有功名利禄之忧，没有生存之虞，就是觉得胸中有些块垒需要宣泄冰释，某些有意思的物事需要随手描绘"②。

时代的进步和生活速度的加快，改变了人们的阅读习惯，更多的人欣赏篇幅短小却寓意无限的文章。这并不是说长篇小说、中短篇小说等应该淡出文化领域和读者视线，而是需要这样一种文体拉近文学和读者的距离，作为尖端文化与普通受众之间一种过渡性的补充。正如本节先前引用的杨晓敏在《我的文化理想》中的一段话：并不是人人都能读《红楼梦》、看卡夫卡的，文学应该是能满足多方需求的，不仅要有如诗歌这样的高雅文化去满足艺术家的审美需求，同样需要如小小说这样的大众文化来满足普通民众的平民趣味。

在这个世上，高雅的艺术家毕竟只占少数，而能欣赏大众文化的普通民众却数不胜数。在金钱与享乐咄咄逼人的现代浮华社会，文学的地位日趋虚化，文学人的身份也越来越尴尬，若是想要稳固文学在社会中的地位

---

① 杨晓敏：《小小说是平民艺术》，河南文艺出版社 2009 年版，第 8—9 页。
② 同上书，第 5—6 页。

并且能够得以长足发展,那么变文学的"金字塔结构"为"橄榄形结构"① 势在必行。杨晓敏也说道:"我以为,只有最大限度地发挥大众文化的优势,使文学和普通受众产生近距离的心理效应,文学才能更有自信和有力量。"②

平民并不意味着市井化、低俗化,也并不意味着小小说就可以罔顾艺术创作的规律,肆意妄为,相反,它有着严格的规定。杨晓敏特别强调"平民艺术"有两层意思:"一是指小小说应该是一种有着较高品味的大众文化,能不断提升读者的审美情趣和认知能力;二是指它在文学造诣上有不可或缺的质量要求。"③ 这里提到小小说是一种大众文化,是他根据小小说的独特性而给予的身份定位。他认为,"当今社会已形成精英文化、大众文化、通俗文化的多元格局""精英化、大众化、通俗化三种文化就好像三原色,共同构成了文学天空的斑斓色彩"④。精英文化确不可少,一个国家的"精英文化"发展程度可以说在某种程度上意味着这个国家在文学领域能达到的最神圣的高度,或者说需要"精英文化"将文学带至一个世俗不能沾染的圣洁位置,它是中国文化不可或缺的支柱。然而,单靠精英文化并不足以支撑整个中国文化殿堂,扩大文学在社会中的影响力,而通俗文化流于市井,有待挑选扬弃,只有大众文化才能最大限度地丰富中国文学的发展空间,真正引领社会文明的主流,因为其覆盖领域广阔,产品多,追随者众,并且贴近生活,靠近读者,有其独有的影响力。

长期以来,杨晓敏一直在追求一个目标,那就是能够为人民群众提供

---

① 杨晓敏:《我的文化理想》(自序二),《当代小小说百家论》,河南文艺出版社2012年版,第6页。
② 王晓君、杨晓敏:《小小说,新兴文体的现状和前景》,《中国图书商报》2007年6月19日。
③ 杨晓敏:《小小说是平民艺术》,河南文艺出版社2009年版,第9页。
④ 杨晓敏:《我的文化理想》(自序二),《当代小小说百家论》,河南文艺出版社2012年版,第8页。

一种既有精英文化品质，又有大众文化市场的雅俗共赏的精神食粮。他认为小小说实现了这个目标。因为小小说不仅有丰富的文化内涵及深刻的思想含量等精英文化品质，而且拥有极大的社会覆盖面，即大众文化市场，"对于提高全民族的大众的文化水平、审美鉴赏能力，提升整体国民素质，会在潜移默化中起到不可估量的作用"[①]。因此，杨晓敏提出了一个观点：小小说的文化意义大于其文学意义，而其教育意义又大于其文化意义。[②]他在肯定小小说的艺术价值外，更加重视其对提高国家整体文化水平以及打造文化强国的作用。这也是杨晓敏的文化理想。

杨晓敏希望文学写作能够尽快完成从"金字塔型"到"橄榄型"的转变。他在《我的文化理想中》写道："一个缺乏文学读写训练和缺失中等文化程度教育的庞大群众基础，延滞了我们从文化大国迈向文化强国的步伐。"[③] 金字塔型意味着建构文学底座的底层人士很多，然而能真正爬上塔顶，站在尖峰位置的很少，文学更像是少数人的事业。而"橄榄型"则意味着我国有一大批具有中等文化程度教育的群众。"中产阶级"的扩大不仅让文学成为多数人的事，而且对中国从文化大国发展成文化强国有着极大的意义。[④] 因此，杨晓敏长期致力于文学自"金字塔型"结构至"橄榄型"结构的转变，以此为目标发展小小说这一创新性文化产业，提出"平民艺术"，努力打破写作的域限。文学不再只是属于少数的高高在上的艺术家的事业，而是让文学回归民间，回归普通民众，回归它精髓的实质来源，成为大多数普通人也能参与的大众活动，进而发展成一门新兴的大众化文化产业。

---

① 杨晓敏：《我的文化理想》（自序二），《当代小小说百家论》，河南文艺出版社2012年版，第8页。
② 同上书，第7—8页。
③ 同上书，第6页。
④ 同上。

（五）杨晓敏看小小说的前景

小小说自 20 世纪 80 年代真正意义上的生发到如今不过短短 30 多年，却迅速打造出自己的品牌形象，占领广阔的文化市场，并跻身主流文化领域，它的快速发展吸引了众多的关注。小小说这一新兴文化在文学领域究竟还能走多远，能否持续繁盛发展下去？如果想让小小说再来一次质的飞跃，那又该从何处着手，它的路又在哪里？这是小小说事业再创造的从业者们不可回避的尴尬却又现实的问题。

时代的发展是迅速的，社会生活各方面的改变给小小说的发展带来两大现实性的困难。其一，就是文化载体的改变，新兴的文化传播媒介如手机、网络、电视等，给传统的纸质媒体造成极大的冲击。新兴媒体迅捷、方便、时尚、更新快以及无上限的兼容量，众多的优势是纸质媒体不能比拟的，这就意味着小小说要想获得更大的市场接受度，就必须紧跟时代，改变传统的传播方式。其二，是市场规律的自发性造成的种种隐患。无论哪种商品一旦受到消费者的追捧，那么必然会有大量的同类商品出现，有跟风的，有仿冒的。利益的驱使导致市场秩序混乱无序，小小说面临的困难也正是如此。自小小说进入文化市场并占有一席之地之后，同类刊物蜂拥而上，讲量而不讲质，讲同而不讲新，作品的良莠不齐极大地降低了读者的阅读兴趣。种种困难都预示着小小说的前景堪忧。然而，杨晓敏却始终秉持着其当初发展小小说的自信，对小小说的发展前景十分看好。

在 2007 年 5 月 26—30 日召开的中国郑州·第二届金麻雀小小说节上，《中国图书商报》的记者王晓君就小小说的前景问题问过杨晓敏。杨晓敏的回答很干脆有力，意思是任何一种事物的发展都是困境与希望、挑战与机遇并存，小小说的发展确实面临许多现实困难，如新媒体的冲击,不成熟、不公平的市场竞争,等等。但是,小小说的品牌形象已深入人心,本身也携带着蓬勃的创造力和市场的甄别力,加上刊物自身运作模式的调整和文化市场的规范,杨晓敏坚信,"小小说的明天会更好"。①

杨晓敏的信心不是做出来给媒体看的。对于小小说面临的困境,他心中有数,而关于小小说如何打破困境得以繁盛发展,在他心中早有了应对的思路。在以后的小小说事业中,努力保证小小说的时代同步性,顺应时代潮流,改变传统文化方式,利用新兴媒介为载体,扩大小小说的覆盖面,让其深入民间,深入民众。随着社会迅速发展,现代人的生活水平不断提高,他们对生活质量的要求也更为精致,在文学欣赏上追求一种时尚而舒适的享受,那么作为小小说载体的刊物的改革,也势在必行。从1995年将《小小说月刊》改为半月刊,到1997年《小小说月刊》再次调整,改小32开为标准32开,更换纸张,提升刊物质量,同时陆续以增刊形式推出小小说精品。"杨晓敏和他的团队把小小说作为文化资源和品牌来经营,引导并培育了稳定的读者群,以精品意识和品牌效应使小期刊闯出了大市场。"②杨晓敏指出,在以后的办刊中,会根据市场需求做出改革以满足消费者的需求,"既要向严肃文学刊物学习,学习他们对艺术性的要求,也要向时尚类、文化生活类刊物学习,学习他们的经营模式"③。

而面对文化市场的不成熟与不公平竞争,杨晓敏也自有他的考虑。市场上的小小说作品之所以良莠不齐,是因为许多刊物只为借小小说这一噱头获取经济利益,却没有严格把握作品质量关。许多作品不是"千锤万凿

---

① 王晓君:《小小说,新兴文体的现状和前景》,《中国图书商报》2007年6月19日。
② 余英茂:《一本期刊与一座城市的文化符号》,《郑州日报》2008年9月9日。
③ 刘颋、杨晓敏:《文学与文学期刊——杨晓敏访谈录》,载秦俑等主编《杨晓敏与小小说》,郑州大学出版社2013年版,第202页。

出深山",而是拿着一张原件进行复制的批量生产,内容陈旧、单调、重复而毫无新意,极大地降低了读者的阅读兴趣。在这样的形式下,杨晓敏加紧了对小小说作家的培养和扶持以及对作品质量的严格把关。他多次举办笔会、研讨会,呼吁大批真才实学的作家加入小小说创作,选载作品也是严格遵守小小说的字数限定、审美态势和结构特征,同时推出增刊,刊载精品,打造《小小说选刊》的品牌形象。这样,百花园杂志社的《百花园》和《小小说选刊》,就在同类刊物中脱颖而出,获得极大的市场认可度。杨晓敏坚信,在小小说以后的发展中,只要做到以上这些,始终坚持创作有利于提升大众精神境界的作品,以产业化路子打造小小说创新性文化事业,"有超前的办刊理念,有充裕的作者资源和作品资源,有较为成熟的文化市场网络,也要有相对稳固的读者群体……便有理由相信小小说的明天会更好"[1]。

多年来,杨晓敏不断在理论和实践上丰富发展小小说,著书立说、创办刊物,孜孜不倦。"平民艺术"理论的提出轰动文坛,向世人深刻剖析了小小说的实质内涵,为作者创作小小说指明新的方向,点亮一盏明灯,从而吸引更多的不同层次、不同阶层的读者。在打造《百花园》和《小小说选刊》等刊物时,与时俱进,通过精细的市场调查,不断改版翻新,努力满足大众口味。

杨晓敏将小小说提至更高一级的平台,开启了小小说发展的一个新纪元。

(何娜 龙钢华)

---

[1] 王晓君:《小小说,新兴文体的现状和前景》,《中国图书商报》2007年6月19日。

十四　陈永林微型小说初探

陈永林，1972年生，江西都昌人。初中毕业后从事过多种职业，现任《微型小说选刊》编辑部主任。1989年开始发表作品。2006年加入中国作家协会。著有小说集《栽种爱情》《我要是女人多好》等十部。数篇小说改编为广播剧、电视剧，曾获第三届小小说金麻雀奖。小说集《红豆手镯》获第五届谷雨文学奖，小说集《怀念一只叫阿黑的狗》获2008年冰心儿童图书奖。多篇小说选入多种选本，《古瓶》《娘》《洁白的木槿花》等选入《中学语文》《初中语文读本》。

微型小说评论家雪弟曾这样评价过陈永林："陈永林是国内小小说作家成长的典型，他个人在生活及文学道路上的成功为众多小小说爱好者指明了前进的方向。"[①] 的确，陈永林在微型小说领域的成就可以说给那些有文学梦想的青年们很大的鼓舞，为他们树立了一个很好的榜样。下面分三个部队予以论述。

（一）独特的经历和对生活的个性诠释

陈永林微型小说的成就，首先表现在题材的选择和主题的开掘上。新时期的微型小说创作中，取得了巨大成就的微型小说家，无不在题材上有重大的开拓。擅长书写情爱小说的有滕刚，执着于创作笔记体小说的有孙方友，善写风情小说的有凌鼎年，钟情于哲理小说的有孙国芳，等等。这

[①] 雪弟：《重复与超越——关于陈永林小小说集〈玫瑰往事〉的对话》，2005年1月，http://www.blogms.com/blog/CommList.aspx? BlogLogCode=1000742801。

使得微型小说这种文体呈现出"百家争鸣、百花齐放"的繁荣局面。陈永林的微型小说则以多样的题材诠释了他对生活的独特理解。他的"鄱阳湖系列""殇系列",他的官场小说、爱情小说,风格独特,主题鲜明,寓意深刻,可读性强,在众多林立的微型小说家中独树一帜,奠定了其在微型小说史上的文学地位。

在陈永林的作品里,故乡的鄱阳湖始终是他持久关注的一个对象。陈永林能够立足鄱阳湖又能超越鄱阳湖。冯辉说:"陈永林能恰到好处地把鄱阳湖畔的种种作为他洞穿世界、探索世界、思考人性和感悟生命的一个视角。他还善于用他灵动的触须和贴切的语言透过鄱阳湖畔的各种人情世事去召集读者大众的眼光,进行深刻的思考和密切的关注。"[1] 因而,众多读者认为陈永林的小说中透露着鲜明的纪实色彩。冯辉在他的《鄱阳湖畔的寓言叙事》中还说道:"在他的小说中'纪实'的印记几乎无处不在,几乎所有的故事都发生在鄱阳湖畔。"[2] 然而,作者为什么乐此不疲地书写鄱阳湖畔的种种呢?评论家吴松亭曾在1996年陈永林作品研讨会上说过:"坎坷的生活经历,让陈永林过早成熟了,过早体味了人生的不幸,这使他的小说变得深沉、老辣。"[3] 作者书写的鄱阳湖的种种正是他现实生活的一个缩影,所以说,陈永林的创作与他的生活经历有着难以磨灭的联系。

陈永林出生在江西都昌的一个相当贫困的小山村。然而,他并没有像其他的农村伙伴一样,安于那种毫无生气的生活。因为,他内心那股高傲又强大的力量,让他想要挣脱那样的生活,过上羡慕已久的城里人生活。从小就怀着文学梦的他单纯地以为可以靠写小说改变自己的命运。于是,他开始疯狂地构筑自己的文学梦想,但在农村,这种"爬格子"的行为,

---

[1] 冯辉:《鄱阳湖的寓言叙事》,《红豆》2007年第9期。
[2] 同上。
[3] 陈永林:《往事如昨》,http//www.jinmaquecm.com,2015年12月15日。

被视为游手好闲、不务正业。虽然，陈永林一开始并不理会这样的议论，而是一直沉浸于自己的梦想。但结果招致的是更多的挖苦和非议。最苦恼的是，连自己的父母都无法理解他的这种行为。倔强的陈永林依然没有向命运低头，这时候的他开始思考自己的生存道路。为了生存，他去钓甲鱼，贩卖蔬菜，去建筑工地当苦力，去南方打工，等等。为了过日子，陈永林有时只能靠捡易拉罐为生，有时晚上在天桥底下的那些无住处的漂泊者中都能找到他的身影。即使过着这样的生活，他也没有忘记自己的任务，一直暗暗地坚持着自己的梦想。

经历了这些之后，他又去参军，参军的过程却不同寻常的坎坷。每每在他应征最具希望的时候就被人冒名顶替或者无故被刷掉。直到后来，几经艰辛，陈永林才如愿地应征成功。每一次的经历和挫折都给陈永林带来很深的感触。特别是几年的部队生活锻炼了陈永林，使他变得更加坚强和刚毅。与此同时，他的梦想也在这个时候进一步迫近。当兵期间他就陆陆续续在全国各种刊物上发表作品。

人们都熟知"伟大的作家、艺术家，他们心灵的成长与成熟都来自于那童年的生活记忆，少年的涉世磨难，青年的情感阅历。真实的生活，伴随着生理成长的经验，包括对文学乳汁的吮吸与品味、求索与滋养，逐渐地熔铸成了作家的心灵"①。的确，为了生活，陈永林从事过工农兵学商各种行业。如此丰厚的生活阅历，极大地丰富了他的身心感受和思想内涵，使得他在提起笔时就能文思泉涌、有的放矢。正是他那些常人无法体会的生活经历，为他的创作积累了宝贵的财富，让他的作品能在微型小说界有自己的一片天地。网络评论家小残在《陈永林小说的荒诞性与真实生活》中说道："作为心灵的一种能量释放的方式、一种外化的文本形式，这就

---

① 刘伟林：《荒诞表象下的悲悯情怀》，《创作评谭》2008年第1期。

是陈永林的心灵自传式的写作。"① 就因为作者与故乡有着不可分割的精神联结,所以故乡的人情世故,就不可避免地成为他写作的源泉,成为他抗击生活丑陋和现实罪恶的靶子。评论家刘伟林曾说道:"陈永林的小说更多的是对于乡村底层题材的精确表述,因它源于作家的乡村情感经验,源于作家对乡村情怀的无法割舍。对于一个从乡村生活走出来的作家,这无疑是他内心始终坚持的哲学与美学的立场。正如我们所说,一个作家的立场决定了他的写作态度,决定了他对人性的洞察与勘探。"②

因而,故乡村官的腐败、村民的愚昧、小人物的命运以及乡村的爱情等,都是陈永林对现实生活最真切的思考,并且通过小小说这种媒介传递给读者,让读者大众也能从中得到启发。其中,他对乡村官场的刻画,是他诸多题材中最出色的组成部分。揭露农村基层干部的丑恶和腐败正是陈永林作品中一个永恒的命题。虽然当代小说界中致力于官场小说的小说家不计其数,其中也不乏佼佼者,然而,陈永林在官场小说的角度选择和人物塑造上有着他的独特之处。他没有选择位高权重且有着复杂人物关系的大人物,而是从小官场入手,从小人物入手,生动地再现了当代农村官场的大环境。在他的"殇类"小说中,对这方面的揭示尤为深刻,更发人深省。

例如,《家殇》最能讽喻那些农村村官的愚昧落后和凌驾在人民头上作威作福的丑态。王书记蛮不讲理地要求刘大队长"我不管你用啥法,得让他们离婚"。而那个连"包办婚姻枷锁"都不知为"啥锁"的刘大队长,自身也是个包办婚姻的人,却要强行地拆散棉花和来福两情相悦、幸福美满的婚姻生活。作为政策的执行者,农村基层的领导干部王书记愚昧

---

① 小残:《陈永林小说的荒诞性与真实生活》,《创作评谭》2009 年第 3 期。
② 刘伟林:《荒诞表象下的悲悯情怀》,《创作评谭》2008 年第 1 期。

无知、自以为是地认为：40岁的来福霸着20岁的棉花是典型的"罪恶行径"，棉花不可能获得幸福。棉花对刘大队长三番五次地上门要其离婚表示拒绝，于是刘大队长便气急败坏地威胁："我就要你离，你不离证明我的工作能力不行，别敬酒不吃吃罚酒！我自有办法让你离。"然后，无休止的对来福的批斗便开始了。于是，棉花同意了离婚。刘大队长因为工作"出色"而调往公社当社长，继而又升为工业局局长。这就是刘大队长所谓的"出色"的工作。作者借这一故事极大地讽刺了那些基层干部的愚昧无知和欺压百姓的丑态。

《壶殇》也是这样。《壶殇》讲述的是"我"一开始非常讨厌村长，看不惯村长只顾自己、不为大家办实事的行为。因此，"我"决定用"我"祖传的陶瓷壶贿赂乡长，然后自己当上村长，为人民办实事。但当上村长后的"我"变得跟前任村长一模一样。《壶殇》直面揭示了农村基层的官场作风：沆瀣一气地收取私礼。乡长的贪婪、无原则，村长对普通百姓的作威作福和对上级的阿谀奉承，"我"当村长后的讲究排场和变质收私礼，这些在文中都有很形象的写照。

《戏殇》更是写得绝。《戏殇》不再正面去刻画村官们的罪恶和腐朽，而是通过其中一个场景、一句话来形象地揭露农村村官那种作威作势的丑态。在这篇文章里，村长没露几次面，但颇具慧眼的作者还是能很好地抓住村长这个看似平淡的角色：村长要求把搭好了的戏台拆了重新再搭，"重搭，搭高一些"。很精当的一个场景，很微妙的一句话语！一个场景一句话足以渲染出村长那种"高高在上，作威作福"的丑恶嘴脸。要知道，村长家上演的可是一台丧戏，一台在农村里大为忌讳的丧戏。即使是丧戏，即使是忌讳，村长也要让他的戏台高于八根家"添男娃"喜戏的戏台：他要趾高气扬地压过八根家的戏，他要向村里人大张旗鼓地炫耀他做村长的威势。

陈永林从小在农村长大，对农村的那种不完善的官场制度下村官的各种嘴脸有着深刻的体会。这几篇小说作者就从亲身经历出发，深刻地反映出了他心中的农村以及他对农村现代官场的理解，并把农村官场的各种弊端展现在我们的眼前，将一个时代的思考和沉重的主题展开在我们的面前。

爱情是文学界一个永恒的主题。虽然陈永林的作品涉及爱情的题材并不太多，但还是可以看出陈永林对爱情的独特思考。

在《栽种爱情》里，揭示的是一种爱情真谛。已成为夫妇的林和月又吵架了，林动手打了月，于是属于两人的爱情变得荡然无存。他们的儿子，用一种诚心和真情挽救了他们这段支离破碎的爱情。儿子先是专注地把象征着父母爱情的照片粘了回来（吵架时，月把照片撕了个粉碎），接着儿子又天真地把照片埋进了泥土里，天天给它浇水，悉心照料，以为通过这样，就能生长出一张全新的、完好的照片。儿子的天真、专注、诚心和真情，强烈地感染了身为父亲的林，于是他们和好如初了。在这篇小说里，作者用的是一种儿童的天真做法，深刻地启示人们关于爱情的真谛：爱情是需要时时用诚心和真情去浇灌的。只有这样，爱情之花才会长盛不衰！

在《乡村爱情》里，作者围绕着青山的爱情经历，描绘了一段令人痛心不已的爱情故事。作品中的主人公青山，被东梅抛弃，遭遇爱情挫折后，顿觉生存的意义渺茫，因而在东梅结婚的那天，企图卧轨自杀。贵根及时地把青山从轨道上救了下来，自己却无辜地成为火车轮下的亡魂。青山备感愧疚，任劳任怨地承担起照顾贵根的女人荷花和女儿小桃的责任。日久天长，青山的勤劳、真诚和责任感终于感动了荷花母女俩。青山得到她们的认可和好感，并顺利地当上小桃的"爹"。随着母亲癌病去世，小桃梦想能代替母亲的位置，成为青山的女人。当然，青山也是挚爱着自己的"女儿"小桃。青山颇感难堪。为了早日让小桃死心，青山选择和离了婚的东梅结婚。可就在青山婚礼的那天，小桃绝望地坐在贵根出事的火车轨道上，等待着呼啸而来的火车……

血淋淋的爱情结局！青山以责任感和道义赢取爱情，又因为责任感和道义葬送了小桃的爱情并给自己带来无穷的悔恨。

这正是作者对爱情的思考。作者向往《栽种爱情》里简单纯真的爱情，启示大家爱情需要精心经营，又通过《乡村爱情》诠释出爱情是一种道义和超道义的产物！

陈永林小说的题材还涉及诸多方面，但仅从他小说这两方面的主题足以看出陈永林对生活的独特体会。正是这种独特给微型小说界注入了新的生命，在微型小说主题开掘等方面做出了极大的贡献，更给读者带来了深刻的人生思考。

（二）构思的独特性与情节的荒诞性

陈永林的经历不仅影响着他创作主题的选择，还深刻地影响着他的创作风格。我们去读陈永林的作品，无论是写官场题材的爱情题材的、还是写小市民生活的，只要加以思考，都能体会到他构思的独特性和情节的荒诞性，这同样与作家本身的荒诞体验分不开。"他的种种生活经历，磨难征途中的所见、所闻、所感，让陈永林对多种生活有了深刻的体验，我们与其说陈永林作品里的人物命运是创造出来的，不如说他是亲身体验出来加以艺术手法以表现出来的。"① 理解了这点，我们便不难理解他小说中透露出的那些独特之处。因为作者只有通过这种荒诞变形和独特构思的形式才能让人深刻地体会到现实中真实残酷的生活，这也是陈永林这两年小说最鲜明的艺术特色。崔苇在《非常荒诞——逼近真相的舞蹈》一书的开头写道："所谓荒诞性，在我看来并无神秘之处，它是文字感觉中最基本最常见的因素。因为在普通

---

① 小残：《陈永林小说的荒诞性与真实生活》，《创作评谭》2009 年第 3 期。

人当中，特别是那些忙忙碌碌的现代人当中，荒诞的情绪和感觉比比皆是。"① 活在这个社会中，对于官场的黑暗、爱情的变幻、小人物的命运，陈永林是怎么思考的，又是如何通过对审美对象的解读来对人的生活形态进行描绘的呢？

《村长是条狗》讲述的是村长犯法后披上狗皮变成狗避难，虽然昔日对村长家的狗，人们也敬畏三分，但犯法后的村长即使变成了狗也没能避免被欺负。当这只狗受欺时二傻（村长的私生子）总是出手相救。当二傻当上村长后，那只狗居然又受到了众人的尊敬，竟然还被众村人选举当上了村长。作者通过这种荒诞的情节使读者真实地感受到一个发生在人间的悲剧。透过作品，人们利欲熏心、虚伪谄媚的丑恶嘴脸表露无遗，人情冷暖自然地呈现了出来，何其辛酸，何其苍凉，不禁令人拍案叫绝，欲笑不能。不难看出，作者的总体构思目的，是让这种"真"融入一种"怪"中，去体现一种本质的真，去揭示一种人性的悲剧。他要让"怪"笼罩下的"真"，显得更真，让非逻辑现象与逻辑现象交错相融，以形成一种深层的艺术抽象。文章中的"怪事"绝不是"为怪而怪"，而是与现实的真融为一体，去为真服务的。它们之间是有机统一的，给读者传达了崭新的、怪异的审美信息，给读者的心灵带来了更大的震撼，猛烈地叩击了读者的灵魂，达到了发人深省的境界。究其因，不难看出这是作者在对乡村人的人性深刻理解的基础上创作出来的。

在《精简》中，陈永林构思了一个乡政府为贯彻落实上级下发的"精简机构"的文件精神，召开会议商量对策的全过程。小薛提出的切实可行的建议，无人认可不说，还马上被否决了。当曹主任提出把门卫开除，养一条狗守门的"妙策"时，沉默了许久的副乡长马上出声了，争着要开除自己的远房亲戚，以便把自家的猫狗带到政府"高就"，借

---

① 崔苇：《非常荒诞——逼近真相的舞蹈》，山东友谊出版社2002年版，第83页。

此机会捞一把钞票。把猫狗带到机关，从事人的工作！堂堂一个乡政府，就让一个狗来替人守门，让猫来管理图书，还被故事中的所有人当作正常的事来接受，这是多么荒唐、多么可笑的事情！《精简》以其大胆的构思，深刻讽刺了社会中一个特殊群体的可耻行径，暴露了中国农村官场制度中存在的各种弊端，这无疑也是陈永林对官场人物的心理和行动有着深刻研究的体现。作品虚构的情节，在现实生活中以一种更加荒诞的形式真实地存在着。作品写的是生活，而生活的主体是人，所以，陈永林去写这一类型的作品，实质也就是去写人，去解剖人性，看这些人如何影响社会。

在《梅子的爱情》中，陈永林从一个独特的角度，去表现现代人的爱情心理和自私的本质。梅子爱上了家境贫寒的木子，娘坚决不同意。娘担心梅子嫁给他没有好日子过，娘自私！娘不尊重梅子的选择！梅子却是铁了心要嫁给木子，任由娘寻死觅活地劝阻也没有用！梅子是何等痴心，娘是何等不解人意！这时候，一个意外的事件发生了：木子为救梅子，在车祸中断了腿。原先有着鲜明对比的两个人物——梅子和娘的语言和行动，都发生了质的变化，娘对一脸泪水的梅子说："你若不同木子结婚，就滚，滚得越远越好。"梅子坚定不移："滚就滚！"这时候，先前站在两个对立的立场的人物交换了位置，重新以水火不相容的势头对立着。梅子实质的自私，和娘的善良又形成了鲜明的对比。究竟谁才是真正的自私，在什么样的事实面前表现怎样的自私，至此已经是一目了然了。这无疑是陈永林对生活中的"梅子"和"梅子妈"类型的人物的心理有着深刻的理解，而作品，是通过艺术手法将这种理解形象地表现出来。

在《李大民之死》中，陈永林更是用生活中常常出现的场景揭示出了人性的鄙陋。故事中，那只莫名的狗一次次把李大民带到坟地。狗为什么要把他带到坟地呢？李大民不解，读者也不解，这是一个谜。

狗的这一举动引起了李大民的各种猜疑，最后竟然在猜疑中抑郁而死。在作品中，是谁导致李大民死去的呢？显然不是狗，而是他自己，他以往所作所为，在内心引起了强烈的恐惧、焦虑、不安等情绪，人性本质的鄙陋使他把自己拖向了死亡的深渊。试想，在生活中有多少个"李大民"，也是这样地腐蚀着自己的灵魂，导致自身的灭亡呢？在这个年代，多得不可胜数。然而，陈永林却通过锐利的目光，独特的构思，把这种人、这种现象作为审美对象进行探究，并展示在世人面前，给人深刻的启发。

从这里，我们足以看出陈永林叙事的娴熟，耐心与速度并进，极具特色，但结尾的戏剧性都不能让人十分信服，这主要是因为作者的目的是解决文本内在力量的需要。略萨在《给青年小说家的信》一书中，谈到小说的说服力的问题，"当小说中发生的一切让我们感觉这是根据小说内部结构的运行而不是外部某个意志的强加命令发生的，我们越是觉得小说更加独立自主了，它的说服力就越大。当一部小说给我们的印象是它已经自给自足、已经从真正的现实里解放出来、自身已经包含存在所需要的一切时，那它已经拥有了最大的说服力。于是它就能吸引读者，让读者相信讲述的故事了；优秀的小说、伟大的小说似乎不是给我们讲述故事，更确切地说，是用它们具有的说服力让我们体验和分享故事"①。虽然陈永林小说的故事情节和结构构思有些让人无法信服，但他用独特的构思和荒诞的手法传递给我们无比真实的生活现实，并且在这种荒诞中无不透露出作者对现实的讽刺和对人民同情的悲悯情怀。

在《好人村长》中，讲述了一个叫根子的农村青年，因为村长的权力

---

① [秘] 马里奥·巴尔加斯·略萨：《给青年小说家的信》，赵德明译，上海译文出版社2004年版，第69—70页。

在乡村文化中的高高在上,而对其心生愤怒。因这种愤怒由来已久,在村长家的猪践踏了他家的菜园后,一气之下,根子把村长家的猪毒死了。由此生发出了根子一系列的际遇,先是担心、害怕、恐惧,当村长出于某种目的原谅他以后,根子的心理于是发生了极其微妙的变化:他开始认为自己错怪了村长,是在故意与村长作对。接着,他所有的行为就在荒诞下自然地发生了。作家在这里讲述的并不是荒诞的本身,而是荒诞的心理导致的人性的反讽寓意。为了改变自己在村长心目中的印象,根子一步一步实施着自身荒诞的行为:主动上门给村长进行赔偿,莫明其妙地给村长写欠条,甚至把自己的女人让给村长睡,又把紧邻公路的属于自己的一块好地皮让给了村长。他要通过自己的行为讨好村长,从而把自己一步一步地推进了村长设下的圈套中。在这样的圈套中,他中了邪一样,性格的变形日益显著,把自己抛进了命运不可捉摸的深渊,心理也日渐承受着常人无法承受的压力。而压力又源于现实,根子于是从自身的需要出发,相信了内心,屈服于自己的疯狂。在传统的规范与现实的制约面前,他根本就意识不到人性恶的一面,最后他成了一个疯子。"根子的疯狂,是荒诞心理的作祟,也是生活荒诞中透出的无果的苍凉。"[①] 最后,根子的女人也不可避免地受到了这种心理的感染,她说:"村长,你就当着根子的面要了我吧,就算为了根子。你要了,根子就觉得还了你的情、报了你的恩,那他心里就好受些,疯病就会好。"陈永林通过这样的描述,将社会生活中的荒诞而又可悲的一面表露无遗。

从以上的例子,我们不难看到,陈永林在小说创作构思和人物塑造方面的独具匠心。在小说的构思方面,他大胆独特,给人新奇的审美体验,并丰富了微型小说的艺术内涵;在人物塑造方面,寓真实于荒诞之中,在荒诞的表象中,表现出来的都是人性的真实,从中我们甚至窥见了自己的

[①] 刘伟林:《荒诞表象下的悲悯情怀》,《创作评谭》2008年第1期。

影子。从他塑造人物形象的典型性和对人物心理探究的深刻性可以看出，作家是一个生活上的有心人，善于在生活中提炼和发现人物素材，所以把人性真实的一面展示给人看，发人深思。

（三）通俗化叙事

微型小说怎么写？无非是两条路：雅和俗。以蔡楠、陈毓为代表的一部分作家走的是高雅的叙事路线；而滕刚、陈永林等作家走的则是通俗的道路。下面分别从故事性和叙述语言予以论述。

1. 高度浓缩的故事性

陈永林在小说创作中选择通俗化道路是与他的生活经历密切相关的，因而他的叙事特色首先就表现为他对小说故事性的高度强调。什么是小说的故事性？简言之，小说的故事性就是情节性和口头性的结合。其中，故事新奇，情节离奇是小说故事性的最大特色。因而，小说的思想内涵也就融于离奇的故事情节之中。下面我们将从两个方面来简单分析陈永林小说的高度浓缩的故事性。

第一，对讲故事以外细节的忽略。

对小说故事性的强调也就不可避免地会忽略其他的一些细节。"陈永林是一个不在意作品再现意义的作家。他的作品中，人物对话从来不用加上引号，而是以一种直白的方式嵌入文中，陈永林让它成为自己叙述的一部分肢体。"[1] 他为什么要这样做呢？因为他太专注于自己心目中的故事，从而就不可避免地忽略了讲故事以外的一切。这也使得他的小说显现出语言描写不加引号、环境描写语言简短等特有的气质。例如，在《毒不死的狗》中有这样一段语言描写："女人说，那我们家的鸡就白白让村长的狗

---

[1] 李利军、陈永林：《故事中心主义》，http://xiaoxiaoshuo.com/lilun/zuojia/20090227/4164.html。

咬死？青山说，你说咋办？女人说，拿包耗子药毒死村长的狗。青山说，我也想毒死村长的狗，可万一村长发现是我们毒死了他的狗，那我们就别想在村里呆下去，还是忍吧。算不定，别人会毒死村长的狗。"在这段青山和女人的对话中没有用到冒号和引号。还有环境描写，"河并不宽，却长"（《桥祭》），"雨噼里叭啦地下，风呼啦啦地叫"（《稻殇》），都是非常简短的描绘。并且，有些名字在他的小说中也反复出现，如"水水""棉花""青山"等。这些在他的小说中是很常见的，因为他要一心地讲故事，忽略了讲故事以外的细节，这从一个侧面反映出陈永林对小说故事性的高度强调。

第二，独特大胆的构思。

陈永林的小说故事性的另一个重要的特色就是在构思上的大胆独特。对故事性的强调也就使得他在微型小说的创作中非常注重小说的故事情节的独到。当然，非凡的生活体验使得他也有多于一般作家的素材积累，从而使他的小说也总能以离奇的故事情节吸引读者。这就需要陈永林大胆独特的构思，这也是他小说故事性的最大特色。评论家雪弟曾在《基于屈辱和苦难之上的通俗化叙事》一文中对陈永林这一特色给予了高度评价："讲一个好读的故事是陈永林的强项，再平常不过的小事到了他的笔下，都会变的一波三折、生机盎然。"[①] 这在他的小说中表现得十分明显。例如，围绕着他极为熟悉的农村干部"村长"这一题材，陈永林创作出了《村长，再踹我一脚》《村长是条狗》《谁毒死了村长的狗》等多篇广为传诵并且都有着各自离奇的故事情节的佳作。

"因为构思上的粗糙和简陋会使他的故事形不成'构成合力'。于是，在构思方面，他总是用尽心机，精雕细刻，使他的情节永远不'安分守

[①] 雪弟：《基于屈辱和苦难之上的通俗化叙事》，《金山》2010 年第 1 期。

己',总是在波折中翻着跟头向前。"① 例如,《给哥哥找个女朋友》就以大胆的构思、离奇的故事情节展现了作者对爱情的理解。《给哥哥找个女朋友》这篇小说大概意思是说:"我"女朋友要和"我"结婚,由于我哥哥还没有结婚,在乡下这就意味着我哥哥找不到女人,于是"我"的女朋友就开始帮"我"哥哥找女朋友。在帮着"我"哥哥找女朋友的过程中,"我"女朋友与"我"哥哥相爱并结婚。然而,以前不喜欢"我"哥哥的女人都重新喜欢上"我"哥哥;更可恨的是,以前喜欢"我"的女人也都喜欢上"我"哥哥,"我"最终成了光棍。陈永林在这篇小说中的构思可谓是一波三折,本来是"我"要结婚,后来"我"的女朋友和"我"哥哥结了婚,"我"最终成了光棍。毫无疑问,我们可以看出陈永林讲故事"功力"。这里,陈永林大胆的构思使得小说故事情节离奇,结尾虽然让人难以信服,但是他就是要以讲故事的"功力"构筑出离奇的故事,并服务于自己的创作目的。其中,离奇的故事情节也是吸引读者的最大武器。

2. 口语化的叙述语言

陈永林在写作上的通俗化,还表现为擅长运用农村口语化的叙事语言。他在讲述故事的时候经常有意无意地使用一些独特的语言技巧,表现出其对语言的超强驾驭能力。其中,农村口语化的语言艺术是陈永林微型小说的显著特色,在他的笔下运用得较为娴熟,为他的微型小说增添了许多文学魅力。我们以《拯救男人》为例对其作以下三个方面的简单分析。

第一,夸张的修辞。

我们知道,夸张是一种写作手法,也是一种修辞方法。作为一种写作

---

① 李利军、陈永林:《故事中心主义》,http://xiaoxiaoshuo.com/lilun/zuojia/20090227/4164.html。

方法，它常用于寓言、童话等文学体裁中；作为一种修辞方法，则会在一般的记叙和描写中以句子的形式出现。夸张的修辞有三种：扩大夸张、缩小夸张和超前夸张。很明显，在陈永林的小说中，夸张是被当作一种修辞方法使用的，而且作者运用的几乎全都是扩大夸张。在《拯救男人》一文中，作者运用夸张修辞的句子比比皆是。比如，对热气的描写："地上呼啦啦地冒着白花花的热气，一燃火柴，空气就会着起来。"学过物理的人都知道，空气的主要成分是氮气和氧气，是不可能燃烧的。作者采用了夸张的修辞，意在极言天气之热，为下文贵子"忍不住去玩水"这一情节作了铺垫。另外，小说中为了表现男人对于自己没看好贵子的悔恨，这样写道："男人拼了全力去捆打自己的脸，啪啪的声响电闪雷鸣。从男人脸上落下的红色的血沫，腥满了整个院子。"这些表述是明显的扩大夸张，一个人再怎么用力也不可能发出电闪雷鸣的声响，落下的血沫要真的腥满了整个院子，那不是一般的景象了。这样的例子还有很多，"伤悲如汪洋""泪水河一样"等，作者随手拈来，运用得极为应手。

第二，重叠词的运用。

农村口语化的另一个特点就是叠词的运用。据统计，陈永林《拯救男人》一文中，用到的如"呼拉拉""黑糊糊""轰隆隆""痴呆呆""白晃晃""阴森森""脆生生"的重叠词竟达27个之多，光是以"白"开头的词就有"白亮亮""白花花""白晃晃"三个。这些农村口语化的重叠词不仅节奏性强，读起来朗朗上口，而且通俗易懂，极具农村语言的特色，给人真实感与亲切感。

第三，比喻词的缺失。

农村口语化在陈永林微型小说里的表现还有另外一个方面，就是比喻句中比喻词的缺失。例如，"水水的整个身子被人抽去了筋骨"这一句子，正常的表述应该是"水水的整个身子像被人抽去了筋骨"。"像"字的缺失明显就是作者有意以农村口语直接入文以契合农村口语的惯用表述。此类的比喻句还有很多:"栽倒在地的男人泥一样瘫在地上""泪水河一样淹住了男人""男人却木头人一样""水水踏碎了一地水样的月光"。这种比喻词的缺失使文章用语更加贴近生活,更好地还原农村口语的真实面目,营造出一种浓郁的农村气息,是值得肯定的。

陈永林微型小说语言的农村口语化还表现在其他方面,如人物语言的个性化、农村俗语的运用等,在此不一一论述。总之,陈永林关于语言艺术的探索对微型小说的发展有着重要的意义。

微型小说的艺术价值是与故事的构建、文本的思想内涵以及小说的叙述语言密不可分的。陈永林做到了很好的兼顾,在小说主题的开掘、小说情节构思、表现手法以及语言的探索方面都做了极大的努力,使他小说的审美价值提高到了另一个高度。这正是陈永林的创作对微型小说的主要贡献,并由此决定了陈永林在新时期微型小说作家队伍中的特殊地位。陈永林的微型小说创作总体上可以说是现实主义与浪漫主义的高度结合,并且站在现代思想的高度,用现代表现手法去关照他表现的生活,去处理他的创作问题,使得其小说变得更加丰富多彩,更富有审美价值。"艺术的审美不仅鉴定着生活,而且鉴定着人的情感和良知,也鉴定着一个人志趣和人格的高尚与卑下,只有那些不仅关注自身的生活天地,而且也关注着与自身全无关系的人们命运的人,在情操上才是真正高尚的人。"[①] 坚忍不拔的个性造就了微型小说界的一颗不可多得的新星,他的不断努力成就了微型小说界的一段传奇。我们坚信,凭着自身的勤奋、灵性和天赋,陈永林今后的创作前景将会更加灿烂、更加开阔。我们期待着陈永林能不断地创造出更多震撼人心的作品来。

(石程玲 龙钢华)

[①] 何新:《艺术现象的符号——文化学阐释》,人民文学出版社2002年版,第56页。

十五 沈祖连"三岔口系列"微型小说简析

如果说中国的微型小说是一座繁花簇拥、光彩夺目的美丽花园，那么便是得益于作家们敏锐的视角、顽强的意志、坚定的毅力、强烈的创新意识与时代精神以及前所未有的创作热情。有着"南天一柱"之美誉的微型小说家沈祖连先生就是其中一朵绚丽的奇葩。

沈祖连，中国作家协会会员、广西钦州市作家协会副主席，是中国颇有影响的微型小说家，有"微型小说专业户"之美称。1987年以来，沈祖连以其孜孜不倦的追求和敢于创新的精神在微型小说的土壤上辛勤耕耘，至今已结集出版了个人微型小说专集《蜜月第三天》《红粉色的信笺》《邀舞者》《沈祖连微型小说108篇》《男人风景》《圣洁》和《申弓小说九十九》等7部，其中《男人风景》荣获"第四届广西文艺创作铜鼓奖"及"郑州小小说学会优秀文集奖"，《沈祖连微型小说108篇》获全国首届个人微型小说优秀文集奖。一篇篇优秀的作品犹如一粒粒金光闪闪的珍珠，缀成了一个个耀眼夺目的光环。在2001年国内"小小说八大家"的评比中，沈祖连名题金榜。在2002年"中国当代小小说星座"的36星里，沈祖连名列第九。在2003年获"首届中国小小说金麻雀奖"提名奖，并在2009年最终荣获第四届小小说金麻雀奖。

由于沈祖连在微型小说创作上成就突出，早在1990年第一个集子《蜜月第三天》出版之时，便引起了广西文学界的高度重视。同年10月28日，广西文联、广西作家协会、钦州地区文化局、北部湾报社四部门联合在南宁召开了沈祖连小小说研讨会，伍剑青、蓝怀昌、韦一凡、李超弘、丘振声、王敏之、雷梦发、方放、王保民、杨晓敏、杨长勋等30多位区内外专家学者集中一起对他的微型小说进行了公正的探讨、认定。90年代以来，何波、张进、高盛荣、黄齐鹏、孟林等人先后对其进行了深入而全面的研究，中国矿业大学学者顾建新教授编写的《微型小说学》一书还专门开设了《沈祖连论》。但是，学术界对其脍炙人口的"三岔口系列"微型小说虽赞不绝口，都只是蜻蜓点水般的惜墨如金，着笔不多。因此，本节试图以沈祖连的"三岔口系列"微型小说为本，努力探索其形成原因，全面归纳其思想内容，深入探讨其艺术特色，并重点阐述"三岔口系列"开系列微型小说之先河所产生的重大影响。下面分四个部分予以论述。

（一）"三岔口系列"微型小说的形成原因

沈祖连在前无古人可供借鉴，今无智者可以指导的境遇中，在神州大地上率先竖起了"三岔口系列"微型小说的大旗，旗上缀着60多颗耀眼的星星，可谓是精品迭出，篇篇珠玑。那么，到底是什么原因促使沈祖连妙笔生花写出开系列微型小说之先河的"三岔口系列"的呢？我们可以以下从客观原因和主观原因两个方面来进行探讨。

1. 个人经历与奇特的人文地理环境的巧妙结合是创造出"三岔口系列"微型小说的客观原因

一方山水养育一方人。每个人都是故乡放飞的一只风筝，不管有过什么样的经历，有过什么样的飘荡，线的那一头始终紧紧拽在故乡的手里。中国人有着浓烈的故乡情结，文人对故乡的一切更是有着"来日绮窗前，梅花着花未"般细致入微的敏感。沈祖连也非常热爱他的故乡，钟情于钦州市，更是留恋于三岔口，从而使他的创作热情也全倾注在他的故乡。

沈祖连的故乡在广东、广西两省区交界的岔口地带，"三岔口"就是指两省区（广西、广东）三县（合浦、博白、廉江）的交界处，而其中的合浦大坡正是沈祖连的第一故乡，自然而然地使这里成了上演"三岔口系列"微型小说的舞台。沈祖连自小在这里出生、长大，他那专演木偶白戏老倌的大哥可以说是"无心插柳柳成荫"，在文学启蒙上给了他莫大的帮助，给他撒下了文学的种子，从小他就看熟了大哥演过的《三国》《封神》《说唐》《说岳》《再生缘》《点秋香》《五虎平南》《燕王扫北》《火烧红莲寺》《乾隆下江南》等民间戏剧。因此，生在"三岔口"、长在"三岔口"的个人经历与"三岔口"那种奇特的人文地理环境的巧妙结合给了他创作"三岔口系列"微型小说的源泉和养料，是他成功的先决条件，也是他创造这一系列微型小说的客观原因。

2. 名留史册的"立名"理想是创造出"三岔口系列"微型小说的主观原因

"盖文章，经国之大业，不朽之盛事。"[①] 著书立说、立名立言、名随文章万古传，是古往今来文人墨客的最高理想。据作家的博客所写，早在1966年，读中学的沈祖连便有一个作家的梦想。[②] 自1987年加入广西省作家协会以来，小有名气的沈祖连并没有过多的喜悦之情，相反看到的是更大的压力，特别是从煤矿调到了文化局以后。正如他自己曾经撰文所写的一样：整个感觉像一粒小沙子投进了大沙堆里，一点也显露不出来，中篇搞不过莫创作员，短篇超不过徐主席，散文及不上顾主编。[③] 所以他考虑，再跟着他们搞这些，很难胜过他们了。在功利性目的的驱动下，为了"克敌制胜"而选择了微型小说。当微型小说小有成就后，他又觉得这样写下去徒有作品数量的增加，即使可以暂时"克敌

[①] （三国·魏）曹丕：《典论·论文》，李壮鹰主编：《中国古代文论教程》，高等教育出版社2005年版，第131页。

[②] 沈祖连博客，http://blog.gxnews.com.cn/blog.php?uid=1976。

[③] 沈祖连：《母亲的红裙子》，吉林出版集团2010年版，第167页。

制胜",但不久便会被潮流所淹没,于名无望。经过深思熟虑后,他又在不断地探索着新路子,最终聚焦于"三岔口",他曾在博客中写道:"小小说被世俗认为是雕虫小技,又被这些人看不起。我便决心在三岔口上做文章,采取系列小说的形式,把一个个鲜活的人物塑造出来,采用《清明上河图》的做法,决心写成一部不是长篇小说的长篇小说。"就这样,首创了用系列微型小说的形式来反映这个大时代的生活,在国内率先亮出了"三岔口系列"微型小说的旗号,并在国内外引起了强烈反响。如果说看到沈祖连就会想到系列微型小说有点夸张的话,那么看到系列微型小说就会想到沈祖连是绝不夸张的。"三岔口系列"微型小说现在已是一座丰碑,沈祖连先生名留史册的"立名"理想被他的汗水浇灌了出来。

(二)"三岔口系列"微型小说的思想内容

沈祖连创作的"三岔口系列"微型小说共 60 余篇,他在博客中说:"初始我计划写 100 篇,到今却才写了 60 多篇,基本搁住了。"包括代表作《朱经理》及其"华光四"系列 20 篇,《美人鱼姑娘》系列 13 篇,还有《小娟》《陈大》《豹三》《庆甫三与郁林汉》《老康的坟地》《老爹》《寄生》《失物》《轮回》《林工商》《番鬼五》《刘氏叔侄》《五婆的鸟巢》《涂白树》《祖传秘方》《渡口》《榕树下的瘦女人》等,可以说篇篇精致,可圈可点。面对着三岔口地区熙熙攘攘的芸芸众生和市井百态,沈祖连先生犹如那位善于解牛的庖丁一样游刃有余地解析着社会生活中的是与非、悲与欢、苦与乐,亦庄亦谐,挥洒自如。该系列微型小说的内容从地区上跨越城(镇)乡,从人物上跨越官民,从行业上跨越工农商,丰富多彩,包罗万象。下面分两部分予以介绍。

1. 真实记录了"三岔口地区"人民乘着改革开放之风走上了发家致富之路

沈祖连通过三岔口系列作品，描绘了三岔口地区的巨大变化，而促成这一变化的催化剂便是改革开放。纵观该系列作品，不难发现，作品切切实实地再现了三岔口地区十一届三中全会后的社会变革，淋漓尽致地描绘了生活在该地区形形色色的人物。一篇篇作品犹如一朵朵荡漾在改革大潮上的璀璨浪花，折射出了三岔口地区翻天覆地、日新月异的巨大变化。作家曾在该系列的开篇之作《美人鱼饭店》的"引子"中就清楚地阐释了这个问题："十年前，这里只有凉棚一顶。茶客中某些预言家预言，这里将成为一座市镇。这不？十年后，这里竟有了商场、剧院、车站旅馆，最为突出的便是那密密匝匝的饭店——不到一公里见方，五六十间！"

三岔口系列作品中作者着墨最多的要数"华光四"系列，共20篇。从华光四在三岔口做帮工开始一直写到他成为三岔口的首富，可以说华光四的变化就是三岔口地区发展变革的缩影和再现。《华光四·之一》中的华光四是一位普普通通、任劳任怨，"劳动再忙，他不叫累，生活再贫，他不喊苦"的传统农民。但是即将来临的改革将敲碎他辛辛苦苦的贫农生活，把他从脸朝黄土背朝天的田间耕作上解放出来。《华光四·之二》中的华光四是一位不满现状、主动觉醒，想从商致富发大财的转型农民。尽管出道经验不足，收破烂血本无归，但马上就从外甥餐厅的空啤酒瓶上发现了商机，每月净挣近500元。《华光四·之三》中的华光四是小富之后自鸣得意的落后小农意识和传统农民劣根性的结合体。《华光四·之四》中的华光四是作者受传统大结局影响而设想出来的理想的华光四。华光四最终喜结良缘，幸福美满。

改革开放不仅让三岔口地区的人民走上了富裕的物质生活之路，同时让他们开始走上了自由解放的精神生活之路。作品《美人鱼姑娘》历来被评论界认为是反映改革开放初期三岔口农民弃农从商的第一步，更重要的是，笔者觉得该作品反映了三岔口农民观念的变化，从几千年传统精神的束缚中开始走上了自由解放之路。

2. 深情讴歌了三岔口人民的美好品质，无情揭露了少数百姓的小农意识和传统观念的劣根性

真正的作家是社会的良知，是衡量是与非、真与假、美与丑、善与恶的精准天平。沈祖连以小说家的眼光看待三岔口地区人民的生活，而且看得远，看得清，看得透，看得准。作家的"三岔口系列"微型小说在引人入胜的情节中暗藏玄机，对人民的美好品质热情洋溢地进行了肯定、赞扬、歌颂；对不正常的社会现象和落后意识则进行了冷嘲热讽、批判鞭挞。

《美人鱼姑娘》是"三岔口系列"的第一张名片，在这里作家可谓是匠心独运、用心良苦。作者刻画了一位受了新思想滋润、敢于进步、追求解放的开放型新女性，她冒招惹非议之险，大胆地吻了一位顾客。评论界认为作家肯定了她的"吻"，认为她吻得得体，吻得有勇气，其实本篇小说的宗旨在于肯定"女招待"，提倡大家接受新思想，追求解放，敢于变化，敢于与时俱进。当《美人鱼姑娘》拉开了"三岔口系列"的帷幕之后，各色各样的人物鱼贯登场。作者批判了做独门生意的地头蛇庆甫三，赞扬了顾客至上、诚信经营并受到顾客支持的郁林汉（《庆甫三与郁林汉》）；揭露了耍横吃黑的水东六兄弟的蛮横猖狂，默认了维持三岔口社会秩序、保护酒家利益的不是警察的"警察"豹三（《豹三》）；热讽了企图借土地征用之机利用坟地发财的老康（《老康的坟地》），歌颂了面对新生活正直正派、自立自强的老爹（《老爹》）及疾恶如仇的补鞋匠小娟（《小娟》）；冷嘲了见利忘义、不讲信用的落选王村长（《寄生》），褒扬了拾金不昧的店老板（《失物》）；同情了技术

精湛却遭不白之冤的烧鸭阿六（《轮回》），剥开了"猪经理"心灵深处尘封已久的旧时代烙印；赞美了"三岔口人"的榜样刘局长（《刘氏叔侄》），斥责了三岔口的蠹虫林工商（《林工商》）；颂扬了华光四等人的吃苦耐劳、勇敢善良、永不知足、奋斗致富的美好品德，同时"双刃剑"一般地揭露了他们财大气粗后忘乎所以、欲壑难填等小农意识和小资产阶级意识的狂热性。

（三）"三岔口系列"微型小说的艺术特色

"三岔口系列"微型小说的艺术有以下五个特色。

1. 家园情怀——作品要素极具乡土性

中国历来是一个农业大国，农业人口占全国总人口的绝大多数，以自然经济为主体的农业经济在整个社会经济结构中举足轻重。这些因素决定了中国社会的乡土性、乡土性的社会结构和乡土性的文化传统，造就了中国人特有的乡土情结和强烈的家园情怀，而乡土情结无疑是中国人文化心理中最坚固的心理情结——这是一种以农耕文明为底蕴的乡土审美情结。沈祖连先生一生眷恋着生他养他的故乡"三岔口"，灵动而执着地抒写改革开放初期家乡父老乡亲的千姿百态，同时抒写这片山水的神秘、灵秀。翻开作品，扑面而来的山野氛围、奇特的人文地理环境，首先让你感觉到的是作品内容浓厚的乡土气息。

作品的乡土性表现有五：一是故事用名具有浓厚的乡土性，如"金花茶""白鸽粥""人民路""新兴路"。二是故事地点具有浓厚的乡土性，"三岔口"的"警察"豹三（《豹三》）、"三岔口人"的榜样刘局长（《刘氏叔侄》）、"三岔口"的蠹虫林工商（《林工商》）等，可以说所有的故事都是在"三岔口"上演的。三是故事人物具有浓厚的乡土性。"三岔口"

系列微型小说中的所有人物基本上是土生土长的家乡人，《失物》的主人公就是钦州白鸽粥的店老板。四是故事语言具有浓厚的乡土性，沈祖连先生能讲一口地道的白话（粤语的俗称），所以作品语言不知不觉中具有了浓厚的乡土性特色，在文本建构中融进了比较随便的口语体式。五是故事景物具有浓厚的乡土性，经常使用的景物道具如"榕树"（《榕树下的瘦女人》《五婆的鸟巢》），还有"紫荆树""三岔龙眼""苦楝树"等都是三岔口独有或者极具代表性的植物。

2．"清水芙蓉"——作品选材注重原生态

所有了解沈祖连或是看过他较多作品的人都会不约而同地有这样一个感受：他是一个从社会底层生活走出来的作家，是带着自己对生活的深刻体验走上文坛的。只要社会底层的人和事触动了他，他在创作中就会力求展现生活的真实风采，而且会渗透着自己的真情实感，有着自己较为独特的艺术追求与美学理想。作家自己也说过："风光有人工的，有自然的，艺术品也有人工的，有自然的，我则偏爱自然的。写作作品，多少也受这爱好所影响，因此，我是极其珍惜作品的原生态，这是一种天然的美。"①

大家知道，艺术来源于生活却高于生活，所以选材的"原生态"并不是意味着沈祖连先生的笔是台照相机，是对"三岔口"的原版复印。作家曾写道："在他们（当地百姓）看来，他们所津津乐道的笑料，而到了我手上，就可以变成饭，变成小说。"这一"变"字就是加工，就是作家的巧妙构思，就是艺术的再创造。

作品《朱经理》前面娓娓道出了朱海明通过努力做成的三件发财致富的趣事。可是，在结尾处作者来了个180°转弯，精心地为主人公朱海明艺术性地设置了一句玩笑话"老豆（爸）娶了两个老婆，我却不能"将情节

---

① 沈祖连：《作品的原生态美》，《百花园》1996年第10期。

推到了高潮。《失物》的主人公店老板其实就是钦州白鸽粥店老板的生活原型。为了充分褒扬店老板拾金不昧的精神，作品打破了平铺直叙的写法，通过作者的艺术加工后，将一件普普通通的好人好事"打扮"得九曲十八弯，从而达到了引人入胜的效果。作品写"我"在白鸽粥店吃饭时遗失了一个装有大哥大、现金及证件的公文包，于是决定调转车头回去找。在车上，同车的几个好友似乎一致认为店老板不会还"我"包了。于是，纷纷为"我"献计，有的提议"给钱"，有的提议行使领导"职权"，有的提议用暴力恐吓。结果，当我们回到店时，"我"还没开口，店老板已知道了我的来意，笑着归还了包。这个作品虽然有着真实的生活素材，却经过了作家的精心策划，使平凡的好人好事具有了极不平凡的艺术魅力。"三岔口"系列微型小说中的所有人物都是生活在变革时代的南国人，作者遵循着"生活小说化，小说生活化"的宗旨，将三岔口这些"原生态"的素材进行了一番精心的"包装打扮"，从而拥有了另一番风光。正如江曾培先生评价的一样："沈祖连的作品，有一种自觉的美学追求，在状物叙事抒情写人上，都有一种'自然天成'的韵味，保持着浓郁的生活原生态，他追求的不是'错彩镂金'的装饰美，而是'芙蓉出水'的自然美。"[①]

3. 丰满立体——人物形象具有创新性

微型小说篇幅短小，是"带着镣铐在跳舞"，所以评论界认为要塑造出丰满、典型具有立体感的人物形象是强人所难。著名微型小说作家兼评论家邢可认为"小小说是一种立意的艺术"[②]。目前，中外评论界也基本持此观点，如美国评论家罗伯特·奥佛法斯特、日本的微型小说之王星新一等人均把"立意新颖"放在第一位。从目前微型小说的创作实践来看，人

---

① 江曾培：《微型小说专业户》，《小说界》1991年第8期。
② 邢可：《怎样写小小说》，中国华侨出版社1996年版，第9页。

物形象也只是作为一种手段、一个符号来为实现立意目的服务。但是每篇微型小说由于篇幅限制立意比较单一，因而其形象塑造不可能丰满圆润，更不可能是立体型的，最终形象的塑造往往是某一契合立意需要的性格侧面，所以不求大求全，只求精而尖，达到以小见大、见微知著的效果。微型小说评论家、湖南邵阳学院教授龙钢华先生经过十余年的精心研究将微型小说的人物命名为"冰山型人物"①。

作为微型小说界的元老，沈祖连先生不愧是一个创新高手。他不仅在形式上敢于创新，而且在塑造人物形象上敢于"背叛"、敢于创新。他笔下的人物形象突破了"冰山型人物"的束缚，塑造一系列丰满典型、圆润立体的人物形象。著名文学批评家刘海涛先生对他评价道："他总能在生活中平常的小人物身上写出一点人性中的不平常，在平凡平常的生活琐事的叙述中透露一种让你心跳，让你警醒的生活哲理。"②

代表作《朱经理》的主人公可谓是作家塑造人物追求"立体感"的典型。作品虽不足2000字，却从主人公朱海明"学"穿鞋、"学"娶老婆、"学"发财和发财后为民造桥几个侧面来写，刻画了他好胜要强、奋斗致富、不甘人后、永不知足的性格特点。另外，他的学习是继承，而继承之后的创新进取精神又成了他的性格焦点。发财致富后，他为村里修了"朱海明桥"，客观上体现了他好善乐施、为民服务的精神特征。而作品最后一句"老豆（爸）娶了两个老婆，我却不能"又将他那种欲壑难填、不思满足的贪婪性格暴露无遗。而《华光四》系列20篇的主人公华光四是作家刻画的众多人物中最成功、最立体化、最有影响力的一个人物形象，可谓丰满圆润、全面典型，既颂扬了华光四的吃苦耐劳、勇敢善良、永不知足、奋斗致富的美好形象，同时揭露了他财大气粗、忘乎所以、欲壑难填

---

① 龙钢华：《小说新论——以微篇小说为重点》，湖南人民出版社2006年版，第188—189页。
② 刘海涛：《智慧与创意：小小说解惑》，中国社会科学出版社2014年版，第99页。

等小农意识和小资产阶级的狂热性。

4. 瞬间传神——细节描写追求多样化

从一定意义上说，微型小说创作的成败在很大程度上取决于细节描写的成败，而人物细节描写又在其中起着至关重要的作用。沈祖连先生在三岔口系列作品中应用了定点特写法、概写传神法、对比显示法、欲扬先抑法等多种方法，特别是重点采用了瞬间传神法，将三岔口人物的肖像细节、语言细节、行动细节、心理细节描写得尤为传神。评论家黄齐鹏说："在沈祖连的微型小说中，'钻石型'细节精彩纷呈。"[①]

5. 意蕴深远——作品内涵富有哲理性

中国是诗的国度，古往今来凡被人们代代相传、享誉盛名的经典诗歌必然意蕴深远，富有哲理性。其实，微型小说也一样，大凡那些动人心弦、拥有穿越时空魅力的作品，必然是作家对祖国、民族、社会、人生的深刻体验和无限感悟，能给读者一种心灵深处的哲思，一种如沐春风的启迪。大作家王蒙在20世纪80年代就说过：小小说是一种机智，是一种敏感，是一种智慧！真是一语中的。微型小说由于篇幅限制，因而以小见大、见微知著为闪光点，以其深厚的意蕴给人折射出一种哲理上的思考。

沈祖连创作的"三岔口系列"微型小说，首先从"三岔口"这个命名来讲就独具匠心，富含哲理。"三岔口"的意旨不仅仅是地点的三岔口，更是指三岔口人民精神上、前途命运上的三岔口。在改革开放之初，农民如何从千百年禁锢的土地上解放出来，怎样面对新思想、新观念，他们该向哪里去，他们的明天将何去何从……可谓是主题深刻，发人深省。其次，"三岔口系列"中的许多作品也富含哲理，如《五婆的鸟巢》《涂白树》《祖传秘方》《寄生》等。《祖传秘方》讲述了七叔家祖传的治疗瘰疬

---

① 黄齐鹏：《论沈祖连的微型小说》，《广西社科文学》2005年第8期。

的秘方在当代突然失灵了，这个道理其实并不深奥——现代人的食物结构、营养结构改变了，药方含量也应有所加减。但沈祖连的真正意图并不在此，作者是从一个秘方药效的变化中传达出一个如何对待传统、如何继承传统的主题。

（四）"三岔口系列"微型小说的影响

沈祖连的"三岔口系列"微型小说创作了 60 余篇，塑造了 100 多个栩栩如生的人物形象，描写了三岔口地区改革开放初期政治经济、人文地理、思想观念等方面日新月异、翻天覆地的变化，开创了一种"繁星体"的新型微型小说创作形式，从而受到了各方面的高度关注和重视，产生了广泛而深远的影响，具有里程碑的重大意义。下面从两个方面予以介绍。

1. 推陈出新，敢为人先，开创了系列微型小说之先河

系列微型小说在现在看来已是屡见不鲜。但是事实上，自古以来国内的微型小说创作从来都是立意单一而独立成篇，篇与篇之间都是"一刀两断"从不"藕断丝连"。一直持续到 20 世纪 80 年代末（大致是 1987 年下半年），沈祖连先生大胆探索，推陈出新，在神州大地上率先亮出了"三岔口系列"微型小说的旗号，开创了"系列微型小说"之先河。有人在《文艺报》上发表评论称，用"系列"的形式来表达一个"地域"的做法，还属于首例。[①] 著名微型小说家滕刚先生也戏称他为"系列小说鼻祖"。

"三岔口系列"微型小说自刊出以来就备受专家关注、读者喜爱，特别是许多微型小说作家从这里得到了启发。此后各种系列的微型小说如雨后春笋，不断问世，一直到现在还方兴未艾。据不完全统计，今有孙方友

---

① 张进：《三岔口的人物们》，《文艺报》1991 年第 9 期。

的陈州系列，凌鼎年的娄城风情系列，滕刚的张三系列、异乡人系列，谢志强的新疆系列、国王系列，江岸的黄泥湾系列，万芊的金滩系列，相裕亭的盐场系列，王奎山的侉子营系列，杨小凡的药都人物系列，曹多勇的相思湾系列，等等。可以说，这些系列微型小说在一定程度上无不受到"三岔口系列"的影响。

2. 虽云微篇，颇同长制，形成了"繁星体"的新型微型小说创作形式

如果说长篇小说是皓月一轮，能横贯明朗的夜空，让世人瞩目，那么系列微型小说就是那托起整个夜空的满天繁星，照样能点缀浩瀚的天空，让世人赞叹！

记得鲁迅先生评价不朽巨著《儒林外史》时曾写道"虽云长篇，颇同短制"。[①] 那么，沈祖连的"三岔口系列"微型小说则大致与此相反，这系列小说是"虽云微篇，颇同长制"，形成了"繁星体"的新型微型小说创作形式。

这里谈到的"繁星体"，在外在形式上与冰心先生现代小诗的"繁星体"有着相似之处，但是，在内容实质上有着天壤之别。系列微型小说形成的"繁星体"，其本质内涵是作家为了克服微型小说篇幅有限，导致容量相对有限的"软肋"，一般以多个微篇组成一个系列，并共用一个主标题，系列之中的各篇则冠以序号，各篇在形式上立意单一，独立成篇，但在内容上有着千丝万缕的联系，通常在相互交融、浑然一体中表达着一个共同的主题。

微型小说由于篇幅有限，所以它容量也必然有限，在这一点上敌不过短篇、中篇，当然更比不上内涵丰富、包罗万象的长篇，这就是微型小说跳舞的"镣铐"，最大的"软肋"。而沈祖连"三岔口系列"微型小说的

---

① 袁行霈：《中国文学史教程》（第四卷），高等教育出版社 2005 年版，第 293 页。

成功问世,特别是"繁星体"的新型微型小说创作形式的形成,可以说在一定意义上填补了微型小说的单薄,为它卸下了"镣铐"。他活画了一幅改革开放后农村新时期的《清明上河图》,写成了不是长篇的长篇小说,几十篇集结在一起,看似短篇,却基本可以与长篇小说相媲美了。

沈祖连的"三岔口系列"微型小说不仅在国内产生了深远而巨大的影响,还冲出了国界,走向了世界。"三岔口系列"中的《朱经理》被日本学者渡边晴夫教授翻译成日文,推介到了日本,并入选了日本大学的中文教材,备受读者好评。

(罗文期　龙钢华)

十六　陈毓微型小说初论

陈毓,女,1966年生,陕西西安人。1989—1995年在山阳县团委工作。1995—1996年任商州市文化局文艺创作室创作员。1994—1998年任商洛电视台记者。1998—2005年任陕西电视台"开坛"栏目编导。2005年至今任陕西画报社编辑、记者。2007年加入中国作家协会,现为郑州小小说学会副会长。

陈毓1996年开始写微型小说,还写作诗歌、散文、随笔等,已发表100多万字作品,出版作品集《蓝瓷花瓶》《爱情鱼》等。在微型小说方面她颇有建树,近百篇微型小说被《小小说选刊》《微型小说选刊》等各种刊物转载,同时入选《中国当代小小说精品库》《世界微型小说经典》等50多种选本,部分小说被翻译成英文、俄文,《名角》《做一场风花雪月的梦》《伊人寂寞》《看星星的人》分获《小小说选刊》第七届全国小说佳作奖，第八届、第十一届、第十二届全国小小说优秀作品奖。2003年陈毓与王蒙、冯骥才等作家荣获首届中国小小说金麻雀奖。

作为微型小说作家，陈毓不仅创作颇丰，而且名作较多，她善于通过个体在社会中的琐碎平凡之事，表达自己对事物的看法，并通过塑造各类性格各异的人物形象，来展现爱情中的女性的心路历程。金麻雀奖评委会给陈毓这样的评语："陈毓具有天赋的艺术感觉，她构建了自己独特而丰盈的小小说艺术世界。她书写人性的复杂与广博，以天真、充满诗性的眼光观察世界和人的心灵。她的文字是湿润的晶莹的，在似乎是信手拈来的故事片段和人物组合中，把艺术的想象力发挥得瑰丽极致。"[①] 现今一些学者对陈毓微型小说的研究多集中分析其女性心理写作，以及灵动唯美的艺术风格。著名小说评论家杨晓敏也曾探讨过陈毓独特的微型小说风格，作家莫言称陈毓为"具有巫意"的女子。本节将从题材、人物、主题及情节线索与语言特征等方面对陈毓的微型小说做较为系统的探讨。下面分四部分予以论述。

（一）古典与现实题材的交融

契诃夫在《契诃夫论文学》中曾提到："作家务必要把自己锻炼成，一个目光敏锐，永不罢休的观察家！"[②] 作家的创作灵感来之不易，更不是取之不尽、用之不竭，其大多数来自作家的亲身经历，只有目光敏锐、仔细观察，才可能有所思、有所感，创造出引起读者共鸣的文章。

在陈毓的许多作品中，可以发现其作品题材新颖。正当许多作家还在寻找灵感时，陈毓已经将古典文学巧妙地融入作品中，使人物既有熟悉感

[①] 杨晓敏等：《美人迹》，世界图书出版广东有限公司2011年版，第1页。
[②] 陈子典：《现代写作学》，广东高等教育出版社2004年版，第38页。

又独树一帜，情感思想也得到淋漓尽致的表达。而且，对于众人皆知的历史人物或者民间传说进行创新，也是对一位作家的创作能力和水平的考验。对于在大众脑海当中已有既定框架的事物，如果进行生搬硬套的改造，那很难被读者所接受。而陈毓却能突破传统思维定式，将古典题材置于自己的理解当中，对其进行预定的创新，塑造独具特色的人物形象，赋予其丰富的情感，并深入挖掘作品的深刻含义，让古典文学与现代思想碰撞产生绚丽的火花。该类题材的作品在陈毓的微型小说中有不少，都处理得很巧妙。

《出神》中的主人公禹，在历史上他是帝王，我们了解"大禹治水"的故事，但关于禹治水之后的生活鲜少有人提及。陈毓具有丰富的想象力，通过对故事的再创造，赋予其新的内容和思想。在文中，禹无论走到何处，总能得到他人的一声低唤"禹爷"，人民的拥戴声和欢呼声此起彼伏。这一切让禹感到莫名的感伤和心惊，他陷入了对来世的憧憬中，来世他想"就像一颗苍苍的枝深叶茂的树，长在人迹罕至的山之凹"。难以预料的事情发生了，禹真的如自己所想变成了一棵高大茂盛的树。这时，他想起当初的三过家门而不入，心中充满了对妻子的愧疚。他想让妻子也变成一棵树，和他一起扎根在松软芬芳的泥土当中，与大自然亲密接触。一切都仿佛在禹的美妙想象中进行着，但最终，这一切只是一场幻想。作为一代帝王，历史上的禹一生的追求便是平民百姓的冷暖，自身也受到许多的束缚。陈毓笔下的禹却截然不同，他渴望回归自然，与大自然亲近，渴望自由自在的生活，渴望家庭的温暖和亲人的关怀。作者运用轻盈的笔触，在古典人物故事中加入自己的想法，通过重新构建语言，塑造性格截然不同的人物来表达主旨。这种在古典与现实题材中收放自如的文学创造力令人钦佩。

《不归》借用古代王昭君出塞的故事，其亮点便是毛延寿这个人物。在作者的笔下，毛延寿是一位风流俊逸、聪明博学并且画技精湛的宫廷画师，不再是历史上的势利小人。毛延寿对王昭君一见倾心，"从我第一次走出屏风让他给我画像的时候我就从他眼中看到了那种叫爱情的东西"，之后便难以自拔，甚至不惜犯欺君之罪，在王昭君的画像上动手脚。而他的情感并没有换来王昭君的回眸，王昭君钟情的是"由权力堆砌的、被众多的光环所笼罩的一个神秘男人"。毛延寿明知王昭君"心田长不出任何一棵小草"，容不下其他的关怀，但他依然不肯妥协和让步，固执地坚持着。这一历史人物在陈毓的笔下俨然成了一位痴情男子。《不笑》中的褒姒，在历史上，她是绝代美女，也是红颜祸水，许多人认为她是导致西周灭亡的重要原因，如同商纣王时期的妲己。在作者的认知中，褒姒是一位美丽而又多愁善感的女子，她因美丽的容颜而备受关注，也被冠以"妖精"的不祥称号，但这些都不是她所能选择的，她的无奈无人能知。所以，对于周幽王"烽火戏诸侯"这个历史典故，作者进行了全新的演绎。褒姒因看见"一匹白马正从地心驰过，向着无限春色，向着天尽头，飘然而去。白马四蹄生花，万草为之摇曳"而展现笑容，而周幽王却想当然，燃烽火再博美人一笑，结果留下了亡国的隐患。

一千个读者就有一千个哈姆雷特，对于经典作品的解读与理解，每位读者都各有千秋。陈毓笔下的人物往往倾注了她自己独特的见解，既有古代文学的余韵，又有现代思想的灵动之气，不论是《出神》当中的大禹，还是《不笑》当中的褒姒，抑或《不归》当中的毛延寿，他们在陈毓的笔下，都如新生一般，展现了别具特色的魅力。

（二）性格鲜明的人物形象

伊丽莎白·鲍温在《小说家的技巧》一文中提到："不管怎么说，有一件是肯定的——'人'是小说所最关切的，小说要写的将永远是'人'。"[1]

---

[1] 郑定宇：《创作技巧一二三》，陕西人民教育出版社1995年版，第7页。

由此可知，人物形象在小说当中的重要性。微型小说由于篇幅短小，不可能面面俱到、浓墨重彩地来塑造人物形象。因此，在塑造人物时很少仔细研究故事的来龙去脉、人物性格在具体情节中的形成和发展，而只能捕捉人物性格中闪光的部分。陈毓的作品，大多数是以爱情为主题，塑造了一系列丰富多彩的人物形象，尤其是女性人物形象。作为女性作家，陈毓善于通过自己的人生经历和体验，用独特的视角来观察女性，更能了解女性的心理特征，感受女性独特的心灵世界，从而发现女性在爱情中情感的微妙变化，在作品中展现现实生活中的女性对纯美爱情的执着和追求，并能够为其抛弃一切。从这一点上讲，陈毓的小说是具有超凡脱俗的独创性的。有学者认为，陈毓的写作是一种有文化心理深度的女性主义写作。她塑造的爱情至上的男女人物形象丰富了微型小说的艺术长廊，成为这一领域的一颗颗璀璨耀眼的明珠。下面分别论述她创造的两种人物形象。

1. 执着追求完美爱情的女性形象

古今中外，作家塑造的经典的女性形象俯拾皆是，如《飘》当中的郝思嘉，《西厢记》当中的崔莺莺，《红楼梦》当中的林黛玉等，陈毓笔下的女性形象也别具一格。陈毓的文章充满着浪漫主义气息，她通过塑造丰富多彩的人物，构建自己小说世界中充满爱恨情仇的"江湖"。在这个江湖当中，人物的性格特色光芒四射，一个个扣人心弦的传奇故事在她的笔下流转而出。

《做一场风花雪月的梦》作为陈毓的代表作之一，其文学艺术价值极高。全文主要描写主人公奇谲诡异的梦境，主人公盖青是一位美丽而又武功高强的游侠，她与秦王嬴政在秦国的旷野上不期而遇，并且解救秦王于危难之中。自此之后，她的见义勇为和美丽容颜在秦王心上留下了深刻而美妙的印象。在入宫之后的几个月中，盖青时刻在关注着秦王，"他时而激昂；时而消沉；时而暴躁如闪电迅雷，时而又恬静如若静水"。她感觉到了嬴政身为帝王高处不胜寒的孤独和苦闷,同时,陷入了对秦王无限的思慕当中。由此,盖青决定"成为他生命的一部分",分享和分担秦王人生当中的喜与忧。终于,在一次秦王扫除异己的计划中,盖青毫不犹豫地为秦王挡下了箭矢,成了权力争夺的牺牲品,但她也得到了秦王的真情实意:"我是要让你当我的王后的。"盖青明知自己与秦王身份悬殊,即使拥有爱情也不会有很好的结局,但是她依然奋不顾身,如飞蛾扑火般纵身一跃,完成最后的爱情绝唱,她用自己的方式诠释了爱情。《名角》塑造了一位经历许多世事,执着美丽,勇敢追逐自我却不被理解的女子小艺。小艺出生在梨园世家,从小便受到戏曲的浸染,也因此无师自通,成了剧团里的台柱子,荣获了许多国家大奖,但她的炽热情感并没有被世人所理解。当小艺因为父亲的离世而伤心痛苦时,却得到了他人如此的评价:"总让人想起小艺在台上演戏的情景。"当小艺满心欢喜地和丈夫交流时,却得到了丈夫的戏谑:"我现在觉得你跟我在床上都像是在演戏呢!"这样一位多愁善感、千娇百媚的女子,在饰演《霸王别姬》中的虞姬时,却说出了这样的话:"中国只有项羽一个男人。"小艺对现实已经失去了信心。她在现实与梦幻中苦苦挣扎,最终走向自我毁灭和重生。在戏中的小艺仿佛重生了一般,她找到了自己的信仰和追求;在戏中,她可以自由翱翔,无拘无束,灵魂也得到了自由。文章最后写道:"而人生,又怎能时时刻刻在戏里啊!"小艺的自我毁灭和悲剧性的结局,为全文奠定了悲壮而凄婉的情调,这一人物形象正是陈毓对人性探讨的结果。

《好大雪》中的扈三娘,她聪慧,貌美如花,武功了得,在祝家庄中过着安静祥和的日子。然而,这深不可测的平静终被梁山好汉打破。之后,她从性情儒雅的父亲口中得知梁山好汉的事迹,这其中,扈三娘唯独钦佩不同流合污的孤独英雄——林冲。前两次的战役中,祝家庄占上风,在梁山好汉第三次攻打祝家庄时,扈三娘被自己思慕的人所俘虏,粗蠢的手下败将成了自己的夫君,命运和她开了一个滑稽的玩笑。在这不公平的命运当中，她也曾苦苦挣扎过，但终究安于现实，扈三娘的爱情在林冲的眼睛"灰一般寂灭的哀痛"中走向消亡。明知自己与林冲是"咫尺天涯"，永远也无法靠近，但这样一位性情刚烈的女子，许下了如此的愿望："假如能死在与他一起的征战中就是上天的恩宠了。"在漫天大雪中，扈三娘用自己的方式追求着绚丽的爱情。当人们在扼腕叹息时，她却笑靥如花，如痴如醉，终于在无奈的现实中挣脱。

《漫漶》中的朱子信，她妩媚多姿、风情万种、独立自信，但终究深陷于爱情的泥沼中。朱子信认为男人是可以用来"玩"的。这里的"玩"字并不是传统意义中的"玩弄，轻视"，而是"研究，观赏，欣赏，琢磨"。她认为女人之间是存在忌妒心的，不可能有如铁的友谊，她喜欢和男人在一起交往，因为她享受被男人宠着捧着的感觉。之后，朱子信遇到仰慕的"他"，她用仰望的姿势渴望得到"他"的爱情的回应。她甚至开始检讨自己，审视自己当初的傲慢与不成熟，但这一切的努力并没有得到回报，朱子信得到的是冰冷的拒绝。尽管她已经在"男人"这所学校当中积累了丰富的经验，尽管她已经放下傲慢追问原因，还是未能如愿。爱情当中无所谓理由，因为情感是虚无缥缈的，是无形的。不期而遇能产生爱情，多年的相濡以沫同样也能产生爱情，但就像朱子信总结的，"爱情这世上有，但我们很多人一生也碰不上"。

在她笔下的女子，或勇敢坚强，或美丽执着，或风情万种、妩媚多姿。这些女子生活的背景不尽相同，性格特征也不同，但是，陈毓在塑造形象中传达的思想，却有惊人的相似性，即女性对完美爱情的追求和向往。陈毓作品中女子对爱情执着的追求，是一种情感需要的体现，从这些女性锲而不舍的勇气和精神中，以及她们在爱情中复杂微妙的情感变化，我们可以看到她对女性表现出的人道主义关注。同时，作为女性，她对现代女性心灵面临的境况感同身受，在表现出担忧之时，寄托着深切的同情，这其中有对女性在爱情中坚贞不渝信念的赞叹。

2. 别具情趣的男性形象

陈毓笔下的男性往往别具情趣。他们其中有的深陷于爱情的泥沼中不能自拔，有的流于世俗生活而激情殆尽，但无论如何，这些人物形象都是人们现实生活中的真实写照。

《随风而逝》中的主人公罗绮，是一个风流倜傥而又多情的男人，他非常有自信，而且对女性有着强烈的征服欲，他不断留连于多个女人之间，追求快餐式的爱情。罗绮喜欢用"偶遇"来形容自己与女子的邂逅，而这些女子从未得到他的真心以待，他只是使用各种手段占有女性的身体，来体验各类女性的爱情，达到身心的愉悦。他自私地在爱情游戏中攫取自身所需，这些女子就如一幅幅绚丽多姿的画，充斥着罗绮的人生，他的生活因为这些女子而显得"色彩斑斓，生动无比"。就是这样一位在爱情当中来去自如的人，却最终深陷其中不能自拔。最终，他被拥有一双"乌溜溜"眼睛的丁未子所征服，他的灵魂由此被束缚而变得纯净，但他从未表明过自己的心迹。他害怕失去与她之间唯一的一点念想，人生是不可预知的，这时的罗绮已没有了当初的自信和勇气。岁月不饶人，在我们感叹"时间都去哪儿了"的同时，周围的许多事物在随风而逝。文中的主人公在一份份随风而逝的爱情当中，发现了让自己心动神往、想要珍惜的情感，却带着对未知现实的恐惧而止步不前。陈毓在这些人物身上赋予他们追求爱情的勇气，但结尾充满了悲剧色彩，带给人挥之不去的忧愁，唤醒读者内心深处的某些记忆，在引起共鸣的同时，带给人们深深的震撼和思考。

《奇迹》中的主人公毛兮，是关中平原上一位普通的农民，他"言语不多，安贫乐道"。与大多数农民一样，性格内向，又呆板、木讷，对生活缺少激情，唯一的关注点便是与收成有关的天气。而毛兮与他烧制的陶俑有惊人的相似点，让人禁不住猜想："毛兮和陶俑，究竟谁是谁的前身呢？"毛兮和陶俑一样似行尸走肉，精神生活极度空乏和虚无，经过岁月的磨砺，他仍然没有丝毫的变化，永远没有离开生活为他划定的圆。尽管物质上比以前稍富足，但他还是甘于平庸，未做改变。生活给予每个人一张白纸，它也赋予每个人描绘自己人生色彩的权利。一个人如果精神失去了思考的活力，那么他的人生将毫无色彩可言，并且死气沉沉，犹如一潭死水，波澜不兴。在陈毓的笔下，这个旧农民的形象鲜明生动，没有华丽的语言、曲折跌宕的故事情节，却给人心灵的震撼，引人深思。在陈毓简洁从容的文笔和娓娓道来的叙述当中，我们可以看出她对精神生活的渴望。

《爱情鱼》当中的男主人公庄子是一位对爱情有着执着追求的人。庄子因自己的女友妙儿喜欢鱼，便每天捕鱼，但妙儿最终似一只鸟儿，飞向更高的枝头。他们的爱情最终没能经得起现实社会的摧残和诱惑。之后，庄子依旧爱得痴迷，他用自己的方式来追忆逝去的爱情，他不仅与长相和妙儿相似的梅子结婚，还坚持着自己每天捕鱼的习惯，而他的妻子对此一无所知，他也对众人赞美的貌美妻子漠不关心。在旁人讥讽庄子是妙儿的影子的时候，他却说"妙儿是他的太阳"。他并没有因为情人的离去而伤心欲绝，对爱情失去信心与向往，而是将爱情带给他的甜蜜回忆永远保留在心中。在他人的眼里，他的坚持、他对爱情的执着是一种愚蠢可笑的表现，而在他自己看来，这是对爱情至高无上的崇敬，他能从中获得精神的愉悦。或许，这就是庄子的追求，爱情当中无所谓原谅，无所谓对错，有的只是关于对方的美好的念想。陈毓通过塑造这么一位对爱情坚贞不渝的人物形象，传达自己对于爱情的看法和观点，人物鲜活而性格饱满，情感真实而毫不做作。

（三）书写人性的复杂与广博

主题是一篇文章的基本目的，不论情节多么跌宕起伏，人物形象多么生动，这些都是为表达文章中心主题服务的。微型小说家侯德云说过：

"篇幅短小的小小说，不可能像《战争与和平》那样，去完成一个宏大主题的表达。这是它先天性的局限，谁也无法改变。它只能从小角度入手，用独特的视角引导读者对人生的某个侧面进行透彻的思考。"[①] 微型小说的一个重要特征是短小精悍，字数方面有严格的控制，那么，在有限的字数中，要明确地表达文章的主题，这就需要考验作家的文学功底。

具有明确的主题，更易引起读者的共鸣。陈毓的作品大多如此，既能让人瞬间进入她营造的氛围当中，感受着主人公的爱恨情仇而难以自拔，事后细细品味又能回味无穷。她的微型小说主题明确且涉及广泛，或探究人性，或追问人生，或描绘纯粹而浪漫的爱情，或展现一种人文情怀。

《伊人寂寞》可称为陈毓的经典作品之一，其叙述角度独到，思想内涵丰腴，著名小说评论家杨晓敏曾做出如此评价："不取巧，不煽情，于冷静得近乎冷酷的叙述中，把科学与人道的相生相克剖析得淋漓尽致，自始至终弥漫出理性思考的光芒。"[②] 文中怀孕的妻子，闪烁着母性的光辉，她温柔、细心、热爱大自然，却遭遇车祸而丧失生命，当她的丈夫还没有从悲伤中缓过神来时，医院便买下了妻子的身体，用来做科学研究。前面刻画如此美好的形象，与下文意外身亡之后成为标本形成鲜明的对比。对于文中的丈夫来说，他失去了最珍爱的人生伴侣和孩子，对于医院和医生来说，却是得到了珍贵的医学研究标本，整个故事弥漫着悲剧性的色彩。文中对怀孕妻子标本的刻画"双乳饱满坚挺，鼓荡着生命力，她四肢和腹部的肌肉纹理结实而有韵致"，具有深层次的寓意，即对近乎冷酷和残忍的科学的叩问。最后写到"那里，藏着科学的凉意"蕴含着作者深深的无奈，科学与人性的碰撞，最终产生的是无限的悲凉感。从另一方面来看，科学的发展与人性的碰撞，二者不可能两全其美，科学的发展有时是对人

---

① 杨晓敏：《美人迹》，世界图书出版广东有限公司2011年版，第182页。
② 杨晓敏：《至情至性，唯美文风》，《文学港》2011年第11期。

性赤裸裸的摧残。现今，社会经济进入高速发展时代，致使许多人盲目追求经济利益，想方设法地满足个人利益，而这一系列行为带来的后果便是：经济与道德发展相背而驰，社会人情味的淡漠，和谐社会也将在悄然声息中"疏远"这个时代。

《小店》通过描写主人公旅途写生偶遇农家少女的经历，以及对大自然美丽风光的轻描淡写，侧面烘托了人性的真善美。农家少女慷慨大方的行为，善良淳朴的好客之心，无不让主人公留恋。在这篇作品中，我们可以看到陈毓对大自然的赞美"竹林流水潺潺，桃花杏花随处开的烂漫"，以及她对人性的赞美。文中的主人公因饥饿而发现"小店"、得到热情的款待，但事后回忆觉得一切都似真似幻，而唯一可以确定的是当地村民的善良和淳朴。

《在民间》中的高奶奶不愿将房子改建换新，之后因为艺术家孙子小毛的坚持，院子中的枣树和碾盘才得以保留。之后，孙子小毛带着朋友来乡下，高奶奶一时高兴，便发挥自己的两个爱好，唱起了"信天游"，剪起了纸花，红衣姑娘被高奶奶的行为感动，买下了高奶奶的剪纸。这是第一次有人给高奶奶的剪纸付钱，她第一次意识到自己信手拈来的剪纸的价值，同时，她对自己"有了模糊的认知"又略带迷茫。文中的剪纸、"信天游"都是有形或无形的文化遗产，是人类的情感寄托，随着时间的流逝和人类的发展，它们见证了历史的轮回，一直流传至今。然而，随着经济的发展，它们正在慢慢地离开人们的视线，甚至走向消亡。作者对民俗风情、对文化遗产的关注在文中展露无遗。陈毓笔触轻盈，不以冲突的情节取胜，而是通过抒情性的叙述向读者诉说，在平淡的语言和情节中，给人阅读的愉悦感，同时举重若轻，将要表达的思想感情融入清新的笔墨当中。《芳草天涯》中的丁一笑，参加毕业 20 年的同学聚会，面对同学身份的变化，依然能够泰然处之。如果换做以前，她是不愿意哗众取宠的，而如今她却"愿意自己是磁铁"，时刻成为全场的焦点。她轻而易举地在聚会中找到了自己的位置:"被捧着护着,是四顾皆香花,皆笑脸。"丁一笑由最初的一个"内心孤独抑郁"的女生,转变成了现今趋炎附势、世俗势利的女子,由原先的坦率真诚变成了如今对丈夫多疑,对友人虚伪做作。同学聚会本是联络同学感情,共享美好回忆的方式,但如今变成了"名利场",各类人自觉为自己归类,并寻找对自己有利的人脉资源,人与人之间的关系不再纯真,甚至沦为利益的"牺牲品"。

人性的复杂与广博,在陈毓笔下得到了形象的展示,也充分体现了她对人性的探索和一个作家的社会责任担当。正由于此,她的作品拥有大批的拥趸。读者通过这些主题,感受着作者的思想感情,犹如进行着一场心灵交谈。

(四) 线索安排与语言特征

陈毓微型小说的线索安排与语言特征下面分两部分介绍。

1. 巧置线索

一篇小说要有一个完整的故事,必须有完整连贯的情节,文中的线索便能将整个故事情节巧妙地串联起来,并不断推动情节的发展,构成一个完整的故事。作为线索有可能是一件物品,也有可能是其他,它既可推动情节的发展,也可作为作者情感的寄托,从而具有某种象征意义。陈毓善于运用象征手法,利用线索推动全文情节的发展,巧置线索,发挥其多重作用。

《蓝瓷花瓶》全文以蓝瓷花瓶为线索,开篇便写男女主人公结婚时,收到母亲赠送的蓝瓷花瓶,意义非凡。然而,因为生活的贫困,他们迫不得已将蓝瓷花瓶送给刚结婚的朋友。后来,主人公家中不再清贫,她时常想起那个承载着母亲的爱和关怀的蓝瓷花瓶。结果,女主人公因为忙于公司业务，而没能见上母亲最后一面，遗憾也将伴随其终身。最后，女主人公在朋友家中，偶然见到相似的蓝瓷花瓶，这时往事涌上心头，百感交集。此时的蓝瓷花瓶承载着她对母亲的思念，还有无尽的悔恨。整篇文章围绕"蓝瓷花瓶"展开，这个花瓶也寄托了主人公的情感。《讨厌树》中，门前的桃树是全文线索所在，桃树是汪一眠妻子钟情的果树，然而，对于汪一眠来说并非如此。他在想念妻子时，向桃树"挥去一拳"，这时的故事情节有了新的发展，他看到了自己讨厌的苍蝇，由此对桃树产生了深深的厌恶之情。由此，他便产生了砍掉桃树的念头，但桃树是妻子和丈母娘喜爱的树，她们会允许他砍掉吗？就在他内心纠结的时候，戏剧性的一幕出现了。妻子好像知晓他的心思一般，生长桃树的地方只剩"一堆芬芳的木屑"。有时矛盾并不会导致尖锐的冲突，和谐的家庭关系中相互理解和关爱才是解决矛盾的有效途径，文中的桃树导致了家庭成员关系的紧张，但家庭成员之间的相互理解化解了矛盾。

2. 哲理性的语言

如果把微型小说比作美轮美奂的建筑，那语言便是建筑的材料。著名作家老舍说过："我们最好的思想，最深厚的感情，只能被最好的语言表达出来。"① 语言是作品的重要部分，是开启读者心灵的钥匙。陈毓的语言清新自然而又充满哲理，侯德云在《小小说中的陈毓》一文中这样描述陈毓的语言："陈毓的小小说语言确是凭感觉得来的。她喜欢音乐，她的语言就有了音乐的旋律和节奏。她感到人生的飘忽不定，她的语言就像交叉路口一样同时呈现出两条以上的理解道路。"② 陈毓的语言往往是生活的积淀，是情感的率性，一直由心而发，清新自然，传达真实情感，同时富含

---

① 路德庆：《作家谈创作》，花城出版社1982年版，第359页。
② 杨晓敏：《美人迹》，世界图书出版广东有限公司2011年版，第184页。

哲理，让人受益匪浅。

　　这些富含哲理的言语中，有对人生的思考、对生命的感慨，也有对爱情的探讨。比如，《随风而逝》中"幸福的死去，再充满渴望地活过来，生活是无比的美好"给人启迪。主人公因年轻气盛，对生活充满无比的激情而留连在多个女子之间。而现实生活中的青年又何尝不是这样想的呢？生命只有一次，人生仅此一回，何不轰轰烈烈潇洒走一回？文中还有"人生是一口深井，过往是暴露在井外的一段段绳子，而结局呢？或许是一桶清水，或许是一篮隔夜冰着的凉粽，或许绳子末端什么也没有，就只呈现给你一截空落落的绳头"。人生是不可预知的，你不知道远方等待你的是什么，但是正是这种未知性，才更值得每个人带着对未来的美好憧憬，去追逐，去奔跑。《漫漶》中"美貌要在发现者的眼里确认，风情要在欣赏者那里焕发生机，智慧是琴师遇见名琴，巧手的木匠遇见良木，要的就是个彼此呼应"。爱情当中双方的一个呼应，也许惊世骇俗的情感就由此产生了。罗丹曾说过，生活不是缺少美，而是缺少发现美的眼睛。生活中有许多美的事物，等待着我们去发现。《逐日》中"爱的无保留，恨的不顾忌，欢喜与悲伤都如无云的天空一般真纯坦荡"，这其中可以看出作者对真实率性生活态度的肯定。《琥珀》中"可以穿越时空的，是人的心智和灵魂，身体安静着，心却可以去寻找，它就像幽浮，载着我们的情感飞翔，让我们在相隔万水千山的时空中相互抵达。这是生命的奇迹"。

　　情感是建立在心灵的相互交流上的，它不受现实许多东西的束缚，尽管相隔万里，却能因纯粹的情感而在心灵上共通，产生共鸣。物质世界的束缚并不能阻止人追求心灵上的自由。

　　陈毓的小说语言充满哲理，让人在阅读时，如接受心灵的洗涤，并重新思考和审视人生，使我们领略到了其语言的强大的感染力。

　　总体来说，陈毓作为微型小说界具有鲜明风格的女性作家，她通过自己的切身经历发掘了女性内心深处的情感，给文坛带来了许多优秀作品，并通过塑造许多为爱执着的人物形象，融合古今的题材，表达人性蕴含的复杂与广博的深层主旨。不过其"意犹未尽"的语言，也使文章的主题隐晦而难以被读者发现。而不管读者如何去解读，难得的是，陈毓用她富有哲理的文字，营造出诗一样的意境。她的作品仿佛是一首首意味隽永的诗篇，让人不自觉地沉醉其中。

（徐海眉　龙钢华）

十七　何葆国微型小说集《像我的人》人物心理探析

何葆国，笔名何奈，男，1966 年 11 月生于福建南靖。1989 年毕业于福建师范大学中文系，曾任中学教师、报社记者。1984 年开始发表作品，2006 年加入中国作家协会，现为自由职业者。

何葆国出版过多部中长篇小说、散文集和微型小说集，其作品题材主要为闽西南土楼传奇和闽南小城马铺故事。土楼是何葆国写作的根基，也是他的标签。而"马铺"实为何葆国虚构的一个闽南小城，具有浓厚闽南特色的各色人物和事件，通过作家魔幻般的叙事手法，呈现了纯粹而特别的文学质地。人们追逐物欲的浮躁心态，对财富生发出的无限欲望，小人物的诸多无奈和夹缝心理，何葆国将其一一冷静描摹。这些发生在闽南小城马铺的故事，既是地域风情特色，更是社会普遍现象。何葆国是一个社会责任感很强的作家，他自觉地让他的小说发挥着文学关注现实、批判现实的作用。

《像我的人》（四川文艺出版社 2012 年版）是"百年百部微型小说经典系列丛书"之一，共收小说 75 篇。作品通过简短精悍的篇幅、幽默讽刺的手法描写了当代人舍本逐末，为物质虚荣而践踏人性，沉醉于名利场中而无法自拔，最终失去了自我的众生相，展示了人性的虚无与悲哀。本节试图以何葆国微型小说集《像我的人》中的人物心理描写内容为对象，探析他作品中的精神内涵及艺术追求，探讨人性的迷失、异化与回归。下面分之部分予以论述。

（一）自我丢失

依据弗洛伊德的理论，有意识的自我首先是一个身体的自我。"在这个自我中，外部的现实世界起到了十分关键的作用，甚至引导着自我的发展。如果把外部世界称为群体，那么每个人都是各种群体的一个组成部分，他在许多方面受到认同联系的束缚，他根据各种各样的模范，建立起他的自我理想，而这种自我理想往往是以外部世界的价值观为准则的。"[①] 在《像我的人》微型小说集中，各种人物粉墨登场，但这些形形色色的人物有一个明显的共同点：他们几乎有一个相同的自我理想，并且都以外部世界的价值观为准则；他们"忘我"于浮躁的社会氛围中，极其盲目并且不择手段地追逐名与利，舍本逐末，一步步掉入了罪恶的深渊而万劫不复。这些人物追求的物质与文化的富有并非来自他们内在心灵的需求，只是在社会大染缸中扭曲了自我人格，随波逐流地出卖了灵魂，加入了"无根一族"。

小说《像我的人》寓意于名，清晰明了地描绘了一个人是如何在随波逐流的社会中失去了自我："我"是一名电视节目主持人，一个名人，被马铺市人民亲切地拥戴为"小赵忠祥"。一开始，"我"并不愿接受这样的别名，"我"就是"我"，为什么要当"赵忠祥"呢？但是人们认为"我"

[①] 姚静媛、李元素：《黄孟文微型小说人物心理分析》，《广西民族师范学院学报》2011年第4期。

像赵老师一样温文尔雅，深情款款，同时德高望重，人见人爱，"我"还是接受的。由此显而易见，虽然"我"有一套自己的价值观，但在对"我"百利而无一害的情况下，"我"默许了社会大众对我的观点。于是事情继续发展，因为"赵忠祥"这一称呼，"我"有了灵感，"我"越来越像"赵忠祥"，不仅形似而且神似，连声音都如出一辙，达到了真假莫辨的境界。"我"突然有了一个想法，生活中会有多少人长得像名人，或者在某一方面学名人学得惟妙惟肖啊！于是一个全新的综艺游戏节目"像我的人"被隆重推出。到此为止，"我"已经渐渐被社会大众的价值观同化了，已经被群体化了，"我"开始像马铺市人民看"小赵忠祥"一样去寻找其他"像我的人"。在节目中，出现了令人意想不到的众多的"名人"，有"成龙""齐秦""牛群""赵薇"等众多著名影星歌星。节目在马铺市引起极大轰动，"像我的人"一夜之间成为电视台的金牌栏目。节目发展到第九期，"像我的人"出现了两个一模一样的主持人，像"我"的人隆重登场，他不仅长得像"我"，连声音、语气都像极了，这个"像我的人"一登场就令现场观众和电视机前的马铺市人民眼花缭乱，分辨不出真假。节目之后，"我"跟像"我"的人成了朋友。这个像"我"的人是个失业的外地打工仔，"我"请他在节目组帮忙。有一天，"我"接到老家的电话，老母亲生病住院，平时工作太忙走不开，这回"我"无论如何是要回去一趟。于是，"我"私下叫来像"我"的朋友，让他代替"我"几天，神不知鬼不觉，这样"我"就不用请假了，何等好事啊！待到"我"归来，却在路上出了车祸，"我"命大没死，被送到医院。三天后就出院了，但是脸上留了两个疤。"我"告诉医务人员和警察"我"的身份，请他们通知电视台来人，但谁也没来，于是想自己回家，"我"还庆幸谁都没来。可是回到电视台，所有人都不认识"我"了，"我"成了像"我"的人，而那个像"我"的人正坐在我的位置上，"我"成了赝品，故事结束。"我"是一个可怜的主人公，在诱惑中丧失了自我的价值观之后，于名利的大山里渐渐迷失，一步步沦陷在大众的娱乐之中，最终不但丢失了自我，反而成了"替代品的赝品"，可笑至极。

《竞选班长》只是一个初中学生的日记，却令人唏嘘不已。文中的父与子待人接物如出一辙，父亲竞选县长，儿子竞选班长。作品以一个初中学生的口吻记叙着二者竞选的全过程。儿子当了一年多的副班长，决心抓住机会升上班长一职，于是费尽心力地拉拢同学和老师，并且打压竞争对手孙晶晶。孙晶晶的父亲是即将退休的教育局局长，于是儿子自认为在关系上胜过孙晶晶。秉着"关键时刻，该花多少钱就要花多少钱，绝不能怕花钱"这一理念，儿子给同学们请客数次，花费数百，给老师们依次送了一个变形金刚、一条中华烟和一瓶茅台酒。最终，儿子赢得班长竞选的大胜。然而，在竞选班长的过程中，儿子无疑是有模学样，紧紧跟随着父亲参加县长竞选的脚步。父亲为竞选县长焦头烂额并处心积虑之时，儿子一一看在眼里，儿子耳濡目染父亲的官派作风，并把这腐败的作风带到了学校。在竞选班长的一开始，儿子便要求彼时身为副县长的父亲给老师们"打电话"。得知父亲跟自己一样，"也想换个正的当当"，儿子心头一热，与父亲比赛看谁能成功。于是他立即行动，请同学吃喝并给老师送去"小心意"。在儿子的成长过程中，父亲是他最好的"榜样"甚至一度成为他的"武器"，父亲为了竞选成功几乎动用了家里所有的存折，儿子的小金库也一度见底。儿子把父亲受贿的烟酒送与老师，形成二度贿赂：父亲是接受贿赂的人，儿子是进行贿赂的人。当然，儿子以后也会发展成受贿的人。十几岁的儿子几乎就是父亲的复制版，小小年纪便沉醉于名利往来之中，极度缺乏自我意识，俨然一副官场老派作风，成长于极不健康的家庭环境和校园环境中，失去了青少年本该拥有的天真烂漫，过于早熟，实属不幸。儿子在形成正确的自我价值观之前，便已被父亲及周遭环境中的不良社会价值观洗脑，尚在中学之中，便失去了自我。最可惜的是，儿子的成长模范几乎就是他的父亲，这一点是很难改变的，通过模仿来建立自我的结果只能是失去自我。而最大的不幸便是一个家庭乃至一个国家的未来遭遇不幸。

《苏老板的手提包》一文中，主人公苏汉山从政府机关辞职下海之后，就成了小城里的"大人物"。苏汉山总是以一身名牌示人，脸上也似乎总是光彩照人，他的手上总是提着一只沉甸甸的圣大保罗公文包，显得分外富贵，也更加神秘了。但是人们不大清楚他到了哪里，在做什么生意，总之苏汉山神秘十足。每次回到小城看望老婆孩子，苏汉山都要叫上几个老同学、老同事到一间比较好的酒店吃喝一顿，并且一定得让他买单，然后坦然接受人们对他的恭维。在又一次的回城中，苏汉山听说要举行同学会，刚出车站就赶到老同学张欣家，"承包"了此次同学会的所有费用。为了维持"有钱人苏老板"的名号，苏汉山死要面子活受罪。他果断拒绝了张欣请他在家吃饭的建议，联络了几个老同学上大酒店小聚，同时打电话欺骗妻子说自己回来了，但是晚上要请工行行长吃饭谈贷款生意。巧的是妻子单位会餐也在同一所大酒店，于是冥冥中注定了一场偶遇。入座的时候，苏汉山特意给自己宝贵的提包准备了一个位置，连起身上厕所都带着提包一起去。于是，大家很好奇包里到底放着什么宝贝，时时刻刻不离手，纷纷开玩笑说里面有笔记本电脑、公司报表、商业合同、现金、数张银行卡、护照等。苏汉山回应说包里的文件太重要了，全是公司的最高机密，必须格外小心。正当一行人喝酒喝到兴头上行起酒令时，苏汉山突然看到女儿朝自己跑了过来。这下自己的谎话可要被妻子揭穿了，他连忙向妻子解释。回头一看，岂料女儿翻开了自己的提包，正从提包中掏出一沓旧报纸，桌上也已经放着她掏出来的一本《故事》杂志、一部手机充电器和一瓶喝了一半的矿泉水，此时的苏汉山就像被剥光衣服示众一样，羞愧难当。妻子叹了一口气说，其实她早就知道苏汉山在外面的公司一直很不景气，在老同学面前摆阔有什么意思呢？苏汉山也活得太累了。于是，苏汉山脸色发青，像一滩泥一样瘫了下来。正如妻子所说，苏汉山真是活得太累了，他的人生成功的标准似乎是建立在他人的羡慕和赞许之中。苏汉山穿一身名牌衣服，拿名牌手提包，以标识自己是成功的生意人，他几乎包揽了和老同学聚会的所有费用，每次回到小城都要请老熟人上大酒店吃饭小聚，以证明自己是个十足难得并且大方豪爽的好同学。他拒绝别人买单时总说："怎么了？你们比我还有钱，是不是？单位里那点工资，鼻屎大，我是嫌少才下海的，不瞒大家说——"①他沉浸在朋友们的高度赞扬和夸耀中，把自己标榜成一群人中最成功的形象，企图自欺欺人。苏汉山把自己的精神世界建立在他人的理想和期望中，他信仰的成功准则也是建立在外界价值观之上，注定是个悲剧。正如荣格所指出："当代人的意识依然如此顽固地依附于外界对象，以至于它总是以为只有这些对象才是唯一可靠而负责的，似乎一切决定都要依据这些外界因素制定出来。"②事实上，当一个人的一切决定都要依据于外界因素之时，这个人也就脱离了主体，成了外界世界的一部分，便失去了自我。苏汉山的存在已经不是一个个体了，他把自己当成了一种成功的模范，已经失去了自我。

（二）自我异化

所谓异化，就是脱离了原有的模样，变成了本质不同的物体。美国精神分析学家埃利希·弗洛姆对于人的异化问题是这样分析的："异化的事实就是，人没有把自己看作自身力量极其丰富性的积极承担者，而是觉得自己变成了依赖自身力量以外的无能之'物'，他把自己的生活意义投射

---

① 何葆国：《像我的人》，四川文艺出版社 2012 年版，第 94 页。
② ［瑞士］卡尔·古斯塔夫·荣格：《未发现的自我》，张敦福、赵蕾译，国际文化出版公司 2001 年版，第 60 页。

到这个'物'上。"① 现代社会日新月异，经济与思想都达到了前所未有的文明高度，而人类的发展却似乎遭遇了瓶颈期，又像是有什么制约着人类前进的脚步，幸福对于人类来说变得越来越广泛，以致越来越模糊，现代人几乎得了"不幸福"的通病，或者说不幸福正以恶性传染病的形式袭击着无助的人类。人类本该是一个有思维意识、自主快乐的群体，在不断异化之后，面目全非。

在《八月盛宴》中，申晓佳高考二次落榜，面对父母的期望，无奈之下选择了欺骗，而事实上父亲也默许了他这一欺骗。申晓佳的父母最期盼的实际上是 8 月份的升学宴，这是一场他们谋划已久的收获多年人情买卖的节目，8 月份的升学宴无论如何是不能错过的。晓佳在第一次高考失败之后，就准备投奔深圳开公司做生意的表哥，但是母亲认为没有文凭就没有未来，父亲则幽默地说"让他创造个机会"把送出去的升学红包收回来些，于是，晓佳在自己的真实成绩之上加报了 120 分，他想这样就能皆大欢喜了。

对于晓佳而言，高考上榜与否已不重要，他一心想的只是父母的终日所盼，而晓佳的父母期盼的只是一场盛大的升学宴，能让他们收获人情买卖的一次机会，准确地说是从别人那里拿回红包钱的机会。这个要求本是不过分的，人情往来也是世俗情理之中的事情，但处心积虑地要举行一次宴会收回人情，这种行为本身已经被异化了。晓佳从街头办证团伙那里订制了录取通知书，这一纸录取通知书终于圆了一家人的梦，晓佳父母终于可以得到这么多年付出的报偿了。晓佳在升学宴之后便去了深圳，晓佳父亲只是轻描淡写地说："我揭穿你干什么？像我们统计局报上去的数字，上面也能一下看出来，但是谁喜欢揭穿你呢？"② 晓佳获得了父亲的真传。

---

① ［美］埃利希·弗洛姆：《健全的社会》，欧阳谦译，中国文联出版公司 1988 年版，第 124 页。
② 何葆国：《像我的人》，四川文艺出版社 2012 年版，第 13 页。

晓佳知道上榜无望却毅然决定创造机会帮助父母收回人情,他骗人骗己只是求一份心安。于是,晓佳抱着一种无所谓与好玩的态度进行了"善意"的欺骗,晓佳的所想所做无形中被异化了。他认同了父母及周遭的处世观念,高考上榜的意义成了一种玩笑,上榜成了一种借口。晓佳父亲是统计局的副局长,多年人情买卖像是一川流水总是有去无返,他必须等到儿子的高考升学宴。这似乎成了一次不容错过的发财机会,晓佳谎报高考成绩并拿来假冒录取书。这一切他熟视无睹,身为父亲在乎的不是儿子的真实情况,而是一心追求子女给自身带来的利益。对于晓佳一家而言,重要的不是高考上榜而是升学宴如期举行。在文中,揭穿是苍白无用的,晓佳父亲面对晓佳的欺骗选择沉默,正如其单位统计局上报的数字,也不会有谁来揭穿,揭穿何用呢?这里异化的是人的思想,思想变了,生活工作中追求的就变了,生活的意义也就截然不同了。

异化之后的世界,人的眼里只有自身追求的"物",全身心依赖的也只有"物",除"物"之外,已无一物可信。在《结穷亲》中,局里分到了十个结穷亲的名额,局长带头认了一个八十几岁的孤老婆子,副局长们也各自挑了一门穷亲,无官无职的"我"也被强加了一个穷亲戚。在电视台记者的随行下,包括局长在内的一行人浩浩荡荡地开始了认亲活动,像国家领导人接见外宾一样,局长们一一认识了穷村里的村支书、主任、会计等人。这本身就是镜头底下的一场表演,大家都尽心尽力地表演着。局长的穷亲张美容住在最破败的土楼里,她看上去就像一个死人一样,身体状态很差。局长隔着一米左右的距离,慢慢地把红包放到张美容的床头,刚好被镜头完整而美好地记录下这历史性的一幕。局长的认亲应该是电视台的重点宣传片,所有"配置"都是最高级别的,认的人是局里的最高领导,被认的人是村里最穷的老太婆。而"我"的穷亲张炳贵倒让我大吃一惊,他穿着一身不太合身的西服,显得精明能干且极有见识,在推让之中他收下了"我"的红包。当然,这也都被镜头清清楚楚地记录下来了。结穷亲活动结束不久，局长投资的 300 元就获得了至少 100 倍的利润，因为局长认的穷亲——孤老婆子张美容死了，以局长老母的身份举行哀悼会，来送吊唁费的人真不少，局长可真是太会做生意了！而"我"的穷亲张炳贵后来又借走了 500 元，半年过去都不见人影，想想局长赚了 3 万多元的传闻，"我"真是太亏了。"我"只是个无官无职的人，却被迫认门穷亲，只能认栽，一笑而过。局长是认穷亲的最大获利者，300 元竟赚回了 3 万元。包括"我"在内的所有人，对于局长的获利都是颇为羡慕的，没有谁认真思考过"结穷亲"的意义所在。"结穷亲"的活动从谋划的开始就是一场表演，无处不在的电视台记者，镜头下一幕幕善意的画面刻印了这个时代最可笑的谎言。局长们追求的只是政绩，有幸攀附上达官贵人的穷亲们也只是把这个活动当作一个发财的机会。可怜的孤老婆子张美容并没能因为一个当局长的干儿子而免于病死，倒是为局长带来了一笔不小的财富。当很多充满人间正义的行为变成了一场场娱乐性或政治性的表演，正义会被人耻笑，所有颠倒黑白的事情会成为日常，人会成为异类，一切有意义的即成为虚无的，反倒是坏的变成了好的。

《擦鞋》一文中，从国营皮鞋厂下岗的高和妻子开始了街头擦鞋的工作，并且擦鞋擦出了一流水平，获得了知名度。某一次高擦到了一双高级皮鞋便发出了由衷的赞叹，该胖顾客高调回应自己的鞋是在香港买的名牌，需要人民币 6000 多元。岂料妻子正在服务的瘦顾客高傲地挑衅道自己的鞋是意大利买的，花费 1300 美元，高夫妇俩只好两边讨好，顾客是上帝，谁都不能得罪。于是，胖顾客丢下 5 元钱不高兴地走了，瘦顾客掏出 10 元钱，并且说了一句话："我这鞋比他贵了一倍，工钱也该多一倍。"瘦顾客大获全胜似的走了。胖瘦顾客两个都是有钱人，也都是只有钱的人。高和妻子却在胖瘦顾客的激发下来了生意灵感，他们在擦鞋摊前竖起一块广告牌，上面写着——为适应改革开放新形势，本摊不再实行统一收费，收费标准改革如下：每双皮鞋 300 元以下者，收费一元；300—500元者，收费二元；500元以上者，按鞋价的1%收费（鞋价均由顾客自报，请勿夸大）。胖瘦顾客又一前一后来了擦鞋摊，这一次胖顾客穿了一双价值1300英镑的鞋子，他潇洒地摔下200元扬长而去，留下一脸恼怒的瘦顾客和他价值1300美元的鞋子。瘦顾客这次输惨了。擦鞋摊这一天生意空前火爆，收入破了纪录，据说他们擦到的最贵的皮鞋价值人民币3万元。

改革开放，国门大开，涌进来的除了高水平的经济物质，还有奢侈过度的思想作风，人们对金钱达到了前所未有的迷恋与崇拜，物质崇拜成了21世纪最大的标签，也是21世纪人类最典型的特点。高和妻子是改革开放的受害者亦是受惠者。夫妇俩从国营皮鞋厂下岗，一无所长的两人开始了擦鞋的生计，把小聪明用在了擦鞋的小生意上。市井小民为求生存无所不用其极，为追求财富无所顾忌，于是出现了略为可笑却发人深省的广告牌。"有钱人"纷至沓来，皮鞋一双比一双贵，没有最贵，只有更贵。胖顾客在自身皮鞋便宜于瘦顾客而受辱之后再度出击，终于赢回了"我的鞋子比你的贵"的自尊，大气磅礴地甩了200元而扬眉吐气，瘦顾客却因此恼怒，可以猜想胖瘦顾客的三回大战，且看二者输赢如何。但是，鞋子更贵的意义是什么呢？物质财富积累到一定程度，人们应该开始追求文化及精神上的财富，享受财富带来的物质文明是社会进步的一种表现，也是人类自我成长的一种标志；享受文明是时代的呼唤，也是理性的追求。但是无视人性的本真，一味追求虚假的存在与尊重，寻找形式上的自我肯定，就等于放弃了生活的意义，默认了异化的自我。

（三）自我寻找

"荣格曾将人生的阶段比作太阳的运行——早晨太阳慢慢升起，它是人生的童年；在这个过程中，太阳渐渐发现自己的意义，她的视野慢慢扩大，于是把升到最高点当作自己的目标，这是人生的青年阶段；当太阳达到最顶点，下降开始了，人生步入了中老年阶段。"① 在不同的阶段，人们拥有不同的"自我"，但人生永远是一个"寻找"的阶段。寻找力量，使自己变得强大与独立，这是"自我"的完善，也是拥有精神力量的人选择的正确道路。弗洛姆的人道主义伦理学认为，人只有成为"生产性"的人才有出路。在弗洛姆看来，生产性是每个人都能具有的一种态度，意味着人"把自己当作一个他之力量的化身，一个'行动者'而加以体验；他感到自己与他的力量融为一体，同时这种力量并没有受到阻碍而与他异化。"② 只有将自己的"生产性"——内在创造力量转化为客观之物，而不是异化为另一种存在，这样的具有"生产性"的人才能真正拥有强大的"自我"。

在微型小说集《像我的人》中，主人公们大都没有自我，或在寻找"自我"的过程中失去了"自我"。《三个魏建国》里的三个魏建国分别为了谋取自身的利益而成了命运共同体，三人身份差距悬殊，一个是县委副书记，为叙述方便称为"魏建国1"；另一个是某公司董事长，称为"魏建国2"；还有一个是黑道上的杀手，称为"魏建国3"。魏建国1在魏建国2的煽风点火下，对竞争县长职位的强劲对手起了杀意，于是雇用了魏建国3。一波三折，魏建国3杀错了暗杀对象，事情变得复杂了，对手果不其然当上了县长。魏建国1却接到了关于暗杀事件的汇报，于是他不得不做了重要批示，以彻查此案。凶手到底是哪个魏建国呢？哪个魏建国又该为此案承担最大罪责呢？或者说，三个魏建国都是杀人凶手。魏建国1为了个人前途，魏建国2为了攀附权贵，魏建国3则是为谋财害命，三人都没能正确认识自己的"生产性"，没有正确运用自身的能力，走向了一

---

① 姚静媛、李元素：《黄孟文微型小说人物心理分析》，《广西民族师范学院学报》2011年第4期。
② ［美］埃利希·弗洛姆：《为自己的人》，孙依依译，生活·读书·新知三联书店1988年版，第91页。

条不归之路,三者都在找寻"自我"的过程中失去了"自我"。而在《骂人更值钱》一文中,老齐搞了将近十年的文学,却依然没有什么名气,于是他开始打起了旁门左道的主意:花钱让著名的文学评论家钱老给自己写篇评论,这样就能出名了。于是按照钱老的收费标准,老齐决定买一篇 8000 元的评论——《老齐的作品是今年中国文学最优秀的作品之一》。然而,钱老发表的文章,不但没有捧老齐,反而把老齐的作品批得体无完肤。老齐气不过便去钱老那里讨要说法。耳背的钱老却说,老齐还得补交 7000 元钱,因为现在的评论界骂人更值钱,被他骂过的人不仅出名快,而且影响大,并且老齐只是被钱老当成老徐搞混了,不然钱老可没有空来骂老齐。老齐想想也是,为了出名,多花点钱也是可以的。老齐进而向钱老咨询出更快出名的秘术——打官司,钱老去法院告老齐诽谤侵权,想以最快的速度出名,8 折优惠只收 4 万元。老齐是个庸俗的作家,十年文学竟不如一朝名气对他重要,想方设法出名,最后变成了一个笑话。作家本是社会生活的正义和良心,却被名气蒙蔽了双眼。钱老利用自身的名气玩弄文学与金钱,恰恰侮辱了文学的纯洁与正义,但这也反映了社会上的不正之风正席卷着一息尚存的文学界,连社会的良心——文学都被金钱和物欲熏染得体无完肤了。文学本是社会的良知,文学家本是创造良知的先驱,在当今时代,钱老、老齐等文学家们已不再单纯追求文学造诣,而是将文学力量转化成追求物质的一种手段,他们将自身拥有的"生产性"通过异化的方式变成了一种非自我的能力,在寻找"自我"的路上掉入了黑暗的深渊。

"自我",是一个拥有独立意识的人最基本的要求。寻找"自我"既是一个人首要的人生目标,也是内在达到丰满之后的由衷呼唤,在自我迷失尤其严重的当下社会,更是成了一种人性的向往。在《他会回来》一文中,老太太为"他"守候了一生,"他"在年轻的时候被抓去了海峡对岸。按女儿的话来讲,即使在睡梦中,老太太对外来的脚步声依然十分敏感,像是在焦灼不安地等待着什么。文中描写了三代人的爱情世界：老太太等了一辈子；女儿一个人带大了外孙女；外孙女的爱情观已经脱离了纯情而古老的时代。老太太坐在藤椅里溘然长逝，却依然睁开眼睛看了一眼脚步声的主人，看清来人之后又合了起来，直到死亡——她一生都在期待一个脚步声。老太太或许是旧时代的象征，纯情而执念，女儿的时代已充满怨念，而外孙女的时代早已物是人非。在当今社会，老太太是一种美好的象征，也是一种迷失中人性的向往，是我们对自身的呼唤。有些东西不能随着时代和社会的进步而前进，它并不是止步不前，它是刻印在人身体里和灵魂里的一种认知和归属，它流淌在人类的血液里代代相传，亘古不变。

《绰号》的主人公是个荣归故里的华侨，两鬓斑白之年回到久久思念的故乡，内心却有一种莫名的失落感。在最后的欢送酒席上，有人尊称他为肖鸿立董事长，有人唤他为肖先生，还有人叫他鸿立公。满堂欢庆，所有人举着酒杯望着他，他却怎么都说不出一句话来，他感到一种莫名的悲哀，在离乡出国50多年之后，自己与乡亲们已经有了一层隔阂，再次回到家乡却成了乡亲们的客人。然而，被人群里的小孩说自己是"十一指佬"之后，终于感受到一种久违的亲切，也明白了自己的失落所在：这正是梦中呼唤他归来的声音，这也是家乡的声音，两鬓斑白的华侨颤抖着流下了眼泪。20世纪是个纷纷扰扰的时代，也是由旧时代跨向新时代的过渡阶段，社会动乱不断，人们流离失所。我国东南沿海地区的众多同胞移民到了一些东南亚国家，通过自身的努力，这些华人华侨们也都在海外取得了一定成就。然而，哪怕时过境迁，无法改变的是随岁月渐长的满怀思乡之情，于是在有生之年回到故乡成了众多华人华侨的夙愿。文中的主人公回到了故乡，却因为乡亲们的客套而感到失落，似乎这并不是他记忆里的故乡，而一个无知童子的贸然之言却满足了他的乡愁。他需要的不是乡亲们的恭维，只是故乡独有的一缕熟悉的味道——关于回忆的味道。

21世纪是日新月异的年代，不管是物质或是人情，都以让人目不暇接的速度超前发展着,现代人喜新厌旧,产品淘汰速度越来越快,人们都朝着更好的物质生活而向前奔跑着,几乎没有人愿意停留。这是个奔跑的时代。华侨在海外获得了成功,等到两鬓斑白之年却越发思念故乡,中国人素有落叶归根的传统理想。于是华人华侨们纷纷归国寻根,不惜耗费大量物力财力,他们总希望自己能在故乡的土地上留下点什么,以获得自身的归属感与存在感。这对故乡而言也是积极有益的善举,更是对祖国母亲的一种温情回馈。在生命将尽之时,看尽了高山流水的人才蓦然回首,惊叹生命如圆圈般有始有终;也只有到达人生的下午,人们才会关注自身的内在需要,尊重生命的规律,找寻到真正的"自我"。

通过对何葆国微型小说集《像我的人》中典型的人物心理进行分析,我们发现现代人在物质迷惘中失去了"自我"、异化了"自我"、找寻着"自我"。人的存在不是一个单纯的概念,不仅有物质,也有意识。现代人在追求物质的"自我"之路上丢失了意识的"自我",现代社会更像是一个完全的物质社会。人的意识逐渐被忽略不见,每个人对自我的内在意识充耳不闻,成了新时代的精神通病。寻找"自我"是时代的呐喊,也是每个人心里回荡的声音。人不能失去自我,我们应当发现和运用自身的内在力量,避免成为一个物质傀儡,找寻到自身的"根",成为一个真正拥有思想和灵魂的人类。微型小说集《像我的人》深刻揭露了当下社会无灵魂的人类生活状态——人们严重缺失"自我",讽刺了物质时代可悲的人性,并且哲理性地回应了人性的归宿所在,对人类自身的归属问题进行了批判和思考,反映了深度的社会思想。

(肖洁琼 龙钢华)

十八　林美兰微型小说浅析

林美兰的微型小说创作始于20世纪90年代初，近20年来，她创作了一批具有个性风格的微型小说，如《火凤凰》《云在蓝天水在瓶》《钻石之心》《未来将军》等。在微型小说勃兴的当代文坛，林美兰作为一名女作家，在结合社会、时代背景，充分把握微型小说创作基本规律的前提下，通过细致入微的观察和体验，以女性作家特有的创作视角，十分生动地向我们展现了魔幻型、科幻型微型小说这种源于生活又高于生活的文学样式的独特魅力，引发了人们对当代文坛微型小说创作内容、题材、形式等多方面的综合思考。林美兰微型小说的题材内容、情节设置、人物形象塑造和语言特色具有自身的特色。下面从五个方面予以论述。

（一）与时俱进的大众化基调

文学大众化对当今作家的创作具有深刻的影响。"众所周知，大众文化是指以大众传播媒介为手段的、按商品市场规律运作，旨在使大量民众获得感性愉悦的日常文化状态。"[1] 文化的出现和发展总是在一定的历史条件下完成的，每一种文化的产生发展，除了受其本身逻辑机制的约束之外，还受到所处的时代、社会等各种客观因素的制约。微型小说这种古老而优美的精短文学样式，在当今时代条件下展示着它顽强的生命力。置身于这个大众文化流行的时代，微型小说的发展体现的是社会主义中国改革开放的巨大成果。市场经济的发展，不但影响了文化市场的建立，也直接

---

[1] 张春：《大众文化背景下的小小说名称多样性研究》，《小说研究》2004年第6期。

导致了公共文化空间的扩大和意识形态话语权的有效转变，这些都是文学大众化趋势产生发展的先决条件。同时，文学大众化也受到商品经济发展和政治意识形态逐渐淡薄的影响。因此，文学作为一种审美意识形态，具有大众化趋势，而这种趋势也深刻地影响着当代作家的创作。

　　林美兰的微型小说创作深受当今文学大众化的影响。其作品大多贴近时代，在立足于现实的基础上，充分合理地运用夸张、比喻等一系列艺术手法，表达了大众化的主题和愿望。比如《圆太空人之梦》，作者借高科技发展的热点题材讲述的是平常人的故事，艺术地展现了人世间的善良。文中的主人公是一位伟大的母亲，同时是一名无私的老师。在老师公而忘私的利益取舍过程中，完成了对人性善良和博爱的呼唤。作者尊重中国人的传统思维习惯，相信好人有好报。文中的"我"是受到老师恩惠的学生，老师的儿子因为我们落下了残疾。"我"被老师的行为所感动，决定帮她的儿子治好残疾。最后，"我"为她的儿子寻得秘方，成功地治好了他的病，圆了他想当太空人的梦想。作品着眼于社会热点问题，体现了中国载人航天这一热点社会现实，极具科幻色彩的想象艺术的运用，吸引了一大批喜欢科幻小说的读者，而这种文学现象的出现本身就是文学大众化与科普相结合的产物。又如，《冰冻人》中的"我"是一名监守自盗、贪赃枉法的银行行长。为了逃避法律的惩罚，以自己的生命做赌注，走进了"魔鬼教授"的冰冻实验室。几年过后，当"我"从"冰冻人"回到正常人时，发现自己与社会格格不入，不得不回到冰冻状态。显然，作品中的"冰冻人"实验，在当今科技条件下是不可能完成的。作家以自己丰富的想象力，结合夸张等一系列艺术手法，不失趣味性地对现实生活中丑恶进行了批判。这得益于作家在现实生活基础上，对作品进行了合理的变行，使作品能满足大众的文化心理，也符合了文学大众化的趋势。

　　林美兰在进行微型小说创作的过程中，更多的是倾注自己对生活的体验与理解。尽管作家的作品是对生活的不经意解读，却又自然地产生了文学价值，获得了许多读者感同身受的理解和支持，作家对社会活动的描述展现，原本只是个人对生活情感的抒发，但间接地使读者达到了获得审美感受、精神愉悦的目的。这一切又促进了作家自觉地满足读者的审美趣味，去创造大量能够引起共鸣的文学作品。但在商品经济高度发达的今天，文学作品在作为一种大众化商品的同时，被赋予了精神和物质的双重价值。"文学直接是无功利的，但间接地或又内在地却又潜伏着某种功利性。"[①] 这一方面是对作家劳动的肯定，另一方面又体现了文学创作商品化市场化趋势。林美兰的微型小说创作同样体现了文学的现实功利性，展现了现代商品经济社会条件下，作家顺应文学消费者的需求而进行创作。

林美兰作为一个微型小说作家，在充分挖掘自己生活和文学底蕴的前提下，也会无意识地对文学进行个性化变形，试图获得读者的接受和肯定。我们必须承认，林美兰确实成功地做到了这一点。她在充分遵循微型小说内在运行规律的同时，面对现实，与时俱进，使作品达到了来自生活却又高于生活的艺术境界，也形成了一种追求自身特色与符合大众审美趣味的完美统一。林美兰的微型小说创作，生动地体现了审美价值和社会价值的统一，也展现了在现代商品经济条件下，文学消费对文学生产的影响。

（二）独特细致的女性视角

林美兰微型小说的创作是立足于女性视角的文字艺术。她的微型小说大多透过女性独特而细致的视角，关注女性生存状态，表达了对女性解放各方面的支持和理解，这影响了她微型小说创作的题材和内容的诸多方面。毋庸置疑，女作家对社会的关注角度和对生活的体验程度，和男性作家有着十分显著的区别。女作家更乐于关注身边的小事，关心自己的切身

[①] 童庆炳主编：《文学理论教程》（修订二版），高等教育出版社2004年版，第62页。

感受，从而追求一种文学创作和精神愉悦的高度统一。

　　林美兰有着深刻而丰富的生活经历和文学积累。她将这些应用到微型小说的创作中去，并以一个女作家特有的文学思维，去展现瞬息万变的大千世界，去表现日常生活印在人们思想上的女性意识痕迹。《钻石项链》就十分尖锐地讽刺了社会生活中普遍存在的拜金主义。作者笔下的主人公碧玉为了一根钻石项链，不惜赤身裸体。当她意识到自己无法面对丈夫时，只能在忧郁中死去。作者以女性作家特有的细致，将生活中的小事艺术地处理成包含深刻哲理的文学作品。而在《哭泣的男孩》中，主人公原本是一个丈夫生活的"寄生虫"，受到自家墙上一幅画的影响后，重新定位自己，逐渐改变了那些不良的生活习惯。最后，她治好了困扰自己多年的糖尿病。作品对女主人公的心理活动描写得十分细致，将她前后心态变化的过程生动地展现出来。文中的女主人公具有时代的典型性，作家以生活中微不足道的小事为切入口，用细致入微的文学眼光，表达了自己对当代女性生活的理解。作为一个妻子和母亲，林美兰在面对社会、家庭等各方面压力下仍然孜孜不倦地写作微型小说是十分难能可贵的。面对家庭、婚姻，作家细致入微地体验生活，并试图以女性的视角展现女性社会群体的态度和看法，在微型小说创作中别具一格。

　　林美兰的题材大多涉及女性生活，如女性的爱情、婚姻、家庭等话题。她曾这样说过："我不想证明自己有多么了不起，我只想使自己和身边的女同胞们一起在解放的路上迅跑。我从自身的女性角度出发，特别关注妇女在解放的路上，女人对爱情、婚姻、家庭和事业成功方面的生存状态，从这方面表达自己的人生追求。"[①] 她的这一番话说得十分有理，体现了作者能从日常生活琐事中寻找文学创作的灵感，并将体验生活与文学表现积极且有效地结合起来。诚然，她十分清楚自身的创作优势，以女作家

---

① 何镇邦：《写实与魔幻交相辉映——简评林美兰小小说创作》，《泉州文学》2010年第10期。

的身份，将创作目光集中于女性生活，创作出来的作品自然十分具有感染力。其原因主要在以下两个方面。

第一，作为女性作家，本身就具有比男作家创作女性题材作品得天独厚的优势。这是由她独特的生活经验积累和女性独特的思维方式决定的。我们都知道，只有当自己经历过生活，才能够生动地描绘生活。比如《火凤凰》这篇优秀的作品，其大致内容是女主人公凤以母亲和妻子的双重身份为儿子和丈夫选购衣服，自己的精挑细选虽没能得到想象中的赞美和肯定，但他们最后用不同的方式肯定了她，从而展现了这位家庭主妇前后微妙的心理状态变化。作家能用这么短小的篇幅将复杂的生活表现得如此到位，没有自己丰富的生活积累是不行的。《火凤凰》这篇文章以小见大，反映了当今社会里女性普遍的生存状况。也许是中国千百年来根深蒂固的"相夫教子"观念的影响，在社会的许多地方，女性社会的价值也就被认为是"相夫教子"。女人们希望自己的劳动成果能够得到丈夫或儿子的肯定，也希望自己对他人的感情付出能够获得赞赏。但有时候，结果反而与愿望相差甚远，前后形成的巨大反差自然会引起她们的心理状态变化。而林美兰将这种细微的生活现象经过思维升华为一种生活哲学，既反映了作家厚重的生活底蕴，也体现了女性创作视角的妙处。

第二，作家长期的婚姻家庭生活对作家的创作视角有着重要的影响。林美兰是一位中年女作家，拥有母亲和妻子的双重身份。作为一名妻子，她期待她的婚姻是幸福的，正如她在《明天的痛苦要提前结算吗》中写道："人一生的完美，只是美满婚姻的一部分。而美满婚姻是一道色、香、形、味、美俱佳的大餐，对每个人都有无法抗拒的诱惑力。"[1] 短小而精辟的一句话，显示了她追求婚姻幸福、家庭美满的大智慧。只有经历过种种生活的人，才能如此生动地展示生活。作为一名女作家，作者试图从更多

---

[1] 林美兰：《火凤凰》，内蒙古文化出版社2010年第6版，第181页。

方面关注被认为是社会弱势群体的女性，用自己的笔为妇女的自由和解放奔走呼喊。对作者本身而言，自己也是一名平凡的女性，在婚姻这种生命中最重要的契约关系里，作者代表了广大女性，向社会、丈夫积极谋求自己的平等、自由权利，渴望被社会、被对方尊重，渴望获得身心的真正自由和解放。《红舞鞋》就生动地讲述了一个妻子为了赢得丈夫的欢心，而费尽心思为他制造浪漫的故事。妻子在没有得到丈夫应有的理解和尊重时，穿上了让她眩晕的红舞鞋，在另一个世界里疯狂地展示自己，但她最终还是没有战胜来自现实的诱惑。这篇作品充分展示了女性在婚姻和家庭生活中的心态，是时下许多家庭主妇的真实写照。事实上，婚姻家庭因素还使作者作品闪耀着一种母爱光芒。作者作为一个母亲，很自然地使作品浸染着母性的关怀。毋庸置疑，母爱是世间最美的情感，而洋溢着母性温暖、慈爱感情的文字也最能打动我们。《爱心不是烂苹果》中的"我"是一名医生，面对猝死黑网吧的少年，同样作为母亲的"我"心中涌现起可贵的母爱。尽管这种与生俱来的责任感促使自己尽了最大的努力挽救，但"我"还是没能救活他。本来责任不在"我"的身上，面对社会和死者家属的责难，内心深处的善良和一名母亲的天性，使"我"久久不能心安。作家对这种充满人性和母性关怀的题材的挖掘是相当有深度和力度的。这类闪耀着母怀光辉的微型小说，是作家立足于女性视角，关注生活后对微型小说内容的重大开拓，是十分值得肯定的。

（三）匠心独运的人物塑造

微型小说写人物，通常集中于某类人物，或者集中于某个人物性格、命运的某个方面。微型小说家们通常不对人物的神态作孤立、静止的描写，也不对人物内心活动作具体细腻的描写，而是将人物的神态、心理隐含于对话、动作描写之中。它往往通过某一点来"隐含"一切，在单纯中求丰满，在单纯中见整个风貌，在单纯中求整体意义。

作为一名女性作家，林美兰微型小说的创作并没有陷入一种固定的情感模式，而是站在一个思想高度，给自己的作品中的人物形象注入社会性、时代性、人文性的内涵。作者总是在自己塑造的人物形象中融入主观意识，运用自己的主观能动性对人物形象进行夸张、变形等各种文学化的处理，凸显自己的个性魅力。这表现在以下两个方面。

第一，作家笔下的人物形象许多是倾注了浓厚的现代意识的，作者将奇幻的表现手法与人物塑造相结合，更体现出生活厚度和时代气息的艺术魅力。《时间的彼方》中，李大娘的丈夫和儿子都是为了救村长的独生子遇难的，却没有得到村长一家应有的回报和尊重。在人性善良遭到搁浅的情况下，作者超乎寻常地为村长设置了一部"时光倒流机"，用理想化的方式换回人性缺失的善良。在有限的文字当中，村长这个典型人物形象完成了转变，作家用理想化的大手笔精心点缀，使得人物形象具有鲜明的个性。作家是具有厚重的生活沉淀的，丰富的社会生活经历使作家看似夸张的人物形象塑造能为大部分读者所接受。

第二，作家笔下的作品人物形象塑造是富于批判性、时代性的，表面简单的人物形象刻画，体现的是更深层次的对社会、人物道德的思考和批判。在《我不做套中人》中，主人公"我"凭借着自己官二代的身份，开着宝马车肆无忌惮地穿行于大学校园。并以一句"我爸是公安局长吕旖，我不怕"，向周围人显示了自己的特权。这就是另一个版本的"我爸是李刚"，是作者对当今社会中"官二代""富二代"腐朽生活的批判，也是对某些人人性泯灭、道德沦丧的深刻反思。作者以富有文学批判色彩的笔调，对生活进行了博观约取的艺术概括，在微型小说有限的艺术空间里，展现了无限的艺术内涵。《爱心不是烂苹果》和《圆太空人之梦》中的主人公都是好人，但是不公平的社会生活处境让他们陷入了不应有的生存困境。作者抓住了这个物欲横流世界昧良心的一个缩影，辛辣地讽刺了那些表面上治病救人而暗地里却做伤天害理事情的医生们。同时，揭示了金钱至上的冷漠的社会现实。作者以时代某一个角落为切入点，将人物形象塑造与时代、社会进行深层次的结合，使人物形象塑造得有血有肉。在微型小说这种有限的艺术思维框架下，人物形象得到了很好的扩展。

此外，林美兰的微型小说作品中，还展现了一种呼唤善良、歌颂母性的艺术内涵。《未来将军》中的母亲是一名伟大的革命战士，为了保护抗联战士，在受到对母亲善良天性的折磨时却无奈地杀死了自己的儿子。这样一名合格的母亲，在革命的大局下，我们不能怀疑她作为母亲的善良。正是这种人性中的大爱，使母性的光辉更加闪耀。这个鲜活丰满的人物形象，是作者空间艺术思维延展的必然结果。在严酷的社会现实中，母爱是最温馨的情感，《未来将军》塑造的母亲形象是作者艺术化的文学结晶，也是作者对性善良的呼喊。这体现了在当今社会时代背景下，作者对社会生活的思考，也是微型小说这种文学"微雕艺术"生动的人物形象塑造特点的体现。

（四）魔幻科幻的情节设置

微型小说篇幅短小，人物单纯，情节单一，但它以见微知著的丰富意蕴带给我们独特的文学审美效果。微型小说精巧的情节设置是以较短篇幅承载深刻的文学内涵的基本方法之一，也是体现微型小说独特文学魅力的根本所在。微型小说的情节是较为纯粹的审美意识、情趣重新构筑的有机体，它的设置往往是简明单一的，喜欢通过一个具体事件构成单一情节，在单一中力求精美。在情节组织上追求单纯，一般不做纵向延伸和横向扩展。所以，微型小说的基本审美特征是常常由一个具体事件构成，但同时允许在这个前提下对这一事件进行文学化、个性化的变形，以达到创作目的。

林美兰在对其微型小说的情节设置上是颇费功夫的,其魔幻科幻色彩的情节设置十分具有艺术魅力,既充分把握了文学审美的尺度,又彰显了鲜明的个性特色。

在《与梦同行》中,作者将微型小说中科幻色彩情节的设置艺术发挥得淋漓尽致。作品的主人公通过"梦神"软件进入丈夫的梦境,意图通过控制他的梦境来理解甚至控制他的内心。当主人公在自己丈夫的精神世界里尽情遨游时,"我"发现了丈夫的精神世界是那么的美好,并没有看见我想象中的那些见不得人的勾当。这时,便轮到"我"心生愧意了,"我"意识到这些窥探、监视的无聊行为将会伤害到丈夫,"我"在丈夫被梦惊醒后,知趣地退出了他的梦境。通过这件事,"我"意识到"人的命运并非机遇。幸福是对痛苦的承受和解决呀!"这篇作品有着普遍的现实意义,反映了社会生活中部分追求"幸福"女士的一种微妙心态。作者立足于丰富的生活经验积累,以夸张、想象的手法对社会现实进行了科幻化的处理,在文学情境中追求对社会生活的理解。尽管作者反映的是生活中微不足道的事,但作者以敏锐的文学触觉和细腻的文学笔调,将单一情节的小事完美地变形,达到了理想的艺术效果。又如《火凤凰》中,女主人公凤和男主人公雄的爱情充满了魔幻的色彩。两人从大学时代青梅竹马的恋人到年逾不惑的老夫老妻,其间的感情状态是波澜曲折的。懵懂年少时,爱情可以让雄越过七八米高的阳台去拥抱梦中情人,而且他们之间的生物磁场和辐射波感应也十分强烈。经历累年之后,感情经过积累沉淀,少了些许浪漫,多的是包容和理解。但凤更渴望最初的热情,对丈夫的表面冷漠不甚理解。凤便通过神秘的磁场控制了丈夫和儿子,以获得他们的理解和支持。显然,作者笔下的这一切充满着魔幻色彩,现在还无法变成现实。这种魔幻色彩的情节设置是作者主观思维对客观现实的幻化、夸张、变形,突破了题材的时空限制,给予作者更大的创作空间,使作家艺术才能得到充分发挥,从而为我们提供了微型小说进行创新和艺术空间合理拓展的可能性。当然，林美兰魔幻色彩的微型小说也同样来自生活，是魔幻与现实结合的产物。作品融入了作者的真切体现和生活感受，让读者感到新颖又不虚假，陌生而又亲切，十分具有可读性。在文学大众化趋势下的今天，这种揭示人们精神危机的作品十分具有现实意义。这种非常态叙述的方法，将魔幻、科幻与现实完美结合，引导着我们开拓更广阔的微型小说创作空间，从更多角度创作更多个性鲜明的作品，而林美兰这一创作思路是可借鉴的。

（五）现实与荒诞完美交融的语言

王蒙说过："微型小说到了没有说教的余地，它对生活的感受本身就必须成为艺术。"① 这句话是挺有道理的，微型小说是一种载体小而内涵大的体裁形式。外在形态特征决定了它必须简洁，需要将一切简单、烦琐的描写省去，而又因其内涵丰富，需特别注意含蓄，要于"无字处见出文字，在语言的表达上要费心劳神"②。正如陈果安教授所言，"每一种艺术样式，在它们本体特征的制约下，都有自己独特的，与其他艺术相区别的艺术规范"③。微型小说的篇幅决定了它必须通过简单而富有个性特色的语言展现其说教的魅力，这对作家的写作能力是一个严峻的考验。

林美兰作品的语言艺术魅力和内涵是十分丰富的。其中，她作品中现实与荒诞完美结合的语言十分耐人寻味，充分体现了作家的艺术风格。在中国微型小说界乃至世界华文微型小说界，专注于魔幻、科幻型荒诞微型小说创作的作家是相当少见的。林美兰积极开拓，大胆创新，将微型小说创作写出了自己的味道。这主要体现在以下两个方面。

---

① 陈果安：《现代写作学引论》，中南大学出版社2008年第8版，第238页。
② 同上书，第239页。
③ 同上。

第一，科幻与现实相结合的语言。林美兰创作了不少科幻型的微型小说，她的这类作品最值得称道的地方之一就是科幻与现实结合的语言。微型小说的语言是一种浓缩的艺术，处处烛照生活。同样，林美兰的魔幻科幻型微型小说的语言表达也是立足于生活的。例如《钻石之心》中，描写了华裔女孩静接受了英国女孩凯西移植的心脏后，凯西的丈夫彼得听得懂静的心跳的故事。然后，文中说静与彼得的"女孩出生四个月就能讲一口流利的英语，发音也如凯西一样柔和动听"，这显然是具有科幻色彩的，这也是作者主观想象臆造的语言，寄托了作者对现代器官移植的美好期待。又如，《与梦同行》中有这么一句"最大胆的梦想也是可以实现的"，这是文中主人公通过"梦神"软件进入丈夫梦境后悟出的一句生活哲理。在大胆夸张的科幻想象中，作者对语言的雕琢又不失现实社会的深度，将自己强大的文字驾驭能力与简练的语言表达很好地结合在一起。科幻的世界是荒诞的，作家将夸张、想象等多种艺术手法杂糅于极富现实、时代气息的语言之中，精巧、凝练的语言展现的是科幻与现实完美结合的独特艺术魅力。

第二，魔幻与现实相结合的语言。林美兰并没有步入长篇大论魔幻语言的俗套，而是对微型小说情节进行写实性的语言描述，并采用某些具有魔幻成分的语言加以点缀，使其具有魔幻的色彩。《红蝴蝶》便是这种魔幻与现实结合语言的典范。作品开头以一句"人鬼情未了呵！"就为这篇文章奠定了感情基调。"红蝴蝶"是父母感情的见证，母亲精心呵护的感情，在最后终于赢得了父亲的尊重。父亲不明白"女人为什么一生竟以全部的心思去爱一个男人至死不渝？"这是作者对人世间爱情的赞美，也是自己历经生活后的真情流露。作品将红蝴蝶幻化成母亲，这本身就是一种魔幻的创作手法，而这种创作中的语言描写是经过作家思维加工的，饱含着作家独特的艺术情感。这是对人性善良的理想化陈述，而这种表达方式需要的是包含着魔幻色彩的语言支撑，自然也离不开对现实性语言的突破、创新。只有将魔幻与现实的语言有机地结合起来，才能获得理想的艺术效果。《手随心亦一起飞》中的"玉指皇后"通过努力练就了"人性的眼神"，从而能凭借自己的实力去挑战娱乐圈的潜规则。作品怪诞的语言描写中，蕴含着作者反对娱乐圈潜规则的思考。突破了语言的现实性，融入了魔幻的色彩，使文章获得了趣味性和思想性的有机统一。作者将魔幻的细节合理地运用于作品中，主人公的"人性眼神"既是她在娱乐圈站稳脚跟的根本，又是她试图打破圈内潜规则的秘密武器。与科幻性语言描述一样，魔幻性语言也是现实生活的生动体现，同样需要生活基础支撑的。也就是说，作者魔幻性语言表达也需要立足于现实，在现实客观的基础上进行主观变形，使其能充分展现作家语言荒诞与现实结合的艺术魅力。

总而言之，林美兰微型小说的创作特色是值得肯定的。她是以女性作家的独特视角作为立足点，从自己的社会体验和丰富的社会实践出发，采用魔幻、科幻与现实结合的情节设置，将现实与荒诞完美交融的语言充分运用于微型小说人物形象塑造中，充分展现了魔幻型、科幻型微型小说的艺术魅力。林美兰为中国文坛微型小说的创作树立了一种全新的思维模式。在表现微型小说这种以小见大的特色文体时，她以自己独到的见解，主观能动性的积极发挥，为微型小说的创作注入一种更具有个性化的独特艺术思维，增添了微型小说的艺术魅力。

在鉴赏或者写微型小说的过程中，林美兰的微型小说的许多方面是值得思考和借鉴的。一部好的作品，不仅需要长期大量而丰富的生活积淀，更需要作者自身良好的文学功底和专业的素养支持。如果要写作微型小说，我们必须充分重视它的现实性，积极从生活角度思考，发掘出有益于文学创作的内容。微型小说作为一种全新的艺术形式，有着顽强的艺术生命力，契合了当今文学大众化趋势的要求。对于微型小说的题材、内容、形式等各方面的开拓创新，我们需要博采众长，吸收各家精华，彰显自身特色，在文学传统继承与文学创新发展的这条道路上进行积极的探索和有益的思考。

（杨昌泉　龙钢华）

十九　那些年我们一起经历的情与爱

——侯德云《轻轻地爱你一生》解读

侯德云，笔名耕堂，1966年生，辽宁新金（今普兰店市）人，中共党员，中国作家协会会员、大连市作家协会副主席。1988年毕业于辽宁青年干部学院，现任辽宁省作协理事、辽宁省文联委员、中共辽宁省瓦房店市委宣传部副部长、瓦房店市文联主席。1988年开始发表作品。2005年加入中国作家协会。

在对知识的学习中，侯德云是一位永不疲倦的追求者，是一位在困难与障碍中依然勇往直前的勇士。而在他的作品之中，他更像一位艺术家，用自己的文字展示着文学的魅力，他用文学那只神奇的笔把自己的作品描绘出最为鲜艳的色彩，特别是在他的小小说创作中，呈现出强烈的个性色彩。2002年中国作家协会授予其"中国小小说风云人物榜·小小说星座"荣誉称号。主要作品有小小说集《谁能让我忘记》《手很白》《简单的快乐》《红头老大》《轻轻地爱你一生》，散文随笔集《自己的事情》等。

著名作家阿城先生曾经感叹："我欣赏侯德云，并不是以一种作家的姿态或一种长者的姿态，而是以一个普通读者的身份。"[①] 侯德云的《轻轻

---

① 侯德云：《轻轻地爱你一生》，东方出版社2008年版，封底。

地爱你一生》（东方出版社 2008 年版），是一个中国当代微型小说标志性作家的最新奉献。它向读者展示的是一个现实的世界，一个情感的世界，同时是一个思想的世界。书中所叙的纯真质朴的爱情、亲情、乡情，与现今社会上已经变质腐化的爱情、亲情和乡情进行比较，给人深深的思考。下面分四个部分予以论述。林美兰

（一）爱情：是谁弃了那段朦胧青涩的往昔

爱情是人与人之间的强烈的依恋、亲近、向往以及无私专一并且无所不尽其心的情感。人的一生总会遇到那个令自己为之倾心的人，相思的苦与甜、恋爱的矛盾与浪漫都是一种沁人心脾的温馨。真正的爱情具有"蒲苇韧如丝，磐石无转移"的执着，具有"愿得一人心，白首不相离"的深情，具有"山无棱，天地合，乃敢与君绝"的坚定。《轻轻地爱你一生》展现出来的爱情是乡村那种纯真、朦胧而又在平淡中充满了浪漫、忠诚、相守一生的幸福。《卡秋莎》讲述的是 20 世纪 60 年代，被当作"右派"而进行劳动改造的他在快要承受不住黑暗压抑的时候，遇见了她，听到了她那黄莺般的歌声。顿时，他的心跟着光明的太阳飞起来了，他见到了黎明的曙光，情不自禁地唱和起来。两人的心在这美妙的歌声中相遇了，碰撞了，结合了。他们相濡以沫地走过了漫长的人生。他们的爱情发生在人生的黑暗、低沉之处，是爱的力量让彼此的心不再在黑暗中迷失，这份爱让我们感受到了春天般的温暖。《我和西哈努克亲王》中的爱情也是发生在 20 世纪 60 年代知青下乡的岁月里。那时候，男生和女生都有着严格的界限，不主动说话。虽然，知青们天天说"破四旧"，可脑子里的观念依然很旧。"我"偷偷地喜欢上了宋玉华，却从不敢在任何人面前表露半分，只能默默地关注着她。那种苦恼而又涩甜的滋味一直围绕着我。就在这个时候，西哈努克亲王向"我"伸出了一双温暖的大手，把我从痛苦的旋涡

中拯救出来。我们为了迎接西哈努克亲王，集体在夜里潜行，队伍行进到一片槐树林的时候，宋玉华脚踏空，是"我"帮了她。这一次成为"我"爱情的转折点，两人心中那颗爱情的种子迎来了温暖的阳光，生根发芽，他们的媒人是未谋面的西哈努克亲王。他们的爱情没有轰轰烈烈的掌声，没有娇艳的玫瑰，有的只是两人的矜持、两人的倾心。这种朦胧而又让心微微颤动的爱情是纯真无瑕的，是质朴纯洁的。这是一种心灵的碰撞，让人铭记于心。

车尔尼雪夫斯基曾说过：爱一个人意味着什么呢？这意味着为他的幸福而高兴，为使他能够更幸福而去做需要做的一切，并从这当中得到快乐。这是无私的爱情，是一种从内心深处迸发出的情感。《爷爷的福气》中，奶奶曾经是一个大户人家的小姐，而爷爷只是一个马车夫，是日本人的马车队给爷爷带来了让他一生都难以置信的艳福。在狂乱的逃亡中，爷爷没有丢下娇气的奶奶，带着她东躲西藏，最后一夜一大批人只剩下了爷爷和奶奶。是这个夜晚，让奶奶爱上了爷爷这个勇敢承担起保护她的责任和质朴得为她洗脚的男人。这是他们爱情开花的夜晚，此后的一生，爷爷每晚都会坚持给奶奶洗脚。他们的爱情没有花前月下的浪漫，没有风花雪月的柔情，却自有一股清新脱俗油然而生。我们要的就是这种伟大而又平凡的爱情，有共同的伟岸和高尚，有共鸣的思想和灵魂，扎根于同一块根基上，同甘共苦，冷暖相依。

在《轻轻地爱你一生》中，还有《1960年的甜言蜜语》叔叔与婶婶间一直隐藏的回忆；《金黄色的杏》中马爱长对妻子的维护和妻子对丈夫的崇拜；《大个子知青》中大个子知青和乡村女孩大姐那种甜蜜心动而又不能相守的可惜；等等。他描写的乡村那种唯美的爱情，没有受到物质的腐化，是一种单纯美好的精神恋爱，是一种心与心的交流。他们之间爱情的青涩、纯真令人神往。他们没有山盟海誓、海枯石烂永不变心的承诺；他们也没有梁祝化蝶般的悲壮，更没有风花雪月、浪漫烛光的享受。他们有的只是平平淡淡、细水长流的真情，有的只是相濡以沫、冷暖相依的柔情。

现今社会，市场经济大潮风起云涌，腐蚀了我们流传千古的价值观念，物欲极度膨胀，崇高受到亵渎，理想日益沦落。人的心灵被经济、商品和物欲所挤压，无限的外在欲望使美好的爱情逐渐失去了它的栖息地，甚至在人们的心中失去了存在的理由。爱的美好、爱的温馨不复存在。呈现在我们面前的是理想主义的爱情在现实世俗中的无奈与苍白，以及爱被世俗欲望、金钱和名利驱逐之后支离破碎的惨伤。

在物欲的冲击下，越来越多的女性"宁愿坐在宝马里哭，也不愿骑在自行车上笑"。她们的爱情观受到了物质的污染，变得现实，显得势利。在选择爱情时，首先考虑的是对方的经济实力、名声以及权力地位。很多人不愿相信现实中还有完美纯洁的爱情存在，不愿选择精神上的追求，而宁愿做金钱和权力欲的奴隶。物质时代，物质对爱情的挤压，使爱情失去了永恒性，也难以专一。在这样的年代，如果爱情的理想主义或者完美主义非要让爱情永恒和专一的话，看起来好像是自寻烦恼。我们可以比较一下其他作家笔下的婚姻爱情故事。朵拉的小说给我们展现了一个在物质时代，爱情和婚姻的新鲜感和保质期的短暂，一个以爱情和婚姻为游戏而戏谑人生的悲剧爱情。在《礼物》这篇文章中，骆为民和文娟原本是一对幸福恩爱的夫妻，然而由于外在世界的吸引，爱情失去了原先的浪漫和忠诚，变得空洞而苍白。作为丈夫的骆为民出轨了，虽然每次总会对文娟产生愧疚，而一次又一次的昂贵礼物让他将心中的那份愧疚填平。此篇的戏剧性在于结尾，当有一次骆为民比预期的时间早回到家时，发现妻子竟也不在家。到了半夜，妻子衣着光鲜地回来了，手里也提了一份精美的礼物。这个结局在人意料之外，却发人深思。夫妻双方的不忠，让他们的爱情和婚姻变成了虚有其表的空壳子。他们追求平淡生活之外的刺激和新鲜，使纯真的爱情受到了世俗的污染。

在现今社会里，很多人抵抗不住外在世界的诱惑，放弃了对精神的追求和对爱情的忠诚，用外在的物质来衡量爱情，来弥补在爱情中缺失的道德感。池莉小说中的爱情与婚姻故事形象地将现今社会中存在的真实深刻地反映出来。让读者看到了一个被污染、被抛弃的爱情真实生活。《你以为你是谁》中，宜欣最终离开陆建桥远嫁东洋。虽然在离别之际她仍说"我一辈子只爱你一个"，可终究掩盖不了爱情被她作为人生跳板的实质。从"我一辈子只爱你一个"的苍白无力中不难看出，拒绝承担爱情之重，以致游戏和亵渎爱情，追逐欲望之风已渐有吹皱一江春水之意。张欣的《爱又如何》，"爱不可能是纯粹的"这些沾染着时尚色彩的语调里的人生体会，不过是为自己出于物欲动机的"红杏出墙"行为辩护罢了。① 王海玲的《蜗蜗》和梅毅的《另类感情》，更多地表现了迷失在掘金时代的男人女人们在爱情和金钱之中抉择时的无所顾忌。这些都市男女居无定所，事无定业，为了生存的需要和掘金野心的实现，而匆匆奔波于灯红酒绿的都市中。他们顾不上问一声什么是爱，什么是天长地久，他们追求的仅仅是片刻的享受、此刻的拥有。对他们来说，欲望之场中的及时性体验才是最真实的，爱情在他们眼里已经失去了恒久、纯洁的光环。②

在现实社会中，爱情已经掺杂了太多的利益因素，在很多年轻人的心里，守护着空洞的爱情还不如一次典型的消费来得畅快。女性可以为了金钱嫁入华丽的囚笼，男性可以为了权力、地位抛弃真心相待的女友，爱情在都市男女的眼里已经成为获得成功和享受的手段。

侯德云笔下的爱情故事却殊为难得。爱原本是发自内心、不受物欲左右的真情实感，在《轻轻地爱你一生》中，我们切身感受到了纯恋的单纯

---

① 王晓梦：《九十年代都市小说情爱论》，《山东理工大学学报》（社会科学版）2005 年第 3 期。
② 唐海珍、李国强：《当代大学生亲情观调查研究》，《长沙民政职业技术学院学报》（社会科学版）2006 年第 3 期。

和幸福，那是一种无法比拟的精神享受。到了现今，随着经济的发展，物质欲望左右了人们的选择，让恋爱和婚姻不断向世俗下滑。这不得不引起我们的深思，人只有一辈子，我们追求的幸福到底是什么？难道仅仅是为了名利、地位？或许每一个人对爱情的定义会有所不同，但是不管怎么变化，唯一不变的是，爱本身是纯洁、无私、发乎内心的。我们的选择可以多样，但是我们一定要做一个追求真挚爱情的人。

（二）亲情：是谁盗了那汪溶于百骸的温情

亲情，特指亲人之间的那种特殊的感情，不管对方怎样，也要爱对方，无论对方贫穷或富有，无论健康或疾病，甚至无论善恶。那么亲情是什么？它是一瞬间内心的触动，但又往往是彻底的改变，是一种能改变十个月期望的力量，是一种能忘却使命的神奇，是一种渴望平安的永恒。亲情是什么？它是第一次的付出，但又是永恒的付出，是一种可以感受责任而后却能将责任变成习惯的无私。亲情是什么？它是思念起始，但又没有终点，是一种对家的留恋，一种对团圆的渴望。侯德云《轻轻地爱你一生》中的亲情是艰苦岁月里浇灌我们成长的雨露，是迷失岁月里给予我们信心的叮咛。《童年的白肉片》中爷孙浓浓的温馨在心间荡漾。它所写的是"我"小时候，家里贫穷，一年难得吃到一次肉，只有当村里有人结婚的时候才能吃到香喷喷的肉片，于是喜事成了"我"每天的期盼。但是办喜事的时候也只有每户人家一块肉片，爷爷在村里的辈分高，谁家办喜事都早早地来请他，提前两三天就打招呼了。爷爷每次去喝喜酒，就是"我"最开心的时候，每次都会跑到半路去迎接爷爷，爷爷看见"我"，总是笑眯眯的把"我"抱起来，用他那长满胡茬的大嘴狠狠地亲"我"一下，那一瞬间"我"的嘴里就会突然被塞进一块软绵绵的、香喷喷的好东西。这一块小小的白肉片是"我"童年记忆深处的快乐，它包含着爷爷对"我"浓浓的爱。这是一种质朴的亲情，是一份让人感到亲切而又刻骨铭心的记忆。《谁能让我忘记》是一首爱的歌曲，让人感受到了冬日阳光的温暖。"我"考上了大学，作为村里唯一的大学生，这让父亲和母亲感受到了前所未有的开心。"父亲怔怔地看着我，那不是一般的看，是发狠的用目光在拧""母亲撩起衣襟擦擦眼"，然而现实的残酷让沉浸在喜悦中的父母清醒过来。父亲带着"我"上集市卖西瓜，烈日炎炎，父亲的嘴干得开裂了都不舍得吃一口西瓜，却给"我"递了一个小西瓜，"我"嫌弃西瓜的瘦小，吃得很潦草，父亲捡起"我"吃剩的西瓜，像刨子一样刨那些剩下的瓜瓢。那些天，母亲像换了一个人一样，喜欢盯着鸡屁股看，不光看，还经常去抠，抠得一丝不苟。这个故事中两个小小的片段却蕴含了比山还高、比海还深的爱。虽然生活在贫穷的家庭里，"我"依然很快乐，是父母的爱让"我"感受到了家的温暖，是父母的爱让"我"学会了感恩。质朴、单纯、无私的爱于我们每一个人来说都是一笔无法比拟的财富。《16 枚硬币》中，是母亲善意的谎言让残疾的牛二成了村里最幸福的人。牛二天生瘸腿，在学校总是被人嘲笑，但是牛二始终坚信母亲曾说自己是一个有志气的孩子，也是一个有福气的孩子。乡里有个习俗，过年要吃饺子，饺子里总要包上一两枚硬币，谁吃到了，就预示着谁是一个有福气的孩子。牛二从 8 岁那年开始，每年都会吃到硬币，于是牛二一直坚信自己是有志气也是有福气的孩子。直到 25 岁那年，才发现了一个秘密，原来每年是母亲给饺子做了记号，原来是母亲在善意地对他撒谎，那一年，吃饺子的时候，牛二的心中充满了感激，眼圈一直是红红的。是母亲善意的谎言伴随着牛二走过了黑色的童年，是母亲善意的谎言激起了牛二的斗志和改变命运的决心，是母亲善意的谎言让他成了村里最有福气的人。

亲情是所有情感中最伟大、最无私的爱。《谁能注视我一生》中是母亲包容的爱让我一辈子都活在母亲关怀的视线里；《回家》中，是爸爸默默无声的爱，让"我"从一个不谙世事的小孩慢慢长大；《水知道答案》中是爸爸妈妈"欺骗"的爱，让"我"长大成才。《轻轻地爱你一生》中这些描写亲情的作品，让我们感受到了亲情的温暖，感受到了爱的力量的伟大。亲情是一种不用说出口却总能让我们感受到的温馨，是一杯芳香一生慢慢沁人心脾的美酒。《轻轻地爱你一生》是那股能融于百骸的温情感染着我们，让我们感受到了人间的真情。

近年来，由于多方面的原因，当代人的亲情观呈现出受功利性和个人主义影响的消极方面。很多年轻人，他们生长在一个家庭条件优越的环境中，在家庭中往往处于核心地位，受到两代人的溺爱，其自我意识突出。实用主义、享乐主义、个人主义在他们身上滋长，导致亲情价值取向上日益功利。[①] 物质需求日趋强烈，超过了对精神的需求，他们对国家、集体、家庭的责任感淡化了，对父母的感恩之心也在个人主义占据上风中慢慢地淡化。很多年轻人，只有当他们缺钱时才会想到父母，才会主动与父母联系。甚至很多年轻人因家庭条件困难而对父母心生怨恨。有些学生因父母职业普通或者在他们看来属于低下而不愿在同学面前谈起自己的父母，以有这样的父母为耻。他们的自我虚荣心极度膨胀，已完全掩盖了至高无上的亲情。这是何其淡薄的亲情观念，在他们眼里，亲情已经成了一个可有可无的代名词。

亲情代沟，是随着时代大发展、城乡大进化而形成的一个社会问题。随着时代经济的发展，城市化不断扩大，作为新一代的"儿女"为了生活而普遍搬往城市，随着多年的漂泊，渐渐地融入了城市之中。所谓大学生、农民工和白领已经占据了城市人口的大部分，这其中很多人来自乡

---

① 唐海珍、李国强：《当代大学生亲情观调查研究》，《长沙民政职业技术学院学报》（社会科学版）2006年第3期。

镇。大多是童年时代在县镇成长，成年后，开始到城市谋生，并且多年后已经融入城市，渐渐远离乡土，同时无法再回到乡村生活。而作为留守一辈的"父母"，他们与繁华的城市有着无法融入其中的抵触心态。于是，在"儿女"和"父母"两极的不断对抗和远离过程中，因为距离、分离原因而渐渐形成不同的跨度。在时间和空间的长期作用下，渐渐地出现了普遍性的亲情、人情不断淡化的社会问题，造成了一种严重的传统道德的滑坡。亲情代沟让越来越多的家庭失去了和睦，让社会越来越趋向于个体化。

人人都说儿女是父母手心里的宝，然而，在现今社会中出现了一种令人发指的犯罪现象。卖儿鬻女、杀儿害女的现象在社会中层出不穷。儿女成了父母赚钱的工具，成了父母的怨恨根源。在一些偏远乡村，父母的亲情意识和责任意识淡薄，为了生存，为了获得利益，儿女成了赚钱的工具。通过卖儿鬻女来赚取家庭收入、改善家庭环境，这在一些偏远乡村成了一种普遍的现象。更让人难以理解和接受的是，有些父母因各种原因亲手杀害自己的亲生儿女，这是一种令人难以想象的恐怖情形。例如，因女儿和堂兄相恋，母亲痛下杀手，将灭鼠药放入女儿家的糖罐，致使女儿一家三口中毒；一女孩因偷吃禁果意外怀孕，无钱堕胎，生下小孩后，残忍地将其勒死，投入垃圾桶；更令人心痛的是，一位母亲将自己8岁的女儿杀害后，纵火焚尸，警方拘捕时她甚至还未意识到自己丧尽天良，还在想着如何替自己辩解。这些存在于现今社会的真实事件，让我们看到了人性的丑陋面，更看到了亲情淡薄的普遍性。无论是卖儿鬻女还是杀儿害女，都阐述了一种亲情不亲的现实，它们共同为我们敞开了亲人关系的另外一种我们始终不愿相信、始终回避的"亲情犯罪"。在特定的环境中，习俗亲情规范下的自我谴责、自我归罪与贫困生命体验中自我丧失、自我怀疑，使得无所依凭的母亲们一步步滑向了仇恨，最终在这种被动的挣扎中形成了一个个具体的母亲或晦暗或惨烈的人格图景。

（三）乡邻之情：是谁浊了那份真挚无瑕的纯色

从古至今，在中国就流传着一句俗语"远亲不如近邻"。邻里之情是我们生活在集体中必不可少的情感，友好、和睦的邻里之情会让我们感受到人间的爱，会让我们的生活变得更加幸福。"一方有难，八方支援"，这是中国的传统美德。《轻轻地爱你一生》中，折射出的那份真挚无瑕的乡邻之情让我们感受到了农村那份质朴的友爱之心。《泉水的歌唱》讲述的是一个发生在一个名叫"一滴泉"村的故事。村里出了唯一的大学生，这给村里带来了无与伦比的喜悦。在这个极度缺水的小山村，村民为了奖励"我"考上大学，经过协商，一致决定让"我""奢侈"一次，享受从未有人享受过的待遇：用一滴泉的泉水痛痛快快地洗个澡。这个仪式在村里的老槐树下举行，由妇女主任执行，当泉水浇到"我"身上的时候，"我"无声地哭了，仪式结束的时候，全村的女人都哭了。这个故事中透露出的质朴无私、无声的乡情，让我们感受到了阳光般的温暖。《20颗水果糖》写同乡的小姑娘为了积攒学费而日夜劳作，为了帮助她，"我"决定尽我的能力赞助她，给她一笔钱，但是勤劳善良的她拒绝了。"叔叔，人生还长着呢，我必须学会自己挣钱才行。"一句简短的话语，显示了她质朴、坚强的性格。为了鼓励她，"我"送给他20颗水果糖。两年后，收到她的来信："叔叔，从那时起，我过的每一天，都很甜很甜。"[①] 一份简单的礼物，一次举手之劳的帮助，能给他人带来巨大的勇气和信心。《想不想听听我的忧伤》中，修鞋匠老宋为了帮助那些想要轻生的人有重新活下去的勇气，他特意搬到桥头上。每次看到那些形单影只、面色凄惨的人，他就会拉住人家，让人家听他编的关于自己的故事。对方听完后，结果只有一个——老宋的忧伤才是真正的忧伤，让轻生的人发觉自己的幸运，便有了

[①] 侯德云：《轻轻地爱你一生》，东方出版社2008年版，第17—18页。

活下去的勇气。老宋用这个办法救了很多想要轻生的人，他用自己的毅力和诚信打动着每一个人。《轻轻地爱你一生》中，是那份质朴无瑕的乡情温暖着我们，让我们看到了人与人之间的爱，人与人之间的互帮互助。《我们村里的大头宝》中，村民用浓浓的关爱之心照顾着傻气的大头宝；《怀念少女小红》中，是老罗用无微不至的关怀让处在痛苦中的老乔安然度过失去女儿的那个每年都会"凌迟"心灵的伤心日。这一系列作品用真诚打动着我们，感染着我们，也在教育着我们。

近年来，随着越来越多的居民从大院乔迁到鳞次栉比的单元楼，"远亲不如近邻"的千年古训似乎不那么灵验了。随着我国城市住宅楼房化、厅居化，住宅空间大了，环境改变了，生活方便了，可人与人之间的关系反而疏远了，邻里之情也淡漠了。单元楼各户之间奉行"各家自扫门前雪，不管他人瓦上霜"的新时代准则，互不来往。[①] 一栋单元楼里最容易闹矛盾的是上下楼之间，平日里，楼上的住户将纸屑、烟头、果皮之类的随手扔出窗外，弄得楼下就像个垃圾场。有时冷不防泼些脏水"飞流直下三千尺"，更说不准何时下水道堵塞，水龙头忘记拧。这些现象使得邻里之间的关系越来越恶化。邻里之间各户是陌生的关系，互相帮助的现象消失了，生活中因这些冷漠的邻里关系造成了很多本可避免的悲剧。由于邻里之间的互不认识，让小偷有机可乘，大白天冒称亲戚，堂而皇之地入室偷窃；当邻里听到有人呼喊抓小偷时，各家奉行"事不关己，高高挂起"的原则，让小偷越来越猖狂。更有悲剧的事件是：单元楼里因为各户之间互不来往，有老人猝死家中数月甚至数年无人发现。2005 年，一位老人病死家中 2 年无人知晓，被发现时，已经成了一堆白骨；2008 年，一位空巢老人死在家中，尸体腐化恶臭、无人过问；2010 年，六旬老人死在家中 7

[①] 何菁：《单元楼为何冷了邻里情》，《山东理工大学学报》（社会科学版）2008 年第 4 期。

年无人知晓，发现时已成白骨……①这样的悲剧事件在现今社会里层出不穷，这是单元楼邻里关系淡漠的悲剧后果。如果邻里之间能多一份关心，多一份帮助，这样的事件就不会如此频繁地发生在我们的身边。

如今"邻里纠纷"也是一种普遍的现象。所谓"邻里纠纷"不是空间性和物理性的地域概念，而是以熟人社会为情理基础，以特殊防预为刑罚目的，以直接关联性为教义学特征的法律概念。很多邻里之间因一些生活琐事而引发矛盾，甚至引发悲剧。例如，一些农村地区，存在很多游手好闲、不务正业甚至好勇斗狠者。一开始，只是普遍的口角纠纷，其中一人找来亲友中的"能人"出面来为自己撑腰出气，于是该亲友到现场压制对方，最终争吵升级到斗殴，在厮打过程中矛盾激发，引起犯罪。这原本是一件可以和平解决的口角纠纷，却由于双方的互不相让而酿成悲剧。邻里之间本应该和睦、友好、互帮互助，却随着社会经济的大发展，物质精神的极度膨胀，很多人因私人利益，不顾及乡邻之间的情谊，大打出手，最终导致可避免的悲剧。物质享受主义的突起，使人们的价值观发生了变化，导致乡邻之间失去了原先那份纯真无瑕的乡情。2009 年 5 月 16 日，云南巧家县村民李昌奎奸杀同村 19 岁少女后又杀死 3 岁孩童。这一令人发指的悲剧，让人看到了现在社会中乡情观的扭曲，让人不得不深思。

两种截然不同的乡情，两种截然不同的结果，这不得不引起我们的关注和思考。《轻轻地爱你一生》中真挚无瑕的乡情让我们感受到了人间的温暖，感受到了人间真情的存在。然而，现实社会由于物欲的冲击，人与人之间夹杂了太多的功利因素，淡漠无爱的乡邻关系让我们感受到的只是刺骨的冰冷、利益的羁绊。这种冷淡的乡邻之情让我们迫切向往着昔日纯朴乡情的回归。

---

① 张芊：《孤寡老人猝死家中，无人知晓》，《重庆时报》2005 年 6 月 21 日。

（四）那些"情"引发的人性思考

人的属性包括自然属性和社会属性，人的自然属性是人作为动物的基本属性，是人的低级属性。人的社会属性是指人面临的各种社会关系及其能动性活动。在人与人的交往中，社会属性占据主导地位。《轻轻地爱你一生》中无论是纯洁的爱情、无私的亲情还是真挚的乡情，都是由于人性表现出的社会属性决定的。然而，20世纪90年代以后，伴随着知识经济的出现和市场经济的到来，整个社会的物质生产基础正在发生着极其深刻的变化，在整个世界都在感受科技进步、物质享受的同时，人性也在发生着潜移默化的变化。社会发展的物质倾向，导致人的自我异化，让人们错误地认识到：自身才是发展的终极目的。这种个人利益至上的极端个人主义使人对待生活、对待他人的态度发生了翻天覆地的变化。

理性的两性之爱，在恩格斯看来应该是"除了相互爱慕之外，就再也不会有别的动机了"。这也是告诉我们，爱是爱情的本源，但人类在社会的演变和发展过程中，总是不断地赋予爱情各种各样的动机，以致相爱的本源反倒离我们越来越远。在经济全球化、物质享乐主义盛行的今天，主宰当下城市生活的是一种充满金钱和欲望的消费文化。很多年轻人用自己的躯体和心灵的欲望腐蚀着我们曾经以为崇高和传统的价值观念。爱情观在这种物质文化的冲击下，失去了它本身的纯洁和浪漫色彩，爱情变得世俗，变成了人们满足私欲的工具。他们把爱情当成了可消费的东西摆在了这个崇尚消费和媚俗的时代的时尚前沿。现代很多人的爱情观，在欲望对道德的冲击和颠覆中，展现出一派情爱狂欢的景象。当下都市爱情的危机其实也是价值取向的危机。应该如何在世俗的挣扎和迷失中找寻丢失的爱情，来提升人的自身的精神高度的力量，重新唤醒人们心中那份朦胧、纯真的爱情，这是我们每一个人都无法漠视的问题。

随着经济的全面发展，社会贫富差距的日益拉大，它由一种积极的刺激因素演变成了一种滞后的消极因素。贫富差距过大会在很大程度上扰乱人们的内心平静，引发人的心理失衡，导致一系列社会关系的变化，包括家庭关系的变化，从而造成亲情和乡情的日益淡漠甚至犯罪现象。亲情的付出夹杂了物质的欲望，在社会上流行一种"认干爹，认干妈"的不良风气，是金钱、权利和地位左右了人们的亲情观，物质条件成了衡量的标准。快节奏的生活、自私的本能，导致人与人之间不能相互理解、相互帮助，往往为了满足自己的欲望，争权夺利、互相欺骗。亲人间为了争夺家产大打出手，六亲不认；为了过自己的安逸日子，推脱责任，弃养父母。此种现象在社会上层出不穷，刮起了一阵不良之风，这是亲情观向物欲世俗下滑的结果。"五十六支民族，五十六朵花，五十六个兄弟姐妹是一家"这首唱响中华大地的《爱我中华》唱出了人们心中的美好愿望：人希望生活在友爱、互帮互助的和谐社会。然而，社会上存在一种老人倒地无人扶，在寒风中绝望死去的现象。造成这种现象的原因在于好心人帮助了受难者却被误解、被冤枉，被其家属要求赔偿。正是这种不通人情、只为利益的观念才使得人与人之间的关系更加淡薄，人性的自私慢慢地凸显出来甚至占据上风。

《轻轻地爱你一生》是侯德云反映现实世界、情感世界、思想世界的一部代表作。它让人看到了人性的光辉处。朦胧、纯洁的爱情，无私奉献的亲情以及真挚、互帮互助的乡情都让我们从中感受到了爱的伟大。而现实生活中，物质经济的快速发展、生活的快节奏、自私本能的凸显使得人性的道德下滑；为了追求物欲的满足，个人主义极度膨胀。这两种截然不同的人性，让我们不得不对现存的种种不良现象探求其深层次的根源。

（刘丹　龙钢华）

二十　真善美的赞歌

——侯发山微型小说集《爱的礼物》浅析

侯发山，男，1966 年 2 月出生于河南省巩义市东南偏僻山区，80 年代中期进入河南中孚铝业公司当工人。现为河南省作家协会会员、巩义市作家协会秘书长，是巩义市专业技术拔尖人才。在巩义市业余文艺创作队伍中，在微型小说创作方面，侯发山是锲而不舍的坚持者和脱颖而出的佼佼者。从事创作以来，他相继在报刊发表微型小说 600 余篇，有 120 多篇被《读者》《小小说选刊》《微型小说选刊》等刊物转载，有 60 余篇被收入《中国小小说 300 篇》《最值得珍藏的小小说选》《中国当代小小说排行榜》等多种选本，其中《手机》《心锁》分别于 2006 年和 2007 年获全国微型小说评选一等奖，数篇改编成电视短剧，搬上荧幕。出版微型小说集《不灭的灯》《爱的礼物》等 5 部，多部作品获"五个一工程奖"。其中，微型小说集《不灭的灯》荣获 2009 年"冰心儿童图书奖"。

侯发山是业余创作者，由于在一家企业上班，他只能利用业余的时间进行自己钟情的创作。这也是他之所以选择微型小说这种体裁进行创作的重要原因。微型小说短小精悍，只要构思成熟，写一篇微型小说用的时间少，满足了他用业余时间进行写作的需要。侯发山曾说，他把写作当成一种爱好。生活中能坚持自己爱好的人很少，而能把爱好当成是一个伟大的事业去辛勤耕耘的人，则是少之又少。他二十几年的努力实践，是付出了常人想象不到的艰辛的。作为一个业余创作者，侯发山用他那大山赋予的淳厚质朴的性格，坚韧不拔的刻苦精神和毅力与山花、山岚和山景赋予的灵性创造出来的微型小说，在文坛上很有口碑。

中国作家协会会员秦德龙认为："作家分成两类，一类是贴着地面行走的作家，一类是在空中飞翔的作家。侯发山属于前者。"[1] 侯发山的作品之所以能让人产生真实自然之感，能让我们热泪盈眶，能让我们深有感触，这与作家"平民的视角"与"接地气"的创作是分不开的。正如山东省作家马新亭所说："侯发山的乡土小小说，感觉离我们很近，描写的是刚发生或者说是正在发生着的事情，是二十一世纪乡里新事。"[2] 熟知侯发山的编辑冯辉说："侯发山是一位从农村中走出来的工人，一位从工人中走出来的作家。"[3] 正是这样的一位作家，让我们在他的作品里看到了虽然土味十足，但为我们熟悉的人物称呼与他们的乡里新事。这些乡里新事，有着奇妙的力量，能让你恍然大悟，能让你义愤填膺，能让你余味未了，也能在不动声色中让你感动得落泪。秦德龙说："对于真善美的追求，是人类的天性。"[4] 侯发山的作品，字里行间透露出来的真、善、美或许就是这奇妙力量的来源。

《爱的礼物》是侯发山优秀微型小说的集合，由吉林出版集团有限公司在2010年5月第一次印刷出版。对侯发山的微型小说集《爱的礼物》进行探讨，我们就会发现无论是小说故事的选材内容上、主题的表现和写作手法都突出了三个要素，即真、善、美。而《爱的礼物》就是真善美的颂歌。下面从选才内容、主题和写作手法三方面予以论述。

（一）选材内容——生活中的"正能量"

侯发山微型小说集《爱的礼物》是以书中一篇代表作《爱的礼物》为书名的，这书名不仅具有诗意的美感，也涵盖了书中作品的内涵。《爱的

---

[1] 秦德龙：《侯发山的小小说》，《郑州日报》2013年11月7日。
[2] 侯发山：《爱的礼物》，吉林出版集团有限责任公司2010年版，第186页。
[3] 同上书，第175页。
[4] 秦德龙：《侯发山的小小说》，《郑州日报》2013年11月7日。

礼物》选材内容多样，有取材于城市生活的哲理小故事，取材于乡里的新事，取材于新旧生活的对照，还有取材于人与动物的故事。但是让人印象最深刻的是其中的城市生活哲理小故事和乡村小故事。城市生活哲理小故事，深刻揭示了现代社会为大多数人所忽略的人生哲理；乡里新事，塑造了淳朴善良令人感动的人物。无论是哪一类，侯发山总是能在众多相同题材的作品中，塑造不一样的人物，能在写同类型人物中，以自己独到的眼光找到别致的故事。侯发山选材极严，对生活中的小故事挖掘很深，设计的故事情节既不落俗套，也不造作。他的微型小说，总是用真实而微妙的细节打动你，用令人若有所思的哲理征服你，用让人意犹未尽的结尾虏获你。于是在品读《爱的礼物》时，人们总能被它的开头所吸引，对它的结尾感到始料未及，而最重要的是，是被它的故事内容所震撼，对它的人物留下深刻的印象。在侯发山精短的语言文字中，我们感受到生活中的正能量，体会到生活中的真、善、美。下面对两种故事分别论述。

1. 城市生活哲理小故事

身处城市生活，在现代社会这个大染缸里，我们经常随波逐流，越行越远。侯发山取材于城市生活的哲理小故事就是把越行越远的你，拉回"正轨"。它们能领你走进"思考"的丛林，在拨开一层又一层让人迷惑的迷雾后，让你看到一道道豁然开朗的风景。由于作者选材贴近生活，读来极易引起共鸣，让人读来总有收获。在《红灯停，绿灯行》中，作者围绕着"过马路"，向我们诉说了主人公"峰"对"闯红灯"的不同选择，但是无论他选择闯红灯或是不闯红灯，结果都不如他意。他爱着的女生都与他分手了，分手的原因让他对自己选择的能力都产生了怀疑，最后当他按着规则"红灯停，绿灯行"时，他才找到了自己的真爱。作者意欲通过这个小故事来告诉众人：生活中的我们无论做什么选择，都不要想太多，按着规则来，好的结果便顺其自然地到来。在《白忙活》中，主人公小米与美国小伙子威廉相爱了，为博取未来婆婆的欢心，她充实自己，刻苦学习计算机、工商管理等热门专业知识。她勤奋向上，很快便如她所愿获得各种证书，欢天喜地地去见威廉的母亲。意想不到的是，未来婆婆感兴趣的是针灸、中国画、太极拳等的中国传统艺术，让一心一意提高自己现代化才能而忘了自己是一个中国媳妇的小米答不上一句话。作者通过这个故事为我们中华儿女敲响了警钟，我们不应该忘记自己的本心，我们要与时俱进，学习各种现代专业知识，同时要继承发展、学习传统先进文化。在《爱情不关机》中，喜欢主人公晓梅的对象很多，但晓梅并不是找了"有文化，有教养，长得也还可以"的科长，也不是找了事业有成、一表人才、风趣幽默的"表弟"，而是一个"出身寒门，没职没权也没钱，并且长相困难"的小伙子。原因就是只有这个小伙子想办法让晓梅的手机重新开机。作者通过这个小故事告诉我们：在爱情里面，"心"才是最重要的，并不是所谓的"硬件设施"。

侯发山的取材于城市生活的哲理小故事，让我们读来感悟良多，是教我们明理，也是教我们做人。《红灯停，绿灯行》是很成功的一篇微型小说，在笔者对侯发山还不了解的初中年代，语文老师便用这个故事来教育我们：社会越发展，诱惑越多，人生的选择也越多，很多人会后悔自己当初的选择，但是往往有时候错的并不是你的选择本身，而是你对自己选择的能力产生了怀疑。这个故事让人记忆深刻，并不是因为它戏剧性的情节，而是它阐明的哲理，是在生活中容易被我们忽视的真理。对于只专注于考取证书，为以后就业铺路的大学生来说，在读到《白忙活》时，应该受到震撼，不要一味地"白忙活"，不要成为没有内涵、不停运算的计算机。而《爱情不关机》能让我们在当今金钱至上、物欲熏心的社会感受到脱离"硬件设施"的真心、真情的存在。现代生活中，有人曾说"宁愿在宝马车里哭，也不要在自行车上笑，"《爱情不关机》是对这句话最好的反驳，因为在小说中最后获得爱情的"出身寒门，没职没权也没钱，并且长相困难"的那个小伙子就是作者本人,而他拥有一个幸福的家庭。

侯发山的微型小说教我们明理,不是苦口婆心地给我们讲一大堆道理,而是用贴近生活甚至真实事例改编的小故事让我们悟理,这就是侯发山关于哲理小故事的微型小说取得成功的重要原因。真实、自然、不造作是侯发山微型小说取材的一大特色,这在《爱的礼物》中体现得淋漓尽致。例如,《偶像》《西瓜皮和西瓜瓤》《一份特殊的合同》等都是以"真"取胜的。

2. 乡里新事

侯发山擅长写乡土题材,他的乡土微型小说感觉离我们很近,描写的是刚发生或者说正在发生着的事情,是 21 世纪的乡里新事。由于作者取材于乡村生活,他描绘的乡村画面,混有青草泥土的香味,简单、自然。他塑造的人物,具有浓厚的乡土气息,性格善良淳朴。在《欺骗》中,八床病人得了恶性肿瘤。在得知丈夫的病情后,农村大嫂担心丈夫因为得了绝症吃不下饭,睡不好觉,怕他伤了身体,便恳求医生"欺骗"自己的丈夫,说他得的是良性肿瘤,只要动个小手术,便能痊愈。而她的丈夫在得知自己的病情后,因为担心自己的妻子过于伤心,也恳求医生"欺骗"自己的妻子,说他得的是良性肿瘤,只要动个小手术,便能痊愈。同是"欺骗",他们的初衷却不谋而合。在侯发山的笔下,虽然没有去过分雕饰这对农村夫妻之间的爱情,却从一个"欺骗",把这对农村夫妻之间相濡以沫的感情展现在我们面前,让我们为之感动。比起"夫妻本是同林鸟,大难临头各自飞",人性的善、人性的光辉在这对农村夫妇的"欺骗"中表现得令人感动。《欺骗》表现的是乡村爱情,《爱的礼物》表现的便是乡村亲情。在《爱的礼物》中,海子作为品学兼优的初中生,分到了由成功人士提供的礼物——一个文具盒,但海子心疼自己的母亲在冬天干活受冷,便央求在代售点的员工,用他的文具盒换一条围巾,并担心母亲不肯收下，而用好心人的名义寄到自己家，送给自己的娘。当母亲收到这条围巾时，却用它在代售点换回一个文具盒，并作为礼物奖励成绩在期末考试中名列前茅的海子，而这个文具盒便是海子当初拿去换围巾的文具盒。文具盒经过两次交换还是回到海子的手上。孩子对于娘的心疼和关心，与娘对孩子的爱护和关爱跃然纸上，在不动声色中感人至深。在我们现实生活中，特别是在大城市，家长和孩子总有很多的争吵与矛盾，有多少人不能感受到父母亲的用心良苦，又有多少的父母亲在繁忙的工作中忘记了照顾关爱自己的小孩？这篇微型小说，在我们感动之余，也同样给我们启示。

侯发山取材于乡村的微型小说很广泛，除了有乡村爱情、乡村亲情，还有乡里感情，在《卖不出去的羊》中，笔者深刻地领悟到了。《卖不出去的羊》写的是老贵的女儿考上大学了，这让家境一贫如洗又欠了许多外债的老贵感到苦恼，因为他实在想不出到哪里去凑钱给他的女儿交9000块的学费。无奈之下，只好决定把负载着全家希望的一头波尔山羊卖出去。村里人知道老贵要卖羊的消息后，都纷纷到老贵家买羊，但他们都付了买羊的钱，却不要羊，都送回了老贵。老贵的羊被村里的老少爷们"买"了30几次，最后都没有卖出去，但是老贵凑足了梅花上大学的学费。侯发山让我们体会到，虽然乡下的日子过得比较苦，但是乡下人总是那么淳朴善良，他们的日子也许并不富裕，但是知道别人家的难处后，都尽力帮忙。这与我们现在讲求的"说到钱的问题，兄弟也没有情分可讲"的现实社会相对比，有浓厚人情关怀、邻里互相体谅帮忙的乡下地方，无疑是天堂，是一个充满善意与爱的天堂。

侯发山写这些乡里故事的年代，很多人一想到乡村，就会联想到贫困、落后，乡下人固执、野蛮、不讲道理、思想跟不上潮流。虽说到了21世纪，随着国家建设社会主义新农村的号召，我们的乡村的确富裕起来了，但是有很多人对乡村还是有偏见。而侯发山的乡里故事，让这些"偏见"失去了扎根的土壤。侯发山，作为一个乡里人，他用独特的视角，把真实的乡村生活、乡下人描绘出来，刻画了一个个有血有肉人物，写出了感人至深的乡村故事，让人们心中关于乡村"偏见"的墙轰然倒塌。他的成功之处，是不仅塑造了地道、淳朴的乡里人物，还从不同的方面向读者诉说了发生在这些人物身上令我们感动的故事，人性的善往往最动人心弦。侯发山让我们体会到的，是尽管当今社会有很多阴暗面，但是爱的力量、向上的力量，仍然像阳光一样照耀在大部分土地上，总有一天会覆盖到这些阴暗面。

（二）主题——真善美的颂歌

微型小说集《爱的礼物》是一本充满正能量的书，作品从生活的不同方面取材，立意、架构扬善贬恶，讽贪刺虐，尤其是弘扬了人性的纯真、善良和美丽。下面分别予以论述。

1. 纯真

说到"纯真"，我们总能想到小孩子的天真，他们的不谙世事，让他们有蓝天般澄净的心灵，他们简单、勇敢、善良，就像是生活中的天使。但是在侯发山的笔下，人性的纯真并不表现在小孩子的天真善良，而是乡里人淳朴勇敢的真性情。微型小说《手机》写的是，在回乡的客车上，乘客当中，有穿着时髦的青年小伙，有红光满面大腹便便的秃顶男人，有打扮新潮的时髦女郎，有抱着书包的中学生，还有蓬头垢面胡子拉碴的乡下汉子。可是，当青春靓丽的姑娘被光头青年猥亵发出大声求助时，这些穿着光鲜亮丽的城里人都装睡着，无人向她伸出援手。只有那位土里土气、蓬头垢面的乡下汉子勇敢地站了出来，尽管被用刀威胁，拳打脚踢，还是没有退缩，以致最后被捅了一刀，流血过多而死亡。人性的纯真经常和善良放在一起，所谓"人之初，性本善"，人性的纯真善良，容易随着见识的增长，被五光十色、庸俗腐败的社会所改变，变得庸俗怕事、自私自利。《手机》中的城里人便是这类人的代表，也许他们在生活的奔波中丢失了这样的一份"纯真"，在看到乡下汉子用生命在帮助受害的靓丽姑娘时，他们受到震撼，让他们原有的纯真拨开厚重的尘埃，重新发出光芒，齐心合力制服了两个猥亵女孩的男子。侯发山以这样一位土气十足的乡下汉子为代表，把未被污染的淳朴勇敢的乡下人带到我们面前，让我们感动的同时，开始试着去找回这样的纯真性情。

生活中有很多类似的现象，老人家摔倒了，很多人不敢扶，不是他们并不善良了，不想去扶，而是害怕如果扶起而被诬陷，那就是跳进黄河也洗不清了；可怜的残疾人士街边乞讨，很多人并没有伸出援手，并不是他们不同情，而是害怕这又是一个骗局。所见所闻多了，把现在人原有的纯真都密封起来，他们很多时候不能随心，怕因此而受到伤害。侯发山的《手机》就用这样一个类似的事件，解开了我们心中的结：只有人人都保有这样的一份纯真，众志成城，才会少一点伤害。

2. 善良

我们经常把"好人"当作善良之人。但是这个"好"该如何定义，我们却很难道明。侯发山的《爱的礼物》把善良用文字描写出来。善良在《爱的礼物》里，是乐于助人的善心善行，是信守承诺的坚持，是不乘人之危而雪中送炭的行为，是为他人着想的"己所不欲，勿施于人"。

在《方丈全明》中，全明是个循规蹈矩的和尚，他作为方丈，严守寺中规矩，严禁香客们在寺庙中喧哗打闹，以免亵渎神明。他对佛有很虔诚的信仰，在遵照寺庙规矩中得罪了不少人。可是，在一场大地震中，由于镇妇幼保健院的房子岌岌可危，只能请求方丈全明，把孕妇转移到震后平安无事的寺庙内。寺庙内的和尚都反对，因为寺庙是佛家清净之地，如果产妇在寺庙生产则是亵渎神灵。唯独方丈全明义无反顾地同意把孕妇迅速转移进庙，并帮忙产妇生产，甚至在发现寺庙内容纳不进后来送到的孕妇时，全明做出把大雄宝殿的佛像移出寺庙的决定，让孕妇住进庙里。一个有信仰又严守规矩的方丈，就连计生干部亲自出马，请求他同意让两个计划外生产的孕妇进寺庙生产并给他1万块钱的"两全其美"的事，他都拒绝了，却冒着触犯佛祖的危险，把地震后无处可去的孕妇安排到寺内生产。面对同样性质的事情——为孕妇的生产提供场所，方丈全明的不同的态度和做法，凸显了全明慈悲为怀、普度众生的善良。这是侯发山笔下的善良。

在《爱的礼物》里，善良的人物，让我们印象深刻的，除了方丈全明，还有感染了乙肝、天天把喝汤的碗都一并买走的周瑜（《周瑜买碗》）；有为资助穷人家的女儿梅花上大学买走不值一钱的瓷罐——"唐三彩"的康乡长（《唐三彩》）；还有在对手遇到困难时，帮助竞争对手修好他们的大船，避免他们失掉重要的"左膀右臂"的康百万（《康百万》）。这些人物都是侯发山微型小说中的典型人物，为我们所感动，也启示我们怎么做人。

3. 美丽

在《爱的礼物》中，有这样一篇微型小说《最美丽的语言》，其中说道："爱有一万种表达方式，爱却是人类唯一共同的语言，不需要诠释，不需要表白，可以是千只手，万颗心，也可以是一次微笑，一次握手，一声问候。爱是一种最原始但又永恒的情感，一种不可名状但又无处不在的情感，一种力量无穷的情感，难道爱不是人类最美丽的语言吗？"[①] 这段话让笔者深有感触，我们也常常有这样的疑问，那就是，美究竟是什么？而这段话给了我们最好的答案。人性美永远那么感人肺腑，因为它由爱

---

① 侯发山：《爱的礼物》，吉林出版集团有限责任公司2010年版，第100页。

构成。

侯发山是这样来表现"美"的,在《生命的塑像》中,在一场威力强大的泥石流过后,救援人员发现了一个小男孩。小男孩还活着,可是小男孩始终不愿意离开,他说他的爹娘还在下面。援救人员通过很长时间的挖掘才找到了小男孩的爹和娘。他的爹在最底下,双手举着小男孩的娘,而小男孩的娘站在他爹的肩膀上,双手举着小男孩。他们都已没有呼吸,双手僵硬,可还是牢牢地举着。这是一具伟大的塑像,这是一具我们能想象到的最美的塑像,因为这小男孩的爹娘用生命举起的是对自己儿子深深的爱。而这份爱是让人无法抗拒的美,散发出耀眼的光芒,这就是侯发山笔下的"美"。美的表达方式多种多样,就像爱也有不同的表达方式一样,要把人性美在短小精悍的微型小说中表现出来,并不是一件易事。侯发山关于人性美的微型小说就非常成功地让我们为他构造的人性美所折服。

其实,人性的纯真、善良和美丽是不可分割的。纯真的人,他的心必定是善良的,不然便没有保存纯真的土壤;纯真、善良的人必定是美丽的,这里的美不是指容貌,而是指心灵;同样心灵美丽的人必定心中有爱。侯发山的微型小说是有侧重点地凸显了这三个方面,是真、善、美的颂歌。

(三) 写作手法——侧面描写与对比的神奇魔力

在侯发山的微型小说集《爱的礼物》中,运用最多的写作手法,便是侧面描写与对比。侧面描写是不从正面描写故事,而是由侧面出发,从侧面烘托人物,言在此而意在彼,使表达真、善、美的主题更加深刻,有意义;而对比的写作手法是通过正比或者反比,使人物的性格更加丰满、鲜明,也能使表达真、善、美的主题得到升华,更加突出。但是要用好这两种写作手法并不容易,需要作家精确细致地构思和安排,这便是一个作家写作功力的体现。而侯发山对这两种写作手法的纯熟运用，是他的微型小说艺术成功的重要原因之一。下面对这两种写作手法分别予以介绍。

1. 侧面描写

侧面描写的运用，在侯发山的微型小说集《爱的礼物》里比比皆是，用法不尽相同，但能达到比正面描写更好的效果。在《郝支书》中，作品在一开始便交代了郝支书当上村部支书的原因是他聪明并且有发家致富的本领，但是作品随后笔锋一转，并没有正面描写这位村部支书如何带领村民致富，而是通过王县长看到的村里的富裕的新景象和一位老妇人对于郝支书的"不满"来证明郝支书的才能，使郝支书这个人物形象立体、丰满。如果作者按着正面描写的套路，费尽心思地去修饰这位郝支书是如何对村里的事务尽心尽职，为村里的发展做出巨大的牺牲与贡献，在读者的心目中，郝支书只是一位好支书，但在心里激不起任何的波澜，更别说能对这位郝支书留下深刻的印象。而侯发山却通过第三人称视角，一个是王县长，另一个是老妇人——郝支书的妻子，这两个侧面描写把郝支书的人格魅力描写出来，塑造了一个有胆识、有才干的领导人和大公无私、先人后己的共产党人的形象。侯发山还有一种类型的侧面描写比较隐晦，往往要读到结尾，才使人恍然大悟。例如，微型小说《老人和狗》，老人家自己一个人居住，他养了一条狗，他把自己的狗当作自己的孩子那样疼，精心地给小狗做饭，用心地陪小狗玩，对小狗无微不至。让我们感叹小狗作为人类最忠诚的朋友，它给了像书中的"老人家"那样独自居住的老人陪伴与守候。可是当我们看到结尾，因为小狗受了伤，老人家便慌忙回家打电话给叫"小狗"的儿子问他有没有受伤时，我们才明白过来，原来老人家是把小狗的陪伴当成了自己亲生儿子的陪伴。而侯发山通过老人家对养的小狗百般疼爱的这个侧面，写出了作为父亲对于自己儿子的无私的关心与疼爱，还有对于远在国外的儿子的无尽想念。言在此而意在彼，深深地拨动了读者的心弦。

2. 对比

在微型小说集《爱的礼物》里，关于人物性格的比较很多，有正面比较，也有反面比较。正面比较能相互映衬出人物的形象，使人的印象更为深刻，对于表达难以言说的爱情或者亲情有独到的作用。例如，在《乡里故事》中，香草是个美丽的乡村妇女，可她是一个瞎子；根旺是她的丈夫，他长相丑陋但心地善良。在听说江湖郎中能够治好香草的眼睛时，他坚持要治好香草的眼睛，哪怕等香草能看得见的时候，会抛弃丑陋的他。可是香草喝了半年的药，眼睛还是没有好，大家都怀疑那个江湖郎中是个骗子时，香草道出了真相：是她把药倒了，原因是她怕她的眼睛好了以后，她会经受不住外面的诱惑，抛弃全心全意对她的根旺。这篇微型小说，把根旺对于香草的真情与香草对于根旺的真情形成正面对比，把他们之间深厚的感情在正面的对比中描写出来，相得益彰，让我们为之感动。

反面对比在侯发山的作品中比正面对比运用得要多，这与反面对比在强调与突出人性方面有突出的艺术效果是有很大关系的。在侯发山的笔下，通过反面对比使人性的善更美，使人性的恶则更加丑陋。例如微型小说《两个红包》，这是以一个医生的口吻诉说的故事，其中有两层对比。第一层对比是当乡里女人和城里女人得知自己得了乳腺癌后做出的反应：城里女人是要求"我"有什么好药尽管开，因为她老公有钱；乡里女人是请求"我"只要开点止痛药就行了，并不要告诉她的丈夫她的真实病情，因为她的丈夫赚钱不容易，担心他会砸锅卖铁地给自己治病。第二层对比是当乡里男人和城里男人得知他们的妻子的病情后递给"我"的两个红包：乡里男人给"我"红包是希望我尽心尽力，想方设法地给他妻子治病，并表示他愿意砸锅卖铁地凑够医药费，而城里男人给"我"红包是希望"我"做做样子哄骗他的老婆而不要去治疗她的病，因为他希望她早点死。两层对比,让我们为乡里夫妇虽生活穷苦,但拥有相互依靠、相互体贴的难能可贵的真心感情而感动,为虽然生活富裕却颐指气使的城里女人和内心丑陋的城里男人而气愤。真情在生活中并不罕见,但把真情透过平淡的描写,深入读者的心中,需要作家巧妙的构思与安排。侯发山对于反面对比的把握与巧妙运用使他的微型小说能更充分地洞悉社会现象,散发出正能量,弘扬生活的真善美。

一篇成功的微型小说,要在开头吸引人,在情节发展中牵动人心,在结尾处拨动人的心弦,并且不落俗套,就必须巧妙运用写作手法。侯发山的微型小说尤其善于运用侧面描写、正面对比和反面对比的神奇魔力塑造一个个有血有肉、形象饱满的人物,设计跌宕起伏、不落俗套的情节,这使他的微型小说获得超凡的艺术效果。

细读《爱的礼物》这本书,给我们最大的感受,便是书中满满的正能量。在阅读其他微型小说名家的微型小说时,对他们一针见血的批判,对社会现实赤裸裸的揭露,心中虽然受到极大震撼,但没有侯发山的微型小说集《爱的礼物》给我们的昂扬的正能量。那是一种向上的力量,那是爱的力量,让人心中的是非尺度更加清晰,让人擦亮被庸俗的世界所封尘的心,像向日葵一样迎着阳光微笑。

此外,侯发山的微型小说集《爱的礼物》,含蕴丰富,耐人寻味,我们从选材内容、主题取向以及创作手法上去细读这部作品时,能体会到侯发山微型小说的创作风格,从而学习他如何在有限的篇幅里塑造一个个有血有肉、形象饱满的人物;如何使用侧面描写,反面衬托,正面对比等不同的技巧,使他的微型小说成为信息量大、更富审美艺术效果的艺术文本;如何运用他那弥漫着浓郁乡土气息的语言,形成他独具特色的风格。

作为一个业余微型小说的创作家,侯发山走出了一条成功之路,可以说是硕果累累,这与他禁得起磨炼,耐得住寂寞,不辞辛劳刻苦努力是分不开的。品读侯发山的微型小说,就像是在和侯发山本人交谈,侯发山给我们的感觉不像是一位循循善诱的渊博学者，而像是我们的朋友，把他的所见所闻对我们娓娓道来。之所以这样说，是因为他的微型小说不仅语言平淡自然，选材贴近生活贴近社会热点，更重要的是，他的微型小说没有任何理论教导，而是和我们诉说一个又一个的故事，让我们自己去体会，自己去沉思。

美国作家约翰·厄普代克说过这样的话："我希望小说应该有让读者拍案惊奇之功效，能够在我读完最初的几个句子之后立即吸引住我的注意力，在故事发展中的中部拓宽和加深我对于人类行为的理解，而使其更加敏锐、深邃；而在结局时则是给我们以完整的透彻之感。"[1] 约翰·厄普代克的这番话是评价一篇小说好坏的标准，但是在这里，这段话是笔者在细读过侯发山的微型小说作品后的心声。侯发山的微型小说是扎根在沃土里的，他用真切的情感、不造作的叙述，给我们"完整的透彻之感"。而侯发山在微型小说作家中异军突起，成为不可或缺的重要一员，成为人民喜爱的微型小说作家是他自身努力的结果，也是时代使然。

（温楚君　龙钢华）

二十一　生死一把枪
——论奚同发公安系列微型小说中的刑警"吴一枪"形象

奚同发，男，1967年出生，陕西白水人。从1990年开始陆续发表文学作品，2006年加入中国作家协会，曾获全国微型小说年度评选一等奖、全国小小说优秀作品奖、五四文艺奖，2007年与冯骥才等作家一道被评为

---

[1] 侯发山：《爱的礼物》，吉林出版集团有限责任公司2010年第5版，第177页。

"全国小小说十大新闻人物"。历任《有色六冶报》文艺编辑,《河南工人日报》编辑、记者、周末部副主任。至今已在《北方文学》《小说月刊》《莽原》等文学刊物发表中短篇小说十余部,报告文学、文艺访谈录上百篇。著有长篇小说《拥抱苦色》,小说集《爱的神伤》《最后一颗子弹》,随笔集《浮华散尽》,等等。其中,《刑警吴一枪系列小说》被评为河南省文学奖,《最后一颗子弹》于2006年入选全国GCT硕士研究生统考试卷,并纳入中国现代文学馆馆藏。

奚同发从事微型小说创作仅数年光阴,却能厚积薄发,以数十篇的上乘佳作,成功跻身于一流微型小说作家行列。绝大部分人认为,在国内,只要热衷于微型小说阅读的人,或多或少已对奚同发的作品有所耳闻。奚同发是深谙微型小说写作之道的,他关注国计民生,强调为民立命,为时代立言;敢于在尺幅之间闪转腾挪,重视对不同人物内心世界与情感的深入剖析;雕刻人性的真爱,讴歌社会真善美,揭露假恶丑;用心灵去观照现实的平凡,从平凡中发现奇崛,从奇崛中审视平凡;以曲折离奇的情节、精妙绝伦的艺术构思、出人意料的悬念讲述一个个极富强大张力的奇人奇事,令人读来回味无穷。

知名作家周大新认为:"奚同发虽然写的是篇幅不长的小小说,但他语言的成色和思想抵达的深度,已经很令同行的我佩服。"[①] 宋子平也提到:"奚同发的语言和故事都有一种信手拈来的轻松与惬意,但在看似不经意的文字背后,往往是豁然敲在心里的重重一击——是一种不刻意的深刻。"[②] 研究者认为,"奚同发的所有文字都有一种散漫的特质,就像黄土地上的塬和塬中的沟壑,在看似平淡的叙事中隐含着意想不到的深彻和广博。"[③] "情深意切,是奚同发小说的显著特点。善于选用特别的细节,来

---

① 奚同发:《最后一颗子弹》,河南文艺出版社2008年版,第3页。
② 同上书,第237页。
③ 奚同发:《最后一颗子弹》,河南文艺出版社2008年版,第241页。

表现这种情感，是他小说值得称赞之处。"① 平中出奇，以微映巨，举重若轻，微型小说的优势被奚同发运用得恰到好处。然而，奚同发并不安于现状，而是继续锐意进取，开拓创新，以一个社会医治者、精神守望者的姿态，借助微型小说这种独特的文学样式，探寻人性最隐秘之处，展示这个时代人们特殊的精神状况，因而其作品在立意与选材上处处彰显作者贴近百姓生活、平常叙事的特点；在人物塑造方面奚同发也别出心裁，巧用细节与心理刻画既使人物个性鲜明，又让人过目难忘。

纵观奚同发的微型小说，以"刑警吴一枪"系列公安题材成就最高、影响最大。该系列小说共 10 篇，约 1.2 万字。作者用系列微型小说这种文体，苦心孤诣地将"吴一枪"这位刑警英雄，雕琢得有轮有廓、有血有肉、惟妙惟肖，为当代文学新增添了堪称"这一个"的独特人物形象。下面分三部分予以论述。

（一）刑警"吴一枪"形象勾勒

人物形象的刻画，是一部文学作品的灵魂所在。它不但凸显着作品的主题思想，而且承载着作者的核心创作理念。1983 年，著名文学大师巴金在首届茅盾文学奖授奖大会上指出："一部优秀作品的标志，总是能够给读者留下一两个教人掩卷不忘的人物形象。"② 由此可见，能否塑造出一个个栩栩如生的人物形象关乎一部作品的成败。在"刑警吴一枪"系列作品中，作者奚同发就为读者刻画了一位顶天立地、铁骨铮铮、疾恶如仇的刑警英雄"吴一枪"形象。吴一枪有以下三个性格特征。

1. 智勇双全，除暴安良

惩恶扬善、伸张正义是人民警察的天职。在与犯罪分子做坚决斗争

---

① 同上书，第 235 页。
② 巴金：《祝贺与希望》，《文艺报》1983 年 1 月 11 日。

时，警察必须具备有勇有谋、不畏强暴的职业素养。有勇有谋是指其在履行职责时，能够奋不顾身，敢于同歹徒斗智斗勇。不畏强暴则是指其不畏惧任一级别、任一规模的不法分子，也是指其不向任一延缓案件侦破进度的人为障碍屈服。

智勇双全且除暴安良，这一点在刑警吴一枪身上体现得淋漓尽致。《最后一颗子弹》里，吴一枪与歹徒在小树林中双枪对峙，从表面上看这场警与匪的殊死较量，枪中空无一弹的刑警吴一枪遇上穷途末路的悍匪必死无疑。然而，在此千钧一发之际他能做到临危不惧，镇定自若，用生命与歹徒进行一场豪赌。只见他十分冷静地把枪精准无误地指向犯罪分子，双眼如刀似的刺向对方，自信无比地喝令歹徒放下武器，不要成为其警察生涯中第一个现场被击毙的罪犯。反观歹徒，虽然他满目狰狞、穷凶极恶，但是在面对鼎鼎大名的"枪神"吴一枪时也不免有些心虚。当他牢牢盯着吴一枪，缓缓抬起略微颤抖的左手，两手紧握枪的那一刻，甚至在吴一枪眼中还隐隐约约看到另一名警察举枪瞄准自己的影子。这样一些难以察觉到的细节都是为了表露出剑拔弩张的瞬间，双方隐秘的心理较量，同时深刻表明犯罪分子此刻心理防线濒临崩溃的不争事实。紧接着，吴一枪继续与歹徒上演攻心战，声如洪钟慢慢从一数到三。特别是数到三时，他突然朝犯罪分子威严有力的一声大喝，响彻山谷，声震长空，从气势上压倒歹徒，让歹徒最终因过度紧张而"苦胆也裂了"，显得尤为逼真。作者在吴一枪的声音上倾注全部笔力，以盛赞刑警吴一枪的兵不厌诈，智勇双全，处变不惊。另外，我们也必须看到正义必将战胜邪恶势力这一颠扑不灭的真理。吴一枪的枪中空无一弹，而歹徒枪中有弹，理应有恃无恐，可由于歹徒的行为已经严重危害社会，与社会公德相悖，象征着邪恶，因此"心虚"也是在情理之中，而吴一枪身为一名刑警，代表着社会正义，必将战胜邪恶。由此可见，在《最后一颗子弹》中，作者仅用短短数百字就轻而易举地把一名有勇有谋、不畏强暴的人民警察形象刻画出来。

如果说《最后一颗子弹》作者奚同发是从正面刻画吴一枪的不畏强暴，有勇有谋，那么在《吴一枪的两枪》中则是从侧面烘托刑警英雄吴一枪的绝技神勇。小说一开篇就以黑道练就"百步穿杨"枪法的"露一手"在闹市区一夜之间连续制造七起骇人听闻的抢劫恶性案件，并向吴一枪发出"邀请"为线索。为了能够迅速地侦破案件，获取关键线索，吴一枪将个人的安危置之度外，铤而走险，孤军应战。在黑道神枪手"露一手"欲与刑警神枪手吴一枪以江湖玩法"穿两枪"进行枪法较量时，他以精湛的枪法让黑道杀手自惭形秽后逃遁，"露一手"在上缴市警察局几十把各类枪支后，从此在黑道销声匿迹。文章在结尾处才借一个建筑工地看门老人之口，缓缓道出当年吴一枪在黑得只剩四支蜡烛的阴暗光线之下，手枪竟然还能准确击断 40 米开外悬挂在墙上佩剑的丝线，并且两枪在墙上洞穿的是一个枪眼的事迹。这看似蜻蜓点水的一段，正如吴一枪的枪法一般，既有的放矢又游刃有余。在这里，我们可以从字里行间体会到作者在《吴一枪的两枪》中，对于吴一枪这种敢于单刀赴会，舍生忘死，胆识过人的优秀品质表示由衷的赞赏。

2. 立警为公，执法为民

在我国儒家传统文化中，大凡有志之士心中都有忧国忧民的情怀，不管是救国救民希望破灭愤而投身汨罗江中的屈原，精忠报国却被奸佞所害含冤而死的岳飞，"先天下之忧而忧，后天下之乐而乐"的范仲淹，还是"寄意寒星荃不察，我以我血荐轩辕"的鲁迅。他们心中都有大国小家，仍然毫不犹豫地选择将个人的安危荣辱排在最末端，更多的时候他们胸怀天下，关注社稷黎民安危，心系百姓福祉。华夏儿女将这样一种深刻的家国情怀代代相传，并成为一种民族禀赋。舍小家顾大家这样一种人物形象在我国社会发展的历史进程中并非罕见，特别是在国家处于生死存亡之际，这种形象出现得更为普遍。在和平年代，警察作为人民生命财产的坚定捍卫者、社会长治久安的忠诚维护者,肩负重要的使命与沉重的社会责任。特殊的职业性质要求警察随时准备面临任一地点任一时间发生的突发事件,甚至时刻做好献出生命的心理准备。因而,在文学作品中总会将警察置身于"大家"与"小家"的矛盾冲突中,通过设置这一"两难全"的单项选择题,来彰显人民警察立警为公、执法为民的深刻家国情怀,以体现人民警察与众不同的英雄魅力。

奚同发笔下的吴一枪更是如此,他还把这种深刻的家国情怀具体诠释为"舍小家,为大家"。警察特殊的职业属性注定让他们事事只能以国家与人民为先,个人恋爱或婚姻家庭退居其后。在《吴一枪的爱情》中,三十老几的吴一枪的恋爱问题成了老大难。身为公安系统的一把"神枪",他理应有无数追求者,然而在如今这样一个时代,英雄赢得鲜花掌声易,觅得真爱难。女孩们尽管心中十分敬佩警察,但从未想过与警察恋爱。吴一枪将此自嘲为"枪神"爱枪,枪也爱他,因此肯定就没有女孩子敢来爱自己。吴一枪一个最经典的约会传说正说明了这一点:当那位"新新人类"的女孩约会时蒙住他的眼睛试图开玩笑时,他竟然条件反射立马把女孩"双手擒拿",一个"背口袋"就朝前摔去。吴一枪这一不解风情的举动让女孩认为他整天处在高度戒备的紧张状态,毫无趣味,自然这段约会也就没了下文。作者奚同发对这一插曲的生动描绘从侧面展现出人民警察鲜为人知的另一面。在绝大多数普通群众的眼中,刑警就是异类。可是,他们时刻保持高度戒备状态以及大公无私的职业习惯,尽管与浪漫绝缘,同亲情生隙,却与强烈的警察意识密不可分。

在随后,作者进一步通过叙述主人公吴一枪的又一次约会来反映他对警察事业的狂热已经超出普通人的情感接受范围。在一次与一个可能成为女友的心仪女孩约会时,两人对彼此的印象都很不错,聊天气氛也十分愉悦。吴一枪甚至还对女孩产生了一种前所未有的说话欲望,他将凡是能够想到的关于队友与枪的故事悉数说给女孩听。女孩听他讲刑警队的故事时既专注又兴奋，还伴随着一些感动。可就当女孩突然做出关于"人质"的试探时，吴一枪不假思索地脱口而出如果对方是自己妻子的话便只能先救别人这一令女孩十分伤心的回答，结果吴一枪的"一见钟情"瞬时就"黄了"。的确，在一般人的认知里，这是一件不可思议的事情。但是如果我们试着从吴一枪的职业、个人思想与品德方面进行深入剖析，就能够发现这一艰难抉择在现实生活中是真真切切存在的，是完全符合生活逻辑的。身为警察的家人，在与别人同样遭遇犯罪分子的危害时，警察本着先人后己的职业精神，只能置最亲的人安危于最后甚至眼睁睁地看着家人因此错过最佳营救机会，也必须忍痛"舍小家为大家"。这其中的无奈与悲伤谁人能懂？！另外，文章中的另一位人物实习女警郎婷也别具一格，她一方面不喜欢吴一枪对爱情迟钝麻木，另一方面又不由自主地对他情意绵绵。然而警察的身份使然，让她不能将自己对吴一枪的爱慕径直吐露，只好暗藏心中。可就在警队实习即将结束之际，由于追捕一名持枪歹徒，她身中六弹以身殉职。后来，吴一枪还在郎婷身上找到一封写给自己的沾有血迹的信，里面全是对他的柔情蜜意。郎婷最终以这样一种极其特别的示爱方式，让吴一枪永记于心。由此可见，作者正是深入吴一枪的思想和情感世界，与他进行零距离接触，从而写活了刑警吴一枪因为忠于警察事业导致无暇顾及个人问题、爱情接连失利的无奈现状。

3. 淡泊名利，视枪如命

无私忘我、淡泊名利是刑警吴一枪的精神特质。正所谓"人怕出名，猪怕壮"，在《吴一枪的郁闷》中，吴一枪深受成名之累。由于自己的英勇事迹被编入"演讲团"，作为本省唯一代表的他不得不硬着头皮每天练习演讲，以圆满完成上级交代的展示当代中国刑警崭新风貌的任务。然而，吴一枪的专长是枪法精湛、抓捕罪犯，而不是演讲，张扬自我。当他被迫站立在舞台上，被聚光灯所环绕，特别是因为每天练习演讲而不被批准配枪时，内心陷入极大的失落与郁闷中，之前记得清清楚楚的演讲词也瞬间乱了，以致来到首都的第一次练习演讲只能心不在焉、结结巴巴地念完。由于试讲效果奇差，吴一枪受到上级的严厉批评并被勒令继续背演讲稿。一位整日与枪为伴的枪神如今却落到每天待在宾馆背稿子，实在是强人所难。吴一枪终于忍受不了，溜出宾馆。他深知：自己只有进入刑警的状态才能够顺利完成对演讲稿的记忆，于是他鬼使神差地来到火车站，浑然不觉就与两个小偷交了手。吴一枪这一完全出于职业习惯的举动从另一层面彰显出他时刻牢记人民警察的宗旨、淡泊名利的警察意识。

吴一枪仿佛专为枪而生，爱枪成痴、嗜枪如命的他枪法更是登峰造极。正因为如此，广大的人民群众甚至连他自己都早已忘记了他的本名，只剩下"吴一枪"这个传奇绰号流传于世。当他接到一个找"吴正强"的电话时竟然以为打错立马挂了，一直到他突然看到演讲稿第二行"我的名字叫吴正强"才猛然惊觉自己就是吴正强。文章最末，吴一枪恍然大悟，原来自己名字能被别人叫且能明白是叫自己实在是一件人生乐事。这一特别的细节从侧面衬托吴一枪爱枪程度之甚。于刑警而言，枪不但意味着生命，甚至在某种程度上远胜于生命，因为它象征着一种无上荣誉，这也是《寻枪》中吴一枪执着寻枪的原因。试想一名刑警，一位著名的神枪警察，连自己的配枪都看不好，世人将如何信任警察保民卫国的能力？

如果说吴一枪丢枪又马上寻回枪只是让他心慌意乱了一阵子的话，那么在《刑警吴一枪》中，他因为携带枪支饮酒有损警察形象导致枪被上缴就彻底掏空了他的灵魂。没有枪，他就仿佛一根鸡毛般，整个人变得轻飘飘的，无所依托。工作上的重挫让他满腹委屈地回家寻找父母的慰藉。这也是他从警以来首次没有带手铐和手枪回去，可偏偏在回家路上他与四名手持猎枪的劫匪相遇。吴一枪本能地喝住歹徒，下意识去腋下摸枪，却忘了自己根本没枪而殒命于歹徒猎枪之下。实际上，面对回家途中突如其来的抢劫，休假回家的吴一枪原本能够熟视无睹、袖手旁观的，然而出于警察的职业本能，他毫不犹豫地选择挺身而出。另外，作者在文章最后对吴一枪死亡姿势的传神刻画也格外触目惊心，如"最后呈匍匐状，目视及双臂平举均朝前方，左手握成枪的样子，右手食指则以扣扳机状一直僵硬着，最后也未能扳直……"读来令人不禁扼腕叹息。作者正是借用这样一个扣人心弦的细节，将一个生于枪死于枪的光辉警察形象"吴一枪"刻画得淋漓尽致。的确，枪是主人公吴一枪的灵魂，他的一生是枪的一生，更是人民警察这一光荣职业的一生。高度的责任感、多年的职业习惯这些都是他即使赤手空拳也要与四名持枪劫匪做坚决斗争的原因。刑警吴一枪用这样一种舍生忘死的正气凛然之举，完美地诠释了人民警察为人民的崇高职业使命与担当，用对祖国与人民的赤胆忠诚，铸就了警察金色盾牌的无上荣光。

（二）刑警"吴一枪"形象的书写方式

人物形象的塑造一直是文学作品的重头戏，也是衡量一部作品成功与否的重要尺度。通过人物形象的塑造，作家才得以传达自己特定的审美思想与创作意图。在"刑警吴一枪"系列小说中，作者奚同发就给我们刻画了一位血肉丰满、性格鲜明的枪神刑警"吴一枪"的形象，极大地丰富了当代微型小说的人物画廊。总而言之，奚同发在人物塑造方面自成风格，很大程度上得益于成功运用了契合人物塑造的艺术手法。具体而言用了以下三种手法。

1. 心理行为的深刻剖析

微型小说中的人物刻画要想变得鲜活生动，就必须表现出人物性格的复杂多变,其中最直接的艺术手段便是深刻展示人物形象丰富多彩的心理活动。作为写微型小说的行家,奚同发高度重视对人物内心世界的探索,这一点在其塑造刑警吴一枪的形象时尤为突出。例如《最后一颗子弹》里,枪无一弹的刑警吴一枪与枪中有弹的末路逃犯在树林中狭路相逢。在逃犯明知自己枪中无弹的情况下,吴一枪却向逃犯提议数一二三双方同时开枪,与逃犯展开了一场惊心动魄的心理较量。他故布疑阵、从容不迫地坚持将数字数下去,尤其是即将数到三时,吴一枪嘴角浮起的微笑更是让逃犯心中一慌,对方不但额头浸满汗水,就连枪口也顿时不稳。当吴一枪数到三的那一刻,逃犯的枪响了,同时倒下的也是逃犯:由于被吴一枪的气势吓倒,逃犯不仅打偏了子弹,自己也因为过度紧张肝胆俱裂而死。另外,就在这一触即发的危急关头,作者还植入了吴一枪一段与众不同的心理活动。在一次缉毒巷战中,吴一枪曾因身后有媒体记者在,就想把举枪动作完成得漂亮潇洒却反让一名老刑警为掩护他而不幸牺牲。作者之所以穿插这段心理活动,并不单单是为了缓解剑拔弩张的氛围,而是为了高度赞誉吴一枪在生死一线仍然追求"心无旁骛",力争"弹无虚发"。如此着墨,从侧面烘托出吴一枪临危不惧的过硬心理素质。作者通过对刑警吴一枪和逃犯心理活动的描绘,为我们呈现出刑警英雄吴一枪对祖国、对人民、对事业深沉的爱迸发出的巨大精神力量超越了一般的物质力量——能让其在正义与邪恶的激烈交锋中克敌制胜(吴一枪用一把空枪竟把持枪逃犯"击毙")。另外,吴一枪虽然身为人民群众心目中的英雄,却没有被作者塑造成完美无缺的刻板人物,他和普通人一样,也有喜怒哀乐,也会面临诸多苦闷彷徨。在《吴一枪的郁闷》和《刑警吴一枪》两篇小说中都对吴一枪没有配枪时的细微心理状态进行深入刻画,道出了他心中的不快与委屈,从而再次将吴一枪这一刑警人物立体化。

2. 耳目一新的叙述视角

叙述视角也被称为"叙述焦点",是一种观察和讲述故事内容的特定角度。主要有全知视角、外视角、内视角三种类型。叙述视角的各异会造成读者不同的感知方式,形成风格迥异的文学作品。《刑警吴一枪》系列小说的叙述视角就十分新颖别致。例如《玫瑰杀手》这一篇,作者采用外视角,安排杀手担当整个故事的讲述者,不仅让人耳目一新,读来也格外真实。与作品《吴一枪的两枪》中的"露一手"相似,这名职业杀手的枪技备受道上人敬仰,可当他与枪神"吴一枪"两相交锋后,他才心悦诚服。在玫瑰杀手眼中,枪就像吴一枪身体的一部分,由他握着显得特别和谐完美。而吴一枪既不要玫瑰杀手的命,又让其饱受子弹苦楚的精湛枪法,不得不让杀手叹服。除此之外,《天……真准啊》这部作品中的叙述视角尤其多维变换,真可谓娴熟运用叙述视角这一艺术手法的完美典范。小说从通缉犯、吴一枪、电视新闻报道三个独特的叙述视角讲述故事,再次烘托出吴一枪的枪法高明,宛如神助,一位神枪手形象也随之跃然纸上。

3. 扣人心弦的故事情节

"意外突转——抖包袱"是微型小说中最常见的一种情节变化模式。其具体方法是,情节的开端即预示情节的发展方向,故事按照先入为主的心理规律吸引着读者的审美关注,而且初始情节的内容不断得到重复强化。读者也就像咬紧钓饵的鱼一样被牢牢吸引,沿着作者预设的情节思路去寻根究底,到了恰当的时候,突然真相被抖搂出来,情节改变方向,出现意想不到的结局。就像相声类艺术中的抖包袱一样,先进行铺陈诱导,故意遮掩,在受众产生审美渴求甚至急不可耐的时候,将最有审美张力的信息抖搂出来,给人始料不及的刺激,产生瞬间爆发力,从而形成一种高强度的审美兴奋点。借助这种构思各异的审美兴奋点，作者的创作意图便得以巧妙地传达出来。① 在微型小说中，情节是塑造人物形象的重要支柱。奚同发是位设计"包袱"的能手，他在每篇微型小说中设计的包袱能让读者感受到两个以上的"意外"。例如备受赞扬的作品《刑警吴一枪》中，奚同发设计了一个百发百中的神枪手因试图赤手空拳制止持枪劫匪而殒命，牺牲时依然做着出枪的姿势。一方面，这是吴一枪命运设计上的"意外"，另一方面，对于读者而言这是一个职业习惯和性格悲剧意义上的"意外"，并且是一个更大的意外。刑警吴一枪纵使枪技娴熟却敌不过人心丑恶与制度的冰冷。作者选择将吴一枪的死亡悲剧作为"刑警吴一枪"系列小说的开篇之作，不仅把一名一身凛然正气的刑警形象径直呈现在读者面前，更给读者带来一种前所未有的视觉冲击力与心灵震撼。

（三）刑警"吴一枪"形象的艺术价值

微型小说中的人物形象是作家思想情感的核心，作家对不同的"人"持有的特定看法，在具体作品中就会呈现出不同的审美形态。奚同发在其平淡随意的叙述中处处体现了他对社会和人生的独特思考，因此他笔下的刑警英雄吴一枪形象也具有极其重要的艺术审美价值与研究意义，即除暴安良，智勇双全，立警为公，执法为民，淡泊名利且视枪如命。通过对吴一枪这一独特的警察个体进行深入剖析，我们可以从中透视整个警察群体的精神世界。下面分两部分予以论述。

1. 警察形象独特的审美品格

警察形象审美品质的别具一格主要是由警察职业的特殊性决定的。与

---

① 龙钢华：《"滚雪球"与"抖包袱"——试论微篇小说的情节变化与审美兴奋点的形成》，《广西社会科学》2006 年第 3 期。

各色各样的犯罪分子做坚决斗争，维护社会的长治久安是警察的职责所在。他们在执行任务的过程中时常会与犯罪分子发生激烈冲突，常常冒着受伤甚至牺牲的危险。然而，他们作为国家的基石、人民的忠诚卫士，为了保一方平安，维护法律与正义的尊严，惩恶扬善，不顾个人安危，用生命履行职责并捍卫荣誉。这恰恰与我国古代英雄主义的基本内涵一脉相承：昭雪沉冤、除暴安良、舍己为人。除此之外，他们在同犯罪分子展开激烈斗争时集勇武与智谋于一身，融坚贞、忠诚为一体，大义凛然、疾恶如仇、果敢坚毅、百折不挠的精神让每一个人都不禁肃然起敬。尤其是生活在当下这样一个喧嚣浮躁的社会里，人民警察身上彰显的一身正气与崇高品质便显得尤为稀缺，这也让人民警察形象在当代文学画廊中显得格外闪耀与别致。

2. 表现人性复杂的优势

警察，是一个英雄辈出的特殊群体。在惩治罪犯、维护社会治安的工作过程中，他们舍身忘我、惩恶扬善，尽显英雄本色。然而，在当代，警察虽然作为英雄与崇高的代言人，他也有身为普通人平凡的一面，具有人性固有的各种缺陷与劣根性。他们不仅要随时准备接受死亡的考验，还得面临社会上形形色色的诱惑。是苟且存活还是奋不顾身，是接受诱惑还是坚决抵制，是执着坚守还是转身堕落？这是他们时刻面临的人生抉择。因为他们是人民警察，其内心世界善恶、美丑冲突与较量和普通人相比要更为复杂激烈。另外，除去警察在工作上的角色，现实的日常生活中他们又扮演着许多其他角色。平常人的各种隐秘而又丰富的心理在他们身上展露无遗。由此可见，警察这一人物形象在表现复杂的人物性格方面具备无与伦比的优势。

奚同发是当今文坛一位独具特色的作家，自20世纪90年代从事文学创作至今，已有多部优秀作品结集出版。这些作品无论从数量还是质量上看，都将奠定奚同发在文坛中的地位。尽管迄今学界对奚同发的研究仍是一片空白，评论界对他的关注也较为欠缺，但随着评论与研究的逐步深入，他笔下那些具有强大张力的精彩故事，那些带着传奇色彩的人物以及微型小说的意义与价值必将得到世人公正的评判。在系列小说《刑警吴一枪》里，他浓墨重彩地刻画了一名忠于祖国和人民、不畏强暴、甘于奉献的刑警英雄"吴一枪"形象。奚同发在这个系列小说中，对当下人民警察的生存处境、心理状态以及内心世界的隐秘部分进行了深入剖析。他怀着悲悯情怀、仁爱之心尝试了解、关心并走近警察这一群体。因此，作为奚同发的写作底色，博爱之心与温暖情怀贯穿他整个文学创作生涯。尤其是"刑警吴一枪"系列小说"吴一枪"人物形象的建构具有独特的审美特征与艺术价值，作者通过"吴一枪"这一人物形象展现出广阔的社会面貌以及警察这一群体的职业意识和鲜明的性格特征，同时不断丰富了人物形象塑造的艺术手法，提高了审美品位。

奚同发始终占据微型小说创作的制高点，用对生活的巨大热情与博爱之心，从庸常中开掘传奇，见微知著，将艺术创作的触角不断伸向日常生活的最深处，敏锐地捕捉生活中的"闪光点"，从而挖掘出感人至深的生活细节，并最终编织成五彩斑斓的艺术花环，写入作品。这就使得奚同发的微型小说饱含人文关怀和对社会生活的独特思考，让读者在阅读作品时心灵的一隅感知到一种久违的情感触动。他主张文学要为民立命，反映时代的最强音，并且以自己的文学创作来探寻人性最隐秘的部分，批判社会假恶丑，讴歌真善美，是一位彻头彻尾的社会问题的写作者。面对这样一位具有强烈社会责任感的作家，我们完全有理由相信奚同发能够继续以饱满的热情、昂扬向上的姿态，在微型小说创作上抵达新的高度。我们将殷切地期盼着他的新作。

（何雅晴　龙钢华）

二十二　凌鼎年微型小说初探

凌鼎年，祖籍浙江湖州，1951年6月10日生于江苏太仓。中国作家协会会员，世界华文微型小说研究会秘书长，中国小小说名家沙龙副会长，美国纽约商务出版社特聘副总编，香港《华人月刊》《澳门文艺》特聘副总编，美国"汪曾祺世界华文小小说奖"终身评委，香港"世界中学生华文微型小说大赛"总顾问、终审评委，蒲松龄文学奖（微型小说）评委会副主任，全国12+3微型小说大奖赛终评委，首届全国高校文学作品征文小说终评委，美国国际《金瓶梅》研究会副会长，华东凌氏宗亲会第一副会长，江苏省微型小说研究会会长，太仓市作家协会主席，在《人民文学》《北京文学》《香港文学》《新华文学》等海内外报刊发表过3000多篇作品，800多万字。出版过中篇小说集、短篇小说集、微型小说集、散文集、随笔集、诗歌集、评论集、文史集等40本。作品译成英、法、日、德、韩、泰、荷兰、土耳其、维吾尔文等9种文字，有500多篇作品发表在世界26个国家与地区的报刊。《茶垢》《让儿子独立一回》等16篇收入日、韩、美、加拿大、土耳其、新加坡、中国香港地区的大学教材、中学教材和当地国汉语培训教材，还被国内多家大专院校选为教材与高中语文教材及教辅教材，并收入《全球100位名人与中学生谈名利》《全球100位名人与中学生谈诚信》《世界华文微型小说获奖作品集》《微型小说鉴赏辞典》《新文学大系·微型小说卷》《中国当代小小说大系》《21世纪微型小说排行榜》《中国微型小说名家名作百年经典》等海内外350多种集子。主编、出版过170多部集子。

微型小说的盛行是近40年以来的一个重要的文学现象。活跃于当代文坛的微型小说作家不断涌现，佳作迭出。凌鼎年从 1987 年转向以微型小说创作为主，是目前我国发表微型小说篇数最多的一位作家，也是目前我国出版微型小说个人专著最多的一位作家。王晓峰在《当下小小说》里提到："当下活跃在小小说领域里的小小说作者，据不完全统计，有上千人；产生了一定影响的小小说作家估计在一百人左右。"并把凌鼎年、刘国芳、孙方友、谢志强、生晓清等作家列入"第一批队"。[①] 在另一些侧面的描述中，也有这样的评价："经过多年的耕耘，滕刚已经进入了以凌鼎年、刘国芳等名家为代表的微型小说家阵容。"[②]

在小说各类文体中，微型小说历来受到轻视，常被人误为"雕虫小技"，其实，这种偏见是不经一驳的。因是篇幅短小的作品，就容不得半点拖沓和失误，这对写作者无疑是一种很高的考验。虽然微型小说灵活、容易下笔、准备快，但是要想在"螺蛳壳里做道场"，绝非指手画脚的菲薄者能之。它要求写作者对微型小说这种文体的特征能够轻车驾熟、运斤成风。微型小说的篇幅短小，却拥有"缩龙成寸"和"笑纳百法"的美学特征，[③] 只要写得好、写得奇，照样可以表达出丰厚的内涵。而且"微型小说乃小说家族中具备独特审美特征的一员，它体制虽短小，但细微之处见精神，艺术思维的空间绝不狭窄……有些微型精品的艺术魅力，恐怕较之优秀的中短篇小说亦不显逊色"[④]。因此重要的不是文体，而是作品的水准。君不见，篇幅不过 20 余字的古典诗歌，都可百读不厌，反复咀嚼，同样，经典的微型小说也能给读者留下蕴藉无穷的审美享受。

凌鼎年的微型小说量高质优，体现在题材内容、情节设置、人物塑造和语言风格等多个方面。下面从四个方面分别予以论述。

[①] 王晓峰：《当下小小说》，文化艺术出版社 2008 年版，第 76 页。
[②] 黄小玲：《从〈秘密情节——滕刚情爱小说〉看滕刚的两性观》，《广东海洋大学学报》2008 年第 4 期。
[③] 龙钢华：《试论微型小说的审美特征》，《理论与创作》1999 年第 6 期。
[④] 王菊延：《尺幅短制的魅力——凌鼎年小说集〈秘密〉读后》，《写作》1995 年第 8 期。

(一) 娄城风情与文化意蕴的呈现

凌鼎年的微型小说艺术成就,首先表现在题材的选择和主题的开掘上。新时期的微型小说创作中,取得了巨大成绩的微型小说家,无不都在题材上做出了重大开拓。擅长书写情爱小说的有滕刚,执着于创作笔记体小说的有孙方友,钟情官场小说的有秦德龙,作品见理趣深度的有刘国芳的哲理小说。这使得微型小说这种文体呈现出"百家争鸣、百花齐放"的繁荣局面。凌鼎年的微型小说,表现了独特的地域风情和文化内涵。其中,凌鼎年的风情小说,因题材的雅趣、风格的独特,在众多林立的微型小说家中独树一帜,奠定了其微型小说家的文学地位。

凌鼎年微型小说描写新的天地、新的人群,都以江苏娄东(太仓的别称)为背景,其浓厚的地域民俗色彩,那江苏味道、娄城气息,是构成他现实主义艺术的重要方面。凌鼎年擅长写民间的文人雅士、古物收藏、抗日历史、社会家庭,无不穷形尽相,妙趣横生。

凌鼎年的微型小说并不局限于揭示现实生活中的问题,而力图以更阔远的目光去观察当代社会的变迁,这类作品的思想内涵更为厚重一些。例如《独臂闵》暴露了社会中存在的不健全的机制和弊端;《要求代写书信的女孩》展现了一个女孩被人引诱欺骗而误入歧途的故事;《千万别带记者回来》更把一个家财万贯的企业家低调生活只为避税的伎俩曝光于众。这一些微型小说都言简意赅,切中时弊,振聋发聩。

民俗描写往往是凌鼎年微型小说最吸引人的部分,有的显然具有文化人类学的参考价值。诚如旅德华人作家谭绿屏指出的:"凌鼎年的微型小说是一扇观察社会、记录社会的窗口,不仅具有旺盛的生命力,而且具有连绵的不朽性,可供社会学家和历史学家作为时代特征、社会历史的研究参考,其综合的典型性和代表性,一百多年后仍是社会史实的研究资料。"① 如老舍笔下的北京市井风俗为人们认识北京文化展示了生动的图景，沈从文的湘西异域风情为人们认识湘西文化提供了窗口，而凌鼎年对娄东社会的历史描绘，为人们了解娄东地域文化的特色保留了最真实的素材。

凌鼎年把自己的家乡融合到小说创作的过程中，爱乡之情不言而喻。其作品中反复出现的地名"娄城"，不仅是小说中的文学符号，更是作者成长与生活的地域。太仓自古为文化之乡，人文荟萃，积淀深厚，形成了独特风格的娄东文化，为今天留下了悠久而优秀的文化财富，也为作者留下了不尽的素材。"凌鼎年长期生活在江南鱼米之乡、风光秀丽的江苏太仓地区，扎根于丰厚的生活土壤之中，着力弘扬真善美，鞭挞假丑恶，善于从纷繁复杂的社会现象中撷取精彩的生活片段，提示人物性格的本质特征。"② 一系列的作品如《法眼》《药膳大师》《天下第一桩》《斗茶》《盆景王》《荷茶香》《古兰谱》……行文中各色人流和故事，像向日葵瞄准太阳一样围绕着娄城展开。其中的古物收藏者、书法家、画家各具雅士风度，活灵活现，一切都在作家笔下如数家珍。他以清纯明净的童真心态和视角，深入细致地观察、体验太仓娄城的风土人情、众生众相，既展现对故乡热土的眷恋挚爱，也表明了创作者的青春活力与胸襟抱负。

凌鼎年的微型小说题材宽泛，且很有文化韵味。凌鼎年不仅是个谙熟地方文化的作家，同时是一位孜孜不倦地以宣扬太仓文化为己任的学者。而小说集中诸多故事，也就是从这里开始的：郑有樟、阮大头关于"天下第一桩"的争夺；张画家和李画家的一较高下；郑九思对郑板桥《风竹图》的鉴定；等等。"弇山"在凌先生的微型小说中更是被附以"神山"一说，虚无缥缈，藏有武功秘籍，可能是武林高手相约比武之地。林林总

---

① 凌鼎年：《过过儿时之瘾》，花山文艺出版社 2005 年版，封面。
② 单汝鹏：《笔下神性毕肖尽显南国风情——凌鼎年风情小说〈过过儿时之瘾〉摭谈》，《临沧师范高等专科学校学报》2007 年第 3 期。

总，读来觉得娄城、弇山虽小，但总有各式各样的故事在此上演，人生百态，尽囊其中。《过过儿时之瘾》书中"春云出岫"一辑，洋溢着爱国主义的情怀。其他的，如古玩、盆景、品茶、书画、美食等都在他的笔下一一展现。凡爱收藏的，都有一种癖好，只要是看中的都想方设法得到。《天下第一桩》中的郑有樟收藏似木非木的硅化石成癖，他知道了同城的阮大头收得樟硅化石树桩，"下定决心非把这天下第一桩搞到手不可"。经过几个回合，阮大头吃软不吃硬，被他为此桩写的考证文章感动，最后一文钱不要地将树桩送给了郑有樟。当然，行家也有看走眼的时候。《法眼》中的齐三元即是如此。他听信所谓的权威，与明成化年间的斗彩莲花盖罐失之交臂，后悔莫及。名为"法眼"：一是反讽权威的走眼；二是揭示真正的法眼可能是不显山不露水的，老者才是真的"法眼"。

"选择一些带文化意味的人物和事物来构成作品新奇化的文化色彩，同时用今天的现代意识去思考，评判它们的文化价值，在文本的构建过程中，并不过于依靠一些特殊的微型小说技巧，而是忠于作家的独特感受的传达，这便是凌鼎年文化意蕴微型小说的艺术特色。"[①] 凌鼎年叙述的大抵是娄东历史中的旧人旧事，运用的主要是古代小说里的传统写法，但我们并不感觉他的小说陈旧、落套，反而，我们在他的作品里读出了历久弥新的思想内涵，读出了兼容并蓄的新的手法。新的思想促成了新的手法的使用，新的手法又突出了新的思想。正是在这个层面上，凌鼎年的微型小说具有现代意味。

凌鼎年的微型小说，还涉足科幻、侦探、武侠等题材，不仅表现了作者的野心和勇气，也用作品证明了作者的修养和学识。但是，这类题材虽有可圈可点的地方，总地说来不及其文化题材的深厚和地域历史题材的独特，且存在着模仿的痕迹。另外，历史题材方面的小说里，涉及

---

① 凌鼎年：《让儿子独立一回》，东方出版社2008年版，封面。

的那些历史，作者并没有经历过，从而无法获得充分个人化的经验和感受，对历史的想象和叙述或许更多倚重的还是来自专业知识的资源。这导致小说在对历史和文化变迁的判断上，的确有深刻的洞见，而在具体的场景和细节上，却又总是缺乏一种丰满而细腻的审美感受，不能不说是一个遗憾。

文学作品作为对现实生活的一种持续发现，不是概念式的，不是对某种主流叙事话语的迎合或者屈从。恰恰相反，作家应该让自己的心灵之眼不断地处于敞开的状态，与最丰富最生动的现实做最热切最真挚的拥抱。只有这样，文学才能入源头活水，始终保持着鲜活、灵动和感性的状态。

（二）返璞归真的情节与叙事

微型小说的情节发展追求"尺水兴波"之妙，讲究曲折有致的变化美，扣人心弦，引人入胜。凌鼎年的微型小说不仅题材引人，读者可以获取相关的知识和丰富的信息，而且在情节的构思上讲究变化，独具匠心，具有很强的故事性。这也是他微型小说能够雅俗共赏的一个重要原因。

此类叙事模式经过清末民初的"小说界革命"，尤其是五四新文化运动以后，已经被现代小说叙事模式基本取代。弱化故事情节，而注重人物深层心理的开掘，注重整体性的情绪、氛围、意境的表现，以及注重从西方现代小说中借鉴各种叙事方法，已成为20世纪小说的主要发展态势。凌鼎年这种有意逆潮流而上，重归古代小说叙事传统的做法，有其积极的一面，有助于提示我们：在小说的叙事资源中，还存在着一种"讲故事"的本土传统，它的价值和意义，我们尚未穷尽。

中国古代小说在故事情节的安排中，十分讲究"悬念"的设置，甚至在每章、每回的结尾，都要留下一个悬念吸引读者。凌鼎年很好地继承了这一手法，在许多作品中设置了不止一个悬念，不仅使作品好读、耐读，同时扩展了作品的思想内容。以《魔椅》为例，文中"魔椅"究竟如何能腐化干部？教授们的研究结果又是什么？作者并没有告诉大家，而是在故事结尾处故意卖了个关子："笔者能知道的就这些，也就只能写到这里了。读者诸君，抱歉了。"这就是凌鼎年处理情节和结局的高明之处。不仅吊足了读者的胃口，又唤醒了读者的好奇心，使读者对作品产生强烈的印象。而且，这种写法也不会使故事不明不白，只要细心，仔细品味推敲，读者同样可以看出作者的用心，从而将故事叙述外的情节内容猜得八九不离十。凌鼎年在微型小说中，常常会有意无意留下一些悬念，让读者去想象、补充，一读再读。这与中国古代小说多用悬念，但到结尾时一般是大团圆的结局有所不同。凌鼎年的微型小说虽然都有结局，却并不一定是大团圆，它往往是这一故事的延伸和另一个故事的开始，这就是他立足传统又能创新的地方了。

《万卷楼主》《斗草》的结尾给了读者足够的想象空间，怎么来收尾，之后又怎么发展，都由读者来定夺。"一花一世界，一叶一菩提"，从凌鼎年的微型小说中，读到的不仅是人物、情节，还有背后的道理，类似"小故事，大道理"，凑着不累，看了有益，尤其是现代与传统的冲撞，凌鼎年有很好的把握。《盆景王》《古兰谱》《带徒拜师》《洋媳妇》都是其中的典型。凌鼎年的镜头感很强，一两个分镜头，寥寥数笔，就可以把故事的轮廓勾勒出来，颇见功力。微型小说限于篇幅，不好扩展，只能在精微上下功夫。《盲人夫妇》中讲述的故事简单扼要，但一读之后，便可清楚地知道盲人夫妇过往的经历及夫妇二人的契合。《美的诱惑》，同样是几个片断，就交代了故事的前因后果，令读者对设下的悬疑恍然大悟。凌鼎年微型小说有着一波三折的情节，小说里玄而又玄的情节、出奇制胜的结尾，每一个情节，每句人物的对话，都洋溢着作者的机智和老辣。而且，情节的这种出乎意料，在一篇文章中又不止一次出现。他笔锋一转，一个又一个的"奇迹"再一次产生的时候，你就会由衷地佩服起作者的智慧，

"立意角度的烛照性,情节构成的曲折性,结尾设计的艺术性,都体现了作者的精巧匠心"。[1]

除了构思的精妙,凌鼎年微型小说在艺术上的成功,令人每每击节称赞的还有它的叙述。就像是一泓缓缓流淌的泉水,它沉静而自然地流进你的心田,让你几乎是在不知不觉中,完全沉浸于故事的情景、氛围。当前,微型小说一个突出问题,就是叙事方式和叙述语言的有意风格化,而后者尤甚。说它是"有意风格化",意在突出这种写作行为背后隐含的猥琐的功利化动机。为了能够有效地吸引注意力,这种叙述往往采用一种明显的造作矫情的形态来进行,而缺乏必要的艺术真诚。这样的情况,不只在一些知名作家那里存在,更被一些准知名作家所效仿和复制,久而久之,习焉不察,为害不浅。殊不知真正成熟的微型小说家力图回避的恰恰就是这种雕琢的、矫饰的、匠气味四溢的"抢眼",而是尽可能让叙事自然、熨帖、内敛、沉稳。在文本中更看重的应是一种整体效果,绝不容许有任何不和谐的因素,妨碍这种整体效果的传达,哪怕它仅仅是一个特别漂亮的句子或者是一个特别精彩的字眼。在笔者看来,凌鼎年的微型小说中多数篇幅达到了这样的艺术境界。他的语言简净而细致,叙述从容而自然,而对故事的进程,尤其注意通过精心设置的特定的场景加以把握,以传达人物心理、情绪的微妙变化。

当然,严格来讲,凌鼎年微型小说里着重运用的传统叙事方式,也有其消极的一面和不可避免的天生局限——由于过于侧重表层故事的流畅可读,而往往忽略了对人生的更为丰富复杂的况味的把握,并且束缚了小说对人的更为广袤深邃的精神世界的勘探。而这对微型小说这种文体,更是一种难度极高的挑战。

---

[1] 傅宏岩:《谈凌鼎年小小说结尾陡转艺术》,《语文学刊》1998 年第 2 期。

（三）匠心独具的人物塑造

小说作为一种虚构的文学艺术，描写的对象是人，表达的是人性，阅读的对象还是人。因此，小说乃至文学说到底便是人学。长篇小说需要刻画成功的艺术人物，微型小说当然也需要，只不过它们表现的手法各异。古往今来，小说作品中已涌现出了许多典型的人物，那么，微型小说这种浓缩的文体，也能像一句俗语所说的"浓缩就是精华"，从而塑造出生动典型的人物吗？回答当然是肯定的。

凌鼎年作为微型小说领域的行家里手，在他的作品中同样成功地塑造了各类鲜明的人物形象。凌鼎年之于微型小说，最大的本领就是在短小的文字中，以寥寥几笔就能勾画出神形毕肖的生动形象。[①] 有为赴十年之约而苦等比武对手的中原神剑，有不计前嫌、唯才是用的骠骑将军，有固守封建思想的史老爹，有疑神疑鬼终让绿荷绝种的老菊头……在长期的大量的创作实践中，作者灵感频生，文思泉涌，用笔老到，简约生动，敏锐地抓住人物内在和外在的主要特征，寥寥数笔，跃然纸上，令人叫绝。以《怪人言先生》为例，作家紧扣一个"怪"字刻画守旧的教书匠言老先生。他性格孤僻，忌讳多多。然而，随着社会风气的变化，他退休后，却一反常态，不仅在服饰上标新立异，"喜欢起了红色的衣服，衬衫红色的，羊毛红色的，内裤红色的，外套红色的"，还戴了一顶红贡呢荷叶帽，而且谈起了黄昏恋，与40多岁的岑女士喜结连理。言老先生冲破世俗，紧跟新潮，勇于追求幸福的晚年生活，成为时尚新人，寓意深远。

凌鼎年人物刻画的另一个重要贡献，是他进行了"人物形象系列"的自觉创造。作为一个有着鲜明的艺术个性的微型小说家，凌鼎年创造了自

[①] 王淑秧：《古韵新声回味无穷——〈凌鼎年小小说〉读后》，《创作评谭》1998 年第 6 期。

己的艺术世界，对于进入他艺术视野的人物性格与命运，保持了持久的热情和关注。这些人物在他写于不同时期的微型小说中不断出现，构成了人物形象的系列。具体而言刻画了以下两种人物形象。

第一，凌鼎年微型小说中刻画了较多的古玩收藏家形象。这些人物，很显然与作者自身的经历爱好、所处的身份地位有关。凌鼎年作为一个喜好收藏的爱好者、传统文人，他身处其境，用心感受，把这些人物观察得细致三分，描写得准确生动，是再自然不过的事了。在他的笔下，以戚梦萧、齐三元、郑友樟、阮大头、夏三秦、柳拂云、乐野鹤、周寒冰、郑无极等为代表，展现了娄城的文人雅士形象。他们爱好艺术，有异于普通市民的嗜好，也不免存在性格上的缺陷，让人觉得既风趣儒雅又滑稽可笑。当然，这其中也有作者赞许很高的人物。《夏三秦家被盗案》中的夏三秦在文物鉴赏界有很高的威望，退休后回到娄城，因其与古物打了一辈子交道，所以被小偷给惦记上了。在一般的微型小说叙事中，书写小偷题材的数量，就仿佛同这个社会落网的小偷数量一样多，很难写出新意。但是，凌鼎年就显得更高一筹了。夏三秦家被盗，小偷偷走了不少夏三秦家收藏的文物，如唐三彩、青铜器、玉如意、石佛之类，但是让人意想不到的是，这些收藏品全部是赝品。这不能不让人感慨万千，作为一个有眼光的鉴赏家，不以专长为己谋私，与现实中多数人的行径和想法实有太大的差距，所以，一个大公无私、爱好收藏古物的君子形象，就在欲说还休的形式里浮出纸面了。

第二，凌鼎年微型小说中有不少柔美的女性形象。歌德的《浮士德》中有一句著名的话："伟大的女性，引领我们上升。"意思是说，唯有女性才能够引导我们走向永恒之境。歌德对女性的赞奖，基于他对人类基本常识的秉承，在他看来，只有女性才在意志和情感上秉持了最基本的人性。在一般人的眼中，女性的意志必然是柔弱的。然而，柔弱在很大程度上代表了弹性或韧性。《盼头》中的陆渺渺，嫁给了自己赏识的画家，家庭经济拮据,却无怨无悔,拧紧口袋支持丈夫买画具进行创作。作为一个女人,又刚刚死了男人,上有老下有小,她的柔弱一目了然。然而她又是坚强的、乐观的,即使处于最不利的境地,她也能善妥协,巧周旋,不放弃。先哲老子说"牝常以静胜牡",以柔克刚,陆渺渺看似逆来顺受的生存哲学,其实蕴含着很深的人生哲理。此外,《斗草》中的冉云子是一个精灵调皮的女性;《万卷楼主》中的秋水是一位温柔体贴的佳人;《茉莉姑娘》中的茉莉姑娘高雅脱俗,与慕名而来的知己相见恨晚,重情轻财,让人不解;《杨美人》中的沪剧演员杨美人,爱美如命,气质不凡;《依然馨香的桂花树》中忠贞不渝的桂花,流亡孤岛台湾后仍不忘旧爱;《草色青青》中被人冤枉、含屈而死的菊妹,催人泪下。作者仅用了很少的篇幅,点点笔墨,就把她们刻画得栩栩如生,让人流连忘返。

在这些人物身上,一些最基本的人类品性被保存了下来,如人性、母性、爱心、坚韧等,小说最终留给读者的是现世中难觅的温暖和怀想,文学也因此为人性的美妙留下了余地。

(四) 简练明快的语言风格

文学是语言的艺术。好的文学作品,必然离不开好的语言形式。微型小说篇幅短小,更强调语言的功力。那么,凌鼎年的微型小说又具备了怎样的语言魅力呢?

凌鼎年微型小说的叙事风格明快、简约,富于幽默感和反嘲,很大程度上得力于他对小说语言艺术的成功探索。他的语言具有明白如话的特色,吸收了传统说书艺术的长处,能朗朗上口,具有可朗读性。这样的例子俯拾皆是,《法眼》就有这样一段:

> 初一的一天,来了一位外地口音的黑脸汉子,此人年纪约三十来岁,说城里人不像城里人,说乡下人不像乡下人,憨厚中带有点儿狡

诈,精明中又透露着几分死性,让人琢磨不透他。

这样的语言不仅非常具有个性,而且耐味传神,十分简洁地就把来人的形象描述了出来,跃然纸上。但凌鼎年不同于那些仅仅模仿照搬传统形式的作家,在他的作品中,很少用方言、土语、歇后语;他绝不为了炫耀自己的语言知识或为了装饰自己的语言来滥用它们,他经过精心的选择、提炼,力图用最普通、平常的话语来准确又传神地表现最丰富、复杂的内容。日常生活中的"大白话",到了凌鼎年笔下就有了生命,发出了光辉。也常是旧词新用,俗语妙用,在语义的转换生成中产生一种解颐幽默的效果。

作者运用小说语言技巧的成熟之处,还表现在不同的人物语言的情境中,能够转换自如。《扫晴娘》里作者模仿日本人的口吻和语言个性,这样述说:"冲动的不要,冲动的不好,放下剪刀,放下。看你剪的时候,我的看法,你的剪纸,艺术,大大的艺术,多剪些,各式各样的,我的,统统买下,价钱的好说,不让你吃亏。"非常真实和有趣,让人捧腹大笑。

在语言的艺术性和通俗性的结合上,凌鼎年的语言达到了很高的境界。凌鼎年小说的风格适合广大读者,个性分明,雅俗共赏。凌鼎年的小说即使不署名,细心的读者也能容易把他与其他微型小说作家区别开来。

另外,凌鼎年追求含蓄、节制,以及简约、凝练的语言风格。他的微型小说语言有真意,去伪饰,具个性,追求醇和隽永的美文效果。他吸取了书面语、文言语的特长,因而他的小说长句精确、曲折而富韧性,短句重感兴,活泛有灵气。他不依仗辞藻,但不等于不锻造琢磨,而是务必拷问出语言的本色方才罢休。他的文笔随意识的流动纵情写去,多暗示,富情感美,色彩美。在文学艺术的一切功能中,审美作用应该是艺术最重要、最基本的功能。一件艺术作品，如果它只具有认识价值或教育价值，但不具有审美的价值就不配被称为艺术作品。凌鼎年的文学创作注意人伦价值、人文精神的提倡，是站在真善美的角度展开与生命的对话，再现了人的心灵和情感的美好，是对生命的礼赞。他的作品必将成为伴随人类生命长河一同流动的进行曲。凌鼎年的微型小说大多带有唯美倾向：优美的意境、清爽流畅的语言、温馨美妙的环境氛围，具有浓厚的审美情调，作品氤氲着的浪漫气息；平和淡雅的叙述语态，构成了他作品亮丽的风景。倘若将整个想象世界的存在当作"物"的话，那么，叙述语言的使命就是缩短"物"与"我"可能性现实世界及读者的距离，完成这一使命的路径就是用感觉性语言作为传达、沟通的中介，唤醒人们与自己过去知觉经验的某种联系。对世界的体验，充满色彩和旋律的视、味、听觉被通感语言表现出来，使小说产生了一种超越文学自身层面的文化表达语境，接近于"语言的狂欢"。这种狂欢的语言是充满激情的舞蹈，是腾跳于传统思维方式和观念之上的自由舞蹈。可以说，凌鼎年的语言叙述状态也接近心理学家马斯洛所说的"高峰体验"，从中我们感受到超越一切的和谐和愉悦，优美、宁静而纯粹。

凌鼎年有意将小说作为通俗故事来写，他对微型小说叙事结构和语言的探索，获得了突出的成就，实现了艺术性与大众性的比较完美的结合。这正是凌鼎年创作的主要特色和贡献，并由此决定了他在新时期微型小说作家队伍中的特殊地位。

近数十年，在异常喧嚣的时代里，纯文学事业日益凋零，与读者隔膜起来，渐行渐远，但是微型小说以亲善的面貌出现，并与缪斯的信徒们一拍即合，出现了文体的繁荣局面。即使如此，微型小说仍有许多尚未解决的问题——甚至连最基本的学名，都存在着遗留问题或不休的争论。[①] 微

---

① 龙钢华：《小说新论——以微篇小说为重点》，湖南人民出版社 2006 年版，第 168 页。

型小说虽是小说家族中的新锐力量，但在根深蒂固的旧观念面前，它仍然显得尴尬被动，任重而道远。

所幸的是，虽然存在着诸多的问题，但是出现了一批披荆斩棘的仁人志士，他们热爱文学，立足微型小说，未雨绸缪，甚至和微型小说这种文体共沉浮。这其中，凌鼎年作为当代文坛活跃的微型小说家，无论在创作的弘扬与倡导方面，还是在亲身的实践创作方面，都为微型小说这种文体的发展贡献了一己之力。

凌鼎年的微型小说，不是个案，对当代微型小说的研究具有普遍的价值。本节通过对凌鼎年微型小说进行文本分析，窥探其艺术成就，略论一二，虽不能对微型小说文体特征和发展趋势进行整体研究，但仍期能以"一斑而窥全豹"，实现对如此文学现象的记录和探讨。

凌鼎年的微型小说创作总体上是古典主义、现实主义的，但他不时跳出来，站在现代思想的高度，用现代表现手法，去关照他表现的生活，去处理他的创作问题，使得其小说变得更加丰富多彩，变得更富有审美价值。"艺术的审美不仅鉴定着生活，而且鉴定着人的情感和良知，也鉴定着一个人志趣和人格的高尚与卑下，只有那些不仅关注自身的生活天地，而且也关注着与自身全无关系的人们命运的人，在情操上才是真正高尚的人。"[①] 凌鼎年以深切的目光关注着娄东大地上广大民众的生存状态，把故乡风土民情作为自己创作的支撑点，描写了江苏乡土生活的斑斓色彩，超越了自我，走出个人的小天地，扑向了故乡的一片热土。

（邓玉琪　龙钢华）

[①] 何新：《艺术现象的符号——文化学阐释》，人民文学出版社1987年，第14页。

二十三　驻足爱情看人间世象
——试析袁炳发《爱情与一个城市有关》的爱情婚姻题材微型小说

袁炳发作为微型小说 30 年成长的亲历者，在中国微型小说界，袁炳发与侯德云、于德北被称为"东北三剑客"。袁炳发的微型小说题材较为宽泛，以反映当代社会生活为主，善于总结平常人生活中的经验，其中涉及较多的有爱情婚姻题材的作品。爱情视角是袁炳发微型小说的一个重要表现视域。恋人间的爱情、夫妻间的爱情、情人间的爱情，各种千姿百态的爱情，在其微型小说集《爱情与一个城市有关》（吉林出版集团 2010 版）中叙写得各具风情，绚丽迷人。下面从三个角度予以论述。

（一）爱情的滋味

《爱情与一个城市有关》共收录作品 59 篇，而与爱情相关的作品有 36 篇，占半数以上。其中，除较少几篇以传奇故事和人生百态为主以外，涉及更多的是爱情婚姻题材，足见作者对这一题材的偏爱。爱情的滋味丰富多彩，纵观袁炳发这部作品集的爱情婚姻题材微型小说，大体可以分为以下七类。

1. 爱情的本质——纯真的爱情

爱情千姿百态，最不能整齐划一，但有一点是共同的，那就是它的本质特征是纯真。真挚纯洁的爱情，是两个灵魂的认同与默契，是没有任何附加条件的，是排除了功利性干扰的爱。在这类作品中，《寻找红苹果》

描述了对美好爱情的执着追求，只为守护那份单纯与美好，揭示了爱情的本质和深刻内涵；《重要》表达了爱的美好情感就是相恋的两个人只要在一起，生活就会很美妙，"多少带点傻气或稚气"，傻得天真，傻得单纯，但显示出来的爱情晶莹、纯洁；《移植》则强调了真正的爱情，无关乎财产、地位、学识、门第出身，不管他人如何评价，自己都对其他人或事视而不见，充耳不闻，所爱者全在对象本身；而《男孩和女孩的故事》则展现了世俗尺度的价值标准对纯真爱情的破坏。

2. 爱情的渴望与失误——苦涩的爱情

世上相恋的人，没有品尝过相思滋味的不会很多，没有体验过爱情的辛酸苦辣，没有从中感受到爱情充满难言的苦涩与无穷甜蜜的人，也不会很多。但正因为爱情之路的艰辛与不易，才容易在不经意间就放走了爱情。例如，《爱情在冬天光顾了我》《秋天》分别讲述了"我"和晓婉都一度小心翼翼地守护着自己的爱情，认为那个"她"和"他"会属于各自，但事与愿违，没想到一切发生得那么突然：冬冬只是为拯救妹妹而假装爱"我"，不管晓婉多温柔、细腻、体贴，"他"决然地再不会回来。《回忆我和米雪的恋爱》中米雪的父亲曾是著名的儿童文学作家，由于无法忘记身心遭受过的伤害，迫使米雪和当作家的"我"忍受长期两地分离的痛苦。《初夏》中的"我"在懵懂的岁月同小满犯下错误，"我"匆忙离开，给深爱"我"的小满留下了无尽的伤害。当"我"重新回到那个地方寻找小满时，却再也没能找到她，直到站牌下的偶遇，火势在小满身上蔓延。《青春的失误》则说明了爱情里容不下一粒沙子，尽管只是无心的过错。《十年》让人明白了爱情一旦错过就再也回不去了，不管曾经有多么美好，如今又是多么怀念与不舍。《爱情与一个城市有关》则揭露了现实中某些爱情与物质的紧密联系的误导，以致在极力追寻爱情的同时爱情却已渐渐地离我们远去。

3. 爱情的力量——让人震撼的爱情

爱情婚姻题材的微型小说为我们展示了以死相拼相争、相随相从的爱恋，他们都能够为自己心中长期驻扎的那个人，用生命去维护他们的爱情。例如，《麻五》中的麻五完全置自己的生命于不顾，为小香子寻求长在悬崖边上的香香草治疗妇女病，只希望自己所爱的人能过得好，最后麻五在采香香草下山时，由于抓着的那根树藤突然断裂而丢了性命。《罪恶一种》中的"我"婚后与身为他人妻的芸相好，为使今后能坦荡地与芸在一起，"我"逼迫妻离婚时，却恰巧自家房屋失火，妻子奋不顾身只为救"我"，无暇顾及儿子的安危。这场大火夺走了儿子的生命。在这危在旦夕的时刻，妻心里只有"我"。而芸，竟是纵火者。这篇故事里，同样是爱着"我"的两个女人，一个为了"我"可以完全不顾自己的生命，而另一个为了"我"选择的却是毁灭生命。《让姨奶想疯了的那个人》讲述了一个让姨奶念叨了一生的男人，一个只有姨奶知道有多好的男人。尽管奶奶极力反对姨奶对一个不存在的男人的痴情，姨奶仍然是念了一生、守了一生，直到生命的最后一刻，不管旁人看来是多么的痴傻、不值得。《男人》则表现了在遭遇危险时，"男人"伟岸的身躯总是为自己所爱的人、所爱的家抵挡一切风雨，他是一座山。

4. 爱情（婚姻）的悲剧——戏剧化的爱情

有句话叫"为朋友两肋插刀，为爱情插朋友两刀"，总有些人为达到自己的目的恶意中伤他人，而明明相爱的两人往往最经不起谣言。例如《尾随》《张三的悲剧》，都因错相信朋友，对朋友倾诉心中的苦闷，不料这正成了朋友惦记自己所爱的人的着手点。米莱因成一的朋友皮皮看似无心的话"成一哪儿都好，就是从小有尾随漂亮女孩儿的癖性"，想到自己就是成一尾随的漂亮女孩之一而分手；面对张三是否有情人这一问题，李四阳奉阴违，一边答应张三绝不跟其他人提起，一边又在张三的妻子面前挑拨离间，致使张三夫妻离婚，不久李四就与嫂子再度结合。偶然唤醒的欲望、不满足的贪念一旦打破往日的平静，便注定了今后的不可收拾与悲剧，如《凶手》。胡小琴因一次同学聚会后，突感自身与昔日同窗的物质差异，开始走向寻求物质享受的旋涡，与房地产开发商刘大军从最初的暧昧缠绵到肆无忌惮，这也最终造成了丈夫的自杀。到这时她才发现，原来自己内心最需要的还是丈夫，最后她以平静的方式在晚餐中与刘大军喝下有剧毒药液的酒双双死去，以弥补心中对丈夫的愧疚。《毁灭》中的孙晓，原本是戏剧团一朵鲜嫩欲滴的鲜花，可现实的生活环境愚弄了她，无可奈何地成了团长的情人。虽如自己所愿成了该剧团的正式演员，但为团长堕胎后，孙晓身子状态每况愈下，再也担不了大梁。随后团长另寻新欢，孙晓遭弃，可想而知后面的人生也注定从此成了悲剧，正如题目"毁灭"一般。《感动》讲的是中年男人每天对电话那头亲切的叮嘱，引起中年女人的好奇与羡慕忌妒，由此对自己同样是单位采购员的丈夫心生埋怨，却不料一切都只是假象而已。《怕冷》则极具讽刺性地讲述了因短裤头带来的欢愉与便利而得来的爱情，最终还是逃不过因此留下的阴影与后果，这样的爱情也注定不能长久。

5. 爱情进入家庭后的甜酸苦辣

生活的本质是复杂的、偶然的、充满不确定的，而爱情是生活的一部分，当爱情真正进入婚姻，它呈现的姿态也必将展现得丰富多彩。《学问》讲的是妻的漂亮使"我"对其一味谦让，家中一度实行"厂长负责制"（妻子就是家里的"厂长"）。为使自己在家中也能有一定地位，"我"想出了一系列措施来挫杀妻子的霸气，最终赢得了家中的权力平衡，表现了经营婚姻的学问。《白狐》揭露的是进入婚姻后，曾经的感情难以经受权力与美色的诱惑，在贪图这些享受的同时，却不知最容易瞬间失去所有。《岗位》意在说明爱一个人的同时需要充分尊重她的意愿，呵护她的个性与兴趣。《年轻时的事》则告诉我们，夫妻间的感情在生活中也会被磨破，但磨破的感情可以像补袜子一样补好。《心理学教授》表现的则是一个在妻子那受尽屈辱、毫无尊严的丈夫，欲找回尊严与自信，爱上极度崇拜自己的矮胖女孩，并可以为她万事敢为，完全失去理智，最后因抢劫银行未遂而被判处有期徒刑。这篇故事告诉我们生活中一个普遍的道理，过度的打击，只会使事情不断朝自己不愿看到的方向发展；适当的赞赏，才更能赢得他人的支持。夫妻间的相处亦是如此。

6. 爱情的智慧与缘分

爱情是要讲缘分的，或者说爱情确实在有缘分没缘分这个问题上显得很突出。应当明白，适时放手，有时不失为一种智慧。《挨打》讲的是情人与妻子同属一个办公室，情人在感受到妻子的善良与其内心不安的同时，主动与他分手，并从此善待妻子。《下雪总比下雨好》讲的是"我"和他在北方秋末冬初的第一场雪相遇相惜，但为了保留给家中的那个他或她一份纯洁的爱，他们只是吻后就各自分了手，正如文中写到的"雪能净化人的心灵"，他们做出了理智的行动。

7. 情感的迷茫与困惑

作者在讲述这些故事时，没有直接表明自己的态度，而是引领读者进入深层次的哲学、心理学、社会学的思考，来探索和解答这些迷茫与困惑。这类作品包括《网事》《杀蛇》《暗算》《与一瓶茅台酒有关的爱情》《天真》《对面》。

通过上面的粗略分析，我们可以看到，这些作品在广度上涉及了爱情和婚姻的方方面面，直到每一个角落；在深度上触及了爱情和婚姻的每一个层面，直至性爱和爱情心理。透过这些，我们又看到了社会生活和社会意识的折光。

（二）爱情叙述风格

爱，不单是文学的永恒主题，也是人类社会的永恒主题。无数的文艺作品对爱情与婚姻进行描述和表达，引发大家更深刻的思考。袁炳发笔下的故事随着作者自身的发展，经过 30 多年的探索和磨炼，带给读者更多思考的同时，也逐步呈现出自己的艺术个性。他的创作题材和立意大致是一个从集中趋于多样，从单纯到力争深刻的过程。说到他的集中和单纯，是指他比较喜欢叙述男女两性的爱情故事和家庭故事；至于多样与深刻，则是指他能较丰富地展现人类感情的多样性和复杂性，并从爱情题材走向社会题材，概括出某类人情感世界的深层内涵。下面分两部分予以介绍。

1. 爱情的集中与单纯轨迹

《贵州民族报》记者在评论袁炳发的爱情婚姻题材微型小说时说"写法非常优美浪漫"，他在涉足微型小说领域时，就沿着两条轨迹运行。在他创作早期，集中和单纯是这一阶段他的作品题材和立意的最有力概括。[1]代表作有《寻找红苹果》《男孩和女孩的故事》《下雪总比下雨好》《杀蛇》《年轻时的事》等。

《男孩和女孩的故事》中，男孩和女孩爱得很真诚、隽永，但在男孩想到"自己这很茂密很美丽的黑发肯定也会变成很稀疏很苍凉的白发"的瞬间，他们的爱情便因此结束了。这种无奈透露出了人生的某种悲剧色彩。

《对面》讲的是作为编辑的"我"对坐在对面的丽萨产生了好感，丽

---

[1] 杨俊福：《写作应当有感而发——对话小小说作家袁炳发》，《贵州民族报》2011 年 4 月 12 日。

萨让"我"感受到在办公室工作从未有过的春意盎然,使"我"能够找到最佳的工作状态。但是有一天"我"忽然听到丽萨同主编激烈地争吵,看到丽萨一手指指点点,一手叉着腰,完全不见了往昔的美好。这个故事中代表着美丽、青春、性感的丽萨,在那位曾经对她还满怀幻想与希望的编辑面前轰然瓦解了。这个瞬间毁灭了他对美好事物的追求,甚至对这座城市也充满了失望。这个瞬间为我们揭示了"美"的内涵,心灵美才是真的美。

《下雪总比下雨好》中,在北方秋末冬初的第一场雪,他和她相遇,并互生好感,为保持内心的那份纯洁,"我无意做你的情人,你也无意做我的情人",最后分手各自回家。故事情节清晰明了,却又令人回味无穷。

《杀蛇》中男人发财后,用很多钱,使很多花招,把小他十几岁的女人弄到手。之后,男人又购买了一幢小楼开始金屋藏娇。女人耐不住寂寞,勾搭上别的男人。被男人发现后,男人就买来细绳和蛇,叫女人在院里观看他如何杀蛇。男人说:"女人就是蛇呀。"不久,女人用一根绳子,把自己像蛇一样地挂在了楼下院内的树上。这令人深省的瞬间,使我们看到了男女性爱的深层意识和种种被紧紧包裹的隐蔽心理,使作品意蕴更为深厚,因而更加耐人寻味。

《年轻时的事》写了男女主人公结婚8年吵了8年,丈夫有过离婚的打算,但最终又和解了的故事,他们和解的契机是补袜子——袜子可以补好,男女之间的感情也可以补好。这也是当代社会家庭生活普遍问题的一个缩影。

袁炳发的不少作品都类似这样,写到了一种青年男女爱情纯粹的美好或是失败和家庭婚姻的破裂,机智地描写男女之间的对抗和矛盾,走向化解与和谐的过程与阶段。袁炳发能够在那些并不浪漫的爱情悲剧和比较浪漫的爱情喜剧里,用优美浪漫的写法,暗示一种立意,找出爱情失败、家庭破裂的某个因素和挽救的契机,并由此得出一些警世的生活哲理。但在这些爱情悲剧和爱情喜剧的叙述中，作者的立意是清浅和单纯的。这有助于读者快速与作者沟通，认识作者对生活的体验与感悟，理解作者心目中的爱情和家庭，领会其的睿智与经验，可也显得作家早期的爱情微型小说过于理想化，聪慧有余而蕴藉不足。

2. 情感的多样与深刻

随着艺术经验的丰富，袁炳发的爱情题材微型小说的创作手法渐趋成熟，创作题材与立意也进入了更深层次的领域，驾轻就熟地走向微型小说能承载的厚重与精致，从而折射出耀眼的理性光芒。爱情故事的情节走向多样，两性情感的冲突内容趋于复杂，更突出的是，作家主体和叙述者的主观因素开始在作品的立意中增加了分量。袁炳发不再一味通过叙述一个凄婉动人的爱情故事，来让读者理会一种爱情哲理，把握一种故事显示的单一意蕴；而是随着叙述者的命运沉浮，不动声色地增加了作家主观的道德评判和审美评判，使作品的立意间接地体现出作家本身的睿智与深刻。[①]

在叙述的内容上，他增加了一种对爱情深层心理机制和个性深层内涵的思索与探求。这种追求使得袁炳发的爱情题材微型小说开始脱去清新单纯的外衣，而逐渐构成绚丽多彩的复杂形态和厚实凝重的多层意蕴。

《青春的失误》与《张三的悲剧》相比，袁炳发虽然也叙述了爱情与家庭的悲剧，但是，作者已不只限于第三者的言语对婚姻质量不高的家庭的戏剧化命运的打击，而是在爱情和家庭的悲剧背后，点破一种男性文化占统治地位时，男性深层心理对女性的不合理的贞洁观和爱情观，暗含了作家对这个爱情悲剧的根源不留情面的针砭。

---

① 刘海涛：《人性深度与立意形态——黑龙江袁炳发论》，《绥化学院学报》2012年第1期。

《爱情与一个城市有关》的故事里，袁炳发透过一个被爱情伤害，心里充满恨与报复而把自己变得强大的女子的变化，挖掘了一种人性内心深层的占有意识是生活和爱情的基本动力的深刻内涵。袁炳发在《天真》里，写了看似天真无知却对男女之事毫不避讳的女孩，使"我"最终选择了逃离。在这种不显山不显水的调侃中，读者看到的却是一种人性深层世界里的潜意识。

这种人性深层因素的探索和作家主观叙述主旨的强化，致使袁炳发的爱情题材小说走出了那种甜腻轻飘的格局，而显出一种情感的复杂化和内蕴的多层性。

在叙述形态上，袁炳发的爱情微型小说有两种基本模式。一种是以《与爱情无关的岁月》为代表的第三者叙述主体，典型的"抽象式叙述"。主人公分别为不知名的"他"和"她"，故事情节不需要过多的细节来填充，只保留情节的主干做支撑，故事语言有意做一种哲理化的整饰。这一切很自然地构成了袁炳发爱情小说"生活式寓言"的色彩。这种"寓言式"的"抽象叙述"比较符合微型小说的文体特点，且容易构成哲理化氛围。另一种叙述形态是以《白狐》为代表的"具象式叙述"。《白狐》的立意虽说仍属于清浅的行列，但它的构思方法和叙述方式是微型小说的典型，语言简洁，故事情节悬念十足。全篇集中笔墨写白鸽为男主人公唱《白狐》这一细节，文中的环境与歌词的内容都为男主人公家庭与事业的破败埋下了隐含的叙述，微型小说独特的生活化与艺术化相交融的魅力，在这篇作品里有了充分的表现。

微型小说是种轻灵、自由，有独特审美意趣的文体，但在轻盈的外表下是生活与艺术的厚重积累。袁炳发的微型小说无论是内容和结构还是思想立意和艺术趣味，都有着巧妙的融合。

（三）爱情与现实

爱情，是一个说不尽的话题。袁炳发的作品集《爱情与一个城市有关》中的爱情题材微型小说，向我们展示了当下城市的另一种爱情文本。其实，与文学作品相比，现实中的爱情问题和情感困惑更加复杂，更加需要面对，更加值得我们思考。现实中的爱情往往躲不开世俗的负累和功利的诱惑。面对如此复杂、难解的社会百态，当今社会到底还有没有真正的爱情？这是在如今社会高速发展而信仰迷失的状态下人们经常会问到的问题。对爱情，以及由爱情、婚姻、家庭引发的种种社会问题，我们又该如何看待呢？在袁炳发的作品中对爱情分以下三种方式来处理。

1. 单纯和纯粹爱情的挑战

单纯与纯粹的爱情，是我们渴望拥有的，却也可能是如今的我们终其一生也无法实现的梦，但在袁炳发的作品中，单纯与纯粹的爱情却不乏篇章，如《寻找红苹果》《重要》《移植》。在《寻找红苹果》中，朗失去了晴以后找到第二个晴。但朗去看第二个晴的那个黄昏，看到晴和一位老人吵了起来，把老人骂得气冲冲地走了。朗一下子明白了："她真的不是晴，真的不是我心中的红苹果。"这个瞬间让我们回想起晴和朗的美好爱情，同时使我们领悟到：红苹果不仅象征着美好的爱情，也象征着美好的生活。朗寻找的不仅是失去的爱情，更重要的是美好爱情创造的美好生活。朗寻找的爱情，更是一种纯粹的美好。在《重要》中，小奇跟坤更像是一对正处在热恋中的青年男女：北京男孩坤来到成都跟小奇一起大口大口吃串串香时，才发现原来跟相爱的人在一起，串串香的味道是那么让人留恋，让我们看到平凡的爱情可以美到不掺任何杂质。《移植》中，坎坎身材姣好，事业辉煌，但她的感情生活在人们心目中是个谜。关心她的人纷纷为她牵绳引线，直到遇见"有一双温柔略带忧郁的眼睛，在看她的时候静谧得如同一枚无风自落的树叶，让人格外心疼"的桥，他对坎坎的美貌和财富看得很淡，最后坎坎成了桥的新娘。朗、小奇、坤、坎坎，他们都有一份单纯的爱，并真诚地守护它，自己也从中收获到一种别人无法体会的宁静。这些得到了或始终在寻求这份爱情的可爱人儿，在现实社会中又是那么的惹人艳羡。

恋爱、结婚是每个人一生中最重要的事情之一，对人生的影响也极其重大。美国学者埃·弗罗姆认为，爱，不是一种纯粹意义上的快感，而是一门艺术，一门需要通过知识和努力才能学会的艺术。爱情不是转瞬即逝的浪漫的结合，也不只是一种强烈的情感，而是一种将双方紧紧联系在一起的意志行动。① 时代发展到今天，物质生活水准的提高令他们更真实地意识到，爱情和婚姻不可能完全脱离活生生的社会现实，爱情不是空中楼阁，难以彻底抛开物质的影响，谁也不能忽视物质对爱情的意义。在越来越物质，越来越势利的时代，年轻一代出现"崇尚物质"的价值取向，也就不足为怪了。物质和金钱的追逐才是他们的选择，他们的爱情与婚姻自然也随之带上了功利的色彩。在爱情物化了的社会，脱离现实物质环境的"真爱"状态也很难出现。维系婚恋关系的主要力量也不再只是感情的需要，而是更高物质生活的需要，感情至上的爱情观和婚恋观受到前所未有的挑战。②

2. 世俗的丑陋的表现及延伸

人们习惯把社会比作一部大书，把生活比作一面镜子，很形象。人类社会发展到现在，就像一部大书一样，错综复杂，精彩纷呈；古

---

① 陈鲜艳：《80后大学生婚恋观研究》，《当代青年研究》2011年第9期。
② 张颐雯：《寻找属于自己的幸福——当今社会还有没有真正的爱情讨论综述》，《北京文学》2011年第12期。

往今来，尽管社会不断在进步，但每一件事情的发生总免不了带有前人的痕迹，它一点一滴存在我们的血液中，或多或少影响着现代人的生活。爱情，在文学作品中，虽说也是对社会生活中的某些现象的反映，但更像是一个个带有些哀伤凄婉的童话故事，远远不及社会生活中来得沧桑。例如，袁炳发的《网事》《与一瓶茅台酒有关的爱情》《对面》中的人物，他们都活生生地存在我们的身边，在生活中我们能很容易地找到他们的原型。《网事》讲的是一对中年男女因网络结缘，相互之间产生爱慕之心，病后网上再遇，由于忍受不了相思之苦，便通电话约定见面一睹佳容，却不料"老蝈蝈"爱上的只是"小蜻蜓"32岁的年龄，"老蝈蝈"的失约令"小蜻蜓"怎么也想不明白，从此不再上网。这个故事反映的正是近年来科技进步带来的网络便利，在网上我们可以随心所欲交想结识的陌生朋友，但同时这种虚拟的网络社会也带有很大的欺骗性，包括欺骗感情。《与一瓶茅台酒有关的爱情》带有一定的戏剧性效果，一瓶茅台酒误打误撞成就了"我"和雪雪的爱情，让岳父一家接受了"我"和雪雪的婚事。那瓶茅台酒的辗转，反映的正是现如今人际关系的复杂，送礼投其所好，有所求的便有可图了。《对面》中"我"对丽萨的美好形象与某些情愫的期待瞬间毁灭和消失，概括了职场中某些人自以为八面玲珑，维护了自己的完美形象，但势利的本质终究还是会被自己的某些细节出卖。这告诉我们，美丽的容貌、时髦的打扮、现代派的言谈举止和青春的活力固然是美好的，但心灵的美好更为重要。

一定程度上，这些作品都有力地揭示了生活中情感的某些困惑与不足，但触及的只是一个小小的层面。很多人认为，多年以前的中国才存在真正的爱情，现在的中国社会被物质所淹没，对金钱和物质的追逐让人迷失了生活的方向。有的作者甚至激烈批评：当下社会怎能不叫人感觉到爱情的沦落？爱情沦落到只能以钱论价了！于是，面对金钱和物质的诱惑，很多人开始迷茫,渐渐地,有些人为了面包,沿途丢掉了爱情,甚至亲情。殊不知,丢掉的这些,正是我们生命中最珍贵的东西,现实往往很残酷,失去了就再也找不回来了。

3. 后现代的家庭和感情矛盾

随着社会的进步,人们对爱情的质量也越发的关注。现代的爱情是男女两性间的一种特殊的社会精神关系,以互爱为前提,要求自由、平等、强烈、持久、排他。但在追寻爱情的途中,物质、美色的诱惑刺激的数量越来越多,越来越大,所以爱情的形式也出现了多元化、个人化的趋势。同时,衍生出一系列具有后现代意味的家庭和感情矛盾:在夫妻关系上,妻子如何面对丈夫的红杏出墙,丈夫如何面对别的男人对妻子的不轨意图或妻子的红杏出墙,等等。[①]

在这部作品集中,有妻子面对丈夫的红杏出墙睁一只眼闭一只眼,而丈夫却想对情人完全占有的一种控制欲,如《杀蛇》,篇中的男人在得知女人勾搭除他以外的男人时,以杀蛇的方式逼迫其自绝。有妻子面对丈夫的背叛,仍对家庭不离不弃,始终以丈夫为天,如《罪恶一种》。有妻子面对丈夫在外的不轨行径,用自己的善良,从与第三者的接触入手,最终使其自动离开丈夫,如《挨打》。有妻子面对丈夫的不忠,在家庭破裂离婚后,对丈夫心生怨恨而计划复仇,致使丈夫身败名裂,如《白狐》。有丈夫面对妻子肆无忌惮的不忠挑战,因物质上对妻子的歉疚却只能忍气吞声,在忍受不了的那一刻发疯似的冲出去而最终丧命,如《凶手》。这些丰富的情感生活是现代都市人要面对的现实家庭问题,我们很轻易地就能在文本中找到影子。

现实的爱情是由两个因素构成的,即物质因素和精神因素,爱情观就

---

① 田彬华,余艺芸:《电影〈画皮〉现代爱情家庭观解读》,《电影文学》2008 年第 24 期。

是二者博弈的结果。物质和精神的博弈是旷日持久的,但物质压倒精神只是暂时的。因为人类最本质的爱情是纯真的,人类因为精神总能战胜物质而一直进步,所以,那些在时代大潮下随波逐流的人可以被理解,那些坚守情操的人更应该被敬仰。

爱情,一直伴随着人类的发展共生存、同变化,它蕴含的内容,包罗万象,俨然不是笔者所能完全明白的。在此,笔者仅就袁炳发的爱情题材微型小说,试着窥探爱情的世界。在袁炳发的作品中,有恋人间的爱情、夫妻间的爱情,甚至情人间的爱情。他不仅写了爱情美好的一面,更写了爱情给人带来的无常、尴尬甚至残酷的一面,令人无奈或者心灵战栗。这不只是讲述一个好看的故事而已,这种虚构的艺术有它强大的精神内涵,或多或少地分布在现实中的某个角落。

对于爱情,其实每一代人都在寻找属于自己那个时代的爱情观,不论保守还是开放,那都是现实种下的果实,对爱的理解也随社会的发展一步步成熟并各具特色。我们要学会善待爱情,学会经营婚姻,这与交易没有多大区别,但这是来自我们内心的真实,只是与现实发生了碰撞。爱情需要保鲜,婚姻需要保卫;爱情需要相互信任,婚姻需要相互沟通。《爱情与一个城市有关》给读者带来更多的自悟和树立一种精神,现实虽冷,但爱情尚存。或许我们付出的太少,想要回报的太多,所以引发了内心与现实相悖的价值观。其实,一个真正幸福的人,对于悲伤、恐惧以及生命中的失败和挫折应该是免疫的。我们要试着接受失败,毕竟真正的爱情之路从来不会平坦。

(蒋红艳　龙钢华)

二十四　秦德龙微型小说的冷幽默

秦德龙，1955 年出生于京东蓟县，落户于河南郑州，当过知青，做过工人，读过大学。从 1980 年开始进行文学创作，2002 年加入中国作家协会，同年荣获中国作家协会创研部颁发的"小小说星座"奖，名列中国当代小小说风云人物榜，2009 年获得第五届中国小小说"金麻雀"奖。现任中国铝业股份有限公司张青岗矿办公室主任，高级政工师。已发表报告文学、散文、小说等千余篇逾百万字，先后被《作家文摘》《读者》等报刊选载，入选《中国当代小小说排行榜》《微型小说鉴赏辞典》《世界华文微型小说精选》等 70 余种文集。

秦德龙出身平凡，平民气质与世俗社会天然融合，恰好与小小说的特质相契合，这直接影响了他的创作道路。因此，在他的作品中，关注最多的是社会底层小人物的喜怒哀乐，关注着他们的来路与归途，关注着他们的命运，并且把这一种关注渗透到他们的意识和心灵。其大部分作品以人的本性为出发点，描写人在外在和自造的世界里的处境：尴尬、窘迫、无奈、痛苦。另外，秦德龙的作品中还包括了政治、经济等多个方面，透彻地展示与分析了生活的复杂与生命的真纯。他创作的最大特点在于消解生活中的尴尬与不快，就是让笔下的人物去消解现实生活中无法摆脱的身体痛苦和灵魂纷扰。另一个特点就是英国式的冷幽默——睿智、冷峻、峭拔，凛凛然带有一股绅士之风。

正如第五届金麻雀奖的获奖评语说的那样："秦德龙属于探索性很强的作家。多年来一如既往地关注着'正在发生时'的现实社会人生，并不断地有所发现和思考。读秦德龙微型小说作品常常会有一种新颖感，对于社会上的新鲜事物和热点问题，别人还没来得反应的时候，在他的作品中已经应运而生了。"① 他的作品时时紧扣住现实生活，联系实际，反映社会现实问题，使读者在轻松、朴实的语言中，引人深思，发人深省，颇具影响力。但是，对于秦德龙微型小说的研究还很少。其中一篇是楚天遂写的《一往情深的底层关怀——论秦德龙微型小说集〈到城里种麦子〉》，作者主要是从深情厚重的乡村情节、温馨感人的母爱主题以及巧妙多样的叙事策略等方面，来揭示作者对于底层民众的悲悯情怀的主旨。② 另一篇是田甜写的《近二十年中国官场小说研究》，作者从多个角度对秦德龙官场题材的小说进行深刻的论述，并且以敏锐的视角和轻松幽默的笔调，将官场上的各种人物刻画得惟妙惟肖，进而对人性进行深度开掘，让读者能够领略和赏析出文章的妙处。③

到目前为止，对于秦德龙微型小说的思想和题材领域都有了一定的研究，但是，对于他微型小说的冷幽默式的艺术表现还没有任何的研究。因此，我们很有必要从选材、主题、人物、表现方法、语言这五个方面来对秦德龙微型小说的冷幽默进行探讨。

幽默是通过讽喻、双关、影射等修辞手法，在善意的微笑中揭露生活的不合情理和荒谬之处。其表现方式上则具有含蓄或令人回味深长的特征。

冷幽默是指带有一丝黑色幽默的意味，却又区别于黑色幽默，是一种意图不明显的幽默。它并不需要刻意地达到某种幽默的效果，而是一种比较随意的、淡淡的幽默，在文字中不经意间自然流露的幽默，是让人发愣、不解、深思、顿悟、大笑、回味无穷的幽默。秦德龙微型小说中的冷幽默表现在以下五个方面。

---

① 秦德龙：《金麻雀获奖作家文丛·秦德龙卷：特型演员》，杨晓敏主编，世界图书出版广东有限公司2011年版，第3页。
② 楚天遂：《一往情深的底层关怀——论秦德龙微型小说集〈到城里种麦子〉》，《许昌学院学报》2014年第1期。
③ 参见田甜《近二十年中国官场小说研究》，博士学位论文，武汉大学，2011年。

（一）选材的冷幽默

选材的冷幽默，主要是通过作者对于作品题材的选取，以及他要反映出来的社会现象和社会问题来表现。

在官场题材类的作品中，作者以敏锐的视角和轻松幽默的笔调，对人性进行深度的开掘，从而让人在不经意之间品读出作者的思想。例如《摸脸游戏》，写的是刚从上海参加完干部培训班回来的领导要和我们做"摸脸游戏"，想通过这个游戏来分出两种人：一种是看领导怎么做的，另一种是听领导怎么说的。结果，那些听领导怎么说的摸脸的人都重重地低下了头，而那些看领导怎么做的摸下巴的人都得到了重用，和领导一起被提拔走了。后来，来了位新领导，也要和我们玩"摸脸游戏"。这次我们深谙此道，密切地关注着新领导的举动，做得准确无误，每次都能和他保持一致。新领导诧异地望着我们，于是，让我们放松一下，又和我们做"摸脸游戏"。这次，我们还是准确无误地摸到了下巴，而且我们比新领导还快半拍，新领导欣慰地笑了。结果，新领导也高升走了。走的时候，在请我们喝酒时说："怎么样？我把你们训练得一个模子倒出来的，全是快半拍！"文中，作者以轻松的笔调，给读者营造出一种幽默的气氛，让人读完后，很轻易地就可以了解到官场的"潜规则"。最后，作者恰到好处的揭示，又不加以刻意讽刺，文章以一句"如果新领导要玩摸脸游戏，我们怎么和他玩呢"作为结尾，留下了空白，同时留给了读者思考的空间。

在写社会底层"小人物"和农民工的作品中，如《水中望月》一文主要是体现对社会底层农民工群体的关注与关怀。刚进城的茂恩兄弟们对城里人的夜生活很感兴趣，于是相约晚上一起去公园看城里人跳舞。然而，这样美好的夜晚好像只是属于城市里的红男绿女，根本不会有人顾及对这一切都产生浓厚兴趣并且感到新奇的茂恩兄弟。当他们看到了刘科长的儿子和一个打扮得花枝招展的姑娘在蹭肚皮的时候,看到城里人在享受美好生活的时候,他们议论纷纷。于是,做出了一个很是大胆的决定:买票进舞场像城里的人一样去潇洒一回。可是,售票小姐很委婉地"谢绝入内"。这让这些农民工兄弟觉得很没面子,感觉特别尴尬。但是,仔细想想,售票小姐也是为他们好,他们穿着毫不考究,显得邋遢,进舞场去做什么呢?原来,售票小姐也是一个乡下来的打工妹,并且和他们是老乡,她不忍心看着农民兄弟白白浪费钱进舞场。夜幕降临,没进去舞场的茂恩兄弟还是不甘心。于是,他们爬上了树干,坐在树梢津津有味地欣赏着俊男靓女的舞姿。结尾处"弯弯的月亮映照在水面上"与文章的开头相互照应,同时勾起了人们无限的回味。民工兄弟们做出的这个决定,是因为他们在劳作之余,精神生活空虚得几乎空白,他们也想去享受城里人的娱乐带来的快乐。可是,城市根本就不会注意到整日工作在城市各个角落,为这个城市的发展奉献着自己汗水和力量的农民工们,也不会去注意他们也会有对美好事物和安逸生活的向往,也是需要劳逸结合、放松自己的,而不是像蜜蜂一样整日劳作不息。作者通过本文给我们反映出城市人和农民工这两个群体在各个方面的差距。同时从侧面告诉我们,要去改善农民工的生存质量,不能停留在不拖欠工资上面,还要关心他们的业余生活及精神生活。

在表现乡村祥和生活及对自然的向往与追求类作品中,《发呆茶馆》别具一格,作品写的是郊外的山顶上有一家茶馆,这是一家专门供人发呆的茶馆。这里不卖污染环境的小食品,也没有方便人们上山的电梯,更没有经驯化过供人玩乐的野鸡猴子。这里,有蓝蓝的天空、洁白的云朵、清新的空气、静谧的环境。就连茶馆也很安静,除了偶尔茶具的轻叩声,就是汩汩的煮茶声了。在这里,我们可以松弛自己的心灵,抚平内心纷繁复杂的心绪,让自己喧闹的内心世界,得到短暂的平静,不被外界的任何事务所困扰。老板说:"现在越来越多的人不知道自己在忙些什么,每天浑浑噩噩，而丢失了自己的灵魂。我开这家茶馆就是为了让城里人过来发呆的。"是的，在如今这个社会，我们每天都在努力拼搏着，与别人竞争着，从来都没有时间好好地停下来，回味一下生活，或者是静静地想一下，思考一下，自己追求的到底是什么。我们只是一味地向前冲，只是注意自己的脚下，都没有好好地仰望过天空，放空自己的思绪，让自己的内心归于平静。我们的确需要逃出钢筋水泥包裹着的玻璃盒子，到郊外来爬山，爬到山顶上或坐到茶馆里，望着天空，遐想无边。

（二）主题的冷幽默

主题的冷幽默，主要体现在对某些社会现象和社会问题的讽刺上。例如《这也许就是个神话》，讲述白专员回到阔别30年的山南县的故事。文章的一开始就为本文的主题做了一个铺垫。当白专员对满桌盛宴款待的饭菜表示不满，而唯独对生态的农家蔬菜情有独钟时，县长就顺水推舟地邀请他去参观参观。哪知道他去参观的就是他30年前的工作联系点。而更让他感到尴尬的是，推广这种生态农家菜的竟然是当时被他抓到公社要打成"破坏分子"的老黑。原来啊！正是因为当时坚决拒绝使用白专员积极推广的老鼠药和化肥，才使得山南村成了县里唯一没有被污染的绿色村庄。正是凭着这个优势，村里已经实现了脱贫致富。白专员不由得感叹道："这真是个现代神话啊！"老黑说："这可不是嘛，当初若不敢当'反面教材'，哪会有今天的神话?!"这一席话，让我们深思。是的，如果当时不敢去做"反面教材"，不把老鼠药送回去，拒绝使用化肥，那么现在的山南村一定是另外一番景象了，也许就不会有这个神话的存在了。在我们现实生活中，也有一些类似白专员的人，他们为了牟取暴利，想一下子发家致富，将一切都抛至脑后，全然不顾生态环境的承受能力。最后，他们致富了，却将我们的家园变得满目疮痍。这里，作者通过白专员的心理变化，对这类社会问题进行了强烈的讽刺和批判，同时告诉我们要学会去质疑，对于一些错误的决定我们要敢当"反面教材"。

又如《斗牛节》中，乡长想要把老黄牛宣传出去，让本乡的老黄牛与世界接轨，出口创汇挣美元。于是，提出向西班牙人学习，搞个"斗牛搭台，经济唱戏"的斗牛节。选了乡里"特别能战斗的特殊人才"当斗牛士，又精心挑选了一些高大健壮的公牛为斗牛。这样，一场轰轰烈烈的斗牛节就拉开帷幕了。在《西班牙斗牛曲》的伴奏下，斗牛士们挥舞着红布闪亮登场了。他们努力地挥舞着红布，可是，老黄牛们却视而不见，温情脉脉地靠拢在一起。这下可急坏了乡长。于是，只好让斗牛士们退场，换进来一拨红袍加身、手持利刃的屠夫。这时，牛们终于疯狂起来了，屠夫们也对着老黄牛手舞足蹈起来，很快，屠夫们就将那些老黄牛杀得干干净净。随之，斗牛节也胜利闭幕了。县电视台把这条富有经济特色的本地新闻送到了省电视台，可是一直没给播。乡长不解地去问情况，这才明白原来他一直引以为傲的斗牛节都是瞎胡闹。他竟然不知道牛是色盲，也不知道西班牙斗牛士手里拿的那块红布原来叫穆莱塔，并不是为了使牛亢奋的，西班牙斗牛天生好斗。最后，他恍然大悟地说道："是吗？我怎么什么都不知道呢？"这出闹剧才终于结束了。这里面的乡长为了增加收入，而不去了解实际情况，一味地模仿，最终闹出了一个大笑话。作者以轻松的笔调，对于那些盲目跟风学习，不根据本地的实际情况，只知生搬硬套，最后造成了以闹剧收场的社会现象，进行了强烈的讽刺。

再如，《去向老板认个错》为我们讲述的职场规则。身为职场中的一员，你就必须遵守"服从老板的六大原则"，不管你有没有错，你都要去向老板认错，因为老板不会错；不管你多么优秀，你都要为了迎合老板而去改变自己，因为老板决定你的去留。文中以一种劝说的方式告诉人们，在职场中我们要迎合老板的要求去做事，做老板喜欢的事。因为老板绝对不会错，就算老板有错，那也是我们的错，所以，去向老板认个错吧！大丈夫能屈能伸，大人物能进能退。人在屋檐下，不得不低头。作者以一种调侃的笔调，对现实生活那些阿谀奉承、趋炎附势的现象进行了强烈的讽刺。

（三）人物的冷幽默

人物的冷幽默，主要体现在作品中人物的塑造和描述上。作者通过描写人物的遭遇和性格等方面来表现出冷幽默式的人物。《正步走》的主人公是一个从服刑的劳动改造农场逃出去的单身汉，隐姓埋名当上了出苦力下窑的矿工。8年之后，当公安人员循踪找上门的时候，他知道自己终将逃不过。这8年中，他竭力忘掉原来那个自己，试图让那个噩梦永远消失，努力埋葬过去的一切。然而，一切并不像他想象得那么容易，他始终忘不了曾经的自己，也忘不了一直困扰着他的那个噩梦，更加忘不了他已经熟练掌握的"正步走"。这个藏匿了8年的逃犯终究逃不过自己只要一听到口令，就立正站好的魔咒。毫无疑问，他的正步走动作一出来，就表明了自己的身份，当公安人员喊出他真实姓名时，他伸出了双手。然而，结局是出乎人的意料的，公安人员并没有给他戴上手铐，而且当众宣布他没有罪，之所以来找他，是因为要接他回去平反的。当我们读完这个故事的时候，我们心中一种压抑沮丧的感觉油然而生，同时我们也会在脑海里面思考，是什么导致他一听到正步走的口令就不自觉地挺胸抬头，动作如此的规范？又是为什么，他明明是无罪的，从劳改场逃出来之后，要隐姓埋名，要努力忘掉曾经的自己，选择卑微的生活？这一切的一切都让我们感觉到了这社会无端对人性造成的摧残和精神的戕害。故事的结局是美好的、光明的。他最终得到了平反，可以光明正大地生活了，不用再躲躲藏藏的，但是，对他造成的伤害却是终身的，是磨灭不掉的。这个故事是以喜剧结尾的，可仍然是一个悲剧性的荒诞故事，这其中反映出来的社会问题尤其值得我们深思、反省。

《你和谁在一起》的主人公"乔庄"就是这样一个"灰色"人物。他是个可怜虫，没有隐私，更没有自由，每天都被自己的老婆和老板密切"关心"着。每天的行踪都被严密地监控着，自己干过什么或者接触过谁，都被知道得一清二楚。乔庄对这样的生活抱怨道："人和人之间是需要有空间的，需要有安全的距离。不然的话，自己就死定了。"他再也受不了这样没有自由的生活了。于是，他决定找个替身来代替自己，这样他就可以不受约束和管制了，就自由了。故事到这似乎就可以以一个喜剧的结局收场了。可是，作者笔锋一转，再次将小说推入了高潮。三个月后，当真正的乔庄出现的时候，老板和妻子都不认识他了，将他拒之门外，理由是因为他没有 GPS 定位手机。最后，替身完全取代了乔庄的生活，而乔庄竟然被替身送到替身公司打工去了。当我们读完这个故事的时候，我们不由得苦笑，也开始同情起了乔庄这个人物，因为不喜欢自己原本总是受约束的生活，他想要自由而决定逃离，最后却弄巧成拙地把自己和原本属于自己的生活都给弄丢了。通过乔庄的悲惨遭遇，我们意识到，在社会生活中，我们需要有一颗仁爱之心，需要给彼此适当的距离，更需要人与人之间的相互信任。

又如，《没有理由烦恼》中的主人公，每当他在对人对事对疾病束手无策时，他就阿Q一下，学习阿Q的"精神胜利法"，用一种自我安慰的方式来暂时麻木平衡自己内心的不快情绪。因此，他永远活在自我安慰的"快乐生活"中。他不用去面对生活中的艰辛和不如意，也不用去面对苦难和失败。当自己一遇到束手无策的事情，马上就选择躲避，并且一遍一遍地告诉自己：这个事情任何人都没办法解决，我也一样，所以，我没有必要去在意它。这在常人眼中看来，他的生活是多么的潇洒、自在，无拘无束。但是，这个人物又是多么的可怜可悲，他以为自己的生活很幸福、快乐，自己不用去面对众多令人头疼的事情。可是，他一直都活在自己虚幻的世界中，自己欺骗自己，通过不断地进行自我安慰、自我催眠、自我麻痹，使自己达到心理上的平衡。然而实际上呢？他是一无所获、一无所得，除了在精神上"富有"之外，他是个彻头彻尾的穷光蛋。

（四）表现方法的冷幽默

表现方法的冷幽默主要体现在，作品通过冷峻的不动声色的叙述、夸张、对比等方式来叙事写人。例如《一截铅丝》一文，作者在创作时，改变了以往直接由作者来叙述故事的风格，而是在作者和作品之间设置了一个第三者并且由这个第三者来叙述 20 多年前老索和老胡之间的恩怨故事。故事一开始，就告诉我们老索与老胡之间存在着矛盾。接着，继续讲述，因为在他们都还是毛头小伙儿的时候，老索因为一次发票报销的事情得罪过老胡。那一次，由于车票与里程不符，所以，他就没有给老胡报销。随即，二人发生了激烈的争执。于是，较真的老索拿出一截铅丝，又翻出一本地图，认真地在上面测量着实际距离。也就是因为这件事情他们俩从此结下了梁子，以致 20 年后，老胡再怎么极力地挽留，老索还是坚持着要辞职，并且还留了一个装有一截铅丝的方木匣给老胡做纪念。在故事的最后，我们知道了，原来那截铅丝正是当年老胡的老婆从电工班拿给老索的。在这篇小说中，我们通过作者设置的这个第三者将老索与老胡的故事讲给我们听，并且他在讲述的过程中，字面上不带任何价值判断，不带感情色彩，只是冷静客观，不动声色地叙述着，但真实中的荒唐、情理中的矛盾尽含其中。

又如《停电的时候》，文中讲述了这一家人在停电的时候，一起做油灯、照手影、讲故事、背古诗……一家人温馨、和谐的场景。一来电了，家人就抢着看电视，家人之间没有任何的交流。可是，当孩子将灯关掉换上油灯之后一家人又重新其乐融融的，有说有笑。最后，孩子养成了每晚暂离光明，在黑夜中独处、思考一会儿的习惯。因为他发现在停电的时候一家人是其乐融融的，家里是温馨幸福的，他感觉家人的心被拉进了许多，距离不复存在，而且周围没有任何的喧嚣与沸腾，只有他们一家人在一起游戏时的温馨的气氛。文中，将停电时其乐融融的场景与来电时的互不理睬做了鲜明的对比，形象地指明了在现代社会中，网络、通信和电子产品等在给我们的日常生活带来乐趣和方便的同时，也造成了亲人之间的隔阂与冷漠，导致了很多社会家庭问题的出现。

再如《大师之隐》一文，作者把从生活中发现的某些有意义的事实，加以夸张扭曲，接着呈现给读者，从而引发读者的思考。文中的大师病了，病得不轻，他感觉自己浑身都不舒服，头疼、脑晕……这里作者直接夸大了大师的病情，给我们设置了一个大大的悬念，勾起了我们的好奇心。接着又告诉我们，他不想去医院，因为他知道医生一定会让他去拍片子，并且会借此来收取额外的甚至荒谬的费用。所以，他不去医院，不去拍片子。这里，作者使用夸张的修辞，用以讽刺如今在医疗行业存在的乱收费、乱治病的不良问题。作者直观地将治病难这个现实问题直接摊开来，让读者思考是与非。文章的最后，当大师知道自己的病是心病，是太过于窥探别人的隐私，分析别人的欲望导致的时候，大师得意地笑掉了一口假牙。这里同样是夸张的写法，既对医生不良的医德行为进行了揭发和讽刺，同时对生活中像大师的这一类人进行了嘲讽。

（五）语言的冷幽默

语言的冷幽默主要体现在文中朴实、平淡的语言当中。秦德龙的叙述，包括作品中人物的对话、日常生活用语式的场景描述，既不华丽，也不张扬。但是，我们就是在这些语言中能感受到浓浓的冷幽默。例如《焦小抠》，文中的焦小抠是出了名的抠，谁都别想去沾他的便宜。这天，有个亲戚来他家做客。刚坐下，他就拉着长音问："还是不吸烟？"亲戚一愣，听了焦小抠这么一说，哪里还好意思吸烟啊！忙摆摆手不要。说话间，快到吃饭时间了，亲戚还没走，他又拉了个长音："还是不喝酒？"亲戚一听，说："不喝，不喝。"接着，他继续问道："还是吃饭来的？"亲戚忙说："当然是吃饭来的。"说着，就抬起屁股，红着脸走了，走的时候还专门拍了拍屁股，恐怕把他家的灰尘给捎走了。读完的时候，我们对焦小抠的抠真是大开眼界，他和吝啬鬼严监生可以相提并论了。他的"还是"两个字就已经表明了亲戚以前是不吸烟、不喝酒，也不在他家吃饭的立场。所以，当他再问的时候，亲戚当然会不好意思回答。他也就理所当然地得到了他想要的答案。最后，亲戚的举动让我们禁不住发笑。这里，作者用简洁、朴素的语言，就将焦小抠这个人物刻画得如此生动形象，我们也在他和亲戚的对话中，感受到了浓浓的冷幽默气息。

《爬梯子》中，作为在官场上混了一辈子的"他"，也不可避免地陷入了要往上爬的怪圈中。在官场上混，有谁不想爬到金字塔的最顶端上去？有梯子要上，没有梯子，就是创造梯子也要上去。他清楚地知道，往梯子上挤的人很多，只有把别人给挤下去了，自己才可能有机会爬上去。为此，他的神经每天都高度紧张，总是担心别人暗地里把他的梯子锯掉。日复一日的，他陷入了这个怪圈里面，白天干着爬楼梯的事，努力地把要同他争夺的竞争者都挤掉；夜里做着爬楼梯的梦，经常把自己吓出一身的汗。终于，"一刀切"的干部政策出台之后，忽然间让他这个"爬楼梯的爱好者"软着陆了。文中的最后是："他拿着国家的工资，整天无所事事，哪怕看到一件再细小的事，也能发出一声冷哼。"这是多么不可理喻。然而，更令人震惊的是，"当他经过一家装饰公司时，看到别人门前摆着的梯子，就不自觉地往上爬，努力地爬着。一旁的工人在那被逗得捧腹大笑，大骂：'神经病，梯子明明就摆在地上，还爬得这么卖力。'"这个时候他才彻底地醒悟过来了，"他暗暗地嘲笑着自己：'原来我这几十年都是在做着自欺欺人的爬梯子的白日梦'"。这样在平实中见深刻的语言,带给了人们深思之后的会心一笑和苦涩无奈。

《到乡下睡麦草》,叙述了一个由驴友们组成的"睡麦草"小组,在周末去乡下睡麦草,追求乡村生活的故事。驴友们纷纷解囊,在老乡的安排下开始体验起了原汁原味的乡村活动,一会儿是摘葡萄,一会儿又是刨红薯、挖花生比赛,一个个兴致勃勃地玩得不亦乐乎。晚饭时间,大家分享着自己的劳动成果,吃得满面红光,肚儿圆。夜幕降临了,驴友们在牛棚的麦草垛上,学驴打滚,有说有笑的,兴奋极了。他们渐渐地都陶醉在美好的夜色里了,卧在温暖舒适的麦草垛里,进入了酣睡的梦乡。在我们这个压力巨大的社会中,人们总在怀念着乡村祥和、宁静的生活。但是,另一方面,我们又极力渴望着城市生活。所以,我们总会看到那些从乡村迁往城市的人们,又花着钱去城里的农家乐体验乡村生活,去感受乡村生活的安适与宁静。因此,城里现在出现了越来越多的"农家乐"这道既让人眼熟又让人陌生的风景。

秦德龙微型小说的冷幽默是具有一定思想深度和艺术感染力的,在他的作品中,总是能够通过朴实的语言、轻松的态度,将生活中的悲剧用喜剧的形式表现出来,读完之后使读者发笑,但又会有无限的思考与遐想。著名作家、编辑家郑允钦先生曾这样评价秦德龙的作品:"他的作品在思想和艺术上大胆探索和创新,对幽默、幻想、荒诞、夸张、变形等手法时有娴熟而巧妙的运用,且文笔老辣机智,显得别具一格,给人以全新的感觉。"[1]

如前所述,秦德龙的冷幽默是英国式的,在冷峻、睿智、峭拔、凛凛然中带有一股绅士之风。因此,他的冷幽默文字是一种不动声色的俊逸,不渲染、不华丽、不张扬、不暴烈,就好比庭院谈话,有一种闲坐的安

---

[1] 郑允钦:《微型小说:言简而意深》,《微型小说选刊》2002年第7期。

然，他在娓娓的诉说中紧扣住你的心绪，于无声处直逼你的灵魂。另外，他的冷幽默内容具有强烈的现实性和社会性，他为我们描摹的是人间众生的悲苦与辛酸，麻木与空洞，纠结与泰然。他的作品为我们呈现的永远是当下社会上的敏感话题与热点问题，加上他特别的表现方式和独具特色的语言，让我们能够享受到非同寻常的心灵旅程。

当下微型小说领域中能以"幽默"文风见长的作家并不见多，秦德龙无疑是其中的佼佼者之一。他的作品以幽默反讽见长，他的幽默则是内敛含蓄式的冷幽默，表现出来的是生活本身散发出来的幽默或荒诞意味，追求的是现实社会人生的艺术化表现，注重表现社会底层人物的喜怒哀乐。他擅长利用精短的文字，来为读者营造出一个亦庄亦谐的世界。这种写作手法具有很强的生命力，可以使作家们在进行文学创作的时候，能够更加关注社会上的新鲜事物和热门问题，更好地联系生活实际，在幽默创新中反映生活，从而使自己的作品更有新颖度，更能吸引读者的注意力，更充分地发挥文学的功能。

（张丹　龙钢华）

二十五　聂鑫森微型小说浅论
——以微型小说集《鸳鸯锁》为例

聂鑫森，男，1948年出生于湖南古城湘潭。他出身贫寒，一生辗转，勤于微型小说的创作。初中毕业后，于1965年10月到株洲市木材公司当工人。后于1978年10月调至《株洲日报》工作。他在古城"饰演"的各种角色为以后的人生方向探索出了一条更适合自己的道路。1984年3月至

1988年7月，先后毕业于中国作家协会鲁迅文学院和北京大学中文系作家班。这更高一层的专业培训为聂鑫森的作家之路打下了坚实的文学基础。现为中国作家协会会员、湖南省作家协会荣誉主席、湖南省文史研究馆馆员。出版过长篇小说、中短篇小说集、微型小说集、诗集、散文、随笔集、文化专著等50余部，其中微型小说集主要以《鸳鸯锁》为代表。有20余篇中短篇小说被译成英、法、俄、日、越南等国文字。曾获得过"庄重文文学奖""湖南文学奖""毛泽东文学奖""金盾文学奖"，第三届"小小说金麻雀奖"。多年来，在逐渐繁荣庞大的微型小说队伍中，大多数的人是"乘兴而来，尽兴而止"，[1] 但毕竟还是有少数对微型小说这种文体情有独钟者旷日持久地坚持了下来。聂鑫森就是其中之一，成了"小小说专业户"。潘吉光认为："文坛近十几年内几乎把西方现代文学派炒了个遍，花样层出不穷；尽管寂寞文坛偏有人制造一个又一个的'热点'景观，他却'独钓寒江雪'，惟醉心于'无人知晓的地方'，'寂寞地雕琢着'他的'有些古旧'的小说。"[2] 从步入微型小说创作开始，他投入的精力和发表作品的数量正是他潜心钻研微型小说这块还未开垦的沃土的最好印证。不少人认为，在国内，凡是喜欢阅读微型小说的人，基本上会对聂鑫森的作品有一些了解和关注。聂鑫森并不是一开始就是作家，而是从城市工人阶层一步步登堂入室，而这些丰厚的人生财富正好为其微型小说创作提供了丰富的写作素材和写作主题，让他的作品充满了人性。

学术界对聂鑫森的微型小说有一定的研究。冯峰的《人文精神的承诺与坚守——聂鑫森文化小说创作解读》[3] 主要是论述聂鑫森微型小说主题

---

[1] 聂鑫森：《大师》，世界图书出版广东有限公司2011年版，第1页。
[2] 潘吉光：《聂鑫森小说论》，《当代作家评论》1996年第3期。
[3] 冯峰：《人文精神的承诺和坚守——聂鑫森文化小说创作解读》，《湖南工业大学学报》（社会科学版）2011年第6期。

反映的人文精神、传统文明的传承。余三定曾在《深含文化底蕴充溢人文情怀——评聂鑫森小小说集〈大师〉》中论述："《大师》里的人物形象表现出自觉追求高尚的精神境界和执着追求技艺精湛的职业操守。"[1] 还有潘吉光的《聂鑫森小说论》认为聂鑫森的作品："有着对传统文化的强烈的批判精神，且在批判中得以灵魂的显示——炽热的忧患意识和对人生的呼唤，对人的生存价值的关注。"[2]

纵观对聂鑫森作品的研究，多数是对其人文精神的研究和探索，而对其作品的人物探究极少。下面，我们以聂鑫森微型小说集《鸳鸯锁》（四川文艺出版社 2011 年版）为例，从人物类型、不同类型人物特点、主题表达的复杂性等三个方面来分析聂鑫森微型小说的人物特色。

（一）人物类型的多样性

聂鑫森微型小说集《鸳鸯锁》为《百部百年微型小说经典·聂鑫森卷》，共收入作品 49 篇。细细阅读，慢慢品味，其乐无穷，不忍释卷。其中每一篇都有其丰富的内蕴，每一个角色都有其独特的设定，每一个设定都紧扣主题思想。从题材来源上看，大多数是源于古城湘潭，这也源于作者是这古城土生土长的人，从小受着古城的文化熏陶、精神洗涤。这些微型小说中的人物各色各样，有继承中华传统文化的大师，有传承中华传统精神文明的人，有官道的人，还有商人，都是这座古城中不同阶层的人物。在这几类不同层次、不同身份的人物身上都表现出了参差不齐的精神和品格。作者对人物着墨不多，只用简单的线条描绘了有血有肉的大人物、小人物们。具体说来，作者描绘了以下五种人物。

---

[1] 余三定：《深含文化底蕴充溢人文情怀——评聂鑫森小小说集〈大师〉》，《湖南工业大学学报》（社会科学版）2011 年第 6 期。

[2] 潘吉光：《聂鑫森小说论》，《当代作家评论》1996 年第 3 期。

1. 有技之人——大师

大师，梵文中有大师范、大导师之意，后指在某一领域有突出成就，大家公认并且德高望重的人。而在聂鑫森微型小说集《鸳鸯锁》中，大师指的是在某方面有独到修为或造诣的人物。有剪花能手"郁剪剪"，本为古城乡村的一位普通妇女，却有一手出神入化的剪纸本领；"医琴坊"老板班思捷，懂琴之人，有一手神乎其神的修琴技术；古城火车站前摆摊儿的小贩"面人雷"，捏的面人惟妙惟肖；古城司马巷著名花鸟画家梅如海、茶画圣手汤炉等这一类书画大家，擅长书画，在古城颇有才名；古城中医院副院长于济之，家中世代为医，善用药草，精通药性；江南大学园林设计系教授陈迩尔，尊师重道，其书法是一绝；湘江艺术团"舞美"马悦然，擅长画脸谱，研究京剧变脸；深山老林中的一位隐者沈圃园，鬼子搜山之时赏菊喝酒斗诗，不忘传统佳节日；佛家弟子昙移，参禅有道，也是佛家思想的传承者；国营理发店退休工人孟老大，高级理发师，有一手理发和端歪脖子的好手法。除了这些还有很多大师，他们不一定社会地位很高，不一定很有声望，他们中间有很多只是城市底层的人民，但是他们有一技之长。这些一技之长都是传统文明沧海之珠。

2. 有德之人——仁者

在古代中国，仁是含义极广的一种道德范畴，本指人与人之间相互亲爱。孔子，他第一个把整体的道德规范集于一体，构建了以"仁"为核心的伦理思想结构，包括孝、弟（悌）、忠、恕、礼、知、勇、恭、宽、信、敏、惠等内容。在聂鑫森微型小说集《鸳鸯锁》中，仁者代表的就是那些中华精神文明的传承者。例如，《砒霜》中的中医院副院长在被党支部书记兼院长伍大胜误会并划为"右派"之后，不计前嫌为伍大胜治病，这就是医者仁心，这就是恕；《雨过天晴》中美院下乡写生的大三女学生林兰，在写生过程中遇到困难，毫不退缩，越挫越勇；《守望》中尹家冲尹氏祠堂守祠人尹良驹，小学语文老师退休下来，用自己省下来的钱来修缮祠堂，远离家人，孤身一人守护历史文化，这就是牺牲奉献；《江湖》中绑匪二头目老二，接受过教育，半路为匪，绑架人质后与其家人达子贵约定地点交人交钱，结果绑匪老大却出尔反尔把达子贵绑了，老二讲信用偷偷救了达子贵；《茶画》中种茶老农民王谷生遵守原则不收画家汤炉的画，只请汤炉品鉴茶叶；《冬夜，一束灿烂的光》中亮子及其家人，给家境不好的小娟"借光"写作业，这就是人与人之间的友爱。这些人都是有德之人、仁道之人。

3. 有权之人——官员

微型小说集《鸳鸯锁》中有民也有官，官员又分贪官和清官。不少作品反映了官场中人的不正之风。《顶上功夫》中的副市长，为了赢得名利携记者来国营理发店退休工人孟老大这边理发，拍几张照片便算体察民情，不真正做实事；《治印》中办公室主任任之为了巴结市长，利用公款让老篆刻家厉刃替他刻章；《画贿》中以市委组织部部长武音和为代表的一类官，通过行贿和受贿的方式官官相护，而具体表现在通过赠送名画、转卖名画这一途径在暗中畅行无阻；《酒色》中外贸局局长，为求著名花鸟画家梅如海的画以其邻居清洁工人边贵生的儿子的前途为要挟，让梅如海不得不随"俗"画了一幅画给他；《不堪重负》中民族研究所行政科科长程子林，自己心安理得地住着公家分给研究人员的公房，对研究员贺望的要求不予理睬，只有在他自己的生命前途受到威胁时才处理房子问题。以上这类皆属于国家大仓库里官风不正的老鼠，为官不正，祸国殃民。

反之，也存在清廉的官员。《医心》中副市长杜心宇为官清廉，设身处地地为百姓着想；《治印》中市长华阳在知晓自己的办公室主任任之为了投自己所好挪用公款让老篆刻家厉刃给自己刻章的事后，用自己的钱补上，调任之下乡历练并给厉刃上门致歉；《别有天地》中市里领导小于，将别人行贿的数盆盆景归还其主人并帮助退休工人卓天成办盆景艺术展，帮助底层人民解决下岗问题。这一些官员不说他们为百姓谋得了多少利益，起码遵守了为官的底线。

4. 有钱之人——黑商

黑商，在游戏中指用极低的价格来收购一些对游戏道具价格不了解的新手的物品，再以正常价格或高价格来卖出，以达到盈利目的。在微型小说集《鸳鸯锁》中指的是用不正当手段获得的昧良心的利益。《设局》中古玩市场的跑腿拉纤人毋欣然，设局让咸大成手中的两件真"唐三彩"以假货的价格脱手，自己再以古董倒卖，牟取暴利；《郁剪剪》中农村妇女郁剪剪的丈夫田谷生以次充好，将其徒弟王一剪的剪纸作品充当郁剪剪的，卖给对郁剪剪有知遇之恩的记者吴净，欺骗他人；《画贿》中竹香街彩墨画屋的老板吴滔，通过官员之间的送礼行贿之举，在卖画和收画的辗转过程中牟取暴利；《后事》中房地产开发公司的兄妹俩贡小林和贡小梦，在父亲贡梦林死后，不是去完成父亲的遗愿，而是打官司争父亲留下的那一批价值连城的古画，利益当前连亲情都沦丧了；《珠光宝气》中无良商人西门珠，利用珍珠翡翠行家北阙云帮助她精心修复一串损坏掉价的东珠，而转手她便把珍珠拿去拍卖了；《刻瓷圣手》中的出口瓷公司老板王珏玉，不守信用，向美国公司倒卖刁羽刀的 16 件遗作。这些人就属于无良的黑心商人。

《琥珀手链》中"赏奇斋"老板毕聪，将一幅题款为真画却是伪造的《毛驴图》以高价拍卖，在拍卖前以捡漏的方式"漏"给拍卖鉴赏专家柏寒冰一串琥珀项链，想让柏寒冰帮助他做虚假鉴定，以拍得高价。这些出现在聂鑫森笔下的黑心商人真实地反映了以古城为典型的全中国商圈的大多数情况。

5. 其他草根人物

草根人物的生存之痛是最让人无言以对和无可奈何的，他们往往因为无力把握现状和改变命运而显得孤独无助、渺小可怜。《冬夜，一束灿烂的光》中城市底层下岗者小娟母亲及小娟、《雪晨》中特困工厂的一对夫妇米琪和尤龙，他们代表的是虽然没钱没权没势但活得有骨气、活得有志气的一类人。《烟标》中夫妻秀云和大柱、《手机风波》中一对交换手机的夫妇朱鲁和苗丽、《鸳鸯锁》中的夫妇颜笑和茅矛、《长谈》中一对共同经历生死的夫妇何言和吴歌，他们代表着现代都市中无法正确处理夫妻关系的夫妇。《最后的线装书》中楚大音教授和警察阮欣，两人信守承诺，互守约定，阮欣答应帮忙找回丢失的宝贵古籍，而楚大音答应坚强地活着直到找齐所有的古籍；《真爱》中的一对父子刘山和刘立，拥有汽车配件厂的父亲刘山狠心逼儿子出门闯荡，儿子负气但是发愤图强想向父亲证明自己的能力，在最困难的时候是父亲雇人帮助他，最后儿子知道了身患重病的父亲的良苦用心；《永远的鹤》中湿地保护区护鹤工谭立，为救一只被水草缠住爪子的母鹤而深陷未知的沼泽区，他把自己年轻的生命奉献给了湿地；还有《钝感女孩》中盛世广告公司的员工徐乐乐、《烧麦飘香》中房地产开发商总经理、《美丽的小茶杯》中潇湘纺织品总公司总经理等，这些角色都反映了现代都市中工薪阶层的上下级关系处理的艺术和他们面临的一系列问题，如工作忙没时间看父母、怎样识人辨人的苦恼等。这些小角色他们身后的各类人组成了鲜活的古城，组成了现在人情越来越稀薄的古城。

聂鑫森微型小说集《鸳鸯锁》锁住了纷纭世事，百态人生。作者就围绕着这些角色以细腻的笔触展开描绘，勾勒出了古城的韵味。

（二）人物性格的差异性

世界上没有完全相同的树叶，人也是一样，世界上没有两个完全一样的人，小说家的责任就是要将人的不同性、差异性刻画出来。《鸳鸯锁》中的人物性格各有侧重点。具体而言有以下四种性格。

1. 大气大度

《酒色》中古城司马巷的著名花鸟画家梅如海，他曾多年担任古城书画院院长。他的画卖价很高，又热心公益活动。但是对于当面或托人求画的各级官员，他说："你们不少这几个钱，我的画要按尺论价。"从不为权贵所屈服的他却为了一个清洁工人而大气地"送"画。这是因为下岗清洁工人边贵生的儿子参加外贸局公务员考试，参加的有 5 人但只招 1 人。外贸局局长打电话给贵生，说知道贵生和梅如海是邻居，能不能去求张画给他。"人不可俗，但不可以不随俗。"这是梅如海的感叹。梅如海只是这一类人的代表，还有"医琴坊"老板班思捷；古城火车站前摆摊儿的小贩面人雷利用自己的精巧手艺帮助警察破案侦查；茶画圣手汤炉破例为农民王谷生赠画并发表文章为他们的茶打响名声；古城中医院副院长于济之胸襟博大，救助打压过自己的同事伍大胜。这一类人虽然谈不上是大人物，但是他们都拥有大气度、大智慧、大情怀、大境界。

2. 以德立身

《江湖》中的达兴典当行的老板达子贵，他店里的生意兴隆，"每天不需要操心什么事儿，但是他每天操心就只有每天进出多少钱"。每当遇到钱的事儿绝不让别人插手，连儿子也不例外，简直是中国版的"葛朗台"。"可是他很自洁，不抽、不赌、不嫖。每当青黄不接的时候，他会叫人在达兴典当行门口搭起席棚，早晚两次发放粥饭接济饥民。"这位看似很小气的达老板对穷人都很好。俗语说得好：人怕出名猪怕壮。有钱了就会遭人惦记，达子贵的儿子媳妇去岳父岳母家的时候被一伙土匪给绑架了。他却毫不着急，照常去听喜欢的《失空斩》。三天之后，土匪着急了，便送信给达子贵要20万元来赎儿子媳妇。达子贵没有回复也不着急，土匪又来信说15万元。后来，土匪的二头目老二直接来找达子贵跟达子贵商量好了赎金和交易地点。交易完成后，土匪老大出尔反尔，直接绑了达老板。后来老二觉得"老大坏了江湖上的规矩，天理不容，如不杀了他，恐江湖上会笑话我们"，就反了老大，放了达老板。这就是江湖，有原则有道义的江湖。每一行都有自己行业的规矩，讲信用则是首要的原则。而老二代表的这一类人的特点还有古城美院下乡写生的大三学生林兰的勇、江南大学中文系教授贺先生的智、古城平政街"洗尘池"浴池班班长于长生的礼、城市底层装裱工胡笛的信、下岗工人章先觉夫妇的自强不息等，这些人物都有一个特点就是均有立身之德。

3. 真情真性

《鸳鸯锁》中的一对夫妇颜笑和茅矛，是北漂一族，他们经过长久的恋爱战终于修成正果，于鸳鸯谷天长地久坪定情。可是，生活的压力让他们的生活庸常而紧张，浪漫已成了一种奢侈品。北京城里小套间的出租费、伙食费、衣装费、交通费、通信费、应酬费等让他们相互埋怨，经常吵架。后面两人的异地工作是离婚的直接导火索，为了不藕断丝连两人又去鸳鸯谷的天长地久坪取下锁，好像是锁有感应一样不想分开。后面才发现相互心里都还有对方，便在这民风古朴的地方回到原点了。而颜笑和茅矛代表的这一类人还有《真爱》中的一对父子刘山和刘立、《冬夜，一束灿烂的光》中城市底层下岗人员小娟母亲及小娟、《雪晨》中特困工厂的一对夫妇米琪和尤龙、《最后的线装书》中楚大音教授和警察阮欣等，他们有血有肉，时而冲动，时而自私自利，时而人情温暖，这就向我们展示了古城的世事百态。这就是这一类小人物们的特点：真冲动、真性情、真感情。

4. 利欲熏心

《画贿》在《大师》中又名"彩墨画屋"。古城城南的竹香街上有一家专卖字画的彩墨画屋，这家店的老板是吴滔。貌似平淡无奇的一家文化店却让这家人过上了富足的生活，让人不得不怀疑这家店私底下在做什么营生。《白荷图》的来历就像吴滔的这间彩墨画屋一样悄无声息但暗潮涌动。这篇小说主要是讲这幅《白荷图》在武音和家的进进出出。《白荷图》第一次进武音和家时，武音和还只是一个专管招商引资的副县长，一个私企老板便从吴涛手中转走了这幅画去打通关系；再次进武音和家是他当上了县委书记的时候，县里的一个副局长想要扶正就买走了画去送给武音和，当时卖给副县长是收的 20 万元，几天后从武音和家收回是 10 万元；最近这一次是武音和调到市委组织部当部长，《白荷图》又被某位仁兄买下送进了武音和家，这次之后就再也没有出来了，武音和也要退休了。老板吴滔便是抓住了官官之间的这一线商机，从一个简单的卖画和收画过程中牟取暴利。在聂鑫森笔下的人物中，吴滔只是黑心商人中的一个典型，这类人的共同特点就是见利忘义、利欲熏心。他们通过不正当的手段来获得大于应得的利益。

《琥珀手链》中的"赏奇斋"老板毕聪，为了高价拍卖题款为真画却是伪造的《毛驴图》便"漏"一条琥珀手链给古玩鉴赏家柏寒冰；《刻瓷圣手》中的出口瓷公司老板王珏玉，不守信用，向美国公司倒卖刁羽刀的 16 件遗作；《郁剪剪》中的丈夫田谷生，以次充好，把郁剪剪徒弟的作品当成郁剪剪的卖给别人。这些人就属于利欲熏心的一类人。

（三）主题表达的复杂性

聂鑫森微型小说集《鸳鸯锁》的题材具有多样性，人物角色具有层次性，这就使作品要表达的主题复杂多样。他在简短的篇幅中所写的每一个字都有深刻的寓意，细细品味，慢慢咀嚼，我们会发现他表达的主题并不是一成不变的。具体而言，作者表达了以下四个主题。

1. 扬善贬恶，忧国忧民

聂鑫森是一位关注社会现实的现实派作家。微型小说集《鸳鸯锁》中描绘的角色大部分是城市各阶层的人民，从他们身上反映了他们身后代表的这一类型人物的悲喜苦乐。《顶上功夫》中，国营退休理发工人孟老大发现身边有很多贫困户，自己却拿着退休工资还有子女孝敬，过着舒服的日子，便萌发了挑担帮这些贫困户理发而减轻他们一点点负担的想法并付诸实际行动。而那些城管和市长都是只做表面功夫，不关心老百姓的生死。两者形成了鲜明的对比，从对比中显而易见的便是市长代表的官员只争名利，做面子工程的社会普遍现象。再进一步深入挖掘这个社会的一定时空内确实存在的民不聊生的社会现实，有些下岗工人正处于水深火热之中，上层官员却只是粉饰太平，积极地中饱私囊。作者在这短短的篇幅中表达了深沉的忧国忧民意识。

2. 唤醒意识，守护民俗

传承文明是聂鑫森微型小说集《鸳鸯锁》中一个永恒的主题。《守望》中供职于报社的"我"为采访一位守祠人便来到古城湘潭的乡下——尹家冲尹氏祠堂，尹良驹正是尹氏祠堂的守祠人。尹氏祠堂红墙青瓦，绕角飞檐，建筑艺术古色古香；祠堂廊楼泛黄的墙上还留着"文革"时期的"毛主席语录"等，而且祠堂的各个细微之处都透着精细，如木门、木窗，皆是雕镂为饰。殿堂正面的三块黑底金字大匾分别是台湾、香港、澳门特别行政区尹氏宗亲所赠送的,体现了中国传统思想"落叶归根",在外流浪的人的"寻根"思想。年过半百的尹良驹节衣缩食用省下来的钱来修缮尹氏祠堂。这位老人都如此默默守护传统民俗,那我们呢?这就是作者的落脚点。他想唤醒人们保护传统文化的意识,让人们尊重并且记住历史,不要再让祖先创造的优秀的文明慢慢地凋落在我们这一代手中。

守护传统民俗是聂鑫森微型小说中不变的一个主题。除了《鸳鸯锁》外,还有《大师》《现在启示录》等微型小说集中都有不少作品表达这一诉求。这大概是源于聂鑫森从小便与这有深厚文化底蕴的古城同呼吸共命运吧。

3. 冲破桎梏,人性回归

人之初,性本善。《冬夜,一束灿烂的光》就是唤醒人性里原来的真善美。小娟一家是属于贫困家庭,小娟的父亲病逝,母亲因为工作的厂子不景气成了下岗工人,为了支撑生活就在一家夜总会做临时工。生活好像总是残酷的,因为厂子不景气,所以连家属区的电都经常停掉,小娟和母亲就在这样恶劣的环境下坚强地生存。而小亮及其家人的生活境况刚好和小娟家的相反,家庭完整,生活幸福美满。小娟和小亮是同班同学,小亮知道小娟家的艰苦状况便经常有意无意地邀请小娟来家里做作业,小娟虽然穷但是家教很严格,为了不打扰到小亮及其家人便婉拒小亮的邀请。回到家中,小娟在烛光下写作业。后来小亮想了个聪明的办法,他把自己家的灯光通过一个倾斜的塑料空心圆筒借到小娟的书桌上。这束光不仅射进了寒冷的房间,还射进了小娟的心里。在现在这个人情淡漠的社会,有时相互打招呼微笑都成了奢侈。"事不关己,高高挂起"是现在不少人做人处世的原则,在聂鑫森笔下的小亮及其家人则是一面镜子来正大多数人人情淡漠的"衣冠",他们心中充满了爱。小娟及其母亲虽然是生活在城市底层无权无钱无势的"平民",但是她们自强不息、人穷志不穷,她们的灵魂精神是高贵的。

《最后的线装书》中楚大音教授和警察阮欣，两人信守承诺互守约定，阮欣答应帮忙找回丢失的宝贵古籍，而楚大音答应坚强地活着直到找齐所有的古籍；《真爱》中的一对父子刘山和刘立，拥有汽车配件厂的父亲刘山狠心逼儿子出门闯荡，儿子负气但是发愤图强想向父亲证明自己的能力，在最困难的时候是父亲雇人帮助他，最后儿子知道了身患重病的父亲的良苦用心。这些人都拥有人性的至纯、至真、至善。

4. 融合儒道，对立统一

对儒道之学的感悟和深思也是作者用心表达的主题之一。《昙花》中与古城湘潭有湘江之隔的昭山，就藏着一座昭山古寺。虽然科学已渐入人心，昭山寺里四时自有香客朝拜。在朝拜的路途中会途经草屋两间，屋外的一道竹篱养着一株昙花，住着昙移。昙移不在寺庙中，不像和尚吃斋念经，他每日靠采药砍柴换来饮食，闲时便参禅。昙移也有几个朋友，陶思成便是其中之一。昙移和陶思成赏昙花、等待昙花开放的一段话蕴含了无尽的道家哲学。昙移说："这昙花也是有灵性的，它为谁而开，心里是有数的；凡是看到昙花的人，也就与它有缘了。"后面几个晚上，战争四起，昙花为"心诚"的昙移开放也为昙移的离开而死去。当陶思成辗转回到半山腰这间小院子的时候，只剩下枯萎的昙花和落满灰尘的蛛网。后来，陶思成辞掉了缠身的俗事，躲进了半山腰的小院子。这体现了佛家思想的传承：万事万物皆是因缘所生，刹那生灭，变化无常，假而不实，此谓之"空"。这是作者聂鑫森借着陶思成的口来表述自己对佛家思想的感悟。对于佛家反战思想、自然和平的体悟在昙移的遗留物中充分地表达出来了。

聂鑫森的微型小说蕴含丰厚。无论是哪一种类型的人物都深深地牵动着读者的心，或温暖，或愤怒。作者怀着一颗炽热的心去创作，从生活的各个层面，将生活的原本面貌展现在读者的眼前，毫无遮掩，不去粉饰太平。我们应该感谢他,是他用心浇灌着这些慢慢茁壮成长的人物,细心呵护,让我们看到最鲜活的角色。为什么聂鑫森能成为微型小说专业户呢?正是他对微型小说的情有独钟,矢志不渝,才会有这么多优秀的作品现世。聂鑫森的作品之所以深受人们的喜爱,就在于他一生的经历让他有真实生动的题材展现给读者。他的作品是从生活中来又回到生活中去,一句话、一个动作、一个设定、一个角色等,无时无刻不散发着独特的魅力。

寓于现世真实生活中的人物角色总给人刻骨铭心的感受。聂鑫森的微型小说,在人物创作手法上毫无花哨的技法,很简单朴素地真实再现了社会上的某一类人。在题材覆盖上也很广泛,作者自身成长经历就是从一个木材工人慢慢走入作家这个行业,所以他看到的很多,视角很宽泛,在文中涉及的题材话题就很广泛。王蒙曾评论过微型小说:"它是一种智慧,简练是才能的姐妹。微型小说应该是小小说中的警句。含蓄甚至还代表了一种品格,不想强加于人,不想当教师爷,充分地信任读者。"[①]聂鑫森就把这种智慧发挥得淋漓尽致,就如素描简单的几笔就勾画出一个明显的角色轮廓。在主题的阐述上,聂鑫森不做任何直接的评价,他的微型小说中大部分的结尾都采用了留白的技法,运用省略号给读者留下无尽的想象空间。"言有尽而意无穷"的写作方法让读者去细细咀嚼其中的韵味,而不是直接陈述出自己的主题思想,那样读者的记忆就不会这么深刻。所以,聂鑫森用简练来信任读者,用活灵活现的人物来潜移默化地引导读者去探索这些不同类型人物背后的形形色色的主题。这样的微型小说,的确可以在当代文坛上占有一席之地。

(王婷 龙钢华)

[①] 王蒙:《〈百年百部微型小说经典〉总序》,世界图书出版广东有限公司2011年版,第1页。

二十六　黄建国微型小说初探

——以微型小说集《一树蝴蝶》为重点

陕西土著作家黄建国一直致力于微型小说的创作，并于 2003 年获得了微型小说领域的最高荣誉——"金麻雀"奖。黄建国能获此殊荣，其在微型小说领域的造诣可见一斑。金麻雀奖对他的颁奖词是这样的："简单的人物，简单的情节，在看似琐细的生活中逐渐展现人物性格。黄建国出生农村，熟悉农村、农民，因此能够准确地把握当代农民的真实心理。他的作品深入到民族的深层次文化心理中去，传达思想及生命的细微之处，重趣味，更重意味，意味涵盖趣味。黄建国微型小说语言精美，极见功力，尤其心理描写和对话的运用，扩展了生活的空间，并给读者留有想象余地。情节平淡中见波澜，不着痕迹地起伏着。黄建国微型小说质朴而逼近生活，具有浓厚的生活气息，虽写小人物却有沉重之感，道出了生活的种种滋味。黄建国的小小说是对人生、社会与民族性格深入思考的结晶。他的作品立意深远，并能充分调动与题材相适应的艺术表现手法，在小小说作家中有不可替代性。"[①] 然而，正如雷达先生所言："黄建国是个尚未被文坛认知的作家。"[②]

（一）黄建国及其创作

黄建国，男，1958 年农历三月初五出生于陕西乾县南仁村。他的童

---

① 黄建国：《蝶》，世界图书出版广东有限公司 2011 年版，封面。
② 雷达：《新乡土画卷——序黄建国小说集〈谁先看见村庄〉》，太白文艺出版社 2003 年版，第 1 页。

年和少年时期是在一个有 20 口人的大家庭中度过的。他是纯粹的农民家庭出身,父母都没进过学堂,不识字,但他自幼便喜爱读书,作文也经常受到老师的表扬。中学时,黄建国有幸进入图书馆借阅了有限的书籍,开始真正接触文学,加上当时的社会环境的影响,他后来坚定地走上了文学的道路。高中毕业回乡,后在乾县杨家河水库工地广播站当民调记者,1978 年考入兰州大学中文系,并陆续发表小说。1981 年,兰州大学中文系召开"黄建国小说作品讨论会",这是兰州大学首次为学生召开的作品讨论会。1982 年毕业后分配至高校工作,现为长安大学教授、文学与艺术传播学院院长,中国作家协会会员。黄建国的创作以微型小说为主,他先后在几十种刊物发表作品约 80 万字,出版有微型小说集《蔫头耷脑的太阳》《谁先看见村庄》等。坚持小说创作的他曾获得陕西省作协"双五"文学奖、西安第六届文学奖、西安市青年文学奖小说二等奖、第二届路遥青年文学奖小说一等奖、全国妇联第五届全国妇女报刊好作品二等奖;小说作品收入《陕西名家短篇小说精选》、《陕西文学五十年》(小说卷)、《百年陕西文艺经典》(小说卷),被《小说选刊》《小说月报》《小小说选刊》《读者》等刊选载。黄建国在微型小说创作上的成绩是有目共睹的。

  作家黄建国向我们展现了他在微型小说领域独异的风采。他的作品大都完成于新世纪之初,在黄建国本人看来,微型小说作为一种独立的文体,用一个也许不太恰当的比喻,它就像是针孔摄像头,能把生活中最细微、最隐秘、最柔软的东西捕捉到,所以,微型小说应该也必定是生动的、独特的。这是微型小说的优势,也是它受到读者大众喜爱的一个重要原因。但是,创作者如果不能准确把握,其作品就有仅仅流于故事的可能。故事可以到趣味为止,或离奇曲折,或出人意料,或巧设结局,等等。对于故事而言,这些也就够了。但小说到这里并没有完成,因为小说必须有意味。意味涵盖趣味,除了使人愉快、有吸引力、使人感到有意思之外，还包含耐人寻味、激发人的想象等更为丰富的内容。意味是一切文学作品的应有之义，是各种艺术形式的基本品格。在微型小说的创作中，黄建国尤其推崇海明威的冰山理论。他始终认为，作家的小说，呈现给读者的，在极为有限的篇幅内只能是冰山露出水面的那个庞大的部分。海明威曾这样说过，如果作家对他想写的东西心里有数，对自己有信心，那么，他就可以省略他知道的东西。这句话，黄建国把它当作自己写作的警策之语。在作家看来，微型小说应该是繁衍的、辐射的，又像压缩饼干一样，当它进入人的胃之后，就会马上膨胀起来。① 这种写作追求迫使黄建国不断以更高的标准严格要求自己，使得他在微型小说的创作道路上收获了一个又一个可喜的成绩。

黄建国性格沉稳内敛，待人热情，善良质朴。与同时代的陕西作家追求深厚凝重的风格不同，黄建国是一位特别擅长运用微型小说这种文体来揭示现实、反思生活的作家。他的小说不动声色，充满了人性的张力。他总能从生活中那些平凡的人、平常的事中找到灵感和创作动力，从旁观者的角度，冷静地开展叙述。作家拥有一双能看穿世事的慧眼，能发现他人心中藏着披着的小奸小坏和不易察觉的谎言，笔端缓缓流出的文字仿佛一柄长剑，能直刺人物的内心。具有这种洞察力的作家在文坛并不多见。与中长篇小说相比，微型小说的写作难度甚至还要大一些。它不仅要求作者有深厚的文笔功力，有深刻的思想智慧，有精妙灵活的艺术表现力，有高度概括浓缩生活的能力，还要有深广的生活底蕴。可以说，黄建国在这些方面都做到了。更难能可贵的是，黄建国的创作题材都固执地选择了农村，选择了乡土。众所周知，微型小说的创作是艰难的，而且不大引人注意，更难引起轰动。黄建国一直耕耘于微型小说的创作园地，关注农村生

---

① 黄建国：《杂谈》（创作谈），杨晓敏、郭昕编：《当代小小说名家珍藏》（中卷），河南文艺出版社2002年版，第12—13页。

活和农民命运,在追求吸引眼球和轰动效应的商业大潮的今天,这是值得所有作家敬佩的。

(二) 社会转型下的精神拷问与文化忧思

微型小说集《一树蝴蝶》(世界图书出版广东有限公司 2011 年版)全书一共 6 辑,依次为"在路上""蝴蝶飞往哪里""白天与黑夜""生活方程式""东南西北""乡关何处",共收录了黄建国 60 篇微型小说作品。这些作品大都完成于新世纪之初,也正是在这段时期,我国的社会形态经历了一段较为艰难的转变。黄建国作为农民的儿子,关注农村发展和农民生活状态自不必多说,特别是在社会变化加剧的时代背景下,黄建国的农村题材小说尤其值得探讨。《一树蝴蝶》小说集除少数作品以城市为背景外,作品大都以农村为关注点。他不像同时代其他写农村生活的作家那样,把笔锋聚集在以生产关系、时代背景变换引起的农村人际关系乃至农民思想观念的变化波动上。他小说场景的设置,往往不是人们习惯看到的土地上的劳作艰辛,也不是农民世代相继的生存抗争,读者从作品中看到的传统中国农民的朴实、憨厚、勤劳、善良可能不是很多,黄建国更多地关注当下社会转型时期人民的心理状况和精神状态。[①] 作家重点探索了作为物质存在的中国农民在不被温饱问题困扰时的精神依赖所在。

黄建国的童年与少年时期都是在农村度过,他熟悉农村和农民,有着丰富的农村经验,离开乡村,长年定居城市,也使得他深谙城市生存之道。他身上的强烈使命感和深重的忧患使他始终坚持文学的崇高使命,他冷静地审视着现代文明对落后农村文化的冲击,客观理性地对农村文化和

[①] 赵淑珍、陈元龙:《千年一幅画亘古一支歌——对黄建国农村题材小说人物的认识》,《西安电子科技大学学报》1999 年第 1 期。

国民劣根性展开评判。作品内容内外交织，作者零度介入，在虚与实之间反映其对生活的思考。黄建国用他有限的篇幅塑造了一系列人物形象。他的目光至少关注了老少两代人，这些人都是生活在当代农村的核心人物。这些人物都有名有姓，他们生活习惯相同，思维方式大体一致，又都有自己独立的个性特征，真实自然。年轻一代在生活方式和文化心理上比老一代经历了更多冲突，作家也极力想表现出社会转型时期人们的困难和精神困惑。

1. 打工者的生存思考

《谁先看见村庄》是小说集《一树蝴蝶》的开篇。作品讲述了打工妹梅二亚和一位同村姑娘从繁华的南国归来，面对自己日夜思念的村庄，即将靠近的脚步却变得迟疑，目光也变得暗淡。因为就在此时，姑娘们突然发现自己忘了擦拭嘴上的口红和描上的眉。"众人口里有毒哩，硬把白的说成黑。"为了避免乡亲们的非议，姑娘们嘴上的口红一定得擦掉。她们开始找水找纸巾。无果后，二亚只得尴尬地和另外一个姑娘商量："我说，咱吃了吧""呀，咱们的口红不高档，吃下去怕有毒""不管他，这个不重要，毒不死人。"无奈，姑娘们只得选择用唾沫把嘴唇润湿，用上齿啃下唇，下齿啃上唇的方法来去除嘴上的口红。从打工妹回到农村，与乡村观念和农村陋习的冲突，使我们深感在辽阔乡村除了需要着力进行经济建设之外，恐怕面临最大的冲突还是人心与乡村生活的潜规则。全文下来，姑娘们体现出女性独有的善良和单纯，与之相对立的，是农村文化和乡民们的苛刻和不宽容。《谁先看见村庄》文短意长，故事情节简单，无刺激之处，全篇人物也仅是两个回乡过春节的打工妹，从姑娘们竭力擦掉嘴上口红这一细节我们可以看到城乡差距、新旧观念之间的剧烈冲突。我们不得不为这两个姑娘回村之后的处境和今后生活状态担忧。作者的人文关怀也在这实与虚的艺术中流露出来。撷取两位姑娘生活的一个小片段来思考其处境，于平淡中展现惊奇，于冷静中展现爱恨，或许这正是作者的独特之处。

在黄建国笔下像梅二亚这样的农民工还有很多。他们出身农村，在繁华的大城市寻找生存之道，在城市和农村的二元对立下经历着农民工不同寻常的命运。《好东西在哪里》同样讲述的是出走农村进城务工的胡军胜经历的城乡二元对峙。农村出身，没有接受过良好的教育，又没有可谋生的一技之长，这样的一群简单背景的农民在繁华的大城市里摸索，苦恼于找不到生活的出路。城市的一切都是属于城里人的。他们无法像城里人一样享受城市日新月异发展带来的一切巨变。他们带着对美好生活的向往走出农村，最后却不得不回到原点，带着失望而归。"城里好是好，但好东西是别人的。好吃的好喝的都是别人的，女人是别人的，轿车是别人的，连拉屎尿尿的地方都是别人的。好有什么用？不如回到村子里，我是我自己的。"可过了几天，胡军胜就觉得农村其实很没有意思。他总觉得梅庄应该有点什么变化，它不能老是不变。于是他扯了 20 米电线，接一只电灯挂起来。"我不想让黑夜淹没了村子，看上去像一块膏药。"习惯了大城市灯火通明的夜晚，回到乡村，夜晚的漆黑与寂静让他无所适从，他决定自己出钱扯灯照亮太黑的夜晚。但就是他这一点微不足道的称不上改变梅庄的举动也遭受到他爹胡庄庄的激烈反对。习惯了省吃俭用过生活的胡父哪里容得儿子这般"胡闹"，坚决不同意儿子"耗财"的举动。没有能够成功阻止，就把自己的一只布尔羊吊死在灯下的木杆上以表明自己的态度。像胡父这样的人，在中国农村普遍存在。他们保守、机械、懦弱、自卑、服从，一派老中国儿女气象。[①] 胡军胜处在这样一种牵制当中，使得他的人物形象也更加复杂丰富。在大城市受挫，又不得不回归乡土的保守，即

[①] 韩梅村、袁方：《朴中见巧本意深藏——评黄建国〈蔫头耷脑的太阳〉》，《小说评论》1998 年第 3 期。

使带着改变农村的想法也很难看到自己的希望。胡军胜改变农村的热烈期望回映着传统与现代撞击时的崩浪声。

对比之下，梅二亚和胡军胜比起另外一个外出打工的春妮显然要幸运得多了。《哀伤》里的老妇人坐在墙根下晒太阳，怀中抱着一只小狗。狗的脸如同老妇人的脸一样悲戚。"冬天的太阳惨淡无比，散发出一种枯朽的气息。"这么平静的一句，却让人隐约感到死亡的讯息。母亲伤心欲绝地哭诉着外出打工客死异乡的女儿的不幸遭遇。整个事件都通过老人的哭喊表现出来，她的描述异常简略，既写出了事实，又表达了孤寡老人的哀伤。"你说，妈咋不拦你呢，怪妈错吃了一口屎"，老人家粗俗的话语表现了她无比悔恨的自责。进城打工，工厂爆炸，最后尸首都未能见到，这不禁让人同情起春妮的可怜命运，也不禁让人思考：或许春妮不进城打工，一直守在乡村，即使过不上好日子，却也能平静地度过其一生。行文最后，孤苦伶仃的老人用力推开了女儿以前抱回来的狗，扬起手说："去，叫去，叫回来我给你吃大肉，叫不回来我吃你的肉。我等着。"其实狗又如何能叫回死去的女儿呢？作品主体是大段大段老妇人的戏剧性独白，老人的思路经历了"自己孤单的现状—对女儿孝心的珍视—后悔懊恼—凄惨近况的感慨—对女儿爱的誓言"这样一个过程。黄建国太了解乡村生活了，他匠心独具地刻画了这样一个孤寡老人凄惨的形象，隐约地暗示了城市对农民的伤害，深刻反思了当今农村社会出现的类似问题。

城市并非农民工的永久栖息处。农民工就如同习惯了季节性迁徙的候鸟，游移于城市与农村之间，难以摆脱奔波的命运。《热爱》里的梅叶丽做过歌厅的三陪女，却遇到了保当村的强小强，两人来到另外一个城市，开始属于他们的新的生活。梅叶丽在大学校园干着理发师的工作，虽然在理发屋里，就是大学生也要有意无意碰她一下，但她始终充满着对美好生活的向往，对未来饱含赤诚之心。"相信吧，快乐的日子将会来临。"普希金的诗给了他们生活的勇气和希望。梅叶丽是一个热情开朗的农村女子，她只是农村众多进城打工者的一员，辗转流离，曾沦为三陪小姐，却依然充满了对生活的礼赞和珍爱。这样一个女子，纵有可惜，又让人备觉可爱。"很快到了初夏时节，梅叶丽躺在医院妇产科洁白的产床上，窗外阳光灿烂。梅叶丽的子宫已经张开，她咬牙忍住疼痛，等待着听到她的孩子出世后的第一声啼哭。"这不得不让人相信，生活到处都是开始，抛开过往，只要坚持热爱生活，城市"候鸟"们也会找到自己的幸福。

2. 农民的精神缺失

随着改革开放的不断深入，农村生活和农民境遇也得到大大的改善。农民以往的精神追求只是为每日三餐而奋斗，温饱是他们最紧迫的问题。而此刻，他们已经不用再为米缸里是否有米而担忧，温饱早已不是问题。不用再为生计而担忧也使得农民的精神追求出现缺口。这些问题在黄建国的小说作品中多有体现。《马索的眼镜》里，马索喋喋不休地夸耀那副从父亲手里传下来的水晶石眼镜，是农民精神依赖缺失的一种表现，而康水厂不惜以牺牲妻子的名节为代价来换取马索的水晶石眼镜，也实在是农民行为的猥琐典型。《树阴》里的康来与麻子六的看似平静的对话背后，实则是国人心态的普遍存在——见不得别人过得比自己好，自己过得好了又竭力想向别人炫耀。康来固执地和儿子在众人惊异的目光中砍倒大树的举动，也是其缺少理性思维和狭隘心理的体现。《邻居》讲述了互为邻居的梅金砖和康水厂的荒唐故事。和康水厂比，梅金砖的房子十几年没有变化，他买不起摩托车，圈里没有牛，在经济上他是处于劣势的。这让他很不舒服。"他经常站在自家的院子里，目光中不怀好意，盯着康水厂家高耸的屋脊，巴不得康水厂哪天倒霉。"显然，这是农民仇富心态的表现，这种"看不得别人好"的心态是农民在自身境遇尴尬下的狭隘观念的典型反映。梅金砖的行为和心态是荒唐可笑的。半斤八两，康水厂的角色是"胜利者"，但他也在小心翼翼地窥探着邻居梅金砖的一举一动，笑眯眯地偷看着梅金砖垂头丧气地剥羊皮。一个"恨人有",一个"笑人无",作者精心塑造了一出活脱脱的人间喜剧,但读者笑不出来。《岔口》刻画了贪图现实小利的来发和康麦两个小人形象。作为年轻一代农民的代表,他们是如此的相似,胆小畏惧,又贪图小利。面对捡到的 10 元钱,都不约而同地选择了自私占有,随后又都愚昧地恐惧遭受报应而不得不把钱放回原处。仅仅 10 元钱就足以让来发和康麦耿耿于怀、念念不忘。这些细微的生活故事无不引起人们的反复联想和深思。在黄建国的聚焦镜头之下,我们看到了农村亟须解决的精神文化建设问题和农民亟须调整平衡的心态问题。仇富、仇闲、恨人有、笑人无等这些体现在农民身上的愚昧劣质似病毒,啃噬着农民健康的心灵。每个农民都或多或少曾受到这种病毒的入侵,都有着这样或那样的心理隐疾,不知不觉中便会发作。

对于农民,黄建国是又爱又恨的。他熟悉农民,了解他们的物质和精神需求,他深爱并敬重黄土地上的劳动人民。同时,他无比焦虑和担忧农民的命运,他清醒地知道农民在个人生存和发展过程中的种种劣势。他是有恨的。他无比气愤的是广大农民对于自我生存意识的缺乏,以及对于不公平处境的不抗争。《一树蝴蝶》作品集里的农民人物大都是作家批判的对象,作家毫无保留地对农民进行了人格批判和文化批判。众所周知,鲁迅毕生致力于国民性问题的探讨,尤其是在国民劣根性的揭露与批判方面做出了前无古人的卓越贡献。与鲁迅不同,黄建国先生远远站在旁观者的角度,从不参与故事情节的发展,他的作品极少出现第一人称和第二人称。作者仿佛是在冷静地叙述着他看到的农村、他关心的农民。在这些国民劣根性的揭露过程中,他始终保持着清醒,隐藏了自己冷静表象之外的深刻的爱与恨。这也使得他塑造的人物富有张力,真实而不夸张。作家无疑在提醒每一个有良知的人去关注身边的现实,呼唤人类对精神家园的守望。

中国是一个传统的农业大国,数千年的农业社会固有的生产方式形成了一种具有独立形态的农民文化。这种农民文化被美国人类学家雷德菲尔德概括为："是小型的、孤立的、非主体的，没有思想的频繁发展性，而只有共同的祖先；在具有这种农业文化的社会中，人们带有强烈的集团内休戚与共的意识。"[1] 经过数千年的传递和沉淀，这种农民文化早已成为广大农民共同具有的一种心理结构，一种集体无意识。而对于那些已经出走农村、定居在城市的人们来说，尽管受到城市文明的冲击和侵染，但其血液里依旧流淌着农民文化的特质，在其身体和精神上，也不可避免地保留着农民文化的许多成分。黄建国农村题材小说的焦点，正在于他无处不在地对于农民这一占中国人口多半的庞大群体进行的精神拷问，发出了对具有千年文化传统的中国农村社会的深深忧思。

3. 城市生活陷阱

同样，光鲜的城市也有难解的生活方程式。《自己的影子》中的主人公肖甲从夜总会出来就开始疑神疑鬼。"夜总会招牌上的霓虹灯闪烁不定，打到周围的建筑物上，看上去鬼鬼祟祟的。他似乎意识到似乎有人在玩阴谋，额头不禁沁出一层细汗来。"毫无根据的怀疑和猜测是其内心不安驱动下的过激反应。为了防止被人抓住把柄，能从4个候选人中顺利突围当上副处长，他敏感得像是在生理期的女人，"副处长"的诱惑使得他不得不连自己的影子都防着。囿于名利的他整天提心吊胆，痛苦不已。在黄建国的作品里，人们的压力感和焦灼感主要来自金钱欲、权力欲、情感欲和职称欲，连娱乐休闲的地方也充斥着人性的角斗和异样。

与此相似，《如何打死一只苍蝇》写的是人和一只苍蝇的较量。"何非

---

[1] 杨林、马俊：《直面苦难与劣根——读黄建国的〈谁先看见村庄〉》，《小说评论》2005 年第 6 期。

一惊，眼睛又开始寻找苍蝇。不过，他这时心里想的却是另外的问题。因为在他打苍蝇期间，曾有三个电话打过来，一个是他老婆从娘家打的，一个是他的上司打的，还有一个是他同学打的。当时，在那种情况下，他很不耐烦，把这三个电话统统都怠慢了。他不知道明天该如何分头解释这件事情，弄得不好，无疑会影响他今后的生活。"世界很大，人很渺小；人很伟大，苍蝇渺小。伟大的人对付一只微不足道的苍蝇，一次位移，一个动作，一次发力，似乎完全可以终结。现实生活中却没那么简单。何非打苍蝇感受与面对的，是整个社会人生的价值模式与坐标系，他的心情意绪的变化过程，也就成为可以想象与联想的意义空间，有了必要的人文参考价值。打苍蝇这样一件小事也能牵扯一系列问题，打苍蝇的短暂过程就有三个未接电话，而且处理不当会影响他今后的生活。这不得不让人感叹人在生活中是多么的不易，处处得小心谨慎，拿捏得当。当苍蝇被消灭的那一刹那，何非手里的那把扇子扫去了此前的社会规范，也就失去了自己的生活原则。再次面对生活时，他发现自己很迷惘，东南西北，不知道自己的方向。一只脏兮兮的苍蝇，让人感到了自身生存的脆弱。主人公早已不是在为自由而活，而是被生活捆绑着。

黄建国微型小说的主题是丰富而深刻的。他的故事都围绕人与生活而展开，故事中的每一个人都行走在生活的道路上。村庄在前面，二亚在行走，爷爷和孙子在行走、梅叶丽和她亲爱的强小强在行走……都在行走。文明与落后，城市与乡村，现代与传统，灵魂与肉体，自由与羁绊，这一切纠缠在一起，相互冲突、碰撞、博弈，生发出一个多元世界。作家通过平静的叙述，塑造各色小人物，涵盖人共有的心理结构、精神特质和情感取向，拓展为深广的人类普遍性情境。人是整个社会的主体，一举一动都影响着这个世界。人是伟大的群体，又是渺小的个体。生活是艰难的，人心是复杂的、微妙的。黄建国通过一系列人物和故事情节向我们展示了人自身无法逾越的局限性，启示人应该怎样才能不掉进自己的心理陷阱，不被落后文化控制，实现自身自由而健康的发展。作家没有回避人的懦弱和生活的无可奈何，而是从人类自身的生存窘境来展示生命的惊奇。作家对待生活的态度是积极的，他意欲表明的也是生活的普遍性意义——生命不息，奋斗不止。我们都有很长一段路要走，生活的美与丑、波澜与平静都需要每个人去小心体验，而黄建国就站在这条路上，提醒每个跋涉者认识人类自身。

（三）人物、情节与语言艺术

微型小说，它以其篇幅小、容量大、构思巧获得了读者的喜爱。微型小说不像鸿篇巨制那样洋洋洒洒，拥有众多人物和叙事线索。由微型小说篇幅短小的特点决定，创作者必须在惜墨如金的只言片语中反映某一现象或事件，描绘动人的形象，造成耐人寻味的效果。这就要求作家借助艺术构思的力量，把复杂纷呈的生活事件变成激动人心的艺术作品。黄建国做到了。创作微型小说对他来说仿佛轻车熟路，他高超的写作艺术值得每一个微型小说创作者借鉴和学习。下在对黄建国小说中的人物，情节和语言分别予以论述。

1. 人物——村庄全景式的塑造

黄建国的微型小说里的人物是村庄的全景式反映。在他的小说里，相同的人物在不同的篇章经常反复出现，他的故事大都围绕村庄的日常生活而展开。梅庄是黄建国笔下的一个具有象征意味的特殊存在，它俨然是现代社会的一个缩影，是作家表现思想与启迪智慧的舞台。在这个舞台上，各色人物纷纷上场，表现各自的人生成长与命运变化。黄建国的人物村庄里，有温情脉脉的爷孙俩（《教育诗》）、外出打工者胡军胜（《好东西在哪里》）、霸气村长马堂（《奶味》）、众人眼里的恶人赵墩坎（《小镇上》）、追忆爱情的农村妇女梅亚桃（《房顶上的沙包》）、爱贪小便宜的来发和康麦（《岔口》）……作家并不局限于塑造一两个人物来开展故事，而是通过故事塑造了属于村庄的一系列人物。麻子六、梅金砖、来发、马堂、康水厂、梅亚桃、赵墩坎等都是村庄具有代表性的农民个体，这一系列人名都是经过作者精心构思后的结果。显然，黄建国这种塑造全景式村庄人物的方法是独特的，有自我风格的。

一般说来，微型小说中出现的人物是极少的，创作者大都倾向于以情节取胜，黄建国不仅在情节上实现了递升反转，且抓住了人物的特性。虽然同一人物在不同篇章中的经历不同，但其性格是相似的，心理发展大都是一致的。这在某种程度上借鉴了中长篇小说在人物塑造上的长处。黄建国的这种表现手法，使得他笔下的"梅庄"更加真实可信。比如，《邻居》一文中同时塑造了梅金砖和麻子六这两个人物。他们都有着窥探邻居的可笑举动，但在不同的篇章里，他们又继续着各自的故事。《一树蝴蝶》里的梅金砖有商业头脑，大做了一番生意经，想出用图钉将捉到的蝴蝶订到树上以获取商业利润，这倒也符合他想发财的愿望。而《打嗝》中的麻子六却是一个体谅别人、具有悲悯之心的善良农民。麻子六形象的转变是合情合理的。现实生活中，在不同事件面前，人会有不同的反映，都有其善良的闪光点和灵魂的黯淡处。

2. 情节——反转的艺术

黄建国的微型小说经常采用的另一个写作手法是反转式结局。在《一树蝴蝶》作品集中，《陌生人到梅庄》《小镇上》《好牛》《岔口》和《北陵》都采用了这种反转式结局。作家小心构思全文，故意让读者顺着前面的情节脉络和思维逻辑形成某种定式，造成某种错觉，然后再突转笔锋，呈现给读者一个与错觉完全相反的结局，给读者强大的心理冲击，达到一种震撼心灵的艺术效果。黄建国特别擅长运用这种反其道而行之的行文手法。《打嗝》中的麻子六因为借钱吃过亏，从此只要有人向自己借钱就以打嗝拒绝。与冯保栓一起投资做生意差500元钱，又迫使他不得不开始他艰难的借钱之旅。在经历了在保当村、仁村、圪崂村借钱无果之后，麻子六两手空空地回到了梅庄。在黑漆漆的夜色中，麻子六把自个的牙咬得咯嘣响，心里咒骂了一长串人的名字。读者顺着这样的情节发展，误以为麻子六的借钱之旅只能无果而终。但精彩之处随即展开。邻居梅开民因凑不齐送儿子上大学的学费而着急得要跳井。麻子六哦了一声，接着响亮地打了一个嗝，对梅开民说："啊，这不是一般的事。开民，我日你先人你让我碰见你。啊，你跟我……嗝儿……跟我来。"这是一篇典型的运用了反转式结局的小说作品。麻子六的身份由借出钱者变成了借钱人，由怕再次吃亏不肯借出钱变成主动借钱给梅开民，主人公的态度发生了质的变化。读者的心情也从同情麻子六这个因为借钱吃过亏的主人公到被麻子六体谅别人需要帮助的悲悯之心所打动，主人公人生境界的提升，也使得读者的灵魂接受了一次洗礼，不得不由衷感叹麻子六的善良与朴实。整篇文章简单自然，情节生动，欲擒故纵，成功地刻画了麻子六这一善良纯朴的农民形象。读完全文，只觉言已尽而意无穷。

《陌生人到梅庄》也同样运用了这种反转式的结局手法。全文讲述了一个不明身份的陌生人来梅庄寻找马堂的故事。作者先从众人看客的心态入手，不动声色地叙述了村人们的猜测和种种期待。村民百无聊赖地在心里揣摩起眼前这个陌生人的来意，幸灾乐祸地等着看马堂的麻烦。然而，最后真相大白——陌生人的到来只不过为了感谢马堂当年的救命之恩。村民的幸灾乐祸心理没有得到满足，也彻底推翻了读者之前的阅读期待。作家出其不意，笔锋陡转，奇峰巧立，读者看了开头却永远猜不到它的结尾，这种审美享受是深刻的，令读者回味无穷。

3. 语言——凝练生动

文学是语言的艺术，作者运用语言的能力直接关系着文学作品的成败。微型小说篇幅短小，稍有一点语言表达上失误，就会败坏整篇作品的可读性。因此，微型小说对语言的要求极为严格。黄建国运用语言的能力显然是高超的、巧妙的。他的语言简净而细致，叙述从容而自然，而对故事的进程，尤其注意通过精心设置的特定的场景加以把握，以传达人物心理、情绪的微妙变化。《树阴》一文中，作者是这样开篇的：

> 一进入夏季，人都蔫了。天气炎热，人光想喝水，喝了水，又被太阳吸去，连身上的油脂也吸出来，黏乎乎的，一搓，净是泥条子。

这样的语言不仅非常具有个性，而且耐味传神，十分简洁地就把故事发生的环境背景描述了下来，极富活力和表现力。夏季的炎热对人的心情意绪是有极大影响的，这也为后文人物之间的心理交锋埋下了伏笔。黄建国不同于其他竭力炫耀自己语言功力的作家，他深知不从作品出发，只追求炼字炼句来装饰文章，结果只会使得作品语言造作僵硬，缺少生活气息。他选择站在农民的思维角度，反复揣摩农民的情绪和话语，力求表现农民的真实个性和话语表达。作品人物的字字句句，都透着陕西农民特有的生活气息，语言精简凝练，恰到好处。《杨凡本》里骂人是"狗日的"，讽刺人用"心里无冷病，不怕喝凉水"，窗口是"黑咕隆咚"的，被扇耳光的感觉是"麻辣辣"的，感到挫败会觉得"自己是一堆狗屎"。这样的语言，完全符合农民遣词造句的方法，和故事情节碰撞，瞬间有了生命的火光。黄建国总是力图用最普通、平常的话语来准确又传神地表现最丰富、复杂的内容。《梅庄》中"黑夜像汹涌的黑水淹没了她们"，这样一句简单的环境描写，使得环境与人物相互交融，同时表现了作者冷静态度下的悲悯之心。他在叙述故事时很少用闲笔，他总是以最经济的文字，表达出最丰富的内容。作品人物的每一句话、每一个举动，都是从作者笔风里，自然而然地流淌出来的，人物一出场，个个都是活脱脱的，浑身散发着乡土味，亲切得如同生活在我们身边的父老乡亲。

当然，在肯定黄建国在微型小说领域的突出成就时，也有人提出了委婉的批评。《一树蝴蝶》小说集里的人物，相同的名字在不同的篇章经常反复出现。显然，这是作者的有意设计。读者在不同的场景和情节中会逐渐构成了一个人物网络和村庄印象。但当我们细心地去核对这些线索，试图构成一个完整的人物关系网和逻辑联系时，我们失败了。他的作品集里的关系并非是确定无疑的。在创作的过程中，因为"突然"，作家自己并未把一切人物和人物之间的关系安排得富有逻辑，关系严密。诚如作家自己谈到创作《谁先看见村庄》时，因为下笔太匆忙，连和二亚一起回乡的姑娘都没想好名字，只匆匆用"不叫二亚的姑娘"来代替名字。当有读者怀疑两位姑娘是在城里从事不道德职业时，作家也没有否认，因为在故事设置时，作家也并未仔细思考过人物的真实身份。细心的读者自然认为这样安排过于随意。

总之，纵观《一树蝴蝶》集子中的 60 篇作品，黄建国表现了一个优秀作家的成熟的创作风格与创作个性。他的小说叙述视角独特，作为叙述者，他的镜头游移于城市与农村之间，从城乡二元非均衡发展的冲突展示人的经历、人的境遇乃至人的命运，从而深刻地反映我们这个时代的大变化、大变革。微型小说的创作是艰难的，需要作者绞尽脑汁。黄建国作为长安大学新闻传播与艺术学院的院长，在繁忙的大学教学科研工作之余依然坚持微型小说的创作，并且把视角投向其热爱的黄土地，坚持文学的高度，原汁原味地反映生活中值得思考的部分，这是一个有责任的作家的高度。

著名诗人、青海作家协会主席董生龙曾说过，写短篇小说，就应该向黄建国靠拢。这个评价是极高的。作为一个作家，黄建国的产量似乎并不高，但是他作品的质量不容忽视。阅读他的作品，依稀可以看到莫泊桑、契诃夫的意蕴。作为一个成熟的微型小说创作者，他的对微型小说创作技法的掌握是他人无法企及的。黄建国曾说，文学与他始终是一个魅影。中学时代、回乡期间，文学一直是他不断追求的理想。后来考入大学，读了鲁迅、契诃夫、莫泊桑、海明威、博尔赫斯、胡安·鲁尔斯……这些优秀的榜样如同一座座高山矗立在他的面前，让他激动，也让他绝望。黄建国却用他多年的不懈和坚持，向诸位文学界前辈交上了一份满意的答卷。

（刘丹　龙钢华）

二十七　符浩勇微型小说中的"四英岭下人家"解读

符浩勇，1964年10月出生于海南省屯昌县，大学毕业，高级职称，现在中国人民银行文昌市支行供职，系中国作家协会会员、中国小说学会会员、海南省作家协会副主席。曾在《小说界》《人民文学》等全国60多家省市文学报刊上发表800余篇作品，著有小说集《哑山》《逝水流年》《稻香》等10部。曾被海南省文联授予"德艺双馨青年艺术家"称号，被海南省作家协会评为"振兴海南文学探索者"30强之一。近些年，符浩勇有《贩鱼档》等2篇小说出现在中学语文课本中，有《无处安放的花瓶》《荒漠一夜》等9篇作品出现在山东、安徽、辽宁、贵州等省高考试卷中。

阿·托尔斯泰曾经说过，微型小说是磨炼作家最佳的学校。符浩勇经过多年的微型小说创作，拥有许多优秀的成果，他的作品对微型小说的多样化做出了不可替代的贡献，特别是关于"四英岭下人家"的作品引起了广大读者的关注。他的创作中涉及乡村题材的作品，几乎都是围绕着四英岭这个特定的区域。他致力于乡村小说的创作，尤其擅长在微型小说短小的篇幅中将故事刻画得震撼有力，以小见大，见微知著。他将乡村故事与现代生活连接起来，关切人性，注重道德，在社会底层人物中寻找人性中的闪光点，赞扬真善美，讽刺假恶丑，主张在现代社会中不忘初心，保留本心。符浩勇擅长通过语言刻画人物形象，通过改变人物的行为方式突出人物的性格，在作品中透露人文风俗，表达出强烈的人文精神。

著名评论家刘海涛认为："符浩勇通过对小小说细节的发现、体验、提炼、表达，而对一种文学性较强的题材、故事、人物做出了一种真正的体现小小说文体智慧和文体魅力的挖掘和创造。"[1] 符浩勇运用生花妙笔，发挥了微型小说的艺术魅力，给人深刻的感悟。杨晓敏指出："一个作家的成长历程总是离不开地域文化赋予他的精神营养。"[2] 四英岭是符浩勇的家乡，这个独特的地理位置承载了符浩勇的家园情怀和人文关怀，四英岭作为符浩勇微型小说中特有的一方水土，让人感受到了其中独一无二的乡村文化和人文精神。符浩勇不仅是故乡四英岭的守望者，也是海南的文化守护者。他曾说过："从某种角度来说，四英岭或许是海南文化传说的意境深远，奇峰突起，故事与故事之间连绵贯通的一个社会缩影。"[3] 海南省作家协会副主席杜光辉认为："他完全不需要通过文学创作得到权力的提升和金钱的进账，纯粹是为了张扬自己的思想，抒发自己的情感，阐述自己对人生的诠释。"[4] 其实，符浩勇家乡的这座山的原名是四顶岭，正是因为符浩勇在他的小说创作中一直称之为"四英岭"，海南地方政府便将四顶岭改名为"四英岭"，一个作家用自己的文学创作影响了一个地方名字的变更，可见其创作功力的深厚及其影响力的深广。符浩勇的文学创作从未受到

---

[1] 刘海涛：《情感的戏剧性冲突和艺术性表达——符浩勇小小说创作论》，2012 年 2 月 29 日，http：//www.xiaoxiaoshuo.com/thread-294328-1-1.html。

[2] 蔡葩：《独特的审美意蕴与情感表达——符浩勇小小说作品研讨会综述》，《海南师范大学学报》（社会科学版）2012 年第 6 期。

[3] 陈勇：《中国当代微型小说百家论》，内蒙古人民出版社 2011 年版，第 188 页。

[4] 蔡葩：《独特的审美意蕴与情感表达——符浩勇小小说作品研讨会综述》，《海南师范大学学报》（社会科学版）2012 年第 6 期。

名与利的影响，他坚持创新，发掘人性，传播人文精神，关怀底层人物，关注社会现实。他将四英岭作为一座桥梁，展示人文风俗，刻画行为方式，用形象的语言塑造一个个典型的乡村底层人物形象，从而追求真正的文学价值，展示深厚的文化底蕴，抒发内心情感，反映社会现实问题，形成了自己独特的风格，创作出一系列关于四英岭下人家的微型小说。

符浩勇微型小说中关于四英岭下人家的作品无论是人文风俗、行为方式还是人物及语言都具有丰富的地域内涵和创作特色。下面分了部分予以介绍。

（一）四英岭的人文风俗

在文学史上，那些卓有成就的小说家，都有一块属于自己的土地，文学的永恒正取决于作家对这块土地独特的文化风俗和生活底蕴的审视和表现。① 四英岭就是属于符浩勇自己的那块土地，读他的作品，可以感受到他是四英岭那块土地上最坚实的守望者。他将四英岭下人家中的人文风俗展示在读者面前，让读者了解那片土地和那里的人，在一遍一遍的感受中，我们会情不自禁地置身于其中，感受那些人文风俗的力量，品味其中的文化底蕴，甚至会慢慢地爱上那片土地，切身体会文中人物的情感。通过了解四英岭的人文风俗，我们可以更加了解那些人物纯真、朴实和善良的性格，理解他们的含蓄、辛酸和无奈。符浩勇是典型的乡村题材作家，他坚守在四英岭这片理想的土地上，勤劳并执着地耕耘。他通过叙写四英岭下人家的人文风俗来展示乡村文化，表达人文精神，因而其作品别具一格。下面从三个角度予以论述。

---

① 田中阳：《论区域文化风俗对当代大陆小说文本风格形成的影响》，《湘潭大学学报》（哲学社会科学版）1995年第2期。

1. 地域性

不同的地域有不同的人文风俗。符浩勇是土生土长的海南人，他的作品中描写的四英岭下人家人文风俗，具有很明显的海南地域风格。他的作品中遍布着关于大山、狩猎、挣扎、爱情及奋争的四英岭下人家的故事，这些故事多少都与那里的人文风俗有关，故事中的人物性格也大多同那里的地理位置和人文风俗有关。

狩猎就是四英岭下人家中一项重要的活动，也是一项重要的人文风俗，这与海南的地理位置和地理环境密切相关。狩猎是痛苦的。作品《猎殇》里讲的就是一个猎人和一只山狼恩怨斗争的故事，猎人为此家破人亡，不得不承担巨大的痛苦。四英岭下人家的狩猎者是勇敢的，也是固执的，作者赞赏他们的勇气，却也同情他们的固执。狩猎是孤独的。《最后的狩猎》讲的是一个猎人长年累月地守在大山里，因为孤独而渴望异性的爱，他在看到梦想的金鹿后，在一种虚实交错的状态下错杀了自己心爱的狼狗而悲痛欲绝，不再狩猎，所以说狩猎的生活是孤单的、残酷的。但狩猎又是可靠的。在四英岭这座大山里，会狩猎的人大多以狩猎为生计。《最后的狩猎》中的猎人，《菩提本无树》中的老旺爹，《飘摇酒幌》中的老旺，他们都以狩猎为生，甚至依靠狩猎过了一辈子。狩猎活动在现代已经不多，由于地形和气候的原因，狩猎在海南作为一种文化沿袭至今，并为此建立了狩猎文化体验区，展现了海南人民早期的生活和居住习惯。

除了狩猎外，在四英岭下人家还有一个更加重要的人文风俗——军坡节。军坡节是海南省特有的且非常隆重的传统节日，是海南东北部规模最大的祭祀节日，主要是为了纪念民族英雄冼夫人，世代相传已有1300多年的历史。《台上台下》一篇中，第一句"农历二月十六，才是四英岭下人家的军坡节"就引入了军坡节。《萍聚》中"元宵过后，农历二月是山里的军坡节期，按风俗比年节还热闹"，让我们知道一个节日比过年关更重要。可见,军坡节是盛大且热闹的。除此之外,军坡节期间看琼剧又是另外一个洋溢着浓厚本土文化气息的节日风俗。琼剧也叫琼戏,是海南省的民间戏曲艺术,也是当地本土文化象征之一。《台上台下》中的故事就是围绕着一个著名的琼剧团中的名角吴振琼展开的。吴振琼拥有众多戏迷,他在台上唱戏时大家连声喝彩积极鼓掌,在台下唱戏因无人认识而被认为火候不足,小说中展现出来的这种反差令人深思。作品《父亲,从乡下来》中也对琼剧有所表述,父亲非常喜欢琼剧,军坡节期间经常走村串户去看。作者通过这些描述让我们感受到四英岭下人家对当地人文风俗的热爱,感受到了海南文化的源远流长。

这些特色的节日和风俗都带有很明显的海南风情特色,展现了当地的文化特色,让我们进一步地了解了海南的地域风情。这是符浩勇家园情结的体现,也是他的作品的独特之处。

2. 背景性

符浩勇笔下的人文风俗展现了地域风格,带我们走进不同的文化地域,但这些极具地域性的人文风俗在作品中另一个重要的功能是具有背景性。在他的作品中,这些人文风俗通常充当一个全文或文段的背景,展开要讲述的故事,作为故事发展的线索,为故事的发展提供合理可靠的依据,增加故事的真实感,也使反映的现实问题和情感主旨更加深入人心。这也是符浩勇微型小说的新意之处,在平凡中出奇制胜。

《根叶谣》《送灯》《腊月》《霜降时节》等作品中的故事情节都是以人文风俗为背景来展开的。《根叶谣》中就是围绕童养媳这一特殊风俗而展开全文。文中第一段就交代了背景,为了活命,二喜在祥生家当了童养媳,讲述了善良知恩的童养媳二喜和祥生的悲剧爱情故事。《送灯》亦是如此,文中第一句"冬日是乡村婚嫁频繁的季节"就揭开了作品的大背景,以"石头"这个小男孩为了在婚嫁日当天送灯为小说的主线,写了小孩因送灯太激动彻夜难眠，最后却因睡着未完成送灯仪式而错失送灯钱的故事。又如，《腊月》中就是在"大队演琼戏，这是四英岭下人家逢年的风俗。灶神爷生日，必须请戏班来唱大戏，为迎一年春季驱歹赶邪，各家各户都得有人去看，沾沾喜神福气"这样的风俗背景下将全文推向了高潮。这样的环境氛围为宏伟非礼秋妹提供了条件，让秋妹正确认识了宏伟，展现了小说的主旨内容。拥军优属也是当地的一个风俗。《霜降时节》中的"四英岭下人家久远的岁月里，历来以拥军优属著称"这一句话就可以让我们有所了解，作者以一条在四英岭下人家沿袭多年且颇具口碑、古老而又固执的规矩为背景展开全文，讲述了秋妹和亚川用自己的勇敢而保全了亚荣的烈士名节的故事，写出了乡村人因循守旧、固守风俗、不懂法、不识法的现实，赞扬了秋妹和亚川的勇敢追爱，表达了作者渴望乡村风俗得到正确的礼待，村民思想能够与时俱进的心愿。

在变动的现代社会当中，符浩勇用人文风俗作为小说的背景题材，关心的是在社会变迁的环境下，人性思想中该变革的糟粕和该保留的精华的发展趋向，充满了良知和道德关怀。

3. 参照性

毕光明说过："在符浩勇的文学地理上，四英岭所代表的乡村和快速发展中的城市构成了互为参照，具体说是互逆、互动的关系。"[1] 在四英岭下人家的人文风俗中，无论是狩猎活动、军坡节、拥优属军、童养媳和婚姻嫁娶种种风俗，都对我们的现代城市生活具有一定的参照性。符浩勇笔下的人物性格和特点大多数和四英岭这个特定的地理位置有关，在那些走出大山的进城打工者身上尤其明显。不管他们是否受到异乡文化风俗的影响，他们

---

[1] 蔡葩：《独特的审美意蕴与情感表达——符浩勇小小说作品研讨会综述》，《海南师范大学学报》（社会科学版）2012 年第 6 期。

身上依然流淌着四英岭下人家的鲜血，骨子里永远珍存着四英岭人家才拥有的特质，而这正是四英岭下人家的另一大重要的"人文风俗"。

符浩勇笔下的这些进城打工者，保留着淳朴、憨厚、真实和善良的本性，而现代的城市生活常常无视并抹杀他们的本性，他们大多无力反抗。《血杀》讲述的是一个车间包工头被杀害的事件，是一个农民工在自己的内心和脑海中进行的一次假想暴力反抗。贾德强是个老实胆小的人，受冤时总是无法为自己辩白，他发觉自己的媳妇与包工头有染，感到无比屈辱，却又无能为力，只能在心里"杀"了包工头一遍又一遍。这样的假想报复行为比真实的杀人行动更加能够体现出农民工面对城市时的屈辱和无奈。这件事如果发生在乡村，依据乡俗他一定能有所斗争。作者通过一个朴实农民的内心挣扎，呼吁公平正义，希望能让农民工感受到公正、平等和爱的同等对待。而在《收旧货》一篇中就有了温情回应，詹承宜通过心中的坚持"再等等"获得了日记本这一意外的收获，面对 2000 元的回报，他坚持只要了 300 元租车回家过年。这样的故事情节，让我们深深地感受到了从乡下走入城市的农民身上依然流淌着乡村里的真诚、憨厚、淳朴的血液，人与人之间并没有贵贱或高低之分。《飘逝的紫围巾》中勤劳、善良、知恩的小卢在现代社会的工作环境下仍然遭到了拒绝。小卢将局长每一次对她的帮助都铭记在心，尽力回报，却也因那条局长妻子朱珊忽视的紫围巾而丢了工作。在城市里，人与人之间的温情太单薄，不知恩的人把知恩的人赶走了，这是作者对现代城市生活的哀叹。在乡村，人与人之间的关系似乎永远那么真实、含蓄和单纯。

作为乡村进城打工者，有人始终保留着本性，也有人在色彩斑斓的城市生活中暂时迷失了方向。《不哭就瞎了》中，钱总为治好眼疾，花钱找人骂他、找人打他，可就是一直哭不出来，直到想起了曾经与自己在城市中摸爬滚打发家的老伴才掉下眼泪，有所怀念。物质生活充实了，却物是人非，丢掉了与自己风雨兼程的妻子，作者运用这样的现实题材，触及了当代人心中丢失的那份本真。物质充足固然美好，有那份最初的心和那个最初的人相伴才更重要。《幸福大道》就可以说是一个城市的参照样本。什么是幸福？坐在宝马车中的她艳羡那些日子艰苦却彼此相伴的夫妇，而她的丈夫将幸福出卖给了另一个女人。相濡以沫，执子之手，与子偕老，成了她心中追求的最美画面。在这个宣扬没有钱万万不能的时代，钱买不来幸福，幸福不分贫富贵贱，只需彼此珍惜体谅，幸福可大可小，只需我们用心经营。《稻香》控诉了冷漠的城市生活一次又一次地侵蚀人的内心，让人渐渐忘却初心和本心。当李群记起稻香当年温情的那一刻时，唤醒了自我迷失的心灵。作者企图告诉我们无论城市生活多忙多累，我们都该时常回想曾经的那份乡情和那份温情，不忘初心，不忘本心。

很多时候，乡村看起来确实比城市温暖，传统的"乡村社会"似乎就是一个很大范围的乡里人家，彼此熟悉，互相帮助，城市反倒是一个人与人之间相互隔阂的、陌生化的社会。符浩勇的微型小说注重道德伦理，关注世道人情，赞颂乡村中那份纯真和美好，他的作品描绘的都是普通的人物和简单的故事情节，却蕴含着对最本真的人性的渴望。符浩勇在他的作品中尽力地还原四英岭最原始的人文风俗，用文字呼唤人们保留本真，所以说他是一位直面人性的作家。

（二）四英岭人物的行为方式

行为方式，是指不同的个人或群体在社会生活中形成的模式化、程序化、规范化的活动。我们阅读作品时，为了了解人物的性格，通常会通过观察人物的行为方式进行辨别。每个人的行为方式都是不一样的，总有一些地方区别于他人，不同性格的人说话做事的区别，都是通过行为方式表现出来的。符浩勇笔下的四英岭下人家的人物的行为方式都带有自身的地方特色和性格特征，他们都是底层乡村人物，他们的行为方式不自觉地受到自身性格的影响。但人物的行为方式不是固定不变的，在人物关系不同和故事发展变化时，人物的行为方式也会发生一定的变化，这样才能展现一个更鲜活的人物，使人物更加完整和丰富。四英岭下人家人物的行为方式有以下三种。

1. 受人物性格的驱使

不同的人有不同的行为方式，一般情况下行为方式的产生是由人物的性格决定的。四英岭下人家中的人物的行为方式也不可避免地受到他们自身性格的影响，作为底层乡村人物，他们的行为方式更具有代表性。

《归路》这篇作品中就讲述了一个小人物"他"的故事。"他"稀里糊涂地将卖猪苗的 400 元钱借给了张寡妇，却在寡妇的几番刁难下始终无法追回这笔债务。这 400 块钱是儿子的学费，在追回过程中，正是因为他是一个贪色、胆小、贫寒、软弱怕事的男人，才会两次讨债都反被羞辱得无地自容而归。第一次讨债时被寡妇说得"拔腿就走"，第二次讨债更是像做贼一样逃走了，仿佛欠债的人不是寡妇而是他。"他"的妻子是个木讷的人，百依百顺，不温不火，正是因为她通情达理、顾全大局，才会在最后哭着说钱不要了，只要"他"回来就够了。可见，是他的妻子帮助了他，宽慰了他，文中对妻子的描述只有寥寥数语，但她通过行为方式展现出来的平凡的人性光芒深深地触动了读者。

再看《飘忽雨季》，菊英嫂因 5000 块的彩礼嫁给了现在的丈夫，即使当初不满意这门婚事，但是她还是发誓要把丈夫的腿治好，她一人辛勤劳动攒钱为丈夫治病。可见，她是一个多么善良、勤劳、不怕苦、以德报恩的女人。她知道丈夫离不开她，所以当初的心上人拿着 5000 块来找她让她放弃现在的丈夫，她选择了推开对方，语气坚定地告诉对方她有现在的丈夫就足够了。这样的人物虽平凡艰苦地生活着，但她的行为表现让我们看到了她不平凡的美丽。《桥》当中的老奎爹也是如此，他始终秉执着一副宁可被人欠也不可欠人的心肠。作为一个年过六旬的老人家来说，他很孤独寂寞，渴望有人能看望他，而李大个子作为支书对他的看望，让他感受到了关怀，于是也决定予以拜访回报，这才酿成了他在拜访的路上踩上断桥而亡的悲剧。这个故事中的老奎爹着实让人感到心疼，他若不去拜访便不会有此悲剧，但性格使然，既无可奈何又心酸无比。因人物性格而展现出来的行为方式各异，展现的人物形象更加丰富精彩，人物性格驱使行为方式，四英岭下人家的人物也就自然而然地生动起来。

2. 因人物关系不同而变化

人物的行为方式是变化的，在遇到不同的人物关系后其行为举止多少会因人因地因时而有所改变。实际上，人物关系与行为方式也是相互制约和相互影响的。符浩勇善用人物关系的变化改变人物的行为方式，凸显出人物的性格特征。四英岭下人家中的人物的情感表达是直接的，受到传统乡村思想的影响，常因人物关系变化而改变自身的行为方式。

《解冻》中许发爹的行为方式的转变就尤为明显。他好不容易戒了烟，儿子却买回来一杆烟筒，再发现张寡妇闺女改花——一位在美发店工作的女人来找自己的儿子，他便对儿子更怀疑更生气了。在他心里就存在着一个偏见，大家都说现在的美容店跟以前的青楼红院差不多少，只要有钱，女人不管什么坏事都敢干，于是他担心自己的儿子会跟改花存在着不良勾搭的关系而"气得喘不过气"，直到女儿告诉他儿子和改花只是工作合资关系时，他便松了一口气，甚至有了出钱参股的行为。这样的行为方式转变显而易见。其实，许发爹的偏见也是现如今我们很多人的偏见，我们也应该发现自己心中的偏见，平等待人，以正确的行为方式对待一切事物。再看《守望年关》中，二叔从车上跳下来，先看到"我"的时候，脸上绽开了"我"期待中的微笑，但在看见外乡来讨债的小伙子的时候，笑容又在一瞬间僵住了。这僵硬的笑容又立刻传染给了之前看到二叔喜形于色的小伙子。二叔笑容的变化，正是因为看到了不同的人，这之间的叔侄关系和债务关系的人物关系的转变，使得他的笑容也发生了变化。

在《河悠悠，船悠悠》中也存在着这样的变化。张老三是个划船人，一心想在村里搭个桥方便乡亲们。得知老王能够帮忙后，每逢老王要坐船他就改了之前的客满再开船的规矩，甚至不收老王的坐船费，只为了感谢他、报答他，心里有所期盼。但在得知老王并没能够帮上忙时，他脸上的表情便默然了，没了往日的笑意，恢复了以前的规矩并冷淡地收了老王的坐船费，老王也不再坐张老三的船了。张老三和老王都是为了乡亲们着想，他们的行为方式的转变正是因了他们之间关系的变化，由之前的感恩和帮助关系到后来的责怪和愧歉关系，导致了前后行为方式的大转变。《寂静的春天》中"我"和阿伟都是从农村出来的人，两人形影相伴，互相帮助，不分你我，但在阿伟有了阿珍后，他们之间的关系便不那么亲密了。因信任找"我"守户，在"我"帮他们看守了9天房子后，却发现阿伟"像盯着一个陌生人"那样看"我"，在不辞奔波地拿回钥匙后却发现门换了锁，这正是一种不信任。由信任到不信任的转变，正是因为"我"和阿伟之间的关系发生了变化，曾经的好兄弟，因阿珍的插入，"我"成了一个外人。

通过人物关系的变化改变人物的行为方式，不仅使故事的发展更加顺利紧凑，深藏韵味，而且凸显了四英岭下人家的直爽性情，真实而淳朴。

3. 随故事发展而变化

符浩勇笔下的人物是丰富而多变的，在他的四英岭下人家的作品当中，我们还可以看到人物的行为方式会随着故事的发展而发生改变，这些改变有的是逐层递进的，有的是一步到位的。人物的行为方式受到故事发展的影响而表现出不同的行为方式，展现出来的人物性格特征也就更有特色了。

人物的行为方式随故事发展而逐层改变，层层递进，将故事发展与情感内蕴完美结合，使作品的叙述更加充实而和谐。《飘摇酒幌》讲的就是老旺和月嫂的爱情故事。老旺从卖猎物给月嫂到低价卖出再到高价卖出，月嫂从最初要嫁老旺到备嫁他人再到终身不嫁，这些行为方式的转变，都是随着故事的发展月嫂对老旺的爱的认知的改变而产生的。可见，四英岭下人家的爱情是含蓄而又凄美的。《失语的秋天》中老黄下乡帮助农民脱贫致富，带领村民们种植西洋香菇。他起初向村民们解释种植西洋香菇时，村长带头鼓掌支持；香菇收获后，村长却"像一个陌路人盯着他"要带着村民自己卖；香菇变质后，村民们像欠了什么重债一样围着他嘘寒问暖。这些行为方式的转变反映了四英岭的村民们憨厚朴实，作为农民，他们在一定层面上是无知的，但在犯了错后会内疚、惭愧、不安和悔恨。《来去野猪林》同样是逐层改变人物的行为方式，"我"是镇政府的人，长期在"野猪林"吃饭，宽财掌店后，最初脸上是巴结的和颜悦色，而后去时招呼"又来了"，再去时便是"你还来"。"我"的恪守本分，在他看来成了死脑筋，他靠酒店发家致富后抛妻换人却是理所当然。在行为方式上，"我"的一成不变和宽财的层层递变形成了鲜明的对比，突出了以宽财为代表的底层乡民身上存在的劣根性。

而另一种行为方式的改变，则是随着故事的发展，形成一种强烈的反差，使作品意味深长，发人深省。《深山情藏》正是如此：胡子对蓉儿有情，默默帮助她为丈夫治病，却时不时流露出石板厂要转移的想法，其实想要蓉儿跟随，并在一次醉酒后差点要了蓉儿，及时清醒后，他羞愧地夺门而出，第二日天没亮便走了，石板厂也迁走了。这前后的变化正是因为酒醉事件使故事改变了发展方向，让胡子下决心逃走了，也让蓉儿更深地明白了自己欠下了怎样的情债。可见，四英岭下人家的人是多情的，但他们始终坚守道德，所以说他们又是高尚的。《窗台那盏灯》中，老倔爹本想包容杀了人的儿子，给他食物和钱让他逃走。直到儿子让他拿出尖刀并说出了"杀一个够本，杀两个就赚一个"这样的话，他才清醒过来点燃了窗台那盏灯让警察带走了儿子。正是儿子的那番话，使得故事的发展性质有了改变，也让老倔爹明白儿子无心思过、无药可救，于是有了从想帮儿子逃命到让警察带走儿子的行为方式改变。所以，四英岭下人家是感性的，但又是理智的。

四英岭下人家的人物行为方式的改变是多样的，这与他们的生活环境有着很大的关联，他们的行为方式的转变大多直接、清晰且有理有据。这也说明符浩勇擅长准确把握人物性格，从细处着眼，对行为方式的一些细节改变也拿捏得恰到好处。他通过改变人物的行为方式，将四英岭下人家的好与坏都展现在读者面前。他肯定底层乡村人物的真实、善良、淳朴和憨厚，却也哀叹底层乡村人物的无知和劣根性。他将自己对四英岭的美好愿望寄托在这些作品中。这样的寄寓忧伤而深层，却又切中肯綮，我们不得不赞赏符浩勇对这些底层乡村人物深切的人文关怀。

（三）创作特色：对比写人与形象化的语言

微型小说篇幅短小，人物的描写和刻画尤为重要，它是微型小说内容的翅膀，率领文中一切事物，展示作品的灵魂。符浩勇的作品内涵丰富，作品当中的人物形象更是各种各样，而他描写的四英岭下人家中的人物形象最是让人印象深刻，这些人物形象各有各的特点，或纯真，或淳朴，或虚伪，或狰狞……一方面，他对这些乡村人物的形象塑造往往是通过人物的情感性冲突来实现的，在这些情感冲突的戏剧性表现中，他常常用对比的手法来进行描述。另一方面，他擅长用精炼独特的语言描写突出人物的性格，形象而生动。下面对两种创作特色分别予以介绍。

1. 对比写人

对比，是作家文学创作过程中常用的表现手法之一，是把具有明显矛盾和差异的对立双方放在一起，进行比较对照的写作手法。符浩勇的作品中就常常运用对比手法，尤其是人物的对比，对四英岭下人家的人物刻画就很好地运用了对比的表现手法。他把对立的两个人放在文中，让读者不由自主地进行对比，并在对比中辨别是非、分清好坏。对比写人，能够更加突出人物间的矛盾，进一步凸显不同人物的性格本质，增强作品的艺术魅力和说服力。

符浩勇对底层乡村人物的关怀并不只局限于农民，他还关注那些为乡村教育贡献力量的乡村教师。在《残月》中，村支书是个人人知晓的"酒桶"，却活得风生水起，而陆老师当了20多年的老师，却因上头指令没能一直干下去，生活也没了着落。通过"他"与母亲的对话和对陆老师的回忆，我们可以知道陆老师是一个正直、善良、关爱学生并为了教育奉献一生的好老师，为了筹钱修路而瘸了腿，他甚至不忍心让自己的学生看见自己的落魄模样。村支书不停地把盏劝杯和陆老师干瘦如柴的瘸脚，将村支书和陆老师做了鲜明的对比，突出了陆老师的正直、善良的人物形象，也将全文推向了高潮，突出了本篇作品的主题，深刻反映了圆滑小人得志而正直君子落魄的社会问题。通过这样的对比，突出了人物形象的不同特点，表现了对乡村教师的关怀、歌颂和同情，也让读者的内心深受震撼。再看《夏日里的最后一班车》，转行经商的王祥堂生活富足，而始终坚持教育事业的李茂生活贫寒，对教育事业的坚持却换来了被清理离开教师队伍的结果，他被妻子埋怨，却被学生爱戴。一位勤勤恳恳的人民教师，数十年如一日地守着那些孩子，热爱教育并深得学生喜爱，他是"硬条件"最好的老师，却因为没有私下疏通关系丢失了"软条件"，最后的结果让人痛心，悲凉之感陡然升起。《守望》

通过一个新颖的角度写出了乡村教师的尽责感人的品质。城里的摄影师和演员想拍一组师生别离的动情照片,却误让不懂"入戏"的春燕和学生真正展现了这个美好的画面,女模特的"演"和春燕的"真"形成了强烈的对比。在乡村人眼里他们没有真情和假意之分,他们不知道"演戏",他们有着透明、含蓄、内敛且单纯的内心世界,也让我们知道真实深刻的情感是无法演绎出来的。乡村教师缺乏关注,这是一个非常现实的情况,作者通过故事情节中人物的明显对比吸引读者的关注,从而使作品表达的中心思想撼动人心。

符浩勇微型小说中四英岭下人家的人物都没有高大显赫的身份背景,这些乡村人物大多数过着平凡的生活,但作者擅长通过对比找到这些平凡人身上的闪光点。挖掘平凡人生之美。《腊月》一篇中,秋妹心里一直暗自爱着宏伟,给予宏伟生活上和物质上的帮助,即使最后嫁给了昌泽,她仍期待着自己能和上了大学的宏伟在一起。直到宏伟在暗处非礼了她,他不但没感恩秋妹给予他的帮助,反而说自己不想像她一样没出息才有了更多的动力学习。而昌泽自从跟秋妹结婚后,从好吃懒做变成了勤劳持家的好丈夫。秋妹和宏伟的对比,昌泽结婚前后的变化,宏伟和昌泽的变化,让我们感受到了秋妹痴心、善良、耿直的人物性格,她虽然没有读过书但懂得关爱并感恩,她并不是盲目地迷恋宏伟,最后也正确认识到了该好好珍惜身边人。而宏伟虽然是大学生,似乎被外面的社会大染缸所污染了,不懂得知恩图报且没有羞耻之心,将男女之事当儿戏,让人唏嘘。昌泽结婚前后的改变更是让人惊奇和感动,他用真心关怀秋妹,勤劳努力工作,让人看到了他的诚恳。作为一个上过大学的知识分子,宏伟的人品本质远远不及秋妹和昌泽。善良、诚恳、知恩图报和正直都是这些乡村里平凡人物的闪光点,作者通过对比这些人物形象,将人性中的不耻之处和不凡之处清晰地展现在了读者的面前。

利用人物的对比,形成反差,更加衬托出了人性中美好面的难能可贵。《稻香》中的李群在面对女孩时，说出了当初贾良对他说的一模一样的话，不同的是李群在最后关头念起了当初那份温情，但贾良没有。在得知女孩的来意时，他才醒悟内心狭隘的自己竟成了当年拒绝他的贾良，在李群和贾良的对比当中表达了作者对本心、初心的寄望和追求。《两个儿媳妇》则是将王阿婆的大媳妇和二媳妇做了深刻的对比，大媳妇善言善语，只能说些孝敬的话让王阿婆开心，二媳妇寡言少语，却是在用行动证明自己对婆婆的关爱，最终触动了王阿婆的心。甜言蜜语容易蛊惑人心，实际行动才能够实实在在地感动人心。

微型小说的篇幅短小，为了能够更加顺利地展开故事情节并凸显人物的形象，符浩勇更多地选用了现实题材，以比较精炼的形式体现对比的艺术性，升华作品寓意，通过反映现实问题增加作品的说服力，提高读者的关注度。我们的社会需要这样的作者。他找到了理想和现实的契合点，这也是他的成就之一。

2. 形象化的语言

语言是作家整体素养的综合体现，也是作家品格性情、理想追求的集中表达。符浩勇善于用形象化的语言举重若轻地讲述四英岭下人家精彩的人生故事，使读者感同身受，身临其境，在脑海中形成画面，难以忘却。

形象化的语言在符浩勇的微型小说里首先体现在标题的创作当中。"与春天约定""飘逝的紫围巾""不哭就瞎了""残月""青苔青青""飘忽雨季""静寂的春天""失语的秋天""飘摇酒幌""黎明没有岸"等，这些标题的创作是充满诗意的，展现了一种独特的含蓄美，引发读者的好奇心，起到"穿针引线"的作用，增加了作品的感染力和阅读价值。

同时，符浩勇非常善用形象化的语言在故事的末尾推动故事的高潮，引领内容主旨。《残月》中"窗外,天边还挂着那弯残缺的月亮";《飘忽雨季》中"飘忽的雨幕,更浓了;暮色,一片苍茫";《猎殇》中"远山,残阳如血";《菩提本无树》中"寂寞的大山沉默无言,西天收尽了最后一缕失血的霞光"等,这些句子都是文中的最后一句话,将文章一气呵成,这些句子充满了寓意,营造了画面,表达了文章主题,也增加了作品的韵味。

除此之外,形象化的语言还体现在文章主体中。在《踏秋》中,女儿和男友在踏秋中意外撞见了自己守了十多年名节的娘亲和林大叔在一起,通过文中的语言描写,两代人偷偷踏秋与蛙叫吵闹声形成了鲜明对比,进一步凸显了人物的形象特质。细细体会文中的语言,我们可以知道女儿没有怪罪娘亲或以此为耻,她反而谅解了娘亲反对自己婚事的原因,对于娘亲追求新生活的勇气也给予了理解。我们可以看到女儿的善解人意和通情达理,以及娘亲对于新生活的勇敢追求和尝试。通过形象化语言的描写,人物性格、人物美好善良的形象也在读者心中瞬间明亮高大起来。

《青苔青青》一篇中,作者在选材上就很独特,他选取了一种传统又现实的话题,写了月嫂为怀上孩子而被诱骗,最终羞愧自杀的悲惨故事。她未怀上孩子时,丈夫态度差,父母挖苦他,村里人议论她。她被诱骗怀上孩子后,所有人的态度都来了个大转变,她却不愿欺骗丈夫,不忍良心谴责,最后选择了悲剧收场。文中,她丈夫读信后哭道:"是我害了她,是我害了她呀……"以及最后一句"不知谁说了一句,那些苔藓再不铲除,还会滑倒人的……"这两句语言描写点明了文章的主旨,丈夫的最终清醒和觉悟终于为她洗白了。而最后一句更甚,句中的"苔藓"暗指落后的传统观念必须铲除,否则这样的悲剧仍会再次上演。在《还债》这篇小说中,作者通过形象的语言、朴素的文字,把秀英嫂和桩子两个平凡乡村人物的情怀显露出来,人物性格非常鲜明。他们生活艰难仍对生活充满希望，而作者藏于文字之下的情感性倾向和最后的悲剧性结尾，促使我们产生了许多对人性、对人生、对社会的思考，在内心发出由衷的喟叹和对弱者的同情。

符浩勇力求在作品中展现现实生活的真实风采，也毫无保留地渗透了自己的真情实感。对于四英岭下人家的底层乡村人物，作者通过文字表达了自己的悲悯和深切同情。他利用形象化的语言为这些独一无二的乡村风情故事注入了鲜活的趣味，将人物形象塑造得丰富饱满。

总之，我们从符浩勇的微型小说中可以看到很多东西，很多独特之处，特别是他的关于四英岭下人家的作品，无论是人文风俗、行为方式上还是人物和语言上，都反映了对底层乡村人物的关怀，对底层乡村人物的不平凡之处的赞美，以及对底层乡村人物的疾苦的关心。他的微型小说揭示了四英岭特有的人文精神，反映了社会的现实问题；作品中折射的社会现象让人深思，在情感上深深地牵引着读者的心。作者是怀着一颗炽热真诚的心在创作，我们应该感谢他，他将四英岭下人家的乡村生活真实地展现在读者的眼前，用心浇灌着这些充满丰富韵味的作品。

符浩勇的关于四英岭下人家的微型小说是美的，他歌颂那些乡土人物体现出来的人性中的真善美，将这份真善美作为自己的精神寄托和情感追求，始终坚守着内心的精神家园。正是他的这种家园情结和坚持不懈的创作精神，才会有了那么多优秀小说作品。符浩勇的微型小说之所以能够让读者喜爱，正因为他从生活中来，又到生活中去，他笔下的每个人物、每一句话、每个行为、每个细节，都散发出他对四英岭的热爱，对故乡的真情。

海南的微型小说相对滞后，而符浩勇在海南微型小说领域中发挥着无可代替的作用，一份坚持自我并坚守家乡的创作，一定是与众不同的，一定是在发挥着无形的社会价值。我们可以在符浩勇对四英岭下人家的小说创作中，真切地看到他对乡村底层人物真善美的追求，对社会丑恶面的鞭挞，一个有时代责任感和历史使命感的作家是值得被认可和赞扬的。他的四英岭下人家的微型小说作品自成一派，是微型小说中不可代替的一部分。

（张丽娟　龙钢华）

二十八　蔡楠微型小说初论
——以微型小说集《水家乡》为重点

蔡楠，1965年8月生于河北省任丘市，1986年毕业于河北师范学院中文系，是中国作家协会会员、郑州小小说学会副会长。1984年开始文学创作，曾在全国30多家文学报刊发表文学作品，著有小说集《行走在岸上的鱼》《生死回眸》《八月情绪》《叙事光盘》《天晴的时候下了雨》《芦苇花开》《白洋淀》《水家乡》和散文集《翅膀划过天空》《蔡楠的博客》等。其作品多次被《中华文学选刊》《小小说选刊》《微型小说选刊》《小说精选》《作家文摘》《文摘报》等选载，入选《中国当代小小说排行榜》《世界微型小说经典》等30多种权威选集。部分作品被选入大中专学校教材，有的被译介到国外。曾获全国"小小说优秀作品奖""中国小小说风云人物榜——小小说星座奖""中国小小说金麻雀奖"和第一届、第二届、第三届、第四届"全国微型小说优秀作品奖"等各类奖项40多次。曾被评为"中国小小说十大热点人物""新世纪中国小小说风云人物榜——金牌作家"。现供职于河北省任丘市地税局。

蔡楠是当代中国微型小说作家中的领军人物，他擅长从独具特色的文学视角出发，用细腻清新的描写手法创作寓意深刻的文学作品。蔡楠在文学创作上深受荷花淀派的影响。荷花淀派是以孙犁为代表的一个当代文学流派。孙犁的代表作《荷花淀》自问世后，以其举重若轻的清新文风独树一帜，充满了诗情画意，引领了一大批读者走进风景如画民风淳朴的农村风景，也引领了一大批青年作者致力于此类文学作品的写作。作为同样生活在白洋淀这片区域的人，蔡楠跟孙先生一样深爱着孕育一方水土的白洋淀，也将自己的感情倾注在白洋淀上，倾注在这方水土的创作上。蔡楠秉承了"荷花淀派"的文学风格和创作精髓，以其独特的作品魅力开创了"荷花淀派"的创作新阶段。作为当代微型小说领域具有实力和成绩斐然的作家，他在创作微型小说时注重形式上的创新和结构上的匠心独运。其文学作品有着独特的语言特色，作品呈现出的意境唯美优雅，意蕴深远。他的微型小说如同诗歌般娓娓道来，文字就像是一个个创意的精灵，翩翩起舞，在自在处更显洒脱，在洒脱时更显浪漫，幻化成文章的灵魂，牵动着读者的内心。他的作品并不拘泥于传统的文学素材，极具想象力和创造力。在作品内容上表现出强烈的责任感，这份责任感既有对社会责任的担当，也有着对生态环境义不容辞的担当。他多用叙事的手法，给自己独创与思考的空间，在环环紧扣的情节和悠然落笔的结尾处留给读者想象的余地，以引导读者去思考人与人之间，人与社会之间以及人与自然之间的关系和责任。从蔡楠的作品中读到的不仅仅是故事，更能从中领悟到许多耐人寻味的寓意，从而深刻地感受作为一个作者拥有的内涵和创作的严谨。

著名作家杨晓敏曾经这样高度评价蔡楠："毫无疑问，蔡楠是当代小小说领域最具实力的代表作家之一。他在小小说文体形式与结构上的探索和突围，在作品内容上所凸现出来的强烈的社会责任感——对人类生存环境及人与大自然和谐相处的忧患和思考，具有无可替代的地位。在语言上追求优美的意境，飞翔的文字感觉，飘逸抒情且具有非凡的想象力，构成蔡楠小小说风格的一大特色。难能可贵的是，蔡楠在久负盛名的荷花淀派文学流派的浸淫中，作为后来者，在创作中注入了鲜明的时代特色。就其作品容量看来，即使把蔡楠放在中国优秀短篇小说作家队伍中，仍然是佼佼者之一。"①

著名作家陈勇曾说过："在当代小小说领域，蔡楠是能够把传统语言、现代结构和人文精神聚合到一起的一流作家，白洋淀这块丰沛、奇幻的土地，成为生于斯长于斯的蔡楠的生活史和观察室以及萦绕心头的精神家园。他的作品朴素而沉重，弥漫着湿润的水泽气息，混杂着爱的忧伤和咏叹，不由得让人心头掠过一丝战栗。"② 作为白洋淀派新时期的传人，蔡楠在白洋淀的滋润和熏陶下，矗立了无法超越的时代文学丰碑。

《水家乡》是蔡楠的微型小说选集，2011年由世界图书出版广东有限公司出版，全书分为5辑，共67篇作品，篇篇堪称经典之作。本节拟以《水家乡》为重点，对蔡楠的微型小说进行初步的探讨。下面分三部分予以论述。

（一）深沉的主题

蔡楠在微型小说创作上将自己对时代与社会现实的思考凝练在文章中，因此他的文章有着沉重的主题意义，承载着厚重的思想和对忧患的思考。他尤其擅长用简单的语言看似云淡风轻地描述一件平常的事情，又猝不及防地给读者以震撼，在不经意间穿透读者的灵魂，启发读者去思考问题。他的文字简单、没有太过华丽的修饰，却有着穿透思想灵魂的力道。

在微型小说名篇《水家乡》中，蔡楠以一只鸬鹚的口吻描写了一只候鸟原本无忧无虑的生活。在他的文字下，我们走进了风景优美、荷香飘逸的白洋淀——鸬鹚南迁的中转站，这里有鱼群戏荷的欢快，船女采莲的惬

---

① 蔡楠：《水家乡》，世界图书出版广东有限公司2011年版，第4页。
② 陈勇：《中国当代微型小说百家论》，内蒙古人民出版社2011年版，第44—49页。

意，芦苇连成海洋一般的广阔，还有烟波浩渺的湖水。鸬鹚被这里的美景所陶醉，后来跟了陈瞎子当了鱼鹰后，也度过了一段惬意又幸福的安静时光。故事发展到这里的时候，读者在蔡楠清新随意的文笔下，沉浸在白洋淀和谐安宁的氛围中。可谁知，后来因为人们开始无止境地捕捞鱼虾，过度破坏生态环境导致了白洋淀曾经美丽的芦苇海洋、荷香飘逸的美丽景象一去不复返，而鱼鹰在深深爱上这个地方后，又不得不面对已经变得满目疮痍的白洋淀。虽然它有机会离开这里，但是它选择了在这里当一只等待昔日白洋淀重归的"老等"。文章全篇几乎是以一种平淡的口吻来讲述故事，但是在这样简单的叙事中，使读者感受到了一种沉重和悲凉。《水家乡》中出现的悲剧归根结底是因为人们对自然的过度利用和破坏。这种带有环境忧患意识的主题引导着人们反思自己的行为，一味地追求经济发展，将自然环境抛之脑后，对自然环境的不负责任和不计后果的过度使用，导致现今的环境问题越来越严重。在《行走在岸上的鱼》一文中，因人类的过度捕杀失去爱人的红鲤在绝望和愤怒下毅然决绝地离开了赖以生存的水，成了行走在陆地上的鱼。这篇文章的主题引发人们对环境破坏的反思。

《飞翔或者冰清化蝶》则通过对一个爱好文学、有着远大理想抱负的女青年四处碰壁、遭受打击的故事描写，抨击当今社会的阴暗和人性的邪恶。在作品《歌唱》中，热爱歌唱的孟春不再歌唱，为了寻求其不再歌唱的原因而进行了一系列的分析，指出打击孟春的歌唱积极性、使其丧失斗志的根本原因就是某些阴暗的社会现实，从而表达了对阴暗面的不满。

假若把一篇微型小说作品放在时代的大背景下通过小说的视角带给读者有关对现实社会、生命价值、行为价值等思考，那么这一作品就具有巨大的现实意义，它就称得上是一部具有内涵的真诚之作。蔡楠的微型小说富有内涵，文章里蕴藏着许多对人生、价值观的思考。在作品《生死回眸》中，蔡楠通过对杜某的堕落进行剖析，从而促使读者去思考关于生命与生存意义的问题。在《寻找我家》《猫世界》《歌唱》等作品中，作者旨在与读者探讨关于人与人、人与社会、人与自然之间的相处方式和存在意义。在这一系列错综复杂的关系中，如何处理欲望与原则的关系，如何处理正义与黑暗的关系，如何处理自然与人类的关系等，都是每个社会人每天都要面对的问题。蔡楠的小说并没有抛开这些现实问题，而是通过作品直面这些问题，将自己对这些问题的思考呈现在作品里，从而使小说具有深度和内涵。这就是一个优秀作品具有的蕴藏性——能够承载起对时代与生命的深思。

蔡楠的很多作品表达了对社会的忧患意识和深刻的思考，将哲理、寓意、象征意味等融入小说中。众所周知，能源和环保问题，早已是摆在地球人面前的无法避免的严重问题之一。《行走在岸上的鱼》述说由于人类无节制的捕捞使水里的鱼逃避上岸，无奈成为一种变异的品种。《水家乡》在思想内涵的掘进和艺术探索上则做出了新的努力，在这里赖以栖息生存的水泽风貌正渐行远去，和人类的泪水一齐趋于干涸，野性的水鸟已退化为"老等"，人和动物在严酷的现实面前怅然垂泪，同病相怜，无处可遁。这让读者在感叹艺术的独特感染力的同时陷入深刻的反思。

作为一个成功的作家，作品主题体现出来的深度在一定程度上也代表了这个作家具有的社会意识水平与责任感。蔡楠在微型小说创作上，能够用简明扼要的故事来表达沉重的主题，将作品具有的现实意义努力地呈现给读者。这种思想主题上的厚重凝练和忧患意识都使他的作品超出了一般的水平，具有时代的高度。

（二）新颖的叙事

蔡楠在微型小说创作上追求创新的形式、创新的结构以及创新的故事情节，因此这些特点赋予了他的小说新颖性。他通常在叙事上追求新异，并且善于用超现实的手法进行创作。在《变形记》中，他运用大胆的设想，将一个人变成甲虫，通过这样的创意革新，带给读者震撼。在《骑桶者》里，作者写一个穷人在冬天因为没有煤烧，向黑心老板借煤却遭到了拒绝，后来他骑着空的煤桶飞到了遥远的冰川地区。作者通过这种看似潇洒的举动来表达人们在现实生活中的无奈和无力感。这种大胆的创作在给读者惊异之时，也深刻揭露了社会上一些为富不仁的无良商人的嘴脸。在《一波三折》中，他用大胆的荒诞手法去描写世间百态，人情世故，通过对人物内心世界的描写，引发读者对真真假假、变幻莫测的人生进行思索，一边严肃认真地进行叙述，一边则若无其事地进行颠覆，让读者在假中有真、真中有假中去思考。这种大胆的意识流创作本身就是一种突破和创新。在《叙事光盘》中，作者在对人生这一主题进行创作时，特别具有创意地将人生比作光盘，光盘的 AB 两面浓缩的就是整个人生的跌宕起伏。他灵活地将荒诞、象征、逆序、隐喻、白描等各种手法融合在一起，增加了行文的生动性，也使作品具有了不一样的内涵。

蔡楠在保持和发展"新"字上做得特别出色。他擅长用非现实的题材去创作具有现实性的作品，给人耳目一新、眼前一亮的感觉。星新一在进行"一分钟创作"时曾说过，微型小说的特点就是追求一个"新"字。只有给读者端上一份新题材、新知识的文化盛宴，才能让他们感到惊讶，才能让他们能够从微型小说中看到真正的文化韵味。因此，如果没有独特的创意，一个作品是很难流传于世的。

微型小说与长中短篇小说相比，最明显的特点就是篇幅短小。那么，如何用简短的文字去表达丰富的情感，去构造跌宕起伏的故事情节就是必须面对的一个问题。许多人认为，微型小说的创作限制太多，尤其是文章字数的限制，束缚了作者的思维和创新能力。其实不然，正是因为微型小说对文字的质量和文章的达意要求更高，才更加能激发作者的创作激情和创新能力。

蔡楠的微型小说作品在细节描写上很有新意，他的作品常常呈现一种"镜头式"的艺术特征。作者通过对景物、人物及其言行举止的细枝末节的描写，达到了以少胜多、以一当十的效果。例如在作品《水家乡》里，作者并没有直接对白洋淀的美景作直观描写，只是将鸬鹚的神情用"呆""醉"两个字形象地形容，从而让读者感受到了白洋淀的美。这样的细节描写简短、狠、准，省去了对风景长篇累牍的叙写，直接将读者的感受拉到一个陶醉的境界，从而形象地传达了风景之美。同样，在白洋淀风景美丽、鱼虾丰富的时期，作者描写了陈瞎子的表情，"得意地笑，笑得眼睛都没有了缝隙"。而在白洋淀环境遭到破坏，湖水干枯、鱼虾绝迹的时候，陈瞎子的表情是这样的："我发现陈瞎子的独眼里滚下了几大滴混浊的老泪。"通过这一前一后陈瞎子神情的细节变化，我们看到了白洋淀被破坏后，人们的幸福被随之夺走了。面对这一切，人们的伤心、无奈和落寞表露无遗，从而引发人们对环境问题的反思。同样，作者在《行走在岸上的鱼》一文中，抨击了人类过度捕捞鱼类的盲目行为。作者并没有过分地运用情感宣泄来表达对这种行为的不齿，而是在文章的最后，在白鲢被人类捕捉后，失去挚爱的红鲤"扎入青泥中紧贴着苇根再不愿动弹，她陷入绝望和恐惧中，一个越来越清晰的念头强烈地震撼着她，离开了这里，离开了水，离开水。"于是那年夏天过后，"陆地上出现了一群行走的鱼"。作者通过这样奇异的细节描写，给读者强烈的震撼和极大的想象空间。丰富多样且富有创意的细节描写使行文更加生动，更有震撼力，使故事情节曲折蜿蜒，跌宕起伏，拉长了文章的意蕴。

　　只有感人肺腑的真情创作才能打动读者的内心，拥有穿透心灵的感染力。蔡楠的行文叙事真诚而感人。在《水家乡》里，作者通过对鸬鹚一生的追踪描写，通过一只普通的候鸟的一生，我们看到了真挚的感情和殷勤的期盼。一只原本只是将白洋淀作为中转站的候鸟，后来却渐渐地适应了白洋淀的生活，深深地爱上了这里。在白洋淀的生态被破坏后，这只候鸟原本有离去的自由，但是它选择了留在这里，将白洋淀当作自己的家乡，伸长脖子在这里等待昔日的白洋淀回来，成了一个伟大的守候者——老等。作者并没有用华丽的词语去渲染感情，看似简单的文字却有着穿透灵魂的力量，带着读者走进了老等深爱的白洋淀，一起去留恋和等待那昔日美丽的白洋淀。在历史系列的微型小说《易水殇》《秋风台》《断魂筑》中，作者带领我们走进了古代的英雄世界，在这里英雄们为了国家、为了百姓、为了自己肩上身负的民族大义，他们视死如归，他们疾恶如仇，他们义无反顾，他们抛头颅洒热血。我们从这些作品中，感受到了英雄们的豪情万丈，也正是因为这些传神的人物形象，更赋予了作品的感染力。在《远非荷》中，作者分别以张建、李师儿、完颜璟自述的形式进行故事陈述，这种第一人称的自述让读者更直观和真切地感受到主人公们遭遇到的酸甜苦辣，如临其境，如观其人，如闻其声，如历其事，真切而感人。

（三）别样的结构

蔡楠的微型小说一大优点就是结构紧凑且完整，撑起了整个微型小说的框架。整个作品读下来，故事情节层层叠加，一气呵成，意蕴深远。如果没有结构对文学作品进行支撑，那么文学作品的艺术性将无从谈起。结构紧凑完整这一特点也表现在《水家乡》一文中，整个故事分为三条线索铺展开来，它们分别是鸬鹚、鱼鹰、老等。这三个变化的身份，向读者讲述了一只候鸟的生活经历，通过这只候鸟的角色转换，读者们也看到了白洋淀经历的风起云涌，时代变迁。从候鸟最开始将白洋淀作为中转站，在这里稍作栖息却不幸被渔民捕获，紧接着被渔民驯化成为鱼鹰，到最后因为环境破坏，湖水干枯，鱼虾绝迹，鱼鹰成了等待白洋淀重回旧貌的老等。整篇文章正是因为有三条线索紧紧衔接，作为框架支撑了整个文章的脉络，才使得故事情节有条不紊地铺展开来，在气势上给人震撼，前后故事情节的发展变化给予了读者直接的情感刺激，使读者的感情得以升华，进而巧妙地呼应了文章的主题。其结构的创新，别具一格。

　　同时，蔡楠小说的结构之所以称得上独特，并不仅仅是因为他与其他作者相比较而显得独特，在蔡楠本人的小说中不同作品的结构也是各有特色的。他并不拘泥于单一的文章结构，变化多样、新颖突出也是一大特点。《歌唱》里，蔡楠采用的是"悬疑式结构"，喜爱歌唱的孟春不再歌唱了，作者在文章开始给读者们留下一个悬念。然后带着读者进行回忆，对孟春生活经历进行回忆，从回忆里看到孟春的事业、家庭、婚姻、人际关系上出现的问题从而对这些问题进行分析，进而了解到孟春之所以放弃了自己热爱的事业完全是由于社会的逼迫。这样的文章结构在一开始将读者的好奇心勾起来，在对一系列事件进行分析观察后，读者在最后明白事情原因时会更有体会，因为他们跟随着作者在文章中铺设的线索一条条追踪下来，对这样的结果更有着感同身受的感悟。而在《飞翔或者冰清化蝶》里蔡楠则用了分支结构，他以冰清化蝶为疑点，从冰清四位亲人的角度分别来调查冰清化蝶的原因。这四个角度作为四个分支，将作者想要传达的写作意图全面地表达了出来，于是在四个表达渠道的交相呼应下，读者了解到一个爱好写作的可爱女孩冰清在社会阴暗面的压迫下绝望化蝶后，作品的感染力达到了顶点，作品的主题也自然而然地得以实现，表达了对社会的哀鸣和无奈。

　　作家创作小说如同建造高楼大厦，正如一张好的设计图成就了一个伟大的建筑物，一个好的结构支撑了一篇优秀的作品。蔡楠曾经说过一篇完美的微型小说离不开一个完美的结构。就像是这世间的花朵，花的美丽是相同的，但是花的绽放形式不尽相同。在微型小说的创作过程中，如何寻找到一朵花独一无二的绽放形式是很重要的。作者试着将形式和语言做到最佳融合，通过最佳的结构和形式，超越这一朵花达到的极限，追寻更高层次的美，将作品融合成万花之美。

蔡楠作为河北微型小说作家的主力军近几年一直活跃在文学界，且成绩斐然。曾有人评价蔡楠说，他引发了中国微型小说的"河北现象"，成功地完成了一个著名作家和优秀组织者肩负的任务和职责。微型小说作为一种逐渐发展成熟的新型文学形式，现在越来越发挥着巨大的文学效应和社会影响力。蔡楠曾经说过，微型小说的创作就是探索一朵花开的形式，如何做到一篇微型小说的创作能够蕴含万花之美，如何使微型小说创作在不断超越本身的同时，更趋向于接近文学的本质和内涵是一个永恒的课题，相信蔡楠会做得越来越好

（周佳钰　龙钢华）

二十九　戴希微型小说初探

戴希，笔名书城，1965年出生，湖南省安乡县人。现为湖南省作家协会会员，中共常德市武陵区委宣传部副部长、武陵区文联主席、常德市作家协会副主席、湖南文理学院客座教授。

戴希从1992年开始文学创作，迄今已在《诗刊》《人民日报》《杂文月刊》等全国报刊公开发表小说、散文、杂文900多篇，诗歌80多首，出版各类文学作品20余部。多篇小说、散文、杂文被《小小说选刊》《微型小说选刊》《杂文选刊》《青年博览》等报刊转载，作品入选《中外经典微型小说大系》《中国小小说300篇》《新中国六十年文学大系》《21世纪中国最佳小小说（2000—2011）》等多种选本和高中语文教材。出版微型小说集《玫瑰与仙人掌》《爱的谎言》《释放心情》《秘密约定》《想听听你的声音》《面具》《恨铁不成钢》《每个人都幸福》《依旧是太阳》《你为

什么不早说》《永远是朋友》《死亡之约》等。作品荣获黔台杯第二届世界华文微型小说大赛二等奖、全国微型小说（小小说）年度评选二等奖、《小小说选刊》2009—2010年全国小小说佳作奖等奖项。微型小说集《想听听你的声音》（江西高校出版社2009年版）被列入"中国小说50强"，又被中国现代文学馆和美国耶鲁大学东亚图书馆收藏，并获2009年冰心儿童图书奖。

中国作家协会会员、小小说作家网特约评论家陈勇，在与戴希谈话时问及："蒋子龙说过'文学的感觉从哪里来？一是先天的素质，也就是天赋；二是经历，经历就是财富；三是有好的故事，故事靠人物，人物靠行动，行动靠矛盾。'结合你的作品谈一下你的文学感觉从何而来？"戴希回答说："一是从生活体验中来；二是从读书看报中来；三是从道听途说中来；四是从胡思乱想中来。"① 戴希坚持走不拘一格的艺术探索之路，追求叙述方式的缤纷多样，他的微型小说审美效果好，艺术生命力强，"尺幅之内，云山万重而又异峰突起，云雾缭绕而又意脉可寻"。中国鲁迅文学研究学会会长林非先生评价说："戴希的小小说简练、精致、有趣，并涵深意，乃小小说中上乘之作也。"② 中国微型小说学会理事、著名文学评论家顾建新对戴希微型小说的总体印象是：作品都来自他熟悉的生活，而非靠道听途说的素材进行创作；每一篇微型小说，即使只有几百字，也是精心雕琢，而非敷衍了事，不以作品数量的丰富而自满。③

戴希的微型小说关注生活中的"小人物"，挖掘小人物的"小性格"，利用不同人物的不同侧面，展现生活的真实性与多面性，揭露丑陋现象，批评不良习气，呼唤正义情感和良知的回归。纵观戴希的微型小说，不难发现，其取材大多源于生活，无论是生活体验、读书看报还是道听途说、

---

① 陈勇：《无私无畏——戴希访谈录》，《常德旅游文化》2009年第3—4期合刊。
② 戴希：《想听听你的声音》，江西高校出版社2009年版，第1页。
③ 顾建新：《解读戴希的微型小说》，《湖南文理学院报》2008年第5期。

胡思乱想，从本质上来说，其实都属于生活。既然源于生活，那么就离不开生活最重要的两个组成部分——人与情。下面分两部分予以论述。

（一）立足于广博生活的多元人物形态

小说作为一种文学形式，它的产生、流变与繁荣以及人们对它的认识，是一个很复杂的过程。《新论》中称小说为"丛残小语"，《汉书·艺文志》认为小说是"街谈巷语，道听途说者所造也"，到了唐代，仍然认为"小说者，街谈巷语之说也"。① 这表明，小说源自民间。而作为小说的创作者——置身于民间的文学家，其创需要的是"立足于瞬息万变、泥沙俱下的此时此地，从中把握、萃取出堪为经典的质素来"②。透过现象看本质，立足于生活，又高于生活。微型小说这一文体，看似新鲜，其实早就存在，而且创造性地继承了小说自产生以来就拥有的特质——立足于生活。

人物是小说重要的构成元素之一，关于人物在小说中的作用和地位，历来有两种观点。第一种，把人物看作有"功能性"的要素之一，情节才是最主要的，人物的作用仅仅在于推动情节。第二种，强调人物在作品中的主导地位，把塑造有鲜明的人物放在小说创作的首位，并把是否塑造了鲜明的人物形象作为小说成败的鉴别方法之一。微型小说作为小说的一种，必然也少不了人物这一重要环节。对于微型小说人物的研究，我国目前存在着两种对立的观点。一种以邢可、生晓清为代表。邢可曾经提出过"小小说人物的独特性是由其立意的独特性决定的，它存在的目的就是为了表现立意"，"人物只是一个桥梁，读者通过这个桥梁到达'柳暗花明'的目的地——立意"。生晓清也认为：微型小说"最终目的是表现最大的

---

① 郭红：《浅谈戴希小小说的当代性品格》，《青年作家》2010 年第 8 期。
② 同上。

思想，而不是在刻画人物；反过来说，刻画人物并不是小小说的主要目的"。另一种是以江曾培和凌焕新为代表，江曾培曾经提出：微型小说的艺术魅力"就在坚持把人当作写作中心"。凌焕新也认为："我评的一、二等奖作品，注重微型小说的基本特征——以创作人物为中心。"① 这也恰好与人物对于小说的作用相呼应。

戴希微型小说中的人物塑造，实际上是交错符合了以上提到的两种观点，但略倾向于第一种观点：既有仅为"推动情节"而设置的"功能性人物"，又有成为写作中心的"中心人物"，但更多的是塑造多个人物形象，以一个人物为中心，设置多个人物来推动情节。也就是说，体现了立足于广博生活的多元人物形态。

戴希当过基层干部，描写官场的微型小说自然占据了他作品的很大一部分，而他塑造的官员形象，时跨古今，各行各业，各形各态，都让人印象深刻。

《领导上镜问题》中，记者小米一被调进县新闻中心，他的报道就上了电视，这本该是让小米沾沾自喜的事，但在接下来的采访报道中，小米深受打击。首先是在访贫问苦活动中漏拍了"没给贫困居民送红包"的王县长，受到了邓部长电话中严厉的问话，并批评说这是"漏镜"。其次是报道义务植树活动，小米汲取上次的教训，把所有县级领导"一溜儿"摄入了镜头，却忽略了次数，第二天就被叫进邓部长办公室，邓部长气得拍桌子，责问小米为何每位领导的入镜次数不同，怒斥小米这是典型的"歪镜"。最后是报道支农活动时，小米深刻反思了前两次失误的沉痛教训，每位县级领导一律只上一次镜头，确保万无一失，心里好不快哉，激动得快要跳起来了。哪知又被邓部长叫去，邓部长脸色铁青地批评小米"苏书记排在王县长之后"是犯了"导向错误"，这是"倒镜"。经历这三

---

① 顾建新：《微型小说人物论》，《甘肃社会科学》2000年第6期。

次"不讲政治"的错误，小米被邓部长批评了三次，邓部长也被领导批评了三次，于是便总结出了"新闻报道无小事，新闻镜头关系到领导们的荣誉"这一"深刻"道理。在这篇微型小说中，小米和邓部长其实都是"功能性"人物，都是为了推动小说情节不断发展，最终表达作者立意而设置的，而这两个人物又是充满了"生活气息"的，无论是言语、神态还是思维，都是"生活中的人"。

《警车开道》中大张旗鼓接待老友的 E 市市长谷禾，原本是大学教授，与老友史蒂文相处融洽，却在升职为市长后，一改简朴，变得奢侈张扬，引得老友史蒂文的不满，这也不失为当今社会"升职"即"升值"的缩影。《笑》中突然不笑的墨局长，受到了手下和情妇的诸多揣测，原来墨局长只是因为掉了门牙，害怕难看才不敢笑，生动展现了以领导为"晴雨表"的画面。《白科长轶事》中那个不管打牌、钓鱼还是应付检查总能"逃过一劫"的白科长，正是投机取巧"小人"的写照。《副科长病》中骤然痊愈的 X 局 L 副科长，再现了为官者一心只想升职的一幕……在戴希笔下的官员，很少有大官，无非科长、县长……除了在这些典型的故事中将贪官展现在读者眼前，戴希更敢于将人们在生活中"不敢讲"的话，通过小说中人物的嘴巴讲出来。《天堂·地狱》和《贪官访谈录》两篇文章，把贪官的贪得无厌、妻妾成群、豪赌狂掷、为非作歹、丧尽天良……通过贪官之口赤裸裸地展现在人们面前，但作者同时表明，他们会得到下地狱、进牢房判死刑的惩罚，在揭露社会黑暗消极面的时候，同时向世人传达了"恶有恶报"的积极观念。

戴希笔下的官员也并非都是"恶人"。《死亡之约》中用信任换取信任、大赦死刑犯，最后收复西域的唐太宗李世民；《心胸》中拥有令人敬佩心胸的唐书记；"以毒攻毒"英勇征税的地税局长；等等。这也更能表明，其微型小说中的人物形态多元，贴近生活。

戴希做过人民教师，描写校园的微型小说也占据了很大篇幅，而他笔下的教师形象，也让人颇感亲切。

《每个人都幸福》中的苏浅老师，教的是一群有先天性残疾的孩子，当孩子们都因为自己的残疾纷纷向苏浅老师诉说自己的"不幸福"时，苏浅老师苦思多日，让孩子们在黑板上写下自己对幸福的期待，最后对比告诉大家"你们每个人都只有一点不幸福，却有许多意想不到而又弥足珍贵的幸福"，从而解开了孩子们的心结。在这篇微型小说中，苏浅老师无疑是"中心人物"，而学生则成为推动情节的"功能人物"，两者共同作用，让读者明白"知足常乐"的道理，达到了作者的创作目的。《考试》和《那次化学考试》中的肖老师、石老师，他们分别用自己的智慧，让自己的学生在学业上获得了成功。这些优秀的人民教师每一个都有自己的小特点，苏浅老师的"健谈"，石老师的"爱出难题"以及肖老师的"善意谎言"，都包含了他们的个性，体现了人物形象的多元化，同时这些人又有一个共同的特点——智慧，这些人物形象也拥有我们"身边人"的气息。

但就如同生活的不完美，人民教师也并非"皆为圣贤"。在《扶贫》一文中，普通打工者高低想为母校捐赠20盒粉笔，却受到学校"奢侈"接待，并得知学校一向是这样，不管"扶贫"力度，都是"盛情款待"，揭露了校园"罪恶"的一面，正是时下最热门的"捐献难"话题，引发读者的反思。无独有偶，《危房》中的石村长，为修缮冷水村小学岌岌可危的校舍，上书县委书记，却未曾料到，这份汇报材料经过了俞书记、叶县长、马局长、万乡长之手，更被康记者赶写成报道，发表在县报、市报的头版头条。可就在石村长喜出望外之时，万乡长把一份材料塞进他手中，石村长迫不及待打开看到的，却是自己那篇《村校校舍摇摇欲坠，老师学生危在旦夕》。这篇文章生动地反映了各部门相互扯皮推诿的真实现象，关注到了当今同样热门的"行动难"话题，可谓如同一把尖锐的匕首，插进了那些"不作为"的心脏。作者在塑造中心人物的同时，不忘加入"功能人物"，使得小说情节跌宕起伏，同时使得小说立意深刻且发人深省。

《装修》中的瓦匠、漆匠、木匠不仅把"我"的房子装修得好好的，还好好地装修了"我"的心灵；《请进包房》中中国人李点儿、丁莉、衣米和娜夜在美国加州餐馆，因为太过喧哗被"请进包房"；《一只幸福的京巴狗》中，美丽温柔，会谄媚、会乞怜的京巴狗获得宠爱，过着幸福生活的故事；《鹦鹉的故事》中向往自由的雄鹦鹉离开了倾心安稳的雌鹦鹉，雌鹦鹉为他终日守候，闹离婚的邻居夫妻被鹦鹉的故事感动……作者在其微型小说中体现的，无一不是时下人们最关注的话题。《龟兔紧紧地抱在一起》改编自"龟兔赛跑"，在寓言本来的基础上，又有了创新：首先是兔子不服陆地赛跑输给了乌龟，提出了重新比赛，兔子吸取了失败的教训，赢了乌龟；其次是乌龟不服输，又提出水上赛跑，乌龟发挥自己的优势，跑赢了兔子；兔子不服，再次提出水上和陆地同时赛跑，于是，就有了陆地上兔子背着乌龟，水上乌龟背着兔子的局面。作者运用一则新寓言，巧妙地折射出了当今社会人与人合作双赢的观念。

　　广博的生活，是戴希微型小说中多元化人物形象的"源头"，除了官员、老师这两类典型人物，普通工人、职员、孩子乃至一只小狗、一只鹦鹉、龟兔都能折射出多元化的"生活中的人"。

（二）隐藏于凡人凡事的真善美人性呼唤

　　戴希的微型小说，在创作人物形象、表现"生活中的人"物质生活的同时，更表达、传递这"生活中的人"精神生活中的感悟。他善于选取一个场面、一段对话、一个镜头，来表现人类精神生活的追问、困顿、挣扎。在他笔下，每一个微小的人物，都承载着巨大的情感包袱。作者自己将他的微型小说分为几大类：反映东西文化的碰撞、针砭时弊、以动物世界折射当代众生相、揭露现实世界的荒谬，而这些多样的主题，无一不是在发出作者最心底的呐喊——呼唤真善美人性的回归。

戴希微型小说集《面具》的开卷之作《每个人都幸福》，讲述了苏浅老师与学生的师生情谊。苏浅老师针对一群先天残疾的学生提出的"我不幸福"和"怎样才幸福"这两个问题，与学生对话，在苏浅老师智慧的点拨下，学生们懂得了"不幸只有一点点，幸福有很多"的道理，得出了"我们每个人都幸福"的结论。这一人生哲理，不仅解开了这群特殊学生的心结，也点醒了世人，唤起了人们对单纯美好幸福的追求，告诫人们：常常为芝麻大的小事庸人自扰，甚至凡事都追求完美，看不见已经拥有的幸福才是最大的不幸福。我们应该懂得残缺也有残缺的美，就如断臂维纳斯一样。作者通过一个浅显的故事，发人深省，破解人生之谜，这也是这篇微型小说被《小说选刊》《小小说选刊》等多家选刊转载，并收入《2009中国微型小说年选》《2009中国年度小小说》等多种选本的原因。

　　《死亡之约》描述的官民情取材于历史，却唤醒当今世人。唐太宗李世民和390名死刑犯约定，准许他们回家探望家人，但必须在来年约定之日主动返回监狱伏法。罪犯居然没有一个违约，李世民当即赦免所有死刑犯，以信任换取信任。之后在国家危难之时，李世民又以宽容换取忠心，这390名死刑犯变成390名战士，英勇杀敌，帮助李世民收复西域。虽然故事发生在古代，但在当今这个人与人之间相互信任与宽容极度匮乏的时代，戴希从历史中挖掘美好，用一个小故事来呼唤美好道德的回归，并深刻指出，不仅百姓之间需要相互信任相互谅解，管理者更应首先交付信任与宽容。

　　《叫我怎么说您》将母子之情融入最普通的日常里，却流淌进每一个读者的心里。文中的"我"为了让母亲改善伙食，精心设计了一个善意的"圈套"：先是告诉母亲"我"要回家吃饭，母亲为此准备了一大桌菜，转而又告诉母亲要加班，想因此让母亲自己吃了那一桌佳肴，却没想到，母亲把饭菜放了三天，等了"我"三天，最后还是叫亲戚朋友来吃了，自己却"很少动筷子"。这种母亲为子女回家操办美食的事，再平常不过了，然而这种子女心系母亲、母亲牵挂子女的"人之常情"在这样一篇"不出奇"的小说中,赚得了读者感动的泪水。同样是描写母子之情,《母亲的杨柳枝条》中的母亲与《叫我怎么说您》中的慈母不同,是一位用杨柳枝做鞭子的严母,总是在"我"犯错后严厉地抽打、责罚"我"。但偶然一次"我"因逃学被狠狠责罚后,夜阑人静之时,一觉醒来,发现母亲正在灯下一针一线为"我"缝出去玩耍时摔破的衣鞋,而且红肿的眼圈仿佛流过泪似的,"我"才感到母亲终归是爱"我"的,她是老虎形象菩萨心肠,性情亦如杨柳,"我"也从此改过自新。"可怜天下父母心"的感叹不禁油然而生,再严厉的父母也只是为了子女日后"堂堂正正,不怠慢、不停滞、不回头、不逃遁,跌倒了爬起来,呐喊着进击"。作者一次又一次将母爱、母子深情放进自己的作品中,且将人们一直高调歌颂的伟大情感放置于细水长流的生活细节中,却让每个读者都听到了作者对人类美好真挚情感的呼唤。

饺子店的丈夫,声称《金戒包在饺子里》,引得大批顾客来吃饺子,却不想是故意把戒指藏起来,让妻子着急,让客人们信以为真,一下子将平凡夫妻之间的平凡爱情在纸上升华,又将生活中男人的"小智慧"体现得淋漓尽致。《童心》中的女儿,坚持要给好逸恶劳、伪装可怜的乞丐施舍,她的两句话却如麦芒扎进胸口"你们大人,总是喜欢把人往坏的地方想""即使被骗了,我们也不会留下遗憾",这恰好与当今社会人们相互猜忌、相互欺骗的不良风气形成鲜明对比,正是作者对良知回归的呼唤。文章最后,乞丐"木然地站起来,拔腿就跑,丝毫没有残疾的迹象"表现了乞丐的良心被女儿的童心唤醒,作者因此感叹"这世上,最能征服和撼人心魄的,有时竟是冰清玉洁、天真无邪的童心呵!"再一次升华文章主题,呼唤良知的回归。

《离我远点》与戴希其他的微型小说相比,是一篇篇幅较长的作品。故事由 2006 年"我"回老家给父亲送药,父亲拒绝"我"开始,让

"我"回忆起从小到大,"我们伸出的是绿油油的橄榄枝,父亲的脸色却会突然变阴,一句'离我远点!'既狠又凉,总拒人于千里之外"。2006年"我"带着女儿回家过年,提出让父母不要再种地,由儿女们来赡养时,父亲一句"别啰嗦,离我远点!"把"我"气得跑到小叔家;1984年,"我"参加高考并上线了,正要和父母讨论填报录取志愿的时候,父亲又是一句"离我远点",让"我"去找大叔和大舅;2004年,父亲病倒了,却不肯去医院检查,接到外甥女求救电话的"我",马上给县城的大叔打电话,没想到,父亲依然是那句"离我远点";几经周折,将生病的父亲带到医院检查,得知癌症晚期,回家后,病情不断加重,腹痛厉害时,父亲依然叫"我""离我远点!"父亲更是稍有缓和,就下床劳作,终于,没等到"我"最后一支杜冷丁,过世了。直到父亲过世,"我"才从母亲那里得知,当年填志愿时,父亲让"我""离远点",是觉得自己没文化,不能帮"我"拿主意,而大叔和大舅都是知识分子;父亲拒绝赡养,让"我""离远点",是想减轻儿女们的负担;父亲病倒后不想住院,让家人们"离远点"是不想花钱;腹痛时,父亲叫"我""离远点",是还有生之欲望;我们劝阻他干活时,常冲我们怒吼,让我们"离远点",是他想专心做事;直至病危,父亲依然要"我""离远点",竟是父亲"宁可信其有,不可信其无",不想把这没有传染性的疾病传染给"我"……作者之所以花了大量的篇幅,讲述父亲与"我"之间发生的琐事,强调父亲的一句"离我远点",是为了把伟大的父爱,融进了父亲一辈子的简单话语中,每一句都深深留在"我"生命里,也警醒着读者,珍惜眼前,更呼唤孝心的回归。

在这个物欲横流、传统道德秩序被打破的时代,到处都弥漫着虚假,戴希从生活的细节挖掘人类的真善美,呼唤道德的回归,也正体现了一个作家的良知和担当。

戴希能够塑造出多元的人物形象,得益于他丰富的生活经历,和他每时每刻对生活的思考。正因为如此，他才能将自己想要寻找的真善美人性，自然地融进看似简单的故事中。阅读戴希的微型小说，初读觉得不足为奇，但一遍又一遍地阅读，却是对自身心灵一次又一次的洗涤。不论作品讨论的是生活的晦暗面或阳光面，都可以从中悟得最美好的东西。

戴希作品的力量，在于他敢于公开地谈论别人不敢谈的问题：贪污、腐败、欺骗、利用……却在展现问题的同时，给人们指了一条明路，从历史中、从生活中，随处可见作者对身边问题的探索。正是这份对于生活的关注、热爱，成就了今日的戴希。

（严盈　龙钢华）